शरतचन्द्र चट्टोपाध्याय

(1876-1938)

देवदास, परिणीता, शेष प्रश्न, चरित्रहीन जैसे अमर उपन्यासों के लेखक शरतचन्द्र चट्टोपाध्याय का जन्म पश्चिम बंगाल में हुगली ज़िले के एक छोटे से गाँव में 1876 में हुआ था। उनके पिता का कोई आर्थिक संबल नहीं था – वह अपना समय अधूरे किस्से-कहानियाँ लिखने में लगाते। पिता की गरीबी के कारण शरतचन्द्र स्कूल में आगे पढ़ाई न कर सके। साहित्य के प्रति लगाव उन्हें विरासत में मिला। छोटी उम्र में ही वे कहानियाँ लिखने लगे। काम की तलाश में वे बर्मा चले गये जहाँ कई वर्षों तक रहे। 1916 में कलकत्ता के पास हावड़ा में आकर बस गये और अपना पूरा समय लेखन में ही देना शुरू किया और उनकी पहचान एक लेखक के रूप में होने लगी। उस समय स्वतन्त्रता आन्दोलन गति पकड़ रहा था और बंगाल में कई समाज सुधार अभियान भी अपनी चरम सीमा पर थे, जिनकी झलक लेखक के उपन्यासों, कहानियों और निबन्धों में मिलती है। समाज से जुड़े जिन सरोकारों को शरतचन्द्र ने अपने लेखन में उजागर किया – उनसे आज भी हम जूझ रहे हैं और शायद इस वजह से उनकी कृतियों का आकर्षण आज भी बरकरार है।

शेष प्रश्न

शरत्चन्द्र चट्टोपाध्याय

शिक्षा भारती

₹ 325

ISBN : 9788174831774

SHESH PRASHNA (Novel) by Sharatchandra Chattopadhyay

मुद्रक : जी.एस. ऑफसेट, दिल्ली

शिक्षा भारती

1

अलग-अलग समय पर अलग-अलग कामों से आ कर बहुत-से बंगाली परिवार संयुक्त प्रान्त (अब उत्तर प्रदेश) के प्रसिद्ध शहर आगरा में बस गये थे। कई तो पीढ़ियों के बाशिन्दे हैं और कई हाल ही में आये हैं। चेचक और प्लेग जैसी महामारियों के समय की भगदड़ के सिवा इनका जीवन अत्यन्त निर्विघ्न है। बादशाही जमाने के किले और इमारतें ये देख चुके हैं। अमीर-उमरावों की छोटी-बड़ी, मझोली, टूटी-अध-टूटी जहाँ जितनी भी कब्रें हैं उनकी पूरी सूची इन्हें कण्ठस्थ हो चुकी है। यहाँ तक कि संसार-प्रसिद्ध ताजमहल में भी अब इनके लिए कोई नयापन नहीं रह गया है। सन्ध्या के समय उदास और सजल नेत्रों को खोल कर, चाँदनी रात में अर्ध-निमीलित नेत्रों से देख कर, अँधेरी रात में आँखें फाड़-फाड़ कर जमुना के इस पार और उस पार से ताजमहल का सौन्दर्य उपलब्ध करने की किस्में और तरकीबें, उन सबको इन लोगों ने निचोड़ कर खत्म कर दिया है। ताजमहल देख कर किस बड़े आदमी ने कब क्या कहा है, किस-किसने कविताएँ लिखी हैं, भावुकता के उच्छवास में सामने खड़े हो कर किस-किसने गले में फाँसी डाल कर मर जाने की कोशिश की है, सब इन्हें मालूम है। इतिहास की जानकारी की तरफ से भी इनमें रंच मात्र त्रुटि नहीं पायी जाती। इनके छोटे-छोटे बच्चे-बच्चियों तक ने सीख लिया है कि किस बेगम की कहाँ सौरी थी, कौन-सा जाट सरदार कहाँ रोटी बना कर खाता था और वहाँ लगी हुई कालिख कितनी प्राचीन है, किस डाकू ने कितने हीरे-माणिक लूटे थे और उनकी अनुमान से कितनी कीमत थी। इनमें से कोई भी बात उनसे छिपी नहीं है। इस ज्ञान और परम निश्चिन्तता के बीच सहसा एक दिन बंगाली समाज में हलचल दिखाई दी। हर रोज मुसाफिरों का झुण्ड आता-जाता रहता है—अमरीकी टूरिस्टों से ले कर वृन्दावन से लौटे हुए वैष्णवों तक की भीड़ बनी ही रहती है। किसी को किसी बात की उत्सुकता नहीं, दिन के काम-धन्धों में दिन खत्म हो जाता है। इतने में एक प्रौढ़ अवस्था के बंगाली साहब अपनी शिक्षित, सुरूपा और पूर्ण-यौवना कन्या के साथ यहाँ आये, और स्वास्थ्य सुधारने के निमित्त शहर के एक

किनारे बड़ा भारी मकान किराये पर ले कर रहने लगे। उनके साथ बैरा, बावर्ची, दरबान आये; नौकर-नौकरानी, ब्राह्मण-रसोइया, गाड़ी-घोड़े, मोटर, शोफर, साईस, कोचवान वगैरह सभी आये; और इतने दिनों से खाली पड़ा हुआ इतना बड़ा मकान देखते-देखते इस तरह रातों-रात आबाद हो गया जैसे जादू कर दिया गया हो। उन महाशय का नाम आशुतोष गुप्त था और कन्या का नाम मनोरमा। बहुत ही आसानी से समझ में आ गया कि ये लोग बड़े आदमी हैं। लेकिन, ऊपर जिस हलचल का उल्लेख हुआ है, वह इनकी धन-सम्पत्ति के परिणाम की कल्पना करके या मनोरमा की शिक्षा और रूप की ख्याति के कारण इतनी नहीं हुई, जितनी कि आशु बाबू के निरभिमान सरल और शिष्ट आचरण की वजह से। वे खुद लड़की को साथ ले कर शहर आये और तलाश कर-करके सबके घर मुलाकात करने गये। बोले, "हम बीमार आदमी हैं, आप लोगों के अतिथि हैं; इसलिए आप लोग अपनी उदारता से अगर कृपा करके हम प्रवासियों को अपने दल में शामिल नहीं कर लेंगे तो हमारे लिए यह निर्वासन-काल काटना एक तरह से असम्भव हो जायेगा।" मनोरमा घरों के भीतर जा-जा कर स्त्रियों से परिचय कर आयी। उसने भी अस्वस्थ पिता की तरफ से निवेदन किया कि आप लोग हमें गैर न समझें और इस तरह की और भी बहुत-सी रुचिकर मीठी बातें कहीं।

सुन कर सब ही खुश हुए। तब से आशु बाबू की गाड़ी और मोटर जब-तब और जिस-तिस के घर जाने-आने लगी; और मर्द-औरतों को घर से लाने और घर पहुँचाने लगी। बातचीत, हँसी-मजाक, गाना-बजाना और देखने लायक चीज़ें बार-बार देखने की दिलचस्पी ऐसी जमने लगी कि इस बात को भूलने में किसी को भी एक सप्ताह से ज्यादा समय नहीं लगा कि ये लोग परदेशी या बहुत बड़े आदमी हैं। मगर एक बात, शायद कुछ संकोचवश और कुछ व्यर्थ-सी समझ कर किसी ने स्पष्ट तौर से नहीं पूछी कि आप लोग सनातनी हैं या ब्रह्म समाजी। और, परदेस में इसकी ऐसी कोई बड़ी जरूरत भी नहीं होती। फिर भी आचार-व्यवहार से जितना समझा जा सकता है, सब ने एक तरह से समझ लिया था कि ये हों चाहे किसी भी समाज के, पर अधिकांश उच्च-शिक्षित, उच्च बंगाली परिवारों के समान कम-से-कम खाने-पीने के विषय में इनके लिए विधि-निषेध नहीं है। यह बात सबको मालूम न होने पर भी कि घर में मुसलमान बावर्ची है, इतना सब समझ गये कि इतनी उमर तक जिन्होंने लड़की को कुँवारी रख कर कालेज में पढ़ाया है, वे असल में किसी भी समाज के क्यों न हों, अनेक तरह की संकीर्णताओं से छुटकारा पा चुके हैं।

अविनाश मुकर्जी कालेज का प्रोफेसर है। बहुत दिन हुए उसकी स्त्री का

देहान्त हो गया है, फिर उसने ब्याह नहीं किया। घर में दस साल का एक लड़का है। अविनाश कालेज में पढ़ाता है और मित्र-दोस्तों के साथ आनन्द करता फिरता है। आर्थिक स्थिति अच्छी है, निश्चिन्त और निरुपद्रव जीवन है। दो साल पहले विधवा साली मलेरिया बुखार से पीड़ित हो कर आब-हवा बदलने बहनोई के घर आयी थी। बुखार ने छोड़ दिया, पर बहनोई ने नहीं छोड़ा। फिलहाल वही घर की मालकिन है। लड़के की देख-भाल करती है, घर-गृहस्थी सँभालती है। मित्र लोग सम्बन्ध की आलोचना करके मजाक उड़ाते हैं। अविनाश हँस देता है; कहता है, "भाई, व्यर्थ में शर्मिंदा करके अब न जलाओ। तकदीर है, तकदीर! नहीं तो, कोशिश करने में तो कोई कसर रखी नहीं। अब सोचता हूँ, धन की बदनामी से डकैत मार डालें, सो भी मेरे लिए अच्छा है।"

अविनाश अपनी स्त्री को बहुत ज्यादा चाहता था। मकान-भर में हर जगह नाना आकार और नाना भंगिमाओं के उसके फोटोग्राफ टँगे हुए हैं। सोने के कमरे में एक बड़ी तस्वीर टँगी हुई है। ऑइल पेण्टिंग है—कीमती फ्रेम में मढ़ी हुई। अविनाश हर बुधवार को सवेरे उस पर माला लटका देता है। इसी दिन उसकी मृत्यु हुई थी।

अविनाश सदा आनन्दित रहने वाला आदमी है। ताश-चौपड़ में उसकी अत्यधिक आसक्ति है। इसी से, छुट्टी के दिन उसके घर लोगों का खूब समागम होता है। आज किसी त्योहार की वजह से कालेज-कचहरी बन्द है। खाने-पीने के बाद प्रोफेसर-मण्डली आ धमकी है। दो जने नीचे की गद्दी पर शतरंज बिछाये बैठे हैं, और दो जने औंधे लेट कर उसे देख रहे हैं; बाकी के सब लोग डिप्टी और मुन्सिफ की विद्या-बुद्धि की स्वल्पता के अनुपात में मोटी तनखा की नाप-तौल करके उच्च कोलाहल के साथ गवर्नमेण्ट के प्रति 'राइचुअस इण्डिग्नेशन' और अश्रद्धा प्रकट करने में लगे हुए हैं। इतने में एक भारी-भरकम मोटर कार दरवाजे पर आ लगी। दूसरे ही क्षण अपनी कन्या के साथ आशु बाबू के भीतर प्रवेश करते ही सब ने सम्मान के साथ उनका स्वागत किया। राइचुअस इण्डिग्नेशन हवा हो गया और गद्दी का शतरंज का खेल फिलहाल स्थगित कर दिया गया। अविनाश ने हाथ जोड़ कर कहा, "मेरा परम सौभाग्य है कि आप लोगों के पाँवों की धूल इस घर में पड़ी। हाँ, अचानक असमय कैसे आना हुआ?" इतना कह कर मनोरमा के लिए उसने एक कुर्सी आगे बढ़ा दी।

आशु बाबू पास की आराम-कुर्सी पर अपने शरीर का विपुल भार रखते हुए अकारण उच्च-हास्य से कमरे को गुँजाते हुए बोले, "आशु वैद्य के लिए असमय? मेरी ऐसी बदनामी तो मेरे छोटे चाचा भी नहीं कर सके अविनाश बाबू!"

मनोरमा हँसते चेहरे से सिर झुका कर बोली, "क्या कह रहे हो बाबू जी?"

आशु बाबू ने कहा, "तो जाने दो छोटे चाचा की बात। कन्या को आपत्ति है, लेकिन इससे बढ़ कर कोई अच्छा उदाहरण बिटिया के बाप की भी ताकत नहीं कि दे सके।" इतना कह कर उन्होंने रसिकता के आनन्दोच्छ्वास द्वारा एक बार फिर छत फाड़ डालने की तैयारी की। हँसी रुकने पर बोले, "मगर क्या कहूँ साहब, गठिया से पंगु हूँ। नहीं तो, जिन चरणों की धूल का आपने इतना गौरव बढ़ा दिया है, आशु गुप्त के उन्हीं पाँवों की धूल बुहारने के लिए आपको एक नौकर रखना पड़ता अविनाश बाबू! लेकिन आज अब बैठने का वक्त नहीं, अभी जाना होगा।"

इस जल्दी का कारण जानने के लिए सभी उनके मुँह की ओर देखने लगे। आशु बाबू ने कहा, "एक निवेदन है। मंजूर कराने के लिए बिटिया तक को घसीट लाया हूँ। कल भी छुट्टी का दिन है। शाम के बाद घर पर जरा गाने-वाने का आयोजन किया है। सपरिवार पधारना होगा। उसके बाद जरा मीठा मुँह—"

लड़की से बोले, "मणि, भीतर जा कर जरा आज्ञा ले आओ बेटी। देर करने से काम न चलेगा। एक बात और है भाई, यंग फ्रेण्ड्स, स्त्रियों के लिए न सही, पर हम मर्दों के लिए दोनों तरह के खाने-पीने की व्यवस्था की गयी है—यानी समझिए—प्रेजुडिस अगर न हो तो—समझ गये न?" समझ सभी गये, और एक स्वर से सभी ने प्रकट कर दिया कि उन लोगों को कोई प्रेजुडिस नहीं है।

आशु बाबू ने खुश हो कर कहा, "नहीं ही होनी चाहिए।" लड़की से कहा, "मणि, खाने के सम्बन्ध में माँ-लक्ष्मियों से भी राय ले आनी है, यह न भूल जाना। हर एक के घर जा कर उन लोगों की अभिरुचि जानने और आज्ञा ले कर घर लौटने तक शायद आज हम लोगों को शाम हो जायेगी। जरा जल्दी काम खत्म कर आओ बेटी।"

मनोरमा भीतर जाने के लिए उठना ही चाहती थी कि अविनाश कह उठे, "हमारा घर तो, बहुत दिन हुए, सूना हो गया है। मेरी साली हैं, पर वे विधवा हैं, गाना सुनने का शौक काफी है, इसलिए जायेंगी जरूर। लेकिन खाना—"

आशु बाबू झट से बोल उठे, "उसकी भी कमी न होगी अविनाश बाबू, हमारी मणि जो है। मांस-मछली, प्याज-लहसुन तो यह छूती तक नहीं।"

अविनाश ने आश्चर्य के साथ पूछा, "ये मांस-मछली नहीं खातीं?"

आशु बाबू ने कहा, "खाती सब कुछ थी, लेकिन दामाद साहब की इच्छा नहीं—वे जरा कुछ संन्यासी ढंग के आदमी हैं—"

क्षण-भर में मनोरमा का सारा चेहरा सुर्ख हो उठा; वह पिता की असमाप्त बात में बाधा दे कर बोली, "तुम यह सब क्या कहे जा रहे हो बाबूजी!"

पिता अप्रतिभ से हो गये, पर कन्या के कण्ठ-स्वर की स्वाभाविक मृदुता उसके भीतर की तिक्तता को छिपा न सकी।

इसके बाद फिर बातचीत जमी नहीं; और भी दो-चार मिनट जो ये लोग बैठे रहे, उस बीच आशु बाबू तो बात करते रहे, पर मनोरमा कुछ अन्यमनस्क रही, और दोनों के चले जाने पर कुछ देर के लिए सबों के मन के ऊपर जैसे एक अप्रिय विषाद का भार लदा रहा।

मित्रों में से किसी ने किसी से भी स्पष्ट कुछ नहीं कहा, मगर सभी सोचने लगे कि सहसा ये दामाद साहब कहाँ से आ धमके? आशु बाबू के कोई लड़का नहीं, मनोरमा ही एकमात्र सन्तान है; इस बात को सभी जानते थे। मनोरमा आज तक कुँआरी है—विवाहिता या सधवा का कोई चिह्न उसमें मौजूद नहीं है। बात स्पष्ट तौर से पूछ कर किसी ने जानी नहीं थी, लेकिन इस विषय में संशय की हवा भी तो किसी के मन तक नहीं फटकी थी। तो फिर?

मगर फिर भी, ये 'संन्यासी ढंग के दामाद साहब' चाहे जो हों और चाहे जहाँ हों, मामूली आदमी नहीं हैं। कारण, उनकी मनाही नहीं, सिर्फ अनिच्छा के जोर से ही इतने बड़े विलासी और ऐश्वर्यशाली व्यक्ति की एक मात्र शिक्षिता कन्या का मांस-मछली और प्याज-लहसुन खाना एकबारगी बन्द हो गया है।

और, शरमाने और छिपाने की इसमें कौन-सी बात है? पिता मारे संकोच के जड़ हो गये, कन्या चेहरा सुर्ख करके स्तब्ध हो रही—सारा मामला सबके मन में मानों एक अवांछित और अप्रिय रहस्य की तरह चुभ कर रह गया, और आगन्तुक परिवार के साथ मिलने-जुलने की जो सहज और स्वच्छन्द धारा बह रही थी मानो उसमें अकस्मात एक बाधा-सी आ पड़ी।

2

मालूम तो ऐसा हुआ था कि शायद आशु बाबू शहर के किसी को भी बाद नहीं देंगे, लेकिन देखा गया कि बंगालियों में जो विशिष्ट लोग हैं, वे ही निमन्त्रित हुए हैं। प्रोफेसरों का दल गिरोह बाँध कर आ पहुँचा और उनके घर की स्त्रियों को पहले से ही मोटर भेज कर बुला लिया गया है।

एक बड़े कमरे के फर्श पर लम्बा-चौड़ा कीमती गलीचा बिछा कर लोगों के बैठने के लिए जगह बनायी गयी है। उस पर दो-तीन देशी उस्ताद बैठे साज का स्वर बाँध रहे हैं। बहुत-से बच्चे उन्हें घेरे बैठे हैं। घर के मालिक साहब अन्यत्र

कहीं थे, खबर पाते ही दौड़े-दौड़े आये और दोनों हाथ उठा कर थियेट्रिकल ढंग से बोले, "स्वागत सज्जनगण! मोस्ट वेलकम!"

फिर उस्तादों को इशारे से दिखला कर और आँख मिचका कर धीमे स्वर में बोले, "डरने की कोई बात नहीं। सिर्फ इन्हीं लोगों का म्याऊँ-म्याऊँ सुनने के लिए ही आप लोगों को निमन्त्रण दे कर नहीं बुलाया है। सुनायेंगे, ऐसा गाना सुनायेंगे कि मुझे आप लोग आशीर्वाद देते हुए घर लौटेंगे।"

सुन कर सभी खुश हुए। सदा-प्रसन्न अविनाश बाबू का चेहरा आनन्द से चमक उठा, बोले, "कहते क्या हैं आशु बाबू? इस अभागे देश के तो सभी लोगों को मैं जानता हूँ, अकस्मात ये रत्न कहाँ से पा गये?"

"आविष्कार किया है साहब, आविष्कार किया है। आप लोग भी बिलकुल ही न पहचानते हों, सो बात नहीं है, अब शायद भूल गये होंगे। चलिए, दिखाता हूँ।" अपनी बैठक का पर्दा हटा कर सबको वे एक तरह से ढकेलते हुए ही भीतर ले गये।

आदमी तो कुछ साँवले रंग का है, पर रूप का अन्त नहीं। जैसा लम्बा-छरहरा शरीर, वैसा ही सारे अवयवों का निर्दोष गठन। नाक, आँखें, भौंहें, ललाट, अधरों की तिरछी रेखा तक सारी विशेषताएँ एक ही मानव-शरीर में सुविन्यस्त हो चुकने पर वह कैसी विस्मय की वस्तु हो जाती है, यह बात उस आदमी को बगैर देखे कयास में नहीं आ सकती। देखते ही सहसा दंग रह जाना पड़ता है। उमर शायद बत्तीस के आस-पास पहुँची होगी, मगर पहले वह और भी कम मालूम होती है। सामने के सोफे पर बैठे वे मनोरमा से बात कर रहे थे, अब सीधे हो कर बैठ गये और मुसकरा कर बोले, "आइए।"

मनोरमा ने उठ कर आगन्तुक अतिथियों को नमस्कार किया। लेकिन अकस्मात सब ऐसे विचलित हो उठे कि प्रतिनमस्कार की बात भी किसी के मन में न आयी।

अविनाश बाबू उमर में भी बड़े थे और कालेज के लिहाज से पद-गौरव में भी सबसे श्रेष्ठ थे। सबसे पहले उन्होंने बात की। बोले, "आगरे कब लौटे शिवनाथ बाबू? खूब रहे साहब, हम लोगों को तो खबर भी नहीं लगी।"

शिवनाथ ने कहा, "नहीं मिली? आश्चर्य है!" और फिर मुसकरा कर बोले, "मैं नहीं समझता था अविनाश बाबू, कि मेरे आने की बाट देखते हुए आप लोग इतने उद्विग्न हो रहे थे।"

उत्तर सुन कर अविनाश बाबू ने यद्यपि हँसने की कोशिश की, लेकिन उनके सहयोगियों के चेहरे क्रोध से भीषण हो उठे। किसी भी कारण से हो, ये लोग पहले से ही एक प्रियदर्शन गुणी व्यक्ति से प्रसन्न नहीं हैं—यह बात आभास से मालूम

होने पर भी एक व्यक्ति की इस वक्रोक्ति के भीतर से और सबकी कठिन मुखच्छवि की व्यंजना से इतनी कटु, अप्रिय और स्पष्ट हो उठी कि सिर्फ मनोरमा और उसके पिता ही नहीं बल्कि सदानन्द-प्रकृति के अविनाश तक लज्जित हो गये।

लेकिन मामला आगे नहीं बढ़ पाया, यहीं रुक गया।

बगल के कमरे से उस्तादजी की आवाज सुनाई दी और दूसरे ही क्षण घर के गुमाश्ते ने आ कर विनय के साथ कहा, ''सब तैयार है, सिर्फ आप लोगों के पहुँचने-भर की देर है।''

पेशेवर उस्तादों का संगीत साधारणतः जैसा हुआ करता है, यहाँ भी वैसा ही हुआ, विशेषताहीन मामूली। मगर कुछ देर बाद इस छोटी-सी संगीत-सभा में थोड़े-से श्रोताओं के बीच शिवनाथ का गाना सचमुच ही अपूर्व सुनाई दिया। सिर्फ उसका कण्ठ ही अतुलनीय और अनिन्दनीय हो, सो बात नहीं, वास्तव में वह इस विद्या में असाधारण सुशिक्षित और पारदर्शी है। उसके गाने का आडम्बरशून्य संयत ढंग, स्वर की स्वच्छन्द सरल गति, चेहरे पर अदृष्टपूर्व भावों की छाया, आँखों की अभिभूत उदासीन दृष्टि—सारी बातों ने एक ही समय में केन्द्रीभूत हो कर उस संगीत में चार चाँद लगा दिये थे। सर्वांगणीय लय और तान से परिशुद्ध जब वह संगीत समाप्त हुआ तब मालूम हुआ कि श्वेतभुजा (सरस्वती) ने अपने दोनों हाथ खाली करके सारा आशीर्वाद इस साधक के माथे पर उँडेल दिया है।

कुछ देर तक सभी लोग स्तब्ध हो रहे, सिर्फ वृद्ध अमीर खाँ ने धीरे से कहा, ''ऐसा कभी नहीं सुना।''

मनोरमा ने बचपन से ही गाने-बजाने का अभ्यास किया है। संगीत में वह अपटु नहीं थी। अपने छोटे-से जीवन में उसने बहुत कुछ सुना है, लेकिन यह बात उसे नहीं मालूम थी कि संसार में ऐसी चीज़ भी मौजूद है और संगीत के छन्द-छन्द या कदम-कदम पर हृदय के भीतर इस तरह कसक भी उठ सकती है। उसकी दोनों आँखें आँसुओं से भर आयीं और उन्हें छिपाने के लिए मुँह फेर कर वह चुपचाप उठ कर चली गयी।

अविनाश ने कहा, ''शिवनाथ गाने को जल्दी तैयार नहीं होता; उसका गाना हम लोगों ने पहले भी सुना है—लेकिन उससे इसकी कोई तुलना ही नहीं हो सकती। इस साल भर के अन्दर तो उसने 'इनफिनिट्ली इम्प्रूव' (हद दरजे का सुधार) किया है।''

हरेन्द्र ने कहा, ''हाँ।''

अक्षय इतिहास के अध्यापक हैं। कठोर सच्चे आदमी के तौर पर मित्र-मण्डली में उनकी ख्याति है। गाना-बजाना अच्छा लगना उनके मत से मन की कमजोरी है।

वे निष्कलंक साधु आदमी हैं। इसी से, सिर्फ अपनी ही नहीं, दूसरों की चरित्र सम्बन्धी पवित्रता के प्रति भी उनकी अत्यन्त सजग तीक्ष्ण दृष्टि है। शिवनाथ के अकस्मात वापस लौट आने के कारण शहर की आब-हवा फिर से कलुषित न हो जाये, इस आशंका से उनकी गम्भीर शान्ति क्षुब्ध हो गयी है। खासकर इस बात की सम्भावना से उनका मन बहुत उद्विग्न हो उठा कि घर में औरतें आ गयी हैं, वे भी पर्दे की ओट से गाना सुनेंगी, चेहरा देखेंगी, और वह उन्हें भी प्रीतिकर लगेगा। वे बोले, ''गाना तो सुना था मधु बाबू का! यह गाना आप लोगों को चाहे जितना भी मीठा लगा हो, पर इसमें प्राण नहीं हैं!''

सब चुप हो रहे। कारण, एक तो अज्ञात मधु बाबू का गाना किसी ने सुना नहीं था और दूसरे गाने में प्राण रहने न रहने की सुनिर्दिष्ट धारणा अक्षय की तरह और किसी के निकट स्पष्ट नहीं थी। गुण-मुग्ध आशु बाबू उत्तेजनावश तर्क करने को तैयार थे, पर अविनाश ने आँखों के इशारे से उन्हें रोक दिया।

संगीत ही के विषय में आलोचना होने लगी। कब, किसने, कहाँ, कैसा गाना सुना था, उसकी व्याख्या और वर्णन किया जाने लगा। बातों-ही-बातों में रात बढ़ने लगी। भीतर से खबर आयी कि औरतें सब जीम चुकीं, और उन्हें घर भेजा जा रहा है। वृद्ध सब-जज साहब रात हो जाने की वजह से घर चल दिये और अजीर्ण-रोगग्रस्त मुन्सिफ साहब भी जल और पान-मात्र मुँह में दे कर उनके साथी हुए। रह गया सिर्फ प्रोफेसर-दल। क्रमशः उसकी भी जीमने की बुलाहट हुई। ऊपर के खुले बरामदे में आसन बिछा कर पत्तलें लगायी गयी हैं, सबके साथ आशु बाबू भी बैठ गये। मनोरमा औरतों की तरफ से छुट्टी पा कर देख-रेख के लिए आ पहुँची।

शिवनाथ को भूख भले ही हो, पर खाने में रुचि नहीं थी; वह बिना खाये ही घर लौटने को तैयार था; मगर मनोरमा ने किसी भी तरह उसे छोड़ा नहीं, कह-सुन कर सबके साथ बैठा दिया। आयोजन बड़े आदमियों जैसा ही था, इस बात का विस्तार के साथ वर्णन करके कि रेल में आते वक्त टूण्डला में शिवनाथ के साथ कैसे आशु बाबू का परिचय हुआ और मात्र दो दिन की बातचीत से कैसे वह परिचय घनिष्ठ आत्मीयता में परिणत हो गया, आशु बाबू ने अपना कृतित्व प्रमाणित करने के लिए कहा, ''और, सबसे बढ़ कर खूबी है मेरे कानों की। इनके गले की अस्फुट मामूली-सी गुंजन-ध्वनि से ही मैं निश्चित समझ गया कि कोई गुणी पुरुष, असाधारण व्यक्ति है।'' इतना कह कर उन्होंने कन्या को साक्षी के तौर पर बुला कर कहा, ''क्यों बेटी, कहा नहीं था तुमसे, शिवनाथ बाबू भारी आदमी हैं? कहा नहीं था मणि, इनके साथ जान-पहचान होना जीवन में एक सौभाग्य की बात है?''

लड़की का मुखड़ा मारे आनन्द के दीप्त हो उठा, बोली, ''हाँ बाबू जी, तुमने

कहा था। तुमने गाड़ी से उतरते ही मुझे बताया था कि—''

''मगर देखिए आशु बाबू—''

वक्ता थे अक्षय। सब चकित हो गये। अविनाश ने व्यग्र हो कर रोकने की कोशिश की, ''ओ हो, रहने दो अक्षय। रहने दो आज यह सब चर्चा—''

अक्षय ने आँख मीच कर आँखों के लिहाज की बला टाल कर कई बार सिर हिलाया और कहा, ''नहीं अविनाश बाबू, दबाने से काम नहीं चलेगा। शिवनाथ बाबू की सारी बातें प्रकट कर देना मैं अपना कर्तव्य समझता हूँ। आप—''

''ओ हो हो—क्या करते हो अक्षय, कर्तव्य का ज्ञान तो हम लोगों को भी है, साहब, और किसी दिन देखा जायेगा—'' इतना कह कर अविनाश ने उसे एक धक्का दे कर रोकने की कोशिश की, पर सफलता नहीं मिली। धक्के से अक्षय का शरीर हिल गया, पर कर्तव्य-निष्ठा नहीं हिली। बोले, ''आप लोग जानते हैं कि व्यर्थ का संकोच मुझ में नहीं है। अनीति को प्रश्रय मैं दे ही नहीं सकता।''

असहिष्णु हरेन्द्र बोल उठा, ''अरे, सो क्या हम ही प्रश्रय देना चाहते हैं ? लेकिन उसके लिए क्या कोई स्थान-काल नहीं ?''

अक्षय ने कहा, ''नहीं। ये अगर इस शहर में फिर से न आते, अगर उच्च परिवार से घनिष्ठता बढ़ाने की कोशिश न करते, खास कर कुमारी मनोरमा का अगर कोई सम्बन्ध न होता—''

उद्वेग के कारण आशु बाबू व्याकुल हो उठे और अज्ञात आशंका से मनोरमा का चेहरा फीका पड़ गया।

हरेन्द्र ने कहा, ''इट इज़ टू मच, बहुत ज्यादती है!''

अक्षय ने जोर के साथ प्रतिवाद किया, ''नो, इट इज़ नॉट, नहीं, नहीं है!''

अविनाश बोल उठे, ''ओ हो—कर क्या रहे हो तुम लोग!''

अक्षय ने किसी बात पर ध्यान ही नहीं दिया, बोले, ''आगरे में ये भी किसी दिन प्रोफेसर थे। इनको आशु बाबू को बतलाना चाहिए था कि कैसे वह नौकरी छूटी।''

हरेन्द्र ने कहा, ''अपनी इच्छा से छोड़ दी। पत्थर का कारोबार करने के लिए।''

अक्षय ने खण्डन किया, ''झूठी बात है।''

शिवनाथ चुपचाप भोजन कर रहा था, मानो इस सब वितण्डावाद से उसका कोई सम्बन्ध ही न हो। अब उसने मुँह उठा कर देखा और अत्यन्त स्वाभाविक भाव से कहा, ''बात तो झूठी ही है। कारण, प्रोफेसरी अपनी इच्छा से नहीं छोड़ता तो दूसरों की यानी आप लोगों की इच्छा से छोड़नी पड़ती। और सो ही हुआ।''

आशु बाबू ने आश्चर्य के साथ पूछा, ''क्यों?''

शिवनाथ ने कहा, ''शराब पीने की वजह से।''

अक्षय ने इस बात का प्रतिवाद किया, "नहीं, शराब पीने के कुसूर पर नहीं, मतवाले होने के कुसूर से।"

शिवनाथ ने कहा, "जो शराब पीता है, वही तो कभी-न-कभी मतवाला होता है। जो नहीं होता, वह या तो झूठ बोलता है, या शराब के बदले पानी पीता है।" कह कर वह हँसने लगा।

अक्षय मारे क्रोध के कठोर हो उठा, बोला, "निर्लज्ज की तरह आप हँसना चाहें तो हँस सकते हैं; मगर इस कुसूर को हम लोग माफ नहीं कर सकते।"

शिवनाथ ने कहा, "ऐसी बदनामी तो मैं आपकी करता नहीं कि आप माफ कर सकते हैं। इस सत्य को मैं स्वीकार करता हूँ कि स्वेच्छा से मुझसे नौकरी छुड़ाने के लिए आप लोगों ने स्वेच्छा से काफी परिश्रम किया था।"

अक्षय ने कहा, "तो आशा है कि और भी एक सत्य आप इसी तरह स्वीकार कर लेंगे। आपको शायद मालूम नहीं कि हम लोग आपकी बहुत-सी बातें जानते हैं।"

शिवनाथ ने गरदन हिला कर कहा, "नहीं, मुझे नहीं मालूम। फिर भी इतना अवश्य जानता हूँ कि औरों के विषय में आपका कुतूहल जैसा असीम है, दूसरों की बात जानने का अध्यवसाय भी वैसा ही विपुल है। क्या स्वीकार करना होगा, फरमाइए?"

अक्षय ने कहा, "आपकी स्त्री मौजूद है। उसे छोड़ कर आपने फिर ब्याह किया है। सच है या नहीं?"

आशु बाबू सहसा गुस्सा हो पड़े, "आप यह सब क्या कह रहे हैं अक्षय बाबू? ऐसा भी कहीं हुआ है, या हो सकता है?"

शिवनाथ खुद ही बीच में टोक कर बोले, "पर ऐसा ही हुआ है आशु बाबू। उन्हें छोड़ कर, मैंने फिर से ब्याह किया है।"

"कहते क्या हैं? क्या हुआ था?"

शिवनाथ ने कहा, "विशेष बात नहीं। वे हमेशा बीमार रहती हैं, उमर भी तीस हो चली। औरतों के लिए इतना ही काफी है। उस पर लगातार बीमारी भुगतने के कारण दाँत गिर गये, बाल पक गये, बिलकुल बूढ़ी हो गयी हैं। इसीलिए उन्हें छोड़ कर दूसरा ब्याह करना पड़ा।"

आशु बाबू विह्वल दृष्टि से उसके चेहरे की तरफ देखते रह गये, "ऐं! सिर्फ इसीलिए? उनका और कोई अपराध नहीं?"

शिवनाथ ने कहा, "नहीं। कोई झूठा दोष लगाने से लाभ ही क्या है आशु बाबू?" उसकी इस निर्मल सत्यवादिता से अविनाश मानो पागल हो उठा, "लाभ

ही क्या है आशु बाबू! पाखण्डी कहीं के! तुम्हारा लाभ–नुकसान चूल्हे में जाये, एक बार झूठ ही बोल जाते कि उसने गम्भीर अपराध किया था, इसी से उसे छोड़ दिया है। एक झूठ से तुम्हारा पाप नहीं बढ़ जाता।''

शिवनाथ गुस्सा नहीं हुआ, सिर्फ इतना ही बोला, ''मगर ऐसी बेजा बात मैं नहीं कह सकता।''

हरेन्द्र सहसा जल–भुन गया, बोला, ''विवेक जैसी चीज़ क्या आप के अन्दर है ही नहीं शिवनाथ बाबू?''

शिवनाथ को इतने पर भी गुस्सा न आया, उसने शान्त भाव से ही कहा, ''ऐसा विवेक कोई मानी नहीं रखता। झूठे विवेक की जंजीर पैरों में डाल कर अपने को पंगु बना डालने का हिमायती मैं नहीं हूँ। हमेशा दुख भोगते चलना ही तो जीवन–धारण का उद्देश्य नहीं है?''

आशु बाबू इस गम्भीर व्यथा से आहत हो कर बोले, ''मगर आप अपनी स्त्री का दुख तो जरा सोच देखिए। उनका रोगी रहना परिताप का विषय हो सकता है, लेकिन सिर्फ इसी वजह से—बीमार रहना तो कोई कसूर नहीं शिवनाथ बाबू! बिना किसी अपराध—''

''बिना किसी अपराध मैं ही भला दुख क्यों सहता रहूँ? ऐसा विश्वास मेरा नहीं है कि एक का दुख और किसी के सर पर लाद देने से न्याय होता है।''

आशु बाबू ने आगे बहस नहीं की। वे सिर्फ एक गहरी साँस ले कर चुप हो रहे। हरेन्द्र ने पूछा, ''यह ब्याह हुआ कहाँ?''

''गाँव ही में।''

''सौत के होते हुए लड़की दे दी! शायद उसके माँ–बाप नहीं हैं?''

शिवनाथ ने कहा, ''नहीं। हमारे यहाँ की महरी की विधवा लड़की है।''

''घर की नौकरानी की लड़की है? खूब, खूब! जात क्या है?''

''ठीक नहीं मालूम। शायद जुलाहिन–उलाहिन होगी।''

अक्षय बहुत देर से बोला नहीं था, अब पूछ उठा, ''उसको अक्षर–बोध भी नहीं होगा शायद?''

शिवनाथ ने कहा, ''अक्षर–बोध के लोभ से ब्याह किया नहीं, किया है रूप के लिए। और इस चीज़ का शायद उसमें अभाव नहीं है।''

इस उक्ति के बाद मनोरमा ने फिर एक बार उठने की कोशिश की, लेकिन इस बार भी उसके पाँव पत्थर की तरह भारी हो रहे। कुतूहल और उत्तेजनावश किसी ने उसकी तरफ देखा नहीं। देखते तो शायद डर जाते।

हरेन्द्र ने कहा, ''तो यह शायद सिविल ब्याह ही हुआ?''

शिवनाथ ने गरदन हिला कर जवाब दिया, "नहीं, ब्याह हुआ शैव मत से?" अविनाश ने कहा, "यानी धोखा देने का रास्ता दसों दिशाओं से खुला रखा। क्यों? है न शिवनाथ?"

शिवनाथ ने हँस कर कहा, "यह तो क्रोध की बात है अविनाश बाबू! नहीं तो, पिता जी खुद अपनी मौजूदगी में मेरा जो ब्याह कर गये हैं, उसमें तो कोई धोखेबाजी की गुंजाइश नहीं थी, मगर फिर भी धोखा तो रह ही गया था। उसे ढूँढ निकालने की आँखें होनी चाहिएँ।"

अविनाश से कोई उत्तर देते न बन पड़ा, सिर्फ उसका चेहरा मारे क्रोध के सुर्ख हो गया।

आशु बाबू चुपचाप सिर झुकाये बैठे हुए सोचने लगे—यह क्या हुआ! यह क्या हुआ!

दो-तीन मिनट किसी के भी मुँह से कोई बात नहीं निकली, निरानन्द और कलह की घुटती हुई हवा से घर भर गया। बाहर से एक जोर का हवा का झोंका आये बिना बेचैनी दूर नहीं हो सकती, ऐसा ही कुछ मनोभाव लिये हुए अविनाश बाबू अकस्मात बोल उठे, "जाने दो, जाने दो, जाने दो ये सब बातें। हाँ, तो शिवनाथ, अब वही पत्थर का काम कर रहे हो क्या?"

शिवनाथ ने कहा, "हाँ।"

"तुम्हारे मित्र के नाबालिग लड़के-वालों का इन्तजाम तो तुम्हीं को करना पड़ता होगा? उनकी माँ है न? हालत कैसी है? उतनी अच्छी तो नहीं है शायद?"

"नहीं, बहुत ही खराब है।"

अविनाश ने कहा, "उफ्, अचानक मर गये... हम लोगों ने सोचा था कि रुपया पैसा कुछ छोड़ गये होंगे। लेकिन हाँ, तुम्हारे मित्र जरूर थे। अकृत्रिम, सुहृद जिगरी दोस्त!"

शिवनाथ ने गरदन हिला कर कहा, "हाँ, हम दोनों पाठशाला में एक साथ ही पढ़े थे।"

अविनाश ने कहा, "इसी से उस समय वे तुम्हारे लिए इतना कर सके थे।" जरा ठहर कर कहा, "लेकिन खैर, जो भी कुछ हो शिवनाथ, अब अकेले तुम्हीं को जब सारा कारोबार देखना पड़ेगा तो इसमें अपना कुछ हिस्सा रखने का क्यों दावा करते? बतौर मासिक के— "

शिवनाथ ने बात खत्म नहीं होने दी, बोला, "हिस्सा काहे का? कारोबार तो मेरा अकेले का है।"

प्रोफेसरों का दल मानों आसमान से नीचे आ पड़ा। अक्षय ने कहा, "पत्थर

का कारोबार अचानक आपका हो कैसे गया शिवनाथ बाबू?''

शिवनाथ ने गम्भीर हो कर जवाब दिया, ''मेरा तो है ही।''

अक्षय ने कहा, ''किसी तरह नहीं। हम सभी जानते हैं, योगीन्द्र बाबू का है।''

शिवनाथ ने जवाब दिया, ''जानते हैं तो अदालत में जा कर गवाही क्यों नहीं दे आये? कोई डॉकुमेण्ट था? सुना था?''

अविनाश ने चौंक कर प्रश्न किया, ''नहीं, सुना तो कुछ भी नहीं। लेकिन मामला क्या अदालत तक पहुँच गया था?''

शिवनाथ ने कहा, ''हाँ। योगीन्द्र के साले ने नालिश की थी। डिक्री मुझ को ही मिली है।''

अविनाश साँस छोड़ कर बोला, ''अच्छा हुआ। आखिरकार विधवा को कुछ देना नहीं पड़ा।''

शिवनाथ ने कहा, ''नहीं। खालिम ने 'चाप' तो खूब बनाये हैं भई। और भी दो-एक ले आओ।''

आशु बाबू भावाविष्ट की भाँति बैठे थे, चौंक कर मुँह उठाके बोले, ''यह क्या, आप लोग तो कुछ भी नहीं खा रहे हैं?''

भोजन की रुचि और भूख सभी की गायब हो चुकी थी। मनोरमा चुपके से उठी जा रही थी, शिवनाथ ने बुला कर कहा, ''वाह, हम लोगों का खाना खत्म नहीं हुआ और आप चली जा रही हैं?''

मनोरमा ने इस बात का उत्तर नहीं दिया, मुड़ कर देखा तक नहीं, मारे घृणा के उसके सारे शरीर में काँटे उठ आये।

3

उस घटना को बीते एक सप्ताह हो चुका। दो दिन से असमय में बादल घिर-घिर आते हैं और वर्षा शुरू हो गयी है; आज भी सवेरे से बीच-बीच में पानी पड़ रहा है। दोपहर को कुछ देर बन्द रहा, मगर बादल हटे नहीं। आकाश की हालत ऐसी है कि किसी भी समय वर्षा शुरू हो सकती है; इतने में मनोरमा घूमने के लिए तैयार हो कर अपने पिता के कमरे में जा पहुँची। आशु बाबू मोटी-सी एक फर्द ओढ़े आरामकुर्सी पर बैठे थे, उनके हाथ में एक किताब थी। लड़की ने आश्चर्य के साथ पूछा, ''वाह बाबू जी, तुम अभी तक तैयार ही नहीं हुए! आज तो हम लोग इतवारी खाँ की कब्र देखने के लिए जाने वाले थे!''

"बात तो थी बिटिया, लेकिन आज मेरी कमर में वात का दर्द—"

"तो मोटर वापस ले जाने के लिए कह दूँ? फिर कल ही चले चलेंगे, क्यों ठीक है न बाबूजी?"

पिता ने टोकते हुए कहा, "नहीं, नहीं। न घूमने से तेरा सिर दुखने लगेगा। तू न हो तो, थोड़ा घूम-फिर आ, मैं तब तक यह मासिक-पत्रिका देख लूँ। कहानी लिखी अच्छी है।"

"अच्छा, मैं जाती हूँ। पर लौटने में मुझे देर नहीं होगी। आ कर तुमसे कहानी सुनूँगी, सो अभी कहे जाती हूँ।" यह कह कर वह अकेली ही घूमने निकल गयी।

घण्टे-भर के अन्दर ही मनोरमा घर लौट आयी और पिता के कमरे में घुसते-घुसते बोली, "कैसी कहानी है बाबू जी? खत्म हो गयी? किसने लिखी है?"

मगर बात मुँह से निकलने के बाद ही वह चौंक पड़ी, देखा कि कमरे में पिता अकेले नहीं हैं, सामने शिवनाथ बैठा है।

शिवनाथ ने उठ कर नमस्कार किया, और कहा, "कहाँ तक घूम आईं?" मनोरमा ने जवाब नहीं दिया; सिर्फ नमस्कार के बदले में जरा-सा सिर हिला कर उसकी तरफ से पीठ करके पिता से कहा, "पूरी पढ़ चुके बाबू जी? कैसी लगी?"

आशु बाबू ने इतना ही कहा, "नहीं।"

मनोरमा ने कहा, "तो मैं ले जाऊँ, पढ़ के अभी तुम्हें वापस दे जाऊँगी।" इतना कह कर वह पत्रिका हाथ में ले कर चल दी। लेकिन अपने सोने के कमरे में आ कर वह चुपचाप बैठी रही। कपड़े बदलना, हाथ-मुँह धोना वगैरा—सब काम पड़ा रहा, पत्रिका एक बार खोल कर देखी तक नहीं कि कौन-सी कहानी है, किसने लिखी है अथवा कैसी लिखी है।

इस तरह बैठी-बैठी वह क्या-क्या सोचने लगी, कोई ठिकाना नहीं। कुछ देर बाद, नौकर को सामने से जाते देख उसने पूछा, "अरे, बाबू जी के कमरे से वह आदमी चला गया?"

बेहरा ने कहा, "जी हाँ।"

"कब गया?"

"पानी पड़ने से पहले ही।"

मनोरमा ने खिड़की का पर्दा हटा कर देखा, बात ठीक थी। फिर वर्षा शुरू हो गयी थी, पर ज्यादा नहीं। ऊपर की ओर देखा, पश्चिम के आकाश में बादल घनघोर होते आ रहे थे और इस बात की सूचना दे रहे थे कि रात को मूसलाधार पानी पड़ेगा। पत्रिका हाथ में लिये पिता की बैठक में जा कर देखा कि वे चुपचाप बैठे हैं। पत्रिका उनकी आराम कुर्सी के हाथे पर धीरे से रख कर बोली, "बाबू जी,

तुम तो जानते हो, यह सब मुझे अच्छा नहीं लगता।"

इतना कह कर वह पास की चौकी पर बैठ गयी।

आशु बाबू ने मुँह उठा कर कहा, "क्या सब बेटी?"

मनोरमा ने कहा, "तुम ठीक समझते हो कि मैं क्या कह रही हूँ। गुणी का आदर करना मैं भी कम नहीं जानती बाबू जी, लेकिन शिवनाथ बाबू जैसे एक दुष्ट, दुश्चरित्र शराबी को क्या समझ कर प्रश्रय दे रहे हो?"

आशु बाबू मारे शरम और संकोच के एकबारगी फक पड़ गये। कमरे के एक कोने में टेबिल पर बहुत-सी पुस्तकों का ढेर पड़ा था, मनोरमा समय के अभाव से उन्हें यथास्थान सजा कर अब तक रख नहीं सकी थी। उस तरफ आँख का इशारा करके वे सिर्फ इतना कह सके, "वे हैं न अभी—"

मनोरमा ने भय के साथ उधर मुँह फेर कर देखा, शिवनाथ मेज के पास खड़ा कोई किताब ढूँढ रहा है। नौकर ने उसे गलत खबर दी थी। मनोरमा मारे शरम के मानो जमीन में धँसने लगी। शिवनाथ के पास आ कर खड़े होने पर ऊपर मुँह उठा कर देख न सकी। शिवनाथ ने कहा, "किताब मुझे मिली नहीं आशु बाबू। तो अब चला।"

आशु बाबू से और कुछ कहा नहीं गया, सिर्फ इतना ही कहा, "बाहर बारिश जो हो रही है।"

शिवनाथ ने कहा, "होने दीजिए। ज्यादा नहीं है।"

इतना कह कर वह जा ही रहा था कि अकस्मात ठिठक कर खड़ा हो गया। मनोरमा को लक्ष्य करके बोला, "मैंने दैवात जो सुन लिया है, वह मेरा दुर्भाग्य भी है और सौभाग्य भी। इसके लिए आप लज्जित न हों। ऐसी बातें अकसर सुननी पड़ती हैं। फिर भी, यह मैं निश्चित जानता हूँ कि बातें मेरे सम्बन्ध में कही जाने पर भी मुझे सुना कर नहीं कही गईं। इतनी निर्दय आप हरगिज नहीं हैं।"

फिर जरा ठहर कर कहा, "मगर मेरी और एक शिकायत है। उस दिन अक्षय बाबू वगैरह प्रोफेसरों के गुट ने मेरे विरुद्ध इशारा किया था मानो मैं किसी खास मतलब को ले कर इस घर से घनिष्ठता बढ़ाने की कोशिश कर रहा हूँ। पर एक तो सब लोगों के औचित्य की धारणा एक-सी नहीं होती, दूसरे बाहर से कोई एक घटना जैसी दिखाई देती है वह उसका पूर्ण रूप नहीं होता। पर बात जो भी हो, आप लोगों के बीच प्रवेश करने की कोई गूढ़ दुरभिसन्धि उस दिन भी मेरे अन्दर नहीं थी और आज भी नहीं है।" फिर सहसा आशु बाबू को लक्ष्य करके कहा, "मेरा गाना सुनना आपको अच्छा लगता है, घर मेरा ज्यादा दूर नहीं, अगर किसी दिन सुनने की तबीयत हो जाये, तो वहाँ चरण-रज दीजिएगा, मुझे खुशी होगी।" इतना कह

कर फिर से नमस्कार करके शिवनाथ बाहर चला गया। पिता या कन्या दोनों में से कोई एक भी बात का जवाब न दे सका। आशु बाबू के हृदय में से बहुत-सी बातें एक साथ निकलने को धक्कम-धक्का करने लगीं, लेकिन निकल न सकीं। बाहर तब वर्षा जोर की हो रही थी; यह बात भी उनके मुँह से न निकली कि शिवनाथ बाबू, जरा ठहर कर जाइएगा।

नौकर चाय का सामान ले कर हाजिर हुआ। मनोरमा ने पूछा, "तुम्हारी चाय क्या यहीं बना दूँ बाबू जी?"

आशु बाबू ने कहा, "नहीं, मैंने नहीं, शिवनाथ बाबू ने जरा चाय पीने को कहा था।"

मनोरमा ने नौकर को चाय वापस ले जाने के लिए इशारा किया। मन की चंचलता के कारण आशु बाबू कमर में दर्द होते हुए भी चौकी से उठ कर कमरे में चहलकदमी कर रहे थे, इतने में सहसा खिड़की के पास ठिठक कर खड़े हो गये और क्षण-भर गौर से देख कर बोले, "उस पेड़ के नीचे जो खड़ा है सो शिवनाथ ही है न? जा नहीं सका है, भीग रहा है।" फिर दूसरे ही क्षण बोल उठे, "साथ में कोई स्त्री भी खड़ी है। बंगालियों के जैसे कपड़े पहने, वह बेचारी और भी भीगी जा रही है?"

इसके बाद तुरन्त उन्होंने नौकर को बुलाया और कहा, "जदू, देख तो आ, गेट के पास पेड़ के नीचे खड़े कौन भीग रहे हैं? जो बाबू अभी-अभी यहाँ से गये हैं, वही हैं क्या? ...लेकिन, ठहर-ठहर..."

बात उनकी बीच में ही रुक गयी, अकस्मात मन में भयानक सन्देह जाग उठा—वह औरत शिवनाथ की वही स्त्री तो नहीं है?

मनोरमा ने कहा, "ठहरे क्यों बाबूजी, जा कर शिवनाथ बाबू को बुला ही लायें न।" और वह उठ के खुली खिड़की के किनारे पिता के पास जा खड़ी हुई। बोली, "वह चाय पीना चाहता था, ऐसा जानती तो मैं हरगिज उसे जाने नहीं देती।"

लड़की की बात के जवाब में आशु बाबू धीरे से बोले, "सो तो ठीक है मणि, मगर, मुझे डर है कि वह स्त्री जो साथ खड़ी है, शायद उसकी वही स्त्री हो। बाहर खड़ी-खड़ी बाट देख रही थी।"

बात सुन कर मनोरमा को निश्चित मालूम हुआ कि यह वही स्त्री है। एक बार उनके मन में दुविधा आयी कि इस घर में उसे किसी बहाने से बुलाया जा सकता है या नहीं, पर पिता के मुँह की तरफ देख कर उसने वह संकोच दूर कर दिया। नौकर से कहा, "जदू, जा कर उन दोनों को ही बुला लाओ। शिवनाथ बाबू अगर पूछें कि किसने बुलाया है तो मेरा नाम बता देना।"

नौकर चला गया। आशु बाबू का जी उत्कण्ठा से भर उठा, बोले, "मणि यह काम शायद ठीक नहीं हुआ।"

"क्यों बाबू जी?"

आशु बाबू ने कहा, "शिवनाथ यों चाहे जैसा हो, पर आखिर एक उच्च शिक्षित और शरीफ आदमी है, उसकी बात और है। पर उसके सिलसिले में इस औरत से भी परिचय करना क्या ठीक हो सकता है? जाति की ऊँचता-नीचता हम लोग भले ही उतनी न मानते हों, पर भेद तो है ही। नौकर-नौकरानियों के साथ तो बन्धुत्व नहीं किया जा सकता, बेटी!"

मनोरमा ने कहा, "बन्धुत्व करने की जरूरत नहीं बाबू जी। विपत्ति के समय रास्ते के राहगीर को भी कुछ घण्टों के लिए आश्रय दिया जाता है। हम लोग सिर्फ उतना ही करेंगे।"

आशु बाबू के मन की दुविधा नहीं मिटी। कई बार सिर हिला कर बोले, "बात ठीक इतनी ही नहीं है। मेरी समझ में यह भी तो नहीं आ रहा है कि उस स्त्री के आ जाने पर उसके साथ कैसा व्यवहार करोगी।"

मनोरमा ने कहा, "मुझ पर क्या तुम विश्वास नहीं करते बाबूजी?"

आशु बाबू जरा सूखी हँसी हँस कर बोले, "सो तो है। फिर भी बात जरा ठीक से समझ में नहीं आ रही है। तुम जानती हो जो तुम्हारी बराबर की श्रेणी के हैं उनके साथ कैसा व्यवहार किया जाता है और इतना बहुत कम लड़कियाँ ही जानती होंगी। नौकर-नौकरानियों के प्रति व्यवहार भी तुम्हारा निर्दोष है, मगर यह जरा और बात है।—समझीं बेटी, शिवनाथ पर मैं स्नेह करता हूँ, मैं उसके गुणों का अनुरागी हूँ,—दैव की विडम्बना से आज बिना कारण वह बहुत कुछ लांछन सह गया है, अब फिर घर में बुला कर मैं उसे और सताना नहीं चाहता।"

मनोरमा ने समझा कि यह शिकायत उसी के प्रति है, उसने कहा, "अच्छा बाबू जी, वैसा ही होगा।"

आशु बाबू ने हँस कर कहा, "होना क्या आसान है बेटी? कारण, मेरे मन में भी इसकी साफ-साफ धारणा नहीं रही है कि उसके साथ कैसा व्यवहार होना चाहिए। सिर्फ यही खयाल आ रहा है कि शिवनाथ को अब हमारे घर और कष्ट न मिले।"

मनोरमा कुछ कहना ही चाहती थी कि अचानक चौंक कर बोली, "हाँ, लो, ये आ ही तो गये।"

आशु बाबू व्यस्त-से हो कर बाहर आ गये, बोले, "खूब शिवनाथ बाबू—भीग कर तो बिलकुल—"

शिवनाथ ने कहा, "हाँ, अचानक पानी जोर का पड़ने लगा, सो मुझसे भी बहुत ज्यादा ये भीगी हैं।" कहते हुए साथ की स्त्री को दिखा दिया। मगर वह कौन है, यह परिचय न तो शिवनाथ ने ही साफ-साफ दिया और न इन्हीं लोगों ने खुलकर पूछा।

उन्होंने देखा कि सचमुच उस स्त्री की देह पर सूखा कहने लायक कहीं भी कुछ नहीं बचा है। सारे कपड़े भीग कर भारी हो गये हैं, माथे के घने काले बालों से पानी की धारा गालों पर होती हुई बह रही है। पिता और पुत्री इस नवागता रमणी के चेहरे की तरफ देख कर असीम विस्मय से निर्वाक हो रहे। आशु बाबू खुद कवि नहीं हैं, लेकिन उन्हें लगा कि ऐसे ही नारी-रूप की तुलना शायद प्राचीन काल के कवि 'शिशिर-धौत पद्म' के साथ कर गये हैं, और जगत में इतनी अधिक सच्ची तुलना भी शायद और नहीं है। उस दिन जब अक्षय के नाना तरह के प्रश्नों के उत्तर में शिवनाथ ने अस्थिर हो कर यह जवाब दिया था कि उन्होंने शिक्षिता होने की वजह से नहीं, रूप के लिए ब्याह किया है, तब किसी ने नहीं सोचा था कि यह बात कितनी ज्यादा सच है। पर अब स्तब्ध हो कर आशु बाबू शिवनाथ की उस बात को बार-बार याद करने लगे। उन्हें सचमुच ही ऐसा जान पड़ा कि इनकी जीवन-यात्रा की प्रणाली शिष्ट और नीति-सम्मत भले ही न हो, पति-पत्नी सम्बन्ध की पवित्रता भी इनके बीच भले ही न हो, मगर इस नश्वर जगत में नर-नारी के नश्वर शरीरों का ही आश्रय ले कर सृष्टि का यह कैसा अविनश्वर सत्य प्रत्फुटित हुआ है! और परम आश्चर्य की बात यह है कि जिस देश में रूप चुन लेने का कोई विशिष्ट मार्ग नहीं, जिस देश में अपनी आँखों को बन्द करके औरों की आँखों पर ही निर्भर रहना पड़ता है, ऐसे अन्धकार में इन दोनों को परस्पर एक-दूसरे की खबर लग कैसे गयी? लेकिन इस मोहाच्छन्न भाव को काट फेंकने में उन्हें एक क्षण से ज्यादा समय नहीं लगा। व्यस्त हो कर बोले, "शिवनाथ बाबू, भीगे कपड़े तो बदल लीजिए। जदू, बाबू को हमारे बाथरूम में ले जा।"

नौकर के साथ शिवनाथ चला गया। मुश्किल आयी अब मनोरमा की। युवती की उमर लगभग मनोरमा के बराबर ही होगी, और भीगे कपड़े बदल डालने की उसे भी सख्त जरूरत थी। लेकिन उसके वंश और जन्म का जो परिचय उस दिन शिवनाथ के मुँह से सुना है, उससे मनोरमा की कुछ समझ में न आया कि वह क्या कह कर उसको सम्बोधित करे। रूप उसमें चाहे कितना ही क्यों न हो, शिक्षा-संस्कारहीन नीच-जातीय इस दासी-कन्या को 'आओ' कह कर बुलाने में भी पिता के सामने उसे संकोच मालूम हुआ, और 'आइए' कह कर सम्मान के साथ अपने कमरे में ले जाने में तो उसे और भी घृणा मालूम होने लगी। लेकिन सहसा इस समस्या की मीमांसा कर दी खुद उस युवती ने। मनोरमा की तरफ देख कर उसने कहा,

“मेरा भी सब कुछ भीग गया है, मेरे लिए भी एक धोती मँगा देनी पड़ेगी।”

“देती हूँ।” कह कर मनोरमा उसे भीतर ले गई, और महरी को बुला कर बोली कि इन्हें नहान-घर में ले जा कर जो कुछ चाहिए सो सब दे दे।

उस स्त्री ने मनोरमा को ऊपर से नीचे तक बार-बार देख कर कहा, “मुझे एक साफ धोबी की धुली धोती देने के लिए कह दीजिए।”

मनोरमा ने कहा, “सो ही देगी।”

स्त्री ने महरी से पूछा, “नहान घर में साबुन है न?”

महरी ने कहा, “है।”

“लेकिन मैं किसी का लगाया हुआ साबुन नहीं लगाती।”

इस अपरिचित स्त्री का मन्तव्य सुन कर पहले तो महरी को आश्चर्य हुआ, फिर वह बोली, “वहाँ नये साबुनों का बॉक्स पड़ा हुआ है। लेकिन, वह जीजीबाई का अपना नहान-घर है। उनका साबुन लगाने में क्या बुराई है?”

स्त्री ने होंट सिकोड़ कर कहा, “नहीं, यह मुझसे नहीं होता, मुझे बड़ी नफरत मालूम होती है। इसके सिवा हर एक का साबुन लगाने से बीमारी हो जाती है।”

मनोरमा का चेहरा क्रोध से सुर्ख हो उठा, पर एक क्षण के लिए ही। दूसरे ही क्षण निर्मल हँसी की छटा से उसकी दोनों आँखें चमकने लगीं। उसके मन पर से मानो एक मेघ दूर हो गया। हँस कर पूछा, “यह बात तुमने सीखी किससे?”

स्त्री ने कहा, “सीखूँगी किससे? मैं खुद ही सब जानती हूँ।”

मनोरमा ने कहा, “सच? तो जरा हमारी इस महरी को भी कुछ अच्छी बातें सिखा देना। यह बिलकुल ही मूरख है।” कहते-कहते उसे फिर हँसी आ गयी।

महरी भी हँस दी, बोली, “चलो पण्डितानी जी, साबुन-आबुन लगा कर पहले तैयार हो लो, फिर तुम्हारे पास बैठ कर बहुत-सी अच्छी-अच्छी बातें सीख लूँगी।—जीजीबाई, कौन हैं ये?”

मनोरमा हँसी दबाने के लिए अगर दूसरी तरफ मुँह न फेर लेती तो सम्भव है कि वह इस अपरिचिता अशिक्षिता स्त्री के मुँह पर कौतुक और प्रच्छन्न उपहास का भाव ताड़ जाती।

4

मनोरमा आशु बाबू की सिर्फ लड़की ही हो, सो बात नहीं; वह उनकी साथी, संगी, मंत्री, मित्र, एक साथ सब कुछ थी। इसी वजह से, पिता के सम्मान रक्षा के लिए

भारतीय समाज में सन्तान से जो अपेक्षा रखी जाती है कि वह थोड़ी संकोच-भरी दूरी बनाये रखे, उस पर मनोरमा अधिकांश मौकों पर खरी न उतर पाती। बीच-बीच में ऐसी चर्चाएँ, आलोचनाएँ दोनों में होने लगती थीं, जो बहुत-से पिताओं को खटकेंगी; पर इनके कानों में नहीं खटकती थीं। लड़की को आशु बाबू इतना प्यार करते हैं कि उसकी सीमा नहीं। वे स्त्री वियोग के बाद फिर से ब्याह करने की कल्पना भी मन में नहीं कर सके, तो इसका भी एकमात्र कारण यह लड़की ही है। मगर मित्र मण्डली में बात छिड़ने पर खेद के साथ वे कहते हैं कि, ''एक तो साढ़े तीन मन का यह भारी शरीर और सो भी वात-रोग के कारण पंगु। अब और क्यों इसके लिए एक लड़की का सर्वनाश किया जाये भाई! जो दुख सर पर ले कर मणि की माँ स्वर्ग सिधार गयी है, सो मुझे मालूम है। इस आशु के लिए वही काफी है।''

मनोरमा यह बात सुनती तो घोर आपत्ति करती, कहती, ''बाबू जी, तुम्हारी यह बात मुझे नहीं सुहाती। यहाँ ताजमहल देख कर कितने आदमियों को न जाने क्या-क्या याद आता है, पर मुझे याद आती है तुम्हारी और माँ की। मेरी माँ स्वर्ग में क्या दुख सह कर गयी है?''

आशु बाबू कहते, ''तू तो तब कुल दस-बारह साल की बच्ची थी, तू तो सब जानती है। एक के गले में दूसरे की माला गिरने का जो किस्सा है सो सिर्फ मैं ही जानता हूँ बिटिया।'' कहते-कहते उनकी आँखें डबडबा आतीं।

आगरे में आ कर वे बिना किसी संकोच के सबके साथ हिल-मिल गये हैं, पर सबसे बढ़ कर उनकी हार्दिक मैत्री हुई है अविनाश बाबू के साथ। अविनाश सहिष्णु और संयत प्रकृति का आदमी है। उसके चित्त में ऐसी एक स्वाभाविक शान्ति और प्रसन्नता थी कि वह सहज ही सबकी श्रद्धा आकर्षित कर लेता। मगर आशु बाबू मुग्ध हुए थे कुछ और ही कारण से। उनकी तरह उसने भी दूसरी बार ब्याह नहीं किया था और पत्नी-प्रेम को प्रकट करने के लिए घर में जगह-जगह अपनी स्त्री के चित्र लगा रखे थे। आशु बाबू उससे कहते, ''अविनाश बाबू, लोग हमारी प्रशंसा करते हैं। सोचते हैं हम लोगों का कैसा आत्मसंयम है, मानो हम लोगों ने कोई बहुत बड़ा कठिन काम कर डाला हो! पर मैं सोचता हूँ कि यह प्रश्न उठता ही कैसे है? जो लोग दूसरी बार ब्याह करते हैं, वे कर सकते हैं इसीलिए करते हैं। उन्हें मैं दोष भी नहीं देता और न छोटा ही समझता हूँ। मैं सोचता हूँ कि मैं कर नहीं सकता। सिर्फ इतना ही जानता हूँ कि मणि की माँ की जगह और किसी को स्त्री के रूप में ग्रहण करना मेरे लिए सिर्फ कठिन ही नहीं, असम्भव भी है। पर इसकी उन्हें क्या खबर? बात ऐसी ही है न अविनाश बाबू? अपने मन से पूछ देखिए जरा, ठीक बात कहता हूँ या नहीं।''

अविनाश हँस देता, कहता, ''लेकिन मैं तो कुछ जुटा नहीं सका हूँ आशु बाबू। मास्टरी करके गुजर करता हूँ, वक्त भी नहीं मिलता और उमर भी हो चुकी है, लड़की देगा कौन?''

आशु बाबू खुश हो कर कहते, ''ठीक यही बात है अविनाश बाबू, यही बात है। मैं भी सबको कहता फिरा हूँ कि देह का वजन साढ़े तीन मन है, वात का पंगु हूँ, कब कहाँ चलते-फिरते हार्ट फेल हो जाये, कोई ठिकाना नहीं, लड़की देगा कौन? लेकिन जानता हूँ कि लड़की देने वालों की कमी नहीं है, सिर्फ लेने वाला मनुष्य ही मर गया है! हः हः हः हः—अविनाश भी मर चुका और आशु भी—हः हः हः हः !—'' कह कर ठहाका मार कर ऐसे जोर से हँसते कि घर की खिड़कियाँ और उनके शीशे तक काँप उठते।

रोज शाम को आशु बाबू अपनी कन्या के साथ घूमने निकलते, पर अविनाश के मकान के सामने आ कर उतर पड़ते, कहते, ''अब शाम के वक्त ठण्डी हवा लगना मेरे लिए ठीक नहीं बेटी, बल्कि तुम लौटते वक्त मुझे अपने साथ ले जाना।''

मनोरमा हँस कर कहती, ''ठण्डा कहाँ है बाबू जी, आज तो काफी गरमी है।''

बाबू जी कहते, ''सो भी तो अच्छा नहीं बेटी, बूढ़ों के स्वास्थ्य के लिए गरम हवा भी तो हानिकारक है। तुम जरा घूम-फिर आओ, हम दोनों बूढ़े मिल कर तब तक दो-चार बातें ही करें।''

मनोरमा हँस कर कहती, ''बातें तुम लोग दो-चार छोड़, दो-चार सौ करते रहो, मुझे उसमें कोई ऐतराज नहीं, लेकिन तुम दोनों में से कोई अभी बूढ़ा नहीं हुआ, सो मैं याद दिलाये जाती हूँ।'' इतना कह कर वह चली जाती।

वात की वजह से जिस दिन आशु बाबू से किसी भी तरह आया नहीं जाता, उस दिन अविनाश को जाना पड़ता। गाड़ी भेज कर, आदमी भेज कर, चाय का निमंत्रण देकर, जैसे भी बनता, आशु बाबू का अनिवार्य अनुरोध उनके पास पहुँचता और उसे वे किसी भी तरह टाल नहीं सकते। दोनों के इकट्ठे होने पर और बातों के साथ शिवनाथ का भी अकसर जिक्र छिड़ जाता। इसकी वेदना आशु बाबू के मन से दूर नहीं होती थी कि उस दिन उसे निमन्त्रण दे कर घर बुलाया और सबने मिल कर अपमानित करके उसे विदा कर दिया। शिवनाथ विद्वान आदमी है, गुणी है, उसका सारा शरीर यौवन, स्वास्थ्य और सौन्दर्य से भरा हुआ है—यह सब क्या कुछ भी नहीं? तो फिर किस वास्ते इतनी सम्पदा भगवान ने उसे दोनों हाथों से उठा कर दे दी है? क्या इसीलिए कि मनुष्य-समाज से उसे उठा कर दूर फेंक दिया जाये? शराबी हो गया है, तो इससे क्या? शराब पी कर मतवाले तो बहुतेरे हो जाया करते हैं। यौवन में यह कसूर तो उनसे भी बन पड़ा है, इसके लिए किसने उन्हें त्याग दिया है?

आदमी की त्रुटियों, आदमी के अपराधों पर गौर करने की अपेक्षा उसे क्षमा करने की तरफ उनके हृदय का झुकाव बहुत ज्यादा होता जाता था; और इसीलिए वे अविनाश के साथ अकसर इस विषय पर बहस किया करते थे। प्रकट रूप से शिवनाथ को निमंत्रण देने का अब उन्हें साहस नहीं होता, लेकिन मन उनका हमेशा उसकी संगत के लिए तड़पा करता। अविनाश की सिर्फ एक बात का उनसे कोई जवाब देते नहीं बनता कि 'वह जो एक बीमार स्त्री को छोड़ कर दूसरी स्त्री घर में ले आया है, सो यह क्या है?'

आशु बाबू लज्जित हो कर कहते, "यही तो सोचता हूँ कि शिवनाथ जैसा आदमी यह काम कर कैसे सका? लेकिन क्या जाने अविनाश बाबू, शायद, भीतर कोई रहस्य हो—हो सकता है—और—सभी बातें क्या सबके आगे कही जा सकती हैं, या कहना उचित है?"

अविनाश कहता, "मगर उसकी स्त्री निर्दोष थी, यह तो उसने अपनी ही ज़बान से कबूल किया था?"

आशु बाबू परास्त हो कर गरदन हिला के कहते, "सो तो किया ही था।"

अविनाश ने कहा, "और यह जो मरे हुए मित्र की विधवा को धोखा देना, सारे रोजगार को अपना बता कर उस पर दखल कर लेना—यह क्या था?"

आशु बाबू मारे शरम के जमीन में गड़ जाते, जैसे खुद उन्हीं ने यह दुष्कार्य कर डाला हो। फिर अपराधी की तरह धीरे से कहते, "लेकिन बात यह है न अविनाश बाबू, शायद भीतर कोई रहस्य हो—अच्छा, फिर अदालत ने क्या समझ कर उन्हें डिक्री दे दी? उसने क्या कुछ भी विचार नहीं किया होगा?"

अविनाश कहता, "अंग्रेजी अदालत की बात छोड़ दीजिए आशु बाबू। आप खुद भी जमींदार हैं—वहाँ सबल के आगे दुर्बल कब विजयी हो सका है, बता सकते हैं मुझे?"

आशु बाबू कहते, "नहीं-नहीं, यह बात ठीक नहीं, यह बात ठीक नहीं। मगर हाँ, यह भी नहीं कह सकता कि आपकी बात झूठ है। लेकिन बात यह है न—"

अचानक मनोरमा आ जाती तो हँस कर कहती, "बात जो है सो सभी जानते हैं। बाबूजी, तुम खुद भी मन ही मन जानते हो कि अविनाश बाबू मिथ्या तर्क नहीं करते।"

इसके बाद, आशु बाबू के मुँह से फिर कोई बात न निकलती।

शिवनाथ के विषय में मनोरमा की ही विमुखता मानो सबसे ज्यादा थी। मुँह से वह ज्यादा नहीं कहती थी, पर पिता सबसे ज्यादा डरते थे उसी से।

जिस दिन शाम को शिवनाथ और उसकी स्त्री पानी में भीग कर इस घर का

आसरा लेने को मजबूर हुए थे उसके बाद दो दिन तक आशु बाबू वात के प्रकोप से एकदम खाट पर पड़े रहे। न तो वे खुद ही कहीं जा सके और न अविनाश ही काम की झंझट की वजह से उनके पास आ सके। लेकिन उनके आते ही आशु बाबू वात के असह्य दर्द को भूल कर आराम कुर्सी पर सीधे हो कर बैठ गये और बोले, ''अजी अविनाश बाबू, शिवनाथ की स्त्री के साथ तो हम लोगों का परिचय हो गया। लड़की है बिलकुल लक्ष्मी की मूर्ति। ऐसा रूप कभी नहीं देखा भाई। मालूम हुआ, जैसे उन दोनों को भगवान ने किसी उद्देश्य से ही मिलाया है।''

''कहते क्या हैं!''

''हाँ, हाँ। दोनों को अगल-बगल खड़ा कर दो, तो देखते ही रह जाना पड़ता है! आप आँखें हटा ही नहीं सकते, इतना मैं कह देता हूँ अविनाश बाबू।''

अविनाश ने हँसते हुए कहा, ''हो सकता है। लेकिन आप प्रशंसा करने लगते हैं तो उसकी सीमा नहीं रखते।''

आशु बाबू क्षणभर उनके मुँह की ओर देखते रहे, फिर बोले, ''यह दोष मुझ में है। सीमा से बाहर जा सकता होता तो इस मामले में भी जरूर जाता, मगर शक्ति नहीं है। इन दोनों के बारे में कितना ही क्यों न कहा जाये, सब सीमा की बायीं तरफ ही रहेगा, दाहिनी तरफ नहीं पहुँचने का''

अविनाश ने इस पर पूरा विश्वास कर लिया हो, सो बात नहीं, लेकिन पहले का परिहास का ढंग भी अब न रहा। बोले, ''तो फिर उस दिन शिवनाथ ने अकारण दम्भ नहीं किया, क्यों? मगर परिचय हुआ किस तरह?''

आशु बाबू ने कहा, ''बिलकुल दैवी घटना हुई। शिवनाथ को काम था मुझ से। स्त्री साथ थी, पर मकान के अन्दर लाने की हिम्मत नहीं हुई, बाहर ही एक पेड़ के नीचे उसे खड़ा कर आया। लेकिन दैव टेढ़ा हो तो आदमी की चतुराई काम नहीं देती, असम्भव बात भी सम्भव हो जाती है। हुआ वही।'' यह कह कर उन्होंने उस दिन की आँधी-बारिश की सारी घटना विस्तार के साथ कह सुनाई; फिर कहा, ''हमारी मणि लेकिन खुश नहीं हो सकी। उसकी हम-उम्र ही थी, शायद कुछ बड़ी भी हो; मगर मणि का कहना है कि उस दिन शिवनाथ बाबू ने सच्ची बात ही कही थी—लड़की वास्तव में अशिक्षित, किसी दासी की लड़की है। कम-से-कम हमारे शिष्ट समाज की तो नहीं है, इसमें कोई सन्देह नहीं।''

अविनाश को कुतूहल हुआ, ''सो कैसे जाना?''

आशु बाबू ने कहा, ''उसने शायद भीगी धोती के बदले साफ धुली धोती माँगी थी, और कहा था कि मैं किसी का इस्तेमाल किया हुआ साबुन नहीं लगा सकती—मुझे नफरत मालूम होती है।''

अविनाश समझ नहीं सके कि इसमें शिष्ट-समाज के नियमों के बाहर की कौन-सी बात है।

आशु बाबू ने भी ठीक यही बात कही, "इसमें असंगत कौन-सी बात हुई, मैं अब तक नहीं समझ सका। मगर मणि कहती है, बात में नहीं बाबू जी, कहने के ढंग में एक ऐसी बात थी जो बिना सुने नहीं जानी जा सकती। इसके सिवा, स्त्रियों की आँखों और कानों को धोखा नहीं दिया जा सकता। हमारे वहाँ की नौकरानी तक भी समझ गयी कि यह उसी की जात की है, उसके मालिकों की कोई नहीं। बिलकुल नीचे से अचानक एकदम ऊपर चढ़ा देने से जैसा होता है, इसके साथ भी ठीक वैसा हुआ है।"

अविनाश ने कुछ देर चुप रह कर कहा, "दुख की बात है। मगर आपके साथ परिचय हुआ किस तरह? आपसे बोली थी क्या?"

आशु बाबू ने कहा, "जरूर भीगी धोती बदल कर सीधी मेरे कमरे में आ कर बैठ गयी। झिझक थी ही नहीं—मेरी तबीयत कैसी है, क्या खाता हूँ, क्या इलाज चल रहा है, जगह यह अच्छी लग रही है या नहीं—पूछने का क्या ही सहज-स्वच्छन्द भाव था! बल्कि शिवनाथ तो कुछ संकुचित भी हो रहे, मगर उसमें जड़ता का चिह्न तक देखने में नहीं आया। न बात-चीत में, न आचरण में।"

अविनाश ने पूछा, "मालूम होता है, मनोरमा तब न होगी?"

"नहीं। उसे न जाने कैसी अश्रद्धा-सी हो गयी है, कहा नहीं जाता। उन लोगों के चले जाने पर मैंने कहा, 'मणि, उन्हें विदा करने भी एक बार बाहर नहीं आयीं?' मणि ने कहा, 'और जो कुछ कहो कर सकती हूँ बाबू जी, लेकिन घर के नौकर-चाकर या दास-दासियों को 'बैठिए' कह कर अभ्यर्थना नहीं कर सकती और फिर 'आइएगा' कह कर विदा भी नहीं दे सकती। अपने घर आने पर भी नहीं।' इसके बाद कहने को और क्या रह जाता है!"

कहने को और क्या रह जाता है, सो अविनाश को खुद भी ढूँढे न मिला, सिर्फ मृदु कंठ से इतना कहा, "बताना मुश्किल है आशु बाबू। पर मालूम होता है कि मनोरमा ने ठीक ही कहा था। इस तरह की औरतों से हम जैसों के घरों की स्त्रियों की जान-पहचान न होना ही अच्छा है।"

आशु बाबू चुप रहे।

अविनाश कहने लगे, "शिवनाथ के संकोच का कारण भी शायद यही है। उसे तो सभी बातें मालूम हैं—उसे डर था कि कहीं कोई भद्दी, न निकालने लायक बात उसकी स्त्री के मुँह से न निकल जाये।"

आशु बाबू हँस दिये, बोले, "हाँ, हो भी सकता है।"

अविनाश ने कहा, "जरूर यही बात है।"

आशु बाबू ने प्रतिकार नहीं किया, सिर्फ कहा, "लड़की लेकिन लक्ष्मी की-सी प्रतिमा थी।" कह कर उन्होंने एक छोटी-सी साँस छोड़ी और वे आराम कुर्सी से पीठ लगा कर लेट रहे।

कुछ देर चुप रह कर अविनाश ने कहा, "मेरी बात से क्या आपको क्षोभ हुआ?"

आशु बाबू उठ के बैठे नहीं, उसी तरह अधलेटी हालत में पड़े हुए धीरे-धीरे बोले, "क्षोभ नहीं अविनाश बाबू, पर न जाने कैसी एक व्यथा-सी मालूम हुई। इसी से तो आप से मिलने के लिए इस तरह फड़फड़ा रहा था। बातें भी कैसी मीठी थीं उसकी—सिर्फ रूप ही नहीं।"

अविनाश ने हँसते हुए उत्तर दिया, "मगर मैंने तो उसका रूप भी नहीं देखा और बातें भी नहीं सुनीं, आशु बाबू।"

आशु बाबू ने कहा, "पर वैसा मौका अगर कभी हाथ आयेगा तो आप समझ जायेंगे कि उन्हें त्याग देने में कितना अन्याय हुआ है। और कोई भले ही न समझे, पर मैं निश्चित जानता हूँ कि आप जरूर समझेंगे। जाते वक्त उस लड़की ने मुझसे कहा, "जब आप मेरे पति का गाना सुनना पसन्द करते हैं, तब क्यों उन्हें कभी-कभी बुलवा नहीं लेते? इस बात का खयाल ही आप न करें कि मैं कौन हूँ, मैं तो आप लोगों के बीच आने का दावा करती नहीं।"

अविनाश को कुछ आश्चर्य हुआ, बोले, "यह तो बिलकुल अशिक्षितों जैसी बात नहीं आशु बाबू। सुनने से मालूम होता है, उसके अपने बारे में हम चाहे कैसी भी व्यवस्था करें, पर पति को वह शिष्ट समाज में चला देना चाहती है।"

आशु बाबू ने कहा, "वास्तव में उसकी बात सुन कर मालूम हुआ कि उसे सब मालूम है। हम लोगों ने जो उस दिन उसके पति को अपमानित करके विदा किया था, इस बात को शिवनाथ ने उससे छिपाया नहीं है। शिवनाथ ज्यादा छिपा-छिपू कर चलने वाला शख्स भी नहीं है।"

अविनाश ने मंजूर करते हुए कहा, "स्वभाव से वह ऐसा ही है। लेकिन एक चीज़ उसने जरूर छिपायी है। यह लड़की चाहे जो हो, इससे उसने वास्तव में ब्याह नहीं किया है।"

आशु बाबू ने कहा,"शिवनाथ ने तो कहा है वह उसकी स्त्री है और उसने भी ऐसा ही परिचय दिया कि वह उसका पति है।"

अविनाश ने कहा, "परिचय दिया करे। मगर वह सच नहीं है। इसके अन्दर जो गम्भीर रहस्य है, अक्षय बाबू उसका भेद किसी न किसी दिन खोले बिना न रहेंगे।"

आशु बाबू ने कहा, ''इसमें तो मुझे भी शक नहीं। कारण, अक्षय बाबू शक्तिशाली पुरुष हैं। मगर, इनकी आपसी चर्चा में सत्य नहीं, सत्य केवल छिपे हुए रहस्य को दुनिया के सामने उघाड़ देने में ही है? अविनाश बाबू, आप तो अक्षय नहीं हैं। आपसे तो मैं ऐसी आशा नहीं करता।''

अविनाश लज्जित हो कर बोले, ''मगर समाज भी तो है। उसकी भलाई के लिए भी तो—''

लेकिन वक्तव्य उनका खत्म नहीं हो पाया था कि पास के दरवाजे को खोल कर मनोरमा ने प्रवेश किया। अविनाश को नमस्कार करके उसने कहा, ''बाबूजी, मैं घूमने जा रही हूँ, तुम शायद आज बाहर निकल नहीं सकोगे?''

''नहीं बिटिया, तुम जाओ।''

अविनाश उठ कर खड़े हुए, बोले, ''मुझे भी आज काम है। बाजार के पास जरा उतार दोगी मनोरमा?''

''जरूर—चलिए।''

जाते समय अविनाश कह गये कि बहुत ही जरूरी काम से उन्हें कल ही दिल्ली जाना पड़ेगा और शायद एक सप्ताह के पहले वहाँ से लौटना नहीं होगा।

5

दसेक दिन बाद अविनाश दिल्ली से लौट आये। उनके नौ-दस साल के पुत्र जगत ने आ कर हाथ में एक छोटी-सी चिट्ठी दी। उसमें सिर्फ एक वाक्य लिखा था—''शाम को जरूर आइएगा।—आशु।''

जगत की विधवा मौसी ने दरवाजे के पर्दे को हटा कर खिले हुए गुलाब जैसा मुँह निकाल कर कहा, ''आशु बाबू क्या आँखें बिछाये ही बैठे थे जो घर में आते न आते तलब कर लिये गये।—अभी ही जाना होगा?''

अविनाश ने कहा, ''शायद कोई खास काम है।''

''काम खाक है! वे लोग तो जैसे मुखर्जी साहब को निगल ही जाना चाहते हैं।'' अविनाश अपनी छोटी साली को लाड़ से कभी 'छोटी बहू' कहते हैं और कभी उसका नाम 'नीलिमा' ले कर पुकारते हैं। हँस के बोले, ''छोटी बहू, अमृत-फल अनादर के साथ पेड़-तले पड़ा हुआ हो तो उसे देख कर बाहर के लोगों को लोभ जरा हो ही जाता है?''

नीलिमा हँस दी, बोली, ''तब तो यह बात उन लोगों को जता देना जरूरी

हो जाती है कि वह इन्द्रायण फल है, अमृत फल नहीं।''

अविनाश ने कहा, ''अच्छा, जता देना। पर वे विश्वास नहीं करेंगे, लोभ और भी बढ़ जायेगा। हाथ बढ़ाने में भी कसर न रक्खेंगे।''

नीलिमा ने कहा, ''उससे लाभ न होगा मुखर्जी महाशय, सब लोगों की पहुँच के बाहर अबकी बार मजबूत-सा बाड़ा बनवा रखूँगी।'' इतना कह कर वह हँसी दबा के पर्दे की ओट में चली गयी।

अविनाश जब आशु बाबू के घर जा पहुँचे, तब थोड़ा-सा दिन बाकी था। गृहस्वामी ने अत्यन्त आदर के साथ उनका स्वागत किया और कृत्रिम क्रोध के साथ कहा, ''आप धार्मिक हैं। परदेश में मित्र को अकेला छोड़ कर दस दिन से गैरहाजिर रहे, इस बीच में तो इस अनुचर की दस दशाएँ उपस्थित हो गईं।''

अविनाश चौंक कर बोले, ''एक साथ दस-दस दशाएँ? पहली तो बताइए!''

''बताता हूँ। पहली दशा तो यह हुई कि दोनों टाँगें सिर्फ ताजा ही नहीं हुईं, बल्कि उन्होंने बेहद तेज चाल से ऊपर से नीचे और नीचे से ऊपर आना-जाना शुरू कर दिया।''

''बेहद भय की बात है। दूसरी का वर्णन कीजिए।''

''दूसरी यह कि आज किसी पर्व के उपलक्ष में हिन्दुस्तानी नारी-कुल यमुना के कूल पर इकट्ठा हुआ है और हरेन्द्र-अक्षय आदि पण्डित-समाज ने निर्लिप्त निर्विकार चित्त से वहाँ अभी-अभी अभियान किया है।''

''अच्छा, ठीक है। तीसरी दशा का हाल सुनाइए।''

''दर्शनेच्छु आशुतोष अत्यन्त उत्कण्ठित हृदय से अविनाश की प्रतीक्षा कर रहा है, प्रार्थना है कि वे अस्वीकार न करें।''

अविनाश ने हँसते हुए कहा, ''उन्होंने प्रार्थना मंजूर कर ली। अब चौथी दशा का वर्णन कीजिए।''

आशु बाबू ने कहा, ''यह जरा कुछ भारी है। चिरंजीव महोदय ने विलायत से भारत में पदार्पण किया है और वे काशी होते हुए परसों इसी आगरा नगरी में पधारे हैं। सम्प्रति मोटर की मशीन बिगड़ गयी है और चिरंजीव स्वयं मरम्मत के काम में लगे हुए हैं। मरम्मत समाप्त प्राय है और वे अब आते ही होंगे। अभिलाषा है, पहली चाँदनी रात में सब एक साथ आज ताजमहल के दर्शन करें।''

अविनाश का हँसता हुआ चेहरा गम्भीर हो उठा, पूछा, ''ये चिरंजीवी साहब कौन हैं आशु बाबू? क्या इन्हीं की बात उस रोज कहते-कहते अचानक रुक गये थे?''

आशु बाबू ने कहा, ''हाँ। मगर आज कहने में, कम-से-कम आप से कहने

में कोई रुकावट नहीं। अजित कुमार मेरे भावी जमाई हैं, इन दोनों का प्रेम संसार की एक अपूर्व वस्तु है। लड़का क्या है रत्न है।''

अविनाश स्थिर हो कर सुनने लगे और आशु बाबू कहने लगे, ''हम ब्रह्मसमाजी नहीं हैं, सनातनी हैं। सब क्रिया कर्म सनातनी-मतानुसार करते हैं। यथा समय, अर्थात चार साल पहले ही इन दोनों के ब्याह हो जाने की बात थी। होता भी यही, मगर नहीं हुआ। जिस तरह इन दोनों का परिचय हुआ, वह भी एक विचित्र घटना है; —विधि-लिपि कहा जाये तो अत्युक्ति नहीं होगी। पर उस बात को अभी जाने दीजिए।''

अविनाश पूर्ववत स्तब्ध बैठे रहे। आशु बाबू बोले, ''मणि की तेल-ताई हो गयी थी कि इतने में रात की गाड़ी से काशी से छोटे काका आ पहुँचे। पिता की मृत्यु के बाद वे ही घर के बड़े थे, बाल-बच्चा कोई था नहीं, काकी को ले कर बहुत दिनों से काशीवास कर रहे थे। ज्योतिष पर उनका अखण्ड विश्वास था, आ कर बोले, यह ब्याह अभी हो ही नहीं सकता। उन्होंने खुद तथा और पण्डितों से गणना करा देखी है कि इस ब्याह के होने पर तीन साल तीन महीने के अन्दर ही मणि विधवा हो जायेगी।

''घर में एक ऊधम-सा मच गया, सारी तैयारियाँ घोटाले में पड़ गईं; मगर मैं काका को जानता था, समझ गया कि इसमें जरा भी इधर-उधर नहीं होने का। अजित खुद भी एक बहुत बड़े घर का लड़का है, उसके एक विधवा काकी के सिवा संसार में और कोई न था, वे भी बहुत गुस्सा हुईं; अजित मारे दुख और अभिमान के इंजीनियरिंग पढ़ने के बहाने विलायत चला गया और सब ने जान लिया कि यह सम्बन्ध हमेशा के लिए टूट गया।''

अविनाश ने रुकी हुई साँस छोड़ कर पूछा, ''इसके बाद, फिर?''

आशु बाबू ने कहा, ''फिर हम सब हताश हो गये, हुई नहीं एक मणि खुद। मुझ से आ कर बोली, 'बाबू जी, ऐसी क्या बड़ी बात हो गयी है जिसके लिए तुमने खाना-पीना-सोना छोड़ दिया है? तीन साल ऐसा क्या बड़ा समय है?' उसके मन को कितनी जबरदस्त ठेस पहुँची थी, सो मैं जानता था। मैंने कहा, 'बेटी, तेरी बात ही सार्थक हो, पर इन सब बातों में तीन साल तो दरकिनार, तीन दिन की रोक भी बुरी होती है।' मणि ने हँस कर कहा, 'तुम्हें डरने की जरूरत नहीं बाबू जी, मैं उन्हें पहचानती हूँ।' अजित हमेशा से जरा कुछ सात्विक प्रकृति का आदमी है, भगवान पर उसका अचल विश्वास है। जाते समय मणि को एक छोटी चिट्ठी लिख कर चला गया। इस चार साल में फिर उसने दूसरी कोई चिट्ठी ही नहीं लिखी। न लिखे, पर मन-ही-मन मणि सब जानती थी, और तब से उसने ब्रह्मचारिणी का जीवन ग्रहण

कर लिया। देखो तो बाहर से कोई कुछ समझ ही नहीं सकता। समझे अविनाश बाबू?"

अविनाश श्रद्धा से विगलित-चित्त हो कर बोले, "हाँ, वास्तव में नहीं समझ सकता, मैं आशीर्वाद देता हूँ कि ये लोग जीवन में सुखी हों।"

आशु बाबू ने कन्या की तरफ से ही मानो सिर झुका कर आशीर्वाद ग्रहण किया और कहा, "ब्राह्मण का आशीर्वाद निष्फल नहीं होगा। अजित सबसे पहले काका साहब के पास गया था। उन्होंने अनुमति दे दी है। नहीं तो वह यहाँ शायद आता ही नहीं।"

इसके बाद दोनों कुछ देर चुप रहे; फिर आशु बाबू कहने लगे, "अजित के विलायत चले जाने पर जब दो साल तक उसका कोई समाचार नहीं आया तब मैंने भीतर-ही-भीतर वर की खोज न की हो सो बात नहीं। पर मणि को अकस्मात मालूम हो गया और उसने मना कर दिया। कहा, 'बाबू जी, इसकी कोशिश तुम मत करो। मेरा तुमने प्रकट रूप से सम्प्रदान भले ही न किया हो, पर मन से तो कर ही दिया था।' मैंने कहा, 'ऐसा तो कितने ही विवाहों में हुआ करता है, बेटी।' लेकिन लड़की की आँखों में मानो पानी भर आया। बोली, 'नहीं होता बाबू जी। सिर्फ बातचीत ही होती है, उससे ज्यादा कुछ नहीं—नहीं बाबू जी, मेरे भाग्य में भगवान ने जो लिखा है, उसे मैं सह सकूँ, यही काफी है; मुझे और कोई आदेश तुम मत देना।' दोनों की आँखों से आँसू गिरने लगे, पोंछ कर मैंने कहा, "कसूर हो गया बेटी, अपने नासमझ बाबू को तू क्षमा कर।"

अकस्मात पूर्व-स्मृति के आवेग से उनका कण्ठ रुद्ध हो गया। अविनाश खुद भी कुछ देर तक बात नहीं कर सके; उसके बाद धीरे-धीरे बोले, "आशु बाबू, संसार में हम लोग न जाने कितनी गलतियाँ किया करते हैं और न जाने कितनी अनुचित धारणाएँ मन में पालते रहते हैं।"

आशु बाबू ठीक समझ न सके, "कैसी?"

"यही, जैसे हम में से बहुत-से ऐसा समझा करते हैं कि लड़कियाँ उच्च शिक्षा पा कर मेम साहब बन जाती हैं, हिन्दुओं के प्राचीन मधुर संस्कारों के लिए उनके हृदय में जैसे स्थान ही नहीं रहता। यह कितना बड़ा भ्रम है, भला?"

आशु बाबू ने गरदन हिला कर कहा, "भ्रम बहुतेरी जगह होता जरूर है। मगर आप जानते हैं अविनाश बाबू, क्या शिक्षा और क्या अशिक्षा, असल चीज़ है प्राप्त करना। इस प्राप्त करने न करने के ऊपर ही सब बातें निर्भर हैं। नहीं तो, एक का अपराध दूसरे पर आरोप करने से ही गड़बड़ी होती है।—आ गये अजित, मणि कहाँ है?"

तीसेक साल का एक सुन्दर बलिष्ठ युवक कमरे के भीतर दाखिल हुआ।

उसके कपड़ों पर कालिख के दाग लग गये थे। उसने कहा, ''मणि अब तक मेरी मदद कर रही थी, उसके कपड़ों में भी कालिख लग गयी है, कपड़े बदलने गयी है। मोटर ठीक हो गयी है, शोफर से सामने ला कर खड़ी करने को कह दिया है।''

आशु बाबू ने कहा, ''अजित, ये मेरे परम मित्र हैं श्रीयुत अविनाश मुखोपाध्याय। यहाँ के कॉलेज के प्रोफेसर हैं, ब्राह्मण हैं, इन्हें प्रणाम करो।''

आगन्तुक युवक ने अविनाश को पाँव छू कर प्रणाम किया। फिर खड़े हो कर आशु बाबू को लक्ष्य करके कहा, ''मणि के आने में पाँचेक मिनट से ज्यादा देर न लगेगी। मगर आप जरा जल्दी से तैयार हो लीजिए। देर होने पर सब कुछ देखने का समय नहीं मिलेगा। लोग कहते हैं, ताजमहल देखते-देखते जी ही नहीं भरता।''

आशु बाबू ने कहा, ''जी न भरने की ही चीज़ है बेटा, पर हम लोग तो तैयार ही बैठे हैं। बल्कि तुम्हीं लोगों की देर है, तुम्हीं को अभी कपड़े बदलना बाकी है।''

युवक ने हँस कर कहा, ''सो रहने दीजिए। यह तो हमारा पेशा है। कपड़ों पर कालिख लगने से हम लोगों का कोई अगौरव नहीं होता।''

बात सुन कर आशु बाबू मन-ही-मन अत्यन्त प्रसन्न हुए, और, अविनाश भी युवक की विनम्र सरलता पर मुग्ध हो गये।

इतने में मणि आ पहुँची। सहसा उसकी तरफ देख कर अविनाश चौंक उठे। कई दिनों से उन्होंने उसे देखा नहीं था, और इस बीच में ही यह अप्रत्याशित आनन्द की घटना हुई थी। खासकर, उसके पिता के मुँह से अभी-अभी जो बातें सुनी थीं उससे उन्होंने समझ लिया था कि मनोरमा के चेहरे पर आज शायद ऐसी कोई बात देखेंगे जो अनिर्वचनीय होगी और जीवन में कभी देखी न होगी। मगर वहाँ कुछ भी नहीं था, बिलकुल सीधी-सादी पोशाक। छिपे हुए आनन्द का छिपा आडम्बर कहीं से आत्म प्रकाश करता हुआ नहीं दिखाई दिया। सुगम्भीर प्रसन्नता की शान्त दीप्ति चेहरे पर कहीं भी विकसित होती नहीं दिखाई दी, बल्कि न जाने कैसी एक क्लान्ति की छाया ने ही आँखों की दृष्टि को म्लान कर रखा था। अविनाश को ऐसा जान पड़ा कि पितृ-स्नेहवश शायद आशु बाबू ने अपनी कन्या को गलत समझा है, या फिर किसी दिन जो सत्य था वह आज झूठ हो गया है।

थोड़ी देर बाद एक बड़ी-सी मोटर में बैठ कर सब चल दिये। यमुना के घाट-घाट पर पुण्य-लुब्ध नारियों और रूप-लुब्ध पुरुषों की भीड़ तब तक लगभग कम हो चुकी थी। सुन्दर और सुदीर्घ मार्ग में सर्वत्र ही उनकी सज-धज और विचित्र रंग-बिरंगी पोशाक अस्त हो रहे सूर्य की किरणों से विशेष सुन्दर हो उठी थी और उस दृश्य को देखते हुए जब वे विश्वविख्यात अनन्त सौन्दर्यमय ताजमहल के सिंहद्वार

के सामने आ पहुँचे, तब हेमन्त ऋतु का छोटा-सा दिन अवसान की ओर बढ़ा जा रहा था।

यमुना किनारे जो कुछ देखने का था सो सब देख-भाल कर अक्षय का दल पहले से ही वहाँ हाजिर हो गया था। ताज उन लोगों ने बहुत बार देखा है, देखते-देखते अरुचि हो गयी है, इसी से वे ऊपर न जा कर नीचे के बाग में एक किनारे बैठ गये थे। इन लोगों को आते देख उन सब ने उच्च कोलाहल के साथ स्वागत किया। वातव्याधि-पीड़ित आशु बाबू अपनी भारी-भरकम देह को घास पर रखते हुए गहरी उसाँस छोड़ कर बोले, ''उफ्फ, अब जी में जी आया। अब जिसकी जितनी तबीयत हो, मुमताज बेगम की कब्र देख कर आनन्द प्राप्त करते रहो बाबा। आशु वैद्य यहीं से बेगम साहबा को कोरनिश बजा लाता है। इससे ज्यादा और उससे कुछ नहीं हो सकता।''

मनोरमा ने क्षुब्ध कण्ठ से कहा, ''सो नहीं होगा बाबू जी, तुम्हें अकेला छोड़ कर हम में से कोई भी नहीं जा सकता।''

आशु बाबू हँस कर बोले, ''डर की कोई बात नहीं बेटी, तुम्हारे बूढ़े बाप को कोई चुरा नहीं ले जायेगा।'''

अविनाश ने कहा, ''नहीं, इसकी आशंका नहीं। बदस्तूर क्रेन और लोहे की जंजीर लाये बगैर वह उठा ही कैसे सकेगा?''

मनोरमा ने कहा, ''मेरे बाबू जी को कोई नजर न लगाए। आप लोगों की ही नजर से बाबू जी यहाँ आ कर काफी दुबले हो गये हैं।''

अविनाश ने कहा, ''ऐसा अगर हुआ हो तो हम लोगों से अन्याय हुआ है, यह बात माननी ही पड़ेगी। कारण, देखने के लिहाज से इस चीज़ की इज्जत ताजमहल से किसी कदर कम नहीं है।''

सब कोई हँस दिये। मनोरमा ने कहा, ''सो नहीं होगा बाबू जी, तुम्हें साथ-साथ चलना होगा। तुम्हारी आँखों से देखे बिना इस चीज़ का आधा सौन्दर्य ढँका ही रह जायेगा कोई कितनी ही बातें क्यों न बताये, पर तुमसे ज्यादा असली बातें और कोई नहीं जानता।''

अविनाश के सिवा इस बात का मर्म और कोई नहीं जानता कि इसके मानी क्या हैं। वे भी यही अनुरोध करने जा रहे थे। इतने में सहसा सबकी दृष्टि पड़ी एक अप्रत्याशित चीज़ पर। ताज के पूर्व की ओर से घूम कर अकस्मात शिवनाथ और उसकी स्त्री सामने आ पड़े। शिवनाथ अनदेखी करके दूसरी तरफ जाना ही चाहता था कि स्त्री उसकी दृष्टि आकर्षित करके खुश हो उठी और बोली, ''आशु बाबू और उनकी लड़की भी आयी हैं, देखो तो सही।''

आशु बाबू ने जोर की आवाज लगा कर उन्हें पुकारा, ''आप लोग कब आये शिवनाथ बाबू? इधर आइए।''

स्त्री के साथ शिवनाथ पास आ खड़ा हुआ। आशु बाबू ने उनका परिचय दे कर कहा, ''ये हैं शिवनाथ की स्त्री। आपका नाम लेकिन नहीं मालूम।''

''मेरा नाम है कमल। मगर आप मुझे 'आप' न कहा करें आशु बाबू।''

आशु बाबू बोले, ''कहना उचित भी नहीं है कमल, ये लोग मेरे मित्र हैं, तुम्हारे पति के भी परिचित हैं। बैठो।''

कमल ने अजित की तरफ इशारा करके कहा, ''मगर इनका परिचय तो दिया ही नहीं?''

आशु बाबू ने कहा, ''क्रमशः दूँगा। ये मेरे—ये मेरे परम आत्मीय हैं। नाम अजित कुमार राय। कुछ ही दिन हुए, विलायत से वापस आ कर हम लोगों से मिलने आये हैं। कमल, तुमने क्या आज पहले पहल ताजमहल देखा है?''

कमल ने सिर हिला कर कहा, ''हाँ।''

आशु बाबू ने कहा, ''तब तो तुम भाग्यशाली हो। पर अजित तुमसे भी भाग्यवान है, क्योंकि यह परम आश्चर्य की चीज़ उसने अभी तक देखी नहीं, अब देखेगा। लेकिन उजाला घटता जाता है, ज्यादा देर करना तो अब ठीक नहीं, अजित।''

मनोरमा ने कहा, ''देर तो सिर्फ तुम्हारे लिए ही हो रही है, बाबू जी, उठो।''

''उठना तो आसान काम नहीं है बेटी, उसके लिए तो आयोजन करना पड़ेगा।''

''तो फिर वही आयोजन करो न, बाबू जी।''

''करता हूँ। अच्छा कमल देख कर कैसा मालूम हुआ?''

कमल ने कहा, ''आश्चर्य की चीज़ ही मालूम हुआ?''

मनोरमा उसके साथ बोली नहीं, यहाँ तक कि उससे परिचय है, इस बात का आभास भी उसके आचरण से प्रकट नहीं हुआ। पिता से ताकीद करते हुए उसने कहा, ''शाम हुई जा रही है बाबू जी, उठो अब।''

''उठता हूँ बेटी।'' कह कर आशु बाबू उठने का जरा भी उद्योग न करके बैठे ही रहे। कमल जरा हँसी, मनोरमा की तरफ देख कर बोली, ''इनकी तबीयत भी अच्छी नहीं है और चढ़ना-उतरना भी आसान नहीं। इससे अच्छा होगा, हम लोग बैठे-बैठे बातें करें, आप लोग देख आइए।''

मनोरमा ने इस प्रस्ताव का जवाब तक नहीं दिया, सिर्फ पिता से ही जिद के साथ कहा, ''नहीं बाबू जी, सो नहीं होने का। उठो अब तुम।''

मगर देखा गया कि उठने की कोशिश लगभग किसी ने भी नहीं की। जो जीवित आश्चर्य इस अपरिचित रमणी के सर्वांग में व्याप्त हो कर अकस्मात मूर्तिमान

हो उठा, उसके सामने वह निकट ही खड़ा हुआ संगमरमर का अव्यक्त आश्चर्य मानो एक क्षण में धुँधला-सा पड़ गया!

अविनाश की अन्यमनस्कता दूर हो गयी। बोले, ''इनके बिना गये काम न चलेगा। मनोरमा की धारणा है कि पिता की आँखों से देखे बगैर ताज का आधा सौन्दर्य भी हृदयंगम नहीं किया जा सकता।''

कमल ने अपनी सरल आँखें उठा कर पूछा, ''क्यों?'' फिर आशु बाबू से कहा, ''आप शायद इस विषय के विशेषज्ञ हैं? और शायद सब बातें जानते हैं?''

मनोरमा मन-ही-मन विस्मित हुई; बातें ठीक अशिक्षित दासी-कन्या जैसी तो नहीं मालूम होती!

आशु बाबू पुलकित हो कर बोले, ''मैं कुछ भी नहीं जानता। विशेषज्ञ तो हूँ ही नहीं, और सौन्दर्य तत्व का सिर-पैर तक नहीं जानता। उस तरह से तो मैंने इसे देखा तक नहीं कमल। मैं देखता हूँ बादशाह शाहजहाँ को। मैं देखता हूँ उनकी असीम व्यथा को जो मानो इसके हर पत्थर के अंग-अंग में समाई हुई है। मैं देखता हूँ उनके एकनिष्ठ पत्नी-प्रेम को, जो इस मर्मर काव्य की सृष्टि करके चिरकाल के लिए अपनी प्रियतमा को विश्व के सामने अमर कर गया है।''

कमल ने अत्यन्त स्वाभाविक कण्ठ से उनके चेहरे की तरफ देख कर कहा, ''मगर उनकी तो सुना है, और भी बहुत-सी बेगमें थीं। बादशाह को मुमताज पर जैसा प्रेम था, वैसा औरों पर भी था; हो सकता है कि उससे कुछ ज्यादा हो, पर एकनिष्ठ प्रेम तो उसे नहीं कहा जा सकता आशु बाबू। उनमें वह बात नहीं थी।''

इस अप्रचलित भयानक मन्तव्य से सब चौंक उठे। आशु बाबू या और कोई इसका जवाब खोज कर भी न पा सका।

कमल ने कहा, ''बादशाह कवि थे; वे अपनी शक्ति, सम्पदा और धैर्य से इतनी बड़ी विराट् सौन्दर्य की वस्तु प्रतिष्ठित कर गये हैं। मुमताज तो एक आकस्मिक उपलक्ष्य-मात्र थी। वह न होती तो भी ऐसा सौन्दर्य-सौध वे किसी भी घटना को ले कर रच कर जा सकते थे। धर्म के नाम पर होता तो भी कोई नुकसान नहीं था और हजारों-लाखों आदमियों की हत्या करके दिग्विजय प्राप्ति की स्मृति के रूप में होता तो भी इसी तरह चल जाता। यह एकनिष्ठ प्रेम का दान नहीं है, यह तो बादशाह के निजी आनन्द-लोक का अक्षय दान है। बस, इतना ही हमारे लिए काफी है।''

आशु बाबू के दिल पर चोट-सी लगी। बार-बार सिर हिला कर कहने लगे, ''काफी नहीं कमल, हरगिज ऐसा नहीं था। तुम्हारी बात ही अगर सच हो, बादशाह के मन में एकनिष्ठ प्रेम अगर न था तो इस विलास स्मृति-मन्दिर का कोई मानी ही नहीं रह जाता। फिर वे चाहे जितनी बड़ी सौन्दर्य की सृष्टि क्यों न कर जाते,

मनुष्य के हृदय में वैसी श्रद्धा का आसन उनके लिए नहीं रह जाता।''

कमल ने कहा, ''अगर न रहे तो वह मनुष्य की मूढ़ता है। मैं नहीं कहती कि निष्ठा का कोई मूल्य ही नहीं, पर जो मूल्य युग-युग से लोग उसे देते आये हैं वह उसका प्राप्य मूल्य नहीं हैं। एक दिन जिससे प्रेम किया है, फिर किसी दिन किसी भी कारण से उसमें किसी परिवर्तन का अवकाश नहीं हो सकता। मन का यह अचल-अडिग जड़ धर्म न तो स्वस्थ है और न सुन्दर ही।''

सुन कर मनोरमा के विस्मय की सीमा न रही। मूर्ख दासी-कन्या कह कर इसकी उपेक्षा करना कठिन है, मगर इतने पुरुषों के सामने उसी जैसी एक नारी के मुँह से निकली हुई इस तरह की लज्जाहीन बात ने उसे जबरदस्त चोट पहुँचाई। अब तक वह कुछ बोली नहीं थी; पर अब वह अपने को रोक न सकी; कठोर लेकिन दबी जबान से बोली, ''मैं मानती हूँ, ऐसी मनोवृत्ति और किसी के न सही, पर आपके लिए स्वाभाविक है। मगर औरों की दृष्टि में न तो यह सुन्दर है और न शोभन।''

आशु बाबू मन-ही-मन अत्यन्त क्षुब्ध हो कर बोले, ''छिः, बेटी।''

कमल गुस्सा नहीं हुई, बल्कि जरा हँस दी। बोली, ''बहुत दिनों के बद्ध-मूल संस्कार पर आघात लगने से आदमी सहसा सह नहीं सकता। आपने सच ही कहा है, मेरे लिए यह बात बहुत ही स्वाभाविक है; क्योंकि मेरे शरीर और मन में यौवन परिपूर्ण है, मेरे मन में प्राण है। जिस दिन जानूँगी कि आवश्यकता होने पर भी उसमें परिवर्तन की कोई शक्ति बाकी नहीं रही, उस दिन समझ लूँगी कि उसका खात्मा हो चुका है—वह मर चुका है।'' कह कर ज्यों ही उसने आँखें उठाई त्यों ही देखा कि अजित की आँखों से जैसे चिनगारियाँ निकल रही हैं। मालूम नहीं वह दृष्टि मनोरमा ने देखी या नहीं, लेकिन वह बात के बीच ही में अकस्मात बोल उठी, ''बाबू जी, अब दिन नहीं है, मुझसे जितना बनेगा मै अजित बाबू को तब तक कुछ थोड़ा दिखा लाती हूँ।''

अजित की अन्यमनस्कता दूर हो गयी। उसने कहा, ''चलो, हम लोग देख आएँ।''

आशु बाबू खुश हो कर बोले, ''अच्छी बात है, जाओ बेटी हम लोग यहीं बैठे हैं। लेकिन जरा जल्दी ही लौट आना, न होगा तो कल फिर जरा जल्दी आ जायेंगे।''

6

अजित और मनोरमा जब ताजमहल देख कर लौटे तब सूर्य अस्त हो चुका था, पर उजाला खत्म नहीं हुआ था। सब खूब गिरोह बाँध कर जमे थे, और तर्क घोरतर

हो उठा था। ताजमहल की बात, घर लौटने की बात, यहाँ तक कि अजित-मनोरमा की बात का भी उन्हें खयाल नहीं था। अक्षय चुप बैठा उफन रहा था। देख कर मालूम होता था कि इसके पहले वह काफी शोर मचा चुका है और अब दम ले रहा है। आशु बाबू देह के अधोभाग को चक्र के बाहर की ओर पसार कर और ऊर्ध्व भाग को दोनों हाथों पर रखकर, गुरु-भार वहन करने का एक तरीका निकाल कर अत्यन्त दिलचस्पी के साथ सुन रहे हैं। अविनाश सामने की ओर झुक कर तीव्र दृष्टि से कमल के चेहरे की तरफ देख रहे हैं। समझ में आया कि फिलहाल सवाल-जवाब इन्हीं दोनों के दरम्यान चालू हैं। सब ने आगन्तुकों की ओर मुँह उठा कर देखा। किसी ने जरा गरदन हिलाई और किसी को उतनी भी फुरसत नहीं मिली। कमल और शिवनाथ—इन दोनों ने भी मुँह उठा कर देखा। लेकिन आश्चर्य यह है कि एक की आँखों की दृष्टि जैसे शिखा की तरह जल रही है, दूसरे की दृष्टि वैसे ही क्लान्त और मलिन हो रही है। मानो वह कुछ देख ही नहीं रहा है, न कुछ सुन ही रहा है। इस दल में बैठा हुआ भी शिवनाथ जैसे न जाने कहाँ कितनी दूर चला गया है।

आशु बाबू ने कहा, "बैठो।" पर वे कहाँ बैठे, और बैठे या नहीं, यह देखने की भी उन्हें फुरसत नहीं मिली।

अविनाश ने शायद अक्षय की दलीलों का छूटा हुआ सूत्र हाथ में ले लिया और कहा, "बादशाह शाहजहाँ का प्रसंग अभी रहने दो। मैं मानता हूँ कि उनके सम्बन्ध में विचार करने की जरूरत है और प्रश्न जरा जटिल है। मगर प्रश्न यहाँ उस सामने के संगमरमर के समान सफेद, पानी की तरह साफ, सूर्य के प्रकाश की तरह स्वच्छ और सीधा है—ले लीजिए हमारे आशु बाबू का जीवन, किसी भी दिशा में भी कोई कमी नहीं थी, बन्धु-बान्धव की कोशिश में भी कोई त्रुटि नहीं थी, मालूम तो है ही सब—लेकिन यह बात ये सोच ही न सके कि अपनी मृत स्त्री की जगह और किसी को ला कर किसी तरह बिठाया जा सकता है। यह बात इनकी कल्पना से भी बाहर है। बताइए, नर-नारी के प्रेम का यह कितना बड़ा आदर्श है? कितना ऊँचा स्थान है इसका?"

कमल कुछ कहना ही चाहती थी कि पीछे से एक मृदु स्पर्श का अनुभव करके उधर देखने लगी। शिवनाथ ने कहा, "अब यह आलोचना बन्द करो।"

कमल ने पूछा, "क्यों?"

शिवनाथ ने उत्तर में सिर्फ इतना कहा, "ऐसे ही कह रहा हूँ।" और वे चुप हो गये। उनकी बात पर किसी ने विशेष ध्यान नहीं दिया—उन उदास अन्यमनस्क आँखों के अन्दर ही अन्दर कौन-सी बात दबी रह गयी, किसी को मालूम भी न हुई, और न किसी ने जानने की कोशिश ही की।

कमल ने कहा, ''अच्छा, ऐसे ही। तुम्हें घर चलने की जल्दी पड़ी है शायद? पर घर तो साथ ही मौजूद है।'' और हँस दी।

आशु बाबू सहम गये, हरेन्द्र और अक्षय होंटों-ही-होंटों में मुस्कराये, मनोरमा ने दूसरी तरफ आँखें फेर लीं; लेकिन जिसको लक्ष्य करके यह बात कही गयी थी, उस शिवनाथ के आश्चर्यजनक सुन्दर चेहरे पर एक रेखा का भी परिवर्तन नहीं हुआ—मानो वह बिलकुल पत्थर का बना हो—न तो उसे कुछ दिखाई देता है और न सुनाई।

अविनाश से देर नहीं सही जा रही थी। उन्होंने कहा, ''मेरे सवाल का जवाब दो।''

कमल ने कहा, ''पर पति की मनाही है जो। उनकी मंशा के खिलाफ चलना क्या उचित है?'' यह कह कर वह हँसने लगी। अविनाश से स्वयं भी बिना हँसे न रहा गया। बोले, ''इस मामले में अपराध न माना जायेगा। हम इतने आदमी मिल कर तुम से अनुरोध कर रहे हैं, जवाब दो।''

कमल ने कहा, ''आशु बाबू को आज मिला कर दो दिन देखा है सिर्फ, पर इसी बीच में मन-ही-मन मैं उन्हें चाहने लगी हूँ।'' फिर शिवनाथ की तरफ इशारा करके कहा, ''अब समझ में आया न कि क्यों ये मुझे बोलने के लिए मना कर रहे थे?''

आशु बाबू ने खुद इसमें रुकावट डाली, बोले, ''पर मेरी तरफ से तुम्हें संकोच या दुविधा करने का कोई कारण नहीं। बूढ़ा आशु वैद्य बड़ा निरीह आदमी है कमल। सिर्फ दो ही दिन देख कर तुमने उसे बहुत कुछ समझ लिया होगा, और दो दिन और भी देखोगी तो समझ जाओगी कि उससे डरने जैसी भूल संसार में शायद ही कोई हो। तुम स्वच्छंदता से कहो—ये सब बातें सुनने में वास्तव में मुझे बहुत आनन्द आता है।''

कमल ने कहा, ''मगर ठीक इसीलिए तो ये मना कर रहे थे और इसीलिए अविनाश बाबू की बात का जवाब देने में अब तक मेरी जबान रुकती थी कि नर-नारी के प्रेम के व्यापार में न तो मैं इसे बड़ी चीज़ समझती हूँ और न आदर्श ही मानती हूँ।''

अब अक्षय का मुँह खुला। उसके प्रश्न के ढंग में श्लेष था, ''सम्भव यही है कि आप लोग नहीं मानते, मगर क्या मानते हैं, जरा बतायेंगी क्या?''

कमल ने उसकी तरफ देखा जरूर; पर ठीक उसी को उत्तर दिया हो, सो बात नहीं। वह बोली, ''एक दिन आशु बाबू अपनी स्त्री से प्रेम करते थे, जो इस समय जीवित नहीं हैं। पर अब उन्हें न तो कुछ दिया ही जा सकता है और न उनसे कुछ पाया ही जा सकता है। उन्हें अब न तो सुखी किया जा सकता है और न दुख दिया

जा सकता है। वे हैं ही नहीं, प्रेम–पात्र का निशान तक पुँछ गया है। उन्हें किसी दिन प्रेम किया था, मन में सिर्फ यह घटना–मात्र रह गयी है। मनुष्य नहीं है, उसकी केवल स्मृति है। उसी को अहोरात्र मन में पालते रह कर वर्तमान की अपेक्षा अतीत को ही ध्रुव जान कर जीवन बिताने में कौन–सा बड़ा भारी आदर्श है, मेरी तो कुछ समझ में नहीं आता!''

कमल के मुँह से ऐसी बात सुन कर आशु बाबू को फिर चोट पहुँची। वे बोले, ''मगर, हमारे देश की विधवाओं के हाथ में सिर्फ यही एक चरम पूँजी रहती है। पति चल बसता है, पर उसकी स्मृति को ले कर ही तो विधवा–जीवन की पवित्रता बनी रहती है। इसे क्या तुम नहीं मानतीं?''

कमल ने कहा, ''नहीं। एक बड़ा नाम दे देने से ही तो कोई चीज़ संसार में सचमुच बड़ी नहीं हो जाती। बल्कि यों कहिए कि इस देश में इसी तरह वैधव्य जीवन बिताने का रिवाज है, इसे मैं अस्वीकार नहीं करूँगी।''

अविनाश ने कहा, ''अगर ऐसा ही हो, लोग अगर उन्हें ठगते ही आ रहे हों, विधवा के ब्रह्मचर्य में—खैर जाने दो, ब्रह्मचर्य का नाम अब न लूँगा—लेकिन उसके आमरण संयत जीवन को क्या हम विराट् पवित्रता का भी सम्मान न देंगे?''

कमल हँस दी, बोली, ''अविनाश बाबू, यह भी एक उसी शब्द का मोह है। 'संयम' शब्द बहुत दिनों से बहुत ज्यादा इज्जत पा–पा कर ऐसा फूल उठा है कि उसके लिए अब स्थान–काल कारण–अकारण नहीं रह गया है। उसके उच्चारण–मात्र से सम्मान के बोझ से आदमी का सिर झुक जाता है। लेकिन अवस्था–विशेष में यह भी एक थोथी आवाज़ से ज्यादा कुछ नहीं है। यह शब्द मुँह से निकालते ही साधारण लोगों को भले ही डर लगे, पर मुझे नहीं लगता। मैं उस दल की नहीं हूँ। सिर्फ इसीलिए कि बहुत से लोग बहुत दिनों से कोई एक बात कहते आ रहे हैं, मैं उसे मान नहीं लेती। पति की स्मृति को छाती से चिपटाये रह कर विधवाओं को दिन काटने चाहिएँ, इसके समान स्वत: सिद्ध पवित्रता की धारणा को स्वीकार करने में मुझे तब तक हिचकिचाहट रहेगी जब तक कि उसे कोई प्रमाणित नहीं कर देगा।''

अविनाश को जवाब ढूँढे न मिला और वे क्षण भर विमूढ़ की भाँति देखते रह गये, फिर बोले, ''तुम कहती क्या हो?''

अक्षय ने कहा, ''दो और दो चार होते हैं, इसे भी शायद प्रमाणित किये बगैर आप नहीं मानेंगी?''

कमल ने न तो जवाब दिया और न गुस्सा ही हुई; सिर्फ हँस दी।

और भी एक सज्जन जो गुस्सा नहीं हुए, वे थे आशु बाबू। लेकिन कमल

की बात से सबसे ज्यादा व्यथित भी वे ही हुए।

अक्षय फिर बोला, ''आपकी ये सब गन्दी धारणाएँ हमारे शिष्ट-समाज में नहीं हैं। यहाँ ये चल नहीं सकतीं।''

कमल ने पूर्ववत हँसते चेहरे से ही उत्तर दिया, ''शिष्ट समाज में चलती नहीं है, यह मैं जानती हूँ।''

इसके बाद कुछ देर तक सब-के-सब मौन रहे। आशु बाबू धीरे-धीरे बोले, ''और एक बात तुमसे पूछता हूँ कमल। पवित्रता-अपवित्रता के लिए नहीं कह रहा, लेकिन स्वभावत: जो और कुछ कर नहीं सकता—जैसे मुझको ही ले लो, मणि की स्वर्गीय माँ की जगह और किसी को ला बिठाने की तो मैं कभी कल्पना ही नहीं कर सकता।''

कमल ने कहा,''आप बूढ़े जो हो गये हैं आशु बाबू।''

आशु बाबू ने कहा, ''मानता हूँ, आज बूढ़ा हो गया हूँ; लेकिन उस दिन तो बूढ़ा नहीं था। पर तब भी तो यह बात नहीं सोच सकता था?''

कमल ने कहा, ''उस दिन भी ऐसे ही बूढ़े थे। देह से नहीं, मन से। कोई-कोई आदमी होते हैं जो बूढ़ा मन लिये ही पैदा होते हैं। उस बूढ़े के शासन के नीचे उनका जीर्ण-शीर्ण विकृत यौवन हमेशा लज्जा से सिर नीचा किये रहता है। बूढ़ा मन खुश हो कर कहता है, अहा! यही तो अच्छा है, कोई हंगामा नहीं, उन्माद नहीं—यही तो शान्ति है, यही तो मनुष्य के लिए चरम तत्व की बात है। उसके लिए कितने तरह के अच्छे-अच्छे विशेषण हैं, कितनी वाह-वाही का आडम्बर है। ऊँचे स्वर से उसकी ख्याति का बाजा बजता है, पर इस बात को वह जान भी नहीं पाता कि यह उसके जीवन का जय-वाद्य नहीं, आनन्द-लोक के विसर्जन का बाजा है।''

सभी को मन-ही-मन लगा कि इसका एक कड़ा जवाब देना जरूरी है। एक स्त्री के मुँह से यौवन के उन्माद की इस निर्लज्ज स्तुति से सभी के कान जलने लगे, पर जवाब देने लायक बात किसी को ढूँढे नहीं मिली।

तब आशु बाबू ने मृदु कण्ठ से पूछा, ''कमल, बूढ़ा मन तुम किसे कहती हो? देखूँ अपने साथ जरा मिला कर। यह सचमुच ही वही है या नहीं।''

कमल ने कहा, ''मन का बुढ़ापा मैं उसी को कहती हूँ आशु बाबू, जो अपने सामने की ओर नहीं देख सकता, जिसका हारा-थका जराग्रस्त मन भविष्य की समस्त आशाओं को जलांजलि दे कर सिर्फ अतीत में जिन्दा रहना चाहता है। और मानो उसे कुछ करने की, कुछ पाने की चाह ही नहीं है—वर्तमान उसकी दृष्टि में लुप्त है, अनावश्यक है, और भविष्य अर्थहीन। अतीत ही उसके लिए सब कुछ है। वही उसका आनन्द, वही उसकी वेदना और वही है उसका मूलधन। उसी को भुना-भुना

कर गुजर करके जीवन के बाकी दिन बिता देना चाहता है। देखिए तो आशु बाबू, अपने साथ जरा तुलना करके।''

आशु बाबू हँसे, बोले, ''यथा समय एक बार जरूर देखूँगा''

अजित कुमार ने अब तक की इतनी बातचीत के बीच में एक भी बात नहीं कही थी, वह सिर्फ निष्पलक दृष्टि से कमला के मुँह की तरफ देख रहा था; सहसा न जाने उसे क्या हो गया, अपने को वह सँभाल न सका, बोल उठा, ''मेरा एक प्रश्न है, देखिए मिसेज़ —''

कमल ने सीधे उसकी तरफ देख कर कहा, ''मिसेज़ किसलिए? मुझे आप कमल ही कहिए न।''

अजित मारे शरम के सुर्ख हो उठा—''नहीं-नहीं, सो कैसे—ऐसा कैसे-''

कमल ने कहा, ''ऐसा-वैसा कुछ भी नहीं। माँ-बाप ने मेरा यह नाम रखा था पुकारने के लिए ही तो! इससे मैं नाराज नहीं होती।'' अकस्मात मनोरमा के मुँह की ओर देख कर बोली, ''आपका नाम मनोरमा है—मनोरमा कह कर बुलाने से आप नाराज होती हैं क्या?''

मनोरमा ने सिर हिला कर कहा, ''हाँ, मैं नाराज होती हूँ।''

ऐसे जवाब की उससे किसी ने भी उम्मीद नहीं की थी, आशु बाबू तो मारे संकोच के म्लान हो गये।

सिर्फ संकुचित नहीं हुई कमल स्वयं। बोली, ''नाम तो और कुछ नहीं, एक शब्द है, जिससे समझा जाता है कि एक आदमी बहुतों में से किसी एक आदमी को बुला रहा है। पर हाँ, यह सच है कि बहुतों के अभ्यास से यह खटकती है। वे इस शब्द को नाना रूप से अलंकृत करके सुनना चाहते हैं। देखते नहीं, राजा लोग अपने नाम के आगे न जाने कितने निरर्थक शब्द जोड़कर, कितने 'श्री' जोड़ कर तब कहीं उसे दूसरे को उच्चारण करने देते हैं। नहीं तो उनकी मर्यादा नष्ट होती है।'' इतना कह कर वह सहसा हँस पड़ी, और शिवनाथ की तरफ इशारा करके बोली, ''जैसे ये। कभी इनसे कमल कहते नहीं बनता, कहते हैं शिवानी। अजित बाबू, आप बल्कि मुझे मिसेज़ शिवनाथ न कह कर शिवानी कहिए। शब्द भी छोटा है, और सब समझ भी लेंगे। कम-से-कम मैं तो समझ ही जाऊँगी।''

लेकिन न जाने क्या हुआ कि ऐसा सुस्पष्ट आदेश पा कर भी अजित से कुछ बोला नहीं गया, प्रश्न उसके मुँह में ही अटक रहा।

तब संध्या खत्म हो चुकी थी और कातिक-पूनो के वाष्पाच्छन्न आकाश में स्वच्छ चाँदनी छिटक रही थी। उस तरफ देख कर पिता की दृष्टि आकर्षित करते हुए मनोरमा ने कहा, ''बाबू जी, ओस पड़नी शुरू हो गयी है, बस, उठिए अब।''

आशु बाबू बोले, "यह लो, उठता हूँ बिटिया।"

अविनाश ने कहा, "शिवानी नाम बहुत अच्छा है। शिवनाथ गुणी पुरुष है, इसी से नाम भी मीठा दिया है, अपने नाम के साथ मेल भी खूब मिलाया है।"

आशु बाबू खिल उठे, बोले, "अजी ये शिवनाथ नहीं अविनाश, ऊपर के वे।" और एक बार आकाश की ओर देख कर बोले, "आदि-काल के उस बूढ़े घटक ने इन दोनों का सब तरफ से मेल कराने के लिए आहार-निद्रा तक छोड़ दी थी। जीते रहो।"

अकस्मात अक्षय सीधा हो कर बैठ गया और दो-तीन बार सिर हिला कर अपनी छोटी-छोटी आँखों को यथा शक्ति फाड़ कर बोला, "अच्छा, आपसे एक प्रश्न कर सकता हूँ क्या?"

कमल ने कहा, "क्या प्रश्न?"

अक्षय ने कहा, "आप के लिए संकोच नाम की तो कोई बला है नहीं, इसी से पूछता हूँ—शिवानी नाम तो अच्छा है, मगर शिवनाथ बाबू के साथ क्या आपका वास्तव में ब्याह हुआ है?"

आशु बाबू का चेहरा स्याह पड़ गया, बोले, "यह क्या कह रहे हो अक्षय बाबू?"

अविनाश ने कहा, "तुम पागल हो गये हो?"

हरेन्द्र ने कहा, "ब्रूट" (जंगली)

अक्षय ने कहा, "आप तो जानते हैं, मेरे आँखों में झूठा लिहाज नहीं,"

हरेन्द्र कहा, "झूठा-सच्चा किसी तरह का भी नहीं। पर हम लोगों को तो है।"

कमल लेकिन हँसने लगी। जैसे यह कोई बड़े विनोद की बात हो। उसने कहा, "इसमें नाराज होने की कौन-सी बात है हरेन्द्र बाबू? मैं बताती हूँ अक्षय बाबू। बिलकुल कुछ हुआ ही न हो, सो बात नहीं। ब्याह जैसी कोई बात हुई जरूर थी। जो लोग देखने आये थे, वे लगे हँसने। बोले, यह ब्याह ब्याह ही नहीं—धोखा है। इनसे पूछने पर इन्होंने कहा, 'शैव मत से ब्याह हुआ है।' मैंने कहा, 'यही ठीक है। शिव के साथ अगर शैव मत से ब्याह हुआ तो इसमें चिन्ता की कौन-सी बात है'?"

अविनाश सुन कर दुखी हुए, उन्होंने कहा, "लेकिन शैव-विवाह तो अब हमारे समाज में होता नहीं न, इसलिए अगर ये किसी दिन 'नहीं हुआ' कह कर उसे उड़ा देना चाहें, तो प्रमाणित करने लायक तुम्हारे पास कुछ रह नहीं जाता कमल!"

कमल ने शिवनाथ की तरफ देख कर कहा, "क्यों जी, करोगे क्या तुम ऐसा किसी दिन?"

शिवनाथ ने कुछ जवाब नहीं दिया, वह पहले की तरह उदास और गम्भीर

चेहरा लिये बैठा रहा। तब कमल ने हँसी के बहाने माथे पर हाथ मार कर कहा, "हाय रे भाग्य! ये जायेंगे 'नहीं हुआ' कह कर अस्वीकार करने और मैं जाऊँगी उसी को 'हुआ है' कह कर दूसरों के पास न्याय कराने? उसके पहले गले में फाँसी डालने लायक एक रस्सी भी न जुटेगी क्या?"

अविनाश ने कहा, "जुट सकती है, मगर आत्महत्या तो पाप है?"

कमल ने कहा, "पाप नहीं, खाक है। मगर ऐसा होगा नहीं। मैं आत्महत्या करने जाऊँगी, यह मेरे विधाता भी नहीं सोच सकते।"

आशु बाबू कह उठे, "यह तो मनुष्य की-सी बात है कमल।"

कमल ने उनकी तरफ देख कर शिकायत करने के ढंग से कहा, "देखिए तो अविनाश बाबू का अन्याय।" फिर शिवनाथ की तरफ इशारा करके कहा, "ये करेंगे मुझे अस्वीकार, और फिर मैं जाऊँगी गरदन पकड़ के इनसे स्वीकार कराने? सत्य तो डूब जायेगा, और जिस अनुष्ठान को मानती नहीं, उसी की रस्सी ले कर इन्हें बाँधना चाहूँगी मैं? मैं करूँगी ऐसा काम?" कहते-कहते उसकी दोनों आँखें चमक उठीं।

आशु बाबू ने आहिस्ता से कहा, "शिवानी, संसार में सत्य ही बड़ा है, इस बात को हम सभी मानते हैं; पर अनुष्ठान भी तो मिथ्या नहीं है?"

कमल ने कहा, "मिथ्या तो कह नहीं रही मैं। जैसे कि प्राण भी सत्य है और देह भी है—लेकिन प्राण जब निकल जाते हैं तब?"

मनोरमा ने पिता का हाथ खींचते हुए कहा, "बाबू जी, बहुत ज्यादा ओस पड़ने लगेगी, अब बिना उठे काम नहीं चलेगा।"

"अभी उठा, बिटिया।"

शिवनाथ सहसा खड़ा हो कर बोला, "शिवानी, अब और देर मत करो।"

कमल इसी वक्त उठ कर खड़ी हो गयी और सबको नमस्कार करके बोली, "आप लोगों से परिचय हुआ मानो सिर्फ बहस करने के ही लिए। कुछ खयाल न करें।"

शिवनाथ को इतनी देर बाद अब जरा हँसी आयी, कहा, "बहस ही सिर्फ की शिवानी, सीखा कुछ भी नहीं?"

कमल ने विस्मय के स्वर में कहा, "नहीं। मगर सीखने को था ही क्या, मुझे तो कुछ खयाल नहीं पड़ता।"

शिवनाथ ने कहा, "खयाल पड़ने की बात भी नहीं थी, वह ओट का ओट में ही रह गया। हो सके तो आशु बाबू के जराग्रस्त बूढ़े मन के प्रति जरा श्रद्धा रखना सीखना। उससे बढ़ कर सीखने को और कुछ नहीं है।"

कमल ने विस्मय के साथ कहा, "यह तुम कह क्या रहे हो आज?"

शिवनाथ ने जवाब नहीं दिया, फिर से सबको नमस्कार करके कहा, "चलो।"
आशु बाबू ने एक गहरी साँस ले कर कहा, "आश्चर्य है!"

7

आश्चर्य तो है ही। इसके सिवा मन की बात व्यक्त करने के लिए और शब्द ही कौन-सा था? वास्तव में वे दोनों चले क्या गये एक अति आश्चर्यजनक नाटक के बीच के ही अंक में यवनिका डाल गये—पर्दे के उस पार विस्मय की न जाने कितनी बातें अज्ञात रह गयी। सभी के मन में यही एक बात उथल-पुथल मचाने लगी और सभी को ऐसा मालूम हुआ मानो इसीलिए वे यहाँ आये थे। आकाश में चन्द्रमा उदित हुआ है, हेमन्त ऋतु की ओस से भीगी हुई चाँदनी के पास के ताजमहल का सफेद संगमरमर माया पुरी की भाँति उद्भासित हो उठा है; पर उधर किसी की दृष्टि भी नहीं है।

मनोरमा ने कहा, "अब नहीं उठोगे तो सचमुच तुम्हारी तबीयत खराब हो जायेगी बाबू जी।"

अविनाश ने कहा, "ओस पड़ रही है, उठिए।"

सब-के-सब उठ कर खड़े हो गये। फाटक के बाहर आशु बाबू की बड़ी मोटर खड़ी थी; पर अक्षय-हरेन्द्र के ताँगेवाले का पता नहीं था। शायद इस बीच में वह ज्यादा किराये की सवारी पा कर चम्पत हो गया था। लिहाजा, किसी तरह सट-सटा कर सबको मोटर में ही बैठना पड़ा। कुछ देर तक सब चुप रहे, अन्त में बात की सबसे पहले अविनाश ने। वे बोले, "शिवनाथ ने झूठ कहा था। कमल हरगिज किसी दासी की लड़की नहीं है। असम्भव है।" कह कर वे मनोरमा के मुँह की ओर देखने लगे।

मनोरमा के मन में भी ठीक यही प्रश्न उठ रहा था, पर वह मौन रही। अक्षय ने कहा, "झूठ बोलने का कारण? स्त्री का यह परिचय तो गौरव का नहीं है अविनाश बाबू!"

अविनाश ने कहा, "यही तो सोच रहा हूँ।"

अक्षय ने कहा, "आप लोग अचम्भे में आ गये, पर मैं नहीं आया। यह सब शिवनाथ की प्रतिध्वनि है। इसी से उसकी बातों में 'ब्रैवाडो' (बहादुरी का डौल) बहुत ज्यादा था, चीज़ कुछ नहीं थी। असल और नकल जान लेता हूँ। इतना आसान नहीं है मुझे धोखा देना।"

हरेन्द्र बोल उठा, "बाप रे! आपको धोखा देना? एकदम मोनोपॉली (एकाधिपत्य पर हस्तक्षेप?"

अक्षय ने उस पर एक तीव्र क्रुद्ध दृष्टि डाल कर कहा, "मैं दावे के साथ कह सकता हूँ कि उसमें उच्च घराने का 'कल्चर' (संस्कृति) पायी-भर भी नहीं है। औरतों के मुँह से यह सब बातें 'इममॉरल' (अनैतिक) ही नहीं, अश्लील भी हैं।"

अविनाश ने प्रतिवाद के तौर पर कहा, "यह दूसरी बात है। उसकी सब बातें औरतों के मुँह से शोभन न लगें, पर उन्हें अश्लील नहीं कह सकते अक्षय।"

अक्षय ने कठोर हो कर कहा, "वे दोनों ही एक-से हैं अविनाश बाबू। देखा नहीं, ब्याह इन लोगों के लिए तमाशे की चीज़ बन गयी है। जब सब ने आ कर कहा कि यह ब्याह नहीं है, धोखेबाजी है, तब उन्होंने सिर्फ हँस के कहा, ऐसी बात है क्या? उनका एब्सोल्यूट इण्डिफरेन्स (सम्पूर्ण उपेक्षा-भाव) आप लोगों ने क्या नोटिस नहीं किया? यह क्या कभी कुलीन कन्या के लिए शोभा दे सकता है, या कभी सम्भव हो सकता है?"

बात उसकी सच थी, इसी से सब चुप रहे। आशु बाबू अब तक कुछ बोले नहीं थे। सब कुछ वे सुन रहे थे, लेकिन थे अपनी ही उधेड़-बुन में। सहसा इस स्तब्धता से उनका ध्यान भंग हुआ। धीरे-धीरे बोले, "विवाह के प्रति नहीं, बल्कि उसके 'फॉर्म' (तरीके) पर शायद कमल की उतनी आस्था नहीं है। अनुष्ठान कुछ भी हो, जो हो गया सो उसके लिए ठीक है। पति से कहा, 'ये लोग कहते हैं, यह ब्याह धोखेबाजी है।' पति ने कहा, 'विवाह हुआ है हम लोगों का शैव मत से।' कमल खुश हो कर बोली, 'शिव के साथ ब्याह अगर शैव मत से हुआ हो तो वही अच्छा है।' बात मुझे ऐसी मीठी लगी अविनाश बाबू, कि पूछिए नहीं।"

भीतर-ही-भीतर अविनाश का मन भी इसी स्वर में बँधा था, वे बोले, "और उसी शिवनाथ के मुँह की तरफ देख कर हँसते-हँसते पूछना "क्यों जी, करोगे क्या तुम ऐसा? दोगे क्या मुझे धोखा?" उसके बाद तो कितनी ही बातें हो गयीं आशु बाबू, लेकिन उसकी गूँज अभी तक मेरे कानों में गूँज रही है।"

प्रत्युत्तर में आशु बाबू ने हँस कर सिर्फ सिर हिला दिया।

अविनाश ने कहा, "और उसका वह शिवानी नाम? वह क्या कम मीठा है?"

अक्षय से मानो सहा नहीं गया, वह बोला, "आप लोगों ने तो मुझे दंग कर दिया अविनाश बाबू! उनका जो कुछ है, सब मधुर है। यहाँ तक कि शिवनाथ के नाम के साथ एक 'नी' जोड़ देने से भी मधु झरने लगा।"

हरेन्द्र ने कहा, "सिर्फ 'नी' जोड़ देने से ही नहीं होता अक्षय बाबू। आपकी स्त्री को 'अक्षयनी' पुकारने से ही क्या मधु झरने लगेगा?"

उसकी बात सुन कर सभी हँस पड़े, यहाँ तक कि मनोरमा ने भी रास्ते की तरफ मुँह फेर कर हँसी छिपायी।

अक्षय मारे क्रोध के पागल-सा हो उठा। गरज कर बोला, "हरेन्द्र बाबू, 'डोण्ट यू गो टू फार' (बहुत ज्यादा मत बढ़ो) किसी उच्चवंशीय महिला के साथ ऐसी स्त्रियों की तुलना इशारे में करने को भी मैं अत्यन्त अपमानजनक समझता हूँ, सो आपसे स्पष्ट कहे देता हूँ।"

हरेन्द्र चुप रहा। बहस करने का उसका स्वभाव न था और न अपनी युक्तियों से बात को प्रमाणित करने की ही उसकी आदत थी। बीच में अचानक कुछ कह कर वह ऐसा नीरव हो जाता कि हजार कोंचने पर भी और उसके मुँह से एक शब्द भी नहीं निकलवा सकता। हुआ भी ऐसा ही। अक्षय बचे हुए रास्ते में शिवानी को छोड़ कर हरेन्द्र के पीछे पड़ गया। वह कहता रहा कि उसने शिष्ट महिला का शिष्टताहीन गन्दा मजाक उड़ाया है। शिवनाथ की शैवमत से विवाहिता स्त्री की बात में और व्यवहार में अभिजात्य की बू तक नहीं, बल्कि उसकी शिक्षा और संस्कार से जघन्य नीचता का ही परिचय मिलता है—आदि बातों को वह अत्यन्त अप्रिय तरीके से बार-बार प्रमाणित करने लगा। इतने में गाड़ी आशु बाबू के दरवाजे पर आ कर खड़ी हो गयी; फिर अविनाश और और सबों को उतार कर हरेन्द्र-अक्षय आदि को पहुँचाने चली गयी।

आशु बाबू उद्विग्न हो कर बोले, "गाड़ी में दोनों-के-दोनों कहीं मार-पीट न कर बैठें।"

अविनाश ने कहा, "इसका कोई डर नहीं। यह तो रोजमर्रा की बात है, और इनसे उनकी मित्रता में कोई फर्क नहीं आता।"

भीतर जा कर चाय पीने बैठे तो आशु बाबू ने धीरे से कहा, "अक्षय बाबू की प्रकृति बड़ी कठोर है। इससे बढ़ कर कठोर बात उनकी जबान पर और क्या आती?" सहसा लड़की की ओर देख कर बोले, "अच्छा मणि, कमल के सम्बन्ध में तुम्हारी पहले की धारणा क्या आज भी नहीं बदली?"

"कैसी धारणा बाबू जी?"

"यही, जैसे—जैसे—"

"मगर मेरी धारणा से तुम लोगों को क्या काम बाबू जी?"

पिता ने फिर कुछ नहीं कहा। वे जानते थे कि इस स्त्री के सम्बन्ध में मनोरमा का चित्त अत्यन्त विमुख है। यह बात उन्हें पीड़ा पहुँचाती है; पर इस बात को ले कर नयी तरह से आलोचना करने बैठना उनके लिए जिस तरह अप्रिय है, वैसे ही निष्फल भी है।

अकस्मात अविनाश बोल उठे, "मगर एक विषय पर आप लोगों ने शायद ध्यान नहीं दिया। वह है शिवनाथ के अन्तिम शब्द। कमल का सब कुछ ही अगर दूसरे की प्रतिध्वनि मात्र होता तो यह बात शिवनाथ को कहने की जरूरत नहीं पड़ती कि वह आप पर श्रद्धा रखना सीखे।" इतना कह कर उसने खुद भी गम्भीर श्रद्धा के साथ आशु बाबू के मुँह की तरफ देख कर कहा, "कहने में क्या हर्ज है, वास्तव में आप जैसे भक्ति के पात्र संसार में हैं कितने? सिर्फ इसी के लिए मैं उसके अनेक अपराध क्षमा कर सकता हूँ आशु बाबू, कि इतने से मामूली परिचय में शिवनाथ ने इतने बड़े सत्य को हृदयंगम कर लिया।"

सुन कर आशु बाबू चंचल हो उठे। उनका विपुल कलेवर लज्जा से मानो संकुचित हो गया। मनोरमा ने कृतज्ञता से दोनों आँखें भर कर वक्ता के मुँह की तरफ निगाहें उठा कर देखा और कहा, "अविनाश बाबू, यहीं पर उनके साथ उनकी स्त्री का सचमुच का भेद है। आज मैं जान गयी कि उस दिन धोती और साबुन माँगने के बहाने वह मेरा सिर्फ उपहास ही कर गयी थी। उस दिन का उसका अभिनय मैं समझ नहीं सकी थी—पर उसका यह सब छल-छन्द, सब व्यंग्य व्यर्थ है बाबू जी, अगर तुम्हें वह आज सबसे बड़ा जान कर न पहचान सकी हो।"

आशु बाबू व्याकुल हो उठे, "तू यह सब क्या कह रही है बेटी?"

अविनाश ने कहा, "अतिशयोक्ति तो इसमें कहीं भी नहीं आशु बाबू। जाते वक्त शिवनाथ ने यही बात अपनी स्त्री से कहने की कोशिश की थी। आज उसने बात नहीं की, पर उसकी इस एक ही बात से मुझे मालूम हो गया है कि उन दोनों में परस्पर यहीं सबसे बड़ा मतभेद है।"

आशु बाबू ने कहा, "ऐसा अगर हो तो शिवनाथ का ही दोष है, कमल का नहीं।"

मनोरमा सहसा बोल उठी, "यह तो तुम्हीं जानो बाबू जी, कि तुमने किन आँखों से उसे देखा है, मगर तुम जैसे मनुष्य को जो श्रद्धा नहीं कर सकती, उसे क्या कभी क्षमा किया जा सकता है?"

आशु बाबू ने लड़की के चेहरे की तरफ देख कर कहा, " क्यों बेटी? मुझ पर अश्रद्धा करने का भाव तो उसके एक भी आचरण से जाहिर नहीं हुआ।"

"पर श्रद्धा तो नहीं दिखाई दी?"

आशु बाबू ने कहा, "दिखाई देने की कोई बात थी भी नहीं मणि। बल्कि दिखाई देती तो उसका यह मिथ्याचार होता। मेरे अन्दर जिस चीज़ को तुम लोग शक्ति की बहुलता समझ कर मुग्ध होते हो, उसकी नज़र में वह खालिस शक्ति की कमी है। यही बात उसने मुझ से कही है कि कमज़ोर आदमी को स्नेह के सहारे

प्यार किया जा सकता है—लेकिन मेरा जो मूल्य उसकी दृष्टि में नहीं है, जबरदस्ती उसे दे कर उसने मुझे भी नीचे नहीं गिराया और न अपना ही अपमान किया। यही तो ठीक है, इसमें व्यथित होने की तो कोई बात ही नहीं मणि।''

अब तक अजित अन्यमनस्क-सा था, इस बात पर उसने इधर देखा। वह कुछ भी जानता नहीं था और जान लेने की फुरसत भी उसे नहीं मिली थी। सारी बातें उसके लिए धुँधली-सी थीं—अब आशु बाबू ने जो कुछ कहा, उससे भी कुछ स्पष्ट नहीं हुआ, फिर भी उसका मन मानो जाग उठा।

मनोरमा चुप रही, लेकिन अविनाश बाबू उत्तेजना के साथ पूछ उठे, ''तो क्या फिर स्वार्थत्याग का कोई मूल्य ही नहीं?''

आशु बाबू हँस दिये, बोले, ''प्रश्न ठीक प्रोफेसरों जैसा नहीं हुआ। जो भी हो—उसके लिए उसका मूल्य नहीं है।''

''तो फिर आत्म-संयम की भी कोई कीमत नहीं?''

''उसकी सृष्टि में नहीं है। संयम जहाँ अर्थहीन है, वहाँ सिर्फ निष्फल आत्म-पीड़न है। और उसी को ले कर अपने को बड़ा मानना सिर्फ अपने को ठगना नहीं, बल्कि दुनिया को ठगना है। कमल के मुँह से जो कुछ सुना, उससे मुझे लगा कि वह इसी बात को बार-बार कहना चाहती है।'' इतना कह कर वे क्षण-भर मौन रहे, फिर बोले, ''मालूम नहीं उसे कहाँ से वह धारणा मिली, पर सहसा सुनने से बड़ा आश्चर्य होता है।''

मनोरमा बोल उठी, ''केवल आश्चर्य होता है! सारे शरीर में जलन नहीं होने लगती? बाबू जी, क्या कभी कोई भी बात तुम जोर देकर नहीं कह सकोगे? जो जिसके मन में आयेगा, कहेगा और तुम उस पर हाँ कर दोगे?''

आशु बाबू ने कहा, ''हाँ तो नहीं कहा बेटी। लेकिन मन में राग-द्वेष भर कर विचार करने से सिर्फ एक ही नहीं ठगाया जाता, दूसरा पक्ष भी ठगाया जाता है। जो बातें हम कमल के मुँह में ठूँस देना चाहते हैं, ठीक वे ही बातें उसने नहीं कहीं। उसने जो कुछ कहा, उसका निष्कर्ष शायद यही है कि इन लम्बे संस्कारों में सत्य समझ कर जिस तत्व को हमने अपने खून के अन्दर प्राप्त किया है, वह प्रश्न का सिर्फ एक ही पहलू है। मगर उसका दूसरा पहलू भी है। आँख मीच कर सिर्फ सिर हिला देने से ही कैसे चल सकता है मणि?''

मनोरमा ने कहा, ''बाबू जी, इतना समय बीत गया, भारतवर्ष में क्या उस पहलू को देखने वाला दूसरा कोई हुआ ही नहीं?''

उसके पिता जरा हँस कर बोले, ''यह अत्यन्त क्रोध की बात है बेटी। नहीं तो तुम खुद भी अच्छी तरह जानती हो कि सिर्फ एक हमारे देश के ही नहीं, दुनिया

के किसी भी देश के पूर्वज 'शेष प्रश्न' का जवाब नहीं दे गये हैं। दे गये हों ऐसा हो भी नहीं सकता, क्योंकि तब तो फिर सृष्टि ही रुक जाती। इसके चलने का कोई अर्थ ही नहीं रह जाता।''

सहसा उन्होंने देखा, अजित एकटक देख रहा है। बोले, ''तुम शायद कुछ भी समझ नहीं रहे हो—क्यों?''

अजित के गरदन हिलाने पर आशु बाबू ने घटना का पूर्वापर समझा कर कहा, ''अक्षय ने न जाने कैसी एक होमकुण्डी-सी पवित्र आग जला दी कि लोग उसकी तरफ देखना तो दूर रहा, धुएँ के मारे आँख तक नहीं खोल सके। और मजा यह कि हम लोगों का मामला है शिवनाथ के विरुद्ध, और दण्ड दिया गया है कमल को। वे थे यहाँ के एक प्रोफेसर, शराब पीने के अपराध में उनकी नौकरी गयी, रुग्ण स्त्री को त्याग कर घर ले आये कमल को। बोले 'विवाह हुआ है शैव मत से।' अक्षय बाबू ने भीतर-ही-भीतर पता लगा कर जाना कि सब धोखा है। पूछा गया, 'लड़की क्या कुलीन घराने की है?' शिवनाथ ने कहा, 'वह उनके घर की दासी की कन्या है।' पूछा गया, 'लड़की क्या शिक्षित है?' शिवनाथ ने जवाब दिया, 'शिक्षा के लिए विवाह नहीं किया, किया है रूप के लिए।' बात सुनी। कमल का अपराध मुझे कहीं ढूँढे नहीं मिला अजित, और फिर भी उसी को हम लोगों ने सब संसर्गों से दूर कर दिया। हम लोगों की घृणा जा कर पड़ी सबसे बढ़ कर उसी पर। और यही हुआ समाज का न्याय!''

मनोरमा ने कहा, ''उसे क्या समाज के अन्दर बुला लेना चाहते हो बाबू जी?''

आशु बाबू ने कहा, ''मेरे ही चाहने से आ जायेगी क्या बेटी? समाज में अक्षय बाबू भी तो मौजूद हैं—उन्हीं का पक्ष तो प्रबल है।''

लड़की ने पूछा, ''तुम अकेले होते तो बुला लेते शायद?''

पिता ने इसका स्पष्ट जवाब नहीं दिया, बोले, ''बुलाने से ही क्या सब आ जाया करते हैं बेटी?''

अजित ने कहा, ''आश्चर्य तो यह है कि आपके साथ ही उनका सबसे ज्यादा विरोध है, और मजा यह कि आपका ही स्नेह उन्हें सबसे ज्यादा मिला है।''

अविनाश ने कहा, ''इसका कारण है अजित बाबू। कमल के बारे में हम लोग कुछ जानते नहीं, जानते हैं तो सिर्फ उसके विद्रोही मत को। और जानते हैं उसके अखण्ड बुराई के पहलू को। इसी से उसकी बातें सुनने से हमें डर भी लगता है और गुस्सा भी आता है कि अब गया शायद सब कुछ।''

फिर आशु बाबू से मुखातिब होकर कहने लगे, ''इनका शरीर निष्पाप है, मन निष्कलुष है, सन्देह की छाया तक इस पर नहीं पड़ती, न भय का दाग ही लगता

है। महादेव के लिए चाहे विष हो चाहे अमृत, एक ही बात है—गले में ही हिलगा रहेगा, पेट में नहीं जायेगा। चाहे देवताओं का दल आ जाये और चाहे दैत्य-दानव आ कर घेर लें, ये निर्लिप्त निर्विकार-चित्त रहेंगे—सिर्फ गठिया के पंजे से बचे रहें तो ये खुश हैं। मगर हम लोगों को तो—''

बात पूरी न हो पायी कि अचानक आशु बाबू ने दोनों हाथ उठा कर उन्हें रोक दिया, बोले, ''आगे अब और कुछ न कहिएगा, आपके पैरों पड़ता हूँ। लगातार एक युग का युग विलायत में बिता आया हूँ, वहाँ क्या किया है क्या नहीं, सो खुद मुझे भी याद नहीं—पर यह बात अक्षय के कानों तक पहुँच गयी तो खैर नहीं। एकदम नाड़ी-नक्षत्र तक ढूँढ कर निकाल लायेगा। तब क्या होगा?''

अविनाश ने आश्चर्य के साथ कहा, ''आप क्या विलायत भी गये थे?''

आशु बाबू ने कहा, ''हाँ, वह कुकर्म भी मुझसे हो चुका है।''

मनोरमा ने कहा, ''बचपन से ही बाबू जी का सारा एजुकेशन यूरोप में हुआ है। बाबू जी बैरिस्टर हैं, बाबू जी डॉक्टर हैं।''

अविनाश ने कहा, ''कहती क्या हो?''

आशु बाबू उसी तरह कह उठे, ''डरने की कोई बात नहीं, डरने की कोई बात नहीं प्रोफेसर, लिखा-पढ़ा सब भूल गया हूँ। दीर्घकाल से यायावर-वृत्ति अवलम्बन करके लड़की के साथ जहाँ-तहाँ लोटा-डोर लिये घूमा किया हूँ और जैसा कि आप ने कहा, सारा चित्त-पट बिलकुल धुल-पुछ कर निष्पाप निष्कलुष हो गया है। धब्बा-अब्बा कहीं कुछ भी बाकी नहीं है। खैर, जो भी हो, इस बात को अक्षय बाबू के कान में न पड़ने दीजिएगा।''

अविनाश ने हँसते हुए कहा, ''अक्षय से आपको बड़ा डर है?''

आशु बाबू ने उसी वक्त स्वीकार किया, ''हाँ। एक तो गठिया के मारे यों ही जीना कठिन है, उस पर उनका कहीं कुतूहल जाग्रत हो गया तो बिलकुल ही मारा जाऊँगा।''

मनोरमा गुस्से में भी हँस दी, बोली, ''बाबू जी, यह तुम्हारा बड़ा अन्याय है।''

बाबू जी ने कहा, ''अन्याय भले ही हो बेटी, पर आत्म-रक्षा का सभी को अधिकार है।''

सुन कर सब-के-सब हँस पड़े। मनोरमा ने पूछा, ''अच्छा बाबू जी, मनुष्य समाज में क्या अक्षय बाबू जैसे आदमी की तुम जरूरत ही नहीं समझते?''

आशु बाबू ने कहा, ''तुम्हारा यह 'जरूरत' शब्द तो बेटी संसार में सबसे ज्यादा घोटाले की चीज़ है। पहले इसकी मीमांसा हो जाये, तब तुम्हारे प्रश्न का सही उत्तर दिया जाये। मगर वह तो कभी होने का नहीं। हमेशा से उसको ले कर तर्क चलता

आ रहा है, मीमांसा अब तक हुई ही नहीं।''

मनोरमा क्षुब्ध हो कर बोली, ''तुम सब बातों के जवाब में ऐसे ही बच कर निकल जाते हो बाबू जी, कभी साफ-साफ कुछ कहते ही नहीं। यह तुम्हारा बड़ा अन्याय है।''

आशु बाबू हँसते-हँसते बोले, ''साफ-साफ कहने लायक विद्या-बुद्धि तेरे बाबू में नहीं है, मणि-यह तेरी तकदीर है। अब खामखा मेरे ऊपर गुस्सा करने से क्या लाभ है, बता?''

अजित अचानक उठ खड़ा हुआ, बोला, ''सिर में दर्द हो रहा है, जरा बाहर घूम आऊँ।''

आशु बाबू चंचल हो कर बोल उठे, ''सिर का इसमें कोई अपराध नहीं बेटा—मगर इतनी ओस में? ऐसे अँधेरे में?''

दक्षिण की एक खुली खिड़की से बहुत-सी स्निग्ध ज्योत्स्ना नीचे के कार्पेट पर बिखर रही थी, अजित ने उसकी ओर उनका ध्यान आकर्षित करते हुए कहा, ''ओस शायद थोड़ी-बहुत पड़ती होगी, पर अँधेरा नहीं है। जाऊँ, जरा घूम आऊँ''

''पर पैदल मत घूमना।''

''नहीं। गाड़ी में ही जाऊँगा।''

''गाड़ी का ढकना चढ़ा देना अजित, कहीं ओस न लग जाये।''

अजित राजी हो गया। आशु बाबू ने कहा, ''तो फिर अविनाश बाबू को भी उधर-के-उधर पहुँचाते जाना। लेकिन लौटने में देर न हो।''

'अच्छा' कह कर अजित अविनाश बाबू को साथ ले कर बाहर चला गया। उसके जाने के बाद आशु बाबू ने मुसकराते हुए कहा, ''देखता हूँ, इस लड़के की मोटर में घूमने की सनक अभी गयी नहीं है। ऐसी ठंड में चल दिया घूमने को।''

8

कोई पन्द्रह दिन बाद की बात है। शाम होने में देर नहीं है। आशु बाबू और मनोरमा को अविनाश बाबू के घर उतार कर अजित घूमने निकला है। ऐसा वह अकसर किया करता है। जो सड़क शहर के उत्तर से आ कर कॉलेज के सामने से कुछ दूर जा कर सीधी पश्चिम की ओर चली गयी है, उसी पर एक निराली जगह में सहसा उच्च नारी-कण्ठ से अपना नाम सुन कर अजित चौक पड़ा। गाड़ी रोक दी। देखा, शिवनाथ की स्त्री है। सड़क के किनारे टूटा-फूटा पुराने जमाने का एक दुमंजिला मकान है,

सामने उसके जैसा ही श्रीहीन फूलों का बगीचा है और उसी के एक किनारे खड़ी कमल हाथ उठा कर उसे पुकार रही है। मोटर ठहरने पर वह उसके पास आ गयी, बोली, ''एक दिन और भी आप ऐसे ही अकेले जा रहे थे, मैंने कितना पुकारा, पर आप सुन ही नहीं पाये। पायेंगे कैसे? बाप-रे-बाप! इतने जोर से जाते हैं—देखने से मालूम होता है जैसे दम रुक जायेगा। आपको डर नहीं लगता?''

अजित गाड़ी से नीचे उतर आया, बोला, ''आप अकेली कैसे? शिवनाथ बाबू कहाँ हैं?''

कमल ने कहा, ''वे घर पर नहीं हैं। पर आप भी अकेले कैसे निकले? उस दिन भी देखा था, साथ में कोई नहीं था।''

अजित ने कहा, ''नहीं। इधर कई दिनों से आशु बाबू की तबीयत ठीक नहीं थी, इसी से वे निकले नहीं। आज उन लोगों को अविनाश बाबू के यहाँ उतार कर मैं घूमने निकला हूँ। शाम को तो मुझे घर में रहना अच्छा नहीं लगता।''

कमल ने कहा, ''मेरा भी यही हाल है। मगर 'अच्छा नहीं लगता,' कहने से ही तो नहीं चलता—गरीबों को तो बहुत-कुछ 'अच्छा लगाना' पड़ता है।'' कह कर वह अजित के मुँह की तरफ देखने लगी; फिर सहसा बोल उठी, ''ले चलिएगा मुझे साथ में? जरा घूम आऊँगी।''

अजित मुसीबत में पड़ गया। साथ में आज शोफर तक नहीं था और यह वह पहले ही सुन चुका था कि शिवनाथ बाबू भी घर पर नहीं हैं, मगर 'ना' भी कहते नहीं बनता। जरा कुछ दुविधा के साथ बोला, ''यहाँ आपका साथी-संगी भी शायद कोई नहीं है?''

कमल ने कहा, ''सुनो इनकी बात! साथी-संगी कहाँ पाऊँ ? देख नहीं रहे हैं मुहल्ले की दशा! यह स्थान शहर के बिलकुल बाहर ही समझिए। पास ही शाहगंज में, या कुछ ऐसा ही नाम है, कहीं चमड़े का कारखाना है—हमारे पड़ोसी सब मोची ही मोची हैं। कारखाने जाते हैं, आते हैं, शराब पीते हैं और सारी रात हल्ला मचाते हैं—यही मेरा मुहल्ला है।''

अजित ने पूछा, ''इधर शरीफ लोग हैं ही नहीं क्या?''

कमल ने कहा, ''शायद नहीं हैं। और हों भी तो क्या—मुझे वे अपने घर क्यों जाने-आने देंगे? तब तो कभी-कभी जब बहुत सूना-सूना सा मालूम होता था आप लोगों के यहाँ भी चली जा सकती थी।''—कहते-कहते वह गाड़ी के खुले दरवाजे से खुद ही भीतर जा कर बैठ गयी और बोली, ''आइए, मैं बहुत दिनों से मोटर पर नहीं चढ़ी। लेकिन आज मुझे बहुत दूर तक घुमा लाना होगा।''

अजित को कुछ सूझा नहीं कि क्या करना चाहिए। संकोच के साथ बोला,

''ज्यादा दूर जाने से रात बहुत हो जायेगी। शिवनाथ बाबू घर लौट कर आपको न देखेंगे तो शायद कुछ खयाल करेंगे।''

कमल ने कहा, ''नहीं, खयाल करने की कोई बात ही नहीं।''

अजित ने कहा, ''ड्राइवर के पास न बैठ कर पीछे बैठिए न?''

कमल ने कहा, ''ड्राइवर तो आप खुद ही हैं। पास बैठे बिना बातें कैसे करूँगी? इतनी दूर पीछे बैठ कर मुँह बन्द करके कहीं जाया जाता है? आप बैठिए; अब देर न कीजिए।''

अजित बैठ गया और गाड़ी चलाने लगा। रास्ता सुन्दर और निर्जन है, कदाचित एक-आध आदमी दिखाई दे जाता है—बस। गाड़ी की तेज चाल क्रमश: और भी तेज होने लगी। कमल ने कहा, ''आप तेज चलाना पसन्द करते हैं न?''

अजित ने कहा, ''हाँ।''

''डर नहीं लगता?''

''नहीं। मुझे आदत पड़ गयी है।''

''आदत ही सब कुछ है।'' कह कर कमल क्षण-भर मौन रही, फिर बोली, ''मगर मुझे तो आदत नहीं, फिर भी यह मुझे अच्छा लग रहा है। शायद स्वभाव है, इसीलिए?''

अजित ने कहा, ''हो सकता है।''

कमल ने कहा, ''जरूर। हालाँकि विपत्ति आ सकती है—जो चढ़ते हैं उन पर भी और जो दब जाते हैं उन पर भी—ठीक है न?''

अजित ने कहा—''नहीं, दबेंगे क्यों?''

कमल ने कहा, ''दब भी जायें तो क्या नुकसान है अजित बाबू? तेजी का भी एक भारी आनन्द है—क्या गाड़ी की और क्या इस जीवन की। मगर जो डरपोक हैं वे नहीं चल सकते। वे सावधानी से धीरे-धीरे चलते हैं। सोचते हैं, पैदल चलने का कष्ट जो बच गया वही उनके लिए काफी है। मार्ग को धोखा दे कर वे खुश हैं, अपने को धोखा देने का उन्हें भान ही नहीं होता। ठीक है न अजित बाबू?''

बात अजित के कुछ समझ में नहीं आयी, उसने कहा, ''इसके मानी?''

कमल उसके मुँह की तरफ देख कर जरा हँस दी। क्षण-भर बाद सिर हिला कर बोली, ''मानी नहीं, यों ही।''

इतना भर समझ में आया कि बात वह खुल कर नहीं समझाना चाहती और कुछ नहीं।

अँधेरा और भी गाढ़ा होता आ रहा है; अजित ने लौटना चाहा; कमल ने कहा, ''अभी से? चलिए और थोड़ा आगे।''

अजित ने कहा, "बहुत दूर आ गये हैं, वापस पहुँचने में काफी रात हो जायेगी।"

कमल ने कहा, "हो जाये तो क्या हर्ज है?"

"लेकिन शिवनाथ बाबू नाखुश होंगे।"

कमल ने कहा, "हो जाने दीजिए।"

अजित मन ही मन विस्मित हुआ, बोला, "मगर आशु बाबू वगैरह को घर ले जाना है। देर हो जाने से अच्छा नहीं होगा।"

कमल ने जवाब दिया, "आगरा शहर में तो गाड़ियों की कमी है नहीं, वे आसानी से जा सकते हैं। चलिए और भी जरा।" इस तरह कमल मानो उसे जबरदस्ती आगे की ओर धकेल-धकेल कर ले जाने लगी।

धीरे-धीरे सुनसान रास्ता अत्यन्त जनशून्य और रात का अँधेरा गाढ़े से गाढ़ा होने लगा, और चारों तरफ का दिगन्त-विस्तृत मैदान सुनसान हो उठा। सहसा अजित ने एक क्षण में उद्विग्न चित्त से गाड़ी की रफ्तार रोक दी; और कहा, "अब और नहीं, लौट चलिए।"

कमल ने कहा, "चलिए।"

वापस लौटते हुए उसने धीरे-धीरे कहा, "सोच रही थी, मनुष्य झूठ के साथ समझौता करके जीवन की कितनी सम्पदा नष्ट कर डालता है। मुझे अकेली ले जाने में आपको कितना असीम संकोच हो रहा था। मैं भी अगर उसी डर से पीछे हट जाती तो मेरे भाग्य में ऐसा आनन्द थोड़े ही बदा था।"

अजित ने कहा, "पर अन्त तक बिना देखे निश्चयपूर्वक तो कुछ कहा नहीं जा सकता। घर जा कर आनन्द के बदले निरानन्द भी तो भाग्य में बदा हो सकता है।"

कमल ने कहा, "इस अन्धकारमय निर्जन पथ में अकेली आप के पास बैठ कर ऊर्ध्वश्वास से न जाने कितनी दूर तक घूम आयी। आज मुझे कितना अच्छा लगा है, कुछ कह नहीं सकती।"

अजित ने समझा, कमल ने उसकी बात पर ध्यान नहीं दिया, मानो वह अपनी बात अपने को ही सुनाती जा रही है। सुन कर वास्तव में शरमाने की बात उसमें शायद कुछ भी न हो, लेकिन फिर भी पहले वह मानो संकुचित-सा हो उठा। इस स्त्री के सम्बन्ध में विरुद्ध कल्पना और अशुभ जनश्रुति के सिवा, शायद कोई भी कुछ नहीं जानता—लोग जितना जानते हैं वह भी संभव है बहुत कुछ झूठ हो—और सत्य जो कुछ है उसमें भी शायद असत्य की छाया ऐसी घनघोर पड़ गयी हो कि पहचानने का कोई रास्ता ही न रहा हो। और जो जी चाहे तो जाँच कर बता सकते हैं, वे बताते नहीं, उनके लिए सब कुछ खालिस मज़ाक है।

अजित चुप रहा, इसी से कमल को मानो होश-सा हो आया। बोली, "हाँ, क्या कह रहे थे, घर जा कर आनन्द के बदले निरानन्द भाग्य में बदा हो सकता है? हो क्यों नहीं सकता!"

अजित ने कहा, "तब फिर?"

कमल ने कहा, "तब भी उससे यह साबित नहीं होता कि जो आनन्द आज मिला है, वह नहीं मिला।"

अबकी बार अजित हँस दिया। बोला, "साबित नहीं होता; मगर यह साबित जरूर होता है कि आप कम तार्किक नहीं हैं। आपके साथ बातों में जीतना मुश्किल है।"

"अर्थात जिसको कि कूट-तार्किक कहते हैं, मैं वही हूँ?"

अजित ने कहा, "नहीं, सो बात नहीं; लेकिन यह तो आप जरूर ही मानती होंगी कि अन्तिम फल जिसका दुख में ही समाप्त होता है, उसके आरम्भ में चाहे कितना ही आनन्द क्यों न हो, उसे सचमुच का आनन्द-भोग नहीं कहा जा सकता?"

कमल ने कहा, "नहीं, मैं नहीं मानती। मैं मानना चाहती हूँ कि जब जितना पाऊँ, उसी को सच्चा समझ कर मान सकूँ। दुख का दाह मेरे बीते हुए सुख की ओस की बूँदों को सुखा न डाले। वह चाहे कितना भी क्यों न हो और परिणाम उसका संसार की दृष्टि में चाहे कितना ही तुच्छ क्यों न गिना जाये, फिर भी मैं उसे अस्वीकार न करूँ। एक दिन का आनन्द दूसरे दिन के निरानन्द के सामने शरमाये नहीं।" इतना कह कर वह क्षण-भर चुप रही, फिर कहने लगी, "इस जीवन में सुख-दुख दोनों में से कोई भी सत्य नहीं अजित बाबू, सत्य है सिर्फ उनके चंचल क्षण, सत्य है सिर्फ उनके चले जाने का छन्द-मात्र। बुद्धि और हृदय से उनको पाना ही तो यथार्थ का पाना है। क्या यही ठीक नहीं है?"

इस प्रश्न का उत्तर अजित न दे सका; लेकिन उसे लगा कि अन्धकार में भी दूसरे की दोनों आँखें अत्यन्त आग्रह के साथ उसकी तरफ देख रही हैं। मानो, वह निश्चित कोई बात सुनना चाहती है।

"क्यों, जवाब नहीं दिया?"

"आपकी बातें कुछ समझ में नहीं आयीं।"

"नहीं आयीं?"

"नहीं।"

उसने एक दबी साँस ली, और फिर धीरे-धीरे कहा, "इसके मानी यह कि साफ-साफ समझने का अभी आपका समय नहीं आया। अगर कभी आये तो उस समय मेरी याद कर लीजिएगा। करेंगे?"

अजित ने कहा, "करूँगा।"

गाड़ी आ कर टूटे-फूटे फूल-बाग के सामने खड़ी हो गयी। अजित दरवाजा खोल कर खुद सड़क पर खड़ा हो गया। घर की तरफ देख कर बोला, "कहीं भी जरा उजाला नहीं मालूम होता। मालूम होता है, सब सो गये।"

कमल ने उतरते हुए कहा, "शायद।"

अजित ने कहा, "देखिए, आपकी ज्यादती है न! किसी को जता भी नहीं गयी—शिवनाथ बाबू न जाने कितनी दुश्चिन्ता में पड़े होंगे।"

कमल ने कहा, "हाँ, वे दुश्चिन्ता के बोझ से सो गये हैं।"

अजित ने कहा, "ऐसे अँधेरे में जायेंगी कैसे? गाड़ी में एक हाथ-लालटेन है, उसे जला कर साथ चलूँ?"

कमल ने अत्यन्त खुश हो कर कहा, "तब तो फिर कहना ही क्या है अजित बाबू। आइए-आइए! आपको जरा चाय पिला दूँ।"

अजित ने अनुनय के स्वर में कहा, "और जो भी हुक्म करेंगी, तामील करूँगा; मगर इतनी रात में चाय पीने की आज्ञा न दीजिए। चलिए, आपको पहुँचाये आता हूँ।"

बाहर का दरवाजा हाथ लगाते ही खुल गया। भीतर के बरामदे में वहीं की एक दासी सो रही थी, वह आहट पा जाग कर बैठ गयी। दोमंजिला मकान है। ऊपर छोटे-छोटे दो कमरे हैं। अत्यन्त संकीर्ण जीना है, उसके नीचे हरीकेन लालटेन टिमटिमा रही है। उसे हाथ में उठा कर कमल ने अजित को ऊपर बुलाया। वह मारे संकोच के व्याकुल हो कर बोला, "नहीं-नहीं, अब जाता हूँ। बहुत रात हो गयी है।"

कमल जिद करने लगी, "सो नहीं होने का, आइए।"

अजित फिर भी दुविधा कर रहा है, देख कर कमल ने कहा, "आप सोच रहे हैं, आने से शिवनाथ बाबू के सामने बड़ी शर्म की बात होगी। मगर यह क्यों नहीं सोचते कि नहीं आने से मेरे लिए तो और भी ज्यादा लज्जा की बात होगी? आइए। नीचे से ही इस तरह अनादर के साथ आपको जाने देने से रात को मुझे नींद न आयेगी।"

अजित ने ऊपर आ कर देखा कि घर में चीज़-बस्त नहीं के बराबर है। एक कम कीमत की आराम-कुर्सी, एक छोटी-सी मेज, एक स्टूल, कई ट्रंक, एक किनारे पुरानी लोहे की खाट और उस पर बिस्तर-तकियों का ढेर पड़ा हुआ है। वे ऐसे बेढंगे तौर पर रखे हैं, जैसे साधारणत: उन सबकी कोई जरूरत ही नहीं पड़ती है। घर सूना है, शिवनाथ बाबू नहीं हैं।

अजित को आश्चर्य हुआ, लेकिन मन-ही-मन उसने सन्तोष की साँस ली,

बोला, "कहाँ, वे तो अभी तक आये नहीं?"

कमल ने कहा, "नहीं।"

अजित ने कहा, "आज शायद हम लोगों के यहाँ उनका गाना-बजाना खूब जोर से चल रहा होगा।"

"कैसे जाना?"

"कल-परसों दो दिन गये नहीं हैं। आज उन्हें पा कर आशु बाबू शायद सारी क्षति-पूर्ति कराये ले रहे हैं।"

कमल ने पूछा, "रोज जाते हैं, इधर दो दिन गये क्यों नहीं?"

अजित ने कहा, "इसकी खबर हम लोगों से आपको ही ज्यादा होगी। सम्भवत: आपने छोड़ा नहीं होगा, इसी से नहीं जा पाये होंगे। नहीं तो उन्हें देखने से ऐसा तो नहीं मालूम होता कि अपनी इच्छा से गैर हाजिर हुए हों।"

कमल कुछ क्षण उसके चेहरे की तरफ देख कर अकस्मात हँस दी। बोली, "यह किसे मालूम कि वे वहाँ जाते हैं गाने के लिए। वास्तव में, किसी आदमी को पकड़ कर रखना बड़ा अन्याय है। है न?"

अजित ने कहा, "जरूर।"

कमल ने कहा, "वे भले आदमी हैं, इसी से। अच्छा, आप को अगर कोई पकड़ के रखता, तो आप रहते?"

अजित ने कहा, "नहीं। इसके सिवा मुझे पकड़ कर रखने वाला भी तो नहीं है?"

कमल हँसती हुई दो-तीन बार सिर हिला कर बोली, "यही तो मुश्किल है। पकड़ कर रखनेवाला कौन कहाँ छिपा रहता है, जानने का उपाय ही नहीं। यही देखिए न, मैंने जो शाम से आपको पकड़ रखा है, इसकी आपको खबर ही नहीं। खैर रहने दीजिए, सभी बातों पर तर्क करने से लाभ क्या होगा? मगर बातों-ही-बातों में देर हुई जा रही है। जाऊँ मैं, उस कमरे में से आपके लिए चाय बना लाऊँ?"

"और यहाँ मैं अकेला चुप मारे बैठा रहूँ? सो नहीं होने का।"

"होने की जरूरत भी क्या है?" इतना कह कर कमल उसे अपने साथ दूसरे कमरे में ले गयी और उसके बैठने के लिए नया आसन बिछा कर बोली, "बैठिए। पर विचित्र हैं इस दुनिया की बातें, अजित बाबू। उस दिन इस आसन को अपनी पसन्द से खरीदते वक्त सोचा था कि इसे बिछा कर किसी से बैठने के लिए कहूँगी—लेकिन वह बात तो और किसी से कही नहीं जा सकती अजित बाबू, फिर भी आपको बैठने के लिए बिछा ही दिया। भला बतलाइए, कितने-से समय का अन्तर है यह!"

इसके मानी क्या हुए, सोचना बड़ा मुश्किल है! हो सकता है कि बहुत ही आसान हो, और यह भी सम्भव है कि उससे भी ज्यादा दुरूह हो। फिर भी, अजित मारे शर्म के सुर्ख हो उठा। कहने में हिचकिचाया, मगर फिर भी बोला, "उन्हें बैठने को दिया क्यों नहीं?"

कमल ने कहा, "यही तो आदमी की जबरदस्त भूल है। सोचता है, सब कुछ उसी के अपने हाथ में है, लेकिन कहाँ बैठा हुआ कौन सारा हिसाब-किताब उलट-पलट देता है, कोई पता ही नहीं। आपकी चाय में क्या चीनी ज्यादा डालूँ?"

अजित ने कहा, "डाल दीजिए। चीनी और दूध के लोभ से ही तो मैं चाय पीता हूँ, नहीं तो उससे मुझे कोई दिलचस्पी नहीं।"

कमल ने कहा, "मैं भी ऐसी ही हूँ। क्यों लोग यह पिया करते हैं, मेरी तो कुछ समझ में ही नहीं आता। और मजा यह कि इसी के देश में मेरा जन्म है।"

"आपकी जन्म-भूमि क्या आसाम में है?"

"सिर्फ आसाम में ही नहीं, एकदम चाय के बगीचे में।"

"तो भी चाय में रुचि नहीं?"

"बिलकुल नहीं। लोग दे देते हैं तो पी लेती हूँ, सिर्फ शराफत की खातिर।"

अजित चाय का प्याला हाथ में ले कर चारों तरफ देखते हुए बोला, "यह शायद आपका रसोईघर है?"

कमल ने कहा, "हाँ।"

अजित ने पूछा, "आप खुद ही बनाती होंगी? मगर कहाँ, आज तो बनाने का वक्त ही नहीं मिला?"

कमल ने कहा, "नहीं।"

अजित बगलें झाँकने लगा। कमल उसके मुँह की ओर देख कर हँसती हुई बोली, "अब पूछिए कि तब आप खायेंगी क्या? इसके जवाब में मैं कहूँगी, रात को मैं खाती ही नहीं। दिन में सिर्फ एक ही बार खाती हूँ।"

"सिर्फ एक ही बार?"

कमल ने कहा, "हाँ। मगर इसके बाद ही आपको खयाल होना चाहिए कि तो फिर शिवनाथ बाबू घर आ कर क्या खायेंगे? उनका तो कोई एक आध बार खाने का मामला नहीं! तब फिर? इसके उत्तर में मैं कहूँगी कि वे तो आप ही लोगों के यहाँ खा-पी आते हैं—उन्हें क्या फिकर है? आप कहेंगे, सो तो ठीक है, मगर रोज तो ऐसा नहीं होता? सुन के मैं सोचूँगी, इस बात का जवाब दूसरों को देने से लाभ ही क्या? पर इससे आपको सन्तुष्ट नहीं किया जा सकता। तब मजबूर हो कर कहना ही पड़ेगा, अजित बाबू, आप लोगों के लिए डरने की कोई बात नहीं।

वे यहाँ अब नहीं आते। शैव-विवाह की शिवानी का मोह शायद अब दूर हो चुका है।''

अजित वास्तव में इस बात के मानी नहीं समझ सका। गम्भीर विस्मय के साथ उसके मुँह की तरफ देख कर पूछने लगा, ''इसके मानी ? आप क्या गुस्से में कह रही हैं ?''

कमल ने कहा, ''नहीं, गुस्से में नहीं। गुस्सा करने लायक शायद आज मुझ में जोर भी नहीं रहा। मैं समझती थी, पत्थर खरीदने के लिए वे जयपुर गये हैं, आपसे ही पहले-पहल यह खबर मिली कि वे आगरा छोड़ कर अब तक कहीं नहीं गये हैं। चलिए, उस कमरे में चल कर बैठें।''

उस कमरे में जा कर कमल ने कहा, ''यही हम लोगों का सोने का कमरा है। तब भी इससे ज्यादा एक भी चीज़ यहाँ नहीं थी—आज भी नहीं है। लेकिन उस दिन इन सब चीज़ों का चेहरा देखते तो आज मुझे कहना भी नहीं पड़ता कि मैं गुस्सा नहीं हुई। लेकिन आपको तो बहुत ज्यादा रात हो रही है अजित बाबू, अब तो देर करने से काम नहीं चलेगा।''

अजित उठ के खड़ा हो गया, बोला, ''हाँ, तो फिर आज चलता हूँ मैं।''

कमल साथ-साथ उठ खड़ी हुई।

अजित ने कहा, ''अगर आज्ञा हो तो कल आऊँ?''

''हाँ, आइएगा।'' कहती हुई वह पीछे-पीछे नीचे उतर आयी।

अजित कुछ देर तक बगलें झाँक कर बोला, ''अगर कुछ कसूर न समझें तो एक बात पूछूँ, ''शिवनाथ बाबू कितने दिन हुए नहीं आये ?''

''हो गये बहुत दिन।'' कहती हुई वह हँस दी। अजित को लालटेन के उजाले में स्पष्ट दिखाई दिया कि इस हँसी की जात ही न्यारी है। उसके पहले की हँसी से इसका कहीं भी कोई सादृश्य नहीं।

9

अजित जब घर लौटा तब रात गहरी हो गयी थी। सड़क सुनसान थी, सन्नाटा छाया हुआ था, दुकानें सब बन्द हो चुकी थीं, आदमी का कहीं नाम-निशान तक न था। घड़ी खोल कर देखा तो मालूम हुआ कि वह चाभी के अभाव में आठ ही बजे बन्द हो चुकी है। अभी शायद एक बजा होगा, या दो बजे होंगे—ठीक कितने बजे हैं,

कुछ अन्दाज नहीं कर सका। यह पक्का है कि आशु बाबू के घर अब तक सब अत्यन्त चिन्तित हो रहे होंगे, सोने की बात तो दूर रही, खाना-पीना तक शायद बन्द होगा। घर पहुँच कर वह क्या कहेगा, कुछ सोच न सका। सत्य घटना तो कही नहीं जा सकती। यह तर्क व्यर्थ है कि क्यों नहीं कही जा सकती।—बल्कि झूठ कहा जा सकता है, मगर, झूठ बोलने की उसे आदत नहीं थी। नहीं तो, मोटर में अकेले निकल कर देर होने का कारण ढूँढ निकालने में इतनी चिन्ता नहीं करनी पड़ती।

गेट खुला था। दरबान ने सलाम करके कहा कि शोफर नहीं है, वह आपको ढूँढने गया है। गाड़ी गैराज में रख कर अजित आशु बाबू की बैठक में गया। घुसते ही देखा कि वे अभी तक सोने नहीं गये हैं, अस्वस्थ शरीर लिये अकेले बैठे उसकी बाट देख रहे हैं। वे उद्वेग से सीधे हो कर बैठ गये और बोले, "आ गये। मैं बार-बार सोच रहा था कि कोई ऐक्सिडेंट हो गया होगा। कितनी बार तुम से कह चुका हूँ कि दूर के रास्ते में कभी अकेले नहीं निकलना चाहिए। बूढ़े की बात आखिर सामने आयी न! शिक्षा तो मिली?"

अजित शर्मिन्दा हो कर जरा हँस दिया, बोला, "आप लोगों को इतनी दुश्चिन्ता में डाल दिया, इसके लिए मैं बहुत दुखी हूँ।"

"दुख कल करना। घड़ी की तरफ नजर उठा कर देखो, दो बज रहे हैं। थोड़ा बहुत खा-पी कर सो जाओ। कल सुनूँगा सारी बातें। जदु, ओ जदुआ!—वह भी नालायक चला गया क्या तुम्हें ढूँढने?"

अजित ने कहा, "देखिए तो आप लोगों की कितनी ज्यादती है! इतने बड़े शहर में भला वह कहाँ मुझे गली-गली ढूँढता फिरेगा?"

आशु बाबू ने कहा, "तुमने तो कह दिया 'ज्यादती है;' मगर हम लोगों को कैसा लग रहा था सो हम ही जानते हैं। ग्यारह बजे शिवनाथ का गाना खत्म हुआ, तबसे—मणि गयी कहाँ? उसे भी तो तब से नहीं देख रहा हूँ?"

अजित ने कहा, "शायद सो गयी होगी।"

"सोयेगी कैसे जी? अभी तक उसने खाया भी नहीं है।" कहते-कहते सहसा उन्हें एक बात याद आ गयी, बोले "अस्तबल में कोचवान को देखा था क्या?"

अजित ने कहा, "नहीं तो।"

"तब तो हो गया!" कह कर वे दुश्चिन्ता के मारे फिर एक बार उठ के सीधे बैठ गये, बोले, "जो सोचा था वही हुआ। मालूम होता है, गाड़ी ले कर वह भी गयी ढूँढने। देखो तो कैसी परेशानी में डाल गयी। इस डर से कि कहीं मैं मना न कर दूँ, कुछ कह भी नहीं गयी, चुपके-से चली गयी। कौन जाने कब लौटेगी! आज की रात, मालूम होता है, आँखों में ही बीतेगी।"

"मैं देखता हूँ जा कर, गाड़ी है या नहीं।" कहता हुआ अजित बाहर चला गया। अस्तबल में जा कर देखा कि गाड़ी मौजूद है और घोड़े बीच-बीच में पैर पटकते हुए मजे में घास खा रहे हैं। उसकी एक दुश्चिन्ता मिटी।

नीचे के बरामदे के उत्तर की तरफ कुछ विलायती झाउ और पाम के पेड़ जबरदस्त लापरवाही के साथ खड़े थे।—उनके ऊपर ही मनोरमा का सोने का कमरा है। यह देखने के लिए कि अब तक कमरे में बत्ती जल रही है या नहीं, अजित उस तरफ से घूम कर आशु बाबू के पास जा रहा था। इतने में झाड़ी में से किसी की आवाज सुनाई दी। अत्यन्त परिचित कण्ठ था। बात हो रही थी किसी एक गाने के स्वर के विषय में। कोई बुरी बात नहीं थी, लेकिन फिर भी उसके लिए पेड़-पौधों के झुरमुट में बैठने की जरूरत नहीं थी। क्षण भर के लिए अजित के दोनों पैर निर्जीव-से हो गये, पर क्षण भर के लिए ही। आलोचना चलने लगी और वह जैसे चुपचाप आया था वैसे ही चुपके से चल दिया। उन दोनों में से कोई भी न जान सका कि उनकी इन निशीथ कालीन बात-चीत का कोई साक्षी है।

आशु बाबू ने व्यग्र हो कर पूछा, "पता लगा?"

अजित ने कहा, "गाड़ी-घोड़ा अस्तबल में ही है। मणि बाहर नहीं गयी।"

"खैर, जान में जान आयी, "कह कर आशु बाबू ने चैन की लम्बी साँस ली, फिर कहा, "रात बहुत हो चुकी है, शायद वह थक-थका कर घर में जाके सो गयी होगी। देखता हूँ कि आज लड़की का खाना नहीं हुआ। जाओ बेटा, थोड़ा-बहुत खा कर तुम भी सो जाओ।"

अजित ने कहा, "इतनी रात गये मैं अब न खाऊँगा, आप सोने जाइए।"

"जाता हूँ। पर तुम कुछ भी न खाओगे? जरा कुछ खा-पी कर—"

"नहीं, कुछ नहीं। आप देर न करें। सोने जायें।" इतना कह कर उस रुग्ण आदमी को भीतर भेज कर अजित अपने कमरे में चला गया और वहाँ खुली हुई खिड़की के पास जा कर खड़ा रहा। वह निश्चित जानता था कि स्वर सम्बन्धी आलोचना खत्म होने पर पिता की खबर लेने के लिए मनोरमा एक बार जरूर इधर ही आयेगी।

मणि आयी, पर लगभग आध घण्टे बाद। पहले उसने पिता की बैठक के सामने जा कर देखा, कमरे में अँधेरा है। जदु शायद पास ही कहीं जाग रहा था; मालिक के पुकारने पर उसने जवाब तो नहीं दिया था, पर उनके चले जाने पर बत्ती बुझा दी थी। मनोरमा ने क्षण भर इधर-उधर करके मुँह फेरा तो देखा कि अजित अपने कमरे में खुली खिड़की के पास चुपचाप खड़ा है। उसके कमरे में भी बत्ती नहीं जल रही थी, लेकिन सहन के ऊपर के बरामदे से क्षीण प्रकाश की किरणें आ

कर उसकी खिड़की पर पड़ रही थीं।

"कौन?"

"मैं हूँ, अजित।"

"वाह! कब आ गये? बाबू जी शायद सोने चले गये।" कह कर मनोरमा ने मानो जरा चुप रहने की कोशिश की; लेकिन असमाप्त बात की रफ्तार ने उसे रुकने नहीं दिया। कहने लगी, "देखो तो तुम्हारा कैसा अविचार है! घर-भर के लोग मारे फिक्र के परेशान होते रहे—जरूर कुछ न कुछ हुआ होगा। इसी से बाबू जी बार-बार मना करते हैं अकेले जाने के लिए।"

इन सब प्रश्नों और मन्तव्यों का अजित ने कुछ भी जवाब नहीं दिया।

मनोरमा ने कहा, "मगर उन्हें नींद हरगिज न आयी होगी। जरूर जाग रहे होंगे। उन्हें जरा खबर तो कर दूँ।

अजित ने कहा, "जरूरत नहीं। वे मुझे देख के ही सोये हैं।"

"देख के सोये हैं? तो फिर मुझे खबर क्यों नहीं दी?"

"उन्होंने समझा कि तुम सो गयी हो।"

"सो कैसे जाती? अब तक तो मैंने खाया भी नहीं है।"

"तो खाकर सो जाओ। रात अब ज्यादा नहीं है।"

"तुम नहीं खाओगे?"

"नहीं।" कह कर अजित खिड़की के पास से हट गया।

"वाह, अच्छे रहे!" इससे ज्यादा बात उसके मुँह से न निकली। मगर भीतर से भी फिर कोई जवाब न आया। बाहर मनोरमा स्तब्ध खड़ी रही। उसके अन्दर मान-मनौवल करने या गुस्सा हो कर अपनी जिद कायम रखने लायक जोर नहीं रहा—न मालूम किसने उसका मुँह कस के बन्द कर दिया। अजित रात खत्म करके घर लौटा है, घर भर में सबकी दुश्चिन्ता का अन्त नहीं। उसी ने खुद इतना बड़ा अपराध करके उसके अपमान की हद कर दी; और फिर भी जरा-सा प्रतिवाद करने की भाषा तक उसकी जबान पर न आयी। और, सिर्फ जीभ ही निर्वाक नहीं हुई, बल्कि सारी देह ही मानो कुछ क्षणों के लिए लाचार हो रही। खिड़की पर कोई वापस नहीं आया। यह जानने की भी किसी ने जरूरत नहीं समझी कि वह रही या चली गयी। गहरी रात के सन्नाटे में उसी तरह चुपचाप खड़ी रह कर बहुत देर बाद वह धीरे-धीरे चली गयी।

सवेरे ही नौकर के जरिये आशु बाबू को मालूम हुआ कि कल रात को अजित या मनोरमा दोनों में से किसी ने भी नहीं खाया। चाय पीते वक्त उन्होंने उत्कण्ठा के साथ पूछा, "कल जरूर ही कोई जबरदस्त ऐक्सिडेण्ट हो गया था, हुआ था न?"

अजित ने कहा, ''नहीं।''

''तो फिर अचानक तेल खत्म हो गया होगा?''

''नहीं, तेल काफी था।''

''तो फिर इतनी देर कैसे हो गयी?''

अजित ने सिर्फ कहा, ''ऐसे ही।''

मनोरमा खुद चाय नहीं पीती। पिता को चाय दे कर उसने एक प्याला चाय और नाश्ते की तश्तरी अजित की ओर बढ़ा दी; पर न तो कोई बात पूछी और न मुँह उठा कर उसकी ओर देखा। दोनों के इस भाव-परिवर्तन को पिता ताड़ गये। नाश्ता करके अजित जब नहाने चला गया तब लड़की को एकान्त में पा कर उद्विग्न कण्ठ से बोले, ''नहीं बेटी, यह बात अच्छी नहीं। अजित के साथ हम लोगों का सम्बन्ध चाहे जितना भी घनिष्ठ क्यों न हो, फिर भी घर में वे अतिथि हैं। अतिथि के योग्य सम्मान उनका होना ही चाहिए।''

मनोरमा ने कहा, ''मैंने तो नहीं कहा बाबू जी कि नहीं होना चाहिए।''

''नहीं-नहीं, यह सच है कि नहीं कहा; लेकिन हमारे व्यवहार में किसी तरह की विरक्ति या लापरवाही होना भी अपराध है।''

मनोरमा ने कहा, ''सो मानती हूँ। पर तुमने किससे सुना कि मेरे आचरण से अपराध बन पड़ा है?''

आशु बाबू इस प्रश्न का जवाब न दे सके। उन्होंने सुना कुछ भी नहीं, न कुछ जानते ही हैं, सब कुछ उनका अनुमान मात्र है। फिर भी उनका मन प्रसन्न न हुआ। कारण, इस तरह से बहस की जा सकती है; लेकिन उद्विग्न पिता के चित्त को निश्चिन्त नहीं किया जा सकता। थोड़ी देर बाद उन्होंने धीरे-धीरे कहा, ''उतनी रात में अजित ने फिर खाना नहीं चाहा और मैं भी सोने चला गया; तुम तो पहले ही सो गयी थीं— न जाने कहाँ से, हो सकता है, हम लोगों की तरफ से ही कोई लापरवाही हुई हो। उनका मन आज वैसा प्रसन्न नहीं मालूम होता।''

मनोरमा ने कहा, ''वे अगर सारी रात राह में बिताना चाहें तो हम लोगों को भी क्या उनके लिए घर में जागते रहना होगा? यही क्या अतिथि के प्रति गृहस्थ का कर्तव्य है बाबू जी?''

आशु बाबू हँस दिये। अपनी तरफ इशारा करके बोले, ''गृहस्थ के मानी अगर यह गठिया का रोगी हो बेटा, तो उसका कर्तव्य है कि आठ बजे के अन्दर ही सो जाये। नहीं तो, वह भी एक और बहुत बड़े सम्मानित अतिथि गठिया के प्रति असम्मान दिखाना होगा। और, उसके मानी अगर और किसी के हों, तो उसका कर्तव्य बताने वाला मैं कोई नहीं। आज बहुत दिन पहले की एक घटना याद आ गयी मणि, तुम्हारी

माँ तब जिन्दा थीं। एक बार मैं मछली पकड़ने गुप्तिपाड़ा जो गया सो लौट नहीं सका। सिर्फ एक रात ही नहीं—तुम्हारी माँ ने उसी तरह पूरी-की-पूरी तीन रातें खिड़की में बैठे-बैठे बिता दीं। उसको यह कर्तव्य किसने सुझाया था, तब पूछा नहीं जा सका; मगर फिर कभी मुलाकात हुई तो यह बात पूछना भूलूँगा नहीं।'' इतना कह कर उन्होंने क्षण भर के लिए मुँह फेर कर लड़की की निगाह से अपनी आँखों को छिपा लिया।

यह कहानी कोई नयी नहीं। किस्से के तौर पर इस घटना का वे बहुत बार लड़की के सामने उल्लेख कर चुके हैं; मगर फिर भी वह पुरानी नहीं होती। जब कभी याद आ जाती है तभी वह नयी बन कर दिखाई दे जाती है।

इतने में नौकरानी आ कर दरवाजे के पास खड़ी हो गयी। मनोरमा उठ खड़ी हुई, बोली, ''बाबू जी, तुम जरा बैठो, मैं रसोई का इन्तजाम कर आऊँ।'' और वह जल्दी से चली गयी। बातचीत बहुत आगे न बढ़ पायी, इससे उसे आराम मालूम हुआ।

दिन भर में आशु बाबू ने कई-कई बार अजित के बारे में पूछा; एक बार मालूम हुआ कि वह किताब पढ़ रहा है, फिर खबर मिली कि वह अपने कमरे में बैठा चिट्ठी-पत्री लिख रहा है; दोपहर के भोजन के समय उसने लगभग बात ही नहीं की और खाना खत्म होते ही वह उठ कर चल दिया। दूसरे दिनों की बनिस्बत वह जितना रूखा था उतना ही आश्चर्यजनक।

आशु बाबू के क्षोभ की सीमा नहीं रही। बोले, ''बात क्या है मणि?''

मनोरमा आज बराबर पिता की दृष्टि से बच कर चल रही थी, अब भी खास कर किसी तरफ बिना देखे ही बोली, ''मालूम नहीं बाबूजी!''

वे क्षण-भर अपने मन में कुछ सोच-विचार कर मानो अपने आपसे ही कहने लगे, ''उसके वापस आने तक मैं जाग ही रहा था। खाने के लिए भी कहा था, पर बहुत रात हो जाने से उसने खुद ही नहीं खाया। तुम्हारा सो जाना ठीक नहीं हुआ बेटी; लेकिन इसमें ऐसा क्या अपराध हो गया, मेरी तो कुछ समझ में नहीं आता। इससे बढ़ कर आश्चर्य और क्या होगा कि इस तुच्छ कारण को उसने इतना बड़ा मान लिया।''

मनोरमा चुप रही। आशु बाबू खुद भी कुछ देर मौन रह कर भीतर की लज्जा को दबाते हुए बोले, ''बात तुमने उसे पूछी क्यों नहीं?''

मनोरमा ने जवाब दिया, ''पूछने की कौन-सी बात है पिताजी?''

पूछने की बहुत-सी बातें है; पर पूछना भी कठिन है, खासकर मणि के लिए। इसे वे समझते थे, फिर भी उन्होंने कहा, ''यह तो बिलकुल साफ है कि वह नाराज है। शायद उसने सोचा है कि तुमने उसकी उपेक्षा की है। इस तरह की बेजा धारणा

तो उसके मन में रहने नहीं दी जानी चाहिए बेटी।''

मनोरमा ने कहा, ''मेरे बारे में अगर बेजा धारणा उन्होंने कर ली हो तो यह उनका अपराध है। एक आदमी के अपराध को सुधारने का ठेका क्या दूसरे आदमी को अपने ऊपर ले लेना चाहिए बाबू जी?''

पिता इस प्रश्न का उत्तर नहीं दे सके। लड़की को वे जिस ढंग से पालते आये हैं उससे उसके आत्म-सम्मान पर चोट पहुँचे, ऐसा कोई आदेश वे नहीं कर सकते। उसके उठ जाने पर इसी बात पर भीतर-ही-भीतर ऊहापोह करते-करते वे अत्यन्त उदास हो गये। बार-बार इस बात को दुहराते हुए भी कि ऐसा हुआ ही करता है और यह भ्रम क्षणिक है, वे भीतर से आश्वस्त नहीं हो सके। अजित को भी वे जानते थे। वह सिर्फ सब तरह से सुशिक्षित ही नहीं है, बल्कि उसमें ऐसी एक चारित्रिक सत्यपरता उन्होंने पायी थी कि आज के अकारण विराग से किसी तरह भी उसका सामंजस्य नहीं बैठता था। इसका निर्णय करना कठिन हो गया कि क्यों सबके असीम उद्वेग का कारण बन कर भी वह शर्मिन्दा होने के बदले नाराज हो गया और ऐसी असम्भव बात कैसे उसमें सम्भव हुई।

शाम के समय एक ताँगे को गेट के अन्दर घुसते देख आशु बाबू ने दरयाफ्त किया तो मालूम हुआ कि वह अजित के लिए आया है। अजित को उन्होंने बुला भेजा और उसके आने पर मुश्किल से जरा-सा हँस कर पूछा, ''ताँगे का क्या होगा अजित?''

''जरा एक दफा घूमने निकलूँगा।''

''क्यों, मोटर क्या हुई? फिर बिगड़ गयी क्या?''

''नहीं। लेकिन उसकी आप लोगों को जरूरत पड़ सकती है।''

''अगर पड़े भी तो उसके लिए बग्घी मौजूद है।'' और फिर एक क्षण भर चुप रह कर बोले, ''बेटा अजित, मुझे सच बता दो। मोटर के बारे में कोई बात हुई है क्या?''

अजित ने कहा, ''कहाँ, मुझे तो नहीं मालूम। लेकिन आज भी तो आपके यहाँ गाने-बजाने का आयोजन है। लोगों को लाने के लिए, सबको घर पहुँचाने के लिए मोटर की ही ज्यादा जरूरत है। बग्घी ठीक न रहेगी।''

सवेरे से तरह-तरह की दुश्चिन्ताओं के कारण आशु बाबू इस बात को भूल-से गये थे। अब याद आयी कि कल सभा भंग होने के बाद आज के लिए भी उन सबको आमन्त्रित कर दिया गया था और शाम के बाद ही मजलिस बैठेगी। साथ-साथ यह भी खयाल आ गया कि सबको खिलाने-पिलाने की कल्पना भी मनोरमा के मन में उदित हुई थी पर वे मन-ही-मन जरा हँस कर रह गये। कारण, ढँकी हुई

कलह की मानसिक अस्वच्छन्दता की वजह से इस बात का खयाल उन्हें खुद ही नहीं रहा था और जब याद भी आयी तो उससे तबीयत प्रसन्न नहीं हुई। उस समय लड़की के लिए ये सब बातें कितनी विरक्तिकर हैं, इस बात को स्वतः सिद्ध की भाँति अनुमान करके वे बोले, "आज वह सब कुछ नहीं होगा अजित।"

अजित ने कहा, "क्यों?"

"क्यों? मणि को ही पूछ देखो एक बार।" कह कर उन्होंने नौकर को जोर से पुकार कर लड़की को बुलाने भेज दिया, और फिर जरा हँस कर कहा, "तुम नाराज हो बेटा, गाना-आना सुनेगा कौन? मणि? अच्छा, वह सब और किसी दिन होगा, अभी जाओ तुम मोटर ले कर जरा घूम आओ। लेकिन ज्यादा देर नहीं लगा सकते। और कहे देता हूँ कि तुम्हारा अकेले जाना भी नहीं होगा। ड्राइवर नालायक बिलकुल आलसी हुआ जा रहा है।" इतना कह कर वे एक कठिन समस्या को हल कर लेने के उज्ज्वल आनन्द से आराम कुर्सी पर चित पड़ गये और जोर की एक सन्तोष की साँस छोड़ने के साथ-साथ बोले, "तुम जाओगे ताँगा किराये करके घूमने? छिः।"

मनोरमा कमरे में पैर रखते ही अजित को देख गरदन टेढ़ी करके खड़ी हो गयी। आहट पा कर आशु बाबू फिर सीधे हो कर बैठ गये और सकौतुक स्निग्ध हँसी से चेहरे को चमका कर बोले, "मैं पूछता हूँ, आज की बात याद तो है बेटी, या बिलकुल भूल-भाल के निश्चिन्त बैठी हो?"

"क्या बाबू जी?"

"आज जो सबको निमन्त्रण दे रखा है? तुम लोगों का गाना-आना खत्म होने के बाद, उन लोगों को जो आज जिमाना है, सो भी कुछ खयाल है?"

मनोरमा ने सिर हिला कर कहा, "है क्यों नहीं, मोटर भेज दी है उन लोगों को ले आने के लिए।"

"मोटर भेज दी है ले आने के लिए? मगर खाने-पीने का इन्तजाम?"

मणि ने कहा, "सब ठीक है, कोई त्रुटि न होगी।"

"अच्छा।" कह कर वे फिर कुर्सी पर पड़ रहे। उनके मुँह पर मानो किसी ने स्याही-सी पोत दी।

मनोरमा चली गयी। अजित भी बाहर जा रहा था कि आशु बाबू ने उसे इशारे से मना किया और वे बहुत देर तक चुप रहे। बाद में उठ बैठे और कहने लगे, "अजित, लड़की की तरफ से क्षमा माँगने में मुझे लज्जा आती है। पर उसकी माँ ज़िंदा नहीं हैं, वे होतीं तो मुझे यह बात कहनी नहीं पड़ती।"

अजित चुप रहा। आशु बाबू बोले, "यह बात वे ही तुम्हारे मुँह से निकाल

लेतीं कि उससे तुम क्यों गुस्सा हो, मगर वे तो हैं नहीं, मुझ से क्या वह बात कही नहीं जा सकती?''

उनका स्वर ऐसा करुण था कि सुन कर हृदय व्यथित हो उठे। फिर भी अजित चुप रहा।

आशु बाबू ने पूछा, ''उससे क्या तुम्हारी कोई बातचीत नहीं हुई?''

अजित ने कहा, ''हुई थी।''

आशु बाबू व्यग्र हो उठे, ''हुई थी? कब हुई? मणि अचानक कल जो सो गयी थी, सो क्या तुमसे उसने कहा था?''

अजित ने कुछ देर चुप रह कर शायद यही सोच लिया कि क्या जवाब देना चाहिए, फिर आहिस्ता से कहा, ''उतनी रात तक जागते रहना न आसान ही था, और न उचित। सो जातीं तो अविचार न होता, मगर वे सोई नहीं थीं। आपके सोने चले जाने पर थोड़ी देर बाद ही उनसे भेंट हुई थी।''

''फिर?''

''फिर और कोई बात आपसे नहीं कहूँगा।'' कह कर वह चल दिया। दरवाजे के बाहर से वह कहता गया, ''शायद कल-परसों तक मैं यहाँ से चला जाऊँगा।''

आशु बाबू कुछ भी समझ न सके, सिर्फ इतना ही उनकी समझ में आया कि कोई भयंकर दुर्घटना हो गयी है।

अजित को ले कर ताँगा बाहर चला गया और उसकी आवाज उन्होंने सुन ली। कुछ मिनटों के बाद जोर का शोर मचाती हुई मोटर निमंत्रितों को ले कर आ पहुँची। उसका शोर भी उन्होंने सुन लिया। पर वे हिले-डुले नहीं, जहाँ के तहाँ मूर्ति की तरह निश्चल बैठे रहे। सब लोगों के बैठ जाने पर नौकर ने जा कर संवाद दिया, ''बाबू साहब की तबीयत ठीक नहीं है, वे सो गये हैं।''

उस दिन गाना नहीं जमा, खाने-पीने का उत्साह भी म्लान हो गया—सबको बार-बार यही खयाल आने लगा कि घर का एक व्यक्ति घूमने के बहाने बाहर चला गया है और दूसरा व्यक्ति अपने विपुल शरीर और प्रसन्न स्निग्ध हास्य के साथ सभा की जिस जगह को उज्ज्वल बनाये रखता था, आज वह सूनी पड़ी है।

10

इधर अजित का ताँगा आ कर कमल के घर के सामने खड़ा हो गया। कमल सड़क वाले संकीर्ण बरामदे पर खड़ी थी, आँखें चार होते ही हाथ उठा कर उसने नमस्कार

किया। ताँगे को इशारे से बताते हुए चिल्ला कर बोली, ''उसे विदा कर दीजिए। सामने खड़ा-खड़ा बार-बार लौटने की जल्दी मचायेगा।''

जीने में सामने ही फिर भेंट हुई। अजित ने कहा, ''विदा तो कर दिया, पर लौटते वक्त दूसरा मिल तो जायेगा?''

कमल ने कहा, ''नहीं। ऐसी कितनी दूरी है, पैदल ही चले जाइएगा।''

''पैदल जाऊँगा?''

''क्यों डर लगेगा क्या? न हो तो मैं खुद जा कर आपको घर तक पहुँचा आऊँगी। आइए!'' कह कर वह उसे साथ ले कर रसोई-घर में गयी और बैठने के लिए कलवाला वही आसन बिछा कर बोली, ''जरा देखिए तो सही, सारे दिन मैंने कितने व्यंजन बनाये हैं। आप न आते तो मैं गुस्से में यह सब मोचियों को बुला कर बाँट देती।''

अजित ने कहा, ''आपको गुस्सा तो कम नहीं है। मगर उससे इन व्यंजनों का इसकी अपेक्षा विशेष अच्छा उपयोग होता।''

''इसके मानी?'' कह कर कमल कुछ देर तक अजित के चेहरे की तरफ देखती रही और फिर अन्त में खुद ही बोली, ''अर्थात आपको तो किसी चीज़ की कमी नहीं, शायद इसमें से ही बहुत कुछ फेंकना पड़ेगा, —लेकिन उन लोगों के यहाँ बड़ी भारी कमी है। वे तो इसे खा कर जैसे नया जीवन प्राप्त करेंगे। लिहाजा उन्हें खिलाना ही रसोई का सर्वोत्तम उपयोग है, यही न ?''

अजित ने गरदन हिला कर कहा, ''इसके सिवा और क्या मानी हो सकते हैं?''

कमल ने कहा, ''यह हुआ साधु-सज्जनों का भलाई-बुराई का विचार, पुण्यात्माओं की धर्म बुद्धि की युक्ति। परलोक के खाते में वे लोग इसी को सार्थक व्यय मान कर लिखा रखना चाहते हैं। यह नहीं समझते कि असल में यही अन्त:सार शून्य थोड़ा व्यय है। इस बात को वे कहाँ से जानेंगे कि सच्चे आनन्द सुधा-पात्र तो अपव्यय के अविचार से ही ऊपर तक भर उठता है?''

अजित ने आश्चर्य के साथ कहा, ''मनुष्य के कर्तव्य की भावना के अन्दर क्या आनन्द है ही नहीं?''

कमल ने कहा, ''नहीं, नहीं है। कर्तव्य के अन्दर जो आनन्द मालूम होता है, वह आनन्द नहीं, आनन्द का भ्रम है, वास्तव में वह दुख का ही नामान्तर है। उसे बुद्धि के शासन से जबरदस्ती आनन्द मानना पड़ता है, पर वह तो बन्धन है। नहीं तो, यह जो शिवनाथ का आसन ला कर आपको बिठाया है, प्रेम के इस अपव्यय में मैं आनन्द कहाँ से पाती? यह जो दिन भर भूखे रह कर मैंने इतनी चीज़ें बनाई हैं, आप आ कर खायेंगे इसीलिए तो? फिर इतने बड़े अकर्त्तव्य के अन्दर मुझे तृप्ति

कहाँ से मिलती? अजित बाबू, आज मेरी सब बातें आप नहीं समझेंगे, समझने की कोशिश करने से भी कुछ फायदा नहीं होगा; मगर इतनी बड़ी उलटी बात के मानी अगर कभी अपने आप आपकी समझ में आ जाये तो उस दिन मेरी याद कीजिएगा। पर यह सब जाने दीजिए, आप खाने बैठिए।'' और उसने थाल भर कर बहुत तरह के व्यंजन उसके सामने रख दिये।

अजित ने बहुत देर तक चुप रह कर कहा, ''यह ठीक है कि आपके कुछ अन्तिम शब्दों का अर्थ मैं कयास में नहीं ला सका, लेकिन मालूम होता है कि वे बिलकुल ही अबोध्य हों सो बात नहीं। समझा देने से समझ भी सकता हूँ।''

कमल ने कहा, ''कौन समझा देगा अजित बाबू? मैं? मुझे जरूरत?'' और हँसते हुए उसने बाकी पात्र उसके आगे बढ़ा दिये।

अजित खाने में मन लगा कर बोला, ''आपको शायद मालूम नहीं कि कल मेरा खाना नहीं हुआ।''

कमल ने कहा, ''जानती तो नहीं, पर मुझे डर था कि इतनी रात में जा कर शायद आप खायेंगे नहीं। यही हुआ। मेरे अपराध से ही कल आपने तकलीफ पायी।''

''लेकिन आज ब्याज-समेत वसूल हो रहा है।'' बात करते ही उसे याद आ गयी कि कमल अभी तक भूखी है!'' मन-ही-मन लज्जित हो कर बोला, ''पर मैं बिलकुल जानवरों जैसा स्वार्थी हूँ। दिन भर आपने कुछ खाया नहीं, उसका मैंने ज़रा भी खयाल नहीं किया और मजे से खाने बैठ गया।''

कमल ने हँसते चेहरे से जवाब दिया, ''पर यह तो मेरे, अपने खाने से भी बढ़ कर है। इसी से तो झटपट आपको बिठा दिया है अजित बाबू।'' फिर जरा ठहर कर कहा, ''और यह सब मांस-मछली का मामला—मैं तो खाती नहीं।''

''फिर खायेंगी क्या आप?''

''यह है न।'' उसने एक ओर ढँक कर रखे हुए एनामेल के कटोरे को हाथ के इशारे से दिखाते हुए कहा, ''और उसके अन्दर मेरे लिए चावल-दाल-आलू उबले हुए रखे हैं। वही मेरा राज-भोग है।''

इस विषय में अजित का कुतूहल दूर नहीं हुआ, साथ ही उसे संकोच ने रोका भी। इस डर से कि कहीं वह गरीबी का जिक्र न कर बैठे, उसने दूसरी ही बात छेड़ दी, कहा, ''आपको देख कर मुझे शुरू से ही ऐसा आश्चर्य हुआ कि कुछ कह नहीं सकता।''

कमल हँस पड़ी, बोली, ''वह तो मेरा रूप है। पर उसने भी हार कबूल कर ली अक्षय बाबू के आगे। वह उन्हें परास्त नहीं कर सका।''

अजित शर्मिन्दा हो कर भी हँस दिया, बोला, ''मालूम तो नहीं होता। वे

गोलकुण्डा के माणिक हैं। उनके ऊपर खरोंच नहीं पड़ती। लेकिन मुझे तो सबसे बढ़ कर आश्चर्य हुआ था आपकी बात सुन कर। सहसा मानो धैर्य-सा छूट जाता है, गुस्सा आ जाता है। मालूम होता है, किसी भी सत्य को आप टिकने नहीं देना चाहतीं। हाथ बढ़ा कर रास्ता रोकना ही जैसे आपका स्वभाव हो।''

कमल शायद क्षुब्ध हुई। बोली, ''हो सकता है। पर मुझसे भी बड़ा एक आश्चर्य वहाँ था—वह था दूर का पहलू। जैसी विपुल देह थी, वैसी ही विराट शान्ति। धैर्य का जैसे हिमाचल हो। उत्ताप की भाप तक वहाँ नहीं पहुँचती। ऐसा जी होता है कि मैं अगर उनकी लड़की होती—''

बात अजित को बहुत ही अच्छी लगी। आशु बाबू के प्रति वह अन्तःकरण में देवता की भाँति भक्ति रखता है। फिर भी उसने कहा, ''आप दोनों की ऐसी विपरीत प्रकृति मिली कैसे?''

कमल ने कहा, ''मालूम नहीं। मैंने सिर्फ अपनी इच्छा की ही बात कही है। मणि की तरह मैं भी अगर उनकी लड़की हो कर पैदा होती!'' फिर कुछ देर चुप रह कर बोली, ''मेरे अपने पिता जी भी कम नहीं थे। वे ऐसे ही धीर, ऐसे ही शान्त आदमी थे।''

कमल दासी की कन्या है, छोटी जात की लड़की है—सबके मुँह से अजित ने यही बात सुनी थी। अब स्वयं कमल के मुँह से उसके पिता के गुणों का उल्लेख सुन कर उसका जन्म-रहस्य जानने की आकांक्षा प्रबल हो उठी; मगर इस डर से कि पूछने-ताछने से कहीं उसकी व्यथा के स्थान पर असावधानी से चोट न पहुँचे, वह कुछ पूछ न सका; लेकिन मन उसका भीतर-ही-भीतर स्नेह और करुणा से ऊपर तक भर आया।

खाना खत्म हुआ; लेकिन उठने के लिए कहने पर अजित ने इनकार कर दिया, बोला, ''पहले आप खा लें। उसके बाद।''

''क्यों तकलीफ पा रहे हैं अजित बाबू, उठिए। बल्कि हाथ-मुँह धो आइए, फिर बैठिए—मैं खा रही हूँ।''

''नहीं, सो नहीं होगा। बगैर खाये मैं आसन छोड़ कर एक कदम भी इधर-उधर न होऊँगा।''

''अच्छे आदमी हैं आप।'' कह कर कमल हँसती हुई अपना भोजन उघाड़ कर खाने बैठ गयी। अजित ने देखा कि उसने रंच मात्र भी अत्युक्ति नहीं की थी। चावल, दाल और उबले हुए आलू ही थे। सूख कर बदरंग हो गये थे। और दिन वह क्या खाती-पीती है, उसे नहीं मालूम, पर आज इतनी तरह की और काफी तैयारियों के बीच भी अपनी इच्छा से स्वीकार किये गये आत्म-पीड़न से अजित

की आँखों में पानी भर आया। कल उसने सुना था कि दिन में वह सिर्फ एक बार ही खाती है और आज जाना कि वह यही है जो सामने दीख रहा है। लिहाजा, युक्ति और तर्क के छल से कमल मुँह से चाहे जो भी कहे, वास्तव में भोग के क्षेत्र में उसके इस कठोर आत्म-संयम से अजित की अभिभूत और मुग्ध आँखें माधुर्य और श्रद्धा से अपूर्व-सुन्दर हो उठीं और वंचना, असम्मान और अनादर से जिन व्यक्तियों ने उसे लांछित किया था, उन सबके प्रति उसकी घृणा की सीमा न रही। कमल के खाने की तरफ देख-देख कर अपने इस भाव को वह दबा न सका। उफनते हुए आवेग के साथ कहने लगा, ''अपने को बड़ा मान कर जो लोग अपमान करके आपको दूर रखना चाहते हैं, जो लोग अकारण ग्लानि करते फिरते हैं, वे तो आपके पाँव छूने योग्य भी नहीं। संसार में देवी का आसन अगर किसी के लिए हो तो वह आपके लिए है।''

कमल ने अकृत्रिम विस्मय के साथ मुँह उठा कर पूछा, ''क्यों?''

''क्यों, सो मैं नहीं जानता, मगर शपथ के साथ कह सकता हूँ।''

कमल का विस्मय का भाव दूर नहीं हुआ, मगर वह चुप रही।

अजित ने कहा, ''अगर क्षमा करें तो एक बात पूछूँ।''

''क्या बात?''

''पापिष्ठ शिवनाथ के द्वारा अपमान और वंचना पाने के बाद ही क्या आपने यह कठिन व्रत लिया है?''

कमल ने कहा, ''नहीं तो। मेरे पहले पति के मरने के बाद से ही मैं यह खाया करती हूँ। इससे मुझे कष्ट नहीं होता।''

अजित के मुँह पर जैसे किसी ने स्याही पोत दी। उसने कुछ देर स्तब्ध रह कर अपने को सँभालते हुए धीरे-धीरे पूछा, ''आपका पहले भी विवाह हुआ था क्या?''

कमल ने कहा, ''हाँ। वे एक आसामी क्रिश्चियन थे। उनके मरने के बाद ही मेरे पिता भी मर गये अकस्मात घोड़े से गिर कर। उस समय, शिवनाथ के एक चाचा थे चाय-बगीचे के हेड-क्लर्क। उनकी स्त्री नहीं थी, माँ को उन्होंने अपने यहाँ आश्रय दिया। मैं भी उनके घर में आ गयी। इस तरह, तरह-तरह के दुख और कष्ट के बीच रहते-रहते मेरी आदत एक वक्त खाने की ही पड़ गयी है। कठिन व्रत तो क्या, पर इससे शरीर और मन दोनों अच्छे रहते हैं।''

अजित ने एक साँस ले कर कहा, ''मैंने सुना है, जाति आपकी जुलाहा है?''

कमल ने कहा, ''लोग तो यही बताते हैं। पर माँ कहती थीं कि उनके पिता आप लोगों की जाति के ही एक कविराज थे। अर्थात मेरे वास्तविक मातामह जुलाहे

नहीं, वैद्य थे।'' और वह जरा हँस कर बोली, ''सो वे चाहे जो भी रहे हों, अब गुस्सा होना भी व्यर्थ है और अफसोस करने से भी कोई लाभ नहीं।''

अजित ने कहा, ''सो तो ठीक है।''

कमल ने कहा, ''माँ के रूप था, पर रुचि नहीं थी। ब्याह के बाद कोई बदनामी हो जाने के कारण उनके पति उन्हें ले कर आसाम के चाय-बगीचे में भाग गये थे। पर वहाँ वे जिये नहीं, कुछ ही महीनों में बुखार से मर गये। तीनेक साल बाद मेरा जन्म हुआ बगीचे के बड़े साहब के घर।''

कमल के वंश और जन्म का वर्णन सुन कर अजित का क्षण-भर पहले का स्नेह और श्रद्धा से खिला हुआ हृदय अरुचि और संकोच के मारे सिकुड़ कर बूँद बराबर रह गया। उसे सबसे ज्यादा यह बात अखरी कि अपनी और माँ की इतनी बड़ी शर्म की बात कहने में भी कमल को रत्ती-भर लज्जा नहीं आयी। अनायास ही कह गयी, माँ के रूप था, रुचि नहीं थी। जिस अपराध पर एक स्त्री मारे शर्म के जमीन में धँस जाती है, वह इसके निकट 'रुचि' का विकास मात्र है। इससे ज्यादा कुछ नहीं।

कमल कहने लगी, ''पर मेरे पिता थे साधु-सज्जन आदमी। चरित्र में, पाण्डित्य में, सच्चाई में—ऐसे आदमी मैंने बहुत कम देखे हैं अजित बाबू, जीवन के उन्नीस साल मैंने उन्हीं के पास बिताये हैं।''

अजित को एक बार सन्देह हुआ था कि शायद यह परिहास कर रही है। पर यह कैसा तमाशा? बोले, ''यह सब क्या आप सच कह रही हैं?''

कमल ने जरा कुछ आश्चर्य के साथ ही जवाब दिया, ''मैं तो कभी झूठ बोलती नहीं अजित बाबू।'' पिता की स्मृति लमहे-भर के लिए उसके चेहरे पर एक स्निग्ध-दीप्ति फैला गयी। फिर कहा, ''इस जीवन में कभी किसी भी कारण झूठी चिन्ता, झूठ अभिमान, झूठी बात का सहारा मुझे न लेना पड़े—पिता जी यही शिक्षा मुझे बार-बार दे गये हैं।''

अजित फिर भी मानो विश्वास न कर सका! बोला, ''आप एक अंग्रेज के पास ही अगर इतनी बड़ी हुई हैं तो आपको अंग्रेजी भी आनी चाहिए?''

उत्तर में कमल सिर्फ जरा मुस्करा दी। बोली, ''मेरा खाना हो गया। चलिए, उस कमरे में चले।''

''नहीं, अब मैं जाऊँगा।''

''बैठेंगे नहीं? आज इतनी जल्दी चले जायेंगे?''

''हाँ, आज अब और बैठने का समय नहीं है।''

इतनी देर बाद कमल ने मुँह उठा कर उसके चेहरे की अत्यन्त कठोरता पर ध्यान दिया। शायद, कारण का भी अनुमान कर लिया। वह कुछ दूर निर्निमेष दृष्टि

से देखती रही, फिर धीरे से बोली, ''अच्छा, जाइए।''

इसके बाद अजित क्या कहे, कुछ समझ में न आया। अन्त में बोला, ''आप क्या अब आगरे में ही रहेंगी?''

''क्यों?''

''मान लीजिए, शिवनाथ बाबू आइन्दा अगर नहीं आये। उन पर तो आपका जोर है नहीं?

कमल ने कहा, ''नहीं।'' फिर जरा स्थिर रह कर कहा, ''आप लोगों के यहाँ तो वे रोज जाते हैं, गुप्त रूप से जान कर क्या मुझे बता नहीं सकते?''

''उससे क्या होगा?''

कमल ने कहा, ''होगा और क्या, घर का किराया इस महीने का दिया ही हुआ है; फिर मैं कल-परसों तक चली जा सकती हूँ।''

''कहाँ जायेंगी?''

कमल ने इस प्रश्न का उत्तर नहीं दिया, चुप रही।

अजित ने पूछा, ''आपके हाथ में शायद रुपये नहीं हैं?''

कमल ने इस प्रश्न का भी कोई उत्तर नहीं दिया।

अजित खुद भी कुछ देर मौन रह कर बोला, ''आते वक्त आपके लिए कुछ रुपये साथ लेता आया था, लीजिएगा?''

''नहीं।''

''नहीं क्यों? मुझे निश्चित मालूम है कि आपके हाथ में कुछ नहीं है। जो भी कुछ था, सो आज मेरे ही लिए खत्म हो गया।''

इसका भी कुछ उत्तर न पा कर वह फिर बोला, ''जरूरत पड़ने पर क्या मित्रों से कोई कुछ लेता नहीं?''

कमल ने कहा, ''पर आप तो मित्र नहीं हैं?''

''न सही। पर अ-मित्रों से भी लोग कर्ज लिया करते हैं और फिर चुका देते हैं। तो आप वैसे ही ले लीजिए।''

कमल ने गरदन हिला कर कहा, ''आपको कह चुकी हूँ, मैं कभी झूठ नहीं बोलती।''

बात कोमल थी, लेकिन तीर के फल की तरह तीखी। अजित ने समझ लिया कि इसमें कुछ रद्दो-बदल नहीं हो सकता। उस की तरफ गौर से देखा तो मालूम हुआ कि पहले दिन उसके शरीर पर जो मामूली-सा जेवर था, वह भी आज नहीं है। सम्भवत: घर का किराया चुकाने में और इधर कई दिनों का खर्च चलाने में वह खत्म हो चुका है। सहसा व्यथा के भार से उसका मन भीतर से रो उठा। उसने पूछा,

“पर जाना ही आपने तय कर लिया है क्या?”

कमल ने कहा, “इसके सिवा और उपाय क्या है?”

उपाय क्या है, यह उसे नहीं मालूम, और इसीलिए उसे कष्ट होने लगा। अन्तिम चेष्टा के तौर पर उसने कहा, “दुनिया में क्या कोई भी ऐसा नहीं है जिससे इस समय आप कुछ सहायता ले सकें?”

कमल ने जरा सोच कर कहा, “हैं और लड़की की तरह सिर्फ उन्हीं के पास जा कर हाथ पसार कर माँग सकती हूँ। पर आपको तो रात हुई जा रही है। साथ चल कर पहुँचा दूँ क्या?”

अजित चंचल हो कर बोला, “नहीं नहीं, मैं अकेला ही चला जाऊँगा।”

“तो जाइए। नमस्कार।” कह कर वह अपने सोने के कमरे में चली गयी।

अजित दो-एक मिनट वहाँ स्तब्ध हो कर खड़ा रहा। फिर चुपचाप धीरे-धीरे नीचे उतर गया।

11

दिन का तीसरा पहर है। शीत की सीमा नहीं। आशु बाबू की बैठक की काँच की खिड़कियाँ सारे दिन बन्द रहती हैं। वे आराम कुर्सी के दोनों हत्थों पर पैर फैला कर गहरे मनोयोग के साथ पड़े-पड़े कुछ पढ़ रहे थे। हाथ के कागज पर पीछे के दरवाजे की तरफ से एक छाया पड़ते ही वे समझ गये कि अब उनके नौकर की दिवा-निद्रा समाप्त हुई है। बोले, “कच्ची नींद में तो नहीं उठ बैठे जदु, नहीं तो सिर दुखेगा। खास तकलीफ न मालूम हो तो रजाई से जरा इस गरीब के पैर ढँक दो।”

नीचे कार्पेट पर रजाई पड़ी थी, आगन्तुक ने उसे उठा कर नीचे तलवों तक उनके पैर अच्छी तरह ढँक दिये।

आशु बाबू ने कहा, “हो गया, हो गया, ज्यादा जतन की जरूरत नहीं। अब एक चुरुट दे कर और थोड़ा सो लो...अभी तो दिन बाकी है। पर समझ रखना कि...कल, हाँ, कल।”

अर्थात कल तुम्हारी नौकरी चली ही जायेगी। कोई जवाब नहीं आया, कारण मालिक के इस तरह के मन्तव्य से नौकर अभ्यस्त हो चुका है। जैसे उसका प्रतिवाद करना व्यर्थ है वैसे ही विचलित होना भी फिजूल है।

आशु बाबू ने हाथ बढ़ा कर चुरुट ले लिया और दियासलाई जलने के शब्द

के साथ ऊपर मुँह उठा कर देखा। कुछ क्षण अभिभूत की तरह दंग रह कर बोले, ''यही तो सोच रहा था कि यह क्या जदुआ का हाथ है! इस तरह पैर ढँकना तो उसकी चौदह पीढ़ियाँ भी न जानती होंगी।''

कमल ने कहा, ''पर इधर जो हाथ जला जा रहा है!''

आशु बाबू ने व्यस्तता के साथ उसके हाथ से जलती हुई दियासलाई ले कर फेंक दी और उस हाथ को अपने हाथ में ले कर उसे जोर से सामने खींच लिया। बोले, ''इतने दिनों से तुम्हें देखा क्यों नहीं बेटी?''

यह उन्होंने पहले-पहल उसे 'बेटी' कह कर पुकारा। परन्तु यह उन्हें कहने के बाद स्वयं मालूम हो गया कि उनके प्रश्न के कोई मानी नहीं होते।

कमल एक कुर्सी खींच कर जरा दूर बैठना चाहती थी, पर उन्होंने उसे ऐसा नहीं करने दिया, कहा, ''वहाँ नहीं बेटी, तुम मेरे बिलकुल पास आ कर बैठो।'' और उसे बिलकुल पास खींच कर बोले, ''आज अचानक कैसे कमल?'' कमल ने कहा, ''आज बहुत जी चाहने लगा आपको देखने का, इसी से चली आयी।''

आशु बाबू ने उत्तर में सिर्फ कहा, ''अच्छा किया।'' और इससे ज्यादा वे न बोल सके। बाकी सभी लोगों की तरह उन्हें भी मालूम था कि कमल का कोई संगी-साथी नहीं है, कोई उसको चाहता नहीं, किसी के घर जाने का उसे अधिकार नहीं—नितान्त नि:संग जीवन ही इस लड़की को बिताना पड़ता है; फिर भी यह बात उनके मुँह से न निकली कि 'कमल, तुम्हारी जब तबीयत हो, खुशी से चली आया करो, और चाहे जिससे हो, पर मेरे पास तुम्हें कोई संकोच नहीं होना चाहिए।' इसके बाद शायद शब्दों के अभाव से ही वे दो-तीन मिनट तक मानो अन्यमनस्क की तरह मौन रहे। उनके हाथ के कागज नीचे खिसक जाने पर कमल ने उन्हें उठा लिया और उनके हाथ में देते हुए कहा, ''आप पढ़ रहे थे, मैंने असमय में ही आ कर शायद विघ्न डाल दिया।''

आशु बाबू ने कहा, ''नहीं। मैं पढ़ चुका। जो कुछ थोड़ा-बहुत बाकी है उसे पढ़े बगैर भी काम चल सकता है, और पढ़ने की इच्छा भी नहीं है।'' जरा ठहर कर फिर कहा, ''इसके सिवा तुम्हारे चले जाने पर मुझे अकेला रहना पड़ेगा; उससे अच्छा तो यह है कि तुम बातें करो, मैं सुनूँ।''

कमल ने कहा, ''मैं आप से दिन-भर बातें कर सकूँ तो कहना ही क्या है। पर और सब जो नाराज होंगे?''

उसके मुँह पर हँसी होने पर भी आशु बाबू को चोट पहुँची, बोले, ''बात तुम्हारी झूठ नहीं कमल। पर जो लोग नाराज होंगे, उनमें से यहाँ कोई मौजूद नहीं है। यहाँ के नये मजिस्ट्रेट एक बंगाली हैं। उनकी स्त्री से मणि की मित्रता है, दोनों

साथ-साथ कालेज में पढ़ी हैं। दो दिन हुए वे यहीं पति के पास आयी हैं—मणि उन्हीं के यहाँ घूमने गयी है, शायद रात को लौटेगी।''

कमल ने हँसते हुए पूछा ''आपने कहा कि जो लोग नाराज होंगे—सो एक तो मनोरमा हुई और बाकी के और कौन हैं?''

आशु बाबू ने कहा, ''सभी हैं। यहाँ ऐसों की कमी नहीं। पहले मालूम होता था कि अजित की तुम्हारे प्रति नाराज़गी नहीं है, पर अब देखता हूँ कि उसका विद्वेष ही सबसे बढ़ कर है। उसने तो अक्षय बाबू को भी मात कर दिया है।''

यह देख कर कि कमल चुपचाप सुन रही है, वे कहने लगे, ''जब आया था तब उसे ऐसा नहीं देखा था, अचानक दो ही तीन दिन में मानो वह बिलकुल बदल गया है। अब अविनाश को भी ऐसा ही देख रहा हूँ । इन सबों ने मिल कर मानो तुम्हारे विरुद्ध षड्यन्त्र-सा रच रखा है।''

अबकी बार कमल हँस दी, बोली, ''अर्थात, कुशांकुर के ऊपर वज्राघात! पर मुझ जैसी समाज और दुनिया से बहिष्कृत एक तुच्छ औरत के विरुद्ध षड्यन्त्र किसलिए? मैं तो किसी के घर जाती नहीं।''

आशु बाबू ने कहा, ''सो तो ठीक है। शहर में यह भी कोई नहीं जानता कि तुम्हारा घर कहाँ है, पर इसलिए तुम तुच्छ नहीं हो कमल। और इसीलिए ये लोग न तुम्हें भूल ही सकते हैं और न माफ ही कर सकते हैं। तुम्हारी चर्चा बगैर किये, तुम्हें कोंचे बगैर इन्हें न चैन मिलता है न शान्ति।'' कहते-कहते वे अकस्मात हाथ के कागजों को उठा कर बोले, ''यह क्या है, जानती हो? अक्षय बाबू की रचना है। अंग्रेजी में नहीं होती तो तुम्हें सुनाता। नाम-धाम नहीं है, पर शुरू से आखिर तक सिर्फ तुम्हारी ही बातें हैं, तुम्हीं पर हमला है। कल मजिस्ट्रेट साहब के घर पर, सुनते हैं, नारी-कल्याण-समिति का उद्घाटन होगा, यह उसी का मंगल अनुष्ठान है।'' यह कह कर उन्होंने उसे दूर फेंक दिया और कहा, ''यह सिर्फ निबन्ध ही नहीं है, बीच-बीच में किस्से के तौर पर पात्र-पात्रियों के मुँह से इसमें तरह-तरह की बातें भी कहलवाई गयी हैं। इसकी मूल नीति के साथ किसी का विरोध नहीं—विरोध हो भी नहीं सकता। पर इसमें वही बात नहीं, व्यक्ति विशेष पर कदम-कदम पर आघात करते रहने में ही मानो इसका आनन्द है। पर अक्षय का आनन्द और मेरा आनन्द एक नहीं है, कमल। इसे तो मैं अच्छा नहीं कह सकता।''

कमल ने कहा, ''पर मैं तो इस लेख को सुनने नहीं जाऊँगी—फिर मुझ पर चोट करने की सार्थकता क्या हुई?''

आशु बाबू ने कहा, ''कुछ भी सार्थकता नहीं, इसी से शायद उन लोगों ने मुझे पढ़ने को दिया है। सोचा होगा 'डूबते में से मुट्ठी-भर ही सही।' इस बूढ़े को

दुख दे कर जितना क्षोभ मिटाया जा सके, उतना ही अच्छा।'' कहते हुए उन्होंने हाथ बढ़ा कर फिर एक बार कमल को अपनी ओर खींचा। इस स्पर्श-मात्र में कितनी बातें थीं, कमल सब-की-सब तो नहीं समझ सकी, फिर भी उसका अन्तःकरण न जाने कैसा हो उठा। वह जरा ठहर कर बोली, ''आपकी कमजोरी को तो उन लोगों ने ताड़ लिया, पर आपके भीतर के असल आदमी को वे नहीं पहचान सके।''

''क्या तुमने पहचान लिया है बेटी?''

''शायद उन लोगों से ज्यादा।''

आशु बाबू ने इसका उत्तर नहीं दिया, बहुत देर तक चुप रह कर वे धीरे-धीरे कहने लगे, ''सभी सोचते हैं कि हमेशा खुश रहने वाले इस बूढ़े जितना सुखी कोई नहीं। बहुत रुपया है, काफी जमीन-जायदाद...''

''पर यह तो झूठ नहीं।''

आशु बाबू ने कहा, ''झूठ नहीं। धन और सम्पत्ति मेरे पास काफी है, पर यह आदमी के लिए कितना-सा कमल?''

कमल हँसती हुई बोली, ''बहुत है आशु बाबू।''

आशु बाबू ने गरदन फेर कर उसकी तरफ देखा, फिर कहा, ''अगर कुछ खयाल न करो तो तुमसे एक बात कहूँ—''

''कहिए?''

''मैं बुड्ढा आदमी हूँ, और तुम मेरी मणि की उमर की हो। तुम्हारे मुँह से अपना नाम मेरे खुद के कानो में न जाने कैसा खटकता है कमल। तुम्हें कोई ऐतराज न हो तो तुम मुझे 'चाचा जी' कहा करो।''

कमल के आश्चर्य का ठिकाना न रहा। आशु बाबू कहने लगे, ''कहावत है कि नहीं मामा से काना मामा अच्छा; मैं काना न सही, पर लँगड़ा जरूर हूँ, गठिया से लाचार। बाजार में आशु वैद्य की कानी कौड़ी कीमत नहीं।'' फिर उन्होंने हँस कर कौतुक के साथ हाथ का अँगूठा हिलाते हुए कहा, ''न हो तो क्या है, बेटी, लेकिन जिसके पिता जिन्दा नहीं, उसके इतने शक्की होने से काम नहीं चलेगा। उसके लिए तो लँगड़ा चाचा भी अच्छा!''

दूसरे पक्ष से जवाब न पा कर वे फिर कहने लगे, ''कोई अगर चिढ़ाये कमल, तो उसे विनय के साथ कहना, 'मेरे लिए इतना ही बहुत है।' कहना, 'गरीब के लिए राँगा ही सोना है'।''

उनकी कुर्सी के पीछे बैठी कमल छत की ओर आँखें किये आँसू रोकने की कोशिश करने लगी, कुछ जवाब न दे सकी। इन दोनों में कहीं से भी कोई मेल नहीं और सिर्फ अनात्मीय-अपरिचय का ही जबर्दस्त फासला नहीं है, बल्कि शिक्षा,

संस्कार, रीति-नीति, गार्हस्थिक और सामाजिक व्यवस्था में भी दोनों में कितना जबरदस्त फर्क है! जहाँ कोई सम्बन्ध ही नहीं, वहाँ सिर्फ एक सम्बोधन के छल से ही उसे बाँध रखने की चतुराई को देख कमल की आँखों में बहुत दिनों बाद आज आँसू भर आये।

आशु बाबू ने पूछा, "क्यों बिटिया, कह सकोगी?"

कमल ने उमड़ते हुए आँसुओं को सँभालते हुए सिर्फ इतना कहा, "नहीं।"

"नहीं? नहीं क्यों?"

कमल ने इस प्रश्न का उत्तर नहीं दिया, दूसरी बात छेड़ दी। बोली, "अजित बाबू कहाँ हैं?"

आशु बाबू कुछ देर चुप रह कर बोले, "क्या मालूम, शायद घर पर ही होगा।" फिर कुछ देर मौन रह कर धीरे-धीरे कहने लगे, "कई दिन से मेरे पास विशेष आता-जाता नहीं और शायद वह यहाँ से जल्दी ही चला जायेगा।"

"कहाँ जायेंगे?"

आशु बाबू ने हँसने का प्रयास करते हुए कहा, "बूढ़े आदमी को सब लोग क्या सब बातें बताते हैं, बिटिया? नहीं बताते। शायद जरूरत ही नहीं समझते बताने की।" जरा ठहर कर बोले, "सुना होगा शायद, मणि के साथ उसका सम्बन्ध बहुत दिनों से तय था, सहसा मालूम हो रहा है कि दोनों में किसी बात पर झगड़ा हो गया है। कोई किसी के साथ अच्छी तरह बात ही नहीं करता।"

कमल चुप हो रही। आशु बाबू एक गहरी साँस ले कर बोले, "जगदीश्वर मालिक हैं, उनकी इच्छा। एक गाने-बजाने में उन्मत्त है और दूसरा अपने पुराने अभ्यासों को मय ब्याज के ठीक करने में लग गया है। इस समय यही तो चल रहा है।"

कमल से अब चुप नहीं रहा गया, कुतूहल के मारे पूछ बैठी, "पुराने अभ्यास क्या?"

आशु बाबू ने कहा, "बहुत-से हैं। पहले गेरुआ पहन कर संन्यासी हुआ, फिर मणि से प्रेम किया, देशोद्धार के काम में जेल गया, विलायत जा कर इंजीनियर हुआ, वहाँ से वापस आने के बाद गृहस्थ होने की इच्छा हुई, पर फिलहाल शायद वह कुछ बदल गयी है। पहले मांस-मछली नहीं खाता था, उसके बाद खाने लगा था, अब देखता हूँ कि कल-परसों से फिर छोड़ बैठा है। जदु कहता है, बाबू घण्टे-घण्टे भर कमरे में बैठे नाक मूँद कर योगाभ्यास किया करते हैं!"

"योगाभ्यास करते हैं?"

"हाँ। नौकर ही कह रहा था, देश लौटते समय शायद काशी उतर कर समुद्र-

यात्रा के लिए प्रायश्चित्त करता जायेगा।''

कमल ने अत्यन्त आश्चर्य के साथ कहा, ''समुद्र-यात्रा के लिए प्रायश्चित्त करेंगे? अजित बाबू?''

आशु बाबू ने सिर हिलाते हुए कहा, ''वह कर सकता है। उसमें सर्वोतोमुखी प्रतिभा है!''

कमल हँस दी। कुछ कहना ही चाहती थी कि इतने में दरवाजे के पास किसी आदमी की छाया दीख पड़ी और जिस नौकर ने इतने विभिन्न प्रकार के संवाद मालिक को पहुँचाये थे वही सशरीर आ खड़ा हुआ, और उसी ने सबसे बढ़ कर कठोर संवाद यह दिया कि अविनाश, अध्यक्ष, हरेन्द्र, अजित आदि बाबुओं का दल आ रहा है।— सुन कर सिर्फ कमल का ही नहीं, बल्कि, बन्धु वर्ग के आगमन होने पर उच्छ्वसित उल्लास से उनकी अभ्यर्थना करना जिनका स्वभाव है, उन आशु बाबू तक का मुँह सूख गया। क्षण भर बाद आगन्तुक शिष्ट समुदाय कमरे में घुसते ही आश्चर्य चकित हो गया। कारण, यह बात उनकी कल्पना के बाहर थी कि यह औरत यहाँ इस तरह मिल सकती है। हरेन्द्र ने हाथ उठा कर कमल को नमस्कार करके कहा, ''अच्छी तो हैं? बहुत दिनों से आपको देखा नहीं।''

अविनाश ने हँसने जैसी मुखाकृति करके एक बार इधर और एक बार उधर गरदन हिलाई जिसका कोई अर्थ ही समझ में नहीं आया। अक्षय सीधा आदमी ठहरा। वह सीधे मार्ग से आया और सीधे अभिप्राय से पत्थर की तरह क्षण भर सीधे खड़े रह कर एक आँख से अवज्ञा और दूसरी से विरक्ति बरसाता हुआ एक कुर्सी खींच कर बैठ गया। आशु बाबू से उसने पूछा, ''मेरा आर्टिकल पढ़ा?'' यह पूछने के बाद ही उसकी नजर मिट्टी में लोटते हुए अपने लेख पर पड़ी। उसे वह खुद ही उठाने जा रहा था कि हरेन्द्र ने उसे रोकते हुए कहा, ''रहने दीजिए न अक्षय बाबू, झाड़ू लगाते वक्त नौकर ही फेंक देगा।''

उसका हाथ अलग करके अक्षय ने कागज उठा लिये।

''हाँ, पढ़ लिया।'' कहते हुए आशु बाबू उठ के बैठ गये। आँख उठा कर देखा कि अजित ने उधर के सोफे पर बैठ कर कल के अखबार पर नजर दौड़ाना शुरू कर दिया है। अविनाश ने कुछ कहने का मौका पा जाने से एक सन्तोष की साँस ली और कहा, ''मैंने भी अक्षय का लेख शुरू से आखिर तक ध्यान से पढ़ा है, आशु बाबू। अधिकांश बातें सच और मूल्यवान हैं। देश की सामाजिक व्यवस्था का अगर सुधार किया जाये तो उसे अच्छी तरह जाने हुए और पक्के मार्ग पर ही करना चाहिए। हम मानते हैं कि यूरोप के समागम से हमने बहुत-सी अच्छी चीज़ें पायी हैं और अपनी बहुतेरी त्रुटियों को हमने देखा है, लेकिन हमारा सुधार हमारे

अपने मार्ग पर ही होना चाहिए। दूसरों के अनुकरण से हमारा कल्याण नहीं हो सकता। भारतीय नारी की जो विशिष्टता है, जो उसकी अपनी चीज़ है, अगर लोभ और मोह के वश हो कर हम उससे उसे भ्रष्ट करें, तो हम हर तरफ से असफल होंगे।—ठीक है कि नहीं, अक्षय बाबू?''

बातें अच्छी हैं और सब अक्षय बाबू के लेख की हैं। विनय-वश उन्होंने मुँह से और कुछ नहीं कहा, पर आत्म-गौरव की अनिर्वचनीय तृप्ति से आधे मुँदे नेत्रों से कई बार सिर हिलाया।

आशु बाबू ने निष्कपटता से स्वीकार करते हुए कहा, ''इस विषय में तो कोई तर्क नहीं, अविनाश बाबू। अनेक मनीषी अनेक दिनों से यह बात कहते आये हैं, और शायद भारत का कोई भी आदमी इसका विरोध नहीं करता।''

अक्षय बाबू ने कहा, ''करने का रास्ता ही नहीं, और इसके अलावा और भी एक विषय है जो इस लेख में लिखा नहीं गया है, लेकिन कल नारी कल्याण समिति में मैं अपने भाषण में कहूँगा।''

आशु बाबू ने कमल की तरफ मुँह फेर कर कहा, ''तुम्हारे लिए तो समिति की तरफ से निमंत्रण आया नहीं है, तुम वहाँ नहीं जाओगी। मैं भी गठिया से लाचार हूँ। मैं भले ही न जाऊँ पर हैं ये तुम्हीं लोगों की भलाई-बुराई की बातें। अच्छा कमल, तुम्हें तो इस बात पर आपत्ति नहीं होगी?''

और किसी समय होता तो आज के लिए कमल चुप ही रहती, पर एक तो उसका मन यों ही ग्लानि से भरा हुआ था, दूसरे इतने आदमियों की इस पौरुषहीन संघबद्धता और दम्भपूर्ण प्रतिकूलता से उसके मन में एक आग-सी जल उठी। लेकिन अपने को यथासाध्य संयत करके वह मुँह उठा कर हँसती हुई बोली, ''कौन-सी बात पर आशु बाबू? अनुकरण पर या भारतीय विशिष्टता पर?''

आशु बाबू ने कहा, ''मान लो दोनों ही पर?''

कमल ने कहा, ''अनुकरण चीज़ अगर सिर्फ बाहर की नकल हो तो वह धोखा है, अनुकरण है ही नहीं, क्योंकि तब वह आकृति से मेल खाते हुए भी प्रकृति से नहीं मिलती। मगर भीतर-बाहर से वह अगर एक-सी हो तो 'अनुकरण' होने के कारण लज्जित होने की उसमें कोई भी बात नहीं।''

आशु बाबू ने सिर हिलाते हुए कहा, ''है क्यों नहीं कमल, है। उस तरह सर्वांगीण अनुकरण में हम अपनी विशेषता खो बैठते हैं। उसके मानी हैं अपने को बिल्कुल ही खो बैठना। इसमें अगर दुख और लज्जा नहीं, तो किसमें है बताओ?''

कमल ने कहा, ''भले ही खो बैठें आशु बाबू! भारत के वैशिष्ट्य और योरोप के वैशिष्ट्य में बड़ा भारी भेद है, लेकिन किसी देश के किसी वैशिष्ट्य के लिए

मनुष्य नहीं हैं, बल्कि मनुष्य के लिए ही उस वैशिष्ट्य का आदर है। असल बात विचारने की यह है कि वर्तमान समय में वह वैशिष्ट्य उसके लिए कल्याणकर है या नहीं। इसके सिवा और सब बातें सिर्फ अन्ध-मोह हैं।''

आशु बाबू ने व्यथित हो कर कहा, ''सिर्फ अन्ध मोह ही है कमल, उससे ज्यादा कुछ नहीं?''

कमल ने कहा, ''नहीं, उससे ज्यादा कुछ नहीं। सिर्फ इसीलिए कि किसी एक जाति की कोई एक विशेषता बहुत दिनों से चली आ रही है, क्या उस देश के मनुष्यों को अपने कल्याण-अकल्याण का खयाल किये बगैर उसी साँचे में हमेशा ढलते रहना होगा? इसके क्या मानी? मनुष्य से बढ़ कर मनुष्य की विशेषता नहीं हो सकती, और इस बात को जब हम भूल जाते हैं तब विशेषता भी जाती रहती है और मनुष्य को भी हम खो बैठते हैं। यहीं पर तो वास्तविक लज्जा है आशु बाबू।''

आशु बाबू मानो हतबुद्धि से हो गये, बोले, ''तब तो फिर सब एकाकार हो जायेगा? भारतीय के रूप में तो फिर हमें पहचाना भी नहीं जा सकेगा। इतिहास में ऐसी घटनाओं का साक्ष्य भी मौजूद है।''

आशु बाबू के कुण्ठित और विक्षुब्ध चेहरे की तरफ देख कर कमल ने हँसते हुए कहा, ''तब मुनि-ऋषियों के वंशधर के रूप में भले ही न पहचाना जाये, पर मनुष्य के रूप में तो हमें पहचाना ही जायेगा और जिसे आप ईश्वर कहा करते हैं, वह भी पहचान लेगा, उससे भी गलती न होगी।''

अक्षय ने उपहास के ढंग से चेहरे को कठोर बना कर कहा, ''ईश्वर सिर्फ हम ही लोगों का है? आपका नहीं?''

कमल ने जवाब दिया, ''नहीं।''

अक्षय ने कहा, ''यह सिर्फ शिवनाथ की प्रतिध्वनि है, सिखाई हुई बात है।''

हरेन्द्र बोल उठा, ''ब्रूट!'' (हिंस्र पशु!)

देखिए हरेन्द्र बाबू—''

''देख रहा हूँ। बीस्ट!'' (पशु!)

आशु बाबू सहसा मानो सपने से उठे आदमी की तरह जाग उठे। बोले, ''देखो कमल, दूसरों की बात मैं नहीं कहना चाहता, पर हमारा भारतीय वैशिष्ट्य सिर्फ बात ही बात नहीं है। इसका चला जाना कितनी जबरदस्त क्षति है, उसका हिसाब लगाना दुःसाध्य है। कितने धर्म, कितने आदर्श, कितने पुराण-इतिहास, काव्य, उपाख्यान, शिल्प—कितनी-कितनी अमूल्य सम्पदाएँ—सब कुछ इसी वैशिष्ट्य पर ही तो आज तक जीवित हैं। फिर इन में से तो कुछ भी नहीं रह जायेगा?''

कमल ने कहा, ''रहने रखने के लिए आखिर इतनी व्याकुलता क्यों? जो जाने

के नहीं, सो नहीं जायेंगे। मनुष्य की आवश्यकताओं के अनुसार फिर वे नवीन रूप, नवीन सौन्दर्य, नवीन मूल्य ले कर दिखाई देंगे। वही होगा उनका सच्चा परिचय। अन्यथा, सिर्फ इसीलिए कि बहुत दिनों से कोई चीज़ है, उसे और भी बहुत दिनों तक पकड़े रहना होगा—यह कैसी बात है?"

अक्षय ने कहा, "इसके समझने की शक्ति नहीं है आप में।"

हरेन्द्र ने कहा, "आपके अशिष्ट व्यवहार पर मुझे आपत्ति है अक्षय बाबू।"

आशु बाबू ने कहा, "यह मैं नहीं कहता कमल, कि तुम्हारी युक्तियों में सत्य नहीं, पर जिसकी तुम अवज्ञा से उपेक्षा कर रही हो, उसके भीतर भी बहुत-सा सत्य है। नाना कारणों से हमारे सामाजिक विधि-विधानों पर तुम्हारी अश्रद्धा हो गयी है। मगर एक बात मत भूलो कमल कि बाहर के बहुत-से उत्पात हमें सहने पड़े हैं, फिर भी जो आज तक हम अपनी सम्पूर्ण विशेषताओं के साथ जिन्दा हैं सो केवल इसीलिए कि हमारा आधार सत्य था। संसार की बहुत-सी जातियाँ बिलकुल लुप्त हो चुकी हैं।"

कमल ने कहा, "तो इसमें भी दुख किस बात का है? हमेशा उन्हें जगह घेर कर बैठे रहने की भी क्या आवश्यकता है?"

आशु बाबू ने कहा, "यह दूसरी बात है कमल।"

कमल कहने लगी, "भले ही हो। पिता जी से मैंने सुना था कि आर्यों की एक शाखा यूरोप में जा कर रहने लगी थी, आज वह नहीं है। मगर उनके बदले जो हैं, वे और भी बड़े हैं। ऐसा ही अगर यहाँ होता, तो उनकी तरह ही हम लोग भी आज पूर्व-पितामहों के लिए शोक करने न बैठते, और न अपने सनातन वैशिष्ट्यों पर दम्भ करते हुए दिन ही गुजारते। आप कह रहे थे अतीत के उपद्रवों की बात, पर यह भी तो सत्य नहीं कहा जा सकता कि उनसे भी बढ़ कर उपद्रव भविष्य में हमारे भाग्य में नहीं बदे हैं या हमारी सारी ही अलफें कट चुकी हैं। तब हम लोग जीवित रहेंगे किस के बल पर, बताइए भला?"

आशु बाबू ने इस प्रश्न का उत्तर नहीं दिया; मगर अक्षय बाबू उद्दीप्त हो उठे, बोले, "तब भी हम जीवित रहेंगे अपने उस आदर्श की नित्यता के बल पर जो कि हजारों युगों से हमारे मन में अविचलित बना हुआ है। जो आदर्श हमारे दान में, हमारे पुण्य में, हमारी तपस्या में मौजूद है, जो आदर्श हमारी नारी जाति के अक्षय सतीत्व में निहित है, हम उसी के बल पर जीवित रहेंगे। हिन्दू कभी नहीं मरते।"

अजित हाथ का अखबार फेंक कर उनकी तरफ आँखें फाड़-फाड़ कर देखता रहा और क्षण भर के लिए कमल भी चुप ही रही। उसे खयाल आ गया कि निबन्ध लिख कर इसी आदमी ने उस पर अकारण आक्रमण किया है। उसे वह कल नारी

जाति के कल्याण के लिए अनेक नारियों के समक्ष दंभ के साथ पढ़ेगा, और उसमें सारे-के-सारे कटाक्ष सिर्फ उसी को लक्ष्य करके किये हैं। दुर्जय क्रोध से उसका चेहरा सुर्ख हो उठा, लेकिन इस बार भी उसने अपने को सँभाल लिया और स्वाभाविक स्वर में कहा, ''आप के साथ बात करने की मेरी इच्छा नहीं होती अक्षय बाबू, मेरे आत्म-सम्मान पर चोट लगती है।'' यह कह कर वह आशु बाबू की तरफ मुँह फेर कर कहने लगी, ''यही बात मैंने आप से कहनी चाही थी कि कोई भी आदर्श सिर्फ इसीलिए कि वह बहुत काल तक स्थायी रहा है, नित्य स्थायी नहीं हो सकता और उसके परिवर्तन में भी लज्जा की कोई बात नहीं, उससे जाति की विशिष्टता भी अगर जाती हो तो भी। एक उदाहरण देती हूँ। अतिथि सत्कार हमारा एक बड़ा आदर्श है। कितने काव्य, कितने कथानक, कितनी धर्म कथाएँ इस पर रची जा चुकी हैं। अतिथि को खुश करने के लिए दाता कर्ण ने अपने पुत्र तक की हत्या कर दी थी। इस बात पर न जाने कितने आदमियों ने आँसू बहाये होंगे। फिर भी, यह कार्य आज सिर्फ कुत्सित ही नहीं, बल्कि बीभत्स माना जायेगा। एक सती स्त्री ने पति को कंधे पर रख कर गणिकालय पहुँचा दिया था—सतीत्व के इस आदर्श की भी किसी दिन तुलना नहीं थी—मगर आज ऐसी घटना कहीं हो जाये तो वह मनुष्य के हृदय में सिर्फ घृणा ही उत्पन्न करेगी। आपका अपने जीवन का जो आदर्श, जो त्याग, लोगों के मन में श्रद्धा और विस्मय का कारण हो रहा है, किसी दिन ऐसा आ सकता है जब यह सिर्फ अनुकम्पा की बात रह जायेगी और उस निष्कल आत्म-निग्रह की ज्यादती पर लोग उपहास करके चले जायेंगे।''

इस आघात की निर्ममता से लमहे भर के लिए आशु बाबू का चेहरा वेदना से पीला पड़ गया। वे बोले, ''कमल, इसे निग्रह के रूप में ले क्यों रही हो, यह तो मेरा आनन्द है। यह तो मेरा उत्तराधिकार-सूत्र से प्राप्त अनेक युगों का धन है।''

कमल ने कहा, ''हो अनेक युगों का। सिर्फ वर्ष गिन कर ही आदर्श का मूल्य नहीं आँका जाता। अचल, अटल गलतियों से भरे समाज के हजारों वर्ष भी, सम्भव है, भविष्य के दस वर्ष के गति-वेग में बह जायें। वे दस वर्ष ही उन हजारों वर्षों से बहुत ज्यादा बड़े हैं, आशु बाबू!''

अजित अकस्मात धुनष से छोड़े हुए तीर की तरह सीधा खड़ा हो गया, बोला, ''आपकी बातों की उग्रता से इन लोगों के आश्चर्य का शायद ठिकाना न रहा होगा; मगर मुझे जरा भी आश्चर्य नहीं हुआ। मैं जानता हूँ कि इस विजातीय मनोभाव का मूल स्रोत कहाँ है? किसलिए हमारे समस्त मंगल आदर्शों के प्रति आपको इतनी जबरदस्त घृणा है? मगर चलिए, अब हमारे पास व्यर्थ देर करने का वक्त नहीं है, पाँच बज गये।''

अजित के पीछे-पीछे सब-के-सब चुपचाप कमरे से बाहर निकल गये। किसी ने उससे अभिवादन तक नहीं किया और न किसी ने उसकी तरफ मुड़ कर देखा ही। युक्तियाँ जब हार मानने लगीं तब इस तरह से पुरुषों के दल ने विजय घोषणा करके अपने पौरुष को कायम रखा। उन लोगों के चले जाने पर आशु बाबू ने धीरे-धीरे कहा, "कमल, मुझ पर ही आज तुम ने सबसे ज्यादा चोट पहुँचाई है, लेकिन मैंने ही आज तुम्हें मानो सम्पूर्ण हृदय से प्यार किया है। मेरी मणि से मानो किसी अंश में भी तुम कम नहीं हो बेटी।"

कमल ने कहा, "इसका कारण यह है कि आप सचमुच में महान पुरुष हैं चाचा जी। आप तो इन सब लोगों सरीखे झूठे और नकली नहीं हैं। पर मेरा भी समय निकला जा रहा है, मैं जाती हूँ।" इतना कह कर उसने उनके पाँवों के पास जा कर झुक के प्रणाम किया।

प्रणाम वह साधारणत: किसी को भी नहीं करती। आज उसके इस अनहोने आचरण से आशु बाबू चंचल हो उठे। आशीर्वाद देते हुए बोले, "अब कब आओगी बेटी?"

"अब शायद मेरा आना न होगा चाचाजी।" इतना कह कर वह कमरे से बाहर चली गयी और आशु बाबू उसकी तरफ देखते हुए चुपचाप बैठे रहे।

12

आगरा के नये मजिस्ट्रेट की स्त्री का नाम है मालिनी। उन्हीं के प्रयत्न से और उन्हीं के मकान पर नारी-कल्याण-समिति की स्थापना हुई। प्रथम अधिवेशन की तैयारियाँ जरा कुछ समारोह के साथ ही हुई थीं; लेकिन अधिवेशन अच्छी तरह सम्पन्न तो हुआ नहीं, बल्कि उसमें न जाने कैसी एक बेतरतीबी-सी पैदा हो गयी। बात मुख्यत: यह थी कि यद्यपि आयोजन सब स्त्रियों के लिए ही था, पर पुरुषों के शरीक होने की भी मनाही नहीं थी, बल्कि देखा जाये, तो इस आयोजन में पुरुष ही कुछ विशेषता से निमंत्रित हुए थे। इसका भार था अविनाश पर। मननशील लेखक के तौर पर अक्षय का नाम था; और लेखों का दायित्व उन्होंने ग्रहण किया था। इसलिए, उन्हीं के परामर्श के अनुसार एक शिवनाथ के सिवा और किसी को भी छोड़ा नहीं गया था। अविनाश की छोटी साली नीलिमा घर-घर जा कर धनी से ले कर गरीब तक—शहर की सभी बंगाली शिष्ट महिलाओं से आने के लिए अनुरोध कर आयी थी। सिर्फ, जाने की इच्छा नहीं थी आशु बाबू की; पर गठिया के दर्द ने आज उनकी रक्षा नहीं की, मालिनी

खुद आ कर उन्हें पकड़ ले गयी। अक्षय अपना व्याख्यान हाथ में लिये तैयार था, मामूली विनय-भाषण के प्रचलित दो-चार शब्दों के बाद वह सीधा और कठोर हो कर खड़ा हो गया और व्याख्यान पढ़ने लगा। थोड़ी ही देर में ऐसा लगा कि उसका वक्तव्य विषय जैसा अरुचिकर है वैसा ही लम्बा भी है। साधारणत: जैसा हुआ करता है, प्राचीन काल की सीता-सावित्री आदि का उल्लेख करके उसने आधुनिक नारी-जाति की आदर्शहीनता पर कटाक्ष किये थे। एक आधुनिक और शिक्षिता महिला के घर पर उन्हीं की 'तथाकथित' शिक्षा के विरुद्ध कड़वी बातें कहने में उसे संकोच नहीं हुआ। कारण अक्षय को गर्व था कि अप्रिय सत्य कहने में वह डरता नहीं। लिहाजा, व्याख्यान में सत्य हो चाहे न हो, अप्रिय वचनों की कमी नहीं थी और उस 'तथाकथित' शब्द की व्याख्या के लक्ष्य में विशिष्ट उदाहरण की नजीर थी कमल। इस अनिमंत्रित स्त्री के प्रति अक्षय के व्याख्यान में इतना अपमान था जिसकी हद नहीं। अन्त के अंश में वह गहरे दुख के साथ ये शब्द कहने के लिए मजबूर हो गया कि इसी शहर में ठीक ऐसी ही एक स्त्री मौजूद है, जो शिष्ट समाज में बराबर प्रश्रय पा रही है। ऐसी स्त्री, जिसने यह जानते हुए भी कि उसका दाम्पत्य-जीवन अवैध है, लज्जित होना तो दूर रहा, सिर्फ उपेक्षा-भरी हँसी हँसी है, जिसके लिए विवाह-अनुष्ठान सिर्फ अर्थहीन संस्कार है और पति-पत्नी का अत्यन्त एकनिष्ठ प्रेम जिसकी दृष्टि में महज मानसिक कमजोरी है। उपसंहार में अक्षय ने इस बात का भी उल्लेख किया कि नारी हो कर भी जो नारी के गम्भीरतम आदर्श को अस्वीकार करती है, उस तथाकथित शिक्षिता नारी के उपयुक्त विशेषण और वास-स्थान के निर्णय में वक्ता को अपनी तरफ से कोई संशय न होने पर भी सिर्फ संकोचवश वह उसे बताने में असमर्थ है। इस त्रुटि के लिए वह सबसे क्षमा चाहता है।

वर्तमान महिला-समाज में मनोरमा के सिवा और किसी ने उसे आँखों से नहीं देखा था। लेकिन उसके रूप की ख्याति और चरित्र की अख्याति ने हरेक पुरुष के मुँह पर चढ़ कर व्याप्त होने में कसर नहीं रखी थी। यहाँ तक कि इस नव-प्रतिष्ठित नारी कल्याण समिति की सभानेत्री मालिनी के कानों में भी वह पहुँच चुकी थी, और इस विषय को ले कर नारी-मण्डल में पर्दे के भीतर और बाहर कुतूहल की सीमा न रही थी। इसलिए, रुचि और नीति के सम्यक विचार के उत्साह से उद्दीप्त प्रश्नमाला की प्रखरता से व्यक्तिगत आलोचना तीव्र हो उठने में शायद देर न लगती, लेकिन वक्ता का परम मित्र हरेन्द्र ही इसमें भारी रुकावट बन गया। वह सीधा उठ के खड़ा हो गया और बोला, "अक्षय बाबू के इस निबन्ध का मैं पूरी तरह प्रतिवाद करता हूँ। सिर्फ अप्रासंगिक होने की वजह से ही नहीं—किसी भी महिला पर उसकी गैर मौजूदगी में आक्रमण करने की रुचि बीस्टली (पाशविक) और उसके चरित्र

का अकारण उल्लेख करना अशिष्ट और हेय है। नारी-कल्याण-समिति की तरफ से इस निबन्ध-लेखक का धिक्कार करना चाहिए।''

इसके बाद ही एक महामारी का सा काण्ड उठ खड़ा हुआ। अक्षय हिता-हितज्ञान शून्य हो कर जो मन में आया, कहने लगा और उसके उत्तर में स्वल्प भाषी हरेन्द्र बीच-बीच में 'ब्रीस्ट' और 'ब्रूट' कह कर जवाब देने लगा।

मालिनी नयी-नयी ही इनके सम्पर्क में आयी थी, सहसा इस तरह के वाक-वितण्डा की उग्रता से बड़ी आफत में पड़ गयी; और इस उत्तेजना के प्रवाह में अपना मतामत प्रकट करने में किसी ने भी कंजूसी से काम नहीं लिया। चुप रहे सिर्फ एक आशु बाबू। निबन्ध पढ़े जाने के प्रारंभ से ही जो वे गरदन झुका कर बैठे सो सभा खत्म होने तक फिर उन्होंने मुँह नहीं उठाया। और भी एक आदमी ने इस तर्क युद्ध में साथ नहीं दिया, और वे थे हरेन्द्र-अक्षय की बातचीत के नित्य अभ्यस्त अविनाश बाबू।

इस बात को मालिनी जानती थी कि व्यक्ति विशेष के चरित्र की भलाई-बुराई का निरूपण करना इस समिति का लक्ष्य नहीं है और इस प्रकार की आलोचना से नर-नारी में से किसी का भी कल्याण नहीं होता। इस बात को भी किसी तरह मालिनी समझ गयी कि निबन्ध में आशु बाबू पर भी विशेष कटाक्ष किया गया है और इससे उनको अत्यन्त क्लेश हुआ है। सभा भंग होने के बाद वह चुपके से अपना आसन छोड़ कर इस प्रौढ़ व्यक्ति के पास आ कर बैठ गयी और लज्जित मृदु कण्ठ से बोली, ''निरर्थक आज आपकी शान्ति नष्ट करने के लिए दुखी हूँ आशु बाबू।''

आशु बाबू ने हँसने की कोशिश करते हुए कहा, ''घर में भी मैं अकेला ही बैठा रहता। यहाँ कम-से-कम समय तो कट गया।''

मालिनी ने कहा, ''वह इससे अच्छा था।'' फिर जरा ठहर कर कहा, आज वे हैं नहीं यहाँ; मणि यहाँ से खा-पी कर जायेगी।''

''अच्छी बात है, मैं यहाँ से जा कर गाड़ी भेज दूँगा? लेकिन और सब स्त्रियाँ!''

''वे भी सब आज यहीं भोजन करेंगी!''

अविनाश और अजित के साथ आशु बाबू गाड़ी में बैठ ही रहे थे कि हरेन्द्र और अक्षय आ धमके। उन्हें भी पहुँचा देना होगा। राजी होना पड़ा। रास्ते भर आशु बाबू मौन रहे। उन्हें निरन्तर इस बात का खयाल होता रहा कि कमल को लक्ष्य करके स्त्रियों के बीच अक्षय ने उन पर अशिष्ट कटाक्ष किया है।

गाड़ी घर पहुँची। नीचे के बरामदे में एक परिचित आदमी बैठा था। बम्बई वालों जैसी उसकी पोशाक थी। पास जा कर आशु बाबू का उसने अंग्रेजी में अभिवादन किया।

''क्या है?''

जवाब में उसने एक परचा हाथ में देते हुए कहा, ''चिट्ठी है।''

चिट्ठी उन्होंने अजित के हाथ में दे दी। अजित ने उसे मोटर की बत्ती के सामने ले जा कर पढ़ा, बोला, ''कमल की चिट्ठी।''

''कमल की? क्या लिखा है कमल ने?''

''लिखा है, पत्र ले जाने वाले से सब मालूम होगा।''

आशु बाबू के जिज्ञासु चेहरे से उसकी तरफ देखते ही उसने कहा, ''उनकी इच्छा नहीं थी कि वह चिट्ठी और किसी के हाथ पड़े। आप उनके अपने आदमी हैं। मेरे उन पर कुछ रुपये चाहिए थे—''

बात खत्म भी न हुई थी आशु बाबू सहसा अत्यन्त क्रुद्ध हो उठे, बोले, ''मैं उसका अपना आदमी नहीं हूँ, असल में वह मेरी कोई नहीं होती, उसकी तरफ से मैं क्यों रुपये देने लगा?''

गाड़ी में से अक्षय ने कहा, ''जस्ट लाइक हर!'' (ठीक उसी की तरह)

बात सभी के कान में पड़ी। पत्रवाहक भला आदमी था। लज्जित हो कर बोला, ''रुपये आपको नहीं देने होंगे, वे ही देंगी। आप सिर्फ कुछ दिनों के लिए जामिन हो जायें तो—''

आशु बाबू का गुस्सा और भी बढ़ गया। उन्होंने कहा, ''जामिन होने की गरज मेरी नहीं है, उनके पति हैं, कर्ज की बात उन्हीं से करिएगा।''

भला आदमी अत्यन्त विस्मित हुआ बोला, ''उनके पति की बात तो मैंने सुनी नहीं।''

''पता लगाने से सुन लेंगे। गुडनाइट। आओ अजित, अब देर न करो।'' कह कर वे उसे ले कर ऊपर चले गये। ऊपर के सहन वाले बरामदे से झाँक कर फिर एक बार ड्राइवर को याद दिला दिया कि मजिस्ट्रेट साहब की कोठी पर गाड़ी पहुँचाने में देर नहीं होनी चाहिए। अजित सीधा अपने कमरे में जा रहा था, पर आशु बाबू उसे अपनी बैठक में ले गये, बोले, ''बैठो। देख लिया मजा?''

इस बात के मानी क्या हुए, अजित समझ गया। वास्तव में उनकी स्वाभाविक सहृदयता, शान्तिप्रियता और चिराभ्यस्त सहिष्णुता के साथ उनकी इस क्षण भर पहले के अकारण और अनचेते रूखेपन ने एक अक्षय के सिवा शायद और किसी को भी आघात पहुँचाने में कसर नहीं रखी। बगैर कुछ जाने इस दीन रहस्यमयी तरुणी के प्रति अजित का अन्तःकरण श्रद्धा और विस्मय से भर उठा था। मगर जिस दिन कमल ने अपने विगत नारी जीवन का कच्चा चिट्ठा अनायास ही खोल कर रख दिया, उस दिन से अजित के विराग और घृणा की सीमा न रही। इसी तरह उसके ये कई दिन बीते हैं और इसी कारण आज नारी कल्याण समिति के उद्घाटन के अवसर पर

आदर्शवादी अक्षय ने जो नारीत्व का आदर्श दिखाने के बहाने इस स्त्री पर जितने भी कटाक्ष और कटूक्तियाँ की थीं, उनसे अजित को दुख नहीं हुआ था। मानो उसने ऐसी ही आशा कर रखी थी। फिर भी अक्षय की क्रोधान्ध बर्बरता में चाहे जितना भी तीक्ष्ण शूल क्यों न हो, आशु बाबू अभी-अभी जो कर बैठे, उससे कमल के मानो कान मल दिये गये—केवल अनचेता होने के कारण ही नहीं, पुरुष के अयोग्य होने के कारण भी। कमल को वह अच्छा नहीं कहता। उसके मतामत और सामाजिक आचरण की तीखी निन्दा में अजित ने अन्याय नहीं देखा। वह अपने अन्दर इस रमणी के विरुद्ध कठोर घृणा का भाव ही देख रहा है। वह कहता है, शिष्ट समाज में जो चलता नहीं उसे छोड़ देने में अपराध छूता तक नहीं। मगर इससे क्या हुआ?—दुर्दशा में पड़ी एक कर्ज़दार स्त्री की बुरे दिनों में माँगी गयी मामूली-सी कुछ रुपयों की भीख को लात मार देने में मानों वह पुरुष पात्र के चरम असम्मान का अनुभव करके मन-ही-मन जमीन में गड़ गया। उस रात की सारी बातचीत उसे याद आ गयी। उसे बड़े जतन से खिलाते वक्त कमल ने जो उसे चाय-बागान की सारी आप-बीती घटनाएँ सुनाई थीं; उसकी माँ का किस्सा, उसका अपना इतिहास, अंग्रेज-मैनेजर साहब के घर पैदा होने का वर्णन—सब बातें उसके दिमाग में घूमने लगीं। वे जितनी अद्भुत थीं, उतनी ही अरुचिकर। मगर वह सब कहने की उसे जरूरत क्या थी? और छिपा रखती तो नुकसान ही क्या होता? मगर दुनिया की इस सहज सुबुद्धि के जमा-खर्च का हिसाब शायद कमल के खयाल में नहीं आया। अगर आया भी हो तो उसने उसकी परवाह नहीं की।

और सबसे बढ़ कर आश्चर्यजनक उसका कठोर से भी कठोर धैर्य है। दैव क्रम से उसी के मुँह से उसे पहले-पहल मालूम हुआ कि शिवनाथ कहीं बाहर नहीं गया, इसी शहर में छिपा हुआ है। और सुन कर वह चुप रही। चेहरे पर न तो वेदना का आभास दिखाई दिया और न जबान से शिकायत का कोई शब्द ही निकला। इतने बड़े मिथ्याचार के विरुद्ध उसने दूसरे के सामने शिकायत करने का नाम तक नहीं लिया। — उस दिन सम्राट-महिषी मुमताज के स्मारक के किनारे बैठ कर जो बातें उसने हँसते हुए हँसी-हँसी में मुँह से निकाली थीं उनका बिलकुल अक्षरशः पालन किया।

आशु बाबू खुद भी शायद क्षण-भर के लिए अनमने हो गये थे, सहसा सचेत हो कर पहले प्रश्न की पुनरावृत्ति करते हुए बोले, "मजा देख लिया न अजित? मैं निश्चय के साथ कहता हूँ कि यह उस शिवनाथ की ही चालाकी है।"

अजित ने कहा, "नहीं भी हो। बिना जाने कुछ कहा नहीं जा सकता।"

आशु बाबू ने कहा, "हाँ, हो सकता है। मगर मेरा विश्वास है कि यह चाल

शिवनाथ की है। मुझे वह बड़ा आदमी जानता है न?"

अजित ने कहा, "यह तो सभी को मालूम है। कमल खुद भी न जानती हो, सो बात नहीं।"

आशु बाबू ने कहा, "तब तो और भी ज्यादा बुरा है। पति से छिपाना तो अच्छी बात नहीं।"

अजित चुप रहा। आशु बाबू कहने लगे, "पति से छिपा कर और शायद उसकी राय के खिलाफ दूसरे से रुपये उधार लेना स्त्री के लिए कितनी बुरी बात है। इसे हरगिज प्रश्रय नहीं दिया जा सकता।"

अजित ने कहा, "उन्होंने रुपये तो माँगे नहीं, सिर्फ जामिन होने के लिए अनुरोध किया था।"

आशु बाबू ने कहा, "दोनों बातें एक ही हैं।" क्षण भर मौन रह कर वे फिर बोले, "और फिर मुझे अपना आदमी बता कर उस आदमी को धोखा किसलिए दिया? वास्तव में मैं तो उसका कोई लगता नहीं।"

अजित ने कहा, "शायद वे आपको सचमुच ही अपना समझती हो। मालूम होता है, उनका किसी को धोखा देने का स्वभाव नहीं है।"

"नहीं नहीं, मैंने ठीक वैसी कोई बात नहीं कही अजित।" कह कर मानों उन्होंने अपने तई जवाबदेही की। उस आदमी को सहसा झोंक में आ कर विदा कर देने से उन्हें भी मन-ही-मन बड़ी ग्लानि-सी हो रही थी। बोले, "अगर वह मुझे अपना ही समझती थी और दो-चार सौ रुपयों की जरूरत ही आ पड़ी थी, तो वह सीधी खुद आ कर ले जाती। खामखाह एक बाहर के आदमी को सबके सामने भेजने की क्या जरूरत थी? और चाहे जो हो, पर उस लड़की में विवेक बिलकुल नहीं।"

नौकर ने आ कर कहा कि भोजन तैयार है। अजित उठना चाहता था कि आशु बाबू ने कहा, "तुमने उस आदमी को मार्क किया था अजित, कैसा भद्दा चेहरा था— मनी-लेण्डर ठहरा न! वहाँ जा कर शायद तरह-तरह की बातें बना कर कहेगा।"

अजित ने हँस कर कहा, "बनाने की जरूरत ही नहीं पड़ेगी, सच-सच कह देना ही काफी है।" यह कह कर ज्यों ही वह जाने को तैयार हुआ कि आशु बाबू सचमुच विचलित हो उठे, "यह अक्षय तो बिलकुल ही न्यूसेन्स मालूम होता है। आदमी की सहन-शक्ति की सीमा लाँघ जाता है। बल्कि एक काम न करो अजित जदु को बुला कर उस ड्रॉअर को खोल के देखो तो क्या है। कम-से-कम पाँच-सात सौ रुपया—फिलहाल जो हो, भेज दो। अपना ड्राइवर शायद उन लोगों का घर जानता है।—शिवनाथ को कभी-कभी पहुँचा आया है।" कह कर उन्होंने खुद ही जोर-जोर से नौकर को पुकारना शुरू कर दिया।

अजित ने रोकते हुए कहा, "जो होना था सो हो चुका, अब रात में यह रहने दीजिए, कल सवेरे विचार कर देखिएगा।"

आशु बाबू ने प्रतिवाद किया, "तुम समझते नहीं अजित, कोई खास जरूरत के बिना रात ही को वह आदमी हरगिज न भेजती।"

अजित क्षण भर स्थिर खड़ा रहा। अन्त में बोला, "ड्राइवर तो अभी है नहीं यहाँ, मनोरमा को ले कर न जाने कब तक लौटे। इस बीच कमल को सब मालूम हो ही जायेगा। उसके बाद रुपया भेजना उचित न होगा। शायद आप से अब वे सहायता लेंगी भी नहीं।"

"मगर वह तो सिर्फ तुम्हारा अनुमान ही है अजित?"

"हाँ, अनुमान तो है ही।"

"लेकिन, परदेस में रुपये की जरूरत तो उसके लिए इससे भी ज्यादा हो सकती है?"

"सो हो सकती है, मगर वह जरूरत शायद आत्म-सम्मान से बढ़ कर न भी हो।"

आशु बाबू ने कहा, "लेकिन यह भी तो तुम्हारा सिर्फ अनुमान ही है।"

अजित ने सहसा कोई उत्तर नहीं दिया। क्षण-भर सिर झुकाये चुप रह कर वह बोला, "नहीं, यह अनुमान से भी बढ़ कर है। यह मेरा विश्वास है।" इतना कह कर वह धीरे-धीरे कमरे से बाहर निकल गया।

आशु बाबू ने अबकी उसे रोका नहीं, सिर्फ वेदना से दोनों आँखें फैला कर उसकी ओर देखते रहे। इस बात को वे खुद भी जानते हैं कि कमल के सम्बन्ध में ऐसा विश्वास होना न असम्भव है और न असंगत। निरुपाय पश्चात्ताप उनके अन्तःकरण को मानों खरोंचने लगा।

13

नारी-कल्याण-समिति से लौटने पर नीलिमा अविनाश बाबू को ले बैठी, "मुकर्जी महाशय, कमल से एक दफे मिलूँगी। मेरी बड़ी इच्छा है, उसे निमन्त्रण दे कर खिलाऊँ।"

अविनाश ने आश्चर्य के साथ कहा, "तुम्हारी हिम्मत तो कम नहीं है छोटी मालकिन! सिर्फ जान-पहचान ही नहीं, एकबारगी निमन्त्रित ही कर देना चाहती हो?"

"क्यों, वह कोई बाघ-भालू है? उससे इतना डर किसलिए?"

अविनाश ने कहा, "बाघ-भालू इस प्रान्त में नहीं मिलते, नहीं तो तुम्हारे हुक्म से उन्हें भी निमन्त्रण दे आता। मगर इन्हें नहीं दे सकता। अक्षय सुन लेगा तो फिर खैर नहीं। मुझे देश-निकाला दे कर ही पिण्ड छोड़ेगा।"

नीलिमा बोली, "अक्षय बाबू से मैं नहीं डरती।"

अविनाश ने कहा, "तुम्हारे न डरने से कोई नुकसान नहीं; उसका काम मेरे अकेले के डरने से चल जायेगा।"

नीलिमा ने जिद करते हुए कहा, "नहीं, सो नहीं होगा! तुम न जाओगे, तो मैं खुद जा कर उन्हें लिवा लाऊँगी।"

"मगर मैं तो उनका घर जानता नहीं।"

नीलिमा बोली, "लालाजी जानते हैं। मैं उनके साथ चली जाऊँगी। वे तुम जैसे डरपोक नहीं हैं।"

फिर जरा सोच कर कहने लगी, "तुम लोगों के मुँह से जो सुना करती हूँ, उससे तो मालूम होता है कि शिवनाथ बाबू का ही कुसूर है। सो उन्हें तो मैं न्योतना नहीं चाहती। मैं चाहती हूँ कमल को देखना, उनसे बातचीत करना। कमल अगर आने को राजी हो जाये तो मजिस्ट्रेट साहब की स्त्री—वे भी आने के लिए कह रही हैं, समझे?"

अविनाश समझ तो सब गये, पर साफ-साफ सम्मति न दे सके और न उनकी रोकने की ही हिम्मत हुई। नीलिमा पर वे सिर्फ स्नेह और श्रद्धा ही करते हों तो बात नहीं, मन-ही-मन उसे डरते भी थे।

दूसरे दिन सवेरे हरेन्द्र को बुलवा कर नीलिमा ने कहा, "लालाजी, तुम्हें एक काम और करना होगा। तुम कुँआरे आदमी ठहरे, घर में बहू तो है नहीं जो सदाचार के नाम पर तुम्हारे कान ऐंठ देगी। बासे में रहते हो, बिना माँ-बाप के अनाथ लड़कों के झुण्ड में, तुम्हें डर किस बात का है?"

हरेन्द्र ने कहा, "डर की बातें पीछे होती रहेंगी, पहले बताइए, काम क्या करना होगा?"

नीलिमा ने कहा, "कमल से मैं मिलूँगी, बातचीत करूँगी, घर बुला कर खिलाऊँगी। तुम उनका घर जानते हो क्या? मुझे साथ ले कर उन्हें निमन्त्रण दे आना होगा। किस वक्त चलोगे, बताओ?"

हरेन्द्र ने कहा, "जिस वक्त हुक्म करोगी उसी वक्त। लेकिन घर के मालिक, भाई साहब की राय क्या है?" कह कर उसने बरामदे के उस तरफ बैठे हुए अविनाश की तरफ इशारा किया। वे ईज़ी चेयर पर पड़े हुए 'पायोनियर' पढ़ रहे थे। सुना

सब कुछ, पर बोले कुछ नहीं।

नीलिमा ने कहा, "वे अपना अभिप्राय अपने पास रखें, मुझे उसकी जरूरत नहीं। मैं उनकी साली हूँ, साली की बहन नहीं जो 'पति परमगुरु' की गदा घुमा कर मुझ पर शासन करेंगे। मेरे जी में जिसे आयेगा, उसे खिलाऊँगी। मजिस्ट्रेट की बहू ने कहा है कि उन्हें खबर मिल गयी तो वे भी आयेंगी। उन्हें अच्छा न लगे, तो उतना समय वे और कहीं जा कर बिता आयें।"

अविनाश ने अखबार से दृष्टि बिना हटाये ही जवाब दिया, "लेकिन यह काम अच्छा नहीं होगा, हरेन्द्र, कल की बात याद है न? आशु बाबू जैसे सदाशिव आदमी को भी सावधान होना पड़ता है।"

हरेन्द्र ने कुछ जवाब नहीं दिया और इस डर से, कि कहीं कल की वह रुपयों वाली बात न उठ खड़ी हो और नीलिमा को भी न मालूम हो जाये, उसने इस प्रसंग को चट से दबा कर कहा, "इससे तो बल्कि एक काम न करें भाभी, उन्हें मेरे घर पर आने का निमंत्रण दे आइए और आप हो जाइए उस घर की मालकिन। लक्ष्मीहीन घर में कम-से-कम एक दिन तो लक्ष्मी का आविर्भाव हो जाये। मेरे लड़के भी थोड़ी-बहुत बुरी-भली चीज़ें खा कर खुशी मना लें।"

नीलिमा ने अभिमान के स्वर में कहा, "अच्छी बात है, ऐसा ही सही—मैं भी भविष्य में उलाहनों से बच जाऊँगी।"

अविनाश उठ कर बैठ गये, बोले, "अर्थात छीछालेदार होने में फिर कोई कसर ही न रह जायेगी। कारण, शिवनाथ को छोड़ कर सिर्फ उन्हीं को तुम्हारे घर निमंत्रित करने की फिर कोई कैफियत नहीं दी जा सकेगी। इससे तो बल्कि, यही सुनने में बहुत अच्छा लगेगा कि औरतें आपस में जान-पहचान करना चाहती हैं।"

बात सचमुच ही युक्तिसंगत थी। इसलिए यही तय हुआ कि कालेज की छुट्टी होने के बाद हरेन्द्र नीलिमा को साथ ले जा कर कमल को न्योता दे आयेगा।

शाम को हरेन्द्र ने आ कर कहा कि अब तकलीफ उठा कर वहाँ जाने की कोई जरूरत नहीं। कल रात को न्योते की बात उनसे कही जा चुकी है और वे आने को राजी हो गयी हैं।

नीलिमा उत्सुक हो उठी। हरेन्द्र कहने लगा, "कल घर लौटते वक्त अचानक उनसे रास्ते में भेंट हो गयी। साथ में पल्लेदार के सर पर एक भारी-भरकम बक्सा था। मैंने पूछा कि इसमें क्या है? कहाँ जा रही हो? उन्होंने कहा, जा रही हूँ जरा काम से। तब फिर मैंने आपका परिचय देते हुए कहा, भाभी ने आपको कल शाम के लिए न्योता भेजा है। औरतों का मामला ठहरा, आपको जाना ही पड़ेगा। जरा चुप रह कर उन्होंने कहा, अच्छा। मैंने कहा, तय हुआ है कि मेरे साथ चल कर वे

आपको बाकायदा न्योता दे आयें, अब उनके आने की जरूरत है क्या? जरा हँस कर उन्होंने कहा, नहीं। मैंने पूछा, अकेली तो आप आ नहीं सकेंगी, कब किस वक्त आ कर मैं आपको लिवा जाऊँ? सुन कर वे वैसे ही हँसने लगीं। बोलीं, अकेली ही मैं पहुँच जाऊँगी, अविनाश बाबू का मकान मैं जानती हूँ।''

नीलिमा पिघल गयी, बोली, ''लड़की ऐसे तो बहुत अच्छी मालूम होती है। घमण्ड बिलकुल नहीं।''

बगल के कमरे में अविनाश बाबू कपड़े बदलते हुए कान लगा के सब सुन रहे थे, वहीं से पूछने लगे, ''और कुली के सिर पर वह भारी बक्सा? उसका इतिहास तो बताया ही नहीं भाई साहब?''

हरेन्द्र ने कहा, ''पूछा नहीं।''

''पूछते तो अच्छा करते। शायद बेचने या गिरवी रखने जा रही होंगी।''

हरेन्द्र ने कहा, ''हो सकता है। आपके पास गिरवी रखने आयें तो आप इतिहास पूछ लीजिएगा।'' इतना कह कर वह चला ही जा रहा था कि सहसा दरवाजे के पास खड़ा हो कर बोला, ''भाभी, अपनी नारी कल्याण समिति में अक्षय का व्याख्यान तो आपने सुन ही लिया होगा? हम लोग उसे 'ब्रूट' कहा करते हैं। मगर उस बेचारे में और थोड़ी-सी पाखण्ड-बुद्धि होती तो वह समाज में बड़ी आसानी से साधु-महंत के रूप में चल जाता, क्यों, ठीक है न भाई साहब?''

अविनाश भीतर से ही गरज उठे, ''हाँ जी, नित्यानन्द श्री गौरांग महाप्रभु जी, इसमें सन्देह ही क्या है? बन्धुवर को वह कौशल सिखा दो न जाकर।''

''कोशिश करूँगा। लेकिन अब चल दिया भाभीजी, कल फिर यथासमय हाजिर होऊँगा।'' कह कर वह चला गया।

नीलिमा ने तैयारी में कोई कसर नहीं उठा रखी। मनोरमा शुरू से ही कमल के बहुत खिलाफ थी। यह जान कर कि वह किसी भी हालत में नहीं आयेगी, आशु बाबू के घर में किसी से भी नहीं कहा गया था। मालिनी को खबर भेजी गयी थी, पर अचानक अस्वस्थ हो जाने से वे भी नहीं आ सकीं।

कमल ठीक वक्त पर आ गयी। किसी गाड़ी-ताँगे पर नहीं, अकेली और पैदल आ पहुँची। घर की मालकिन ने उसे आदर के साथ बिठाया। अविनाश सामने खड़े थे। कमल को उन्होंने बहुत दिनों से देखा नहीं था, आज उसके चेहरे और कपड़ों की तरफ देख कर आश्चर्यचकित रह गये। गरीबी की छाप उन पर साफ पड़ी हुई थी। आश्चर्य प्रकट करते हुए बोले, ''रात को अकेली ही पैदल चली आ रही हो क्या, कमल?''

कमल ने कहा, ''इसका कारण अत्यन्त साधारण है अविनाश बाबू, समझने

में जरा भी कठिनाई नहीं।''

अविनाश बाबू लज्जित हो गये और लज्जा छिपाने के लिए चट से बोल उठे, ''नहीं-नहीं, क्या कह रही हो तुम? काम ठीक नहीं हुआ लेकिन—छोटी बहू, ये ही हैं कमल। इन्हीं का दूसरा नाम है शिवानी। इन्हीं को देखने के लिए तुम इतनी उतावली कर रही थीं। चलो, भीतर चल कर बैठो। तैयारी तो तुम्हारी सब हो चुकी होगी छोटी मालकिन, फिर निरर्थक देर करने से क्या फायदा? ठीक समय पर इन्हें फिर घर भी तो पहुँचना है।''

इस सब उपदेश और पूछ-ताछ में बहुत कुछ ज्यादती थी। न तो इसमें जवाब की कोई जरूरत थी और न इसकी कोई उम्मीद ही करता था।

हरेन्द्र ने आ कर कमल को नमस्कार किया। बोला, ''अतिथि को स्वागत के साथ ग्रहण करते वक्त मैं पहुँच नहीं पाया भाभी जी, कसूर हो गया। अक्षय आया था, उसे यथोचित मीठे वाक्यों से परितुष्ट करके विदा करने में देर हो गयी।'' और वह हँसने लगा।

भीतर जा कर कमल ने भोजन-सामग्री का जो प्राचुर्य देखा तो क्षण-भर चुपचाप खड़ी रह गयी और बोली, ''मेरे लिए चीज़ें तो ये खूब बनाई हैं, लेकिन मैं तो यह सब खाती नहीं।'' इस पर सब व्यस्त हो उठे तो वह बोली, ''आप लोग जिसे हविष्यान्न कहते हैं, मैं सिर्फ वही खाती हूँ।''

सुन कर नीलिमा दंग रह गयी, बोली, ''यह क्या बात कही आपने? आप हविष्य खायेंगी किस दुख के कारण?''

कमल ने कहा, ''बात ठीक है। दुख नहीं है, सो बात नहीं; लेकिन यह सब खाती नहीं हूँ, इसलिए मेरी जरूरतें भी कम हैं। आप कुछ खयाल न करें।''

''पर बिना खयाल किये काम भी तो नहीं चलता।'' नीलिमा ने क्षुण्ण हो कर कहा, ''नहीं खाने से इतनी चीज़ें मेरी नष्ट जो होंगी?''

कमल हँस दी। बोली, ''जो होना था सो तो हो चुका, उसे लौटाया नहीं जा सकता। उस पर फिर खा कर खुद क्यों नष्ट होऊँ?''

नीलिमा ने विनय के साथ अन्तिम चेष्टा करते हुए कहा, ''सिर्फ आज भर के लिए, सिर्फ एक दिन के लिए भी क्या नियम भंग नहीं कर सकतीं?''

कमल ने सिर हिला कर कहा, ''नहीं।''

उसके हँसते हुए मुँह के सिर्फ एक ही शब्द को सुन कर सहसा किसी को कुछ भी ठीक खयाल नहीं आ सकता कि उसमें कितनी जबरदस्त दृढ़ता थी। लेकिन इस दृढ़ता की भनक पड़ी हरेन्द्र के कान में और सिर्फ वह समझा कि इसमें किसी तरह का फेर-फार नहीं हो सकता। इसी से घर मालकिन की तरफ से अनुरोध की

पुनरुक्ति होते ही उसने टोक दिया, बोला, ''रहने दो भाभी, अब मत कहो। चीज़ आपकी कोई बिगड़ेगी नहीं, मेरे यहाँ के लड़के आ कर पोंछ-पाँछ के सब साफ कर जायेंगे। पर इनसे अब आग्रह मत करो। बल्कि जो कुछ खायें उसका इन्तज़ाम करो।''

नीलिमा गुस्सा हो कर बोली, ''सो किये देती हूँ। पर मुझे अब तसल्ली देने की जरूरत नहीं लालाजी, तुम रहने दो। यह घास-फूस नहीं है जो तुम अपने झुण्ड-के-झुण्ड भेड़ बकरों को चरा दोगे। इसे मैं रास्ते में फेंक दूँगी, पर उन्हें न खिलाऊँगी।''

हरेन्द्र ने हँसते हुए कहा, ''क्यों, उन पर आपकी इतनी नाराज़गी क्यों है?''

नीलिमा ने कहा, ''उन्हीं की बदौलत तो तुम्हारी यह दुर्गति है। बाप रुपया छोड़ गये हैं, खुद भी पैदा कम नहीं करते; अब तक बहू आती तो लड़के-बालों से घर भर जाता। ऐसा अभागा काण्ड तो न होता। खुद भी जैसे कुँआरे कार्तिक महाराज हो, दल भी वैसा ही लायक तैयार हो रहा है। तुमसे कहे देती हूँ, उन्हें मैं हरगिज न खिलाऊँगी।—जाने दो, मेरा सब बिगड़ जाने दो!''

कमल कुछ भी न समझ सकी, आश्चर्य से देखती रह गयी। हरेन्द्र लज्जित हो कर बोला, ''भाभीजी की बहुत दिनों से मुझ पर नालिश चल रही है, यह उसी की सजा है।'' कहते हुए संक्षेप में मामला सुलझाना चाहा, बोला, ''वे बिना माँ-बाप के मेरे अनाथ छात्र हैं। मेरे पास रह कर स्कूल और कालेज में पढ़ते हैं। उन्हीं पर इनका सारा गुस्सा जा पड़ा है।''

कमल ने अत्यन्त आश्चर्य के साथ कहा, ''यह बात है क्या? कहाँ, मैंने तो आज तक कभी सुना नहीं?''

हरेन्द्र ने कहा, ''सुनने लायक इसमें कुछ नहीं। लेकिन वे हैं सब चरित्रवान अच्छे लड़के। उन पर मेरा स्नेह है।''

नीलिमा क्रुद्ध स्वर में बोल उठी, ''उनका प्रण है कि बड़े हो कर वे सब देश सेवा करेंगे।—अर्थात गुरु जैसे ब्रह्मचारी वीर बन कर दिग्विजय करेंगे।''

हरेन्द्र ने कहा, ''चलेंगी एक दिन उन्हें देखने? देख के प्रसन्न होंगी।''

कमल उसी वक्त राजी हो कर बोली, ''अगर आप ले जायें तो मैं कल ही जा सकती हूँ।''

हरेन्द्र ने कहा, ''नहीं, कल नहीं, और किसी दिन। हमारे आश्रम के राजेन्द्र और सतीश काशी गये हैं, उन लोगों के आ जाने पर आपको ले जाऊँगा। मैं दावे के साथ कहता हूँ, उन्हें देख कर आप खुश हो जायेंगी।''

अविनाश अभी-अभी आ कर खड़े हुए थे। उसकी बात सुन कर वे आँखें फाड़ कर बोले, ''कुछ अभागे आवारों का अड्डा अभी से आश्रम भी हो गया क्या?

न जाने कितना पाखण्ड रचना तुझे आता है रे हरेन्द्र।''

नीलिमा नाराज हो गयी। बोली, ''यह तुम्हारी बेजा बात है मुखर्जी साहब! लालाजी तो तुम से आश्रम के लिए चन्दा माँगने आये नहीं जो पाखण्डी कहके गाली दे रहे हो? अपने खरचे से पराये लड़कों को आदमी बनाना पाखण्ड नहीं है। बल्कि जो ऐसा आक्षेप करते हैं, उन्हीं को पाखण्डी कहना चाहिए।''

हरेन्द्र हँसता हुआ बोला, ''भाभी, अभी-अभी आप ही तो उन्हें भेड़-बकरों का झुण्ड बता कर तिरस्कार कर रही थीं, अब आपकी ही जैसी बात करने में भाई साहब को यह पुरस्कार मिल रहा है?''

नीलिमा ने कहा, ''मैं कह रही थी गुस्से में। लेकिन उन्होंने ऐसा क्या सोच कर कहा? पाखण्ड किसे कहते हैं, पहले अपने अन्दर स्पष्ट कर लो, फिर दूसरे से कहो।''

कमल ने पूछा, ''आपके तो सभी लड़के स्कूल-कालेज में पढ़ते होंगे?''

हरेन्द्र ने कहा, ''हाँ, बाहर से तो ऐसा ही है।''

अविनाश बोल उठे, ''और भीतर से क्या सब प्राणायाम और रेचक-कुम्भक की चर्चा करते हैं? उसे भी साथ-साथ क्यों नहीं कह देते?''

सुन कर सब हँस दिये। नीलिमा ने अनुनय के स्वर में कमल से कहा, ''मुखर्जी महाशय का आज का मिजाज देख कर उनके विषय में कोई धारणा न बना लीजिएगा। कभी-कभी इनका दिमाग बहुत ठण्डा रहता है, नहीं तो बहुत पहले ही मुझे यहाँ से भाग कर जान बचानी पड़ती।'' कह कर वह हँसने लगी।

कहीं पर जरा-कुछ उत्ताप की भाप जमती जा रही थी, इस स्निग्ध परिहास के बाद मानों वह उड़ गयी। इतने में महाराज ने आ कर खबर दी कि कमल का भोजन तैयार है। लिहाजा, वर्तमान आलोचना स्थगित रख कर सब को उठना पड़ा।

करीब दो घण्टे बाद भोजनादि हो चुकने पर सब आ कर जब बाहर के कमरे में बैठे, तब कमल ने पूर्व-प्रसंग के सिलसिले में पूछा, ''लड़के आपके रेचक-कुम्भक नहीं करते तो न सही, पर कालेज की पुस्तकें कण्ठस्थ करने के सिवा और जो भी कुछ करते हैं सो क्या है?''

हरेन्द्र ने कहा, ''करते जरूर हैं। इस बात की कोशिश में भी वे लापरवाही नहीं बरतते जिससे कि भविष्य में वास्तव में आदमी बन सकें। मगर जिस दिन आपके पाँवों की धूल वहाँ पड़ेगी, उस दिन सब बातें समझा दूँगा। आज नहीं।''

इस स्त्री का इतना ज्यादा सम्मान किया जा रहा था कि अविनाश का सारा

बदन ईर्ष्या से जलने लगा, मगर वे चुप ही बने रहे।

नीलिमा ने कहा, "आज कहने में आखिर अड़चन क्या है, लालाजी? अपनी शिक्षा-पद्धति को सामने नहीं खोलना चाहते तो न सही, पर यह बताने में क्या दोष है कि प्राचीन काल के भारतीय आदर्श पर अपनी तरह सब को ब्रह्मचारी बनने की शिक्षा दे रहे हो? तुमसे तो मैंने आभास के रूप में यही सुना था?"

हरेन्द्र ने विनय के साथ कहा, "झूठ सुना है, यह तो मैं नहीं कह रहा भाभीजी!" कहते-कहते उसे उस दिन की बहस की बात याद आ गयी। कमल को देख कर बोला, "आपको भी शायद मेरे काम से सहानुभूति न होगी।"

कमल ने कहा, "काम आपका क्या है, बगैर ठीक से मालूम किये तो कुछ कहा नहीं जा सकता हरेन्द्र बाबू! मगर यह तो कोई युक्ति नहीं है कि प्राचीन काल के ढाँचे में ढाल देना ही वास्तव में मनुष्य बना देना है—"

हरेन्द्र ने कहा, "लेकिन वही तो हमारे भारतवर्ष का आदर्श है।"

कमल ने जवाब दिया "पर यह किसने तय कर दिया कि भारत का आदर्श ही चिर-युग का चरम-आदर्श है—बताइए?"

अविनाश अब तक कुछ बोले नहीं थे, अब गुस्से को दबा कर बोले, "हो सकता है कि चरम आदर्श नहीं भी हो, लेकिन कमल, यह हमारा पूर्व पुरुषों का आदर्श जो है। भारतवासियों का यह हमेशा का लक्ष्य है, यही उन लोगों के चलने का एकमात्र मार्ग है। हरेन्द्र के आश्रम की बात मैं नहीं जानता, लेकिन उसने यही लक्ष्य अगर ग्रहण किया है तो मैं उसे आशीर्वाद देता हूँ।"

कमल कुछ देर तक चुप बैठी उनके मुँह की तरफ देखती रही, फिर बोली, "मालूम नहीं, क्यों आदमी से यह गलती होती है। अपने सिवा मानों वे और किसी भारतवासी को आँखों से देखते ही नहीं। भारत में और भी तो बहुत-सी जातियाँ रहती हैं, वे इस आदर्श को भला क्यों अपनाने चलीं?"

अविनाश कुपित हो उठे, बोले, "चूल्हे में जायें वे। मेरे पास ऐसा आवेदन निष्फल है। मैं तो सिर्फ अपना ही आदर्श अगर स्पष्टता से देख सका तो उसी को काफी समझूँगा।"

कमल ने धीरे से कहा, "यह आपकी बहुत ही गुस्से की बात है अविनाश बाबू। नहीं तो आपको इतना बड़ा अन्धभक्त समझने की मेरी प्रवृत्ति नहीं होती।" फिर जरा ठहर कर कहने लगी, "मगर क्या मालूम, शायद पुरुष सब-के-सब इसी तरह विचार किया करते हों। उस दिन अजित बाबू के सामने भी अकस्मात यही प्रसंग छिड़ गया था। भारत की सनातन विशिष्टता और उसकी स्वतंत्रता नष्ट होने के उल्लेख से उनका तमाम चेहरा मारे वेदना के सफेद फक पड़ गया था। किसी

दिन वे उत्कृष्ट स्वदेशी थे—आज भी भीतर-ही-भीतर शायद वही हैं, यह बात उनके लिए प्रलय का दूसरा नाम है।'' इतना कह कर उसने एक लम्बी साँस ली और चुप रह गयी। अविनाश शायद कुछ जवाब देने को थे, पर कमल उधर बिना देखे ही कहने लगी, ''लेकिन मैं सोचती हूँ कि इसमें डर किस बात का है? किसी एक देश विशेष में पैदा होने की वजह से ही उसका आचार-व्यवहार छाती से क्यों चिपटाये रहना पड़ेगा? चली ही गयी उसकी अपनी विशेषता, तो इसमें हर्ज किस बात का? इतनी ममता क्यों? विश्व के समस्त मानव अगर एक ही विचार, एक ही भाव, एक ही विधि-विधान की ध्वजा थाम कर खड़े हो जायें, तो इसमें हानि ही क्या है? यही डर है न कि फिर भारतीय के तौर पर हम पहचाने नहीं जायेंगे? न पहचाने जायें, न सही। इस परिचय पर तो कोई आपत्ति नहीं करेगा कि विश्व की मानव-जाति में के हम एक हैं, उसका गौरव क्या कुछ कम है?''

अविनाश को सहसा कोई जवाब ढूँढे न मिला, बोले, ''कमल, तुम जो कह रही हो, खुद ही उसका अर्थ नहीं समझतीं। इससे मनुष्य का सर्वनाश हो जायेगा।''

कमल ने जवाब दिया, ''मनुष्य का नहीं होगा अविनाश बाबू, जो लोग अभिमान में अन्धे हो रहे हैं उनके अहंकार का सर्वनाश होगा।''

अविनाश ने कहा, ''ये सब कोरी शिवनाथ की बातें हैं।''

कमल ने कहा, ''यह तो मुझे नहीं मालूम कि वे भी यही बात कहते हैं।''

अब की बार अविनाश अपने को सँभाल न सके। व्यंग से चेहरे को स्याह करके बोले, ''खूब मालूम है। सब बातें कण्ठस्थ कर रक्खी हैं, और जानतीं नहीं कि किसकी हैं?''

उनके इस भद्दे अशिष्ट व्यवहार का कमल ने कोई जवाब नहीं दिया, जवाब दिया नीलिमा ने। बोली, ''बातें चाहे जिसकी भी हों मुखर्जी साहब, मास्टरी के काम में कड़ी बात की धमकी दे कर छात्रों का मुँह बन्द किया जा सकता है, पर उससे समस्या का हल नहीं होता। प्रश्न का जवाब न दे सकते हो लालाजी, तो इसमें शरमाने की कोई बात नहीं, पर शिष्टता को लाँघ जाने में जरूर शरम आनी चाहिए!—एक गाड़ी बुलवाने भेजो किसी को भइया। तुम्हें इन्हें घर तक पहुँचा आना पड़ेगा। तुम ब्रह्मचारी आदमी ठहरे, तुम्हें साथ भेजने में तो कोई डर है ही नहीं।'' कहते हुए उसने कटाक्ष से अविनाश की तरफ देखा, और बोली, ''मुखर्जी साहब का चेहरा जैसा मीठा हो उठा है, उसको देख कर अब ज्यादा देर करना ठीक नहीं।''

अविनाश गम्भीर हो कर बोले, ''अच्छी बात है, तुम लोग बैठकर गप्पें करो, मैं सोने जा रहा हूँ। '' और वे उठ के चल दिये।

नौकर गाड़ी लाने गया था। हरेन्द्र ने कमल से कहा, ''मेरे आश्रम में मगर

एक दिन आना ही होगा। उस दिन लिवाने जाऊँ तो आप 'ना' नहीं कर सकेंगी।"

कमल ने हँसते हुए कहा, "ब्रह्मचारियों के आश्रम में मुझे क्यों घसीट रहे हैं हरेन्द्र बाबू? मैं न गयी तो न सही।"

"नहीं, सो नहीं होगा। ब्रह्मचारी होने से हम लोग ऐसे भयानक नहीं, बिलकुल सीधे-सादे हैं। गेरुआ नहीं पहनते, जटा-वल्कल बगैरह भी कुछ नहीं। सर्वसाधारण के बीच में हम उन्हीं के साथ मिले हुए हैं।"

"मगर यह भी तो अच्छा नहीं। असाधारण हो कर साधारण में अपने को छिपाने की कोशिश करना भी एक तरह का गलत आचरण है। शायद अविनाश बाबू ने इसी को पाखण्ड कहा होगा। इससे तो बल्कि जटा-वल्कल, गेरुआ बगैरह कहीं अच्छा। उससे आदमी के पहचानने में सहूलियत होती है, और ठगाये जाने की भी कम सम्भावना है।"

हरेन्द्र ने कहा, "आपके साथ तर्क में जीतना मुश्किल है, हारना ही पड़ेगा। मगर वास्तव में क्या आप हमारी संस्था को अच्छा नहीं समझतीं? सफल होऊँ चाहें न होऊँ, इसका आदर्श तो महान है?"

कमल ने कहा, "सो तो मैं नहीं कह सकती हरेन्द्र बाबू। अन्य सभी संयमों की तरह यौन-संयम में भी सत्य है, मगर वह गौण सत्य है। धूमधाम या समारोह के साथ उसे जीवन का मुख्य सत्य बना देने से वह भी एक तरह का असंयम हो जाता है। उसका दण्ड भी है। आत्म-निग्रह के उग्र दम्भ से आध्यात्मिकता क्षीण होने लगती है।—तो ठीक है, मैं आऊँगी आपके आश्रम में एक दिन।"

हरेन्द्र ने कहा, "आना ही होगा, न आने पर मैं छोड़ूँगा नहीं। लेकिन एक बात कहे देता हूँ, हमारे यहाँ आडम्बर नहीं है, प्रदर्शन के तौर पर हम कुछ नहीं करते।" कहते-कहते सहसा नीलिमा की तरफ इशारा करके बोला, "मेरी आदर्श तो ये हैं। इन्हीं की तरह हम लोग स्वाभाविकता के पथिक हैं। वैधव्य का बाह्य प्रकाश इनमें नहीं है,—बाहर से मालूम होगा कि मानो विलासिता में ये मग्न हो रही हैं; मगर मैं जानता हूँ इनका दु:साध्य आचार-विचार, इनका कठोर आत्म-शासन—"

कमल मौन रही। हरेन्द्र भक्ति और श्रद्धा से विगलित हो कर कहने लगा, "आप भारत के अतीत युग के प्रति श्रद्धासम्पन्न नहीं हैं, भारत का आदर्श आपको मुग्ध नहीं करता; लेकिन बताइए तो भला कि नारीत्व की इतनी बड़ी महिमा, इतना बड़ा आदर्श और किस देश में है? इस घर की ये गृहिणी हैं, भाईसाहब की मातृहीन सन्तान की ये जननी के समान हैं। इस घर की सारी जिम्मेवारी इन्हीं पर है। यह सब होते हुए भी, इनका कोई स्वार्थ नहीं, कोई बन्धन नहीं। बताइए न, किस देश की विधवाएँ इस तरह पराये काम में अपने को खपा सकती हैं?"

कमल का चेहरा स्मित हास्य से विकसित हो उठा; उसने कहा, "इसमें भलाई की कौन-सी बात है हरेन्द्र बाबू? हो सकता है कि पराये घर की नि:स्वार्थ गृहिणी और पराये बच्चों की नि:स्वार्थ जननी होने का दृष्टान्त संसार में और कहीं न हो। नहीं होना अद्‌भुत हो सकता है, मगर अद्‌भुत होने कारण ही अच्छा हो जायेगा किस तरह?"

सुन कर हरेन्द्र दंग रह गया; और नीलिमा मारे आश्चर्य के एकटक उसके चेहरे की तरफ देखती रह गयी। कमल ने उसी को लक्ष्य करके कहा, "वाक्यों की छटा से, विशेषणों के चातुर्य से लोग इसे चाहे जितना गौरवान्वित क्यों न कर डालें, पर गृहिणीपने के इस मिथ्या अभिनय में सम्मान नहीं है। इस गौरव को छोड़ देना ही अच्छा है।"

हरेन्द्र ने गम्भीर वेदना के साथ कहा, "यह तो एक अच्छी-भली, जमी-जमायी घर-गृहस्थी को नष्ट करके चले जाने का उपदेश है। इस बात की तो आप से कोई आशा नहीं रखता था।"

कमल ने कहा, "मगर घर-गृहस्थी तो इनकी अपनी है नहीं, होती तो ऐसा उपदेश न देती। और मज़ा यह कि इसी तरह से कर्म-भोग के नशे में पुरुष हमें मतवाला बनाये रखते हैं। उनकी वाहवाही की तेज़ शराब पी कर हमारी आँखों पर नशा छा जाता है। हम सोचती हैं, यही शायद नारी-जीवन की चरम सार्थकता है। हमारे यहाँ के चाय-बगान के हरीश बाबू की बात याद आ गयी। उनकी जब सोलह साल की छोटी बहन का पति मर गया तब उसे घर ला कर वे अपने झुण्ड-के-झुण्ड बाल-बच्चे दिखा के रोते हुए बोले, 'लक्ष्मी, बहन मेरी, अब ये ही तेरे बाल-बच्चे हैं। फिकर किस बात की बहन, इन्हें पाल-पोस कर आदमी बना, इनकी अपनी माँ की तरह। —इस घर की सर्वेसर्वा बन कर आज से तू सार्थक हो, यही मेरा आशीर्वाद है। हरीश बाबू बड़े भले आदमी हैं, बगीचे-भर में सब लोग धन्य कर उठे।—सभी ने कहा, 'लक्ष्मी के भाग्य अच्छे हैं।'—अच्छे तो हैं ही। सिर्फ स्त्रियाँ ही समझ सकती हैं कि इतना बड़ा दुर्भाग्य—इतनी बड़ी धोखेबाजी और कुछ हो ही नहीं सकती। मगर एक दिन जब यह विडम्बना पकड़ी जाती है, तब प्रतिकार का समय निकल जाता है?"

हरेन्द्र ने कहा, "फिर?"

कमल ने कहा, "फिर की बात मुझे नहीं मालूम हरेन्द्र बाबू। लक्ष्मी की सार्थकता का अन्त मैं नहीं देख पायी—उसके पहले ही वहाँ से मुझे चला आना पड़ा था।—लेकिन बस, अब तो गाड़ी आ के खड़ी हो गयी। चलिए, रास्ते में जाते-जाते बताऊँगी। नमस्कार।" कह कर वह उसी क्षण उठ के खड़ी हो गयी।

नीलिमा चुपचाप नमस्कार करके खड़ी रही। उसकी आँखों के तारे मानों अंगारों की तरह जलने लगे।

14

'आश्रम' शब्द कमल के सामने हरेन्द्र के मुँह से अचानक ही निकल गया था। उसे सुन कर अविनाश ने जो मज़ाक उड़ाया था, वह बेजा नहीं था। लोगों को यही मालूम था कि कुछ गरीब विद्यार्थी वहाँ रह कर बिना खर्च के स्कूल-कालेज में पढ़ते हैं। वास्तव में अपने वासस्थान को बाहर वालों के सामने इतने बड़े गौरव के पद पर प्रतिष्ठित करने का संकल्प हरेन्द्र के मन में नहीं था। वह बिलकुल ही एक मामूली बात थी और शुरू-शुरू में उसका श्रीगणेश भी साधारण तौर पर ही हुआ था। लेकिन इन सब चीज़ों का स्वभाव ही ऐसा है कि दाता की कमजोरी से अगर एक बार भी इनमें गति पैदा हो गयी तो फिर उस गति में विराम नहीं आता। कठोर जंगली पौधे की तरह मिट्टी का सारा रस खींच कर जड़ से ले कर पत्तों तक व्याप्त होने में फिर देर नहीं लगती। हुआ भी यही। इस विषय में यहाँ कुछ और कह देना ठीक होगा।

हरेन्द्र के कोई भाई-बहन नहीं हैं। पिता वकालत करके धन-संचय कर गये थे। उनकी मृत्यु के बाद घर-भर में रह गयी सिर्फ हरेन्द्र की विधवा माँ। वे भी तब परलोक सिधार गयीं जब हरेन्द्र की पढ़ाई खत्म हुई। लिहाजा अपना कहने लायक घर में ऐसा कोई न रहा जो उसे ब्याह करने के लिए तंग करता, या स्वयं मेहनत और आयोजन करके उसके पाँवों में बेड़ी डाल देता। इसलिए पढ़ाई जब खत्म हो गयी तब महज कोई काम न रहने के कारण ही हरेन्द्र ने देश और देशवासियों की सेवा में मन लगाया। काफी साधु-संगति की, बैंक में पड़ी रकम का ब्याज निकाल-निकाल कर एक दुर्भिक्ष-निवारण समिति कायम की, बाढ़-पीड़ितों की सहायता के लिए आचार्य देव के दल में शामिल हो गया, सेवक-संघ में मिल कर लूले-लँगड़े, काने-बहरे, गूँगे-भूखों को ला-ला कर उनकी सेवा करने लगा। इस तरह जैसे-जैसे उसका नाम जाहिर होने लगा वैसे-वैसे भले आदमियों का दल आ-आ कर उससे कहने लगा 'रुपया-दो, परोपकार करें।' बढ़ती रुपये खत्म होने को थे, पूँजी में हाथ लगाये बिना अब कोई चारा नहीं था। ऐसी अवस्था जब आ पहुँची, तब अकस्मात एक दिन अविनाश के साथ उसकी भेंट हुई और परिचय हो गया। सम्बन्ध चाहे जितनी दूर का हो, पर उसी दिन उसे पहले-पहले पता चला कि उसकी दुनिया में अब भी एक आदमी ऐसा है जिसे वह आत्मीय कह सकता है। अविनाश

के कालेज में तब एक अध्यापक की जगह खाली थी; कोशिश करके वे उस काम पर उसको नियुक्त करा कर अपने साथ आगरा ले गये। इस प्रान्त में आने का यही उसका इतिहास है। पछाँह की तरफ मुसलमानी राज्य के शहरों में पुराने जमाने के बहुत से बड़े-बड़े मकान अब भी कम किराये पर मिल जाया करते हैं; और उन्हीं में से एक हरेन्द्र ने ले लिया। यही उसका आश्रम है।

मगर यहाँ आ कर जो कई दिन उसने अविनाश के घर बिताये, उन्हीं के बीच नीलिमा के साथ उसका परिचय हो गया। उस रमणी ने उसे बिना जान-पहचान का आदमी समझ कर एक दिन भी ओट में रह कर नौकर-नौकरानी की मारफत आत्मीयता दिखलाने की कोशिश नहीं की।—एकबारगी पहले ही दिन सामने निकल आयी। बोली, "तुम्हें कब क्या चाहिए लालाजी, मुझसे कहने में शरमाना मत। मैं घर की गृहिणी नहीं हूँ, मगर गृहिणीपन का भार सब मेरे ही ऊपर है। तुम्हारे भाई साहब कहते थे, छोटे बाबू की खातिरदारी में कमी रह गयी तो तनखा कट जायेगी। सो इस गरीबिनी का नुकसान मत करा देना भाई, अपनी जरूरतों से वाकिफ करते रहना।"

हरेन्द्र क्या जवाब दे, उसकी कुछ समझ में न आया। मारे शरम के वह ऐसा सिकुड़ गया कि जो इन मीठी बातों को अनायास ही हँसती हुई कह गयी, उसके मुँह की तरफ देख भी नहीं सका। पर शरम दूर होने में भी उसे दो-एक दिन से ज्यादा देर न लगी। मालूम हुआ, जैसे उसे बिना दूर किये दूसरा कोई चारा ही नहीं। इस रमणी की जैसी स्वच्छन्द और अनाडम्बर प्रीति है, वैसी ही सहज-स्वाभाविक सेवा। एक तरफ जैसे यह बात उनके चेहरे-मोहरे, ओढ़ाव-पहनाव और मधुर आलाप-आलोचना से नहीं मालूम हो सकती कि वे विधवा हैं, इस घर में उनका कोई वास्तविक आश्रय नहीं, वे भी इस घर में गैर हैं,—वैसे ही यह भी नहीं मालूम पड़ता कि उनका यही सब कुछ है जो बाहर से दीख रहा है।

उमर भी उनकी बिलकुल कम हो, सो बात भी नहीं है। शायद तीस के लगभग पहुँच चुकी है। उस उमर के योग्य गम्भीरता उनमें खोज निकालना मुश्किल है—ऐसा हलका उनका हँसी खुशी का मेला है। और मजा यह कि जरा सा ध्यान देने से ही यह बात साफ समझी जा सकती है कि एक ऐसा अदृश्य आच्छादन उन्हें दिन-रात घेरे रहता है जिसके भीतर प्रवेश करने का कोई रास्ता ही नहीं। न तो घर के नौकर-चाकर या दास-दासी ही वहाँ घुस सकते हैं और न मालिक ही।

इस घर में, इसी वातावरण के बीच हरेन्द्र के दो सप्ताह बीत गये। सहसा एक दिन यह सुन कर कि उसने अलग एक मकान किराये पर ले लिया है, नीलिमा ने नाराज हो कर कहा, "इतनी जल्दी क्यों कर डाली लालाजी, यहाँ ऐसा कौन तुम्हें

पकड़ रखना चाहता था?''

हरेन्द्र ने लज्जित हो कर कहा, ''एक दिन तो जाना ही पड़ता भाभी जी!''

नीलिमा ने जवाब दिया, ''सो तो शायद जाना पड़ता। मगर देश-सेवा के नशे का रंग अभी तक तुम्हारी आँखों से गया नहीं लालाजी, और भी कुछ दिन भाभी की हिफाजत में रह लेते तो अच्छा था।''

हरेन्द्र ने कहा, ''सो तो रहूँगा ही भाभी जी। यहीं तो हूँ, दसेक मिनट का रास्ता है यहाँ से, आपकी निगाह बचा के जाऊँगा कहाँ?''

अविनाश घर के भीतर बैठे काम कर रहे थे; वहीं से बोले, ''जाओगे जहन्नुम में। बहुत मना किया कि और कहीं मत जा रे, यहीं रह। मगर सो कैसे हो?—इज्जत बड़ी है या भाई साहब की बात बड़ी है? जा, नये अड्डे में जा कर दरिद्र-नारायण की सेवा में चढ़ा जो कुछ पास है सो।—छोटी-मालकिन, उससे कहना-सुनना बेकार है। वह ठहरा चड़क का संन्यासी—पीठ छिदा कर चरखी की तरह घूमे बगैर इन लोगों का जीना ही गलत है।''

नये मकान में आ कर हरेन्द्र ने नौकर, रसोइया वगैरह रख कर अत्यन्त शान्त शिष्ट निरीह मास्टरों की तरह कालेज के काम में मन लगाया। बहुत बड़ा मकान है, उसमें बहुत-से कमरे हैं। दो-एक कमरों के सिवा बाकी के सब यों ही खाली पड़े रहे। महीने-भर बाद ही ये सूने कमरे उसे पीड़ा देने लगे। किराया देना ही पड़ता है और काम कुछ आते नहीं। लिहाजा चिट्ठी गयी राजेन्द्र के पास। वह था उसकी दुर्भिक्ष-निवारिणी समिति का मंत्री। देशोद्धार के लिए विशेष आग्रह के कारण दो साल की सजा भुगत कर पाँच छै महीने हुए छूटा था और पुराने बन्धु-बान्धवों की तलाश में घूम रहा था। हरेन्द्र की चिट्ठी और रेल का किराया पा कर वह उसी वक्त चला आया। हरेन्द्र ने कहा, 'देखूँ, अगर तुम्हारे लिए कोई नौकरी-औकरी दिला सकूँ।' राजेन्द्र ने कहा, 'अच्छी बात है।' उसका परम मित्र था सतीश। वह किसी तरह हवालात से बच कर मेदिनीपुर जिले के किसी एक गाँव में ब्रह्मचर्याश्रम खोलने की उधेड़-बुन में लगा था; राजेन्द्र का पत्र पाते ही वह एक हफ्ते के अन्दर अपने साधु-संकल्प को स्थगित रख, सीधा आगरे चला आया और अकेला ही नहीं आया, कृपा करके गाँव से एक भक्त को भी साथ लेता आया। सतीश ने इस बात को युक्ति और शास्त्र-वचनों के बल पर बड़ी खूबी के साथ साबित कर दिया कि भारतवर्ष ही एकमात्र धर्म-भूमि है। मुनि-ऋषिगण ही इसके देवता हैं। हम लोग ब्रह्मचारी होना भूल गये है; इसी से हमारा सब कुछ चला गया है। इस देश के साथ संसार के किसी भी देश की तुलना नहीं हो सकती। कारण, हम ही लोग एक दिन थे जगत के शिक्षक और हम ही लोग थे मनुष्य के गुरु। लिहाजा, मौजूदा समय

में भारतवासियों के लिए एकमात्र करने लायक काम है गाँव-गाँव और नगर-नगर में असंख्य ब्रह्मचर्याश्रम स्थापित करना। देशोद्धार करना अगर कभी सम्भव हुआ, तो वह इसी रास्ते से सम्भव होगा।

उसकी बातें सुन कर हरेन्द्र मुग्ध हो गया। सतीश का नाम तो उसने सुन रखा था, लेकिन परिचय न था; इसलिए इस सौभाग्य के लिए उसने मन ही मन राजेन्द्र को धन्यवाद दिया; और इसके लिए भी अपने को धन्य समझा कि पहले उसका ब्याह नहीं हो गया। सतीश हर तरह के वाद से जुड़ी अच्छी-अच्छी बातें जानता था और कई दिनों तक वही बातें चलती रहीं। हम ही लोग इस पुण्यभूमि के मुनि-ऋषियों के वंशधर हैं, हमारे ही पूर्व पुरुष एक दिन संसार के गुरु थे—इसलिए फिर एक दिन गुरु पद के हम ही उत्तराधिकारी हो सकते हैं। कौन आर्य-रक्त से उत्पन्न पाखण्डी इस बात का विरोध कर सकता है?—नहीं कर सकता। और कर सकने लायक दुर्मतिसम्पन्न आदमी भी वहाँ कोई न था।

हरेन्द्र उन्मत्त-सा हो गया, लेकिन तपस्या और साधना की चीज़ होने के कारण आश्रम की सारी बातें यथासाध्य गुप्त रखी जाने लगीं, सिर्फ राजेन्द्र और सतीश बीच-बीच में बाहर जा कर लड़के इकट्ठा करके ले आने लगे। जो उमर में छोटे थे वे स्कूल में भरती हो जाते जो स्कूल की शिक्षा पूरी करके उत्तीर्ण हो जाते वे हरेन्द्र की कोशिश से किसी-न-किसी कालेज में दाखिल करा दिये जाते। इस तरह थोड़े ही समय में लगभग सारा मकान तरह-तरह उमर के लड़कों से भर गया। बाहर के लोग विशेष कुछ जानते भी न थे और न कोई जानने की कोशिश ही करता था। उड़ती हुई खबर से सिर्फ इतना ही सुन लेते थे कि हरेन्द्र के घर में रह कर कुछ गरीब बंगाली लड़के पढ़ते-लिखते हैं। इससे ज्यादा अविनाश को भी मालूम न था और न नीलिमा को पता था।

सतीश के कठोर शासन में घर में मांस-मछली आने का कोई रास्ता न था, सुबह-सवेरे में उठ कर सब को स्तोत्र पाठ, ध्यान, प्राणायाम आदि शास्त्र-विहित प्रक्रियाएँ करनी पड़ती थीं; उसके बाद पढ़ना-लिखना और नित्य-कर्म। मगर अधिकारियों का इससे भी मन नहीं भरा, और साधन-मार्ग क्रमशः कठोरतर हो गया। रसोइया महाराज भाग खड़े हुए, नौकर को बरखास्त कर दिया गया और उनका काम पारी-पारी से लड़कों पर आ पड़ा। किसी दिन एक ही तरकारी होती तो किसी दिन वह भी नहीं; लड़कों का पढ़ना-लिखना जाता रहा,—स्कूल में उन पर फटकार भी पड़ने लगी, लेकिन कठोर बँधे हुए नियमों में शिथिलता नहीं आयी। सिर्फ एक विषय में अनियम था और वह बाहर से कहीं निमंत्रण आने पर। नीलिमा के किसी एक व्रत-उद्यापन के उपलक्ष में इस व्यतिक्रम को हरेन्द्र ने जबरदस्ती कायम किया था।

इसके सिवा और कहीं भी किसी विषय में क्षमा के लिए स्थान न था। लड़के नंगे पाँव रहते और बाल रूखे रखते। इस विषय में सतीश की अत्यन्त सतर्क आँखें हरदम पहरा देने लगीं कि कहीं किसी छिद्र-पथ से उनमें विलासिता का अनधिकार प्रवेश न हो जाये। इसी तरह आश्रम के दिन बीत रहे थे। सतीश का तो कहना ही क्या, हरेन्द्र के मन में भी आत्म-गौरव की सीमा न रही थी। बाहर के किसी आदमी के सामने वे विशेष कोई बात प्रकट नहीं करते थे, लेकिन अपने अन्दर हरेन्द्र आत्म-प्रसाद और परितृप्ति के उच्छ्वास-भरे आवेग में अकसर यह कह दिया करते कि इनमें से एक भी लड़के को अगर वे आदमी बना सके तो समझेंगे कि इस जीवन की चरम सार्थकता उन्हें प्राप्त हो गयी। यह सुन कर सतीश कुछ बोलता नहीं, विनय से सिर्फ अपना सिर झुका लेता।

सिर्फ एक विषय में हरेन्द्र और सतीश दोनों को पीड़ा का अनुभव होता था। दोनों ही इस बात का अनुभव कर रहे थे कि कुछ दिनों से राजेन्द्र का आचरण पहले जैसा नहीं रहा है। आश्रम के किसी काम में अब वह उतनी दिलचस्पी नहीं लेता, सवेरे के साधन-भजन में भी अब वह प्राय: अनुपस्थित रहता है और पूछने पर कहता है कि तबीयत ठीक नहीं है। इस पर मजा यह कि तबीयत खराब होने के कोई लक्षण नहीं दिखाई देते। उसे क्या शिकायत है, क्यों वह ऐसा हुआ जा रहा है—पूछने पर भी कुछ जवाब नहीं मिलता। किसी दिन सुबह ही उठ कर कहीं चला जाता है, दिन-भर आता ही नहीं, और रात को जब घर लौटता है तब उसका चेहरा ऐसा होता है कि हरेन्द्र तक को कारण पूछने की हिम्मत नहीं पड़ती। और मज़ा यह कि ये सब बातें आश्रम के नियमों के सर्वथा विरुद्ध हैं। इस बात को राजेन्द्र अच्छी तरह जानता था कि एक हरेन्द्र के सिवा शाम के बाद और किसी को भी बाहर रहने का अधिकार नहीं है, फिर भी उसे कोई परवाह नहीं। आश्रम का सेक्रेटरी था सतीश, उसी पर नियम लागू रखने का भार है। इन सब अनाचारों के विरुद्ध वह हरेन्द्र से ठीक शिकायत के तौर पर तो कुछ कह सकता नहीं; लेकिन बीच-बीच में आभास और इशारे से यह भाव प्रकट कर देता है कि उसे आश्रम में रखना अब उचित नहीं।—लड़के बिगड़ सकते हैं। यह बात नहीं कि हरेन्द्र खुद भी न समझता हो, लेकिन मुँह खोल कर कुछ कहने की हिम्मत उसमें नहीं थी। एक दिन सारी रात राजेन्द्र लापता रहा, सवेरे जब वह घर लौटा तब उसी की बात को ले कर खूब जोर की आलोचना होने लगी; हरेन्द्र ने आश्चर्य के साथ उससे पूछा, "बात क्या है, राजेन्द्र, कल रात-भर थे कहाँ?"

उसने जरा हँसने की कोशिश करते हुए कहा, "एक पेड़ के नीचे पड़ा था।"

"पेड़ के नीचे? पेड़ के नीचे क्यों?"

"बहुत रात हो गयी थी। उस वक्त शोर मचा कर आप लोगों को जगाना और

परेशान करना नहीं चाहता था।''

''अच्छा। इतनी रात कैसे हो गयी?''

''ऐसे ही घूमते-घामते।'' कह कर वह अपने कमरे में चला गया।

सतीश पास ही बैठा था। हरेन्द्र ने पूछा, ''बात क्या है, बताओ तो?''

सतीश ने कहा, ''आपकी बात टाल कर चला गया। कुछ परवाह ही नहीं की। फिर भला मैं कैसे जान सकता हूँ?''

''बात तो ठीक है भई, इतनी ज्यादती तो ठीक नहीं।''

सतीश मुँह भारी करके कुछ देर तक चुप रहा, फिर बोला, ''आप एक बात तो जानते होंगे कि पुलिस ने उसे दो साल जेल में रखा था?''

हरेन्द्र ने कहा, ''जानता हूँ, लेकिन वह तो झूठे सन्देह पर रखा था। उसका कोई अपराध नहीं था।''

सतीश ने कहा, ''मैं सिर्फ उसका मित्र होने की वजह से ही जेल जाते-जाते बच गया था। पुलिस की नजर ने उसे आज भी छुटकारा नहीं दिया है।''

हरेन्द्र ने कहा, ''असम्भव कुछ नहीं।''

उत्तर में सतीश ने जरा विषभरी हँसी हँस कर कहा, ''मैं सोचता हूँ, उसके कारण कहीं हमारे आश्रम पर पुलिस को मोह न हो जाये!''

सुन कर हरेन्द्र चिन्तित चेहरे से चुप रहा। सतीश खुद भी कुछ देर चुप रह कर सहसा पूछ बैठा, ''आपको शायद मालूम होगा कि राजेन्द्र ईश्वर का अस्तित्व तक नहीं मानता!''

हरेन्द्र दंग रह गया, बोला, ''नहीं तो!''

सतीश ने कहा, ''मुझे मालूम है, वह नहीं मानता। आश्रम के काम-काज और विधि-निषेधों पर उसकी रंचमात्र श्रद्धा नहीं। इससे तो बल्कि उसकी कहीं नौकरी-औकरी लगा दीजिए तो अच्छा।''

हरेन्द्र ने कहा, ''नौकरी तो पेड़ का फल नहीं सतीश, कि जब चाहूँ तब तोड़ कर हाथ में दे दूँ। उसके लिए काफी कोशिश करनी पड़ती है।''

सतीश ने कहा, ''तो वही कीजिए। आप जब कि आश्रम के प्रतिष्ठाता और प्रेसिडेण्ट हैं और मै सेक्रेटरी हूँ, तब सभी विषय आपको जताते रहना मेरा कर्तव्य है। आप उससे अत्यन्त स्नेह करते हैं और मेरा भी वह मित्र है। इसी से उसके विरुद्ध कोई बात कहने को अब तक मेरी प्रवृत्ति नहीं हुई, मगर अब आपको सावधान कर देना मैं अपना कर्तव्य समझता हूँ।''

हरेन्द्र मन ही मन डर कर बोला, ''लेकिन मैं जानता हूँ कि उसका चरित्र निर्मल है—''

सतीश ने गर्दन हिला कर कहा, ''हाँ। इस तरफ से तो उसको उसका बड़े-से-बड़ा शत्रु भी दोषी नहीं ठहरा सकता। राजेन्द्र आजीवन कुँवारा है, लेकिन वह ब्रह्मचारी भी नहीं है। असल कारण यह है कि इस बात को सोचने का भी उसके पास वक्त नहीं कि स्त्री नाम की कोई चीज़ संसार में है।'' फिर क्षण-भर चुप रह कर बोला, ''उसके चरित्र की शिकायत मैं नहीं करता, वह अस्वाभाविक रूप से निर्मल है, लेकिन—''

हरेन्द्र ने पूछा, ''आखिर तुम्हारे 'लेकिन' का मतलब क्या?''

सतीश ने कहा, ''कलकत्ते के बासे में हम दोनों एक साथ रहा करते थे। वह तब कैम्पबेल मेडिकल कॉलेज का छात्र था और घर पर बी०एस०सी० पढ़ता था। सभी जानते थे कि वही फर्स्ट पास होगा, लेकिन परीक्षा के पहले अकस्मात न जाने वह कहाँ चला गया—''

हरेन्द्र ने विस्मित हो कर पूछा, ''वह डॉक्टरी पढ़ता था क्या? मगर मुझसे तो कहता था कि वह शिवपुर, इंजीनियरिंग कालेज में भरती हुआ था, पर वहाँ की पढ़ाई बड़ी सख्त होने से उसे भाग आना पड़ा।''

सतीश ने कहा, ''लेकिन तलाश करें तो मालूम होगा कि कालेज में थर्ड ईयर में वही अव्वल आया था और बिना कारण चले आने के कारण वहाँ के सभी शिक्षक बहुत दुखी हुए थे। उसकी बुआ धनी घर में ब्याही हैं, वे ही पढ़ने का खर्च दे रही थीं। इस तरह की हरकतों से नाराज हो कर उन्होंने खर्च देना बन्द कर दिया, उसके बाद ही शायद आपसे उसका परिचय हुआ है। लगभग दो साल घूम-फिर कर जब वह घर पहुँचा तब उसकी बुआ ने उसी की राय से उसे डाक्टरी स्कूल में भरती कर दिया। क्लास में प्रत्येक विषय में वह फर्स्ट आ रहा था, फिर भी तीनेक साल बाद सहसा एक दिन सब छोड़-छाड़ अलग हो गया। यही उसमें एक ऐब है। बड़ा कठोर है। मैं उससे पार नहीं पा सकता। वहाँ से छोड़-छाड़ कर हमारे यहाँ आ के खूँटा गाड़ा है। मुझसे बोला, 'लड़के पढ़ा कर बी०एस०सी० पास करूँगा और कहीं किसी गाँव में जा कर मास्टरी करके जीवन बिताऊँगा।' मैंने कहा, 'अच्छी बात है यही करो।' उसके बाद, पन्द्रह-बीस दिन पढ़ने में ऐसी मेहनत की कि न नहाने का ठीक, न खाने का, आँखों की नींद तक गायब हो गयी—ऐसी मेहनत की कि देख कर आश्चर्य होता है। सब कहने लगे, ऐसा बगैर किये क्या कोई प्रत्येक विषय में फर्स्ट हो सकता है?''

हरेन्द्र को पूरा हाल मालूम न था, उसने साँस रोके हुए ही कहा, ''फिर?''

सतीश कहने लगा, ''उसके बाद जो कुछ उसने शुरू किया वह भी अद्भुत है। किताबें तो फिर उसने छुई ही नहीं। न जाने कहाँ रहता है, कुछ पता ही नहीं।

जब लौट कर आता है तब उसका चेहरा देखने से डर लगने लगता है। मानों इतने दिनों तक उसने नहाया-खाया ही न हो।"

"फिर?"

"फिर एक दिन दल-बल के साथ पुलिस आ धमकी और उसने मकान भर में जैसे दक्ष-यज्ञ शुरू कर दिया। इसे छोड़ कर उसे बिखेरती, उसे खोल कर इसे बन्द करती, किसी को डाँटती, किसी को रोकती—ऐसा ऊधम मचाया कि बिना अपनी आँखों देखे कोई उसका अनुमान भी नहीं कर सकता। मेस में रहने वाले प्राय: सभी क्लर्की का काम करते थे, मारे डर के दो जनों को तो जुकाम हो गया। सभी ने सोच लिया कि अब बचना मुश्किल है, पुलिस वाले आज सभी को पकड़ कर फाँसी पर लटका देंगे।"

"फिर क्या हुआ?"

"फिर लगभग तीसरे पहर पुलिस राजेन्द्र को और राजेन्द्र का मित्र होने के कारण मुझे पकड़ के ले गयी। मुझे चारेक दिन बाद छोड़ दिया, पर उसका फिर कोई पता नहीं लगा। छोड़ते वक्त साहब ने मेहरबानी करके मुझे बार-बार सावधान कर दिया कि 'वन स्टेप, ओनली वन स्टेप!—तुम्हारे घर से इस जेल का फासला सिर्फ एक कदम का रहा है! गो।' मैं गंगा-स्नान करके, माँ काली के दर्शन करके; घर लौट आया। सब ने कहा, 'सतीश, तुम बड़े भाग्यवान हो।' ऑफिस पहुँचा, साहब ने दो महीने की तनखा हाथ में थमा कर कहा, 'गो'। सुना कि इस बीच में मेरी बहुत-कुछ तलाशी हो चुकी है।"

हरेन्द्र स्तब्ध रह गया। कुछ देर उसी तरह रह कर अन्त में धीरे-धीरे बोला, "तो क्या तुम्हें निश्चित मालूम हो रहा है कि राजेन्द्र—"

सतीश ने विनती के स्वर में कहा, "मुझसे मत पूछिए। मेरा वह मित्र है।"

हरेन्द्र खुश नहीं हुआ, बोला, "मेरा भी तो वह भाई जैसा है।"

सतीश ने कहा, "एक बात विचार करके देखने की यह है कि उन लोगों ने मुझे बेकसूर पकड़ कर परेशान जरूर किया था, पर छोड़ भी दिया।"

हरेन्द्र ने कहा, "बेकसूर परेशान करने का भी तो कानून नहीं है। जो लोग वह कर सकते हैं, वे ऐसा क्यों नहीं करेंगे?" यह कह कर वह उस समय तो कालेज चला गया, लेकिन मन में उसके अशान्ति बनी रही। सिर्फ राजेन्द्र के भविष्य की चिन्ता करके ही नहीं, बल्कि इसलिए भी कि देश-सेवा के काम में देश के लड़कों को आदमी बनाने का यह जो आयोजन चल रहा है, कहीं बिना कारण नष्ट न हो जाये। हरेन्द्र ने तय किया कि बात झूठ हो या सच, पुलिस की दृष्टि अकारण आश्रम पर आकर्षित करना हरगिज उचित नहीं। खास कर जब कि वह साफ-साफ यहाँ

के नियम भंग करता जा रहा है, तब कहीं नौकरी लगवा कर या और किसी बहाने उसे अन्यत्र हटा देना ही वांछनीय है।

इसके कई दिन बाद ही मुसलमानों के किसी त्योहार पर दो दिन की छुट्टी थी। सतीश काशी जाने की अनुमति लेने आया। भारत में सर्वत्र आगरा आश्रम के अनुरूप आदर्श पर संस्थाएँ संगठित करने की विशाल कल्पना हरेन्द्र के मन में थी और उसी उद्देश्य को ले कर सतीश काशी जा रहा था। राजेन्द्र ने सुना तो वह भी आ कर कहने लगा, "हरेन्द्र भइया, सतीश के साथ मैं भी कुछ दिनों के लिए काशी घूम आऊँ।"

हरेन्द्र ने कहा, "उसे काम है, इसीलिए जा रहा हैं"

राजेन्द्र ने कहा, "मुझे काम नहीं है, इसी से जाना चाहता हूँ। जाने का रेल भाड़ा मेरे पास है।"

हरेन्द्र ने पूछा, "लेकिन वापस आने का?"

राजेन्द्र चुप रहा। हरेन्द्र ने कहा, "राजेन्द्र, कुछ दिन से तुम्हें एक बात कहना चाहता हूँ, पर कह नहीं पाता।"

राजेन्द्र ने जरा हँस कर कहा, "कहने की जरूरत नहीं हरेन्द्र भइया, मैं जानता हूँ।" कह कर वह चला गया।

रात की गाड़ी से वे जाने वाले थे। घर से निकलते वक्त हरेन्द्र ने दरवाजे के पास आ कर अकस्मात उसके हाथ में एक कागज की पुड़िया थमाते हुए चुपके से कहा, "तुम वापस न आओगे तो मैं बहुत दुखी होऊँगा राजेन्द्र।" और इतना कह कर वह पल-भर में अपने कमरे में चला गया।

इसके दस-बारह दिन बाद दोनों ही जने लौट आये। हरेन्द्र को एकान्त में बुला कर सतीश ने प्रफुल्ल चेहरे से कहा, "उस दिन आपका उतना ही कहा काम कर गया हरेन्द्र—भइया। काशी में आश्रम स्थापित करने के लिए राजेन्द्र ने इन कुछ दिनों में अमानुषिक परिश्रम किया है।"

हरेन्द्र ने कहा, "परिश्रम करता है तो वह अमानुषिक ही करता है।"

"हाँ, यही किया उसने। पर उसका चौथाई हिस्सा भी अगर हमारे इस आश्रम के लिए मेहनत करे तो क्या कहने हैं!"

हरेन्द्र ने आशान्वित हो कर कहा, "करेगा भई, करेगा। अब तक शायद वह ठीक बात को ध्यान में नहीं ला सका था। मैं निश्चय से कहता हूँ, तुम देख लेना, अब से उसके काम की हद न रहेगी।"

सतीश ने खुद भी यह विश्वास कर लिया।

हरेन्द्र ने कहा, "तुम्हारे वापस आने की बाट में एक काम स्थगित पड़ा हुआ

है। जानते हो, मैंने मन ही मन क्या तय किया है? हमारे आश्रम का अस्तित्व और उद्देश्य छिपाये रखने से अब काम नहीं चल सकता। देश की और दस जनों की सहानुभूति प्राप्त करना हमारे लिए जरूरी है। जन-साधारण में इसकी विशिष्ट कार्यपद्धति का प्रचार करना आवश्यक है।"

सतीश ने सन्दिग्ध कण्ठ से कहा, "लेकिन उससे क्या काम में विघ्न न आयेगा?"

हरेन्द्र ने कहा, "नहीं। इसी रविवार को मैंने कुछ लोगों को आमंत्रित किया है, वे सब देखने आयेंगे। ऐसा करना होगा कि आश्रम की शिक्षा, साधना, संयम और विशुद्धता के परिचय से उस दिन हम उन्हें मुग्ध कर सकें—तुम्हारे ही ऊपर सब दायित्व है।"

सतीश ने पूछा, "कौन-कौन आयेंगे?"

हरेन्द्र ने कहा, "अजित बाबू, अविनाश भइया, भाभीजी। शिवनाथ बाबू फिलहाल यहाँ हैं नहीं, सुना है कि किसी काम से जयपुर गये हैं। पर उनकी स्त्री कमल का नाम सुना होगा, वे आयेंगी, और तबीयत ठीक हुई तो शायद आशु बाबू को भी पकड़ ला सकूँगा। जानते तो हो, ये लोग कोई ऐसे-वैसे आदमी नहीं हैं। इस बात का खयाल रखना है कि उस दिन इन लोगों से हम वास्तविक श्रद्धा वसूल कर सकें। इसका भार तुम्हीं पर है।"

सतीश विनय से सिर हिलाता हुआ बोला, "आशीर्वाद दीजिए कि ऐसा ही हो।"

रविवार को शाम से पहले ही अभ्यागत लोग आ पहुँचे। आये नहीं सिर्फ आशु बाबू। हरेन्द्र दरवाजे से उन सबका स्वागत करके सम्मान के साथ भीतर ले आया। लड़के उस समय आश्रम के नित्य-कार्यों में लगे हुए थे। कोई बत्ती जला रहा था, कोई झाड़ू लगा रहा था, कोई चूल्हा सुलगा रहा था, कोई पानी भर रहा था और कोई रसोई की तैयारियाँ कर रहा था। हरेन्द्र ने अविनाश को सम्बोधित करके हँसते हुए कहा, "भाई साहब, आप जिन्हें अभागे आवारों का दल कहा करते हैं, ये ही हैं वे हमारे आश्रम के लड़के। हमारे यहाँ नौकर-रसोइया नहीं है, ये ही लोग सब काम अपने हाथों से करते हैं।—भाभीजी, चलिए हमारी भोजनशाला में। आज हमारे यहाँ पर्व का दिन है, वहाँ का आयोजन देख आइए, एक बार चलिए।"

नीलिमा के पीछे-पीछे सब रसोई-घर के सामने जा खड़े हुए। दस-बारह साल का एक लड़का चूल्हा सुलगा रहा था और उसी उमर का दूसरा लड़का हँसिये

से आलू काट रहा था। दोनों ने उठ कर नमस्कार किया। नीलिमा ने लड़कों को स्नेह से सम्बोधित करते हुए पूछा, "आज तुम लोगों के यहाँ क्या-क्या रसोई बनेगी, बेटा?"

एक लड़के ने प्रसन्न मुख से उत्तर दिया, "आज रविवार के दिन हमारे यहाँ दम-आलू बनते हैं।"

"और क्या-क्या बनता है?"

"और कुछ नहीं।"

नीलिमा ने व्याकुल हो कर पूछा, "सिर्फ दम-आलू, बस? दाल, झोल या और कुछ—"

लड़के ने कहा, "दाल हमारे यहाँ कल बनी थी।"

सतीश पास ही खड़ा था, उसने समझाते हुए कहा, "हमारे आश्रम में एक चीज़ से ज्यादा बनाने का नियम नहीं है।"

हरेन्द्र ने हँसते हुए कहा, "होने की गुंजाइश भी नहीं भाभी जी, होगा कहाँ से? हमारे भाई साहब इसी तरह दूसरों के आगे आश्रम का गौरव बढ़ाया करते हैं।"

नीलिमा ने पूछा, "नौकर-औकर भी नहीं होंगे शायद?"

हरेन्द्र ने कहा, "नहीं। उन्हें रखा जायेगा तो दम-आलू को विदा कर देना पड़ेगा। लड़के उसे पसन्द नहीं करेंगे।"

नीलिमा ने आगे कुछ नहीं पूछा; उन लड़कों की सूरत की तरफ देख कर उसकी आँखें डबडबा आयीं। बोली, "लालाजी और कहीं चलो।"

सब ने इस बात के मानी समझे। हरेन्द्र पुलकित हो कर बोला, "चलिए, मैं निश्चय के साथ जानता था भाभी, कि यह आपसे सहा नहीं जायेगा।" फिर उसने कमल की तरफ देख कर कहा, "लेकिन, आप तो खुद ही इसमें अभ्यस्त हैं, सिर्फ आप ही समझेंगी इस संयम की सार्थकता को। इसी से उस दिन इस ब्रह्मचर्याश्रम में आने का विनय के साथ आपको आमंत्रण दिया था।"

हरेन्द्र के गम्भीर चेहरे की तरफ देख कर कमल हँस पड़ी, बोली, "मेरी खुद की बात और है, लेकिन इन सब बच्चों को इतने आडम्बर के साथ इस तरह की निष्फल दरिद्रता का आचरण कराने का नाम क्या आदमी बनाना है हरेन्द्र बाबू? ये ही हैं शायद यहाँ के ब्रह्मचारी? इन्हें आदमी बनाना हो तो साधारण और स्वाभाविक मार्ग से बनाइए। झूठे दुख का बोझ सिर पर लाद कर असमय में ही इन्हें बौना या कुबड़ा न बना डालिए।"

कमल के शब्दों की कठोरता से हरेन्द्र तिलमिला गया; अविनाश ने कहा, "कमल को बुलाना ठीक नहीं हुआ हरेन्द्र।"

कमल शरमा गयी, बोली, "सचमुच, मुझे बुलाना किसी के लिए भी ठीक नहीं।"

नीलिमा ने कहा, "मगर मैं उन किसी में शामिल नहीं हूँ कमल। मेरे घर में कभी तुम्हारा अनादर न होगा। चलो, हम लोग ऊपर चल कर बैठें। देखें, लालाजी के आश्रम में और क्या-क्या आतिशबाजियाँ निकलती हैं?" यह कह कर उसने अपने स्निग्ध हास्य के आवरण से कमल की लज्जा ढँक दी।

दूसरी मंजिल पर आश्रम का खास कमरा था—काफी लम्बा-चौड़ा। पुराने जमाने का नक्काशी का काम छत के नीचे और दीवारों पर अब भी मौजूद है। बैठने के लिए एक बेंच और चार-पाँच कुर्सियाँ हैं, पर साधारणतः उन पर बैठता कोई नहीं। फर्श पर एक बड़ी शतरंजी बिछी हुई है। आज खास दिन होने के कारण उस पर सफेद चादर बिछा दी गयी है और उस पर पड़ोसी लालाजी के यहाँ से बड़े-बड़े तकिये मँगा कर रख दिये हैं। बीच में उन्हीं के यहाँ से लाया हुआ बेल-बूटेदार बारह डालियों वाला शमादान और एक कोने में हरे रंग के शेड से ढँकी हुई दीवारगीरी जल रही है। नीचे के अँधेरे और आनन्दहीन वातावरण से इस कमरे में आ कर सब-के-सब खुश हुए।

अविनाश ने एक तकिये का सहारा लिया और दोनों पैर सामने की ओर पसार कर सन्तोष की साँस लेते हुए कहा, "उफ्! जान में जान आयी।"

हरेन्द्र पुलकित हो कर बोला, "हमारे आश्रम का यह कमरा कैसा है भाई साहब?"

अविनाश ने कहा, "यही तो तुमने मुश्किल में डाल दिया हरेन्द्र। कमल मौजूद है, उसके सामने किसी चीज़ को अच्छा बताने की हिम्मत नहीं पड़ती—हो सकता है कि तीव्र प्रतिवाद के जोर से वह अभी साबित कर दे कि इसकी छत की नक्काशी से ले कर फर्श तक सब कुछ बुरा है।" इतना कह कर वे कमल के मुँह की तरफ देख कर जरा हँस दिये और बोले, "इसे तो तुम भी मानोगी कि मेरे पास और कोई पूँजी भले ही न हो, पर उमर की पूँजी मैंने खूब जमा कर रखी है। उसी के बल पर तुमसे एक बात कहता हूँ। मैं अस्वीकार नहीं करता कि सच बात बहुधा अप्रिय होती है, पर इसके मानी यह नहीं कि प्रिय बात सत्य नहीं होती कमल। तुम्हें बहुत-सी बातें शिवनाथ ने सिखाई हैं, सिर्फ यही एक बात सिखाना बाकी रख छोड़ा है।"

कमल का चेहरा सुर्ख हो उठा, पर इसका जवाब दिया नीलिमा ने। बोली, "शिवनाथ की जो इतनी त्रुटि रह गयी है मुखर्जी साहब, हम उन पर जुरमाना करके उसका बदला लेंगे, मगर गुरुगीरी में तो कोई भी पुरुष कम नहीं मालूम होता। इसलिए प्रार्थना है कि अब आप अपनी उमर की पूँजी में से और भी दो-एक प्रिय वाक्य

बाहर निकालें—हम लोग सुन कर धन्य हों।''

अविनाश भीतर से जल-भुन गये। इतने आदमियों के बीच उनका जो अपमान किया गया, केवल उसी के कारण नहीं, बल्कि इस वक्रोक्ति के तीर के भीतर जो तीक्ष्ण फल छिपा हुआ था उसने उन्हें विद्ध करके ही दम नहीं लिया, अपमान भी किया। कुछ दिनों से एक तरह के असन्तोष की गरम हवा न जाने कहाँ से आ कर दोनों के बीच में बह रही थी। वह आँधी की तरह भीषण नहीं थी, लेकिन घास-तिनके, धूल-रेत उड़ा कर कभी-कभी दोनों की आँखों में झोंक देती थी। कम हिलते हुए दाँतों की तरह चबाने का काम तो चलता था; लेकिन चबाने के आनन्द से दोनों वंचित थे। हरेन्द्र को लक्ष्य करके उन्होंने कहा, ''नाराज़ तो नहीं हो सकता हरेन्द्र, तुम्हारी भाभी ने बिलकुल झूठ नहीं कहा कि मुझे पहचानने में तो अब उनके लिए कुछ बाकी नहीं है,—उन्हें ठीक ही मालूम है कि मेरी पूँजी जो कुछ है, पुराने जमाने की सीधी-सादी है, उसमें वस्तु होने पर भी रस-कस कुछ नहीं।''

हरेन्द्र ने पूछा, ''इस के मानी क्या भाई साहब?''

अविनाश ने कहा, ''तुम संन्यासी आदमी ठहरे, मानी ठीक समझोगे नहीं। मगर छोटी मालकिन अचानक कमल की जैसी भक्त हो उठी हैं, उससे आशा की जाती है कि अगर वे उनके अनुभव से काम लेंगी तो धन्य होने का रास्ता अपने आप साफ हो जायेगा।''

इस व्यंग का ओछापन स्वयं उन्हें अपने कानों में भी खटका था, और खीझ और द्वेष से वे और भी कुछ कहना चाहते थे कि हरेन्द्र ने उन्हें रोक दिया। उसने व्यथित कण्ठ से कहा, ''भाई साहब, आज आप सभी यहाँ के अतिथि हैं। इस बात को अगर आप लोग भूल गये कि कमल को हम आश्रम की तरफ से सम्मान के साथ निमंत्रित करके लाये हैं, तो फिर हमारे दुख की सीमा न रहेगी।''

नीलिमा ने कहा, ''तो फिर मेरे सम्बन्ध में कृपा कर उन्हें स्मरण करा दो लालाजी, कि अगर कोई किसी को छोटी-मालकिन कह कर पुकारने लग जाये तो वह उसकी सचमुच की गृहिणी नहीं हो जाती। उसे उस पर शासन करने की मात्रा का भी ज्ञान रहना चाहिए। मेरी तरफ से मुखर्जी साहब के अनुभव के भण्डार में इतना आज और जमा करा दिया जाये—भविष्य में वह काम में आ सकता है।''

हरेन्द्र ने हाथ जोड़ कर कहा, ''रक्षा कीजिए भाभी साहिबा, सारी-की-सारी अनुभव अभिज्ञता की लड़ाई क्या आज मेरे ही यहाँ आ कर लड़ी जायेगी? जितनी बाकी बची है उतनी रहने दीजिए, घर जा कर पूरी कर लीजिएगा; नहीं तो हम लोग तो वैसे ही मारे जायेंगे। जिस बात के डर से अक्षय को नहीं बुलाया, आखिर क्या वही बात तकदीर में बदी है?''

सुन कर अजित और कमल दोनों ही हँस पड़े। हरेन्द्र ने पूछा, ''अजित बाबू, सुना है, कल आप अपने घर जायेंगे?''

''पर आपने सुना किससे?''

''आशु बाबू को बुलाने गया था, उन्हींने कहा कि शायद कल आप जा रहे हैं।''

अजित ने कहा, ''शायद। पर कल नहीं, परसों। यह भी निश्चित नहीं कि घर जाऊँगा या और कहीं। हो सकता है कि शाम तक स्टेशन पहुँच जाऊँ और उत्तर-दक्षिण पूरब-पश्चिम जिस तरफ की गाड़ी मिल जाये उसी पर यात्रा शुरू कर दूँ।''

हरेन्द्र ने हँसते हुए कहा, ''लगभग वैरागी होने के ढंग पर। अर्थात गन्तव्य स्थान का कोई निश्चय नहीं।''

अजित ने कहा, ''नहीं।''

''लेकिन लौटने का?''

''नहीं, उसका भी फिलहाल कोई निश्चय नहीं।''

हरेन्द्र ने कहा, ''अजित बाबू, आप भाग्यवान आदमी हैं। लेकिन बोरिया-बसना ढोने के लिए अगर चाहिए तो मैं एक आदमी दे सकता हूँ; परदेस के लिए ऐसा मित्र मिलना मुश्किल है।''

कमल ने कहा, ''और रसोइये की जरूरत हो तो मैं भी एक ऐसा व्यक्ति दे सकती हूँ जिसकी जोड़ी मिलना मुश्किल है। आप भी स्वीकार करेंगे कि हाँ, है तो अहंकार करने लायक ही।''

अविनाश को कुछ भी अच्छा नहीं लग रहा था, वे बोले, ''हरेन्द्र, अब देर काहे की है, चलने की तैयारी करो न। क्या कहते हो?''

हरेन्द्र ने विनय के साथ कहा, ''लड़कों के साथ जरा परिचय न कीजिएगा? थोड़ा बहुत उपदेश उन्हें न दे जाइएगा, भाई साहब?''

अविनाश ने कहा, ''उपदेश देने तो मैं आया नहीं, आया था सिर्फ इन लोगों का साथी बनकर। सो उसकी भी अब शायद जरूरत नहीं रही।''

सतीश बहुत-से लड़कों के साथ ऊपर आ पहुँचा। दस-बारह वर्ष से ले कर उन्नीस-बीस वर्ष के युवक तक उसमें थे। जाड़े के दिन और बदन पर सिर्फ एक कुरता, पाँव में जूते तक नहीं—शायद इसलिए कि जीवन-धारण के लिए उनका कोई विशेष प्रयोजन नहीं। खाने-पीने की व्यवस्था पहले ही दिखा दी गयी है। ब्रह्मचर्याश्रम में यह सब शिक्षा के ही अंग हैं। हरेन्द्र ने आज एक सुन्दर भाषण रच रखा था, वह मन ही मन उसी को दुहराते हुए यथोचित गाम्भीर्य के साथ बोला, ''इन लड़कों ने देश के काम में जीवन अर्पित कर दिया है। यही आशीर्वाद आप लोग

हमें दीजिए कि ये लोग आश्रम के इस महान आदर्श का प्रचार भारत के नगर-नगर और गाँव-गाँव में कर सकें।''

सबने मुक्त कंठ से आशीर्वाद दिया।

हरेन्द्र ने कहा, ''अगर समय मिला तो अपना वक्तव्य मैं पीछे सुनाऊँगा।'' यह कह कर उसने कमल को लक्ष्य करके कहा, ''आपको ही आज खास तौर से आमंत्रण दे कर हम लोगों ने बुलाया है, कुछ सुनने की आशा से। लड़के आशा लगाये हुए हैं कि आपके मुँह से आज वे ऐसी कोई बात सुनेंगे जिससे उनके जीवन का व्रत और अधिकतर उज्ज्वल हो उठे।''

मारे संकोच और दुविधा के कमल सुर्ख हो उठी। बोली, ''मैं तो व्याख्यान नहीं दे सकती हरेन्द्र बाबू।''

इसका उत्तर दिया सतीश ने, बोला, ''व्याख्यान नहीं, उपदेश चाहते हैं हम। देश के काम में जो चीज़ इनके सबसे ज्यादा काम में आयेगी, सिर्फ उसी के बारे में।''

कमल ने उसी से पूछा, ''देश के काम से आपका तात्पर्य क्या है, पहले यह बताइए?''

सतीश ने कहा, ''जिससे देश का सर्वांगीण कल्याण हो, वही तो देश का काम है।''

कमल ने कहा, ''मगर कल्याण की धारणा तो सबकी एक-सी होती नहीं। आपके साथ मेरी धारणा का अगर मेल न बैठा तो मेरा उपदेश आपके काम नहीं आ सकता।''

सतीश संकट में पड़ गया। इस बात का ठीक उत्तर उसे ढूँढे न मिला। इस संकट से उसका उद्धार करने के लिए हरेन्द्र ने कहा, ''देश की मुक्ति जिससे मिले, वही है देश का एकमात्र कल्याण। देश में ऐसा कौन होगा जो इस सत्य को न मानता हो?''

कमल ने कहा, ''कहने में डर लगता है हरेन्द्र बाबू, कि सब-के-सब भड़क उठेंगे। नहीं तो मैं ही कहती कि अपने आपको और दूसरों को भूल-भुलैया में डालने वाला इस 'मुक्ति' शब्द के समान और कोई छल ही नहीं। किससे मुक्ति हरेन्द्र बाबू? त्रिविध दुख से या भव-बन्धन से? बताइए कि किसे देश का एकमात्र कल्याण समझ कर आश्रम-प्रतिष्ठा में आप लोग नियुक्त हुए हैं? यही क्या आपकी स्वदेश-सेवा का आदर्श है?''

हरेन्द्र व्यस्त हो कर बोल उठा, ''नहीं, नहीं, नहीं, यह सब नहीं, यह सब नहीं, यह कामना हमारी नहीं।''

कमल ने कहा, ''तो फिर ऐसा कहिए कि यह हमारी कामना नहीं, कहिए कि हमारा आदर्श इससे भिन्न है। कहिए कि संसार-त्याग और वैराग्य-साधन हमारा लक्ष्य नहीं। हमारी साधना है संसार का सम्पूर्ण ऐश्वर्य, सम्पूर्ण सौन्दर्य, सम्पूर्ण जीवन ले कर जीवित रहना। मगर उसकी शिक्षा क्या यही है। बदन पर कपड़े नहीं, पाँवों में जूते नहीं, फटे-पुराने कपड़े पहन रखे हैं, रूखे बाल हैं, एक छाक अध-पेट खा कर जो लड़के अभावों के बीच बढ़ रहे हैं, प्राप्ति के आनन्द का जिनके भीतर चिह्न तक नहीं रहा है देश की लक्ष्मी क्या उन्हीं के हाथ अपने भण्डार की चाबी सौंप देगी? हरेन्द्र बाबू, संसार की तरफ एक बार मुँह उठा कर देखिए तो सही। जिन्हें बहुत मिला है, उन्होंने ही आसानी से दिया है। उन लोगों को ऐसी अकिंचनता का स्कूल खोल कर त्याग का ग्रैजुएट नहीं बनाया गया था।''

सतीश हतबुद्धि-सा हो गया, बोला, ''क्या आप कहना चाहती हैं कि देश के मुक्ति-संग्राम में धर्म की साधना और त्याग की दीक्षा की कतई जरूरत नहीं?''

कमल ने कहा, ''मुक्ति संग्राम का अर्थ तो पहले स्पष्ट हो जाये?''

सतीश बगलें झाँकने लगा। कमल हँसती हुई बोली, ''आपके भावों से मालूम होता है कि आप विदेशी राजशक्ति के बन्धन से मुक्त होने को ही देश का मुक्ति-संग्राम कह रहे हैं। अगर यह हो सतीश बाबू, तो मैंने न तो कभी धर्म की साधना की है और न त्याग की दीक्षा ही ली है, फिर भी आपसे कहे देती हूँ कि मुझे आप सामना करने वालों के दल में सबसे आगे पाइएगा—आप लोग तब ढूँढे भी न मिलेंगे।''

सतीश कुछ बोला नहीं, वह न जाने कैसा घबरा-सा गया और उसकी चंचल दृष्टि का अनुसरण करती हुई कमल कुछ देर के लिए जिस व्यक्ति की ओर से आँखें न फेर सकी वह था राजेन्द्र। सतीश के सिवा किसी ने उधर लक्ष्य ही नहीं किया था कि कब वह चुपके से दरवाजे के पास आ खड़ा हुआ था। वह भावाच्छन्न की भाँति निष्पलक दृष्टि से अब तक कमल की ही ओर देख रहा था और अब भी ठीक उसी तरह देखता रहा। उसका चेहरा एक बार देख कर फिर भूलना मुश्किल था। उमर शायद पच्चीस-छब्बीस के लगभग होगी, रंग बिलकुल साफ गोरा, सहसा देखने से अस्वाभाविक-सा मालूम पड़ता है। ऊँचा प्रशस्त ललाट इसी उमर में बाल उड़ जाने के कारण सामने की तरफ बहुत बड़ा दिखाई देता है। आँखें गहरी और खूब छोटी-छोटी हैं जैसे अँधेरे बिल में से चूहे की आँखें चमक रही हों। नीचे का मोटा होंट सामने की ओर झुक कर मानो अन्त:करण के कठोर संकल्प को किसी तरह दबाये हुए है। सहसा देखने से ऐसा लगता है कि इस आदमी से बच कर चलना ही अच्छा है।

हरेन्द्र ने कहा, ''ये ही मेरे मित्र हैं राजेन्द्र—सिर्फ मित्र नहीं बल्कि छोटे भाई जैसे। इतना कर्मठ कार्यकर्ता, इतना बड़ा स्वदेश-भक्त, इतना निडर और साधुचित्त पुरुष मैंने दूसरा नहीं देखा। भाभी जी, इसी का जिक्र मैं उस रोज आपसे कर रहा था। यह जैसे हँसते-खेलते पाता है, वैसे ही हँसते-खेलते फेंक देता है। आश्चर्यजनक आदमी है। अजित बाबू, इसी को मैं आपके साथ दे रहा था भार वहन करने के लिए।''

अजित कुछ कहना ही चाहता था कि एक लड़के ने आ कर खबर दी, ''अक्षय बाबू आये हैं।''

हरेन्द्र विस्मित हो कर बोला, ''अक्षय बाबू?''

अक्षय ने घर में घुसते हुए कहा, ''हाँ जी, हाँ—तुम्हारा परम मित्र अक्षय कुमार।'' फिर सहसा चौंक कर कहा, ''ऐं! आज बात क्या है? यहाँ तो सभी जने इकट्ठे हैं! आशु बाबू के साथ कार में घूमने निकला था, सहसा खयाल आया, हरि घोष की गोशाला तो जरा देखते चलें। इसी से चला आया, चलो, अच्छा ही हुआ।''

इन सब बातों का किसी ने जवाब नहीं दिया; कारण उनमें न तो कुछ जवाब देने लायक था और न उन पर किसी ने विश्वास ही किया। अक्षय का न तो यह रास्ता ही है और न इधर वह कभी आता है।

अक्षय ने कमल की तरफ देख कर कहा, ''तुम्हारे यहाँ कल सवेरे ही जाने की सोच रहा था, लेकिन मकान तो मुझे मालूम नहीं—अच्छा ही हुआ जो भेंट हो गयी। एक शुभ संवाद है।''

कमल चुपचाप देखती रही; हरेन्द्र ने पूछा, ''शुभ संवाद क्या है, सुनाओ तो सही। यह निश्चय है खबर जब शुभ है तो गोपनीय तो होगी नहीं।''

अक्षय ने कहा, ''नहीं, छिपाने लायक अब रह ही क्या गया है! रास्ते में आज उस सिलाई की मशीन बेचने वाले कमबख्त पारसी से भेंट हो गयी जो उस दिन कमल की तरफ से रुपये उधार लेने गया था। गाड़ी रोक कर मामला पूछा गया।'' फिर कमल की तरफ इशारा करके कहा, ''आप उधार में एक मशीन खरीद कर फतूई-वतूई सी कर खर्च चला रही थीं।—शिवनाथ तो मौज से लापता है।—मगर इकरार के मुताबिक किश्त तो वक्त पर चुकनी ही चाहिए, इसी से वह मशीन छीन ले गया। आशु बाबू ने आज उसे पूरी कीमत दे कर खरीद लिया है। —कमल, कल सवेरे ही आदमी भेज कर मशीन मँगा लेना। खाने-पहरने से भी तंग हो, हम लोगों से तो यह बात कहनी थी?''

उसके कहने की बर्बर निष्ठुरता से सब-के-सब मर्माहत हुए। कमल के लावण्यहीन शीर्ण चेहरे का कारण जान कर मारे शरम के अविनाश तक का चेहरा लाल हो उठा।

कमल ने मृदु कंठ से कहा, "मेरी तरफ से कृतज्ञता जता कर उन्हें मशीन वापस कर देने को कह दीजिएगा। अब मुझे उसकी जरूरत नहीं।"

हरेन्द्र ने कहा, "अक्षय बाबू, आप चले जाइए इस घर से। आपको मैंने बुलाया नहीं था और न चाहा ही था कि आप यहाँ आयें। फिर भी, आप चले आये। आदमी की ब्रूटैलिटी (पशुता) की क्या कहीं कोई हद ही नहीं?"

कमल ने सहसा मुँह उठाते ही देखा कि अजित की दोनों आँखें आँसुओं से भर आयी हैं। बोली, "अजित बाबू, क्या आपकी गाड़ी साथ है, कृपा कर मुझे पहुँचा दीजिएगा?"

अजित कुछ बोला नहीं, उसने सिर्फ सिर हिला कर 'हाँ' कर दी।

कमल ने नीलिमा को नमस्कार करके कहा, "अब शायद जल्दी भेंट न होगी, मैं यहाँ से जा रही हूँ।"

पूछने का किसी को साहस नहीं हुआ कि कहाँ? नीलिमा ने सिर्फ उसका हाथ ले कर अपने हाथ में दबा दिया और दूसरे ही क्षण कमल हरेन्द्र को नमस्कार करके अजित के पीछे-पीछे कमरे से बाहर निकल गयी।

15

मोटर में बैठ कर कमल अन्यमनस्क-सी हो कर आकाश की ओर देख रही थी। गाड़ी थमते ही इधर-उधर देख कर उसने पूछा, "यह कहाँ आ गये अजित बाबू, मेरे घर का रास्ता तो यह नहीं है?"

अजित ने उत्तर दिया, "नहीं, यह आपके घर का रास्ता नहीं।"

"नहीं है? तो लौटना पड़ेगा शायद?"

"सो आप जानें। हुक्म करते ही लौट पड़ूँगा।"

सुन कर कमल आश्चर्य में पड़ गयी। इस अद्भुत उत्तर के कारण उतनी नहीं, जितनी उसके कण्ठ की अस्वाभाविकता से वह विचलित हो उठी। क्षण-भर मौन रह कर उसने अपने को सुस्थिर किया और फिर हँसते हुए कहा, "राह भूलने का अनुरोध तो मैंने किया नहीं अजित बाबू, जो संशोधन का हुक्म मुझको ही देना होगा? ठीक जगह पहुँचा देने का दायित्व आपका है, मेरा कर्तव्य है सिर्फ आप पर विश्वास किये रहना।"

"मगर दायित्व-बोध की धारणा में अगर भूल कर बैठा होऊँ कमल तो?"

" 'मगर' के ऊपर तो कोई विचार चल नहीं सकता अजित बाबू। भूल के

बारे में पहले निःसंशय हो जाने दो, उसके बाद इसका विचार करूँगी।"

अजित ने अस्फुट स्वर में कहा, "तो विचार ही कीजिए, मैं प्रतीक्षा कर रहा हूँ।" इसके बाद वह क्षण भर स्तब्ध रह कर सहसा बोल उठा, "कमल, उस दिन की बात याद है तुम्हें? उस दिन भी ठीक ऐसा ही अन्धकार था।"

"हाँ, ऐसा ही अन्धकार था।" कह कर कमल ने गाड़ी का दरवाजा खोला, वह पीछे से उतरी और अजित की बगल में सामने की सीट पर जा बैठी। सुनसान अन्धकार, रात बिलकुल खामोश थी। कुछ देर तक दोनों में से कोई कुछ बोला नहीं।

"अजित बाबू?"

"हूँ।"

अजित की छाती के भीतर आँधी उठ रही थी जवाब देने में बात उसकी मुँह की मुँह में ही हिलग रही।

कमल ने फिर पूछा, "क्या सोच रहे हैं, बताइए न?"

अजित का कण्ठ काँपने लगा, बोला, "उस दिन का आशु बाबू के मकान का मेरा आचरण तुम्हें याद है? उस दिन सोचा था कि तुम्हारा अतीत ही शायद तुम्हारा सबसे बड़ा अंश है, मैं उसके साथ समझौता कैसे कर सकता हूँ? पीछे की ही छाया को सामने बढ़ा कर मैंने तुम्हारा चेहरा ढँक लिया था और इस बात को भूल गया था कि सूर्य घूमा करता है। मगर उसे जाने दो—लेकिन आज क्या सोच रहा हूँ, तुम नहीं समझ सकतीं?"

कमल ने कहा, "स्त्री हो कर इसके बाद भी न समझ सकूँगी, मैं क्या इतनी निर्बोध हूँ? राह जब भूले, मैंने तो तभी समझ लिया था।"

अजित धीरे-धीरे उसके कंधे पर बायाँ हाथ रख कर चुप हो रहा। कुछ देर बाद उसने कहा, "कमल, मालूम होता है, आज अब मैं अपने को सँभाल नहीं सकूँगा?"

कमल हट कर नहीं बैठी। उसके आचरण में विस्मय था विह्वलता का नाम तक न था। सहज-स्वाभाविक शान्त कण्ठ से बोली, "इसमें आश्चर्य की कोई बात नहीं अजित बाबू, ऐसा तो हुआ ही करता है। लेकिन, आप तो सिर्फ पुरुष ही नहीं है, न्याय-निष्ठ शिष्ट पुरुष हैं। इसके बाद फिर मुझे कंधे से उतारिएगा कैसे? इतना छोटा काम तो आप कर नहीं सकेंगे।"

अजित गाढ़े स्वर में बोला, "ऐसी आशंका तुम करती ही क्यों हो कमल, कि ऐसा काम करना ही पड़ेगा?"

कमल हँस दी और बोली, "आशंका मैं अपने लिए नहीं करती अजित बाबू, करती हूँ सिर्फ आपके लिए। आपसे करते बनता तो मुझे कोई डर न था, सोच यही

है कि करते नहीं बनेगा। सिर्फ एक रात की गलती के बदले इतनी बड़ी सजा आपके सिर लाद देने में मुझे तरस आता है। अब नहीं, चलिए, लौट चलें।''

बात अजित के कान तक पहुँची, पर हृदय तक नहीं पहुँची। पल-भर में उसकी नसों का खून पागल हो उठा, अपनी छाती के पास जोर से उसे खींच कर मत्त कण्ठ से बोल उठा, ''मुझ पर क्या तुम विश्वास नहीं कर सकतीं कमल?''

क्षण भर के लिए कमल की साँस रुक गयी, बोली, ''कर सकती हूँ।''

''तो किसलिए लौटना चाहती हो कमल? चलो, हम चले चलें।''

''चलिए।''

गाड़ी चलाते वक्त अजित ने सहसा रुक कर पूछा, ''घर से साथ लेने लायक क्या तुम्हारे पास कुछ भी नहीं?''

''नहीं। लेकिन आपके?''

अजित को सोचना पड़ा। जेब में हाथ डाल कर बोला, ''रुपये-पैसे तो कुछ साथ में हैं नहीं, उनकी तो जरूरत पड़ेगी।''

कमल ने कहा, ''गाड़ी बेच देने से आसानी से रुपये आ जायेंगे।''

अजित ने आश्चर्य के साथ कहा, ''गाड़ी बेचूँगा? मगर यह तो मेरी नहीं है, आशु बाबू की है।''

कमल ने कहा, ''इससे क्या? आशु बाबू मारे लज्जा और घृणा के गाड़ी का नाम तक जबान पर न लायेंगे। कोई चिन्ता मत कीजिए—चले चलिए।''

सुन कर अजित स्तब्ध हो रहा। उसका बायाँ हाथ अब भी कमल के कंधे पर था, वह खिसक कर नीचे जा पड़ा। बहुत देर चुप रह कर वह बोला, ''तुम क्या मेरा मजाक उड़ा रही हो?''

''नहीं तो, सच कह रही हूँ।''

''सच कह रही हो और सच ही समझ रही हो कि मैं गाड़ी चुरा सकता हूँ? यह काम तुम खुद कर सकतीं?''

कमल ने कहा, ''मेरे सकने न सकने पर अगर आप निर्भर करते अजित बाबू, तो मैं इसका जवाब देती। पराई चीज़ हड़प लेने की हिम्मत आप में नहीं है। चलिए, गाड़ी घुमा कर मुझे घर पहुँचा दीजिए।''

लौटते वक्त अजित ने धीरे से पूछा, ''पराई चीज़ हड़प लेने को क्या बहुत बड़ी बात समझती हो तुम?''

कमल ने कहा, ''बड़ी-छोटी की बात नहीं की मैंने। यह साहस आप में नहीं है, बस यही कहा है।''

''नहीं, नहीं है, और उसके लिए मैं लज्जा का अनुभव भी नहीं करता।'' यह

कह कर अजित जरा रुका और फिर बोला, ''बल्कि होता तो उसे मैं लज्जा की बात समझता और मेरा तो विश्वास है कि सभी शिष्ट व्यक्ति इस बात को स्वीकार करेंगे।''

कमल ने कहा, ''क्योंकि स्वीकार करना बहुत आसान है। उसमें वाह-वाही जो मिलती है।''

''सिर्फ वाह-वाही ही? उससे ज्यादा कुछ नहीं? शिक्षा और संस्कार नाम की क्या कोई चीज़ ही नहीं देखी तुमने कभी?''

''अगर देखी भी हो, तो उसकी आलोचना अगर कभी मौका आया तो और किसी दिन करूँगी, आज नहीं।'' और वह क्षण-भर मौन रह कर बोली, ''आपके तर्क पर अगर और कोई होता तो व्यंग से कहता कि 'कमल को हड़प लेने की कोशिश में तो शिक्षा और संस्कार को संकोच हुआ नहीं?' मगर मैं ऐसा नहीं कह सकती, क्योंकि, कमल किसी की सम्पत्ति नहीं है। वह सिर्फ अपनी ही है, और किसी की भी नहीं।''

''किसी दिन शायद हो भी नहीं सकतीं?''

''यह तो भविष्य की बात है अजित बाबू, आज कैसे इसका जवाब दूँ?''

''जवाब शायद किसी भी दिन नहीं दे सकोगी। मालूम होता है, इसीलिए शिवनाथ की इतनी बड़ी निर्ममता भी तुम्हें नहीं खटकी। बहुत ही आसानी से उसे तुमने झाड़ फेंका।'' कह कर अजित ने जोर से एक साँस ले ली।

मोटर के उजाले में दिखा कि सामने कई एक बैलगाड़ियाँ खड़ी हैं। पास ही शायद गाँव है, किसान गाड़ियों को सड़क पर जस-का-तस छोड़, बैल ले कर घर चले गये हैं।

अजित सावधानी से उस जगह को पार करके बोला, ''कमल, तुम्हें समझना कठिन है।''

कमल ने हँस कर कहा, ''कठिन कैसे ? ठीक ही तो समझे थे कि राह भूलते ही मुझे भुला कर ले जाया जा सकता है।''

''शायद वह समझना मेरी भूल थी।''

कमल ने फिर हँसते हुए कहा, ''रास्ता भूलना भूल, मुझे भुला कर ले जाने की कोशिश भूल, और फिर अपनी भी भूल? इतना बड़ा भूल का बोझा आपका दूर होगा कब? अजित बाबू, अपने पर जरा श्रद्धा रखना सीखिए। इस तरह से अपने सामने अपने को छोटा मत बनाइए''

''मगर अपनी भूल को अस्वीकार करना ही क्या अपने पर श्रद्धा रखना है, कमल?''

"नहीं, सो नहीं। पर अस्वीकार करने की भी एक रीति है। संसार सिर्फ अपने को ले कर ही तो है नहीं। ऐसा होता तो फिर सब झंझट ही मिट जाता। यहाँ और भी दस जनों का वास है, उनकी भी इच्छा-अनिच्छा, उनके भी काम की धारा हमारी देह से आ टकराती है। इसी से, अन्तिम फलाफल अगर मन के माफिक न हो, तो उसे भूल जान कर धिक्कार देते रहना अपना ही अपमान करना है। अपने प्रति इससे बढ़ कर अश्रद्धा, बताइए, और क्या प्रकट की जा सकती है?"

अजित ने क्षण-भर चुप रह कर पूछा, "लेकिन जहाँ सचमुच की भूल हो? शिवनाथ के सम्बन्ध में भी क्या तुम्हें पश्चात्ताप नहीं हुआ कमल? और यही क्या मुझे तुम विश्वास करने को कहती हो?"

कमल ने इस प्रश्न का शायद ठीक से उत्तर नहीं दिया, बोली, "विश्वास करने न करने की गरज तो आपकी है। उनके विरुद्ध तो किसी के पास किसी दिन मैंने शिकायत की नहीं।"

"शिकायत करने वाली तुम स्त्री ही नहीं। पर भूल के लिए क्या कभी अपने को नहीं धिक्कारा?"

"नहीं।"

"तो इतना ही सिर्फ मैं कह सकता हूँ कि तुम अद्भुत हो, तुम असाधारण हो।"

इस मन्तव्य का कमल ने कोई जवाब नहीं दिया, वह चुप हो रही।

दसेक मिनट बीत जाने के बाद अजित सहसा पूछ बैठा, "कमल, ऐसी भूल अगर फिर भी कर बैठूँ, तो भी क्या तुम से भेंट होगी?"

"'अगर' का जवाब तो 'अगर' से ही दिया जा सकता है अजित बाबू। अनिश्चित प्रस्ताव के निश्चित समाधान की आशा नहीं करनी चाहिए।"

"अर्थात, यही तुम्हारा विश्वास है कि यह मोह मेरा कल तक टिकेगा नहीं?"

"मुझे लगता है, ऐसा होना कम-से-कम असम्भव तो नहीं।"

अजित मन ही मन आहत हो कर बोला, "मैं और चाहे जो भी होऊँ कमल, शिवनाथ नहीं हूँ।"

कमल ने जवाब दिया, "सो मैं जानती हूँ अजित बाबू और शायद आपसे भी ज्यादा जानती हूँ।"

अजित ने कहा, "जानती होतीं तो यह विश्वास न कर लेतीं कि आज मैंने तुम्हें झूठ से बहकाना चाहा था, इसमें सत्य कुछ भी नहीं था।"

कमल ने कहा, "झूठ की बात तो हो नहीं रही अजित बाबू, मोह की बात हो रही थी। ये दोनों एक चीज़ नहीं। आज मोह के वश हो कर अगर आपने किसी को बहकाना चाहा हो तो वह अपने को ही बहकाना चाहा है। मुझको बहकाना नहीं

चाहा, जानती हूँ।''

''पर अन्त में ठगाई तो तुम ही जातीं कमल। इसे निश्चित समझ कर भी कि मेरा रात का मोह दिन के उजाले में कट जायेगा तुमने साथ चलने से इनकार नहीं किया? यह क्या सिर्फ उपहास ही था?''

कमल जरा हँस दी, ''जाँच कर देख क्यों नहीं लिया? रास्ता खुला था, एक बार भी तो मैंने मना नहीं किया था।''

अजित जोर की एक साँस छोड़ कर बोला, ''अगर नहीं किया तो मैं यही कहूँगा कि तुम्हें समझना वास्तव में ही कठिन है। एक बात मैं तुमसे कहता हूँ कमल, कि जैसे नारी का प्रेम हृदय को आच्छन्न कर देता है, वैसे ही उसके रूप का मोह भी बुद्धि को बेहोश कर डालता है। किया करे, पर इनमें से एक जितना बड़ा सत्य है, दूसरा उतना ही बड़ा असत्य है। तुम तो जानती थीं कि यह मेरा प्रेम नहीं है, सिर्फ क्षणिक मोह है। फिर कैसे तुम इसे बढ़ावा देने को तैयार हो गयीं? कमल, कोहरा चाहे जितने बड़े समारोह के साथ सूर्य के प्रकाश को ढँक दे, फिर भी, वह असत्य है। ध्रुव सत्य तो सूर्य ही है।''

कमल अन्धकार में क्षण भर निर्निमेष दृष्टि से उस की तरफ देखती रही, उसके बाद शान्त कण्ठ से बोली, ''यह तो कवि की उपमा है अजित बाबू, कोई युक्ति नहीं, सत्य भी नहीं। मालूम नहीं, किस आदिम काल में कोहरे की सृष्टि हुई थी, पर आज भी वह उसी तरह मौजूद है। सूर्य को उसने बार-बार ढँका है, और बार-बार ढँकता रहेगा। मालूम नहीं सूर्य ध्रुव है या नहीं, पर कोहरा भी असत्य प्रमाणित नहीं हुआ। दोनों ही नश्वर हैं, और हो सकता है कि दोनों ही नित्य हों। इसी तरह, भले ही मोह क्षणिक हो, पर क्षण भी तो असत्य नहीं। क्षण भर का सत्य ले कर ही वह बार-बार वापस आया करता है। मालती फूल की आयु सूर्य मुखी की तरह लम्बी नहीं, पर उसे असत्य कह कर कौन उड़ा सकता है? यही अगर आपकी शिकायत हो कि मैंने एक रात के मोह को बढ़ावा क्यों देना चाहा था, तो मैं पूछती हूँ कि आयुष्य-काल की लम्बाई ही क्या जीवन का इतना बड़ा सत्य है?''

यह जान कर भी कि ये बातें अजित समझ नहीं रहा है, वह कहने लगी, ''आपके लिए मेरी बातें समझने का दिन अब भी नहीं आया। इसी से शिवनाथ के प्रति आपके क्रोध की सीमा नहीं, मगर मैंने उन्हें क्षमा कर दिया है। इसकी मुझे जरा भी शिकायत नहीं कि जितना उनसे मैंने पाया है, उससे ज्यादा मुझे क्यों नहीं मिला।''

अजित ने कहा, ''यानी मन को इतना निर्विकार बना डाला है! अच्छा, संसार में किसी के विरुद्ध क्या तुम्हें कोई भी शिकायत नहीं?''

कमल उसके मुँह की ओर देख कर बोली, ''है, सिर्फ एक के विरुद्ध।''

''किसके विरुद्ध, बताओ तो सही कमल?''

''क्या करेंगे आप परायी बात सुनकर?''

''पराई बात? कोई भी हो, फिर भी कम-से-कम निश्चिन्त तो हो सकूँगा कि मुझ पर तुम्हारा गुस्सा नहीं है?''

कमल ने कहा, ''निश्चिन्त होने से ही क्या आप खुश हो जायेंगे? पर उसके लिए अब समय नहीं रहा हम लोग आ पहुँचे, गाड़ी रोकिए, मैं उतर जाऊँ।''

गाड़ी रुक गयी। अँधेरे में सड़क के किनारे कोई खड़ा था। पास आते ही दोनों चौंक पड़े। अजित डरता हुआ बोला, ''कौन?''

''मैं हूँ, राजेन्द्र। वही, जिसे आज हरेन्द्र भइया के आश्रम में देखा था।''

''अच्छा, राजेन्द्र? इतनी रात में यहाँ कैसे?''

''आप लोगों की बाट देख रहा था। आप लोगों के आने के बाद ही आशु बाबू के यहाँ से आदमी आया था आपको ढूँढने।'' यह कह कर वह कमल की तरफ देखने लगा।

कमल ने कहा, ''मुझे ढूँढने का कारण?''

उसने कहा, ''आपने शायद सुना होगा कि चारों तरफ जोर का इन्फ्लुएंजा फैल रहा है; और बहुत-से लोग मर रहे हैं। शिवनाथ बाबू बहुत ज्यादा बीमार हैं। उन्हें मैं डोली में लिटा कर आशु बाबू के घर पहुँचा आया हूँ। आशु बाबू ने सोचा होगा कि आप आश्रम में होंगी, इसी से वहाँ बुलाने भेजा था।''

''अभी क्या वक्त होगा?''

''शायद तीन बज चुके हैं ।''

कमल ने हाथ बढ़ा कर गाड़ी का दरवाजा खोला और कहा, ''भीतर बैठिए, रास्ते में आपको आश्रम में उतारते चलेंगे।''

अजित ने एक शब्द भी मुँह से नहीं निकाला। काठ के पुतले की तरह चुपचाप गाड़ी चलाता हुआ हरेन्द्र के घर के सामने जा कर ठहर गया। राजेन्द्र के उतरने पर कमल ने कहा, ''आपको धन्यवाद। मुझे खबर देने के लिए आज आपको बहुत कष्ट हुआ।''

''यह तो मेरा काम ही है। जरूरत होते ही खबर दीजिएगा।'' कह कर वह चला गया। न कोई भूमिका, न कोई आडम्बर—सीधे-सादे शब्दों में जता गया कि यह उसके कर्तव्य के अन्तर्गत है। आज ही शाम को हरेन्द्र के मुँह से इस लड़के के विषय में जो कुछ उसने सुना था, सब याद आ गया। एक तरफ उसकी परीक्षा पास करने की असाधारण दक्षता, और दूसरी तरफ सफलता के सामने पहुँचते ही

उसे त्याग देने की असीम उदासीनता। उमर भी कम, हाल ही यौवन में कदम रखा है, और इसी उमर में 'अपना' कहने को कुछ भी हाथ में नहीं रखा, पराये काम में सब बाँट दिया।

अजित तब से चुप ही था। यह सुनने के बाद कि रात के तीन बज चुके हैं, किसी बात पर ध्यान देने लायक शक्ति उसमें नहीं थी। सवाल-जवाब के एक असम्बद्ध काल्पनिक सिलसिले के आघात-प्रतिघात के नीचे इस निशीथ अभियान की अनढँकी कुत्सितता से उसका अन्तःकरण काला हो उठा। जहाँ तक सम्भव है, कोई भी उससे कुछ पूछेगा नहीं, और हो सकता है कि पूछने की हिम्मत भी किसी की न पड़े; पर, सिर्फ अपनी इच्छा, अभिरुचि और विद्वेष की तूलिका से लोग अज्ञात घटना की कहानी आद्योपान्त पूरी-की-पूरी बना लेंगे। और इससे भी ज्यादा उसे व्याकुल कर रखा था इस लज्जाहीन नारी की निर्भय सत्यवादिता ने। इस दुनिया में झूठ बोलने की इसे आवश्यकता ही नहीं । यह मानो सारी दुनिया को संकट में डालने और लांछित करने के लिए ही पैदा हुई है।

उधर उसे नहीं मालूम कि शिवनाथ की बीमारी में कौन और कैसे-कैसे लोग आये होंगे। यह कल्पना करके कि इस स्त्री से सब लोग इतनी देर होने का कारण पूछ रहे हैं, उसका खून ठंडा हो गया। सहसा उसे खयाल आया कि वह कमल से घृणा करता है और इसी के लुब्ध आश्वासन से उसने आत्म-विस्मृत उन्मत्त की तरह क्षण भर के लिए ही सही, अपना होश खो दिया था। मन ही मन यह कह कर वह बार-बार अपने को अभिशाप देने लगा कि ज़रूर इसकी उसे सजा मिलनी चाहिए।

गेट के अन्दर घुसते ही उसकी नज़र पड़ी खुली खिड़की के सामने खड़े हुए आशु बाबू पर। शायद वे उसी की प्रतीक्षा में उत्कंठित हैं। गाड़ी की आहट से नीचे की ओर देख कर बोले, "अजित, आ गये? साथ में कौन है, कमल?"

"हाँ।"

"जदु, कमल को शिवनाथ के कमरे में ले जाओ।—सुना होगा शायद, वे बीमार हैं?" कहते-कहते वे खुद ही उतर आये, और बोले, "यह बदलते मौसम का समय ऐसा खराब है कि अचानक चारों तरफ बीमारी शुरू हो गयी है, और काफी लोग मर रहे हैं। मेरी अपनी तबीयत भी आज सवेरे से ठीक नहीं, हरारत-सी मालूम पड़ रही है।"

कमल उद्विग्न हो कर बोली, "तो आप जाग क्यों रहे हैं? यहाँ देख-रेख करने वालों की तो कमी नहीं है?"

"कौन है, बताओ? डॉक्टर आ कर देख-भाल गये हैं, मुझे सोने भेज कर मणि स्वयं ही बैठी जाग रही है। पर मुझे नींद ही नहीं आती थी और तुम्हारे आने

में देर होने लगी।—कमल, पति की बीमारी के समय भी क्या अभिमान रखा जाता है? लड़ाई-झगड़ा तो होता ही रहता है, पर तुमने खबर तक नहीं ली कि तीन-चार दिन से कहाँ किस मकान में वह बुखार में पड़ा हुआ है? छिः! यह काम अच्छा नहीं हुआ, अब अकेली तुम्हीं को तो सब भुगतना पड़ेगा।''

सुन कर कमल को आश्चर्य हुआ। वह समझ गयी कि इस सरलचित्त व्यक्ति को भीतर की कोई भी बात मालूम नहीं। वह चुप रही; आशु बाबू उसके अभिमान को शान्त करने के अभिप्राय से कहने लगे, ''हरेन्द्र बाबू के मुँह से सुना कि तुम घर पर नहीं हो, तभी मैं समझ गया कि अजित ने तुम्हें छोड़ा नहीं। वह खुद खूब घूमना पसन्द करता है, तुम्हें भी ले गया होगा। लेकिन सोचो तो जरा, अँधेरे में अचानक कोई दुर्घटना हो जाती तो तुम लोग कैसी आफत में पड़ते?''

अजित की छाती पर से एक पत्थर-सा उतर गया। आशु बाबू के लिए वह सोचने लगा, किसी बात की बुराई की तरफ मानो उनका मन जाना ही नहीं चाहता, निष्कलुष अन्तःकरण हरदम अकलंक शुभ्रता से चमका करता है। स्नेह और श्रद्धा से उसने मन ही मन उन्हें नमस्कार किया। लेकिन, कमल ने उनकी सब बातों पर ध्यान नहीं दिया, शायद इसकी जरूरत भी नहीं समझी। उसने पूछा, ''वे अस्पताल न जा कर यहाँ क्यों आये?''

आशु बाबू ने आश्चर्य के साथ कहा, ''अस्पताल? यह देखो, अभी तक तुम्हारा गुस्सा नहीं गया!''

''गुस्से की बात नहीं कह रही आशु बाबू, जो संगत और स्वाभाविक है, वही कह रही हूँ।''

''यह स्वाभाविक नहीं है, और संगत तो है ही नहीं। हाँ, इतना मानता हूँ कि मणि को उचित था कि यहाँ न ला कर वह तुम्हारे पास भेज देती।''

कमल ने कहा, ''नहीं, उचित नहीं था। मणि जानती है कि इलाज कराने की शक्ति नहीं है मेरी।''

इस बात से उन्हें और एक बात याद आ गयी और उससे वे अत्यन्त लज्जित हो गये। कमल कहने लगी, ''सिर्फ मनोरमा ही नहीं, शिवनाथ बाबू भी जानते हैं कि सेवा से ही रोग नहीं जाता, दवा-दारू की भी ज़रूरत पड़ती है। शायद यह अच्छा ही हुआ कि खबर मेरे पास न जा कर मणि के पास पहुँची। उनकी आयु का जोर समझिए।''

आशु बाबू लज्जा से म्लान हो कर सिर हिलाते हुए बार-बार कहने लगे, ''यह बात नहीं कमल, सेवा ही सब कुछ है। तीमारदारी सबसे बड़ी दवा है। नहीं तो, डॉक्टर-वैद्य तो महज एक बहाना हैं।'' उन्हें अपनी स्वर्गीया पत्नी की याद आ गयी,

बोले "मैं तो भुक्तभोगी हूँ कमल, बीमारी भुगतते-भुगतते मुझे इसकी शिक्षा मिल चुकी है। घर चलो, तुम्हारी चीज़ है, जैसा तुम ठीक समझोगी वैसा ही होगा। मेरे रहते दवा-दारू की तकलीफ नहीं होगी।" और उसे वे रास्ता दिखाते हुए आगे ले चले। अजित किंकर्तव्यविमूढ़ हो कर, बगैर समझे ही उनके साथ हो लिया। इस डर से कि रोगी के कमरे में शोर होने से कहीं उसके विश्राम में विघ्न न हो, सबने दबे पाँव प्रवेश किया। देखा, शय्या के पास कुर्सी पर बैठी मनोरमा रात्रि जागरण की क्लान्ति से रोगी की छाती पर अपना थका हुआ मस्तक रख कर शायद अभी-अभी सो गयी है और उसकी गरदन में परस्पर सन्नद्ध दोनों बाँहें डाले शिवनाथ भी सो रहा है।

इस स्वप्नातीत दृश्य पर अकस्मात जैसे ही पिता की आँखें पड़ी, वैसे ही उन पर मानो घनान्धकार का जाल उतर आया। क्षण-भर बाद ही वे वहाँ से भाग खड़े हुए। अजित और कमल आँख उठा कर परस्पर एक दूसरे का मुँह ताकने लगे और उसके बाद जैसे आये थे, वैसे ही चुपचाप बाहर चले गये।

16

जाने-आने के रास्ते के पास ही एक छायादार बरामदा है। रोगी के कमरे से निकल कर अजित और कमल वहीं रुक गये। एक छोटी-सी घिसे काँच की लालटेन वहाँ झूल रही थी, जिसके अस्पष्ट प्रकाश में स्पष्ट दीख पड़ा कि अजित का चेहरा सफेद फक पड़ गया है; अकस्मात धक्का खा कर मानो सारा खून निचुड़ गया है। तीसरा कोई व्यक्ति वहाँ नहीं था, फिर भी अजित ने एक अनात्मीया शिष्ट महिला के योग्य सम्मान दिखाते हुए कमल से पूछा, "आप क्या अभी घर लौट जाना चाहती हैं? अगर जाना चाहें तो मैं उसका इन्तजाम कर सकता हूँ।"

कमल उसके मुँह की तरफ देख कर चुप रह गयी। अजित ने कहा, "इस मकान में तो अब आपका एक क्षण भी रहना ठीक न होगा।"

"और आपका रहना ठीक होगा?"

"नहीं, मेरा रहना भी नहीं। कल सवेरे ही मैं और कहीं चला जाऊँगा।"

कमल ने कहा, "यही अच्छा है। मैं भी तभी जाऊँगी। फिलहाल, इस कुर्सी पर बैठ कर रात बिता दूँगी, आप जा कर आराम करें।"

छोटी-सी कुर्सी की तरफ देख कर अजित बगलें झाँकने लगा, बोला, "लेकिन..."

कमल ने कहा, " 'लेकिन' रहने दीजिए अजित बाबू, उसमें बड़ा झंझट है। इस वक्त न घर जाना ही सम्भव है और न आपके कमरे में। आप जाइए, देर न कीजिए।"

सवेरे नौकर आ कर अजित को आशु बाबू के सोने के कमरे में बुला ले गया। अब तक वे खाट से उठे भी न थे। पास ही एक कुर्सी पर कमल बैठी थी, उसे पहले ही बुला लिया गया था।

आशु बाबू ने कहा, "तबीयत कल से ही ठीक नहीं थी, आज मालूम होता है मानो—अच्छा, बैठो अजित।"

उसके बैठने पर वे कहने लगे, "मैंने सुना कि आज सवेरे ही तुम जा रहे हो, पर तुम्हें रहने के लिए भी मैं नहीं कह सकता, ठीक है—गुड बाई। भविष्य में शायद कभी भेंट न हो, पर यह निश्चय समझो कि मैंने तुम्हें अपने हृदय के अन्दर से आशीर्वाद दिया है कि हम लोगों को क्षमा करके तुम जीवन में सुखी हो सको।"

अजित ने अब तक उनके मुँह की तरफ देखा नहीं था, अब जवाब देने के लिए मुँह उठाते ही उससे कुछ कहते नहीं बना। बल्कि यों कहना चाहिए कि अकस्मात मानो वह अपनी बात को भूल गया। इस बात की वह कल्पना भी न कर सका कि एक रात के कुछ ही घण्टों में किसी से इतना जबरदस्त परिवर्तन हो सकता है।

आशु बाबू खुद भी दो-तीन मिनट मौन रह कर कमल से कहने लगे, "तुम्हें बुलवा तो लिया, पर तुम्हारी आँखों से आँखें मिलाने में भी मेरा सिर नीचा हुआ जा रहा है। सारी रात मेरे मन में क्या-क्या होता रहा है—क्या-क्या सोचता रहा हूँ सो मैं किससे कहूँ?"

फिर जरा ठहर कर बोले, "अक्षय ने एक दिन कहा था कि शिवनाथ शायद तुम्हारे यहाँ अकसर नहीं रहते। उस बात पर मैंने ध्यान नहीं दिया था, सोचा था कि वह शायद उसकी अत्युक्ति है—उसके विद्वेष की ज्यादती है। तुम रुपयों की कमी के कारण संकट में थीं, तब उसका कारण मैं नहीं समझा था, मगर आज सब कुछ स्पष्ट हो गया है—कहीं भी कोई सन्देह नहीं रहा।"

दोनों ही चुप रहे। थोड़ी देर बाद आशु बाबू कहने लगे, "तुम्हारे साथ मैं कई बार अच्छा व्यवहार नहीं कर सका, पर उस दिन प्रथम परिचय के दिन से ही मैं तुम पर स्नेह करने लगा था कमल। इसी से, आज बार-बार यही खयाल आ रहा है कि मैं आगरा न आता तो अच्छा था।"

कहते-कहते उनकी आँखों में आँसू आ गये, उन्हें हाथ से पोंछते हुए वे बोले, "जगदीश्वर!"

कमल उठ कर उनके सिरहाने जा बैठी; और माथे पर हाथ रख कर बोली, "आपको तो बुखार है आशु बाबू!"

आशु बाबू ने उसका हाथ अपने हाथ में ले कर कहा, "रहने दो कमल, मैं जानता हूँ, तुम अत्यन्त बुद्धिमती हो। मेरा कोई एक किनारा तुम कर दो। इस घर में उस आदमी का अस्तित्व मेरे सारे शरीर में आग-सी लगाये दे रहा है।"

कमल ने अजित की ओर देखा, वह नीचे को सिर झुकाये बैठा है। उसकी तरफ से कोई इशारा न पा कर वह क्षण भर मौन रही, फिर बोली, "मुझे आप क्या करने को कहते हैं? कहिए।" लेकिन कोई जवाब न पा कर वह क्षण भर चुप बैठी रही, फिर बोली, "शिवनाथ बाबू को आप यहाँ रखना नहीं चाहते, पर वे बीमार हैं। इस हालत में या तो उन्हें अस्पताल भेज दीजिए या फिर उनके घर। और अगर आप समझते हैं कि मेरे घर भेजने से ठीक रहेगा तो वहाँ भेज सकते हैं, मुझे कोई आपत्ति नहीं; पर आप तो जानते हैं कि इलाज कराने की शक्ति मुझ में नहीं है; मैं जी-जान से सिर्फ सेवा ही कर सकती हूँ, उससे ज्यादा कुछ नहीं।"

आशु बाबू कृतज्ञता से भर उठे, बोले, "कमल, मालूम नहीं क्यों, पर ऐसे ही उत्तर की मैंने तुम से आशा की थी। यह मैं जानता था कि पाखण्डी को जवाब देने में तुम खुद पत्थर न हो सकोगी। तुम अपनी चीज़ अपने घर ले जाओ, इलाज के खर्चे की तुम फिकर मत करो, इसका भार मेरे ऊपर रहा।"

कमल ने कहा, "पर इस विषय में एक बात पहले से ही स्पष्ट हो जानी चाहिए।"

आशु बाबू चट से कह उठे, "तुम्हें कहने की जरूरत नहीं कमल, मैं जानता हूँ। एक-न-एक दिन सारी गन्दगी दूर हो जायेगी। तुम कोई चिन्ता मत करो; मेरे जीते जी इतना बड़ा अन्याय अत्याचार तुम पर मैं नहीं होने दूँगा।"

कमल उनके मुँह की तरफ देखती हुई स्थिर बैठी रही, कुछ बोली नहीं।

"क्या सोच रही हो कमल?"

"सोच रही थी कि आप से कहने की जरूरत है, या नहीं। पर मालूम होता है कि जरूरत है; नहीं तो कुछ भी स्पष्ट न होगा, उलझन बढ़ती ही जायेगी। आप के पास रुपया है, हृदय है, दूसरों के लिए खर्च करना आप के लिए कोई मुश्किल नहीं, लेकिन यह भ्रम अगर आपके अन्दर हो कि इस तरह आप मुझ पर दया कर रहे हैं, तो वह दूर हो जाना चाहिए। किसी भी बहाने मैं आपकी दी हुई भीख नहीं लूँगी।"

आशु बाबू को सिलाई की मशीन की बात याद आ गयी, वे व्यथित हो कर बोले, ''मुझ से गलती अगर कभी हो भी गयी हो, तो क्या उसके लिए क्षमा नहीं कर सकतीं?''

कमल ने कहा, ''गलती शायद इतनी तब नहीं की जितनी कि आप अब करने जा रहे हैं। आप सोचते होंगे कि शिवनाथ बाबू को बचाना प्रकारान्तर से मुझ को ही बचाना है, मुझ पर ही अनुग्रह करना है। मगर असल में बात ऐसी नहीं। इसके बाद आपकी जो इच्छा हो, कर सकते हैं, मुझे कोई आपत्ति नहीं।''

आशु बाबू ने सिर हिलाते हुए कहा, ''ऐसे ही गुस्सा आता है कमल; यह कोई अस्वाभाविक बात नहीं और न अन्याय ही है। अच्छी बात है, मैं शिवनाथ को ही बचाना चाहता हूँ, तुम पर अनुग्रह नहीं करता। अब तो ठीक है न?''

कमल के चेहरे पर विरक्ति का भाव दिखाई दिया। उसने कहा, ''नहीं, यह ठीक नहीं। आपको जब कि मैं समझा नहीं सकती तो फिर कोई उपाय नहीं। उन्हें आप अस्पताल नहीं भेजना चाहते, तो हरेन्द्र बाबू के आश्रम में भेज दीजिए। वे बहुतों की सेवा किया करते हैं, इनकी भी करेंगे। आपको जो कुछ खर्च करना हो, वहीं कीजिएगा। मैं खुद भी बहुत ज्यादा थक गयी हूँ, अब चलती हूँ।'' इतना कह कर वह सचमुच ही जाने को तैयार हो गयी।

उसकी बात और आचरण से आशु बाबू मन ही मन क्रुद्ध हो उठे, बोले, ''यह तुम्हारी ज्यादती है कमल। तुम्हारे दोनों के कल्याण के लिए जो कुछ मैं करने जा रहा हूँ, उसे तुम अकारण विकृत करके देख रही हो। एक ओर तो मेरे लिए लज्जा की सीमा नहीं—और मैं जानता हूँ कि इस कदाचार को अंकुर से नष्ट किये बिना मेरी असीम ग्लानि बनी ही रहेगी—दूसरी ओर यह भी सच नहीं कि मेरी लड़की का इससे सम्बन्ध है, इसीलिए मैं किसी तरह बच निकलने का रास्ता देख रहा हूँ। शिवनाथ को मैं बहुत तरह से बचा सकता हूँ, मगर सिर्फ इतना ही मैं नहीं चाहता। मैं चाहता हूँ कि ऐसे संकट के दिनों में तुम तन-मन से उसकी सेवा करके उसे फिर से पूर्ववत पा जाओ। इसीलिए मेरा यह प्रस्ताव है।—सिर्फ अपने स्वार्थवश ही मैं ऐसा नहीं कह रहा।''

बातें सब सच थीं, सकरुण और आन्तरिकता से पूर्ण। मगर कमल के मन पर कोई असर नहीं पड़ा। उसने कहा, ''ठीक यही बात मैं आपको समझाना चाहती थी आशु बाबू। सेवा करने से मैं इनकार नहीं करती। चाय-बगान में रहते हुए मैंने बहुतों की सेवा की है, इसका मुझे अभ्यास है। लेकिन मैं उन्हें फिर से पाना नहीं चाहती; न सेवा करके, और न बिना सेवा किये। यह मेरी अभिमान की आग नहीं, और न झूठा दर्प ही है—असल में हम दोनों का सम्बन्ध टूट गया है; उसे मैं

जोड़ नहीं सकती।''

जो कुछ उसने कहा, उसमें न तो किसी तरह की गरमी थी, न आवेग—बिलकुल सीधी-सादी बात थी। लेकिन इसी ने आशु बाबू को दंग कर दिया। क्षण भर बाद उन्होंने कहा, ''यह कैसी बात कह रही हो कमल? इस मामूली-सी बात पर पति को त्याग देना चाहती हो? यह शिक्षा तुम्हें किसने दी?''

कमल चुप रही। आशु बाबू कहने लगे, ''बचपन में यह शिक्षा तुम्हें चाहे जिसने भी दी हो, उसने गलत शिक्षा दी है। यह अन्याय है, असंगत है, यह भारी अपराध है। चाहे किसी भी घर में तुम पैदा हुई हो, तुम भारतीय कन्या हो। यह मार्ग तुम्हारा-हमारा नहीं है—इसे तुम्हें भूलना ही होगा। जानती हो कमल, एक देश का धर्म दूसरे देश के लिए अधर्म है। और 'स्व-धर्म में मृत्यु भी श्रेय' है।'' कहते-कहते उनकी आँखें चमक उठीं। और बात खत्म करके वे हाँफने लगे। लेकिन जिसे लक्ष्य करके ये बातें कही गयीं वह रंच-मात्र भी विचलित नहीं हुई।

आशु बाबू कहने लगे, ''यह मोड़ ही एक दिन हमें रसातल की ओर खींचे लिये जा रहा था। पर भ्रान्ति पकड़ाई दे गयी कुछ मनीषियों की दृष्टि में। देशवासियों को बुला कर बार-बार वे सिर्फ एक ही बात कहने लगे—तुम लोग उन्मत्त की तरह जा कहाँ रहे हो? तुम्हें किसी बात की कमी नहीं, दीनता नहीं, किसी के आगे हाथ पसारने की जरूरत नहीं, सिर्फ एक बार अपने घर की तरफ मुड़ कर देखो। पूर्व पुरुष तुम्हारे लिए सब कुछ छोड़ गये हैं, सिर्फ एक बार हाथ बढ़ा कर उठा भर लो। विलायत का तो सभी कुछ मैं अपनी आँखों से देख आया हूँ; अब सोचता हूँ कि ठीक समय पर ऐसे सावधान शब्दों से अगर वे नहीं घोषित कर गये होते, तो आज देश की क्या दशा होती? बचपन की सभी तो बातें याद हैं—उफ्— शिक्षित लोगों की तब कैसी दशा थी!'' इतना कह कर उन्होंने स्वर्गीय मनीषियों को लक्ष्य करके हाथ जोड़ कर नमस्कार किया।

कमल ने मुँह उठा कर देखा कि अजित मुग्ध दृष्टि से आशु बाबू की ओर देख रहा है। कल्पना के आवेश में मानो उसे होश ही नहीं रहा—ऐसी हालत थी।

आशु बाबू का भावावेश अब तक दबा नहीं था, कहने लगे, ''कमल, और कुछ भी अगर वे न कर जाते, तो भी, सिर्फ इतने के ही कारण देशवासियों के हृदय में वे प्रातः स्मरणीय बने रहते।''

''क्या सिर्फ इतनी ही बात के लिए वे प्रातः स्मरणीय हैं?''

''हाँ, सिर्फ इतनी ही बात के लिए। बाहर से हटा कर सिर्फ घर की तरफ आँख उठा कर देखने को कहा था—इसी के लिए।''

कमल ने पूछा, ''बाहर अगर प्रकाश हो रहा हो और पूर्व-आकाश में अगर

सूर्योदय हो रहा हो, तो भी पीछे मुड़ कर पश्चिम के स्वदेश की ओर देखना पड़ेगा? और वही होगा स्वदेश-प्रेम?''

मगर यह प्रश्न शायद आशु बाबू के कानों तक नहीं पहुँचा, वे अपनी ही झोंक में कहते गये, ''हमारे देश का धर्म, देश के पुराण-इतिहास, देश का आचार-व्यवहार, रीति-नीति विदेश के दबाव से लुप्त होने जा रही थी, उसके प्रति हमारे अन्दर जो आज फिर से श्रद्धा और विश्वास वापस आया है, सो सिर्फ उन्हीं की भविष्य दृष्टि का फल है। जाति के हिसाब से हम ध्वंस की ओर बढ़ते चले जा रहे थे, उससे बच जाना क्या मामूली बचना है कमल? यह ज्ञान हमें किसने दिया कि उसे फिर से प्राप्त किये बगैर किसी भी तरह हम बच नहीं सकते—बताओ तो?''

अजित उत्तेजना के मारे अकस्मात उठ खड़ा हुआ, बोला, ''मैंने कभी इसकी कल्पना भी नहीं की थी कि इन सब बातों का विचार भी आपके मन में कभी आ सकता है। मुझे बड़ा भारी दुख है कि अब तक मैंने आपको पहचाना नहीं, आपके चरणों में बैठ कर कभी उपदेश नहीं लिया।'' वह और भी बहुत कुछ कहने जा रहा था, पर बीच में विघ्न आ पड़ा। नौकर ने आ कर खबर दी कि हरेन्द्र बाबू वगैरह भेंट करने आ रहे हैं; और दूसरे ही क्षण सतीश और राजेन्द्र के साथ हरेन्द्र आ पहुँचा। कहा, ''मालूम हुआ कि शिवनाथ बाबू सो रहे हैं। आते वक्त डॉक्टर के यहाँ भी होता आया हूँ। उनका कहना है कि सीरियस (खतरनाक) नहीं, जल्दी आराम हो जायेगा।'' कहते हुए उसने कमल को नमस्कार किया और अपने साथियों के साथ एक तरफ बैठ गया।

आशु बाबू ने सिर हिलाया, पर उनकी दृष्टि थी अजित की तरफ; और उसी को लक्ष्य करके वे बोले, ''मेरा सारा यौवन विलास में बीता है, इस बात को तुम लोग भूल क्यों जाते हो? ऐसी बहुत-सी चीज़ें हैं जो नज़दीक से नहीं दिखाई देतीं, दूर जा कर खड़े होने से ही दिखाई देती हैं। मैंने जो स्पष्ट देखा है, वह है शिक्षित मानस का परिवर्तन। इन्हीं हरेन्द्र के आश्रम को ही देखो न, इनका जो नगर-नगर शाखा-प्रशाखाएँ विस्तार करने का आयोजन है, उसके मूल में क्या वही भावना नहीं है? विश्वास न हो, इन्हीं से पूछ देखो। वही ब्रह्मचर्य, वही संयम की साधना, वह पुरानी रीति-नीति का पुनः प्रवर्तन—यह सब हमारे उस अतीत काल की पुनः प्रतिष्ठा का उद्यम नहीं तो और क्या है? उसी को अगर हम भूल जायें, उसी के प्रति अगर हम अपनी आस्था खो बैठें, तो फिर आशा करने के लिए हमारे पास बाकी ही क्या रह जाता है? तपोवन का आदर्श सिर्फ हमारे ही यहाँ था। संसार छान डालने पर भी क्या उसका जोड़ कहीं मिल सकता है अजित? किसी जमाने में जिन लोगों ने हमारे समाज का निर्माण किया था, हमारे वे शास्त्रकार व्यवसायी नहीं थे, संन्यासी

थे; उनके दान को बिना किसी संशय के नतमस्तक हो कर ग्रहण करने में ही हमारी चरम सार्थकता है—यही हमारे कल्याण का मार्ग है कमल, इसके सिवा दूसरा कोई मार्ग नहीं।''

अजित स्तब्ध हो रहा। सतीश और हरेन्द्र के आश्चर्य का ठिकाना न रहा—साहबी चाल-चलन का यह आदमी आज कह क्या रहा है! और राजेन्द्र तो समझ ही न पाया कि अकस्मात क्यों और कैसे यह प्रसंग छिड़ गया। सभी के मुँह पर एक निष्कपट श्रद्धा का भाव प्रस्फुटित हो उठा।

स्वयं वक्ता को भी कम आश्चर्य नहीं हुआ। सिर्फ कहने की शक्ति के लिए ही नहीं, बल्कि इसलिए कि इस तरह किसी से कहने का उन्हें पहले कभी मौका ही नहीं मिला—उनके मन में एक तरह की अनिर्वचनीय तृप्ति की लहर दौड़ने लगी। क्षण भर के लिए वे थोड़ी देर पहले का दुख भूल गये। बोले, ''समझीं कमल, क्यों मैं तुमसे ऐसा अनुरोध कर रहा था?''

कमल ने सिर हिला कर कहा, ''नहीं।''

''नहीं? नहीं क्यों?''

कमल ने कहा, ''सिर्फ यही एक समाचार आप परमानन्द के साथ सुना रहे थे कि विदेशी शिक्षा के प्रभाव को दूर कर फिर पुरानी व्यवस्था की ओर लौटने की चेष्टा शिक्षितों में प्रचलित होती जा रही है। आपकी धारणा है कि इससे देश का कल्याण होगा, लेकिन कारण आपने कुछ भी नहीं बतलाया। बहुत-सी प्राचीन-नीतियाँ लुप्त होती जा रही थीं, हो सकता है कि यह सच हो कि उनके पुनरुद्धार का उद्योग हो रहा है, मगर भला इसका प्रमाण क्या है आशु बाबू, कि उससे हमारा भला ही होगा?—कहाँ—यह तो आपने बताया ही नहीं?''

''बताया कैसे नहीं?''

''नहीं, नहीं बताया; जो कुछ आप कह रहे थे, वह तो सभी सुधार विरोधी और प्राचीनता के अन्ध स्तुतिकार कहा करते हैं। इसका कोई भी प्रमाण नहीं कि सभी लुप्त वस्तुओं का पुनरुद्धार अच्छा ही होगा। मोह के नशे में बुरी चीज़ों का पुनरुद्धार भी संसार में होते देखा जाता है।''

आशु बाबू को इसका जवाब ढूँढे न मिला, लेकिन अजित ने कहा, ''बुरी चीज़ का उद्धार करने में कोई शक्ति का क्षय नहीं करता।''

कमल ने कहा, ''बहुत लोग करते हैं। बुरी के लिए नहीं, बल्कि पुरानी वस्तु-मात्र को स्वतः सिद्ध अच्छी चीज़ समझ कर करते हैं। एक बात आपसे पहले ही कहना चाहती थी, पर आपने ध्यान नहीं दिया। चाहे लौकिक आचार-अनुष्ठान हो और चाहे पारलौकिक धर्म-कर्म, अपने देश की चीज़ समझ कर उसे गले लगाये

रहने में स्वदेश-भक्ति की वाह-वाही तो मिल सकती है, पर स्वदेश के कल्याण के देवता उससे खुश नहीं किये जा सकते। बल्कि वे इससे नाराज ही होते हैं।''

आशु बाबू दंग रह गये, बोले, ''तुम कह क्या रही हो कमल? अपने देश का धर्म, अपने देश का आचार-अनुष्ठान त्याग कर अगर हम बाहर से भीख माँगने लगें तो फिर अपना कहने को हमारे पास बाकी ही क्या रह जायेगा? फिर हम संसार में मनुष्य होने का दावा करने के लिए अपना क्या परिचय देंगे?''

कमल ने कहा, ''दावा खुद हमारे घर आ जायेगा, परिचय की जरूरत न होगी। फिर विश्व-जगत हमें बिना परिचय के ही जान जायेगा।''

आशु बाबू व्याकुल हो कर बोले, ''तुम्हें तो मैं समझ ही न सका कमल!''

''समझने की बात भी नहीं आशु बाबू, ऐसा ही होता है। इस अनित्य संसार में प्रगतिशील मानव-चित्त को कदम-कदम पर जो सत्य नित्य नये-नये रूप में दिखाई देता है, उसे सभी नहीं पहचान सकते—सोचते हैं, यह आफ़त कहाँ से आ गयी? आपको उस दिन की ताजमहल की छाया के नीचे खड़ी शिवानी की याद है? आज कमल के भीतर उसे पहचाना भी नहीं जा सकता। मन ही मन कहेंगे, जिसे उस दिन देखा था वह गयी कहाँ? लेकिन यही मनुष्य का सच्चा परिचय है—मैं तो यही चाहती हूँ कि हमेशा इसी भाव से लोगों में परिचित हो सकूँ।''

जरा ठहर कर फिर बोली, ''पर तर्क वितर्क की आँधी में हमारी असल बात तो उड़ ही गयी—मूल विषय से हम बहुत दूर जा पड़े हैं। लेकिन मैं बहुत थकी हुई हूँ, अब जाती हूँ।''

आशु बाबू से कुछ जवाब देते न बना, विह्वल की भाँति देखते रह गये। इस स्त्री को कहीं उन्होंने अस्पृश्य समझा और कहीं बिलकुल ही नहीं समझ पाये। उन्हें ऐसा लगा कि अभी-अभी उसने जिस आँधी का जिक्र किया था, उसकी प्रचण्ड झंझा में तिनके की तरह उनका सब तरह का आवेदन-निवेदन उड़ कर कहीं-का-कहीं चला गया।

कमल उठ खड़ी हुई। अजित को इशारे से बुला कर बोली, ''साथ लाये थे, अब चलिए न पहुँचा दीजिए।''

मगर आज वह मारे संकोच के सिर भी न उठा सका। कमल मन ही मन जरा हँस कर आगे बढ़ी और सहसा राजेन्द्र के कंधे पर हाथ रख कर बोली, ''राजेन्द्र बाबू, तुम चलो न भाई, मुझे पहुँचा आओ।''

इस आकस्मिक भाई के सम्बोधन से राजेन्द्र ने विस्मित हो कर एक बार उसकी तरफ देखा और उसके बाद कहा, ''चलिए।''

दरवाजे के पास जा कर कमल सहसा खड़ी हो गयी, बोली, ''आशु बाबू,

अपना प्रस्ताव मैंने वापस नहीं लिया है। उसी शर्त पर इच्छा हो तो भेज दीजिएगा, मैं यथासाध्य कोशिश कर देखूँगी। बच जायें तो अच्छा ही है, न बचें तो उनका भाग्य।'' इतना कह कर वह चली गयी। सब-के-सब स्तब्ध हो कर बैठे रहे। अस्वस्थ आशु बाबू की आँखों के आगे प्रभात का प्रकाश भी बेरंग और बेस्वाद हो उठा।

आधे रास्ते में राजेन्द्र ने विदा ले ली और कहा, ''मैं घण्टे-भर में अपना एक काम निपटा कर वापस आता हूँ। कमल ने अन्यमनस्कता के कारण ही शायद कोई आपत्ति नहीं की, या हो सकता है कि और कोई वजह हो। जल्दी-जल्दी घर पहुँच कर उसने देखा कि सीढ़ी वाले दरवाजे में ताला बन्द है, घर खोला नहीं गया है। रास्ते के उस तरफ मोदी की दुकान में तलाश करने पर मालूम हुआ कि नौकरानी बीमार पड़ गयी है, काम करने नहीं आयी और उसकी छोटी नातिन सवेरे आ कर घर की चाबी रख गयी है।

घर खोल कर कमल घर के काम-धन्धे में लग गयी। एक तरह से कल से ही वह बगैर-खाये थी; उसने तय किया था कि झटपट किसी तरह कुछ बना-खा कर आराम करेगी, आराम करने की उसे सख्त जरूरत भी थी, पर घर का काम इतना पड़ा था कि वह खत्म ही नहीं होता था। चारों तरफ इतना कूड़ा-करकट जमा हो रहा था कि उसे देख कर वह हैरान हो गयी।—उसके दिन ऐसी बेतरतीबी से कट रहे थे कि इधर उसका ध्यान ही नहीं गया था। आज जिस किसी चीज़ पर भी उसकी नजर पड़ी, वही मानो उसका तिरस्कार करने लगी। छत के नीचे से पुराना चूना झड़ कर खाट पर आ पड़ा है, उसे साफ करना जरूरी है; चिड़ियों के घोंसलों का बचा हुआ मसाला बिछौने पर पड़ा है, उसे भी साफ करना है; चादर बदलनी है; तकियों के खोल बहुत मैले हो गये हैं, उन्हें भी बदलना है; टेबल-कुर्सी यहाँ-वहाँ पड़ी हैं, दरवाजे पर पड़े पायदान पर मिट्टी जमी हुई है; आईने की ऐसी हालत है कि साफ करते-करते शाम हो जायेगी; दावात की स्याही सूख गयी है; कलम का पता ही नहीं; पैड का ब्लॉटिंग पेपर लापता है—इस तरह जिधर आँख उठा कर देखा, उधर ही ऐसी गन्दगी मालूम हुई कि उसे खुद ही लगा कि इतने दिनों से यहाँ कोई आदमी रहता है या और कोई? नहाना-खाना यों ही पड़ा रहा, किधर से कैसे और कब दिन बीत गया, कुछ मालूम ही नहीं पड़ा। सब काम निबटा कर जब वह नीचे से नहा-धो कर ऊपर आयी तब शाम हो चुकी थी। इतने दिनों से वह निश्चित समझ रही थी कि यहाँ उसे नहीं रहना है। रहना सम्भव भी नहीं, और उचित भी नहीं। महीने-के-महीने किराया कहाँ से दिया जाये? जाना तो पड़ेगा ही, पर सिर्फ जाने के दिन तक पहुँचना ही मानों उसके लिए मुश्किल हो रहा था—रात के बाद सवेरा और सवेरे के बाद रात आ-आ कर उसे कदम बढ़ाने का समय नहीं दे रही थी।

घर से उसे कोई ममता नहीं; फिर भी किसलिए वह दिन-भर मेहनत करती रही, अकस्मात इसकी क्या जरूरत आ पड़ी—इसी तरह की एक धुँधली-सी जिज्ञासा उसके मन में घूम रही थी। काम छोड़ कर वह छज्जे पर जा बैठती और शून्य दृष्टि से सड़क की तरफ देखती हुई न जाने क्या भूलने की कोशिश करती; और फिर भीतर आ कर काम में लग जाती। इसी तरह आज उसका काम और दिन—दोनों खत्म हुए। दिन तो रोज ही खत्म होता है, पर इस तरह नहीं। शाम के बाद बत्ती जला कर उसने रसोई चढ़ा दी और महज समय काटने के लिए एक किताब उठा कर बिस्तर के सहारे बैठी-बैठी उसके पन्ने उलटने लगी। लेकिन आज उसकी थकावट की कोई हद न थी, इसका पता भी नहीं चला कि कब किताब के पन्नों के साथ-साथ उसकी आँखों के पलक बन्द हो गये। जब पता लगा तब कमरे की बत्ती बुझ चुकी थी। और खिड़की में से अरुण प्रकाश ने आ कर सारे कमरे को आरक्त कर दिया था। दिन चढ़ने लगा, पर महरी नहीं आयी। इसलिए उसका घर तलाश करके उसकी भी खबर-सुध लेने की आवश्यकता मालूम हुई। कपड़े बदल कर वह निकल ही रही थी कि इतने में जीने पर किसी के चढ़ने की आहट हुई। उसका कलेजा धड़क उठा।

वहीं से किसी ने पुकारा, "घर में हैं क्या? आ सकता हूँ ?"

"आइए।"

जो आया, उसका नाम है हरेन्द्र। कुर्सी खींच कर उस पर बैठ गया और बोला, "कहीं बाहर जा रही थीं क्या?"

"हाँ। जो बुढ़िया मेरे यहाँ काम करती थी, वह बीमार है। उसी को देखने जा रही थी।"

"अच्छी खबर है। इन्फ्लुएंजा के सिवा और कुछ नहीं। मालूम होता है, आगरे में भी शायद एपिडेमिक फार्म (संक्रामक रूप) शुरू हो गया है। बस्तियों में तो मौतें भी शुरू हो गयी हैं। अगर मथुरा-वृन्दावन की तरह शुरू हुआ तो भागना पड़ेगा, या मरना पड़ेगा। बुढ़िया रहती कहाँ है?"

"मालूम नहीं। सुना है कि यहीं पास ही कहीं रहती है, ढूँढना पड़ेगा।"

हरेन्द्र ने कहा, "बड़ी छुतैल बीमारी है, जरा सावधान रहिएगा। इधर की खबर मिली होगी शायद?"

कमल ने गरदन हिला कर कहा, "नहीं तो।"

हरेन्द्र उसके मुँह की तरफ देख कर क्षण-भर चुप रहा, फिर बोला, "डरो मत, डर की ऐसी कोई बात नहीं। कल ही आना चाहता था, पर समय नहीं मिला। हमारे अक्षय बाबू कालेज नहीं आये, सुना है कि उनकी भी तबीयत खराब है। आशु

बाबू बिस्तर पर पड़े हैं, सो आप कल देख ही आयी हैं—उधर अविनाश भइया को कल शाम से बुखार है, भाभी का चेहरा भी देखा कि सूखा-सूखा-सा हो रहा है। वे खुद कहीं बीमार न पड़ जायें।''

कमल चुप बैठी उसकी तरफ देखती रही। इन सब खबरों पर मानो वह अच्छी तरह ध्यान ही न दे सकी।

हरेन्द्र कहता गया, ''इसके अलावा शिवनाथ बाबू भी पड़े हैं। इन्फ्लुएन्जा का मामला है, कुछ कहा नहीं जा सकता। अस्पताल भी नहीं जाना चाहते। कल शाम को उनके घर पर ही उन्हें रिमूव कर दिया गया है। आज एक बार जा कर खबर लेनी है।''

कमल ने पूछा, ''वहाँ है कौन?''

''एक नौकर है। ऊपर की कोठरी में कुछ पंजाबी रहते हैं, जो ठेकेदारी का काम करते हैं। सुना है कि आदमी अच्छे हैं।''

कमल एक उसाँस ले कर चुप रह गयी। थोड़ी देर बाद बोली, ''एक बार राजेन्द्र बाबू को मेरे पास भेज सकते हैं?''

''भेज सकता हूँ, पर वह मिलेगा कहाँ? आज तड़के से ही निकल पड़ा है। उधर कहीं मोचियों के मुहल्ले में जोर की बीमारी फैल रही है, वह गया है उनकी सेवा करने। आश्रम में अगर खाने आया तो कह दूँगा।''

''उन्हें घर पहुँचाया किसने? आपने?''

''नहीं, राजेन्द्र ने। उसी के मुँह से सुना कि पंजाबी लोग उनकी देख-भाल कर रहे हैं। फिर भी, वे करें या न करें, पर राजेन्द्र को जब कि पता लग गया है तो वह किसी बात की त्रुटि नहीं होने देगा—सम्भव है, खुद ही तीमारदारी करने लग जाये। एक बात का पक्का भरोसा है, कि उसे रोग नहीं पकड़ता। पुलिस न पकड़े तो वह अकेला ही सौ के बराबर है। वह केवल उन्हीं लोगों से घबराता है—नहीं तो उसे काबू कर सके ऐसा तो दुनिया में कोई दिखाई नहीं देता।''

''पकड़े जाने की आशंका है क्या?''

''आशा तो की जाती है। कम-से-कम इससे आश्रम की तो रक्षा हो जायेगी।''

''उन्हें कह क्यों नहीं देते कि चले जायें?''

''यही तो मुश्किल है। कहने से उसी वक्त चला जायेगा और ऐसा जायेगा कि फिर सर पटकने पर भी वापस न आयगा।''

''न आयें तो नुकसान ही क्या है?''

''नुकसान? उसे आप जानती नहीं, बगैर जाने उस नुकसान का अन्दाजा नहीं लगाया जा सकता। आश्रम न रहे तो सहा जा सकता है, लेकिन मुझ से उसका नुकसान

न सहा जायेगा।'' इतना कह कर हरेन्द्र मिनट भर चुप रहा, फिर सहसा प्रसंग बदल कर बोल उठा, ''एक बड़े मज़े की बात हो गयी है। किसी की मजाल नहीं कि उसकी कल्पना भी कर सके। कल भाई साहब के यहाँ से लौट कर रात को घर आया तो देखता क्या हूँ कि अजित बाबू पधारे हैं। मैं तो डर गया कि आखिर मामला क्या है? बीमारी बढ़ गयी क्या? मालूम हुआ कि नहीं ऐसी कोई बात नहीं, बोरिया-बिस्तर सब साथ ले आये हैं। आश्रम में रहने के लिए। इस बीच में सतीश से उनकी बात पक्की हो गयी है कि आश्रम के नियमानुसार आश्रम के काम में ही वे अपना जीवन बितायेंगे। यह उनकी प्रतिज्ञा है, इसमें कोई भी व्यतिक्रम नहीं हो सकता। ऐसे बड़े आदमी मिलें तो हमारे लिए अच्छा ही है, पर शंका होती है कि भीतर कोई गड़बड़ न हो। सवेरे आशु बाबू के पास गया, सुन कर उन्होंने कहा, 'संकल्प तो बहुत ही उत्तम है, पर भारत में आश्रमों की कोई कमी नहीं, वह आगरा छोड़ के और कहीं जा कर यह वृत्ति अवलम्बन करता तो मैं कुछ दिन और यहाँ टिक रहता। देखता हूँ, अब मुझे यहाँ से जाना ही पड़ेगा'।''

कमल ने किसी तरह का आश्चर्य प्रकट नहीं किया, चुप रही।

हरेन्द्र ने कहा, ''उन्हीं के यहाँ से सीधा आ रहा हूँ, वापस जा कर अजित बाबू से क्या कहूँगा?''

कमल समझ गयी कि शिवनाथ बाबू को स्थानान्तरित करने के विषय में बहुत कठोर वाद-विवाद हो गया है। शायद प्रकट में और स्पष्ट रूप से एक शब्द भी न कहा गया होगा, सब कुछ चुपचाप ही किया गया होगा; फिर भी इसमें सन्देह नहीं कि कर्कशता में वह सब तरह के कलह को लाँघ गया होगा। लेकिन एक बात का भी उसने उत्तर नहीं दिया, जैसी-की-तैसी चुप बनी रही।

हरेन्द्र कहने लगा, ''मालूम होता है, आशु बाबू ने सब कुछ सुन लिया है। शिवनाथ का आप के प्रति जो आचरण हुआ है, उससे वे मर्माहत हुए हैं। लगभग जबरदस्ती ही उन्हें घर से विदा किया है। मनोरमा की शायद ऐसी इच्छा नहीं थी—शिवनाथ उसके संगीत के गुरु हैं—पास रख कर इलाज कराने का ही उसका विचार था, पर वैसा हो नहीं सका। अजित बाबू ने शायद इस पक्ष का अवलंबन करके ही झगड़ा कर डाला है।''

कमल जरा हँस दी, बोली, ''आश्चर्य नहीं। पर आपने यह सब सुना किससे? राजेन्द्र ने कहा था?''

''राजेन्द्र? भला राजेन्द्र कहेगा! वह ऐसा आदमी ही नहीं। जानता होगा तो भी न बतायेगा। यह मेरा ही अनुमान है। इसी से सोच रहा हूँ, आखिर समझौता तो होगा ही, फिर अजित को चिढ़ाने से क्या लाभ? चुपचाप रहना ही ठीक है। जितने

दिन वह आश्रम में रहेगा, हमारी तरफ से खातिर-तवज्जो में त्रुटि न होगी।''

कमल ने कहा, ''यही ठीक है।''

हरेन्द्र ने कहा, ''अच्छा, तो अब चला। भाई साहब के लिए चिन्ता है, बहुत थोड़े में घबरा जाते हैं। समय मिला तो कल एक बार आऊँगा।''

''आइएगा।'' कह कर कमल ने उठ कर नमस्कार किया और कहा, ''राजेन्द्र को भेजना न भूलिएगा। कहिएगा, मैं बड़ी मुसीबत में पड़ कर बुला रही हूँ।''

''मुसीबत में पड़ कर बुला रही हैं?'' हरेन्द्र आश्चर्य के साथ बोला, ''भेंट होते ही उसी वक्त भेज दूँगा—लेकिन वह मुसीबत क्या मुझसे नहीं कही जा सकती? मुझे भी आप अपना अकृत्रिम बन्धु समझिएगा।''

''सो समझती हूँ। लेकिन उन्हीं को भेज दीजिएगा।''

''भेज दूँगा, जरूर भेज दूँगा।'' कह कर हरेन्द्र आगे बात न बढ़ा कर चला गया।

तीसरे पहर राजेन्द्र आ पहुँचा।

''राजेन्द्र, मेरा एक काम करना होगा।''

''कर दूँगा। पर कल तक तो मेरे नाम के साथ 'बाबू' था, आज वह भी उड़ा दिया गया?''

''अच्छा ही तो हुआ, हलके हो गये। मंजूर न हो तो कहो, जोड़ दूँ?''

''नहीं, कोई जरूरत नहीं। मगर आपको मैं क्या कह कर पुकारा करूँ?''

''सभी 'कमल' कह कर पुकारते हैं और इससे मेरे सम्मान की हानि नहीं होती। नाम के आगे-पीछे बोझ लाद कर अपने को भारी बनाने में मुझे लज्जा आती है। 'आप' कहने की भी जरूरत नहीं; मुझे सहज नाम से ही पुकारा करें।''

इसके स्पष्ट जवाब को बचाते हुए राजेन्द्र ने कहा, ''मुझे क्या करना होगा?''

''मेरा बन्धु होना होगा। लोग कहते हैं, तुम क्रान्तिकारी हो। यह अगर सच हो तो मेरे साथ तुम्हारी मित्रता अक्षय रहेगी।''

''यह अक्षय मित्रता मेरे किस काम आयेगी?''

कमल विस्मित हुई। यह संशय और उपेक्षा की ध्वनि उसके कानों में खटकी, बोली, ''ऐसी बात नहीं कहनी चाहिए। मित्रता जैसी चीज़ संसार में दुर्लभ है, और मेरी मित्रता उससे भी ज्यादा दुर्लभ है। जिसे पहचानते नहीं, उस पर अश्रद्धा करके अपने को छोटा मत बनाओ।''

मगर इस शिकायत ने उस युवक को कुण्ठित नहीं किया, उसने मुसकराते चेहरे से स्वाभाविक स्वर में ही कहा, ''अश्रद्धा के कारण नहीं,—मित्रता की आवश्यकता नहीं समझने के कारण ही कहा था और अगर आप समझें कि यह चीज़ मेरे काम

आ सकती है, तो मैं अस्वीकार भी नहीं करूँगा। लेकिन सोच यही रहा हूँ कि क्या काम आयेगी।''

कमल का चेहरा सुर्ख हो उठा। जैसे किसी ने चाबुक मार कर उसे अपमानित किया हो। वह उच्च शिक्षिता, अत्यन्त सुन्दरी और प्रखर बुद्धिशालिनी है। उसकी धारणा थी कि वह पुरुष के लिए कामना का धन है, उसका निष्कपट विश्वास था कि उसका दृप्त तेज अपराजेय है। संसार में नारियों ने उससे घृणा की है, पुरुषों ने आतंक की आग से भस्म करना चाहा है, और अवज्ञा का ढोंग भी न किया हो सो बात नहीं; मगर यह तो कुछ और ही चीज़ है? आज इस युवक के सामने अपनी तुच्छता महसूस करके मानों वह जमीन में गड़-गड़ गयी। शिवनाथ ने उसे धोखा दिया है, वंचित किया है; मगर इस तरह दीनता का दुपट्टा उसके शरीर पर नहीं लपेटा।

कमल के मन में एक सन्देह प्रबल हो उठा, उसने पूछा, ''मेरे सम्बन्ध में शायद तुम ने बहुत-सी बातें सुनी होंगी?''

राजेन्द्र ने कहा, ''हाँ, ये लोग प्रायः कहा तो करते हैं।''

''क्या कहते हैं?''

उसने जरा हँसने की कोशिश करते हुए कहा, ''देखिए, इन बातों में मेरी स्मरण शक्ति बहुत ही खराब है। प्रायः कुछ भी याद नहीं है।''

''सच कहते हो?''

''सच ही कह रहा हूँ।''

कमल ने जिरह नहीं की, विश्वास कर लिया। समझ गयी कि स्त्रियों की जीवन-यात्रा के सम्बन्ध में अब तक इस आदमी के मन में किसी तरह का कुतूहल ही पैदा नहीं हुआ। उसने जैसे सुना है, वैसे भूल भी गया है। और भी एक बात उसकी समझ में आयी। 'तुम' कहने का अधिकार दिये जाने पर भी क्यों उसने उसे स्वीकार नहीं किया और अब भी 'आप' कह कर सम्बोधन कर रहा है। असल में उसके अकलंक पुरुष-चित्त की भूमिका पर अब भी नारी मूर्ति की छाया नहीं पड़ी है—इसी से 'तुम' कह कर घनिष्ठ होने के लोभ का उसे भान नहीं हुआ है। कमल ने मन ही मन मानों सन्तोष की साँस ली। थोड़ी देर बाद बोली, ''शिवनाथ बाबू ने मुझे त्याग दिया है, मालूम है?''

''मालूम है।''

कमल ने कहा, ''उस दिन हमारे विवाह के अनुष्ठान में तो धोखा था, पर मन में धोखा नहीं था। सबों ने सन्देह करके तरह-तरह की बातें कहीं, कहा कि यह विवाह पक्का नहीं हुआ। लेकिन मैं डरी नहीं; मैंने कहा, होने दो कच्चा, हमारे

भीतर के मन ने जब मान लिया है तब हमें यह देखने की जरूरत नहीं कि बाहर की गाँठ में कितने फेरे पड़े, बल्कि मैंने तो सोचा, यह अच्छा ही हुआ कि जिसे पति के रूप में स्वीकार किया है, उसे ऊपर से नीचे तक कस कर बाँधा नहीं। उस की मुक्ति की अर्गला अगर थोड़ी ढीली ही रह गयी तो रहने दो। मन ही अगर दीवालिया हो जाये, तो फिर पुरोहित के मंत्र को महाजन बना के खड़ा करने से सूद भले ही अदा हो जाये, पर असल तो डूब ही जायेगा। मगर यह सब तुम से कहना व्यर्थ है, तुम समझोगे नहीं।''

राजेन्द्र चुप रहा। कमल कहने लगी, ''तब सिर्फ यही बात मैं नहीं जानती थी कि उन्हें रुपयों का लोभ इतना जबरदस्त है। जानती होती तो कम-से-कम लांछना की आफत से बच जाती।''

राजेन्द्र ने पूछा, ''इसके मानी?''

कमल ने सहसा अपने को रोक लिया, बोली, ''यह रहने दो। तुम सुन के क्या करोगे?''

कुछ देर हुई सूर्य अस्त हो चुका है, घर में बाहर का अँधेरा घना होता जा रहा है। कमल ने बत्ती जलाई और उसे मेज के एक किनारे रख कर अपनी जगह पर आते हुए कहा, ''खैर, जो भी हो, मुझे एक बार उनके घर पर ले चलो।''

''क्या करेंगी जाकर?''

''अपनी आँखों से एक बार देखना चाहती हूँ। अगर जरूरत होगी तो रह जाऊँगी। नहीं तो तुम पर भार सौंप कर निश्चिन्त हो जाऊँगी। इसीलिए तुम्हें बुलाया था। तुम्हारे सिवा यह काम और कोई नहीं कर सकता। उनके प्रति लोगों की नफरत की हद नहीं।'' कहते-कहते कमल सहसा बत्ती को जरा बढ़ा देने की गरज से उठी और राजेन्द्र की तरफ पीठ करके खड़ी हो गयी।

राजेन्द्र ने कहा, ''अच्छी बात है, चलिए। मैं एक ताँगा कर लाऊँ।'' और वह चला गया।

ताँगे पर सवार हो कर राजेन्द्र ने कहा, ''शिवनाथ बाबू की सेवा का भार मुझ पर सौंप कर आप निश्चिन्त होना चाहती हैं, सो मैं यह भार तो ले सकता था; लेकिन, अब यहाँ मेरा रहना नहीं होगा, बहुत जल्द चले जाना पड़ेगा। आप और कोई इन्तज़ाम करने की कोशिश करें तो अच्छा हो।''

कमल ने उद्विग्न हो कर पूछा, ''क्यों, पुलिस शायद पीछे लग कर परेशान कर रही है?''

''उसकी आत्मीयता का तो मैं आदी हो गया हूँ—इसके लिए नहीं।''

कमल हरेन्द्र की बातें याद करके बोली, ''तो क्या आश्रम के लोग जाने के

लिए कहते हैं? लेकिन पुलिस के डर से जो लोग इस तरह आतंकित रहते हैं, उन्हें इतने समारोह के साथ देश के काम में उतरना ही नहीं चाहिए। मगर इसीलिए तुम्हें यहाँ से चले ही क्यों जाना पड़ेगा? इसी आगरा शहर में एक व्यक्ति है जो तुम्हें जगह देने में जरा भी नहीं डरेगा।''

राजेन्द्र ने कहा, ''सो शायद खुद आप ही हैं। बात सुने रखता हूँ, सहज में भूलने का नहीं; लेकिन उपद्रव से डरते न हों, भारत में ऐसे आदमी बिरले ही हैं। होते तो देश की समस्या बहुत कुछ सहल हो जाती।''

जरा ठहर कर फिर बोला, ''मगर मैं इस वजह से नहीं जा रहा हूँ। आश्रम को भी दोष नहीं दे सकता। और चाहे जिसके मुँह से निकल जाये, पर मेरे लिए चले जाने की बात हरेन्द्र भइया के मुँह से नहीं निकल सकती।''

''तो क्यों जा रहे हो?''

''जा रहा हूँ अपने ही लिए। वह है जरूर देश का काम, पर मेरा उनके साथ मत नहीं मिलता, और न काम की धारा ही मेल खाती है। मेल है सिर्फ प्रेम की दृष्टि से। हरेन्द्र भइया को मैं सहोदर से प्रिय हूँ, उससे भी ज्यादा अपना हूँ। किसी दिन इसका व्यतिक्रम भी नहीं होने का।''

कमल की दुश्चिन्ता दूर हो गयी। बोली, ''इससे बढ़ कर और क्या हो सकता है राजेन्द्र? मन जहाँ मिल गया, वहाँ मत का मेल न हो, न सही—काम की धारा न मिले न सही, इससे क्या आता-जाता है? सब कोई एक ही तरह से सोचेंगे, एक ही तरह का काम करेंगे और तभी एक साथ रहेंगे—यह क्यों? और हम अगर दूसरे के मत पर श्रद्धा न कर सकें, तो फिर शिक्षा ही क्या हुई? मत और कर्म दोनों ही बाहर की चीज़ें हैं राजेन्द्र, एक मन ही सत्य है। और, इन बाहर की चीज़ों को ही बड़ा मान कर अगर तुम दूर चले जाओ, तो, तुम जो कह रहे थे कि तुम्हारे प्रेम में कोई व्यतिक्रम नहीं होने का, सो इस तरह तो उसे अस्वीकार करना होगा। यह जो किताब में लिखा है कि 'छाया के लिए काया छोड़ी'—सो यह भी ठीक वैसी ही बात होगी।''

राजेन्द्र कुछ बोला नहीं, सिर्फ हँस दिया।

''हँसे क्यों?''

''हँसा इसलिए कि तब हँसा नहीं था। आपने अपने खुद के विवाह के मामले में मन के मेल को ही एक मात्र सत्य स्थिर करके बाह्य अनुष्ठान को बेमेल 'कुछ नहीं' कहके उड़ा दिया था। वह सत्य नहीं था, इसीलिए आज आप दोनों का सब कुछ असत्य हो गया।''

''इसके मानी?''

राजेन्द्र ने कहा, ''मन के मेल को मैं तुच्छ नहीं समझता, मगर उसी को अद्वितीय कह कर उच्च स्वर से घोषित करने का भी आजकल एक फैशन हो गया है। इससे उदारता और महत्ता दोनों ही प्रकट होती है, लेकिन सत्य नहीं प्रकट होता। यह कहना गलत है कि संसार में सिर्फ एक मन ही है और उसके बाहर जो कुछ है, सब छाया है।''

जरा ठहर कर वह फिर कहने लगा, ''आप अभी-अभी विभिन्न मतवादों के प्रति श्रद्धा रख सकने को ही बड़ी भारी शिक्षा बता रही थीं, मगर आप जानती हैं कि सब तरह के मतों पर श्रद्धा कौन रख सकता है? जिसके अपने मत का कोई महत्व नहीं, वही रख सकता है। शिक्षा के द्वारा विरुद्ध मत की चुपचाप उपेक्षा की जा सकती है, पर उस पर श्रद्धा नहीं की जा सकती।''

कमल को अत्यंत विस्मय हुआ, वह अवाक् रह गयी। राजेन्द्र कहने लगा, ''हमारी ऐसी नीति नहीं है, झूठी श्रद्धा से हम संसार का सर्वनाश नहीं करते—मित्र के मत पर भी नहीं—उस श्रद्धा को तोड़-फोड़ कर चकनाचूर कर डालते हैं। यही हम लोगों का काम है।''

कमल ने कहा, ''इसी को तुम लोग 'काम' कहते हो?''

राजेन्द्र ने कहा, ''हाँ, कहते हैं। मत का बेमेल अगर हमारे काम में बाधा पहुँचाता रहे तो मन के मेल से हमें क्या करना है? हम चाहते हैं मत की एकता, काम की एकता—हमारे लिए भावों के विलास का कोई भी मूल्य नहीं शिवानी—''

कमल आश्चर्यचकित हो कर बोली, ''मेरा यह नाम भी तुम्हें मालूम हो गया है?''

''हाँ। कर्म के जगत में आदमी के व्यवहार का मेल ही बड़ा मेल है, मन का नहीं। मन हो तो बना रहे; अन्तःकरण का विचार अन्तर्यामी करेंगे, हमारा काम व्यावहारिक एकता के बिना नहीं चल सकता! यही हमारी कसौटी है—इसी से हम जाँच करते हैं। बाहर से अगर स्वर में मेल न हो तो केवल दो जनों के मन के मेल से संगीत की सृष्टि नहीं होती, वह तो सिर्फ कोलाहल ही कहलायेगा। राजा की जो सेनाएँ युद्ध करती हैं, उनकी बाहर की एकता ही राजा की शक्ति है। मन से उसे कोई मतलब नहीं। नियम का शासन संयम है—और यही हम लोगों की नीति है। इसे छोटा बनाने से मन के नशे के लिए खुराक जुटाई जा सकती है, और कुछ नहीं। यह उच्छृंखलता ही नामान्तर है।—ताँगे वाले, रोको, रोको—शिवानी, यही है उनकाघर।''

सामने एक पुराना टूटा-फूटा मकान है। दोनों चुपके से उतर कर नीचे की एक कोठरी में पहुँचे। आहट सुन कर शिवनाथ ने आँख खोल कर देखा, पर दिये के धुँधले उजाले में शायद पहचान न सका। क्षण-भर बाद ही उसने आँखें मींच लीं और तन्द्राच्छन्न हो रहा।

17

चारों तरफ देख-भाल कर कमल सन्न हो गयी। घर की शकल क्या हो रही है। सहसा किसी को विश्वास नहीं हो सका कि यहाँ कोई आदमी भी रहता है। किसी के आने की आहट सुनाई दी और सत्रह-अठारह साल का एक लड़का आ खड़ा हुआ। राजेन्द्र ने उसका परिचय देते हुए कहा, ''यह शिवनाथ बाबू का नौकर है। पथ्य बनाने से ले कर दवा खिलाने तक—सब इसी की ड्यूटी में है। सूर्यास्त से ही शायद सोना शुरू किया था इसने, अभी उठ के आ रहा है। रोगी के बारे में अगर कुछ कहना हो तो इसी को कहिए। मालूम होता है कि समझ तो जायेगा, बिलकुल बेवकूफ नहीं है। नाम कल पूछा तो था, पर याद नहीं आ रहा। क्या नाम है रे?''

''फगुआ।''

''आज दवा दी थी?''

''लड़के ने बायें हाथ की दो उँगलियाँ दिखाते हुए कहा, ''दो खुराक दी है।''

''और कुछ दिया है।''

''हाँ, दूध भी पिला दिया है।''

''बहुत अच्छा किया। ऊपर के पंजाबी बाबुओं में से कोई आया था?''

लड़के ने याद करके कहा, ''शायद दोपहर को एक बाबू आये थे।''

''शायद? तब तुम क्या कर रहे थे, सो रहे थे?''

कमल ने कहा, ''फगुआ, यहाँ झाड़ू-आड़ू कुछ है या नहीं?''

फगुआ सिर हिला कर झाड़ू लेने चला गया। राजेन्द्र बोला, ''झाड़ू का क्या करेंगी? उसे पीटेंगी क्या?''

कमल ने गम्भीर हो कर कहा, ''यह क्या मज़ाक का वक्त है? माया-ममता क्या तुम्हारे बिलकुल है ही नहीं?''

''पहले थी। बाढ़ और अकाल के समय राहत के काम में उन्हें झाड़-पोंछ कर अलग फेंक आया हूँ।''

फगुआ झाड़ू ले कर हाजिर हुआ। राजेन्द्र ने कहा, ''मैं भूख के मारे मरा जा रहा हूँ, कहीं जा कर कुछ खा आऊँ। तब तक झाड़ू और इस लड़के का जो उपयोग कर सकें, कीजिए। वापस आ कर आपको मैं घर पहुँचा दूँगा। डरिएगा नहीं, मैं डेढ़-दो घण्टे में लौट आता हूँ।'' कह कर वह जवाब की परवाह किये बगैर ही चल दिया।

शहर के किनारे का यह स्थान थोड़ी ही देर में निःशब्द और निर्जन हो गया। जो लोग ऊपर रहते हैं उनका कोलाहल और चलने-फिरने का शब्द भी बन्द हो

गया। मालूम होता है कि वे सब सो गये हैं। शिवनाथ की खबर लेने कोई नहीं आया। बाहर अँधेरी रात और भी गहरी होने लगी। जमीन पर कम्बल बिछा कर फगुआ ऊँघने लगा। बाहर का दरवाजा बन्द करने का समय हो रहा था कि सड़क पर साइकिल की घंटी सुनाई दी और दूसरे ही क्षण दरवाजा धकेल कर राजेन्द्र भीतर आ गया। उसने इधर-उधर देखा और इस थोड़े-से समय में सारे कमरे में काफी परिवर्तन देख कर कुछ देर चुपचाप खड़ा रहा, फिर हाथ की पोटली बगल की तिपायी पर रखता हुआ बोला, ''आपको जैसा सोचा था दूसरी स्त्रियों की तरह, वैसी आप नहीं हैं। आप पर भरोसा किया जा सकता है।''

कमल ने कुछ जवाब नहीं दिया, चुपके से उसके मुँह की ओर देखा। राजेन्द्र ने कहा, ''इस बीच में आपने तो बिस्तर तक बदल डाला है! और सब कुछ तो आपने ढूँढ-खोज कर निकाल लिया, पर इन्हें उठा कर उस पर सुलाया कैसे?''

कमल ने आहिस्ते से कहा, ''तरकीब मालूम हो, तो यह काम मुश्किल नहीं।''

''मगर मालूम कैसे हो? मालूम होने की तो कोई बात नहीं थी।''

कमल ने कहा, ''मालूम करना क्या सिर्फ तुम्हीं लोगों के हाथ की बात है? बचपन में चाय-बगान में मैंने बहुत-से रोगियों की सेवा की है।''

''अच्छा, यह बात है!'' कह कर उसने चारों तरफ नजर दौड़ाई, फिर कहा, ''आते वक्त साथ में कुछ खाने को लेता आया हूँ। देख गया था कि सुराही में पानी है, लीजिए, खा लीजिए, मैं बैठा हूँ।''

कमल उसके चेहरे की तरफ देख कर जरा हँस दी, बोली, ''खाने के बारे में तो मैंने कहा नहीं था, अचानक यह बात सूझ कैसे गयी?''

राजेन्द्र बोला, ''बात सच है, सूझा तो अचानक ही। जब मेरा पेट भर गया, तब न जाने क्यों ऐसा लगा कि आपको भी भूख लगी होगी। आते वक्त दुकान से थोड़ा-सा लेता आया। देर न कीजिए, खाने बैठिए।'' कह कर वह खुद ही सुराही उठा लाया। पास ही कलईदार गिलास रखा था, बोला, 'ठहरिए, बाहर से इसे माँज लाऊँ।'' कहता हुआ वह उसे बाहर ले गया। वह कल ही जान गया था कि इस घर में कहाँ क्या रखा है। लौटा तो खोज कर साबुन का टुकड़ा उठा लिया और बोला, ''आपने बहुत उठा-धरी की है, जरा सावधान रहना अच्छा है। मैं पानी देता हूँ, आप पहले हाथ धो लीजिए।''

कमल को अपने पिता की याद आ गयी। उनकी भी बातों में इसी तरह रस-कस कुछ नहीं होता था, मगर वे हार्दिकता से भरी रहती थीं। उसने कहा, ''हाथ धोने में मुझे कोई आपत्ति नहीं, पर खा नहीं सकूँगी भाई। तुम्हें तो शायद मालूम है कि मैं खुद अपने हाथ का बना खाया करती हूँ, और दूसरे, यह सब कीमती अच्छी-

अच्छी मिठाइयाँ भी मैं नहीं खाती। मेरे लिए व्यस्त होने की जरूरत नहीं, मैं तो हमेशा की तरह घर जा कर ही खाऊँगी।''

''तो फिर ज्यादा रात न करके अब घर ही लौट चलिए, आपको पहुँचा दूँ।''

''आप फिर यहीं लौट कर आएँगे?''

''हाँ।''

''कब तक रहिएगा?''

''कम-से-कम सवेरे तक। ऊपर के पंजाबी भाइयों के हाथ कुछ रुपये दे गया था, उनसे एक बार मुकाबला किये बगैर नहीं हिलने का। जरा थक गया हूँ, पर इसकी कुछ परवाह नहीं। मुझे मालूम था कि इतनी लापरवाही होगी, उठिए, फिर ताँगा नहीं मिलेगा, पैदल जाना पड़ेगा। लौटते वक्त मोचियों के मुहल्ले में भी जरा देखने जाना है। दो के मरने की बात थी, देखना है, उन लोगों ने क्या किया?''

कमल को फिर उस बात का खयाल आ गया कि इस आदमी के हृदय में अनुभूति नाम की कोई बला ही नहीं। लगभग यंत्र-सा काम करता है। न-जाने कौन-सी अज्ञात प्रेरणा इसे बार-बार काम में जोत देती है, और यह काम करता चला जाता है! अपने लिए नहीं, और शायद कोई आशा ले कर भी नहीं करता। काम इसके खून में और सारे शरीर में जल-वायु की तरह ही सहज-स्वाभाविक हो गया है। और मज़ा यह कि औरों के आश्चर्य का ठिकाना नहीं, वे सोचते हैं कि ऐसा होता कैसे है? कमल ने पूछा, ''राजेन्द्र, आप खुद भी तो डॉक्टर हैं?''

''डॉक्टर? नहीं तो। सिर्फ जरा डॉक्टरी स्कूल में कुछ दिन पढ़ा था।''

''तो फिर उन लोगों का इलाज कौन करता है?''

''यम।''

''और आप क्या करते हैं?''

''मैं उनके काम में मदद करता हूँ, उनका गुण-लुब्ध परम भक्त हूँ।'' कह कर वह कमल के विस्मयाच्छन्न चेहरे की तरफ क्षण-भर देखता रहा; फिर जरा हँस कर बोला, ''यम नहीं, वे हैं यम-राज। बलिहारी है उसकी प्रतिभा की जिसने राजा कह कर पहले-पहल उनका अभिनन्दन किया था। सचमुच हैं तो राजा ही। जैसी दया है, वैसा ही विवेक। मैं होड़ बद कर कह सकता हूँ कि विश्व का अगर कोई सृष्टिकर्ता है, तो वे उसकी सर्वश्रेष्ठ सृष्टि हैं।''

कमल ने आहिस्ते से पूछा, ''आप क्या मज़ाक कर रहे हैं राजेन्द्र?''

''कतई नहीं। सुन कर सतीश भइया मुँह गम्भीर बना लेते हैं, हरेन्द्र भइया गुस्सा हो जाते हैं, मुझे 'सिनिक' कहते हैं। और अपने आश्रम में उन सबने मिल कर संयम, त्याग और अद्भुत कठोरता के तरह-तरह के अस्त्र-शस्त्र पैने करके मानो

यम-राज के विरुद्ध विद्रोह घोषित कर रखा है। वे समझते हैं कि मैं उनका उपहास कर रहा हूँ। मगर सो बात नहीं है। गरीब दुखियों के मुहल्लों में वे जाते नहीं, अगर जाते तो मेरा विश्वास है कि वे भी मेरी तरह परम राज-भक्त हो जाते और श्रद्धा से झुक कर यम-राज का गुण-गान करते, अकल्याण समझ कर उन्हें गाली देते न फिरते।''

कमल ने कहा, ''यही अगर तुम्हारा वास्तविक मत हो तो तुम्हें 'सिनिक' कहने में बुराई क्या है?''

''बुराई का विचार पीछे होगा। चलेंगी एक बार मेरे साथ मोचियों के मुहल्लों में? कतार-की-कतार पड़ी है, सिर्फ आजकल के एन्फ्लुएन्जा की वजह से ही नहीं—हैजा, चेचक, प्लेग—कोई भी बहाना भर मिलना चाहिए। औषधि नहीं, पथ्य नहीं, सोने के लिए बिस्तर नहीं, ढँकने के लिए कपड़ा नहीं, मुँह में पानी देने के लिए आदमी नहीं—देखते ही एकाएक घबरा जाना पड़ता है कि आखिर इसका किनारा कहाँ है? पर उसी वक्त किनारा नजर आ जाता है, चिन्ता दूर हो जाती है और मन ही मन कहने लगता हूँ—कोई डर नहीं भाई, कोई डर नहीं।—समस्या चाहे कितनी ही गंभीर क्यों न हो, उसका समाधान करने की जिम्मेदारी जिन पर है वे आ ही रहे होंगे। अलग-अलग देशों में अलग-अलग व्यवस्थाएँ है, पर हमारी इस देव-भूमि में सारी-की-सारी जिम्मेदारी यमराज ने ले रखी है, स्वयं राजाधिराज यमराज ने। एक हिसाब से हम बहुत ज्यादा सौभाग्यवान हैं।—लेकिन न जाने कहाँ से ये सब बातें निकल आईं। चलिए, बहुत रात होती जा रही है। बहुत-सा रास्ता पैदल तै करना है।''

''मगर तुम्हें तो फिर उसी रास्ते वापस भी आना है?''

''सो तो आना ही है।''

''तुम्हारा मोची मुहल्ला है कितनी दूर?''

''पास ही है, यानी यहाँ से एक मील के भीतर।''

''तो तुम साइकिल से घूम आओ—मैं बैठी हूँ।''

राजेन्द्र को आश्चर्य हुआ, बोला, ''सो कैसे! आपने तो दो दिन से खाया नहीं है?''

''किसने दी तुम्हें यह खबर?''

''अभी-अभी खयाल की बात हो रही थी न, उसी से। पर खबर मैंने खुद ही प्राप्त की है। आते वक्त आप का रसोई-घर एक बार झाँक कर देख आया था, आलू-भात तैयार रखा था—बटलोई का चेहरा देखने से सन्देह नहीं रहा कि वह पिछली रात का बनाया हुआ है। अर्थात्, दो दिन से आपका कोरा उपवास चल रहा

है। लिहाजा, या तो चलिए या फिर जो लाया हूँ, उसे खा लीजिए। आज हाथ से बनाने का बहाना अवैध है।''

''अवैध?'' कमल जरा हँस कर बोली, ''मगर मेरे लिए तुम्हें इतना सिर दर्द क्यों?''

''सो नहीं जानता। कारण की तलाश अभी खुद ही कर रहा हूँ, पता लगते ही आपको खबर दे दूँगा।''

कमल थोड़ी देर कुछ सोचती रही, उसके बाद बोली, ''जरूर देना। शरमाना मत।'' फिर कुछ देर चुप रह कर उसने कहा, ''राजेन्द्र, तुम्हारे आश्रम के भाई-साहबों ने तुम्हें बहुत कम पहचाना है, इसी से वे तुम्हें उपद्रव समझते हैं। पर मैं तुम्हें पहचानती हूँ। लिहाजा, मुझे भी पहचान रखना तुम्हारे लिए जरूरी है। लेकिन, उसके लिए समय चाहिए, वह परिचय वाद-विवाद करने से नहीं होगा।'' और फिर जरा स्थिर रह कर कहने लगी, ''मैं खुद अपने हाथ से बना कर खाती हूँ, एक बेर खाती हूँ, सो भी अत्यन्त गरीबी का खाना—मुट्ठी भर दाल-भात, बस। पर यह मेरा व्रत नहीं है, इसलिए तोड़ भी सकती हूँ। लेकिन सिर्फ इसीलिए नियम भंग नहीं करूँगी कि दो दिन से खाया नहीं है। तुम्हारे इस स्नेह को मैं नहीं भूलूँगी, पर तुम्हारी बात भी न रख सकूँगी राजेन्द्र। इसके लिए तुम नाराज मत होना, भला!''

''नहीं।''

''क्या सोच रहे हो, बताओ तो सही?''

''सोच रहा हूँ, परिचय की भूमिका का यह अंश बुरा नहीं रहा। देखता हूँ सहज में भुलाया नहीं जा सकेगा।''

''सहज में मैं तुम्हें भूलने कब दूँगी?'' कह कर कमल सहसा हँस पड़ी। बोली, ''मगर अब देर मत करो, जाओ। जितनी जल्दी हो सके, लौट आओ। उस बड़ी आराम कुर्सी पर कम्बल बिछा रखूँगी—दो-चार घंटे सोने के बाद जब सवेरा होगा तब हम लोग घर चलेंगे—क्यों ठीक है न?''

राजेन्द्र ने सिर हिला कर कहा, ''अच्छी बात है। मैंने सोचा था कि आज की रात भी कोरी आँखों में बितानी पड़ेगी; लेकिन छुट्टी मंजूर हो गयी—सेवा का भार आपने खुद अपने ही ऊपर ले लिया। अच्छा हुआ लौटने में शायद मुझे ज्यादा देर न लगेगी, पर इस बीच में आप सो मत जाइएगा।''

कमल ने कहा, ''नहीं। पर यह खबर तुम्हें किसने दी कि ये मेरे पति हैं? यहाँ के भले आदमियों ने शायद? किसी ने भी दी हो, उसने मजाक किया है। विश्वास न हो तो किसी दिन इन्हीं से पूछ लेना, मालूम हो जायेगा।''

राजेन्द्र ने कुछ जवाब नहीं दिया। चुपके से बाहर चला गया।

शिवनाथ मानो इसी की बाट देख रहा था। उसने करवट बदल आँखें खोल कर देखा और कहा, ''यह कौन है?''

सुन कर कमल चौंक पड़ी। कण्ठ का स्वर स्पष्ट था, जड़ता का चिह्न भी न था। आँखों की चितवन में थोड़ी बहुत-सुस्ती जरूर थी, पर चेहरा बिलकुल स्वाभाविक था। अधूरी नींद उचट जाने से जैसा आच्छन्न भाव रहता है, उससे ज्यादा कुछ नहीं था। पर कमल सहसा इस बात पर विश्वास न कर सकी कि इतनी जबरदस्त बीमारी इतनी आसानी से और इतनी जल्द खत्म हो गयी। इसी से जवाब देने में उसे देर लगी। शिवनाथ ने फिर पूछा, ''यह कौन आदमी है शिवानी? तुम्हें साथ ले कर यही आये हैं?''

''हाँ। मुझे भी लाये हैं और तुम्हें भी कल यहाँ पहुँचा गये हैं। वही हैं।''

''नाम क्या है?''

''राजेन्द्र।''

''तुम दोनों क्या अभी एक ही मकान में रह रहे हो?''

''कोशिश तो यही कर रही हूँ। मगर रह जायें तो मेरा भाग्य।''

''हूँ। उसे यहाँ क्यों लाई है?''

कमल ने इस का कोई जवाब नहीं दिया। शिवनाथ ने भी फिर कोई प्रश्न नहीं किया, आँख मींचे पड़ा रहा। बहुत देर तक सन्न रहने के बाद शिवनाथ ने पूछा, ''यह बात तुमने किसके मुँह से सुनी कि मेरे साथ तुम्हारा कोई सम्बन्ध नहीं रहा? मैंने कहा है—ऐसा लोग कह रहे हैं क्या?''

कमल ने इस बात का कोई जवाब नहीं दिया, लेकिन अब की उसने खुद ही प्रश्न किया, ''मुझसे तुमने ब्याह नहीं किया, सो मैंने इस पर भले ही विश्वास न किया हो, तुम तो करते थे? पर मुझे छोड़ के चले आते वक्त यह बात तुम मुझ से कह क्यों नहीं आये? यही सोच रखा था क्या तुमने कि मैं तुम्हें बाँध कर रोक सकती हूँ या रो-पीट कर अनर्थ खड़ा कर सकती हूँ? ऐसा मेरा स्वभाव नहीं, सो तो तुम अच्छी तरह जानते ही थे, फिर कह कर क्यों नहीं आये?''

शिवनाथ थोड़ी देर चुप रह कर बोला, ''काम के झंझट के मारे या रोजगार की खातिर कुछ दिनों के लिए अलग मकान ले कर रहने लगना ही क्या त्यागना हो गया? मैं तो सोचता था—''

शिवनाथ की बात मुँह-की-मुँह में ही रह गयी। कमल बीच में ही बोल उठी, ''रहने दो, मैं नहीं जानना चाहती।'' पर कहने के साथ ही वह अपनी उत्तेजना से आप ही लज्जित हो गयी। कुछ देर चुप रह कर अपने को शान्त करके अन्त में बोली, ''तुम क्या सचमुच ही बीमार थे?''

"सच नहीं तो क्या झूठ?"

"सचमुच ही अगर बीमार थे तो वहाँ न जा कर आशु बाबू के घर किसलिए गये? तुम्हारे एक काम ने तो मुझे व्यथा ही पहुँचाई है, पर दूसरे काम ने मेरा इतना अपमान किया है कि जिसकी हद नहीं! मैं जानती हूँ, यह सुन कर कि मुझे दुख हुआ है तुम हँसोगे; पर यह जानना ही मेरे लिए सान्त्वना है। तुम इतने ओछे हो सिर्फ इसीलिए मैंने सह लिया, नहीं तो मुझसे नहीं सहा जाता।"

शिवनाथ चुप रहा; कमल उसके चेहरे की तरफ एकटक देखती रही और बोली, "तुम जानते हो, मुझे सब सहन हुआ, पर तुम्हें घर से निकाल देना मुझसे नहीं सहा गया। इसी से तुम्हारी सेवा करने आयी थी—तुम्हें रिझाने नहीं।"

शिवनाथ ने धीरे-धीरे कहा, "तुम्हारी इस दया के लिए मैं कृतज्ञ हूँ शिवानी।"

कमल ने कहा, "तुम मुझे 'शिवानी' कह कर मत पुकारो, कमल कह कर पुकारा करो।"

"क्यों?"

"सुनने से मुझे घृणा होती है, इसीलिए।"

"मगर एक दिन तो तुम इसी नाम को सबसे ज्यादा पसन्द करती थीं!" कहते हुए शिवनाथ ने कमल का हाथ अपने हाथ में ले लिया। कमल चुप रही। अपने हाथ को ले कर खींचातानी करने में भी उसे संकोच मालूम हुआ।

"चुप हो रहीं, जवाब क्यों नहीं देतीं?"

कमल पूर्ववत चुप रही।

"क्या सोच रही हो बताओ न शिवानी?"

"क्या सोच रही हूँ, जानते हो? सोच रही हूँ कि इन बातों की याद दिलाने वाला आदमी कितना बड़ा पाखण्डी होना चाहिए।"

शिवनाथ की आँखों में आँसू छलक आये, उसने कहा, "पाखण्डी मैं नहीं हूँ शिवानी। एक दिन आयेगा जब अपनी भूल तुम आप ही समझ जाओगी—उस दिन तुम्हारे पश्चात्ताप की सीमा न रहेगी। क्यों मैंने अलहदा कमरा किराये पर लिया है—"

"लेकिन अलहदा कमरा किराये पर लेने का कारण तो तुमसे मैंने एक बार भी नहीं पूछा? मैंने तो सिर्फ इतना ही जानना चाहा था कि यह बात तुम मुझे जता कर क्यों नहीं आये? तुम्हें एक दिन के लिए भी मैं पकड़ के नहीं रखती।"

शिवनाथ की आँखों से आँसू ढलक पड़े, उसने कहा, "कहने की मुझे हिम्मत नहीं पड़ी शिवानी।"

"क्यों?"

शिवनाथ कुर्ते की आस्तीन से आँखें पोंछता हुआ बोला, ''एक तो रुपयों की तंगी, उस पर आये दिन बाहर जाना पड़ता पत्थर खरीदने। माल लादने-उतारने के लिए स्टेशन के पास एक— ''

कमल बिस्तर से उठ कर दूर एक कुर्सी पर जा बैठी।''मुझे अपने लिए अब दुख नहीं होता। होता है एक दूसरे आदमी के लिए। पर आज तुम्हारे लिए भी दुख हो रहा है शिवनाथ बाबू!''

बहुत दिन बाद फिर आज उसने नाम ले कर पुकारा। बोली, ''देखो, कोरी वंचना को ही मूल-धन मान कर दुनिया में रोजगार नहीं किया जा सकता। मेरे साथ, हो सकता है कि फिर कभी तुम्हारी मुलाकात न हो, लेकिन मेरी तुम्हें याद आयेगी। जो होना था सो हो चुका, वह अब वापस नहीं आ सकता; लेकिन भविष्य में जीवन को और एक पहलू से देखने की कोशिश करोगे तो हो सकता है कि तुम्हारा भला हो, तुम अच्छी तरह रहो।''

कमल ने बड़ी मुश्किल से अपने आँसू रोके। यह बता कर कि आशु बाबू ने क्यों शिवनाथ को अपने घर से हटा दिया, उसका असली कारण क्या था—वह इतनी बड़ी चोट, इतनी बात हो जाने पर भी उसे न पहुँचा सकी।

बाहर साइकिल की घण्टी सुन पड़ी। शिवनाथ बिना कुछ बोले चुपचाप करवट बदल कर सो रहा।

भीतर आ कर राजेन्द्र ने धीमे स्वर से कहा, ''अच्छा, सचमुच ही जाग रही हैं आप। रोगी का क्या हाल है? दवा-अवा कुछ खिलाई-पिलाई क्या?''

कमल ने सिर हिला कर कहा, ''नहीं, कुछ नहीं खिलाया।''

राजेन्द्र ने उँगली से इशारा करके कहा, ''चुप। नींद उचट जायेगी—नींद खराब होना अच्छा नहीं।''

''नहीं। पर तुम्हारे मोचियों ने क्या किया?''

''वे भले आदमी थे, बात रख ली। मेरे पहुँचने के पहले ही यमराज के भैंसे आ कर दो आत्माओं को ले गये, सवेरे दोनों मुर्दों को म्युनिसिपालिटी के भैंसों के हवाले कर छुट्टी पा लूँगा। और भी आठ-दस साँसें भर रहे हैं, कल एक बार आपको ले जा कर दिखा लाऊँगा। आशा है, आपको पर्याप्त ज्ञान प्राप्त होगा। मगर आराम-कुर्सी पर मेरा कम्बल का बिछौना कहाँ है? भूल गयी?''

कमल ने कम्बल बिछा दिया।

''उफ्फ—जान-में-जान आयी!'' कह कर उसने एक लम्बी साँस ली और हत्थों पर बाँहें पसार कर वह पड़ रहा। बोला, ''दौड़-धूप करते-करते पसीने से लथपथ हो गया हूँ—पंखा-वंखा कुछ है क्या?''

कमल हाथ में पंखा ले कर कुर्सी खींच के उसके सिरहाने बैठ गयी और बोली, "मैं हवा कर रही हूँ, तुम सो जाओ। रोगी के लिए चिन्ता करने की जरूरत नहीं, वे अच्छे हैं।"

"वाह! तब तो सब तरफ शुभ ही शुभ समाचार हैं।" कहते हुए उसने आँखें बन्द कर लीं।

18

इन्फ्ल्युएंजा इस देश में बिलकुल नयी बीमारी नहीं है, 'डेंगू' या 'हड्डी तोड़' बुखार के नाम से यहाँ वाले इसे बहुत अवज्ञा और उपहास की दृष्टि से देखते रहे हैं। लोगों की यही धारणा थी कि दो-तीन दिन तकलीफ देने के सिवा उसका और कोई गहरा उद्देश्य नहीं होता।—लेकिन इसकी किसी को कल्पना तक न थी कि सहसा ऐसी दुर्निवार महामारी के रूप में उसका प्रकोप हो सकता है। लिहाजा, इस बार अकस्मात इसकी अपरिमेय शक्ति की सुनिश्चित कठोरता से लोग पहले तो हतबुद्धि-से हो गये, बाद में जिससे जिधर बन सका, भाग खड़ा हुआ। अपने और पराये में ज्यादा भेद-भाव न रहा। बीमार की तीमारदारी करना तो दूर रहा, मरते वक्त मुँह में पानी देने वाला भी बहुतों के भाग्य में न जुटा। शहर और गाँव सर्वत्र ही एक-सी दशा थी। आगरे के भाग्य में भी अन्यथा कुछ नहीं हुआ—उस समृद्ध जन-बहुल प्राचीन नगरी की शकल कुछ ही दिनों में बिलकुल ही बदल गयी। स्कूल-कॉलेज बन्द हो गये हैं, बाजार और मण्डियों की दुकानों में ताले लग गये हैं, यमुना का किनारा सुनसान है—हिन्दू और मुसलमान शव-वाहकों के शंकाकुल त्रस्त पैरों की आवाज़ के सिवा सड़कों पर बिलकुल सन्नाटा है। किसी भी तरफ देखने से यही मालूम होता है कि मारे भय और आशंका के सिर्फ आदमियों की ही नहीं, बल्कि मकानात और पेड़-पौधों तक की शकल-सूरत बिगड़ गयी है। शहर की ऐसी हालत में चिन्ता, दुख और शोक की ज्वाला के कारण बहुतों के साथ बहुतों का समझौता हो गया है—कोशिश करके बातचीत के द्वारा या मध्यस्थ-मान कर नहीं, बल्कि यों ही अपने आप। आज भी जो लोग जिन्दा हैं, अभी तक इस दुनिया से विदा नहीं हुए, वे सभी मानो परस्पर एक-दूसरे के परम आत्मीय हो गये हैं। बहुत दिनों से जिनमें बातचीत तक बन्द थी, सहसा रास्ते में भेंट होते ही उनकी भी आँखों में आँसू छलक आते हैं।—किसी का भाई मर गया है तो किसी का लड़का, किसी की स्त्री मर गयी है तो किसी की लड़की—नाराजगी से मुँह फेर लेने की ताकत अब किसी में नहीं रह

गयी—कभी किसी से बात हुई और कभी वह भी नहीं हुई, चुपचाप मन ही मन एक-दूसरे की कल्याण-कामना करके विदा ले ली है।

मोचियों के मुहल्ले में अब ज्यादा आदमी नहीं बचे हैं। जितने मरे उतने ही भाग गये हैं । बाकी के लिए राजेन्द्र अकेला ही काफी है। उनकी गति और मुक्ति का भार स्वयं उसी ने अपने जिम्मे ले लिया है। हाथ बँटाने के तौर पर कमल हाथ बँटाने आयी थी। इसी का उसको भरोसा था कि बचपन में चाय-बगान में बीमार कुलियों की उसने सेवा की थी, पर दो ही तीन दिन में वह समझ गयी कि उस पूँजी से यहाँ काम नहीं चल सकता। उफ, मोचियों की वह कैसी दुर्दशा थी! भाषा में उसका वर्णन करके विवरण देना असम्भव है। झोंपड़ियों में पाँव धरते ही सारा शरीर काँप उठता था—कहीं भी बैठने को जगह नहीं। वहाँ आने के पहले कमल नहीं जानती थी कि गन्दगी कैसा भयंकर रूप धारण कर सकती है। इस बात की कल्पना को भी वह अपने मन में स्थान न दे सकी कि हरदम इन सबके बीच रहते हुए, अपने को सावधानी से बचाये रख कर, रोगियों की सेवा और देख-भाल की जा सकती है। बड़े दर्प के साथ वह राजेन्द्र के साथ यहाँ आयी थी। दुस्साहसिकता में वह किसी से कम नहीं थी—संसार की किसी बात से वह डरती नहीं थी—मौत से भी नहीं, और उसने इसमें झूठ भी नहीं कहा था; पर यहाँ आ कर उसने समझा कि इसकी भी एक सीमा है। कुछ दिनों में ही डर के मारे उसकी देह का खून सूखने लगा। फिर भी, बिलकुल ही दीवालिया हो कर घर लौट आने के पहले राजेन्द्र उसे आश्वासन देते हुए बार-बार कहने लगा, ''ऐसी निर्भीकता मैंने अपने जीवन में नहीं देखी। ठीक तूफान के मुँह को ही आपने सँभाल लिया। पर अब जरूरत नहीं—आप घर जा कर कुछ दिन आराम कीजिए। इनके लिए जो कुछ आप किये जा रही हैं, उसका ऋण ये अपने जीवन में न चुका सकेंगे।''

''और तुम।''

राजेन्द्र ने कहा, ''इन बचे हुओं को महायात्रा करा कर मैं भी भागूँगा। नहीं तो, क्या आप चाहती हैं कि इनके साथ मैं भी मर जाऊँ?''

कमल को जवाब ढूँढे न मिला, क्षण भर उसकी तरफ देखती रही, फिर चली आयी। मगर इसके मानी यह नहीं कि वह इन कई दिनों में अपने घर बिलकुल आ ही न सकी हो। रसोई बना कर साथ ले जाने के लिए उसे रोज एक बार अपने घर आना पड़ता था। पर आज यह जान कर कि उसे फिर उस भयानक स्थान में वापस न आना पड़ेगा एक ओर जैसे उसे तसल्ली हुई, वैसे ही दूसरी ओर अव्यक्त उद्वेग से उसका सारा जी भर उठा। आते वक्त वह राजेन्द्र से खाने के बारे में पूछना भूल गयी थी। मगर, यह त्रुटि चाहे कितनी ही बड़ी क्यों न हो, जहाँ उसे वह छोड़ आयी

है उसके लेखे कुछ नहीं थी।

स्कूल-कॉलेज बन्द होने के समय से हरेन्द्र का ब्रह्मचर्याश्रम भी बन्द है। ब्रह्मचारी बालकों को किसी निरापद स्थान में पहुँचा दिया गया है और देख-रेख के लिए सतीश उनके साथ है। अविनाश की बीमारी के कारण हरेन्द्र खुद नहीं जा सका। आज वह कमल के घर आया, और नमस्कार करके बोला, ''पाँच-छः रोज से रोज आ रहा हूँ, आपसे भेंट ही नहीं होती। कहाँ थीं?''

कमल ने मोचियों के मुहल्ले का नाम लिया तो वह अत्यन्त विस्मित हुआ, बोला, ''वहाँ? वहाँ तो, सुनते हैं, बहुत लोग मर रहे हैं! यह सलाह आपको दी किसने? पर किसी ने भी दो हो, अच्छा काम नहीं किया।''

''क्यों?''

''क्यों क्या? वहाँ जाने के मानी है लगभग आत्म-हत्या। मैं तो यह सोच रहा था कि शिवनाथ बाबू आगरे से चले गये हैं, सो शायद आप भी कहीं चली गयी होंगी। पर गयी होंगी अवश्य ही, कुछ दिनों के लिए ही, नहीं तो मकान खाली किये बगैर नहीं जातीं—अच्छा, राजेन्द्र का पता है कुछ? वह क्या यहीं है या और कहीं चला गया? अचानक ऐसा गोता मारा कि कोई पता ही नहीं मिलता।''

''उनसे क्या आपको कोई खास काम है?''

''नहीं, खास काम के मानी जो साधारणतः समझे जाते हैं, वैसा तो कोई काम नहीं। फिर काम ही समझिए। कारण, मैं भी अगर उसकी खोज-खबर लेना बन्द कर दूँ तो सिवा पुलिस के और कोई उसका आत्मीय जन नहीं रह जाता। मुझे विश्वास है, आपको मालूम है कि वह कहाँ है।''

कमल ने कहा, ''मुझे मालूम है। पर आपको बताने में कुछ फायदा नहीं। यह अनुसन्धान करना अनुचित कुतूहल है कि जिसे घर से भगा दिया है अब वह बाहर निकल कर कहाँ गया।''

हरेन्द्र कुछ देर चुप रहा, फिर बोला, ''मगर वह मेरा घर नहीं, आश्रम है। वहाँ उसे स्थान नहीं दे सका। मगर इसकी शिकायत दूसरे के मुँह से सुनना भी मुझे गवारा नहीं। अच्छी बात है, मैं जाता हूँ। उसे पहले भी बहुत बार ढूँढ निकाला है, और इस बार भी ढूँढ लूँगा—आप ढँक के नहीं रख सकेंगी।''

यह बात सुन कर कमल हँस दी, बोली, ''जैसा कि आप कह रहे हैं हरेन्द्र बाबू, फिर अगर उन्हें मैं ढँक रखूँगी तो क्या आप समझते हैं कि उससे मेरा दुख दूर हो जायेगा?''

हरेन्द्र खुद भी हँस दिया, पर उस हँसी के इर्द-गिर्द बहुत-सी सेंध रह गयी; उसने कहा, ''मेरे सिवा इस प्रश्न का जवाब देने वाले आगरे में और भी बहुतेरे हैं।

वे क्या कहेंगे, मालूम है? कहेंगे—कमल, आदमी का दुख तो एक तरह का है नहीं, बहुत तरह का है। उनकी प्रकृतियाँ भी भिन्न हैं और दुख दूर करने के रास्ते भी भिन्न हैं। लिहाजा, उन दुखी लोगों के साथ अगर कभी मुलाकात हो जाये तो बातचीत करके उन्हीं से फैसला कर लीजिएगा।'' फिर वह जरा ठहर कर बोला, ''लेकिन असल में आप भूल रही हैं। मैं उस दल का नहीं हूँ। व्यर्थ परेशान करने मैं नहीं आया, क्योंकि, संसार में जितने लोग आप पर सचमुच श्रद्धा रखते हैं, उन्हीं में से मैं भी एक हूँ।''

कमल ने उसके चेहरे की तरफ एक नज़र डाल कर धीरे से पूछा, ''मुझ पर आप सचमुच श्रद्धा रखते हैं सो किस नीति से? मेरे मत या आचरण, किसी के भी साथ तो आप लोगों का मेल नहीं।''

हरेन्द्र ने उसी वक्त उत्तर दिया, ''नहीं, कोई मेल नहीं। मगर फिर भी मैं गहरी श्रद्धा रखता हूँ। क्यों, यही आश्चर्य की बात मैं अपने आपसे बार-बार पूछा भी करता हूँ।''

''कोई उत्तर नहीं पाते?''

''नहीं। मगर विश्वास है कि किसी न किसी दिन पा लूँगा जरूर।'' फिर जरा ठहर कर बोला, ''आपका इतिहास कुछ-कुछ आपके निज के मुँह से सुना है, कुछ अजित बाबू से मालूम हुआ है—हाँ, आपको मालूम होगा शायद, वे अब हमारे आश्रम में ही रहने लगे हैं।''

कमल ने सिर हिला कर कहा, ''सो तो आप पहले ही बता चुके हैं।''

हरेन्द्र कहने लगा, ''आपके जीवन-इतिहास के विचित्र अध्याय ऐसी उदार सरलता से सामने आ खड़े हुए हैं कि उनके विरुद्ध सरसरी राय जाहिर करने में डर लगता है। अब तक जिन बातों को बुरा मानना सीखा है, आपके जीवन में मानों उन्हीं के विरुद्ध मामला दायर कर दिया है! इन बातों का न्याय करने वाला कहाँ मिलेगा और उसका नतीजा क्या होगा सो मुझे कुछ भी नहीं मालूम; लेकिन भला बताइए तो सही कि इस तरह से जो निर्भयता से आ सकती हैं और घूँघट की कोई आवश्यकता ही नहीं समझतीं, उनके प्रति श्रद्धा किये बगैर कैसे रहा जा सकता है?''

कमल ने कहा, ''निर्भयता से आ कर सामने खड़ा हो जाना ही क्या कोई बहुत बड़ा काम है? दो कन-कटों की कहानी क्या आपने नहीं सुनी? वे भी बीच सड़क से चलते थे। आपने नहीं देखा, लेकिन मैंने चाय-बगान के साहबों को देखा है। उनका निर्भय, निःसंकोच बेहयापन देख कर दुनिया में लज्जा को भी लज्जा आती है। लज्जा को उन्होंने मानो गर्दनिया दे कर बाहर निकाल दिया है। उनके दुःसाहस की तो सीमा नहीं—मगर उनकी यह बात क्या आदमी के लिए श्रद्धा की चीज़ है?''

हरेन्द्र को ऐसे उत्तर की आशा और चाहे किसी से रही हो, इस स्त्री से नहीं थी। सहसा मानो उसे कोई बात ढूँढे न मिली। उसने कहा, "वह और बात है।"

कमल ने कहा, "कैसे जाना कि और बात है? बाहर से मेरे पिता को भी लोग उन्हीं में से एक समझा करते थे। मगर मैं जानती हूँ, यह सच नहीं था। लेकिन सच तो सिर्फ जानने पर ही निर्भर नहीं है—दुनिया के आगे उसका प्रमाण क्या है?"

हरेन्द्र इस प्रश्न का भी उत्तर न दे सका और चुप रहा।

कमल कहने लगी, "मेरा इतिहास आप सब ने सुना है, और खूब सम्भव है कि उस कहानी का परमानन्द के साथ उपभोग भी किया है। पर इस विषय में आप मौन हैं कि मेरे काम सब अच्छे हुए या बुरे, जीवन मेरा पवित्र है या कलुषित—मगर हाँ, वे काम गुप्त रूप से न हो कर सब लोगों की आँखों के सामने—सब की उपेक्षा दृष्टि के नीचे हुए हैं—मेरे प्रति आपकी श्रद्धा के आकर्षण का कारण यही है। हरेन्द्र बाबू, दुनिया में आदमी की श्रद्धा मैंने इतनी ज्यादा नहीं पायी कि लापरवाही से बिना कहे-सुने उसका अपमान कर सकूँ; पर आप मेरे सम्बन्ध में जैसे और भी बहुत कुछ जानते हैं वैसे ही यह भी जान रखिए कि अक्षय बाबुओं की अश्रद्धा से बढ़ कर यह श्रद्धा ही मुझे पीड़ा पहुँचाती है। अश्रद्धा मुझसे सही जाती है, पर इस श्रद्धा का भार मेरे लिए सहना मुश्किल है।"

हरेन्द्र पहले की तरह ही क्षण-भर मौन रहा। कमल के वाक्यों से—खासकर उसके कण्ठ स्वर की शान्त-कठोरता से मन ही मन उसे अपने अपमान का बोध हुआ। थोड़ी देर बाद उसने कहा, "क्या इस पर आपको विश्वास नहीं होता कि विचार और व्यवहार में मतभेद होते हुए भी किसी पर श्रद्धा की जा सकती है, कम-से-कम मैं कर सकता हूँ?"

कमल ने बहुत ही सरलता से उसी वक्त जवाब दिया, "ऐसा तो मैंने नहीं कहा हरेन्द्र बाबू कि विश्वास नहीं होता। मैंने तो सिर्फ यही कहा है कि ऐसी श्रद्धा मुझे पीड़ा पहुँचाती है।" फिर जरा ठहर कर कहा, "आचार और विचार के लिहाज से अक्षय बाबू और आप में कोई विशेष भेद नहीं। उनमें बहुत जगह अनावश्यक और अत्यधिक कठोरता न होती तो आप सब एक-से ही होते। और अश्रद्धा के लिहाज से भी आप सब एक से हैं। मेरे सिर्फ इस साहस ने कि मैं लज्जा और संकोच के मारे छिपी-छिपी नहीं फिरती, आप लोगों का आदर प्राप्त किया है। मगर इसकी कितनी-सी कीमत है हरेन्द्र बाबू? बल्कि, यह सोच कर कि आप लोग इसी के लिए अब तक मेरी वाह-वाही करने आ रहे हैं मेरे मन में एक अरुचि ही पैदा होती है।"

हरेन्द्र ने कहा, "इसके लिए, वाह-वाही अगर हो ही, तो क्या वह असंगत है? साहस क्या दुनिया में कोई चीज़ नहीं?"

कमल ने कहा, "आप लोग हर एक प्रश्न को इतना एकांगी करके क्यों पूछते हैं? यह तो मैंने नहीं कहा कि साहस कोई चीज़ ही नहीं, मैंने तो कहा था कि यह चीज़ संसार में दुर्लभ होने से ही यह आँखों में चकाचौंध पैदा कर देती है। पर इससे भी बड़ी एक और चीज़ है और वह चीज़ सहसा बाहर से साहस के अभाव जैसी ही मालूम देती है।"

हरेन्द्र ने सिर हिलाते हुए कहा, "समझ नहीं सका। आपकी बहुत-सी बातें बहुधा मुझे पहेली-जैसी मालूम देती हैं, लेकिन आज की बातें तो उन्हें भी लाँघ गयी हैं। मालूम होता है, आज आप बहुत ही अन्यमनस्क हैं। इसका आपको कुछ खयाल ही नहीं कि किसका जवाब किसे दिये चली जा रही हैं।"

कमल ने कहा, "ठीक यही बात है।" फिर क्षण-भर स्थिर रह कर बोली, "हो भी सकता है। सचमुच की श्रद्धा पाना क्या चीज़ है, सो शायद अब तक मैं खुद ही नहीं जानती। उस दिन सहसा चौंक-सी गयी। हरेन्द्र बाबू, आप दुखी न हों, लेकिन उसके साथ तुलना करने से और सब बातें आज परिहास-सी ही मालूम होती हैं।" कहते-कहते उसकी आँखों की प्रखर दृष्टि पर जैसे छाया आ पड़ी, और सारे चेहरे पर ऐसी एक स्निग्ध सजलता प्रवाहित हो उठी कि हरेन्द्र को अनुभव हुआ कि कमल की ऐसी मूर्ति उसने पहले कभी देखी ही न थी। अब उसे जरा भी संशय न रहा कि ये बातें कमल किसी अनुद्दिष्ट व्यक्ति को लक्ष्य करके कह रही है। वह सिर्फ निमित्त मात्र है, और इसीलिए शुरू से आखिर तक सब कुछ उसे पहेली-सा मालूम हो रहा है।

कमल कहने लगी, "अभी-अभी आप मेरी दुर्दम निर्भीकता की प्रशंसा कर रहे थे—अच्छी बात है, आपने सुना है कि शिवनाथ मुझे छोड़ कर चले गये हैं?"

हरेन्द्र का मारे शर्म के सिर झुक गया, बोला, "हाँ।"

कमल ने कहा, "हम दोनों में मन ही मन शर्त थी कि सम्बन्ध-विच्छेद का दिन अगर कभी आयेगा तो सहज ही दोनों अलग हो जायेंगे। नहीं-नहीं—किसी दस्तावेज पर लिखा-पढ़ी करने की जरूरत न होगी—यों ही।"

हरेन्द्र ने कहा, "ब्रूट!"

कमल ने कहा, "सो तो आपके मित्र अक्षय बाबू हैं। शिवनाथ गुणी आदमी हैं, उनके विरुद्ध मुझे अपनी तरफ से कोई बड़ी शिकायत नहीं। और शिकायत करने से लाभ ही क्या है? हृदय की अदालत में तो इकतरफा फैसला ही होता है, उसकी तो कोई अपील-कोर्ट है नहीं।"

हरेन्द्र ने कहा, "इसके मानी यह हुए कि प्रेम के सिवा और किसी बन्धन को आप नहीं मानतीं?"

कमल ने कहा, ''पहली बात तो यह कि हमारे मामले में कोई और बन्धन था नहीं, और दूसरी, अगर होता भी तो उसे मंजूर कराने से फायदा क्या था? देह का जो हिस्सा लकवे से बेकार हो जाता है उसके लिए बाहर का बन्धन भारी बोझ हो उठता है। उस के द्वारा काम कराना ही सबसे ज्यादा खटकता है।'' कह कर क्षण भर वह चुप रही और फिर कहने लगी, ''आप सोचते होंगे कि सचमुच का ब्याह नहीं हुआ, इसी से ऐसी बात मुँह से निकाल रही हूँ, हुआ होता तो न निकाल सकती। लेकिन यह बात नहीं है। हुआ होता तो भी निकाल सकती थी; पर हाँ, तब इतनी आसानी से इस समस्या का हल न कर पाती। नाकाम हिस्सा भी शायद देह से जुड़ा रह जाता, और अधिकांश स्त्रियों के सम्बन्ध में जैसा होता है, मुझे भी उसी तरह आमरण उस दुख का बोझा लिये यह जिन्दगी बितानी पड़ती। मैं बच गयी हरेन्द्र बाबू, भाग्य से छुटकारे का दरवाजा खुला था, सो मुक्ति पा गयी।''

हरेन्द्र ने कहा, ''आपको शायद मुक्ति मिल गयी। लेकिन इस तरह सभी अगर मुक्ति का द्वार खुला रखना चाहें, तो संसार में समाज-व्यवस्था की बुनियाद तक उखड़ जायेगी। ऐसा कोई नहीं जो उस अवस्था की भयंकर मूर्ति को कल्पना में भी अंकित कर सके। इस सम्भावना को सोचा भी नहीं जा सकता।''

कमल ने कहा, ''सोचा जा सकता है, और एक दिन ऐसा आयेगा जब सोचा जायेगा। इसका कारण यह है कि मनुष्य के इतिहास का शेष अध्याय अभी तक पूरा लिखा नहीं गया। एक दिन के किसी एक अनुष्ठान के जोर से अगर उसका छुटकारे का रास्ता सारे जीवन के लिए रोक दिया जाये तो वह श्रेय की व्यवस्था नहीं माना जा सकता। संसार में सभी भूल-चूक के सुधार की व्यवस्था है, कोई उसे बुरा नहीं बताता; फिर भी, जहाँ भ्रान्ति की सम्भावना सबसे ज्यादा है और उसके निराकरण की आवश्यकता भी उतनी ही अधिक है, वहीं लोगों ने अगर सारे उपायों को अपनी इच्छा से बन्द कर रखा हो तो वह अच्छा कैसे मान लिया जाये, बताइए भला?''

इस स्त्री की तरह-तरह की दुर्दशाओं के कारण हरेन्द्र के मन में गहरी सहानुभूति थी—उसके विरुद्ध की जा रही आलोचना में वह जल्दी शामिल नहीं होता और जब विरोधी दल तरह-तरह की गवाहियों और प्रमाणों से उसे हीन साबित करने की कोशिश करता तब वह प्रतिवाद भी करता। विरोधी लोग कमल के प्रकट आचरण और वैसी ही निर्लज्ज उक्तियों की नज़ीरें दे-दे कर जब धिक्कारते, तब हरेन्द्र तर्क-युद्ध में परास्त हो कर भी जी-जान से यह समझाने की कोशिश किया करता कि कमल के जीवन में हर्गिज यह सच नहीं हो सकता। कहीं-न-कहीं कोई न कोई एक रहस्य है जो एक-न-एक दिन अवश्य ही व्यक्त होगा। इस पर वे व्यंग से कहते,

कृपा कर उसे व्यक्त कर दीजिए तो प्रवासी बंगाली समाज में हम लोग बदनामी से बच जायें। और अगर कहीं अक्षय मौजूद होता तो क्रोध से पागल हो कर कहता, आप लोग सभी समान हैं। मेरे जैसी विश्वास की शक्ति किसी में भी नहीं है; आप लोग उसे अपना भी नहीं सकते, छोड़ भी नहीं सकते। आजकल के कुछ उग्र विलायती विचारों के भूत ने आप लोगों को ग्रस्त कर रक्खा है।

अविनाश कहते, ''ये विचार कमल के मुँह से नये ही सुने हों, सो बात भी नहीं हैं अक्षय, मैंने तो वे पहले से ही सुन रखे हैं। आज-कल की दो-चार अंग्रेजी की अनूदित पुस्तकें पढ़ लेना ही इसके लिए काफी है। विचारों की इसमें कोई करामात नहीं।''

अक्षय कठोर हो कर पूछता, ''तो किस की करामात है? कमल के रूप की? अविनाश बाबू, हरेन्द्र अविवाहित छोकरा है, उसे माफ किया जा सकता है; मगर आश्चर्य तो यह है कि बुढ़ापे में आ कर आप लोगों की आँखें भी चौंधिया गयीं।'' इतना कह कर वह कनखियों से आशु बाबू की तरफ देखता और कहता, ''मगर यह 'प्रेत-नीर' का उजाला है आशु बाबू, सड़े कीचड़ से इसकी पैदाइश है। साफ दिखाई दे रहा है कि उस कीचड़ में ही किसी दिन बहुतों को खींच ले जा कर मारेगा वह, सिर्फ अक्षय को वह भुलावा नहीं दे सकता—वही असल-नकल पहचानता है।''

आशु बाबू मुसकरा कर रह जाते, पर अविनाश मारे क्रोध के लाल-पीले हो जाते। हरेन्द्र कहता, ''आप बड़े बहादुर हैं अक्षय बाबू, आपकी जय-जयकार हो। हम सब मिल कर जब कीचड़ में डुबकियाँ लेने लगें तब आप किनारे पर खड़े-खड़े बगलें बजा कर नाचिएगा, हम में से कोई भी आपकी निन्दा न करेगा।''

अक्षय जवाब देता, ''निन्दा का काम मैं करता ही नहीं हरेन्द्र। गृहस्थ आदमी हूँ, मैं सहज-सीधी बुद्धि से समाज को मान कर चलता हूँ। न तो मैं ब्याह की कोई नयी व्याख्या करना चाहता हूँ और न दुनिया-भर के वाहियात लड़कों को जमा कर ब्रह्मचारी-गीरी ही दिखाता फिरता हूँ। आश्रम में चरणों की धूल का वजन और जरा बढ़ा लेने की कोशिश करो भइया, फिर साधन-भजन के लिए चिन्ता न करनी होगी। देखते-देखते सारा-का-सारा आश्रम विश्वामित्र ऋषि का तपोवन हो उठेगा और शायद हमेशा के लिए तुम्हारी एक कीर्ति रह जायेगी।''

अविनाश गुस्सा भूल कर जोर से हँस पड़ते और निर्मल दबी मुस्कान से आशु बाबू का चेहरा चमक उठता। हरेन्द्र के आश्रम पर किसी की भी आस्था नहीं थी, उसे सब ने एक व्यक्तिगत खामखयाली भर समझ रखा था।

जवाब में हरेन्द्र मारे गुस्से के लाल हो कर कहता, ''पशु के साथ तो युक्ति-

तर्क चल नहीं सकता, उसके लिए दूसरी विधि है। मगर, उसकी व्यवस्था करते नहीं बनती, इसीलिए आप चाहे जिसे सींग मारते फिरते हैं। छोटे-बड़े, नीच-ऊँच, स्त्री-पुरुष किसी का भी खयाल नहीं करते।'' और यह कहते हुए अन्य दो-चार जनों को लक्ष्य करके कहता, ''पर आप लोग इसे प्रश्रय क्योंकर देते हैं? इतना बड़ा एक कुत्सित इंगित भी मानों कोई परिहास का विषय हो?''

अविनाश अप्रतिभ-से हो कर कहते, ''नहीं-नहीं, प्रश्रय क्यों देने लगे, पर तुम जानते ही हो, अक्षय को बोलते वक्त उपयुक्त काल और क्षेत्र का ज्ञान नहीं रहता।''

हरेन्द्र कहता, ''यह काण्ड-ज्ञान सच पूछा जाये तो, उसकी अपेक्षा आप लोगों को और भी कम है। मनुष्य के मन का चेहरा तो दिखाई देता नहीं भाई साहब, नहीं तो हँसी-मजाक कम ही लोगों के मुँह से शोभा देता। विवाह के बहाने शिवनाथ ने कमल को ठग लिया, मगर मेरा दृढ़ विश्वास है कि उस धोखे को भी कमल ने सत्य के समान ही मान लिया था। गार्हस्थिक लेन-देन के नफे-नुकसान का बखेड़ा करके उसने उसे लोगों की निगाह में नीचे नहीं गिराना चाहा। पर उसके न चाहने पर भी आप लोग क्यों छोड़ने लगे? शिवनाथ उसके प्रेम की निधि हो सकता है, पर आप लोगों का कौन है? क्षमा का अपव्यय आप लोग न सह सके। यही है न आप लोगों की घृणा का मूल कारण—असल पूँजी? सो उसी को भँजा-भँजा कर आप लोगों से जितना चलाया जाये, चलाइए, पर मैं विदा लेता हूँ।'' इतना कह कर हरेन्द्र उस दिन गुस्सा हो कर चला गया।

उसके मन में इस बात का दृढ़ विश्वास था कि किसी दिन कमल के मुँह से यह बात व्यक्त होगी कि शैव-विवाह को वास्तविक विवाह मान कर ही वह धोखे से छली गयी थी। अपनी इच्छा से, सब कुछ जानते हुए एक गणिका की तरह उसने शिवनाथ का आश्रय नहीं लिया था। लेकिन आज उसके विश्वास की यह दीवार भी मिट्टी में मिल गयी। हरेन्द्र कोई अक्षय या अविनाश नहीं था। बिना किसी भेद-भाव के नर-नारी सबके प्रति उसकी तबीयत में एक तरह की विस्तृत और गहरी उदारता थी। इसीलिए उसने बचपन से अपने को देश और दस के कल्याण के लिए सब तरह के अनुष्ठानों में लगा रखा था। उसके ब्रह्मचर्य-आश्रम, उसके उदार दान, सबके साथ अपना सब कुछ बाँट लेने—इस सबकी जड़ में उसकी वही उदार भावना काम कर रही थी और उसकी इस प्रवृत्ति ने ही उसे शुरू से कमल के प्रति श्रद्धान्वित कर रखा था। लेकिन इसकी उसने कल्पना भी नहीं की थी कि आज वह उसी के मुँह पर उसी के प्रश्न के उत्तर में ऐसा भयानक जवाब दे बैठेगी। भारत के धर्म, नीति, आचार—उसके स्वातंत्र्य और विशिष्ट सभ्यता के प्रति हरेन्द्र के मन में अच्छेद्य

स्नेह और अपरिमेय भक्ति थी, फिर भी, लम्बी पराधीनता और वैयक्तिक कमजोरियों के कारण उत्पन्न होने वाले उसके व्यतिक्रमों को भी वह अस्वीकार नहीं करता था। लेकिन कमल के द्वारा ऐसी उग्र अवज्ञा के साथ उसके मूलभूत सिद्धान्तों तक के अस्वीकार किये जाने के कारण उसकी वेदना की सीमा नहीं रही। और इस बात की याद करके कि कमल के पिता यूरोपीय थे और माता कुलटा थी—उसकी नसों में व्यभिचार का खून डोल रहा है, मारे घृणा के वह मन ही मन स्याह पड़ गया। दो-तीन मिनट चुप रह कर धीरे से बोला, "तो अब जाता हूँ—"

कमल हरेन्द्र के मन के भाव को ठीक से ताड़ न सकी, सिर्फ एक परिवर्तन पर उसका लक्ष्य गया। धीरे से उसने पूछा, "मगर जिस काम के लिए आये थे उसका तो कुछ किया ही नहीं?"

हरेन्द्र ने सिर उठा कर पूछा, "क्या काम?"

कमल ने कहा, "राजेन्द्र की खबर जानने आये थे, पर बगैर जाने ही चले जा रहे हैं। अच्छा, यहाँ उनके रहने के कारण क्या आप लोगों में बहुत भद्दी आलोचना हुआ करती है? सच बताइएगा?"

हरेन्द्र ने कहा, "अगर कभी होती भी है तो मैं उसमें शरीक नहीं होता। मेरे लिए यही काफी है कि वह पुलिस के हाथ में न पड़े। उसे मैं पहचानता हूँ।"

"लेकिन मुझे?"

"लेकिन आप तो ऐसी बातों का खयाल करती नहीं, और न आपके ऐसे विश्वास ही हैं।"

"बहुत कुछ ऐसा ही है। यानी ऐसी कोई कड़ी शपथ मैंने नहीं ले रखी है कि इन बातों का खयाल करूँगी ही। पर मित्र का ही खयाल करने से काम नहीं चलता हरेन्द्र बाबू, और एक आदमी का भी खयाल करना जरूरी है।"

"इसे मैं व्यर्थ समझता हूँ। बहुत दिनों के बहुत से काम-काज में जिसे मैंने बिना किसी संशय के पहचान लिया है, उसके सम्बन्ध में मुझे कोई आशंका नहीं। उसकी जहाँ तबीयत हो, रहे; मैं निश्चिन्त हूँ।"

कमल ने उसके चेहरे की तरफ क्षण भर चुप रह कर देखा और कहा, "आदमी को बहुत परीक्षाएँ देनी पड़ती हैं हरेन्द्र बाबू। उसका एक दिन पहले का प्रश्न सम्भव है कि दूसरे दिन के उत्तर से मेल न खाये। किसी के सम्बन्धों में भी अपने विचार को इस तरह शेष बना कर नहीं रखना चाहिए, धोखा खाना पड़ता है।"

हरेन्द्र ने अनुमान किया कि कमल ने ये बातें सिर्फ तत्व-दृष्टि से ही नहीं कहीं, इनमें कुछ एक इशारा भी है। लेकिन पूछ-ताछ करके उस इशारे को स्पष्ट करने की उसे हिम्मत नहीं पड़ी। राजेन्द्र के प्रसंग को बन्द करके उसने सहसा दूसरा

प्रसंग छेड़ दिया। बोला, ''हम लोगों ने निश्चय किया है कि शिवनाथ को उचित दण्ड दिया जाये।''

कमल सचमुच ही आश्चर्य में पड़ गयी। उसने पूछा, '' 'हम लोगों ने' किसने?''

हरेन्द्र ने कहा, ''जो भी हों, उनमें मैं भी एक हूँ। आशु बाबू बीमार हैं, उन्होंने वचन दिया है कि अच्छे होने पर वे मेरी सहायता करेंगे।''

''वे बीमार हैं?''

''हाँ, उनकी तबीयत आज सात-आठ दिन से खराब है। मनोरमा पहले ही चली गयी है। आशु बाबू के चाचा काशी वास कर रहे हैं, वे ही आ कर उसे ले गये हैं।''

सुन कर कमल चुप ही रही। हरेन्द्र कहने लगा, ''शिवनाथ जानता है कि कानून की रस्सी उस तक पहुँच नहीं सकती। इसी बल पर उसने अपने मरे हुए मित्र की स्त्री को धोखा दिया, अपनी बीमार स्त्री को त्याग दिया और फिर बेखटके आपका सर्वनाश किया। कानून को वह बहुत अच्छी तरह समझता है, सिर्फ नहीं जानता तो यही कि दुनिया में कानून ही सब कुछ नहीं है, उसके बाहर भी कुछ और मौजूद है।''

कमल ने हँसते हुए कौतुक के साथ पूछा, ''लेकिन आप लोगों ने दण्ड उनके लिए क्या तय किया है? उन्हें पकड़ ला कर फिर एक बार मेरे साथ जोड़ देंगे, यही न?'' और वह जरा हँस दी। उसका यह प्रस्ताव हरेन्द्र को भी ऐसा हास्यकर प्रतीत हुआ कि उससे भी बगैर हँसे न रहा गया। बोला, ''मगर यह भी तो नहीं हो सकता कि वह जिम्मेदारी को इस तरह छोड़ कर अपने मन के माफिक बिना किसी बाधा-विघ्न के बच कर निकल जाये, और इसके भी कोई मानी नहीं कि आपके साथ उसे जोड़ ही देना होगा।''

कमल ने कहा, ''तो आखिर उन्हें ला कर आप करेंगे क्या? मुझ पर पहरा देने के काम में लगायेंगे, या उनकी गरदन पकड़ेंगे और नुकसान वसूल कर मुझे दिलायेंगे? पहली बात तो यह कि रुपये मैं लूँगी नहीं, दूसरी, वह चीज़ उनके पास है भी नहीं। शिवनाथ कितने गरीब हैं सो और कोई भले ही न जाने, मैं तो जानती हूँ।''

''तो क्या इतने बड़े अपराध का कोई दण्ड ही न होगा? और कुछ ही चाहे न हो, पर यह तो उन्हें जता देना जरूरी है कि बाजार से आज भी चाबुक खरीदा जा सकता है।''

कमल व्याकुल हो कर कहने लगी, ''नहीं नहीं, ऐसा न कीजिएगा। उससे

मेरा इतना बड़ा अपमान होगा कि मैं उसे सह नहीं सकूँगी।'' फिर उसने कहा, ''इतने दिन मैं गुस्से में ही जल-भुन रही थी कि इस तरह चोर की भाँति भागे फिरने की क्या जरूरत थी, साफ-साफ मुझ से कह कर जाते तो क्या मैं उन्हें रोक लेती? तब मुझे यह दुबका-चोरी का असम्मान ही मानो पर्वत के बराबर बन कर दिखाई देता था, उसके बाद सहसा एक दिन मौत के मुहल्ले से बुलाहट आयी। वहाँ न जाने कितनी मौतें अपनी आँखों देख कर आयी। आज मेरी चिन्ता की धारा एक दूसरे ही रास्ते से बहने लगी है। अब सोचती हूँ कि उनमें जो कह कर जाने का साहस नहीं था, सो वही तो मेरा सम्मान है। उनकी दुबका-चोरी, छल-कपट और सारे मिथ्याचार ने मेरी मर्यादा बढ़ा देने का ही काम किया है। पाने के दिन उन्होंने मुझे धोखा दे कर ही पाया था, लेकिन छोड़ने के दिन उन्हें मुझे ब्याज और मूल सब चुकता करके जाना पड़ा है। अब मुझे कोई शिकायत नहीं, मेरा सब-का-सब वसूल हो गया है। आशु बाबू को नमस्कार जता कर कहिएगा कि मेरी भलाई करने की कामना से कहीं वे मेरा नुकसान न करें।''

हरेन्द्र एक भी बात न समझ सका, अवाक हो कर देखता रहा।

कमल ने कहा, ''संसार की सब चीज़ें सबके समझने की नहीं होती हरेन्द्र बाबू, आप दुखी न हों। पर मेरी बात अब न कीजिए। दुनिया में सिर्फ शिवनाथ और कमल ही हों, सो बात नहीं। यहाँ और भी लोग रहते हैं, और उनके भी सुख-दुख हैं।'' कहते हुए उसने अपनी निर्मल और प्रशान्त हँसी से मानो दुख और वेदना की घनी भाप क्षण भर में दूर कर दी। बोली, ''कौन कैसे हैं सो खबर भी तो दीजिए?''

हरेन्द्र ने कहा, ''पूछिए?''

''अच्छी बात है। पहले बताइए कि अविनाश बाबू का क्या हाल है? सुना था कि वे बीमार हैं, अब अच्छे हो गये?''

''हाँ। पूरी तरह अच्छे न होने पर भी बहुत कुछ अच्छे हैं। उनके एक चचेरे भाई रहते हैं लाहौर, स्वास्थ्य ठीक करने के लिए वे लड़के को साथ ले कर वहीं गये हैं। लौटने में शायद दो-एक महीने की देर होगी।''

''और नीलिमा? वे भी क्या साथ गयी हैं?''

''नहीं, वे यहीं हैं।''

कमल ने आश्चर्य के साथ पूछा, ''यहीं हैं? अकेली, उस मकान में?''

हरेन्द्र ने पहले तो जरा इधर-उधर किया, फिर कहा, ''भाभी की समस्या सचमुच ही जरा कठिन हो गयी थी, पर भगवान ने बचा लिया; आशु बाबू की तीमारदारी के बहाने उन्हें यहीं छोड़ जाने का सुयोग मिल गया।''

यह संवाद इतना बेडौल था कि कमल आगे कुछ पूछ न सकी, सिर्फ और

जानकारी की आशा से उसकी तरफ उत्सुक होकर देखती रह गयी। हरेन्द्र की दुविधा मिट गयी और जब वह बोला, तब उसके स्वर से गूढ़ क्रोध का चिह्न प्रकट हुआ। कारण, इस मामले में अविनाश के साथ उसका जरा कुछ कलह-सा भी हो गया था। हरेन्द्र ने कहा, ''परदेश में अपने डेरे पर जो चाहे सो किया जा सकता है, पर इसी कारण वयस्का विधवा साली को ले कर चचेरे भाई के घर जा कर नहीं रहा जा सकता। उन्होंने कहा, 'तुम भी तो मेरे अपने जन हो, तुम्हारे घर क्या...' मैंने जवाब दिया कि—'पहले तो मैं तुम्हारा अपना आदमी हूँ, सो बहुत दूर के नाते से—पर उनका कोई भी नहीं। दूसरे, वह मेरा घर नहीं, आश्रम है; वहाँ रखने का नियम नहीं। तीसरे, फिलहाल लड़के सब बाहर चले गये हैं, मैं अकेला हूँ।' सुन कर भाई साहब को ऐसी चिन्ता हुई जिसकी हद नहीं। आगरे में भी नहीं रहा जा सकता—चारों तरफ मारा-मारी है, और उनके भाई के यहाँ से बार-बार चिट्ठी और तार आ रहे हैं।—भाई साहब बड़े संकट में पड़ गये।''

कमल ने पूछा—''पर सुना है कि नीलिमा का मायका भी तो है?''

हरेन्द्र ने सिर हिला कर कहा, ''है। और सुनते हैं, बड़ी भारी सुसराल भी है। पर उन सबका कोई जिक्र ही नहीं उठा। अचानक एक दिन इसका विचित्र समाधान हो गया। प्रस्ताव किस तरफ से पेश हुआ था, मुझे नहीं मालूम; पर, बीमार आशु बाबू की सेवा का भार भाभी ने ले लिया।''

कमल चुप रही।

हरेन्द्र हँसता हुआ बोला, ''मगर हाँ, आशा है कि भाभी की नौकरी नहीं जायेगी। उन लोगों के वापस आने पर फिर वे अपने पुराने गृहिणी पद पर बहाल हो सकेंगी।''

कमल ने इस श्लेष का भी कोई उत्तर नहीं दिया, वैसे ही मौन बनी रही।

हरेन्द्र कहने लगा, ''मैं जानता हूँ, भाभी वास्तव में सच्चरित्र महिला हैं। अविनाश भइया को वे उनके बुरे-से-बुरे दिनों में भी छोड़ कर नहीं जा सकी थीं, और उस रह जाने के कारण ही उधर के उनके सब रास्ते बन्द हो गये हैं। मगर, इधर भी देखा कि विपत्ति के दिनों में उनके लिए रास्ता खुला नहीं है। इसी से सोचता हूँ, कि बिना किसी अपराध के भी इस देश की स्त्रियाँ कितनी बेबस हैं!''

कमल उसी तरह चुप मारे बैठी रही, कुछ बोली नहीं।

हरेन्द्र ने कहा, ''ये बातें सुन कर आप शायद मन ही मन हँस रही हैं, क्यों?''

कमल ने सिर्फ सिर हिला कर कहा, ''नहीं।''

हरेन्द्र बोला, ''मैं अकसर जाया करता हूँ आशु बाबू को देखने। वे दोनों ही आपकी खबर जानना चाहते थे। भाभी के आग्रह की तो कोई सीमा ही नहीं—एक

दिन चलिएगा वहाँ?''

कमल उसी वक्त राजी हो गयी, बोली, ''आज ही चलिए न हरेन्द्र बाबू, उन्हें देख आयें।''

''आज ही चलेंगी? चलिए। अगर मिल जाये तो मैं एक ताँगा ले आऊँ,'' कह कर वह बाहर जा ही रहा था कि कमल ने उसे वापस बुला कर कहा, ''ताँगे में हम दोनों के साथ जाने से शायद आश्रम के हितैषी लोग नाराज होंगे। चलिए, पैदल ही चले चलें।''

हरेन्द्र ने पीछे को मुड़ कर कहा, ''इसके मानी?''

''मानी कुछ नहीं—ऐसे ही। चलिए, चलें।''

19

लगभग तीसरे पहर हरेन्द्र और कमल दोनों आशु बाबू के घर पहुँचे। खाट पर अधलेटी अवस्था में पड़े हुए अस्वस्थ गृह-स्वामी उस दिन का 'पायोनियर' पढ़ रहे थे। कई दिन से उन्हें बुखार नहीं है, दूसरी शिकायतें भी दूर होती जाती हैं, सिर्फ शारीरिक कमजोरी अभी तक नहीं गयी। इन दोनों के अन्दर पहुँचते ही वे अखबार फेंक, उठ कर बैठ गये और कितने खुश हुए सो उनके चेहरे से साफ मालूम हो गया। उनके मन में डर था कि कमल शायद अब न आयेगी। इसी से हाथ बढ़ा कर उसे ग्रहण करते हुए बोले, ''आओ, मेरे पास आ कर बैठो।'' और हाथ पकड़ कर उसे अपनी खाट के पास पड़ी कुर्सी पर बिठाते हुए कहा, ''कैसी हो, बताओ तो कमल?''

कमल ने हँसते चेहरे से जवाब दिया, ''अच्छी ही हूँ।''

आशु बाबू ने कहा, ''सो तो भगवान का आशीर्वाद है। नहीं तो जैसे कुदिन आये हैं, उनमें यह सोचा भी नहीं जा सकता कि कोई अच्छी तरह होगा। इतने दिन थी कहाँ, बताओ तो? हरेन्द्र से रोज ही पूछता हूँ और रोज ही वह जवाब देता है—घर में ताला पड़ा है, उनका कोई पता नहीं। नीलिमा को शक हो रहा था कि तुम कुछ दिनों के लिए कहीं बाहर चली गयी हो?''

हरेन्द्र ने उसका जवाब दिया, कहा, ''और कहीं नहीं, इसी आगरे में मोचियों के मुहल्ले में सेवा-कार्य में लगी हुई थीं। आज भेंट हो गयी सो पकड़ लाया।''

आशु बाबू भय-व्याकुल कण्ठ से बोले, ''मोचियों के मुहल्ले में? पर अखबार में खबर है कि वह मुहल्ला बिलकुल उजाड़ हो गया है। इतने दिन वहीं थीं? अकेली?''

कमल ने सिर हिलाते हुए कहा, "नहीं, अकेली नहीं थी, साथ में राजेन्द्र भी थे।"

सुनते ही हरेन्द्र ने उसके चेहरे की तरफ देखा, पर कुछ कहा नहीं। इसका तात्पर्य यह था कि तुम्हारे बगैर कहे ही मैंने अन्दाजा लगा लिया था। इस बात को मैं नहीं जानूँगा तो और कौन जानेगा कि जहाँ दैव का इतना जबरदस्त निग्रह शुरू हो गया है, वहाँ के उन अभागों को छोड़ कर वह एक कदम भी इधर-उधर नहीं जा सकता।

आशु बाबू ने कहा, "अद्‌भुत आदमी है यह लड़का। उसे मैंने दो-तीन से ज्यादा दफा नहीं देखा, उसके बारे में कुछ जानता भी नहीं, फिर भी ऐसा लगता है कि वह किसी अजीब धातु का बना हुआ है। उसे ले क्यों नहीं आयीं, सब पूछता। अखबारों से तो सब बातें मालूम पड़तीं नहीं।"

कमल ने कहा, "नहीं। लेकिन उनके आने में अब भी देर है।"

"क्यों?"

"मुहल्ला अभी तक पूरा खत्म नहीं हुआ है। उनका प्रण है कि जो लोग अभी बचे हुए हैं उन सबको रवाना किये बगैर वे वहाँ से छुट्टी न लेंगे।"

आशु बाबू ने उसके मुँह की तरफ देखते हुए पूछा, "तो फिर तुम्हें कैसे छुट्टी मिल गयी? क्या तुम्हें वहाँ फिर जाना पड़ेगा? मैं मना तो नहीं कर सकता, पर यह तो बड़ी चिन्ता की बात है कमल!"

कमल ने सिर हिलाते हुए कहा, "चिन्ता की कोई बात नहीं आशु बाबू, चिन्ता कहाँ नहीं है, बताइए। पर मेरी घड़ी में जितनी चाबी भरी थी वह खत्म हो चुकी, और तब मैं आयी हूँ। फिर से वहाँ जाने का सामर्थ्य मुझ में नहीं है। अब अकेले राजेन्द्र वहाँ रह गये हैं। किसी-किसी के शरीर-यन्त्र में प्रकृति ऐसी अनिबट चाबी भर कर दुनिया में भेज देती है कि न तो वह कभी खत्म ही होती है और न वह यंत्र ही कभी बिगड़ता है। राजेन्द्र उन्हीं में से एक हैं। शुरू-शुरू में ऐसा लगा कि इस भयानक मुहल्ले में वे जीते रहेंगे कैसे? और कितने दिन जीते रहेंगे? वहाँ से जब अकेली चली आयी, तो किसी भी तरह मेरी चिन्ता न मिटी, पर अब मुझे कोई डर नहीं है। न जाने कैसे मैं पक्के तौर पर समझ गयी हूँ कि प्रकृति ही खुद अपनी गरज से ऐसों को जिलाये रखती है। नहीं तो गरीब-दुखियों के झोपड़ी में जब बाढ़ की तरह मौत आ घुसती है तब उसकी ध्वंस-लीला का गवाह कौन रहेगा? आज ही हरेन्द्र बाबू से सब किस्सा कह रही थी। शिवनाथ बाबू के घर से आखिरी रात जब लज्जा से सिर झुकाये चली आयी—"

आशु बाबू यह वृतान्त सुन चुके थे, बोले, "इसमें तुम्हारे लिए लज्जा की

क्या बात है कमल? सुना है, उनकी सेवा करने के लिए ही तुम बिना कहे अपने आप उनके घर पहुँच गयी थीं...''

कमल ने कहा, ''लज्जा उस बात की नहीं आशु बाबू! लज्जा तो मुझे तब हुई जब मैंने देखा कि उन्हें कोई बीमारी ही नहीं है—सब ढोंग हैं—किसी बहाने से आप लोगों की कृपा पाना ही उनका उद्देश्य था जो सफल न हो पाया। आखिर आपने अपने घर से उन्हें निकाल ही दिया।—तब मेरा क्या हाल हुआ सो मैं आपको समझा नहीं सकती। जो साथ था, उसे भी यह बात जता नहीं सकी—सिर्फ किसी तरह रात के अन्धकार में उस दिन चुपचाप वहाँ से निकल आयी। रास्ते में बार-बार सिर्फ एक ही बात का खयाल आता रहा कि इस अति क्षुद्र कंगाल आदमी को गुस्से में आ कर सजा देना न तो धर्म है और न इसमें सम्मान है।''

आशु बाबू ने विस्मयापन्न हो कर कहा, ''कह क्या रही हो कमल? शिवनाथ की बीमारी क्या सिर्फ एक बहाना था? सच नहीं थी?''

लेकिन जवाब देने के पहले ही दरवाजे के पास पैरों की आहट सुन कर सब ने उधर देखा कि नीलिमा आ रही है। उसके हाथ में दूध का कटोरा है। कमल ने हाथ उठा कर नमस्कार किया। उसने हाथ का कटोरा पलँग के सिरहाने तिपाई पर रख कर प्रतिनमस्कार किया, और यह समझ कर कि इन लोगों की बातचीत में उसने बाधा पहुँचाई है, खुद कुछ न बोल कर एक तरफ बैठ गयी।

आशु बाबू ने कहा, ''लेकिन यह तो कमजोरी है कमल! यह चीज़ तो तुम्हारे स्वभाव के साथ मेल नहीं खाती। मैं बराबर सोचता था कि जो कार्य अनुचित है, जो मिथ्याचार है, उसे तुम माफ नहीं करती।''

हरेन्द्र ने कहा, ''इनके स्वभाव का तो मुझे पता नहीं, मगर मोची-मुहल्ले की मौतें देख कर इनकी धारणा बदल गयी है, और यह खबर मुझे इन्हीं से मिली है। पहले इनके मन में चाहे जो बात रही हो, पर अब किसी के भी खिलाफ शिकायत करने में ये नाराज हैं।''

आशु बाबू ने कहा, ''मगर उसने जो तुम्हारे प्रति इतना बड़ा अत्याचार किया, उसका क्या होगा?''

कमल ने मुँह उठाते ही देखा कि नीलिमा उसकी तरफ एकटक देख रही है। जवाब सुनने के लिए वही मानो सबसे ज्यादा उत्सुक है। नहीं तो, शायद वह चुप ही रहती, हरेन्द्र ने जितना कहा है उससे ज्यादा एक शब्द भी नहीं कहती। उसने कहा, ''यह प्रश्न मेरे लिए अब असंगत मालूम होता है। सिर्फ इसलिए कि जो नहीं है, वह क्यों नहीं, आँसू बहाने में मुझे शरम आती है; इस बात पर झगड़ा करने में कि जितना वे कर सके, उससे ज्यादा उन्होंने क्यों नहीं किया, मेरा सिर झुक जाता

है। आप लोगों से सिर्फ इतनी प्रार्थना है कि मेरे दुर्भाग्य को ले कर उनसे खींचातानी न करें।'' इतना कह उसने मानो सहसा थक कर कुर्सी की पीठ से सिर टिका लिया और आँखें मीच लीं।

घर की नीरवता भंग की नीलिमा ने। उसने आँख के इशारे से दूध का कटोरा दिखाते हुए आहिस्ता से कहा, ''यह जो बिलकुल ही ठंडा हुआ जा रहा है। देखिए, पी सकेंगे या नहीं, नहीं तो फिर से गरम कर लाने के लिए कह दूँ।''

आशु बाबू ने कटोरा मुँह से लगा कर जरा-सा पिया और फिर रख दिया। नीलिमा ने मुँह उठा कर देखा और कहा, ''इस तरह रख देने से काम नहीं चलेगा, डॉक्टर के निर्देश मैं तोड़ने नहीं दूँगी।''

आशु बाबू थके हुए-से हो कर मोटे तकिये के सहारे पड़ रहे, बोले, ''यह बात तुम्हें भूलनी नहीं चाहिए कि डाक्टर से भी बड़ा व्यवस्थापक है हमारा अपना शरीर।''

''मैं नहीं भूलती, भूल जाते हैं आप खुद।''

''सो तो मेरी उमर का दोष है नीलिमा, मेरा नहीं।''

नीलिमा ने हँसते हुए कहा, ''सो तो है ही। दोष लादने लायक उमर पाने में अब भी आपको बहुत देरी है।—अच्छा, कमल को ले कर हम जरा उस कमरे में जा रही हैं, गप-शप करेंगी, आप आँखें बन्द कर के जरा आराम कीजिए।—क्यों? जायें?''

आशु बाबू की शायद ऐसी इच्छा नहीं थी, फिर भी उन्हें राजी होना पड़ा; बोले, ''मगर एकदम तुम लोग चले मत जाना, बुलाने से सुन लेना।''

''अच्छी बात है। चलो जी छोटे बाबू, हम लोग बगल वाले कमरे में चल कर बैठें।'' यह कह वह सब को साथ ले कर चली गयी। नीलिमा की बातें स्वभावतः ही मधुर होती हैं, और कहने के ढंग में भी ऐसी एक विशिष्टता होती है जो सहज ही दिखाई दे जाती है; लेकिन आज के ये थोड़े-से शब्द मानो उससे भी आगे निकल गये। हरेन्द्र ने उधर ध्यान नहीं दिया, पर कमल ने गौर किया। पुरुष की दृष्टि में जो नहीं आया, वह पकड़ाई दे गया स्त्री की दृष्टि में। नीलिमा तीमारदारी करने आयी है, और यह भी ठीक है कि साधारण लोगों की दृष्टि में इस बीमार आदमी की तन्दुरुस्ती की तरफ खास सावधानी रखने में कोई आश्चर्य की बात नहीं, मगर उन साधारण जनों में कमल का शुमार नहीं किया जा सकता। नीलिमा की इस अत्यन्त सावधानी की अपूर्व स्निग्धता देखकर जैसे उसके मन में एक अजीब-सा विस्मय जागा। विस्मय सिर्फ एक तरफ से नहीं, बहुत तरफ से हुआ। ऐसे सन्देह को कि सम्पत्ति के मोह ने इस विधवा को मुग्ध कर लिया है, कमल अपनी कल्पना में भी

स्थान न दे सकी, क्योंकि नीलिमा का इतना परिचय तो वह पा ही चुकी थी। आशु बाबू के यौवन और रूप का प्रश्न तो इस मामले में सिर्फ असंगत ही नहीं, बल्कि हास्यकर है। तब फिर इसका पता कहाँ मिलेगा, मन ही मन कमल उसकी खोज करने लगी। इसके अलावा एक पहलू और भी है। वह है आशु बाबू का अपना पहलू। लोगों का दृढ़ विश्वास था कि इस सरल और सदाशिव भले आदमी के हृदय के नीचे की गहराई में पत्नी-प्रेम का आदर्श ऐसी अचंचल निष्ठा के साथ नित्य पूजित होता आ रहा है कि किसी दिन कोई भी प्रलोभन उस पर दाग नहीं लगा सका। जिस दिन मनोरमा की माँ की मृत्यु हुई थी—उस समय आशु बाबू की उमर ज्यादा न थी, तब तक यौवन बीता नहीं था—उसी दिन से, उस लोकान्तरित पत्नी की स्मृति को उखाड़ कर नवीन की प्रतिष्ठा करने के लिए घर वालों और इष्ट मित्रों ने प्रयत्न करने में कुछ उठा नहीं रखा था, मगर फिर भी उस दुर्भेद्य दुर्ग का द्वार तोड़ने का कौशल किसी को भी ढूँढे नहीं मिला। ये सब बातें कमल ने बहुतों के मुँह से सुनी थीं। और, दूसरे कमरे में आ कर वह अन्यमनस्क सी चुपचाप बैठी सिर्फ यही सोचने लगी कि नीलिमा के इस मनोभाव का लेशमात्र भी इस आदमी के ध्यान में आया है या नहीं? अगर आया हो, तो दाम्पत्य के जिस सुकठोर व्रत की वे अत्याज्य धर्म की तरह एकाग्र सावधानी के साथ आजीवन रक्षा करते आये हैं, आसक्ति की इस नव जागृत चेतना से वह लेशमात्र विक्षुब्ध हुआ है या नहीं?

नौकर चाय-रोटी और फल वगैरह दे गया। अतिथियों के सामने उन सबको रखती हुई नीलिमा तरह-तरह की बातें करने लगी। आशु बाबू की बीमारी, उनकी तन्दुरुस्ती, उनकी सहज सज्जनता और बच्चों जैसी सरलता के छोटे-मोटे विवरण, और इसी तरह की और भी बहुत-सी बातें जो इधर कई दिनों में उसकी निगाह से गुजरी हैं। श्रोता के तौर पर हरेन्द्र स्त्रियों के लिए लोभ की चीज़ था; उसके साग्रह-प्रश्नों के उत्तर में नीलिमा की बोली उन्मुक्त नदी की तरह शतमुखी हो कर फूट निकली। उसके कहने की आन्तरिकता से हरेन्द्र ऐसा मुग्ध हुआ कि उसे फिर ध्यान ही नहीं रहा कि जिस भाभी को उसने अविनाश के घर देखा है, वह यही है या नहीं। वह परिणत यौवन का स्निग्ध गाम्भीर्य, वह कौतुकपूर्ण उज्ज्वल परिमित परिहास, वैधव्य की वह सीमित संयत बातचीत, वह सुपरिचित स्वभाव—यह सब-का-सब इन्हीं कई दिनों में छोड़-छोड़ कर जो अकल्पित वाचालता से बालिका की तरह प्रगल्भ हो उठी है, सो क्या उसकी वही भाभी है?

बातें करते-करते नीलिमा की नज़र कमल पर पड़ी, देखा कि चाय के प्याले में मुँह लगाने के सिवा उसने और कुछ खाया नहीं है। क्षुब्ध-स्वर में उसको उलाहना देते ही कमल ने हँसते हुए जवाब दिया, "इतने में ही मुझे भूल गयी क्या?"

"भूल गयी? इसके मानी?"

"इसके मानी यही कि मेरे खाने-पीने की बात आपको याद नहीं रही है। मैं तो बेवक्त कुछ खाती-पीती नहीं।"

"और हजार अनुरोध करने पर भी उसमें फर्क नहीं पड़ता।" हरेन्द्र ने और पीछे से जोड़ दिया।

उत्तर में कमल ने वैसे ही हँसते हुए कहा, "यह दर्प तो मैं नहीं करती हरेन्द्र बाबू, कि इस हठ में कोई परिवर्तन नहीं हो सकता, पर हाँ, यह मानती हूँ कि साधारणतः इस नियम का मुझे अभ्यास हो गया है।"

रास्ते में निकल कर कमल ने हरेन्द्र से पूछा, "अब आप जा कहाँ रहे हैं, बताइए न?"

हरेन्द्र ने कहा, "डरिए मत, आपके घर नहीं जाऊँगा, पर जहाँ से आपको लाया हूँ, वहाँ न पहुँचा दूँ तो अनुचित होगा।"

तब काफी रात हो चुकी थी, रास्ते में लोगों का आना-जाना नहीं के बराबर था। चलते-चलते अकस्मात अत्यन्त घनिष्ठ की तरह कमल ने हरेन्द्र का एक हाथ अपने हाथ में लेते हुए कहा, "चलिए मेरे साथ। उचित-अनुचित का विचार आपका कितना सूक्ष्म हो गया है, परीक्षा दीजिएगा।"

हरेन्द्र मारे संकोच के हड़बड़ा हो उठा। स्पष्ट देखने लगा कि यह अच्छा नहीं हुआ। इस तरह रास्ते में चलना खतरे से खाली नहीं, और अगर कोई परिचित कहीं से सामने आ पड़ा तो शर्म का ठिकाना न रहेगा; लेकिन बगैर कहे हाथ छुड़ा लेने की अशोभन कठोरता को भी वह मन में स्थान न दे सका मामला बहुत भद्दा मालूम हुआ और उसे संकट की अवस्था मान कर ही वह उसके घर के दरवाजे पर जा पहुँचा। जब उसने विदा माँगी तो कमल ने कहा, "इतनी जल्दी काहे की है? वहाँ आश्रम में अजित बाबू के सिवा तो और कोई है नहीं?"

हरेन्द्र ने कहा, "नहीं। आज वे भी नहीं हैं, सवेरे की गाड़ी से देहली गये हैं, सम्भवतः कल लौट आयेंगे।"

कमल ने पूछा, "जा के खायेंगे क्या? आश्रम में रसोइया रखने की तो व्यवस्था है नहीं?"

हरेन्द्र ने कहा, "नहीं, हम लोग अपने हाथ से बनाते हैं।"

"अर्थात आप और अजित बाबू?"

"हाँ। पर आप हँसती क्यों हैं? निहायत खराब नहीं बनाते हम लोग।"

"अजित बाबू नहीं हैं, इसलिए घर जा कर आपको खुद ही बना कर खाना होगा। मेरे हाथ का बना खाने में अगर आपको घृणा न हो तो मेरी बड़ी इच्छा है

कि आपको आमन्त्रित करूँ। खायेंगे मेरे हाथ की?''

हरेन्द्र ने अत्यन्त क्षुब्ध हो कर कहा, ''यह तो बड़ी बेजा बात है । आप क्या सचमुच ही समझती हैं कि मैं घृणा से नामंजूर कर सकता हूँ ?'' और वह क्षण भर चुप रह कर फिर बोला, ''आपको यह जताने में मैंने कोई कसर नहीं रख छोड़ी है कि जो लोग आपको वास्तव में श्रद्धा की दृष्टि से देखते हैं, मैं उन्हीं में से एक हूँ। मेरी तरफ से आपत्ति सिर्फ इतनी ही है कि बेवक्त मैं आपको तकलीफ नहीं देना चाहता।''

कमल ने कहा, ''सो आप खुद ही देख लीजिएगा, मुझे कोई खास तकलीफ नहीं होगी। आइए।''

रसोई बनाते हुए कमल ने कहा,''मेरी तैयारियाँ बहुत मामूली हैं, लेकिन आश्रम में आप लोगों का जो कुछ देख आयी हूँ, उसे भी प्रचुर नहीं कहा जा सकता। लिहाजा, मुझे भरोसा है कि यहाँ अगर खाने-पीने की कोई तकलीफ भी हो तो औरों की तरह वह आपको असह्य न होगी।''

हरेन्द्र ने खुश हो कर जवाब दिया, ''हमारे यहाँ खाने-पीने की व्यवस्था वही है जो आप देख आयी हैं। सचमुच ही हम लोग बहुत कष्ट के साथ रहते हैं।''

''मगर रहते क्यों हैं? अजित बाबू बड़े आदमी हैं, आपकी अपनी अवस्था भी ऐसी बुरी नहीं—फिर कष्ट पाने की तो कोई वजह नहीं?''

हरेन्द्र ने कहा, ''वजह न हो, जरूरत तो है ही। मेरा विश्वास है कि इस जरूरत को आप भी समझती हैं और इसीलिए आपने अपने सम्बन्ध में भी वही व्यवस्था कर रखी हैं। लेकिन, अगर, कोई बाहर वाला आश्चर्य के साथ आपसे इसका कारण पूछ बैठे तो उसे क्या आप इसका कारण बता सकती हैं?''

कमल ने कहा,''बाहर वालों को भले ही न बता सकूँ, पर भीतर वाले को तो बता ही सकती हूँ। बात यह है कि मैं सचमुच ही बहुत गरीब हूँ, अपने भरण-पोषण के लिए कमाने की जितनी मुझ में शक्ति है, उसमें इससे ज्यादा नहीं किया जा सकता। पिता जी मुझे कुछ भी नहीं दे जा सके, पर वे मुझे दूसरों के अनुग्रह से बचने का यह बीज-मन्त्र दे गये हैं।''

हरेन्द्र उसके मुँह की तरफ चुपचाप देखता रहा। इस विदेश में कमल कैसी निरुपाय है, वह जानता है। सिर्फ रुपये-पैसे के लिए ही नहीं; समाज, सम्मान, सहानुभूति—किसी तरफ भी ताकने के लिए उसके पास कुछ नहीं है। मगर, इस सत्य को भी वह याद किये बगैर न रह सका कि इतनी जबरदस्त नि:सहायता भी इस रमणी को लेशमात्र दुर्बल नहीं कर सकी है। आज भी वह किसी से भीख नहीं माँगती, बल्कि भीख देती है। जो शिवनाथ उसकी इतनी बड़ी दुर्गति का मूल कारण

है, उसे भी दान करने लायक पूँजी अब तक उसके पास खत्म नहीं हुई। हरेन्द्र ने शायद साहस और सान्त्वना देने के अभिप्राय से ही उससे कहा, ''आपके साथ मैं तर्क नहीं करना चाहता कमल, मगर इसके सिवा मैं और कुछ सोच भी नहीं सकता कि हमारी तरह आपकी गरीबी भी वास्तविक नहीं है, एक बार भी आप चाहें तो आपका यह दुख मरीचिका की तरह गायब हो सकता है। पर ऐसी इच्छा आप में नहीं है, कारण, आप भी जानती हैं कि स्वेच्छा से ग्रहण किये हुए दुख को ऐश्वर्य के समान भोगा जा सकता है।''

कमल ने कहा, ''हाँ, भोगा जा सकता है। मगर क्यों, आप जानते हैं ? क्योंकि वह अनावश्यक दुख है —क्योंकि वह दुख का सिर्फ एक अभिनय है। सभी अभिनयों में थोड़ा-बहुत कौतुक रहता है, इसलिए उसका उपभोग करने में कोई बाधा भी नहीं।'' इतना कह कर वह खुद कौतुक से हँस पड़ी।

उसका हँसना सहसा न जाने कैसा बेसुरा-सा मालूम पड़ा। इस व्यंग को सुन कर हरेन्द्र क्षण भर चुप रहा, फिर बोला, ''मगर यह तो आप मानती हैं कि बहुतायत के भीतर जीवन तुच्छ होने लगता है, दुख-दैन्य में से गुजर कर मनुष्य का चरित्र महान और सत्य हो जाता है।''

कमल ने 'स्टोव' पर से कढ़ाही उतार कर नीचे रख दी और एक दूसरा बरतन चढ़ा कर कहा, ''सत्य बनने के लिए उधर भी तो थोड़ा-बहुत सत्य रहना चाहिए हरेन्द्र बाबू! आप लोग बड़े आदमी हैं, वास्तव में आपको कोई कमी नहीं, फिर भी नकली-अभाव की तैयारी में व्यस्त हैं। और फिर उसमें अजित बाबू भी जा मिले हैं। आपके आश्रम की फिलासफी मेरी तो कुछ समझ में आती नहीं, पर इतना समझती हूँ कि गरीबी के कष्ट भोगने की विडम्बना से कभी महत्व को नहीं पाया जा सकता; हाँ, पाया जा सकता है तो थोड़े-से दम्भ और अहम्मन्यता को। संस्कारों से अन्धे न हो कर जरा आँख खोल के आप देखें तो यह चीज़ स्पष्ट दिखाई दे जायेगी। इसके दृष्टान्त के लिए भारत-भ्रमण की जरूरत न होगी।—पर बहस अभी छोड़िए, रसोई बन चुकी, आप खाने बैठिए।''

हरेन्द्र ने हताश हो कर कहा, ''मुश्किल तो यह है कि भारतवर्ष की फिलासफी समझना आपके बूते से बाहर की बात है। आपकी शिराओं में म्लेच्छ रक्त बह रहा है।—हिन्दुओं का आदर्श आपकी दृष्टि में तमाशा ही मालूम देगा।—दीजिए, क्या बनाया है, खाने को दीजिए।''

''देती हूँ।'' कह कर कमल ने आसन बिछा दिया। जरा भी नाराज नहीं हुई।

हरेन्द्र उसकी तरफ देख कर सहसा बोल उठा, 'अच्छा, मान लीजिए कि कोई अगर वास्तव में अपना सब कुछ दान कर सचमुच के अभाव और दैन्य में अपने

को घसीट लाये—तब तो अभिनय कह कर उसका मजाक नहीं किया जा सकेगा ? तब तो—"

कमल ने बीच में ही रोकते हुए कहा, "तब फिर मजाक नहीं—तब तो सचमुच का पागल मान कर उसके लिए सिर धुन-धुन कर रोने का समय आ जायेगा। हरेन्द्र बाबू, कुछ दिन पहले मैं भी कुछ-कुछ आप ही जैसा विचार किया करती थी, उपवास के नशे की तरह मुझे भी उसने मोहित कर रखा था, पर अब वह मेरा संशय जाता रहा है। गरीबी या अभाव इच्छा से आये या इच्छा के विरुद्ध आये, उसमें गर्व करने लायक कुछ नहीं होता। उसके भीतर है शून्यता, उसके भीतर है कमजोरी और उसके भीतर है पाप। अभाव मनुष्य को कितना हीन और कितना छोटा बना देता है, सो मैंने अपनी आँखों से देखा है, इस महामारी में मोचियों के मुहल्ले में जाकर। और भी एक आदमी ने यह देखा है, वे हैं आप के मित्र राजेन्द्र। पर उनसे तो कुछ मिलने का नहीं—आसाम के गहरे जंगल की तरह क्या-क्या वहाँ छिपा हुआ है, कोई नहीं जानता। मैं अकसर सोचा करती हूँ कि आप लोगों ने उन्हीं को विदा कर दिया! कहावत है न, मणि फेंक कर काँच के टुकड़ों को गिरह में बाँध लेना—आप लोगों ने ठीक वही किया है। आपमें से किसी को भीतर से रुकावट नहीं महसूस हुई? आश्चर्य!"

हरेन्द्र ने उत्तर नहीं दिया, चुप रहा।

आयोजन मामूली था, पर कमल ने कैसे जतन से अतिथि को खिलाया सो कहा नहीं जा सकता। खाने बैठा तो हरेन्द्र को बार-बार नीलिमा भाभी की याद आने लगी। नारीत्व के शान्त माधुर्य और शुचिता के आदर्श की दृष्टि से वह नीलिमा से बढ़ कर, और किसी को भी न मानता था। मन ही मन बोला—"शिक्षा, संस्कार, रुचि और प्रवृत्ति को देखते इन दोनों में चाहे कितना ही भेद क्यों न हो, पर सेवा और ममता में दोनों बिलकुल एक-सी हैं। असल में वे बाहर की चीज़ें हैं, इसलिए विषमता का अन्त नहीं और तर्क भी खत्म नहीं होता; लेकिन नारी की जो बिलकुल अपनी चीज़ है, जो सब तरह के मतामत के घेरे के बाहर की वस्तु है, नारी के उस गूढ़ अन्त:करण का रूप देखने से आँखें एकदम जुड़ जाती हैं। नाना कारणों से आज हरेन्द्र को भूख न थी, सिर्फ एक को प्रसन्न करने के लिए ही उसने बूते से बाहर खा लिया। कोई एक तरकारी 'बहुत अच्छी लगी है' कह कर उसने उसके बर्तन को बिलकुल साफ कर दिया। बोला, "बहुत बार असमय में जा-जा कर भाभी का मैंने ठीक इसी तरह नाकों में दम कर दिया है, कमल!"

"किसका, नीलिमा का?"

"हाँ।"

"उनके नाक में दम आता था?"

"जरूर। पर मानती न थीं।"

कमल ने हँस कर कहा, "सिर्फ आपकी ही नहीं, सभी पुरुषों की ऐसी मोटी अक्ल हुआ करती है।"

हरेन्द्र ने बहस के ढंग पर कहा, "मैंने अपनी आँखों से देखा है।"

कमल ने कहा, "सो मैं जानती हूँ। और इस आँखों देखने के घमण्ड में ही आप लोग मरे जा रहे हैं।"

हरेन्द्र ने कहा, "घमण्ड आप लोगों के भी कम नहीं। तब भाभी खाये बिना रह जातीं, उपासी रात बिता देतीं, फिर भी हार नहीं मानतीं।"

कमल चुपचाप उसके मुँह की तरफ देखती रही। हरेन्द्र कहता रहा, "आप लोगों के आशीर्वाद से मोटी अक्ल ही हम लोगों के सदा बनी रहे—इसी में ज्यादा फायदा है। आप लोगों की सूक्ष्म बुद्धि की डाह से उपासे मरना हमें मंजूर नहीं।"

कमल ने इस बात का भी कुछ जवाब नहीं दिया। हरेन्द्र बोला, "अब से मैं आपकी सूक्ष्म बुद्धि की भी बीच-बीच में परीक्षा लिया करूँगा।"

कमल ने कहा, "सो आप नहीं ले सकेंगे, गरीब होने से आपको मुझ पर दया आ जायेगी।"

सुन कर हरेन्द्र पहले तो लज्जित-सा हुआ, फिर बोला, "देखिए, इस बात का जवाब देने में जबान रुकती है। क्यों, जानती हैं? जिसे राजरानी होना शोभता, उसे यह कंगालपना अच्छा नहीं मालूम देता। मालूम होता है, आपकी गरीबी दुनिया की तमाम अमीर स्त्रियों का मज़ाक उड़ा रही हैं"

बात तीर की तरह कमल के कलेजे में जा लगी। हरेन्द्र कुछ और कहना चाहता था कि कमल ने उसे रोकते हुए कहा, "आप जीम चुके हों तो उठिए। उस कमरे में जा कर सारी रात गप्प सुनूँगी, तब तक इस कमरे का काम खत्म कर लूँ।"

थोड़ी देर बाद सोने के कमरे में आ कर कमल ने कहा, "आज आपकी भाभी का सारा इतिहास सुने बगैर आपको छोड़ूँगी नहीं, चाहे कितनी ही रात क्यों न हो जाये। सुनाइएगा?"

हरेन्द्र संकट में पड़ गया, बोला, "भाभी की सारी बातें तो मैं जानता नहीं। उनके साथ पहली जान-पहचान मेरी इसी आगरा शहर में हुई थी। अविनाश भइया के घर। वास्तव में उनके सम्बन्धों में मुझे लगभग कुछ भी नहीं मालूम। जो कुछ यहाँ के लोग जानते हैं, उतना ही मैं जानता हूँ। सिर्फ एक बात शायद संसार में सबसे ज्यादा जानता हूँ, और वह है उनकी अकलंक शुभ्रता। जब उनके पति मरे थे तब उनकी उमर थी उन्नीस-बीस साल की। भाभी ने उन्हें सर्वान्तःकरण से पाया था।

वह स्मृति अब तक पुँछी नहीं है और न कभी पुँछ ही सकती है—जीवन के अन्तिम दिन तक वह अक्षय बनी रहेगी। पुरुषों में जब आशु बाबू की बात उठती है।—मैं मानता हूँ, उनकी निष्ठा भी असाधारण है, लेकिन—''

"हरेन्द्र बाबू, रात बहुत हो गयी है, अब तो आपका घर जाना हो नहीं सकता—इसी कमरे में आपके लिए बिस्तर कर दूँ?''

हरेन्द्र ने आश्चर्य से पूछा, "इसी कमरे में? और आप?''

कमल ने कहा, "मैं भी यहीं सोऊँगी। और तो कोई कमरा है नहीं।''

हरेन्द्र मारे शरम के पीला पड़ गया। कमल ने हँसते हुए कहा, "आप ब्रह्मचारी जो हैं। आपको भी क्या डरने का कोई कारण हो सकता है।?''

हरेन्द्र स्तब्ध हो कर एकटक उसके चेहरे की तरफ देखता रह गया। यह कैसा प्रस्ताव है, उससे कल्पना करते भी न बना। स्त्री हो कर उसके मुँह से यह बात निकली कैसे ?

उसकी हद से ज्यादा विह्वलता ने कमल को धक्का दिया। उसने कुछ क्षण चुप रह कर कहा, "मेरी ही गलती हुई, हरेन्द्र बाबू, अपने घर जाइए। इसी कारण आप की असीम श्रद्धा की पात्री नीलिमा को आश्रम में जगह नहीं मिली, जगह मिली तो आशु बाबू के घर में। सूने घर में अनात्मीय नर-नारी का सिर्फ एक ही सम्बन्ध आपको मालूम है—पुरुष के निकट औरत सिर्फ औरत ही है, इससे ज्यादा नहीं। जाइए, अब देर न कीजिए, आश्रम जाइए।'' इतना कह कर वह खुद ही बाहर के अँधेरे बरामदे में जा कर अदृश्य हो गयी।

हरेन्द्र मूढ़ की तरह दो-तीन मिनट खड़ा रहा, फिर धीरे-धीरे नीचे उतर गया।

20

लगभग एक महीना बीत गया। आगरा में इन्फ्लुएंजा की विकराल महामारी का कोप शान्त हो गया है; कहीं-कहीं दो-एक नये आक्रमण होने की बात सुनी तो जाती है, पर वह ऐसा खतरनाक रूप नहीं लेता। कमल घर में बैठी सिलाई का काम कर रही थी, इतने में हरेन्द्र आ गया। उसके हाथ में एक पोटली थी, उसे पास ही जमींन पर रखते हुए बोला, "आपकी मेहनत देख कर तकाजा करने में शरम लगती है। मगर आदमी भी ऐसे बेहया हैं कि भेंट होते ही पूछते हैं, 'बन गया?' मैं साफ-साफ जवाब दे देता हूँ कि अभी बहुत देर है। बहुत जरूरी हो तो कहिए, कपड़ा वापस ला दूँ। मगर मजे की बात तो यह है कि आपके हाथ की चीज़ जिसने एक

बार बरती वह और कहीं सिलाना नहीं चाहता। यह देखिए न, लालाजी के घर से उनका नौकर फिर गरद रेशम का थान और नमूने का कुर्ता दे गया है—''

कमल ने सिलाई पर से आँख उठा कर कहा, ''ले क्यों लिया?''

''लिया क्या यों ही? कह दिया है कि छह महीने से पहले नहीं होगा—उस पर भी राजी हो गया। बोला, छह महीने बाद तो मिल जायेगा? कोई हर्ज नहीं। यह देखिए न, सिलाई के रुपये तक हाथ पर रख गया है।'' कहते हुए जेब में से उसने एक नोट में मुड़े हुए रुपये निकाल कर कमल के सामने पटक दिये।

कमल ने कहा, ''इतना ज्यादा काम आता रहा तो, मैं देखती हूँ, मुझे आदमी रखना पड़ेगा।'' फिर उसने पोटली खोल कर पुराना पंजाबी कुरता उठा कर देखा और कहा, ''किसी बड़ी दुकान का सिला हुआ मालूम होता है—बड़े कारीगर का काम है—मुझ से तो ऐसा सीते न बनेगा। कीमती कपड़ा है, खराब हो जायेगा, इसे वापस दे दीजिएगा।''

हरेन्द्र ने आश्चर्य प्रकट करते हुए कहा, ''आपसे बढ़ कर कारीगर और भी है क्या कोई?''

''यहाँ न हो, कलकत्ते में तो है। वहीं भेज देने को कहिए।''

''नहीं-नहीं, सो नहीं होगा। आप से जैसा बने वैसा बना दीजिए, उसी से काम चल जायेगा।''

''बनेगा नहीं हरेन्द्र बाबू, बनता तो बना देती।'' कह कर वह अकस्मात हँस पड़ी, बोली, ''अजित बाबू बड़े आदमी हैं और शौकीन-मिजाज ठहरे; ऐसा-वैसा बना देने से उनसे पहना कैसे जायेगा? व्यर्थ में कपड़ा खराब करने से कोई फायदा नहीं, आप वापस ले जाइए।''

हरेन्द्र को अत्यन्त आश्चर्य हुआ, उसने कहा, ''कैसे जाना कि यह अजित बाबू का है?''

कमल ने कहा, ''मैं ज्योतिष जो जानती हूँ। गरद रेशम का थान, पेशगी रुपया और फिर छह महीने बाद मिले तो भी कोई हर्ज नहीं!—यहाँ के लाला लोग ऐसे मूर्ख नहीं होते हरेन्द्र बाबू। उनसे कह दीजिएगा कि उनका कुर्ता बनाने लायक योग्यता मुझ में नहीं है, मैं तो सिर्फ गरीबों के सस्ते दाम के कपड़े ही सीना जानती हूँ। यह नहीं सी सकती।''

हरेन्द्र संकट में पड़ गया। अन्त में बोला, ''उनकी बड़ी इच्छा है कि आपके हाथ का सिला हुआ कुर्ता पहनें। लेकिन, आप कहीं जान न जायें और यह न समझ बैठें कि हम लोग किसी तरह आपकी सहायता करने की कोशिश कर रहे हैं, इससे मैं बहुत दिनों से इसे ला नहीं रहा था। उनसे कहा था कि कम दाम का कोई मामूली

कपड़ा दें। पर वे राजी नहीं हुए। बोले, यह कोई मेरी रोज़ की पहनने की मिरजई थोड़े ही है। यह तो कमल के हाथ की सिली हुई चीज़ है जो सिर्फ किसी विशेष पर्व के दिन पहनने के काम आयेगी और रख छोड़ी जायेगी। इस संसार में उनसे बढ़ कर आप पर शायद ही कोई दूसरा श्रद्धा करता हो।''

कमल ने कहा, "कुछ दिन पहले उनके मुँह से शायद ठीक इससे उलटी बात ही बहुतों ने सुनी होगी। ठीक है कि नहीं? जरा कोशिश करें तो शायद आपको भी स्मरण हो सकता है। जरा याद कर देखिए न?''

कुछ ही दिन पहले की बात थी, हरेन्द्र को सब याद था। वह कुछ लज्जित-सा हो कर बोला, "झूठ नहीं है; मगर ऐसी धारणा तो एक दिन बहुतों की थी। शायद अकेले आशु बाबू की भले ही न हो; लेकिन उन्हें भी एक दिन विचलित होते देखा गया है। खुद मुझको ही देखिए न—आज तो कोई प्रमाण पेश करने की जरूरत नहीं, पर उस दिन की कसौटी पर आज भी अगर कोई मेरी भक्ति और श्रद्धा की जाँच करने लगे तो बताइए मैं कहाँ खड़ा हो सकूँगा?''

कमल ने पूछा, "राजेन्द्र का पता लगा?''

हरेन्द्र ने समझ लिया कि यह हृदय-सम्बन्धी आलोचना, पहले की तरह, आज फिर स्थगित रही। उसने कहा, "नहीं, अब तक तो नहीं लगा। उम्मीद है कि कहीं से आ खड़ा होगा तो लग जायेगा।''

कमल ने कहा, "सो तो मैं जानना चाहती नहीं, मैंने तो आपसे सिर्फ इतना ही पता लगाने को कहा था कि वह पुलिस का मेहमान हुआ है या नहीं।''

हरेन्द्र ने कहा, "सो तो पता लगा लिया। फिलहाल उसके हाथ से तो बचा हुआ है।''

सुन कर कमल निश्चिन्त तो नहीं हो सकी, पर उसे कुछ तसल्ली जरूर हुई। पूछा, "वे कहाँ गये हैं और कब गये हैं, मोचियों के मुहल्ले में जरा जा कर क्या उनका पता नहीं लगाया जा सकता?—हरेन्द्र बाबू, उनके प्रति आपको स्नेह कितना है सो मैं जानती हूँ, इस बारे में पूछना ज्यादती होगी; पर इधर कई दिनों से मेरी ऐसी दशा हो गयी है कि इसके सिवा और कुछ सोच ही नहीं सकती।'' इतना कह कर उसने ऐसी व्याकुल दृष्टि से हरेन्द्र की ओर देखा कि वह विस्मित हो गया। पर दूसरे ही क्षण वह आँख नीची कर के पहले की तरह अपने सिलाई के काम में लग गयी।

हरेन्द्र चुपचाप खड़ा रहा। खड़े-खड़े उसके मन में एक-एक करके कई प्रश्न उठते रहे और कुतूहल भी होता रहा—मुँह से शब्दों ने भी निकलना चाहा, पर उसने अपने को हर बार सँभाल लिया। किसी तरह वह तय नहीं कर पाया कि इस पूछने

का नतीजा क्या होगा। इस तरह पाँच-सात मिनट बीत जाने पर कमल ने खुद ही बात की। सिलाई को एक तरफ रख कर समाप्ति की एक साँस ले कर उसने कहा, ''रहने दो, अब नहीं करती।'' मुँह ऊपर उठाते ही आश्चर्य के साथ बोली, ''यह क्या? खड़े क्यों हैं? कुर्सी खींच कर बैठा भी नहीं गया आपसे?''

''बैठने को तो कहा नहीं आपने।''

''अच्छे रहे! कहा नहीं, सो बैठेंगे भी नहीं?''

''नहीं, बगैर कहे बैठना उचित नहीं।''

''मगर खड़े रहने के लिए भी तो मैंने नहीं कहा, फिर खड़े क्यों हैं?''

''ऐसा अगर आप कहती हैं तो मेरा न खड़ा होना ही उचित था। अपना कसूर मंजूर करता हूँ।''

सुन कर कमल हँस दी। बोली, ''तो मैं भी अपना कसूर मान लेती हूँ। अब तक अन्यमनस्क रहना मेरा अपराध है। अब बैठिए।''

हरेन्द्र कुर्सी खींच कर उस पर बैठ गया। कमल सहसा गम्भीर हो गयी। एक बार कुछ सोचा, फिर बोली, ''देखिए हरेन्द्र बाबू, मैं जानती हूँ और आप भी जानते हैं कि असल में इसके अन्दर कुछ है नहीं। फिर भी बात खटकती ही है। यह जो मैं बैठने के लिए कहना भूल गयी—जो आदर अतिथि को देना चाहिए था वह नहीं दिया—हजार घनिष्टता के होते हुए भी इस त्रुटि पर आपकी निगाह पड़ ही गयी।—नहीं-नहीं, आप नाराज हुए हैं, सो मैं नहीं कहती—मगर फिर भी न जाने क्यों मन में कुछ लगता ही है। मनुष्य का यह संस्कार जाने पर भी नहीं जाना चाहता, कहीं-न-कहीं थोड़ा-बहुत रह ही जाता है।—क्यों, ठीक है न?''

हरेन्द्र इसका मतलब न समझ सका, आश्चर्य के साथ उसके मुँह की तरफ देखता रह गया। कमल कहने लगीं, ''इससे संसार में न जाने कितना अनर्थ हो रहा है और मज़ा यह कि इसी को लोग सबसे ज्यादा भूलते हैं। क्यों, है न यही बात?''

हरेन्द्र ने पूछा, ''यह सब आप मुझसे कह रही हैं, या अपने आप से? अगर मेरे लिए हो तो जरा और साफ करके कहिए। यह पहेली मेरे भेजे में घुस नहीं रही है?''

कमल हँसने लगी, बोली, ''है तो जरा पहेली ही। सीधा-सरल रास्ता होता है, मालूम ही नहीं होता कि विपत्ति आँखें लाल कर रही है। चलते-चलते ठोकर लगती है और उँगली में खून निकलने लगता है, तब कहीं जा कर होश आता है कि और जरा देख कर चलना चाहिए था। क्यों है न सही बात?''

हरेन्द्र ने कहा, ''रास्ते के बारे में तो यह ठीक है। कम-से-कम आगरा के रास्तों पर तो जरा होश सँभाल कर ही चलना अच्छा—ऐसी दुर्घटनाएँ आश्रम के

लड़कों के साथ प्राय: घटती हैं। मगर पहेली ही रह गयी। भीतरी मतलब तो कुछ समझ में नहीं आया?''

कमल ने कहा, ''उसका कोई चारा नहीं हरेन्द्र बाबू। बता देने से ही सभी बातों का मतलब समझ में नहीं आ जाता। मुझको ही देखिए न, मुझे तो किसी ने बताया नहीं, फिर भी मतलब समझने में मुझे कोई अड़चन नहीं हुई।''

हरेन्द्र ने कहा, ''इसके मानी यह हैं कि आप भाग्यशाली हैं और मैं अभागा। या तो ऐसी भाषा में कहिए कि साधारण आदमी के दिमाग में भी घुस जाये या फिर रहने दीजिए, कुछ मत बोलिए। चीनी आतिशबाजी की तरह, जितना इसे खोलना चाहता हूँ, उतना ही यह उलझती जा रही है। अज्ञात अज्ञेय विरोध से शुरू हो कर वक्तव्य अब कहाँ आ कर रुका है, इसका ओर-छोर नहीं मिला। ये सब बातें क्या आप राजेन्द्र की याद करके कह रही हैं? उसे मैं भी तो जानता हूँ, सहल बना करके कहें तो शायद कुछ-कुछ समझ भी सकूँ। नहीं तो, फिर इस तरह एक स्वप्नमग्न आदमी की वक्तृता सुनते-सुनते मुझे अपनी बुद्धि पर विश्वास ही न रह जायेगा।''

कमल हँसते मुँह से बोली, ''किसकी बुद्धि पर? मेरी पर या अपनी पर?''

''दोनों की ही।''

कमल ने कहा, ''सिर्फ राजेन्द्र की ही नहीं। मालूम नहीं क्यों सवेरे से आज मुझे सभी की याद आ रही है। आशु बाबू, मनोरमा, अक्षय, अविनाश, नीलिमा, शिवनाथ—यहाँ तक कि अपने पिता जी की—''

हरेन्द्र ने टोका, ''इस तरह नहीं चल सकता। आप फिर गम्भीर होती जा रही हैं। आपके माता-पिता स्वर्ग गये हैं, उनको इस मामले में घसीटना मुझ से नहीं सहा जायेगा। हाँ, जो जिन्दा हैं, उनकी बात कीजिए। आप राजेन्द्र की बात कहना चाहती थीं—उसी की कहिए, मैं सुनूँ। वह मेरा मित्र है, उसे मैं जानता हूँ, पहचानता हूँ, प्यार भी करता हूँ—मेरा विश्वास कीजिए, मैं चाहे आश्रम चलाता होऊँ या और कुछ करता होऊँ, आपको धोखा नहीं दूँगा। संसार में और लोगों की तरह मैं भी प्रेम की कहानी सुनना पसन्द करता हूँ।''

कमल की गम्भीरता सहसा हँसी में परिणत हो गयी, उसने पूछा, ''सिर्फ दूसरों की ही सुनना पसन्द करते हैं? उससे आगे कुछ नहीं चाहते?''

हरेन्द्र ने कहा, ''नहीं। मैं ब्रह्मचारियों का पण्डा हूँ, अक्षय का दल सुन लेगा तो मुझे खा ही जायेगा।''

सुन कर कमल फिर हँस पड़ी, बोली, ''नहीं, वे नहीं खायेंगे। मैं उसका उपाय कर दूँगी।''

हरेन्द्र ने सिर हिलाते हुए कहा, ''आप नहीं कर सकेंगी। आश्रम तोड़ कर

भाग जाने पर भी मेरा छुटकारा नहीं है। अक्षय ने जब एक बार मुझे पहचान लिया है, तब जहाँ भी मैं जाऊँगा वहाँ मुझे वह सन्मार्ग पर लगाये ही रखेगा। इससे अच्छा यह है कि आप अपनी ही बात कहें। राजेन्द्र को आप अपने मन से किसी तरह भुला ही नहीं सकतीं—उसकी बात के सिवा और कोई बात सोच ही नहीं सकतीं, तो फिर वहीं से शुरू कीजिए। किस तरह उस अभागे छोकरे को आप इतना चाहने लगी हैं, यह सुनने की मुझे बड़ी साध है।"

कमल ने कहा, "ठीक यही प्रश्न मैं बार-बार अपने से भी कर रही हूँ।"

"कुछ पता नहीं पा रही हैं?"

"नहीं।"

"पाने की बात भी नहीं, और मुझे विश्वास भी नहीं होता कि यह सच है।"

"क्यों, विश्वास क्यों नहीं होता?"

"खैर, छोड़िए इस बात को। शायद एक बार मैं कह भी चुका हूँ कि इससे भी अच्छे 'कैण्डिडेट' (उम्मीदवार) मौजूद हैं। आखिरी निर्णय करने के पहले उनके 'केसों' (मामलों) पर भी जरा नजर डाल देखिएगा। यही प्रार्थना है।"

"मगर केसों पर केवल अनुमान के आधार पर तो विचार किया नहीं जा सकता हरेन्द्र बाबू, बाकायदा गवाह और प्रमाणों की जरूरत होती है। सो कौन हाजिर करेगा?"

"वे खुद ही करेंगे। गवाह और सुबूत के लिए वे तैयार हैं, पुकार होते ही हाजिर हो जायेंगे।"

कमल ने कुछ जवाब नहीं दिया, ऊपर मुँह उठा कर देखा और हँस दी। उसके बाद एक-एक करके पूरे और अधूरे सिये कपड़ों की ठीक से तह लगायी, उन्हें बेंत की टोकरी में सजा कर रख दिया और उठके खड़ी हो गयी। बोली, "आपका शायद चाय पीने का वक्त हो गया हरेन्द्र बाबू, जरा-सी चाय बना कर ले आऊँ, आप बैठिए।"

हरेन्द्र ने कहा, "बैठा तो हूँ ही। लेकिन आप तो जानती हैं, चाय पीने के लिए मेरे लिए कोई वक्त-बेवक्त नहीं। मिले तो पी लेता हूँ; न मिले तो कोई बात नहीं। इसके लिए आपको तकलीफ उठाने की जरूरत नहीं। एक बात आपसे पूछूँ?"

"खुशी से।"

"बहुत दिनों से आप किसी के यहाँ गयीं नहीं—सो क्या जान-बूझ कर जाना बन्द कर दिया है?"

कमल को आश्चर्य हुआ, बोली, "नहीं तो। मुझे इसका कुछ खयाल ही नहीं।"

"तो फिर चलिए न, आज जरा आशु बाबू के मकान तक घूम आवें। वे सचमुच

ही बहुत खुश होंगे। जब वे बीमार थे तब एक बार आप गयी थीं, अब तो वे अच्छे हो गये हैं। सिर्फ डॉक्टर ने मना कर दिया है कि वे बाहर न निकलें। नहीं तो शायद वे किसी दिन खुद ही यहाँ आ उपस्थित होते।''

कमल ने कहा, ''वे न आयें तो कोई आश्चर्य की बात नहीं। जाना तो मुझे ही चाहिए था, लेकिन काम के झंझट से जा नहीं सकी। बड़ी गलती हो गयी।''

''तो आज ही चलिए न?''

''चलिए। मगर शाम होने दीजिए। आप बैठिए, चट से एक प्याला चाय बनाये लाती हूँ।'' इतना कह कर वह बाहर चली गयी।

शाम के झुटपुटे में दोनों घर से निकल पड़े। रास्ते में हरेन्द्र ने कहा, ''जरा दिन रहते चलते तो अच्छा रहता।''

''कमल ने कहा, ''नहीं, जान-पहचान का शायद कोई देख लेता।''

''भले देख लेता। इन सब बातों की अब मैं परवाह नहीं करता।''

''पर मैं तो करती हूँ।''

हरेन्द्र ने समझा कि मजाक किया जा रहा है, वह बोला, ''लेकिन जान-पहचान वाले ही अगर सुनेंगे कि आप मेरे साथ अकेली निकलने आजकल संकोच करने लगी हैं, तो वे क्या सोचेंगे?''

''शायद यही सोचेंगे कि मैंने मज़ाक किया होगा।''

''मगर आपको जो पहचानता है, वह क्या और कुछ सोच सकता है? बताइए?''

अबकी बार कमल चुप रही।

जवाब न पा कर हरेन्द्र ने कहा, ''आज आपको क्या हो गया है, मालूम नहीं, सब कुछ अबूझ-सा हो रहा है।''

कमल ने कहा, ''जो समझने का नहीं है, उसे न समझना ही अच्छा है। राजेन्द्र को भूलना चाह कर भी भूलती नहीं। इसका सबसे ज्यादा भान होता है आपके आने पर। उसके लिए आश्रम में स्थान नहीं हुआ—हालाँकि किसी पेड़ के नीचे पड़े रहने से भी उसका काम चल जाता, सिर्फ मैंने ही वहाँ रहने नहीं दिया और आदर के साथ मैं उसे बुला लाई। मेरे घर आया—कहीं से भी उसके मन को कोई रुकावट नहीं आयी। हवा और प्रकाश की तरह उसके आने पर भी सब दिशाएँ खुली रहीं; पुरुष का मानों एक नया परिचय मिला। यह सोचने का मुझे समय ही नहीं मिला कि यह अच्छा है या बुरा—शायद समझने में देर भी लगे।''

हरेन्द्र ने कहा, ''यह बड़ी भारी सान्त्वना है।''

''सान्त्वना क्यों है?''

''सो नहीं मालूम।''

फिर कोई भी कुछ नहीं बोला, दोनों ही न जाने कैसे अन्यमनस्क-से बने रहे।

हरेन्द्र ने शायद जान-बूझ कर ही जरा लम्बा रास्ता अख्तियार किया था। जब वे आशु बाबू के घर पहुँचे तब शाम बीते बहुत देर हो चुकी थी। भीतर जाने के लिए खबर देने की जरूरत न थी, पर पाँच-छह दिन से हरेन्द्र आ नहीं सका था, इसलिए नौकर को सामने पा कर बोला, "बाबू साहब की तबीयत अच्छी है?"

उसने नमस्कार करके कहा, "जी हाँ, अच्छी है।"

"अपने कमरे में ही हैं क्या?"

"नहीं, ऊपर के सामने वाले कमरे में सबके साथ बैठे बातें कर रहे हैं।"

जीने पर चढ़ते कमल ने पूछा, " 'सब' कौन?"

हरेन्द्र ने कहा, "भाभी तो हैं ही, और भी शायद कोई होगा—मालूम नहीं।"

पर्दा हठा कर भीतर घुसते ही दोनों को जरा आश्चर्य हुआ। एसेन्स और चुरुट की तेज गन्ध ने एक साथ मिल कर कमरे की हवा को भारी कर दिया था। नीलिमा मौजूद नहीं थी, आशु बाबू बड़ी आराम-कुर्सी के हत्थों पर पैर फैलाये चुरुट पी रहे थे और पास ही सोफे पर सीधी बैठी एक अपरिचित महिला बातें कर रही थी। कमरे की आबो-हवा की तरह ही उसके मुँह का भाव भी तेज था। बंगालिन थी, पर बंगला बोलने की उस में रुचि नहीं थी और शायद आदत भी न हो। हरेन्द्र और कमल ने कमरे में कदम रखते ही सुन लिया कि वह अनर्गल अंग्रेजी बोल रही है।

आशु बाबू ने मुँह उठा कर देखा। कमल पर निगाह पड़ते ही उनका सारा चेहरा आनन्द से उज्ज्वल हो उठा। शायद एक बार उठकर बैठने की भी कोशिश की, पर सहसा बैठा नहीं गया। मुँह का चुरुट फेंक कर बोले, "आओ कमल, आओ।" और अपरिचित रमणी को निर्दिष्ट करके बोले, "ये मेरी एक रिश्तेदार हैं। परसों आयी हैं, सम्भव है इन्हें कुछ दिन यहाँ रख भी सकूँ।"

जरा ठहर कर फिर बोले, "बेला, ये कमल हैं। मेरी लड़की की तरह।"

दोनों ने एक दूसरे को नमस्कार किया।

हरेन्द्र ने कहा, "और मैं?"

"ओ हो, तुम तो रह ही गये! ये हरेन्द्र हैं, प्रोफेसर अक्षय के परम मित्र। बाकी परिचय यथासमय होता रहेगा—चिन्ता की कोई बात नहीं हरेन्द्र।" और कमल को इशारे से पास बुलाते हुए बोले, "यहाँ मेरे पास आओ कमल, तुम्हारा हाथ ले कर कुछ देर चुप बैठा रहूँ। इसके लिए कई दिनों से मेरा जी तड़फड़ा रहा है।"

कमल हँसती हुई उनके पास जा कर बैठ गयी और दोनों हाथ बढ़ा कर उसने उनके मोटे भारी हाथ को अपनी गोद में रख लिया।

आशु बाबू ने पूछा, "खा-पी कर आयी हो क्या?"

कमल ने सिर हिला कर कहा, ''नहीं।''

आशु बाबू ने छोटी-सी एक साँस ले कर कहा, ''पूछने से फायदा ही क्या? यहाँ तुम्हें खिला तो सकता नहीं!''

कमल चुप रही।

21

बेला के मुँह की तरफ देख कर आशु बाबू जरा हँसे और बोले, ''क्यों, वर्णन मेरा मिल तो गया? इसे बुढ़ापे का 'एकस्ट्रावेगन्स' (बुढ़भस) कह कर मजाक उड़ाना तो तुम्हारा ठीक नहीं हुआ, अब तो मान गयीं?''

महिला चुप रही। आशु बाबू कमल का हाथ हिलाने-डुलाने लगे और बोले, ''इस लड़की को बाहर से देख कर जैसा आश्चर्य होता है, भीतर से देख कर वैसे ही दंग रह जाना होता है। क्यों हरेन्द्र, ठीक है न?''

हरेन्द्र चुप रहा; कमल ने हँसते हुए जवाब दिया, ''ठीक है कि नहीं, इसमें सन्देह है; लेकिन किसी ने अगर बुढ़ापे का 'एकस्ट्रावेगन्स' कहकर आपके काम का मजाक किया हो तो इतना तो बेखटके कहा जा सकता है कि वह ठीक नहीं है। मात्रा-ज्ञान आपका इस दुनिया में अचल है।''

''ओह, ऐसा है!'' आशु बाबू ने गम्भीर स्नेह के स्वर में कहा, ''जानता हूँ कि इस घर में तुम्हें खिला-पिला कुछ भी न सकूँगा, पर यह तो बताओ अपने घर तुमने क्या-क्या खाया है? ''

''जो रोज खाया करती हूँ वही।''

''फिर भी, सुनूँ तो सही? बेला सोच रही थी कि यह भी मैंने बढ़ा-चढ़ा कर कहा है।''

कमल ने कहा, ''यानी मेरे विषय में मेरी अनुपस्थिति में बहुत कुछ चर्चा हो चुकी है?''

''सो तो हुई है—अस्वीकार नहीं करूँगा।'' इतने में चाँदी की रकाबी में एक छोटा कार्ड लिये हुए नौकर आ गया। उसकी लिखावट पर सबकी निगाह पड़ गयी और सभी को आश्चर्य हुआ। इस घर में अजित एक दिन घर के लड़के की तरह था पर अब आगरा में रहते हुए भी वह नहीं आता और शायद यही स्वाभाविक है। इस न आने की लज्जा और संकोच के द्वारा दोनों तरफ से ऐसा एक व्यवधान उठ खड़ा हुआ है कि उसके इस अप्रत्याशित आगमन से सिर्फ आशु बाबू ही नहीं, उपस्थित

भी जरा चौंक-से पड़े। आशु बाबू के चेहरे पर उद्वेग की एक गहरी छाप पड़ गयी—बोले, "उन्हें इसी कमरे में ले आ।"

थोड़ी देर बाद अजित आ पहुँचा। एक साथ इतने परिचित और अपरिचित जनों की उपस्थिति की संभावना का विचार या आशंका उसने नहीं की थी।

आशु बाबू ने कहा, "बैठो अजित। अच्छे तो हो?"

अजित ने सिर हिलाते हुए कहा, "जी हाँ। आपकी तबीयत अब कैसी है? अब तो अच्छी मालूम होती है?"

आशु बाबू ने कहा, "बीमारी तो अच्छी हो गयी मालूम होती है।"

आपसी कुशल का सवाल-जवाब यहीं खत्म हो गया। कमल न होती तो शायद और भी दो-एक बातें हो सकती थीं, लेकिन चार आँखें होने के डर से अजित ने उधर कमल की ओर आँख उठा कर देखने का साहस ही नहीं किया। दो-तीन मिनट तक सब लोग चुप रहे। हरेन्द्र सबसे पहले बोला, "यहाँ आप क्या अभी सीधे घर से ही आ रहे हैं?"

कुछ बोलने का मौका पा कर अजित के जी में जी आ गया। बोला, "नहीं, ठीक सीधा नहीं आ रहा हूँ, आपको खोजते हुए जरा घूम-फिर कर आ रहा हूँ।"

"मुझे खोजते हुए? क्या काम है?"

"काम मेरा नहीं, और एक सज्जन का है। वे राजेन्द्र की खोज में दोपहर से शायद चार बार आ चुके। उनसे बैठने के लिए कहा था, पर वे राजी नहीं हुए। स्थिरता से बैठ कंर प्रतीक्षा करना शायद उनको सहन नहीं है।"

हरेन्द्र ने शंकित हो कर पूछा, "था कौन? देखने में कैसा था? कह क्यों नहीं दिया कि यहाँ नहीं है?"

अजित ने कहा, "यह खबर तो उन्हें दे चुका हूँ। पर शायद उन्होंने विश्वास नहीं किया।"

हरेन्द्र का चेहरा उद्विग्नता से भर उठा, वह उठ खड़ा हुआ और कमल को घर पहुँचाने का भार आशु बाबू पर छोड़ कर चल दिया। उसके चले जाने पर आशु बाबू ने कहा, "कमल, इस लड़के राजेन्द्र को मैंने दो-तीन बार से ज्यादा नहीं देखा—बिना किसी संकट में पड़े उसके दर्शन ही नहीं होते, पर ऐसा लगता है कि उससे मैं काफी स्नेह करने लगा हूँ। मालूम नहीं, कौन-सी महामूल्य वस्तु वह अपने साथ लिये फिरता है, और मजा यह है कि हरेन्द्र के मुँह से सुना करता हूँ कि वह बिलकुल 'वाइल्ड' है, उद्दाम है, पुलिस उसे सन्देह की दृष्टि से देखती है। डर रहता है, न जाने कब क्या उपद्रव खड़ा कर बैठे और शायद उसकी खबर भी न मिले। यही देखो न, किसी को पता ही नहीं लग रहा है कि अचानक कहाँ गायब हो गया।"

कमल पूछ बैठी, "अचानक अगर मालूम हो जाये कि वे संकट में पड़ गये हैं, तो आप क्या करेंगे?"

आशु बाबू ने कहा, "क्या करूँगा, सो जवाब तो सिर्फ तभी दिया जा सकता है, अभी नहीं। बीमारी के दिनों में नीलिमा ने और मैंने उसके बहुत-से किस्से हरेन्द्र के मुँह से सुने हैं। दूसरों के लिए सचमुच ही अपने आपको किस तरह विलीन कर दिया जा सकता है—समर्पित किया जा सकता है—सुनते-सुनते मानो उसकी तसवीर-सी खिंच जाती थी सामने। भगवान से प्रार्थना है कि उस पर कभी कोई आफत-विपत न आये।"

ऊपर से किसी ने कुछ नहीं कहा, पर मन ही मन शायद सभी ने इस प्रार्थना में साथ दिया।

कमल ने पूछा, "नीलिमा को आज देख नहीं रही हूँ? शायद काम में व्यस्त होंगी?"

आशु बाबू ने कहा, "काम-काजी ठहरीं, दिन-रात काम-धन्धे में ही लगी रहती हैं, मगर आज सुना है कि सिर-दर्द से बिस्तर पर पड़ी हैं। तबीयत शायद कुछ ज्यादा खराब है। नहीं तो पड़े रहने का उनका स्वभाव नहीं। अपनी आँखों से देखे बगैर विश्वास नहीं किया जा सकता कि कोई आदमी लगातार इतनी सेवा—इतना परिश्रम कर सकता है।"

फिर क्षण भर चुप रह कर कहा, "अविनाश के साथ मेरी जान-पहचान आगरा में हुई। बीच-बीच में जाता-आता रहा हूँ। कितना-सा परिचय है! फिर भी आज सोचता हूँ कि संसार में अपने-पराये का जो व्यवहार चल रहा है, वह कितना अर्थहीन है! दुनिया में अपना-पराया कोई नहीं। कमल, यह कोई नहीं जानता कि संसार के इस महासमुद्र के बहाव में पड़ कर कौन कहाँ से बहता हुआ पास आ जाता है और कौन बह कर दूर चला जाता है।"

सिर्फ उस अपरिचित स्त्री बेला के सिवा दोनों ही समझ गये कि यह बात किस को लक्ष्य करके और किस दुख से कही गयी है। आशु बाबू कुछ-कुछ जैसे अपने मन की सुनाते हुए कहने लगे, "इस बीमारी से उठने के बाद से संसार की बहुत-सी चीज़ें मानो कुछ दूसरी ही तरह की नजर आने लगी हैं। ऐसा लगता है कि क्यों इतनी खींचा-तानी, बाँधा-बाँधी और इतना भले-बुरे का वाद-विवाद किया जाता है? क्यों मनुष्य अपने चारों तरफ बहुत-सी भूलों और बहुत-से धोखों को जमा करके स्वेच्छा से अन्धा बन रहा है? अब भी उसे बहुत युगों का अज्ञात सत्य ढूँढ निकालना होगा, तब कहीं वह सच्चे अर्थों में मनुष्य हो सकेगा! आनन्द तो नहीं, बल्कि निरानन्द ही मानो उसकी इस सभ्यता और भद्रता का अन्तिम लक्ष्य बन गया है।"

कमल आश्चर्य से उनकी तरफ देखती रही। यह बात नहीं कि उनकी बात का मतलब वह बिना किसी संशय के समझ रही हो। उसे ठीक ऐसा लगता था जैसे कोहरे के बीच किसी आगन्तुक का चेहरा अस्पष्ट-सा दीखता हो; मगर पैरों की चाल बिलकुल परिचित हो।

आशु बाबू खुद ही रुके। शायद कमल की विस्मित दृष्टि ने उन्हें अपनी तरफ से चेता दिया, "तुम्हारे साथ मुझे और भी बहुत-सी बातें करनी हैं कमल, किसी दिन फिर आना।"

"आऊँगी। आज जाती हूँ।"

"अच्छा। गाड़ी नीचे खड़ी है। तुम्हें वह पहुँचा देगा—इसी से वासुदेव को छुट्टी नहीं दी है। अजित, तुम भी साथ क्यों नहीं चले जाते, लौटते वक्त तुम्हें आश्रम में उतारता आयेगा?"

दोनों नमस्कार करके वे बाहर निकल आये। बेला साथ-साथ गाड़ी तक आयी, बोली, "आपके साथ बातचीत करने का आज वक्त नहीं रहा, मगर अब की जिस रोज आयेंगी, मैं नहीं छोड़ूँगी।"

कमल ने हँस कर सिर हिलाते हुए कहा, "यह मेरा सौभाग्य है। लेकिन डर लगता है, परिचय पा कर कहीं आपका मत न बदल जाये?"

मोटर में दोनों जने पास-पास बैठे। चौराहे से मुड़ते वक्त कमल ने कहा, "उस दिन की रात भी ऐसी ही अँधेरी थी—याद है?"

"हाँ, याद है।"

"और उस दिन का पागलपन?"

"सो भी याद है।"

"मैं राजी हो गयी थी, सो याद है?"

अजित ने हँस कर कहा, "नहीं। मगर आपने जो व्यंग किया था सो याद है।"

कमल ने आश्चर्य प्रकट करते हुए कहा, "व्यंग किया था? नहीं तो!"

"जरूर किया था।"

कमल ने कहा, "तो आपने गलत समझा था। खैर, उसे छोड़िए, आज तो व्यंग नहीं कर रही?—चलिए न, आज ही दोनों जने चल दें?"

"धत्। आप बड़ी शरीर हैं।"

कमल ने हँस कर कहा, "शरीर कैसे? बताइए, मेरे जैसी शान्त सीधी स्त्री कहाँ मिलेगी? अचानक हुक्म दिया, कमल, चलो चलें, और मैं उसी वक्त राजी हो कर बोली, चलिए।"

"लेकिन वह तो सिर्फ मजाक था।"

कमल ने कहा, ''अच्छा, मजाक ही सही, लेकिन बताइए, अचानक ऐसा क्या कसूर हो गया जो 'तुम' छोड़ कर अब 'आप' कहना शुरू कर दिया है? कितनी मुसीबत से दिन काट रही हूँ, भला—आप ही लोगों के कपड़े सी-सी कर किसी तरह पेट चला रही हूँ—और आपके पास रुपयों का शुमार नहीं—पर एक दिन भी आपने मेरी सुध ली? मनोरमा ऐसी तकलीफ में पड़ती तो क्या आपसे रहा जाता? देखिए, दिन-रात मेहनत-मजदूरी कर करके कितनी दुबली हो गयी हूँ?'' इतना कह कर जैसे ही उसने अपना बायाँ हाथ अजित के हाथ पर रखा वैसे ही अजित चौंक पड़ा और उसका सारा शरीर सिहर उठा। अस्फुट स्वर में उसके मुँह से कुछ निकला ही चाहता था कि कमल सहसा अपना हाथ उठा कर चिल्ला उठी, ''ड्राइवर, रोको-रोको, यहाँ पागलखाने के पास कहाँ आ गये? गाड़ी घुमा लो। अँधेरे में कुछ खयाल ही नहीं रहा।''

अजित ने कहा, ''हाँ, कुसूर अँधेरे का ही है। तसल्ली सिर्फ यही है कि चाहे उस पर हजार अन्याय होता रहे, पर बेचारा प्रतिवाद नहीं कर सकता। इस अधिकार से वह वंचित है।'' और वह हँस दिया। सुन कर कमल भी हँस दी, बोली, ''सो तो ठीक है। लेकिन न्याय विचार ही संसार में सब कुछ नहीं है। यहाँ अन्याय अविचार के लिए भी स्थान है, इसी से आज तक दुनिया चल रही है, नहीं तो न जाने वह कब की रुक गयी होती।—ड्राइवर, रोको।''

अजित ने दरवाजा खोल दिया। कमल सड़क पर उतर कर बोली, ''अँधेरे का इससे भी बढ़ कर एक और अपराध है अजित बाबू, उसमें अकेले जाने में डर मालूम होता है।''

इस इशारे पर अजित नीचे उतर कर पास जा खड़ा हुआ। कमल ने ड्राइवर से कहा, ''अब तुम घर जाओ, इन्हें जाने में अभी कुछ देर होगी।''

''सो कैसे! इतनी रात में मुझे गाड़ी कहाँ से मिलेगी?''

गाड़ी चली गयी। अजित बोला, ''मुझे मालूम है, कोई भी इन्तजाम न होगा। मुझे अँधेरे में तीन-चार मील पैदल चल कर ही जाना पड़ेगा। और अभी मैं आपको पहुँचा कर आसानी से घर जा सकता था।''

''नहीं जा सकते थे। कारण, बगैर खिलाये मैं आपको उस आश्रम की अनिश्चितता में नहीं भेज सकती। चलिए, आइए।''

घर पर नौकरानी आज बत्ती जलाये बाट देख रही थी, पुकारते ही उसने दरवाजा खोल दिया। ऊपर रसोई घर में जा कर कमल ने उसी सुन्दर आसन को बिछाते हुए अजित से बैठने के लिए कहा। सामान सब तैयार था, स्टोव जला कर कमल ने रसोई चढ़ा दी, और पास ही बैठ कर बोली, ''ऐसे ही और एक दिन की बात याद है?''

''जरूर।''

“अच्छा, उस दिन के साथ आज कहाँ क्या फर्क है, बता सकते हैं? बताइए तो देखें?”

अजित कमरे में इधर-उधर देख कर याद करने की कोशिश करने लगा कि कहाँ क्या था।

कमल ने हँसते हुए कहा, “उधर रात भर ढूँढ के भी न बता सकेंगे। किसी दूसरी ही तरफ देखना पड़ेगा।”

“किधर, बताइए तो?”

“मेरी तरफ।”

अजित सहसा मारे शरम के संकुचित-सा हो गया। आहिस्ता से बोला, “एक दिन भी मैंने आपका मुँह अच्छी तरह नहीं देखा। और सब देखा करते थे, पर मालूम नहीं क्यों, मुझ से देखते नहीं बनता था।”

कमल ने कहा, “औरों में और आप में यही तो फर्क है। वे जो देख सके उसका कारण यह था कि उनकी दृष्टि में मेरे प्रति सम्मान का भाव नहीं था।”

अजित चुप रहा। कमल कहने लगी, “मैंने तय किया था कि जैसे भी होगा आपसे भेंट हो जायेगी, पर संयोग से जब भेंट हो गयी तब जान लिया कि पकड़ ही लाऊँगी। भोजन करना तो महज एक छोटा-सा उपलक्ष है, इसलिए भोजन कर चुकने पर भी छुट्टी नहीं मिलेगी। आज रात को मैं आपको कहीं भी न जाने दूँगी, इसी घर में बन्द कर के रखूँगी।”

“पर इससे आपको फायदा क्या होगा?”

कमल ने कहा, “फायदे की बात पीछे बताऊँगी, पर आप मुझसे ‘आप’ कहते हैं, तो सचमुच ही मुझे व्यथा होती है। एक दिन ‘तुम’ कहकर बोलते थे—उस दिन मैंने निहोरा नहीं किया था, आपने ही इच्छा से कहा था। आज उसे बदल देने लायक कोई भी कुसूर मैंने नहीं किया है। रूठ कर अगर उत्तर न दूँ तो आप ही कष्ट पायेंगे।”

अजित ने सिर हिला कर कहा, “हाँ, शायद पाऊँगा।”

कमल ने कहा, “ ‘शायद’ नहीं, निश्चय ही पायेंगे। आप आगरा आये थे मनोरमा के लिए। पर वह जब इस तरह चली गयी तब सबने सोचा कि अब आप एक क्षण भी यहाँ नहीं ठहरेंगे। सिर्फ एक मैं ही जानती थी कि आप नहीं जा सकेंगे।—अच्छा, इस बात पर कि मैं आपको प्यार करती हूँ, आप विश्वास करते हैं?”

“नहीं, नहीं करता।”

“जरूर करते हैं। इसीलिए आप के खिलाफ मेरी बहुत-सी नालिशें हैं।”

अजित ने कुतूहल के साथ कहा, “बहुत-सी नालिशें ? एक आध सुनाओगी भी?”

कमल ने कहा, "सुनाऊँगी, इसीलिए तो मैंने जाने नहीं दिया। पहले अपनी बात कहती हूँ। और कोई चारा नहीं, इससे गरीबों के कपड़े सी कर अपनी गुजर करती हूँ—यह सब मुझे सह्य है। पर इसलिए कि संकट में पड़ी हूँ, यह कैसे सहा जा सकता है कि आपके भी कुर्ते सी कर दाम लूँ?"

"पर तुम किसी का दान तो लेती नहीं हो!"

"नहीं, दान मैं किसी का नहीं लेती—यहाँ तक कि आपका भी नहीं। लेकिन दान के सिवा क्या संसार में और देने का कोई रास्ता खुला ही नहीं? आपने आ कर जोर दे कर क्यों नहीं कहा कि कमल, यह काम मैं तुम्हें नहीं करने दूँगा। मैं उसका क्या जवाब देती? दुर्दैव से आज अगर मेरी मेहनत-मजूरी करके खाने की शक्ति जाती रहे तो फिर आपके जीते-भी क्या मैं दर-दर भीख माँगती फिरूँगी?"

इस दर्द-भरी बात ने अजित को व्याकुल कर दिया, उसने कहा, "यह नहीं हो सकता कमल, मेरे जीते जी यह असम्भव है। तुम्हारे विषय में मैंने एक दिन भी इस तरह नहीं सोचा। अब भी मानों मन में यह बात बैठती नहीं कि जिस कमल को हम सब जानते हैं, वही तुम हो।"

कमल ने कहा, "और लोग चाहे जो जानते रहें, पर आप क्या उन्हीं में से एक हैं? उनसे ज्यादा कुछ नहीं?"

इस प्रश्न का उत्तर नहीं मिला। शायद अत्यन्त कठिन होने के कारण, और इसके बाद दोनों चुप हो रहे। शायद, दोनों ने यह अनुभव किया कि दूसरे से पूछने की अपेक्षा यह बात अपने से ही पूछने की ज्यादा जरूरत है।

राँधना ही कितना था! तैयार होने में देर न लगी। खाते-खाते अजित ने गम्भीर हो कर कहा, "फिर भी, मजा यह है कि पास चाहे कितना ही रुपया क्यों न हो, तुम्हारी कमाई का अन्न हाथ पसार के खाये बगैर किसी को छुटकारा नहीं मिलता, और तुम न किसी का लेती हो न किसी का खाती हो—कोई सिर पटक कर मर जाये, तो भी नहीं।"

कमल ने हँस कर कहा, "आप खाते ही क्यों हैं? इसके अलावा आपने सिर भी कब पटका है?"

अजित ने कहा, "सिर पटकने की इच्छा बहुत बार हुई है। और तुम्हारा खाना इसलिए खाता हूँ कि जबरदस्ती मैं तुमसे जीत नहीं पाता। आज मैं अगर कहूँ कि कमल, अब से मैंने तुम्हारा सारा भार अपने ऊपर ले लिया, यह मेहनत-मजदूरी अब मत करो, तो सम्भव है कि तुम कोई ऐसी कड़वी बात कह बैठो कि मेरे मुँह से फिर दूसरा कोई वाक्य ही न निकले।"

कमल ने कहा, "यह बात क्या कही थी कभी आपने?"

"शायद कही थी।"

"और मैंने सुनी नहीं वह बात?"

"नहीं।"

"तो आपने सुनने लायक तरीके से नहीं कही। शायद, मन ही मन सिर्फ इच्छा ही की—मुँह से वह जाहिर नहीं हुई।"

"अच्छा, मान लीजिए, आज ही अगर कहूँ?"

"और मैं भी अगर कहूँ कि नहीं?"

अजित ने हाथ का कौर नीचे रखते हुए कहा, "यही तो मुश्किल है। तुम्हें एक दिन के लिए भी हम लोग समझ नहीं सके। जिस दिन ताजमहल के सामने पहले-पहले देखा था, उस दिन भी जैसे तुम्हारी बातें समझ में नहीं आयीं, वैसे ही आज भी हम लोगों के लिए तुम 'रहस्य' ही बनी हुई हो। अभी तुमने कहा था कि मेरा भार सँभाल लो और अब कह रही हो 'नहीं!' "

कमल हँस दी, बोली, "ऐसी 'नहीं' जरा आप भी कह देखिए न ? कहिए कि आज तो खाया है, फिर कभी न खायेंगे—देखूँ कैसे आपकी बात नहीं रहती है?"

अजित ने कहा, "रहेगी कैसे? बगैर खिलाये तुम तो छोड़ोगी नहीं।"

लेकिन अबकी बार कमल नहीं हँसी। शान्त भाव से बोली, "आपके लिए मेरा भार उठाने का समय अभी नहीं आया। जिस दिन आयेगा उस दिन मेरे मुँह से भी 'ना' नहीं निकलेगा। रात बढ़ती जा रही है, आप खा लीजिए।"

"खाता हूँ। वह दिन कभी आयेगा या नहीं, बता सकती हो?"

कमल ने सिर हिलाते हुए कहा, "सो मैं नहीं बता सकती। जवाब आपको खुद ही एक दिन खोज लेना पड़ेगा।"

"इतनी शक्ति मुझ में नहीं है। एक दिन बहुत खोजा था, पर मिला नहीं। इसी आशा से कि जवाब तुम्हीं से मिलेगा, मैं हाथ पसारे बैठा रहूँगा।"

इसके बाद वह चुपचाप खाने लगा। थोड़ी देर बाद कमल ने पूछा, "इस घर के होते हुए भी आप अचानक हरेन्द्र के आश्रम में रहने क्यों पहुँचे?"

अजित ने कहा, "कहीं-न-कहीं तो पहुँचना ही था। तुम खुद ही जानती हो, आगरा छोड़ कर मैं कहीं जा नहीं सकता था।"

"तो जानती हूँ न?"

"हाँ, जानती तो हो ही।"

"और यही अगर सच हो, तो सीधे मेरे पास क्यों न चले आये?"

"अगर आता, तो सचमुच ही जगह देतीं?"

"सचमुच तो आये नहीं? खैर, इसे छोड़िए, पर हरेन्द्र के आश्रम में तो

असुविधाओं का ओर-छोर नहीं—वही उनकी साधना ठहरी—मगर इतनी असुविधाएँ आप कैसे सह लेते हैं?''

''मालूम नहीं, कैसे सह लेता हूँ, पर मुझे उन सब बातों का मन में खयाल भी नहीं आता। अब तो मैं उन्हीं में से एक हो गया हूँ। हो सकता है कि यहीं मेरा भविष्य का जीवन हो। अब तक चुप भी नहीं बैठा था। आदमी भेज कर जगह-जगह आश्रम कायम करने की कोशिश करता रहा हूँ—तीन-चार जगह से उम्मीद भी मिली है,—जी चाहता है, एक-बार खुद जा कर घूम आऊँ।''

''यह सलाह आपको दी किसने? हरेन्द्र ने शायद?''

अजित ने कहा, ''अगर दी भी हो तो निष्पाप हो कर ही दी है। देश का सर्वनाश जिन लोगों ने अपनी आँखों से देखा है—गरीबी का निर्मम दुख, धर्महीनता की गहरी ग्लानि, कमजोरी से उत्पन्न दयनीय भीरुता—''

कमल बीच में ही बोल उठी, ''हरेन्द्र ने यह सब देखा होगा, मैं इनकार नहीं करती, पर आपके निकट तो ये सब सुनी हुई बातें हैं। अपनी आँखों से तो आपको कभी कुछ देखने का मौका मिला नहीं?''

''पर बातें तो ये सब ठीक हैं?''

''सच नहीं हैं, सो मैं नहीं कहती, पर उसके प्रतिकार का उपाय क्या इन आश्रमों की प्रतिष्ठा है?''

''नहीं क्यों? भारतवर्ष के मानी सिर्फ उत्तर में हिमालय और तीनों ओर समुद्र से घिरा हुआ थोड़ा-सा भूखण्ड ही तो नहीं? यहाँ की प्राचीन सभ्यता, यहाँ की धार्मिक विशिष्टता, यहाँ की नैतिक पवित्रता, न्याय-निष्ठा की महिमा—यही तो भारत है। इसी से इसका नाम है देव भूमि, इसे अत्यन्त हीन दशा से बचाने के लिए तपस्या के सिवा और क्या मार्ग है? ब्रह्मचर्य-व्रतधारी निष्कलंक बच्चों के लिए जीवन में सार्थक होने और धन्य होने के...''

कमल ने उसे रोक दिया, बोल उठी, ''आप भोजन कर चुके हों तो हाथ-मुँह धो कर उठिए, उस कमरे में चलिए—उठिए, अब नहीं।''

''तुम नहीं खाओगी?''

''मैं क्या दोनों वक्त खाती हूँ जो खाऊँगी? चलिए।''

''पर मुझे तो आश्रम वापस जाना है।''

''नहीं, नहीं जाना है, उस कमरे में चलिए। बहुत-सी बातें आप से मुझे सुननी हैं।''

''अच्छा, चलो। लेकिन बाहर रहने का हमारा नियम नहीं है—कितनी ही रात क्यों न हो, आश्रम में वापस जाना ही पड़ेगा।''

कमल ने कहा, ''वह नियम दीक्षित आश्रमवासियों के लिए है, आपके लिए नहीं।''

''मगर लोग क्या कहेंगे।?''

इस उल्लेख से, कि लोग क्या कहते हैं, कमल का धैर्य छूट जाता है। उसने कहा, ''लोग सिर्फ आपकी निन्दा ही करेंगे, रक्षा नहीं कर सकते। जो रक्षा कर सकेगी, उसके निकट आपको कोई डर नहीं। आपके 'उन लोगों' से मैं कहीं ज्यादा आपकी अपनी हूँ। उस दिन आपने साथ चलने को कहा था, पर मैं जा नहीं सकी, —आज बगैर चले मेरा काम नहीं चलेगा। चलिए उस कमरे में, मुझ से कोई डर नहीं। मैं उनकी जाति की नहीं हूँ जो पुरुष के भोग की ही वस्तु हैं। उठिए।''

उस कमरे में ले जा कर कमल ने अजित के लिए बिलकुल नये कपड़ों से पलँग पर सुन्दर बिस्तर बिछा दिया और अपने लिए जमीन पर मामूली-सा बिछौना कर लिया। फिर उठ कर बाहर जाते हुए उसने कहा, ''मैं अभी आती हूँ। दसेक मिनट लगेंगे, मगर आप सो मत जाइएगा।''

''नहीं।''

''नहीं तो मैं झकझोर कर जगा दूँगी!''

''उसकी जरूरत न होगी कमल, नींद मेरी आँखों से उड़ गई है।''

''अच्छा, उसकी परीक्षा हो जायेगी।'' कह कर वह कमरे से बाहर चली गयी। रसोई के बर्तन यथास्थान उठाके रखना, जूठे बरतन बरामदे में धरना, नौकरानी बहुत देर की चली गयी है, इससे नीचे के किवाड़ बन्द करना—घर-गृहस्थी के ऐसे ही सब छोटे-मोटे काम जो बाकी थे उन्हें उसने पूरा किया, तब जा के कहीं उसकी छुट्टी हुई।

सूने कमरे में कमल के हाथ से बड़े जतन से बिछाई शुभ्र-सुन्दर शय्या पर बैठ कर सहसा उसने एक गहरी साँस ली। इसका खास कोई गहरा कारण नहीं था, सिर्फ मन के अन्दर 'अच्छा लगने' की एक तृप्ति थी। हो सकता है, उसमें थोड़ा-सा कुतूहल भी मिला हुआ हो, पर आग्रह का उत्ताप नहीं था। मालूम होता था मानो एक शान्त आनन्द का मधुर स्पर्श चुपके से उसके सारे शरीर में फैल गया है।

अजित धनाढ्य-घर की सन्तान है, जन्म से विलास के अन्दर ही वह इतना बड़ा हुआ है; लेकिन हरेन्द्र के ब्रह्मचर्य-आश्रम में भरती होने के बाद से गरीबी और आत्म-निग्रह के दुर्गम मार्ग से भारतीय वैशिष्ट्य की मर्मोपलब्धि की एकाग्र साधना ने उधर से उसकी दृष्टि हटा दी है। सहसा उसकी नजर तकिये पर पड़ी, देखा कि उसके खोल पर चारों तरफ पीले सूत से छोटे चन्द्रमल्लिका के फूल कढ़े हुए हैं। बिछौने की चादर का जो कोना लटक रहा है उस पर सफेद रेशम से कढ़ी हुई किसी

अज्ञात लता की तसवीर बनी हुई है। जरा-सी कारीगरी थी—मामूली बात, जो न जाने और कितने आदमियों के घर होगी। फुरसत के वक्त कमल ने इसे अपने हाथ से काढ़ा है—देख कर अजित मुग्ध हो गया। हाथ से उसे हिला-डुला रहा था कि कमल बाहर का काम निबटा कर कमरे में आ खड़ी हुई। अजित उसके चेहरे की तरफ देख कर बोल उठा, "वाह, बहुत सुन्दर है!"

कमल ने आश्चर्य के स्वर में कहा, "क्या सुन्दर है? यह बेल?"

"हाँ, और यह पीले रंग के फूल। तुमने अपने हाथ से काढ़े हैं, न?"

कमल ने हँसते हुए कहा, "खूब पूछा। अपने हाथ से नहीं काढ़ती तो क्या बाजार से कारीगर बुला कर तैयार कराती? आपको चाहिए ऐसा?"

"नहीं, नहीं, मुझे नहीं चाहिए। मैं क्या करूँगा?"

उसके इस आकुल और सलज्ज इनकार से कमल हँस पड़ी, बोली, "आश्रम में जा कर इस पर सोइएगा और कोई पूछे तो कहिएगा कमल ने रात-भर जाग कर इसे बना दिया है।"

"धुत्!"

"धुत् क्यों? ये सब चीज़ें अपने लिए थोड़े ही बनाता है, दूसरे ही किसी आदमी के लिए बनाई जाती हैं। तकलीफ झेल कर जो फूल काढ़े थे सो क्या अपने सोने के लिए? एक-न-एक दिन कोई-न-कोई आता ही, उसी के लिए ये चीज़ें उठा के रख दी थीं। सवेरे जब आप जाने लगेंगे तब ये आपके साथ रख दूँगी।"

अबकी बार अजित भी हँस दिया, बोला, "अच्छा कमल, तुमने क्या मुझे बिलकुल ही मूर्ख समझ रखा है?"

"क्यों?"

"क्या इस बात पर भी मैं विश्वास कर लूँ कि तुमने मेरी ही याद करके ये सब चीज़ें तैयार की थीं?"

"क्यों नहीं करेंगे?"

"इसलिए कि बात सच नहीं है।"

"पर अगर कहूँ कि मैं सच कह रही हूँ, तो विश्वास करेंगे, कहिए?"

"जरूर करूँगा। मगर तुम्हारे मज़ाक की कोई हद नहीं—कहीं भी तुम्हें हिचकिचाहट नहीं होती। उस दिन मोटर पर घूमने वाली बात याद आते ही लज्जा की हद नहीं रहती। वह बात दूसरी है, पर इसका मुझे भरोसा है कि मज़ाक के सिवाय और किसी बात के लिए तुम झूठ नहीं बोलोगी।"

"अगर मैं कहूँ कि सचमुच मैंने मज़ाक नहीं किया, बिलकुल सच कह रही हूँ, तो विश्वास करेंगे?"

"जरूर करूँगा।"

कमल ने कहा, "अगर करें तो आज मैं आपसे सच्ची बात ही कहूँगी। तब तक राजेन्द्र नहीं आया था, अर्थात, आश्रम से निकल कर तब तक उसने मेरे यहाँ आश्रय नहीं लिया था। मेरी भी वही दशा थी। आप लोगों ने मिल कर जब मुझे घृणा से दूर कर दिया—इस परदेस में जब किसी के पास जा कर खड़े होने का उपाय नहीं रहा, तब का ही—उन गंभीर दुख के दिनों का ही—यह काम है। शायद मुझे कभी मालूम भी न होता कि उस दिन ठीक किसकी याद करके ये फूल काढ़े थे।—लगभग भूल ही चुकी थी, मगर आज बिस्तर बिछाते वक्त अचानक ऐसा लगा कि नहीं, नहीं, उस पर नहीं—जिस पर कोई किसी दिन सो चुका है, उस पर मैं आपको हर्गिज नहीं सुला सकती।"

"क्यों नहीं सुला सकतीं?"

"मालूम नहीं क्यों, जैसे कोई धक्का दे कर वह बात कर गया हो।" कह कर वह क्षण-भर मौन रही और फिर बोली, "उसी समय सहसा इन चीज़ों की याद आयी कि ये बक्से में रखी हैं। आप तब बाहर हाथ-मुँह धो रहे थे। इस डर से कि आप झट से आ पहुँचेंगे, मैंने इन्हें जल्दी से निकाल कर बिछाना शुरू कर दिया। तब मेरे जी में पहले-पहल यह खयाल आया कि उस दिन जिसकी याद करके रात-भर जाग कर यह फूल-पत्ती बेलें काढ़ी थीं, वे आप ही थे।"

अजित कुछ बोला नहीं। सिर्फ एक रंगीन आभा उसके चेहरे पर दिखाई दी और उसी क्षण विलीन हो गयी।

कमल खुद भी कुछ देर चुप रही, फिर बोली, "चुप रहकर क्या सोच रहे हैं, बताइए न?"

अजित ने कहा, "सिर्फ चुप ही हूँ, कुछ सोच नहीं रहा हूँ।"

"इसकी वजह?"

"वजह? तुम्हारी बातें सुन कर दिल में जैसे आँधी-सी उठ खड़ी हुई है। सिर्फ आँधी ही—न तो आनन्द आया और न आशा ही बँधी।"

कमल चुपचाप उसकी तरफ देखती रही। अजित धीरे-धीरे कहने लगा, "कमल, एक किस्सा कहता हूँ, सुनो। मेरी माँ को एक बार हमारे गृह-देवता राधावल्लभ जी ने पूजा वाले कमरे में मूर्ति धारण करके दर्शन दिये और माँ के हाथ से भोग ले कर सामने बैठ कर खाया। यह उनकी अपनी आँखों देखी बात थी, फिर भी घर में हम लोगों में से कोई उस पर विश्वास नहीं कर सका। सब ने समझा कि सपना होगा, मगर हमारे इस अविश्वास का दुख उन्हें मरते दम तक बना रहा। आज तुम्हारी बात सुन कर मुझे वही बात याद आ रही है। मैं जानता हूँ कि तुम हँसी नहीं

कर रही हो, मगर फिर भी, मेरी माँ की तरह तुम से भी कहीं बड़ी भारी गलती हो गयी है। मनुष्य के जीवन में ऐसा बहुत-सा समय चला जाता है जब वह अपने बारे में अँधेरे में रहता है। फिर शायद सहसा एक दिन आँख खुलती है। मेरा भी वही हाल है। यों तो मैं अब तक दुनिया में और भी बहुत जगह घूमता रहा हूँ, लेकिन सिर्फ इस आगरे में आ कर ही मैंने ठीक से अपने को पहचाना है। मेरे पास है तो सिर्फ रुपया और वह भी पिता की कमाई का। इसके सिवा ऐसी कोई भी चीज़ मेरी अपनी नहीं, जिसके लिए तुम मेरी गैर जानकारी में मुझ से प्रेम कर सकतीं।''

कमल ने कहा, ''रुपयों की कोई फिकर न कीजिए आप। आश्रम-वासियों को जब एक मरतबा उसका पता चल गया है तब उसकी सब व्यवस्था वे ही कर डालेंगे।'' कहते-कहते वह जरा हँसी और फिर बोली, ''लेकिन और सब तरफ से आप ऐसे निःस्व हैं सो इसकी खबर मैंने क्या पहले खाक पायी थी? अगर पायी होती तो क्या कभी प्रेम करने आती? इसके सिवा आपके स्वभाव की भलाई-बुराई समझने का वक्त ही कहाँ मिला था मुझे? मन में सिर्फ एक सन्देह था जिसका पता नहीं चल रहा था, पर अभी-अभी दसेक मिनट हुए, अकेली बिस्तर के सामने खड़ी थी कि अचानक कोई ठीक खबर मेरे कान में आ कर सुना गया।''

अजित ने गहरे आश्चर्य के साथ पूछा, ''सच कह रही हो? सिर्फ दसेक मिनट हुए? पर अगर सच हो तो यह पागलपन है!''

कमल ने कहा, ''पागलपन तो है ही। इसी से तो आपसे कहा था कि मुझे और कहीं ले चलिए। ऐसी भीख तो मैंने माँगी नहीं कि ब्याह करके मेरे साथ घर-गृहस्थी कीजिए।''

अजित अत्यन्त कुण्ठित हो गया, बोला, ''भीख क्यों कहती हो कमल, यह भीख माँगना नहीं है, यह तुम्हारा प्रेम का अधिकार है। मगर अधिकार का दावा तुमने नहीं किया, माँगी ऐसी चीज़ जो पानी के बुदबुदे की तरह अल्पायु है, और उसी की तरह मिथ्या।''

कमल ने कहा, ''हो सकता है कि उसकी आयु कम हो, मगर इससे वह मिथ्या क्यों होगी? आयु की दीर्घता को ही जो सत्य समझ कर जकड़े रहना चाहते हैं, मैं उनमें से नहीं हूँ।''

''पर इस आनन्द में तो कुछ भी स्थायित्व नहीं, कमल!''

''न रहे। लेकिन जो लोग, इस डर से कि असली फूल जल्दी से सूख जाते हैं, देर तक रहने वाले नकली फूलों का गुच्छा ला कर फूलदान में सजा कर रखते हैं, उनके साथ मेरे मत का मेल नहीं खाता। आपसे पहले भी मैंने एक बार ठीक यही बात कही थी कि आनन्द में स्थायित्व नहीं है। स्थायी है सिर्फ उस आनन्द के

भंगुर-नश्वर दिन और वे दिन ही तो मानव जीवन के चरम संचय हैं। उस आनन्द को बाँधने चले कि वह मरा। इसी से ब्याह में स्थायित्व तो है, पर उसका आनन्द नहीं। दु:सह स्थायित्व की मोटी रस्सी गले में बाँध कर वह आनन्द आत्महत्या करके मर मिटता है।''

अजित को याद आया कि ठीक यही बात उसने पहले भी कमल के मुँह से सुनी थी। सिर्फ मुँह की बात ही नहीं है यह—यही उसके अन्त: करण का विश्वास है। शिवनाथ ने उससे ब्याह नहीं किया था, लेकिन धोखा दिया था, इस बात को ले कर एक दिन के लिए भी उसने कोई शिकायत नहीं की। क्यों नहीं की? आज यह पहले-पहल अजित ने बिना किसी संशय के समझा कि इस धोखे में कमल की अपनी भी राय थी। संसार भर की मानव-जाति के इस प्राचीन और पवित्र संस्कार के प्रति इतनी जबरदस्त अवज्ञा के कारण अजित का मन धिक्कार से भर उठा।

क्षण भर मौन रह कर वह बोला, ''तुम्हारे सामने गर्व करना मुझे शोभा नहीं देता। पर तुम से अब मैं कोई बात छिपाऊँगा नहीं। ये लोग कहते हैं कि संसार में कामिनी-कांचन का त्याग ही पुरुष का सबसे बड़ा पुरुषार्थ है। बुद्धि की तरफ से मैं इस पर विश्वास करता हूँ और यह भी मानता हूँ कि इस साधन में सिद्धि प्राप्त करने की अपेक्षा और कोई महत्तर वस्तु नहीं। कांचन मेरे पास काफी है, उसकी मुझे इच्छा नहीं, लेकिन जब मैं सोचता हूँ कि मुझे अपने सम्पूर्ण जीवन में न कोई प्यार करने वाला मिला और न कोई मिलेगा, तब मेरा हृदय मानो सूख जाता है। और डर लगता है कि हृदय की इस कमजोरी को शायद मैं मरते दम तक न जीत सकूँगा। भाग्य में यही अगर किसी दिन घटा, तो मैं आश्रम छोड़ कर कहीं चला जाऊँगा। पर तुम्हारा आह्वान तो उससे भी बढ़ कर मिथ्या है। उस पुकार का मैं अनुकूल जवाब न दे सकूँगा।''

''इसे आप मिथ्या क्यों कह रहे हैं?''

''मिथ्या तो है ही। मनोरमा का आचरण समझ में आता है, क्योंकि वास्तव में उसने कभी मुझ से प्यार नहीं किया, लेकिन शिवनाथ के प्रति शिवानी का प्यार तो मैंने अपनी आँखों से देखा है। उस दिन मानों उसकी कोई सीमा ही नहीं थी, पर आज उसका निशान तक मिट गया है।''

कमल ने कहा, ''आज वह अगर मिट ही गया हो, तो उस दिन का क्या सिर्फ मेरा छल ही आपकी निगाह में आया था?''

अजित ने कहा, ''सो तो तुम्हीं जानो, पर आज मुझे लगता है कि नारी के जीवन में इससे बढ़ कर मिथ्या और कुछ है ही नहीं।''

कमल की दृष्टि प्रखर हो उठी, उसने कहा, ''नारी-जीवन के सत्य-असत्य

के निर्णय का भार नारी पर ही रहने दीजिए। उसके निर्णय का दायित्व पुरुष को लेने की जरूरत नहीं—न मनोरमा का और न कमल का। इसी तरह से संसार में न्याय की चिरकाल से विडम्बना होती आ रही है, नारी असम्मानित होती रही है और पुरुष का चित्त संकीर्ण और कलुषित होता गया है। इसी से इस झूठे मामले का आज तक फैसला नहीं हुआ। अविचार से सिर्फ एक ही पक्ष क्षतिग्रस्त नहीं होता अजित बाबू, दोनों पक्षों का सर्वनाश होता है। उस दिन शिवनाथ ने जो कुछ पाया था, दुनिया के बहुत कम पुरुषों के भाग्य में उतना बदा होता है; पर आज वह नहीं है। यह तर्क उठा कर कि क्यों नहीं है, पुरुष अपने मोटे हाथ से मोटा डण्डा घुमा कर शासन भले ही कर ले, पर उसे पा नहीं सकता। उस दिन का होना जितना बड़ा सत्य था, आज का न होना भी ठीक उतना ही बड़ा सत्य है। क्योंकि शठता की फटी गुदड़ी ओढ़ा कर इसे ढँक देने में शरम आती है, इसी वजह से पुरुष के विचार से यह हो गया नारी जीवन का सबसे बड़ा झूठ? क्या इसी सुविचार की आशा से हम आप लोगों का मुँह ताका करती हैं?''

अजित ने जवाब दिया, ''मगर उपाय क्या है? जो इतना क्षणस्थायी है, इतना क्षणभंगुर है, उसे इससे ज्यादा सम्मान मनुष्य देगा ही क्यों?''

कमल ने कहा, ''देगा नहीं, यह मैं जानती हूँ। हमारे आँगन के किनारे जो फूल खिलते हैं, उनका जीवन एक छाक से ज्यादा नहीं। उससे बल्कि वह मसाला पीसने का सिल-लोढ़ा कहीं ज्यादा टिकाऊ है—कहीं ज्यादा स्थायी है। सत्य की जाँच का इससे ज्यादा मजबूत माप-दण्ड आप लोग और पा ही कहाँ सकते हैं?''

''कमल, यह युक्ति नहीं है, यह तो सिर्फ गुस्से की बात है।''

''गुस्सा किस बात का अजित बाबू? सिर्फ स्थायित्व ले कर ही जिनका कारोबार है, वे इसी तरह कीमत आँका करते हैं। मेरे आह्वान पर जो आपसे 'हाँ' कहते नहीं बना, उसकी जड़ में भी यही संशय है। दस्तखत करके जो चिरकाल के लिए बन्धन नहीं लेना चाहती, उस पर आप विश्वास करेंगे किस तरह! फूल को जो नहीं जानता, उसके लिए वह सिल-लोढ़ा ही सबसे बड़ा सत्य है, क्योंकि उस सिल-लोढ़े के सूख कर झड़ जाने की आशंका नहीं है। फूल की आयु सिर्फ एक छाक की है और सिल-लोढ़ा हमेशा के लिए है। रसोईघर की जरूरत के मुताबिक वह हमेशा रगड़-रगड़ कर मसाला पीस दिया करेगा—रोटी निगलने के लिए तरकारी का उपकरण जो ठहरा वह, उस पर भरोसा किया जा सकता है। उसके न होने से संसार बेस्वाद जो हो जायेगा!''

अजित उसके मुँह की तरफ देखता हुआ बोला, ''यह व्यंग किसलिए कमल?''

कमल के कानों तक शायद यह प्रश्न पहुँचा ही नहीं, वह मानो अपने आप

ही कहने लगी, "मनुष्य यह समझ ही नहीं पाता कि हृदय लोहे से बना नहीं होता—इस तरह निश्चिन्त निर्भयता से उस पर सारा बोझा नहीं लादा जा सकता। उसमें दुख न होता हो सो बात नहीं—पर यही हृदय का धर्म है, यही उसका सत्य है। फिर भी यह बात कही भी नहीं जा सकती और न मानी ही जा सकती है। इससे बढ़ कर अनीति संसार में और क्या है? इसी से तो किसी की समझ में न आया कि शिवनाथ को कैसे मैं हृदय से क्षमा कर सकी हूँ! रो-रो कर यौवन में जोगन बनना उनकी समझ में आ जाता, पर यह उनसे नहीं सहा गया; अरुचि और अवहेलना से सारा मन उनका कड़ुआ हो गया। पेड़ के पत्ते सूख के झड़ जाते हैं और उनकी कमी को नये पत्ते आ कर भर देते हैं: यह तो हुआ मिथ्या और बाहर की लता मर जाने पर भी पेड़ से लिपटी रहती है—कस के चिपटी रहती है। यह हो गया सत्य?"

अजित एक मन से सुन रहा था, उसकी बात खत्म होते ही एक गहरी साँस छोड़ कर बोला, "एक बात हम लोग अकसर भूल जाया करते हैं कि असल में तुम हमारी अपनी नहीं हो। तुम्हारा खून, तुम्हारा संस्कार, तुम्हारी सारी शिक्षा विदेश की है। इसके प्रचण्ड संघात को काट कर तुम किसी तरह ऊपर उठ नहीं सकतीं और इसी जगह हमारी तुम्हारे साथ निरन्तर खटक होती है। रात बहुत हो गयी कमल, इस निष्फल झगड़े को बन्द करो।—यह आदर्श तुम्हारे लिए नहीं है।"

"कौन-सा आदर्श? आपके ब्रह्मचर्य-आश्रम का?"

इस ताने की चोट से अजित मन ही मन गुस्सा हो गया, बोला, "अच्छा, सो ही सही। लेकिन इसे तुम नहीं समझोगी कि इसका गूढ़ तत्व विदेशियों के लिए नहीं है।"

"आपकी शागिर्दी करने पर भी नहीं?"

"नहीं।"

"अबकी कमल हँस पड़ी, मानो अब वह पहले की रही ही नहीं। बोली, "अच्छा, यह तो बताइए कि उन साधुओं के अड्डे से आपका नाम कैसे कटवा सकती हूँ? वास्तव में वह आश्रम मेरी आँख का काँटा बन गया है।"

अजित बिस्तर पर पड़ रहा, बोला, "राजेन्द्र को बुला कर तुमने अनायास ही जगह दे दी।—तुम्हें कुछ भी हिचकिचाहट न हुई—क्यों?"

"हिचकिचाहट क्यों होती?"

"इन सब बातों की तुम परवाह ही नहीं करतीं क्या?"

"क्या परवाह नहीं करती?—आप लोगों के मतामत की?—सो तो नहीं करती।"

"अपने सम्बन्ध में भी शायद कभी किसी बात से डरती नहीं?"

कमल ने कहा, "यह तो नहीं कह सकती कि कभी डरती ही नहीं, पर ब्रह्मचारी से डर किस बात का?"

"हूँ।" कह कर अजित चुप हो गया।

फिर कुछ देर बाद एकाएक बोल उठा, "केंचुआ मिट्टी के नीचे अँधेरे में रहता है, वह जानता है कि बाहर के उजाले में निकलने से उसका बचना मुश्किल है— उसे लील जाने के लिए बहुत-से जीव मुँह बाये फिर रहे हैं। छिपने के सिवा आत्म-रक्षा का और कोई उपाय उसे मालूम नहीं। पर तुम जानती हो कि आदमी केंचुआ नहीं, यहाँ तक कि औरत होने पर भी नहीं। शास्त्रों में लिखा है, अपने स्वरूप को जाने लेना ही परम शक्ति है—और तुम्हारा यह अपना स्वरूप-ज्ञान ही तुम्हारी असली शक्ति है—क्यों है न ठीक?"

कमल कुछ बोली नहीं, चुप रही।

अजित ने कहा, "स्त्रियाँ जिस चीज़ को अपने इहजीवन का सर्वस्व समझती हैं, उस पर तुम्हारी ऐसी एक सहज उदासीनता है कि चाहे कोई कितनी ही निन्दा किया करे, वह तुम्हारे चारों तरफ आग की चहारदीवारी बन कर प्रतिक्षण तुम्हारी रक्षा करती रहती है। तुम तक पहुँचने के पहले ही वह निन्दा खुद जल कर भस्म हो जाती है। अभी-अभी तुम मुझ से कह रही थीं कि जो पुरुष भोग की वस्तु है, उनकी जाति की तुम नहीं हो। आज की रात में तुम्हारे साथ आमने-सामने बैठ कर उस बात का अर्थ स्पष्ट होता आ रहा है। मैं यह भी समझ रहा हूँ कि लोगों की निन्दा-प्रशंसा की अवज्ञा करने की हिम्मत तुम्हें कहाँ से मिला करती है।"

कमल ने कृत्रिम आश्चर्य से मुँह ऊपर कर कहा, "आपको हुआ क्या है अजित बाबू, बातें तो आज बहुत कुछ ज्ञानवानों की-सी कर रहे हैं?"

अजित ने कहा, "अच्छा कमल, सच बताओ, तुम्हारे लिए मेरा मतामत भी क्या और सबों की तरह ही तुच्छ है?"

"पर यह बात जान कर आप क्या करेंगे?"

"कमल, अपने को शक्तिमान समझ कर मैंने कभी तुम्हारे आगे घमण्ड नहीं किया। वास्तव में, भीतर-भीतर मैं जितना कमजोर हूँ, उतना ही असहाय भी। किसी काम को जोर से कर डालने की ताकत ही नहीं मुझ में।"

कमल हँस के बोली, "सो तो मैं आप से बहुत ज्यादा जानती हूँ।"

अजित ने कहा, "मुझे क्या लगता है जानती हो? लगता है कि तुम्हें पाना जितना सहल है, गँवा देना भी उतना ही आसान है।"

कमल ने कहा, "यह भी मुझे मालूम है।"

अजित अपने मन में ही सिर हिला कर बोला, "यही तो मुश्किल है। तुम्हें

आज पा लेना ही तो सब कुछ नहीं है। एक दिन अगर इसी तरह गँवा देना पड़ा तो क्या होगा?''

कमल ने शान्त कण्ठ से कहा, ''कुछ भी न होगा। उस दिन गँवाना भी ऐसा ही सहज हो जायेगा। जितने दिन तक पास रहूँगी, उतने दिन आपको वही विद्या सिखाया करूँगी।''

अजित भीतर से चौंक पड़ा। बोला, ''विलायत में रहते हुए मैंने देखा है कि वहाँ वाले कितनी आसानी से—कितने मामूली कारणों से हमेशा के लिए अलग हो जाया करते हैं। मन में सोचता हूँ, क्या उन्हें जरा भी चोट नहीं लगती? और यही अगर उनके प्रेम का परिचय है तो वे सभ्यता का गर्व कैसे किया करते है?''

कमल ने कहा, ''अजित बाबू, बाहर से अखबारों में वह जितना सहज दीखता है, असल में वह उतना सहज नहीं है। मगर फिर भी, मैं तो यही कामना करती हूँ कि नर-नारी का यह परिचय ही किसी दिन जगत में प्रकाश और हवा की तरह सहज-स्वाभाविक बन जाये।''

अजित चुपचाप उसके मुँह की तरफ ताकता रह गया, कुछ बोला नहीं। उसके बाद आहिस्ता से दूसरी तरफ मुँह फेर कर लेटते ही, मालूम नहीं क्यों, उसकी आँखों में आँसू भर आये।

शायद कमल ताड़ गई। उठ कर वह पलँग के सिरहाने के पास जा बैठी और उसके माथे पर हाथ फेरने लगी, मगर सान्त्वना का एक शब्द भी उसने मुँह से नहीं निकाला।

सामने खुली हुई खिड़की से दिखाई दिया कि पूर्व का आकाश स्वच्छ होता आ रहा है।

''अजित बाबू, सोने का अब शायद समय नहीं रहा।''

''नहीं, अब उठता हूँ।'' कह कर वह आँख मींजता हुआ उठ कर बैठ गया।

22

आशु बाबू ने शायद विधाता के आगे भी कभी इससे ज्यादा का दावा न किया होगा कि वे संसार के साधारण आदमियों में से एक हैं। जैसे शान्ति और आनन्द के साथ उन्होंने अपनी बड़ी भारी पैतृक धन-सम्पत्ति को ग्रहण किया था वैसे ही अपनी विराट देह के भार और उसके साथी वात-रोग को भी साधारण दुख के रूप में स्वीकार कर लिया था। और इस सत्य को उन्होंने सिर्फ बुद्धि से ही नहीं, बल्कि हृदय से

भी अनुभव किया था कि संसार के सुख-दुख विधाता ने केवल उन्हीं को लक्ष्य करके नहीं गढ़े हैं, वे अपने नियमानुसार हुआ करते हैं, और इस के लिए भी उन्हें कोई तपस्या नहीं करनी पड़ी—उनमें यह बात स्वाभाविक संस्कार के रूप में आयी है। जिस दिन आकस्मिक स्त्री-वियोग की दुर्घटना से सारा संसार उनकी दृष्टि में फीका और सूखा दिखाई दिया था, जैसे उन्होंने अपने भाग्य-देवता को हजारों धिक्कारों से लांछित नहीं किया, वैसे ही आज भी जब उनकी अत्यन्त स्नेह की पूँजी मनोरमा ने उनकी तमाम आशाओं-कामनाओं में आग लगा दी, वे सिर धुन-धुन के रोने नहीं बैठे। क्षोभ और दुसह नैराश्य के बीच भी उनके मन में न जाने कौन मानो अत्यन्त परिचित कण्ठ से बार-बार कहता रहा कि ऐसा तो होता ही रहता है, ऐसे बहुत दुख बहुत मनुष्यों के भाग्य में बहुत बार आये हैं। ऐसे ही संसार चलता है। इस सुख-दुख की परम्परा में कोई नवीनता नहीं है—यह उतनी ही सनातन है जितनी सृष्टि। उफनते हुए शोक की लहरों को फिर से नवीन बनाने और संसार में उन्हें फैला देने में न तो कोई पौरुष है, और न इसकी जरूरत ही है। इसी से, सब तरह के दुख अपने आप शान्त हो कर उनके भीतर चारों तरफ ऐसी स्निग्ध-प्रसन्नता का घेरा बना लेते हैं कि उसके भीतर पहुँचते ही सबका सब तरह का बोझ मानों अपने आप ही हल्का और छोटा हो जाता है।

इसी तरह आशु बाबू की सारी जिन्दगी बीती है। आगरा में आ कर अनेक उलट-फेरों के बीच भी उसमें कोई फर्क नहीं आया; पर इधर कई दिनों से इसी किस्म का कुछ फर्क-सा लोगों को दिखने लगा है। उनके व्यवहार में धैर्य की कमी अधिकांश स्थलों पर दबी रहना नहीं चाहती। मालूम होता है कि बातचीत में अकारण ही रूखापन आ जाता है, यहाँ तक कि नौकर-चाकर तक को उनकी कोई-कोई बात तीखी और अजीब-सी सुनाई पड़ती है। पर ऐसा क्यों हो रहा है, इसका भी पता पाना मुश्किल है। रोग की ज्यादती से भी उनमें ऐसी विकृति आ जाना अविश्वसनीय मालूम देता, फिर भी अब वे अच्छे हो गये हैं। लेकिन कारण कुछ भी क्यों न हो, जरा ध्यान से देखा जाये तो मालूम होगा कि उनके अन्तस्तल में मानो आग जल रही है और उसकी चिनगारियाँ कभी-कभी बाहर प्रकट हो जाती हैं।

आज तक उन्होंने साफ-साफ जाहिर तो नहीं किया, पर मालूम होता है कि अब उनके आगरा में रहने के दिन खत्म हो गये। शायद जरा और स्वस्थ होने की देर है। उसके बाद सहसा जैसे एक दिन यहाँ आ पहुँचे थे, वैसे ही अचानक एक दिन चल देंगे।

शाम के वक्त आजकल बहुत से पदाधिकारी बंगाली सज्जन मुलाकात करने और राजी-खुशी पूछने आ जाया करते हैं। सपत्नीक मजिस्ट्रेट साहब, रायबहादुर,

सदरआला, कॉलेज की अध्यापक-मण्डली, नाना कारणों से जो आगरा छोड़ नहीं सके हैं वे, हरेन्द्र, अजित और बंगाली मुहल्ले के वे लोग जो आनन्द के दिनों में बहुत सा पुलाव-माँस आदि खा गये हैं—ये सब आते ही रहते हैं।

आता नहीं तो सिर्फ अक्षय, सो भी इसलिए कि यहाँ वह है नहीं। महामारी के शुरू होते ही वह पत्नी के साथ देश चला गया है और शायद बीमारी शान्त होने की खबर की बाट देख रहा है। कमल भी नहीं आती। उस दिन जो आयी थी, उसके बाद फिर नहीं आयी।

आशु बाबू मजलिसी आदमी हैं, फिर भी पहले की तरह अब वे मजलिस में शरीक नहीं हो पाते—मौजूद रहने पर भी लगभग चुप बैठे रहते हैं। उनकी स्वास्थ्यहीनता का खयाल करके लोग आनन्द के साथ उन्हें माफी भी दे देते हैं। एक दिन जो काम मनोरमा किया करती थी, अब वे रिश्तेदार होने के चलते बेला को ही करने पड़ते हैं। आतिथ्य में कहीं कोई त्रुटि नहीं होती। बाहर के लोग आ कर सिर्फ उसका रस ही लेते हैं, और शायद मजलिस खत्म होने पर परितृप्त चित्त से इस निरभिमान गृहस्वामी को मन-ही-मन धन्यवाद देते हुए आश्चर्य के साथ सोचते हैं कि आव-भगत की ऐसी त्रुटिशून्य व्यवस्था इस बीमार आदमी से रोजमर्रा कैसे बन पड़ती है!

पर, 'कैसे बन पड़ती हैं' का इतिहास छिपा-का-छिपा ही रह जाता है। नीलिमा सबके सामने निकलती नहीं, इसकी उसे आदत भी नहीं और न वह निकलना पसन्द ही करती है। लेकिन पर्दे की ओट में होते हुए भी उसकी जाग्रत दृष्टि इस घर में सर्वत्र प्रतिक्षण व्याप्त रहा करती है। वह दृष्टि जैसी निगूढ़ होती है वैसी ही नीरव। शिराओं में प्रवाहमान रक्तधार की तरह यह निःशब्द प्रवाह शायद आशु बाबू को छोड़ कर दूसरा कोई अनुभव भी नहीं कर पाता।

शीत ऋतु का प्रथमार्द्ध बीत चला है, लेकिन फिर भी चाहे किसी भी कारण से हो, इस साल जाड़ा उतना कड़ाके का नहीं पड़ा। लेकिन आज सवेरे से ही थोड़ी-थोड़ी वर्षा हो रही है, और शाम के वक्त तो खूब जोर से मेह बरसने लगा। ऐसे मेह में इसकी कोई सम्भावना ही न रही कि बाहर से कोई आ सकेगा। घर की खिड़कियाँ असमय में ही बन्द कर दी गयी हैं और आशु बाबू पैरों पर दुशाला डाले आराम-कुर्सी पर पड़े-पड़े कोई किताब पढ़ रहे हैं। बेला शायद कुछ विरक्ति के कारण ही बोल उठी, "इस अभागे देश में सभी कुछ उलटा है। कुछ दिन पहले—जून या जुलाई महीने में जब यहाँ आयी थी, तब वर्षा के लिए देश भर में ऐसा जबरदस्त हाहाकार मचा हुआ था कि बगैर आँखों देखे उसकी कल्पना भी नहीं की जा सकती। इसी से सोचती हूँ कि ऐसे कठोर शुष्क देश में आदमी ताजमहल बनाने बैठे सो

किस अक्लमन्दी पर?''

नीलिमा पास ही एक कुर्सी पर बैठी कुछ सी रही थी, बगैर आँख उठाये ही उसने कहा, ''इसका कारण क्या सभी जान सकते हैं? सब नहीं जान सकते।''

बेला ने सरल चित्त से पूछा, ''क्यों?''

नीलिमा ने कहा, ''तमाम बड़ी चीज़ें आदमी के हाहाकार में से ही पैदा होती हैं, इसलिए जो लोग संसार के आमोद-प्रमोद में ही मगन रहते हैं, उन्हें यह सूझ ही कैसे पड़ सकता है?''

उसका यह जवाब ऐसे कल्पनातीत रूप में कठोर था कि सिर्फ बेला ही नहीं, बल्कि आशु बाबू तक आश्चर्यचकित हो गये। उन्होंने किताब से आँखें उठायीं तो देखा, नीलिमा पूर्ववत सीने के काम में लगी हुई है। मानो यह बात उस के मुँह से कतई निकली ही नहीं।

एक तो बेला कलहप्रिय स्त्री नहीं, और दूसरे वह सुशिक्षित है। उसने बहुत कुछ देखा-सुना है और उमर भी शायद पैंतीस के ऊपर पहुँच चुकी है; लेकिन जतन के साथ बरती गयी सतर्कता से उसने अपने यौवन के लावण्य को आज भी पश्चिम की ओर ढलने नहीं दिया है—मालूम होता है कि शायद वह वैसा ही बना हुआ है। रंग उज्ज्वल है,चेहरे पर एक विशिष्ट रूप है, पर गौर से देखने से मालूम हो जाता है कि कोमलता के अभाव ने मानों उसे रूखा बना रखा है। आँखों की दृष्टि हास्य-कौतुक से चपल-चंचल है, निरन्तर बहते फिरना ही जैसे उसका काम है—किसी भी चीज़ पर स्थिर होने लायक न तो उसमें भार है और न तलहटी में कोई जड़ ही। आनन्द-उत्सव में ही वह शोभती है; सहसा दुख के बीच आ पड़ने से गृह-स्वामी को शर्मिन्दा होना पड़ता है।

जब बेला की विमूढ़ता का भाव दूर हो गया तब क्षण भर के लिए क्रोध से उसका चेहरा तमतमा उठा। पर नाराज हो कर झगड़ा करना उसकी शिक्षा और सौजन्य के खिलाफ है, इसलिए उसने अपने को सँभालते हुए कहा, ''मुझ पर कटाक्ष करने से कोई लाभ नहीं। सिर्फ इसलिए ही नहीं कि यह अनधिकार-चर्चा है, बल्कि हाहाकार करते फिरना चाहे जितनी बड़ी ऊँची बात क्यों न हो, वह मुझसे होता नहीं, और उससे कोई अभिज्ञता संचय करने में भी मैं असमर्थ हूँ। मेरा आत्म-सम्मान-ज्ञान बना रहे, उससे बढ़ कर मैं कुछ नहीं चाहती।''

नीलिमा अपने काम में ही लगी रही, कुछ जवाब नहीं दिया।

आशु बाबू भीतर से क्षुब्ध हो गये थे, पर इस डर से कि बात आगे न बढ़े हड़बड़ा कर बोल उठे, ''नहीं-नहीं, तुम पर कोई कटाक्ष नहीं किया बेला, इसमें कोई शक नहीं कि बात उन्होंने साधारण भाव से ही कही है। नीलिमा का स्वभाव

तो मुझे मालूम है, ऐसा हो ही नहीं सकता, मैं तुमसे कहता हूँ न, ऐसा हर्गिज नहीं हो सकता है।''

बेला ने संक्षेप में सिर्फ इतना ही कहा, ''न हो यही अच्छा है। इतने दिन से एक साथ रह रही हूँ, ऐसा तो मैं सोच ही नहीं सकती।''

नीलिमा ने 'हाँ-ना' कुछ भी जवाब नहीं दिया, अपने काम में वह ऐसी तन्मय रही मानो उस जगह और कोई है ही नहीं। कमरे में बिलकुल सन्नाटा छा गया।

बेला के जीवन का एक इतिहास है जिसे यहाँ कह देना आवश्यक है। उसके पिता वकालत का पेशा करते थे, पर अपने पेशे में यश या धन—दोनों में से कुछ भी प्राप्त न कर सके थे। उनका धर्म क्या था, कोई भी नहीं जानता; और समाज की दृष्टि से भी देखा जाये तो वे हिन्दू, ब्राह्मण या क्रिस्तान किसी समाज को मान कर न चलते थे। लड़की को वे बहुत ज्यादा प्यार करते थे, और उन्होंने सामर्थ्य के बाहर खर्च करके उसे शिक्षा देने की कोशिश की थी। यह हम पहले ही बता चुके हैं कि उनकी वह कोशिश बिलकुल व्यर्थ नहीं हुई। 'बेला' नाम उन्होंने अपने शौक से रखा था। किसी समाज को न मानने पर भी एक दल तो उनका अपना था ही। सुन्दरी और शिक्षिता होने की वजह से बेला का नाम उस दल में सब की जबान पर चढ़ गया, और इसलिए उसे धनी पात्र मिलने में भी देर न हुई। वे हाल ही विलायत से कानून पास करके लौटे थे। कुछ दिन देख-भाल और परस्पर मन निरखने-परखने का सिलसिला चलता रहा, उसके बाद कानून के अनुसार रजिस्टरी करके ब्याह हो गया। इस तरह कानून के प्रति गहरे अनुराग का एक अंक खत्म हुआ। दूसरे अंक में भोग-विलास, साथ-साथ देश-भ्रमण, अलग-अलग वायु परिवर्तन—आदि ऐसी ही बहुत-सी बातें हुईं। दोनों तरफ से तरह-तरह की अफवाहें सुनी गयीं, लेकिन उनकी आलोचना यहाँ अप्रासंगिक होगी। लेकिन उनमें जो अंश प्रासंगिक था, वह शीघ्र ही प्रकट हो गया। वर-पक्ष हाथों-हाथ पकड़ा गया और कन्या-पक्ष विवाह-विच्छेद का मामला दायर करने की सोचने लगा। मित्र-मण्डली में आपस में समझौता कराने की कोशिश हुई, लेकिन शिक्षिता बेला नर-नारी के समानाधिकार-तत्व की सबसे बड़ी पण्डा थी। लिहाजा उसने इस असम्मान के प्रस्ताव पर कतई ध्यान नहीं दिया। पति बेचारा चरित्र की दृष्टि से चाहे जैसा भी हो, आदमी के लिहाज से बुरा नहीं था; स्त्री को वह शक्ति और सामर्थ्य के माफिक प्यार ही करता था। उसने शर्म के साथ अपना कसूर मंजूर करके अदालत की दुर्गति से छुटकारा पाने के लिए हाथ जोड़ कर क्षमा-प्रार्थना की, पर स्त्री ने क्षमा नहीं दी। अन्त में बड़े दुखपूर्ण ढंग से फैसला हुआ। एकमुश्त नगद और खाने-पहनने के लिए मासिक खर्च देना कबूल करके उसने किसी तरह मामले से अपना पिण्ड छुड़ाया। और इधर दाम्पत्य-युद्ध

में विजय पा कर बेला भग्न स्वास्थ्य की मरम्मत के लिए शिमला, मसूरी, नैनी आदि पर्वतीय प्रदेशों में दर्प के साथ सैर करने चल दी। उस बात को आज लगभग छह-सात साल हो गये। इसके थोड़े ही दिन बाद उसके पिता का देहान्त हो गया। इस मामले में उनकी सहमति नहीं थी, बल्कि इससे वे अत्यन्त मर्माहत भी हुए थे। आशु बाबू की स्वर्गीया पत्नी के साथ उनका कोई दूर का रिश्ता था और उसी सम्बन्ध से बेला आशु बाबू की भी रिश्तेदार थी। उसके ब्याह में भी आशु बाबू निमंत्रित हो कर गये थे, और उसके पति से भी परिचित होने का उन्हें मौका मिला था। इस तरह कई रिश्तों के सिलसिले में बेला आगरा आयी थी; न बिलकुल गैर हो कर आयी थी और न निराश्रित हो कर ही। तुलना में इसी जगह नीलिमा के साथ उसका काफी अन्तर था।

फिर भी, हालत इससे बिलकुल उल्टी हो गयी थी। इस विषय में कि इस घर में किसका कहाँ स्थान है, घर के किसी व्यक्ति को रंच-मात्र भी सन्देह न था। पर उसका कारण जैसा अज्ञात था, उसका प्रकट रूप भी वैसा ही अदृश्य था।

बहुत देर तक मौन रह कर बेला ही ने पहले बात की, कहा, "यह मैं मानती हूँ कि साफ-साफ कुछ नहीं कहा, पर इस विषय में मुझे जरा भी सन्देह नहीं कि मुझे धिक्कारने के लिए ही नीलिमा ने ऐसी बात कही है।"

आशु बाबू के मन में भी शायद सन्देह न था, फिर भी विस्मय के स्वर में उन्होंने पूछा, "धिक्कार? धिक्कार किसलिए बेला?"

बेला ने कहा, "आपको तो सब कुछ मालूम है। निन्दा करने वालों की उस दिन भी कमी नहीं थी, और आज भी नहीं है। लेकिन अपने सम्मान की—सम्पूर्ण नारी-जाति के सम्मान की रक्षा के लिए उस दिन भी मैंने किसी की परवाह नहीं की, और आज भी नहीं करूँगी। मैं अपनी इज्जत-आबरू खो कर पति की घर-गृहस्थी चलाने को राजी नहीं हुई थी, इसलिए उस दिन ग्लानि-प्रचार का काम सबसे बढ़ कर स्त्रियों ने ही किया था, और आज भी उन्हीं के हाथ से निस्तार पाना मेरे लिए सबसे कठिन हो रहा है। मगर चूँकि मैंने अनुचित कार्य नहीं किया, इसलिए उस दिन भी जैसे मैं नहीं डरी, आज भी उसी तरह निडर हूँ। अपनी विवेक-बुद्धि के आगे मैं बिलकुल चोखी हूँ।"

नीलिमा ने सिलाई पर से आँख नहीं उठाई, लेकिन आहिस्ता से कहा, "एक दिन कमल कह रही थीं कि विवेक-बुद्धि ही संसार में सबसे बड़ी चीज़ नहीं है। विवेक की दुहाई देने से ही समस्त उचित-अनुचित की मीमांसा नहीं हो जाती।"

आशु बाबू ने आश्चर्य में आ कर कहा, "वह कहती है क्या?"

नीलिमा ने कहा, "हाँ। कहती हैं कि वह तो सिर्फ मूर्खों के हाथ का अस्त्र

है। आगे-पीछे दोनों तरफ चलाया जा सकता है—उसका कोई ठीक-ठिकाना नहीं।''

आशु बाबू ने कहा, ''जो कहती है, उसे कहने दो; पर ऐसी बात तुम अपने मुँह से न निकालो नीलिमा।''

बेला ने कहा, ''इतने बड़े दुस्साहस की बात तो मैंने कभी सुनी ही नहीं।''

आशु बाबू क्षण भर मौन रह कर धीरे-धीरे कहने लगे, ''दुस्साहस तो है ही। उसके साहस का अन्त नहीं। वह अपने नियम पर चलती है, उसकी सब बातें न सब समय समझ में आती हैं और न मानी ही जा सकती हैं।''

बेला ने कहा, ''अपने नियम पर तो मैं भी चलती हूँ आशु बाबू। इसी से बाबू जी की भी मनाही न मान सकी। मैंने पति को त्याग दिया, पर सिर न झुका सकी।''

आशु बाबू ने कहा, ''इस में शक नहीं कि यह गहरे पश्चात्ताप का विषय है, लेकिन तुम्हारे पिता के सम्मति न देने पर भी मुझसे तो बिना दिये रहा नहीं गया।''

बेला ने कहा, ''थैंक्स, सो मुझे याद है आशु बाबू!''

आशु बाबू बोले, ''उसकी वजह थी। स्त्री-पुरुष के समान दायित्व और समान अधिकार पर मैं पूरा विश्वास करता हूँ। हमारे हिन्दू समाज में एक बड़ा भारी दोष यह है कि सौ-सौ अपराध करने पर भी पति को न्याय-विचार या दण्ड का डर नहीं, और तुच्छ-से-तुच्छ दोष पर स्त्री को दण्ड देने के हजारों मार्ग खुले हुए हैं। इस व्यवस्था को मैं एक दिन के लिए भी उचित नहीं मान सका। इसी से बेला के पिता ने जब मेरे पास राय जानने के लिए चिट्ठी लिखी थी, तब मैंने उत्तर में यही बात कही थी कि हालाँकि यह कोई शोभा की बात नहीं और न सुख की ही, लेकिन वह अगर अपने असच्चरित्र पति को सचमुच ही त्याग देना चाहती है, तो उसे मैं अनुचित कह कर मना नहीं कर सकता।''

नीलिमा ने अकृत्रिम विस्मय से आँख उठा कर प्रश्न किया ''आपने सचमुच यही बात जवाब में लिखी थी?''

''सचमुच नहीं तो क्या?''

नीलिमा स्तब्ध हो रही।

उस निस्तब्धता में आशु बाबू को न जाने कैसी एक प्रकार की अशान्ति-सी मालूम होने लगी। उन्होंने कहा, ''इस में आश्चर्य करने की तो ऐसी कोई बात नहीं नीलिमा। बल्कि न लिखना ही मेरी तरफ से अनुचित होता।''

फिर जरा ठहर कर कहा, ''तुम खुद भी तो कमल की बड़ी भक्त हो, बताओ, वह खुद ऐसी हालत में क्या करती? क्या जवाब देती? इसी से तो उस दिन जब बेला से उसका परिचय कराया था, तब इस बात पर मैंने जोर दिया था कि कमल, तुम्हारी तरह विचार करने और तुम्हारी तरह साहस का परिचय देने में मैंने सिर्फ

एक ही लड़की को देखा है, और वह है यह बेला।''

नीलिमा की आँखें सहसा व्यथा से भर आयी। बोली, ''वह बेचारी शिष्ट समाज से बाहर—यहाँ तक कि बस्ती के बाहर पड़ी हुई है। उसे आप लोग क्यों घसीटते हैं?''

आशु बाबू व्यस्त हो उठे, बोले, ''नहीं-नहीं, घसीटने की बात नहीं नीलिमा, यह तो सिर्फ एक उदाहरण देना है।''

नीलिमा ने कहा, ''यही तो घसीटना है। अभी-अभी आपने कहा था कि उसकी सब बातें सब समय समझ में भी नहीं आतीं और न मानी ही जा सकती हैं।—माना कुछ नहीं जा सकता, सिर्फ उदाहरण ही दिया जा सकता है?''

आशु बाबू को अपनी बात में दोष की कोई बात नजर नहीं आ रही थी। वे क्षुब्ध कण्ठ से बोले, ''किसी भी कारण से हो, आज तुम्हारा मन शायद बहुत ही अस्वस्थ हो रहा है। इस समय किसी विषय की आलोचना करना ठीक नहीं।''

नीलिमा ने इस बात पर ध्यान नहीं दिया, वह बोल उठी, ''उस दिन आपने इनके विवाह-विच्छेद में अपनी राय दी थी और आज बिना किसी संकोच के कमल का दृष्टांत दे रहे हैं। इनकी-सी हालत में कमल क्या करती सो तो वही जाने; मगर उसके दृष्टांत का वास्तव में अनुसरण करने के लिए आज इन्हें कुली-मजदूरों के कपड़े सी करके अपनी गुजर करनी पड़ती—सो भी शायद हमेशा नहीं जुटते। कमल और चाहे जो करती, पर जिस पति को वह लांछन लगा कर घृणा से छोड़ देती, उसी के दिये हुए अन्न का ग्रास मुँह में दे कर और उसी के दिये कपड़ों से आबरू बचा कर हरगिज न जीना चाहती। अपने को इतनी छोटी या ओछी बनाने के पहले वह आत्महत्या करके मर जाती।''

आशु बाबू जवाब क्या देते? वे तो भावाविष्ट-से हो रहे, और बेला ठीक वज्राहत की भाँति निश्चल हो रही। नीलिमा के दिन हँसी-मज़ाक में ही कट जाते हैं, सबका मुँह ताकना ही मानो उसका काम है, दोनों में से कोई भी इस बात को कयास में न ला सका कि वह सहसा इस तरह निर्मम हो सकती है।

नीलिमा क्षण-भर स्थिर रह कर फिर बोली, ''आप लोगों की मजलिस में मैं नहीं बैठती, लेकिन लोगों को ले कर जो सब तरह की आलोचनाएँ हुआ करती हैं वे मेरे कानों तक पहुँच जाती हैं। नहीं तो शायद मैं कोई बात कहती भी नहीं। कमल ने एक दिन के लिए भी शिवनाथ की निन्दा नहीं की, एक भी आदमी के आगे अपना दुखड़ा नहीं रोया—क्यों, जानते हैं?''

आशु बाबू ने विमूढ़ की भाँति पूछा, ''क्यों?''

नीलिमा ने कहा, ''क्यों, सो कहना व्यर्थ है। आप लोग समझ नहीं सकेंगे।''

फिर जरा ठहर कर कहा, ''आशु बाबू, यह एक अत्यन्त मोटी बात है कि पति-पत्नी का अधिकार समान है, मगर इसके मानी यह न सोचिएगा कि स्त्री हो कर स्त्रियों की तरफ से इस दावे का मैं प्रतिवाद कर रही हूँ। प्रतिवाद मैं नहीं करती, मैं जानती हूँ कि वह सत्य है, मगर साथ ही यह भी जानती हूँ कि सत्य-सत्य चिल्लाने वाले एक सत्य-विलासी गिरोह ने नर-नारी के मुँह के द्वारा और तरह के आन्दोलनों से उस सत्य को ऐसा गन्दा कर दिया है कि आज उसे मिथ्या कहने को ही जी चाहता है आज मेरी हाथ जोड़ के प्रार्थना है कि सबके साथ मिल करके आप कमल के विषय में कोई चर्चा न किया करें।''

आशु बाबू ने जवाब देना चाहा, पर उनके कुछ कहने के पहले ही वह सिलाई की चीज़ें ले कर भीतर चली गयी।

तब क्षुब्ध-विस्मय से एक लम्बी उसाँस ले कर आशु बाबू सिर्फ यह कह कर रह गये, ''उसने कब क्या सुना है मालूम नहीं, पर मेरे विषय में यह बिलकुल असत्य दोषारोप है।''

बाहर कुछ देर के लिए वर्षा रुक गयी थी, लेकिन ऊपर के मेघाच्छन्न आकाश ने घर के भीतर असमय में अन्धकार फैला दिया। नौकर जब बत्ती जला गया तब आशु बाबू ने फिर एक बार पुस्तक उठा कर आँखों के सामने रख ली। पर छापे के अक्षरों में मन लगाना सम्भव न था और इधर बेला के सामने बैठ कर बातचीत करना और भी असम्भव मालूम दिया।

इतने में भगवान ने दया की। एक ही छतरी में रास्ते भर धक्कम-धक्का करते हुए हरेन्द्र और अजित आँधी की तरह कमरे में आ घुसे। दोनों जने आधा-आधा भीग चुके थे। हरेन्द्र बोला, ''भाभी कहाँ हैं?''

आशु बाबू के मानो चाँद हाथ लग गया। उनको विश्वास नहीं था कि आज के दिन कोई आयेगा। साग्रह उठ के बैठ गये और स्वागत के स्वर में बोले, ''आओ अजित, बैठो हरेन्द्र—''

''बैठता हूँ। भाभी कहाँ हैं?''

''ओह! दोनों-के-दोनों खूब भीगे मालूम होते हो।''

''जी हाँ। वे हैं कहाँ?''

''बुलवाता हूँ।'' कह कर आशु बाबू ने ज्यों ही पुकारने का उद्योग किया कि भीतर से पर्दा हटाती हुई नीलिमा स्वयं ही बाहर निकल आयी। उसके हाथ में दो धोतियाँ और एक कुरता था।

अजित ने कहा, ''यह क्या? आप ज्योतिष भी जानती हैं क्या?''

नीलिमा ने कहा, ''ज्योतिष जानने की जरूरत नहीं लालाजी, खिड़की से ही

देख लिया था। एक टूटी छतरी में जिस तरह एक-दूसरे की तकलीफ का खयाल रखते हुए तुम दोनों चले आ रहे थे, उसे एक मैं ही क्यों, शायद शहर भर के लोगों ने देखा होगा।''

आशु बाबू ने कहा ''एक छतरी में दो-दो जने? तभी तो दोनों को भीगना पड़ा है।'' और वे हँस दिये।

नीलिमा ने कहा, ''शायद दोनों जने समानाधिकार पर विश्वास करते हैं, अन्याय नहीं करते—इसी से छतरी का ठीक-ठीक बँटवारा करके रास्ता चल रहे थे। लो लालाजी, कपड़े बदल लो।'' कहते हुए उसने कपड़े हरेन्द्र के हाथ में दे दिये।

आशु बाबू चुप रहे। हरेन्द्र ने कहा, ''धोतियाँ तो दो दे दीं, लेकिन कुरता एक ही है?''

''कुरता बहुत बड़ा है लालाजी, एक से ही काम चल जायेगा।'' कह कर वह गम्भीर बन के पास की कुर्सी पर बैठ गयी।

हरेन्द्र ने कहा, ''कुरता आशु बाबू का है, लिहाजा इसमें दो ही क्यों, और चार जने समा सकते हैं, मगर तब इसे मसहरी की तरह लटकाना पड़ेगा, यह पहना नहीं जा सकेगा।''

बेला अब तक विषण्ण-मुख से चुपचाप बैठी थी, हँसी रोक न सकने के कारण उठ कर बाहर चली गयी और नीलिमा खिड़की के बाहर देखती हुई चुप बैठी रही।

आशु बाबू नकली गाम्भीर्य के साथ कहने लगे, ''बीमारी में पड़ा-पड़ा सूख के आधा रह गया हूँ हरेन्द्र, अब तुम लोग टोको मत। देखते नहीं, औरतों को कैसा बुरा मालूम हुआ, एक तो उठ कर बाहर चली गयी और एक ने मारे गुस्से के मुँह फेर लिया।''

हरेन्द्र ने कहा, ''टोका-टाकी नहीं की आशु बाबू, विराट की महिमा गायी है। टोका-टोकी का दुष्प्रभाव तो सिर्फ हमारे जैसी नर-जाति को ही विपत्ति में डाल सकता है, आप लोगों को छू भी नहीं सकता। इसलिए सदा उन्नत रहने वाले हिमालय के समान यह देह अक्षय बनी रहे, स्त्रियाँ निःशंक हों, और आँधी-पानी के बहाने समागत जनों के भाग्य में जो दैनन्दिन मिष्टान्नादि बदा है उसमें आज भी रंचमात्र कमी न हो।''

नीलिमा ने इधर मुँह उठाया और हँस दी। ''बड़ों का स्तुतिवाद तो अनादिकाल से चला आ रहा है छोटे देवरजी, वही निर्दिष्ट धारा है और उसमें तुम सिद्धहस्त हो; पर आज जरा नियम में व्यतिक्रम करना पड़ेगा आज छोटों की खुशामद बगैर किये इतर जनों के भाग्य में मिष्टान्न की जगह कोरा शून्य पड़ेगा।''

बेला बरामदे से लौट कर भीतर आ बैठी।

हरेन्द्र ने पूछा, "क्यों भाभी?"

गंभीर स्नेह से नीलिमा की आँखें भर आईं, बोली, "ऐसी मीठी बात बहुत दिनों से सुनी नहीं है भाई, इसी से सुनने को जी लुभाता है।"

"तो शुरू कर दूँ क्या?"

"अच्छा अभी रहने दो। पहले तुम लोग उस कमरे में जा कर कपड़े बदल लो, मैं कुरता भेजे देती हूँ।"

"मगर कपड़े बदल चुकने के बाद? फिर क्या होगा?"

नीलिमा ने हँसते हुए कहा, "फिर कोशिश करके देखूँगी कि इतर जनों के भाग्य से अगर कहीं से खाने-पीने को कुछ जुटा सकूँ।"

हरेन्द्र ने कहा, "तकलीफ उठा के कोशिश करने की जरूरत न पड़ेगी भाभी सिर्फ एक बार आँख खोल के देख-भर लीजिएगा। आपकी अन्नपूर्णा की सी दृष्टि जहाँ पड़ेगी, वहीं अन्न का भण्डार निकल पड़ेगा। चलो अजित, अब कोई फिकर की बात नहीं, हम लोग तब भीगे कपड़े बदल आयें।" कह कर अजित को वह हाथ पकड़ के बगल के कमरे में खींच ले गया।

23

अजित ने कहा, "पानी थमने का तो कोई लक्षण नहीं दिखाई देता?"

हरेन्द्र ने कहा, "नहीं। लिहाजा फिर हम दोनों को उसी टूटी छतरी में सिर-से-सिर भिड़ा कर समानाधिकार तत्व की सत्यता प्रमाणित करते हुए अन्धकार मार्ग में चल देना और अन्त में आश्रम पहुँच जाना चाहिए। अवश्य ही उसके बाद की चिन्ता नहीं रही—उसे यहीं पूरा कर चुके हैं—लिहाजा, फिर से एक बार भीगे कपड़े बदलना और सो जाना रह जायेगा।"

आशु बाबू व्यग्र हो कर बोले, "तो फिर तुम लोगों ने पेट भरके ही क्यों नहीं जीम लिया?"

हरेन्द्र कह उठा, "नहीं-नहीं, रहने दीजिए—इससे क्या हुआ—आप इसके लिए कोई चिन्ता न करें।"

नीलिमा पहले तो खिलखिला कर हँस पड़ी, उसके बाद शिकायत के स्वर में बोली, "लालाजी, क्यों बेकार में रोगी आदमी की व्याकुलता बढ़ा रहे हो?" फिर आशु बाबू से बोली, "ये संन्यासी आदमी ठहरे, वैराग में पक्के हो गये हैं—लिहाजा खाने-पीने की तरफ इनकी त्रुटि किसी की नजर में नहीं आ सकती। हाँ,

अजित बाबू के लिए जरूर सोच है। इनका आज का खाना देख कर समझा जा सकता है कि ऐसे संसर्ग में भी ये जल्दी पक नहीं पाये हैं।''

हरेन्द्र ने कहा, ''शायद मन में पाप होगा, इससे। पकड़े तो जायेंगे ही किसी-न-किसी दिन।''

अजित का चेहरा मारे शरम के सुर्ख हो उठा, बोला, ''आप न जाने क्या कह रहे हैं हरेन्द्र बाबू!''

नीलिमा क्षण-भर हरेन्द्र के मुँह की तरफ देखती रही और बोली, ''तुम्हारे मुँह पर फूल-चन्दन पड़े लालाजी, ऐसा ही हो, उनके मन में थोड़ा-बहुत पाप हो और किसी दिन पकड़े जायें तो मैं कालीघाट जा कर ठाठ से पूजा कर आऊँ।''

''तो फिर तैयारियाँ करना शुरू कर दीजिए।''

अजित बहुत ही नाराज हो गया, बोला, ''आप क्या वाहियात बक रहे हैं हरेन्द्र बाबू—बड़ा भद्दा मालूम होता है।''

हरेन्द्र ने फिर कुछ नहीं कहा। अजित के मुँह की तरफ देख कर नीलिमा का कुतूहल तीक्ष्ण हो उठा, पर वह भी चुप रही!

इसके कुछ देर बाद हरेन्द्र ने नीलिमा को लक्ष्य करके कहा, ''हमारे आश्रम पर कमल बहुत नाराज हैं। आपको शायद याद होगा भाभी?''

नीलिमा ने सिर हिलाते हुए कहा, ''हाँ, है। अब भी उनका वही रुख है क्या?''

हरेन्द्र ने कहा, ''वही रुख नहीं, बल्कि उससे भी जरा बढ़ गया है—इतना फर्क है।'' फिर बोला, ''और, सिर्फ हम ही लोगों पर नहीं, सब तरह की धार्मिक संस्थाओं पर उनका आत्यंतिक अनुराग है। चाहे ब्रह्मचर्य को ले लीजिए, चाहे वैराग्य की बात कीजिए; या ईश्वर की चर्चा कीजिए, सुनते ही अहेतुक भक्ति और प्रीति की बहुलता से वे अग्निवत हो उठती हैं। और मिजाज अनुकूल हो तो बूढ़ों और बच्चों के खेल में भी कौतुक का आनन्द लेने में वे असमर्थ नहीं। कमाल ही समझिए।''

बेला चुप बैठी सुन रही थी, बोल उठी, ''ईश्वर भी उनके लिए लड़कों का खेल है और आप उन्हीं के साथ मेरी तुलना कर रहे थे, आशु बाबू?'' इतना कह कर उसने एक तरफ से सब के मुँह की ओर देखा पर किसी की तरफ से कोई उत्साह नहीं मिला। उसका रुका स्वर किसी के कान तक पहुँचा या नहीं, सो भी ठीक समझ में नहीं आया।

हरेन्द्र कहने लगा, ''और मजा यह कि उनके अपने अन्दर एक ऐसा निर्द्वन्द्व संयम, नीरव मिताचार और निःशंक तितिक्षा है कि देख के आश्चर्य होता है। आपको शिवनाथ का मामला तो याद होगा आशु बाबू? वह हम लोगों का कौन था? फिर

भी इतना बड़ा अन्याय हम से सहा नहीं गया, और दण्ड देने की आकांक्षा से हमारे मन के भीतर आग जल उठी। पर कमल ने कहा, 'नहीं।' उसका उस दिन का चेहरा मुझे स्पष्ट याद है। उसकी नहीं में विद्वेष नहीं था, जलन नहीं थी, ऊपर से हाथ बढ़ा कर दान देने की श्लाघा नहीं थी और क्षमा का दम्भ भी नहीं था—उसका दाक्षिण्य मानो अविकृत करुणा से भरा हुआ था। शिवनाथ ने चाहे कितना ही बड़ा अन्याय क्यों न किया हो, फिर भी मेरे प्रस्ताव पर कमल ने चौंक कर सिर्फ यही कहा—'छि: छि:—नहीं नहीं, ऐसा नहीं हो सकता।' अर्थात एक दिन जिसे उसने प्यार किया है, उसके प्रति निर्ममता की तुच्छता की वह कल्पना ही न कर सकी और सबकी निगाह के ओझल उसके सब दोष चुपके से बिलकुल पोंछ कर फेंक दिये। उसमें न कोई कोशिश थी न चंचलता थी और न शोकाच्छन्न हाहाकार का कोई भाव था—मानो पहाड़ के शिखर पर से जल की धारा सहज रूप से अपने आप ही बह आयी हो।''

आशु बाबू ने एक गहरी साँस ली और कहा, ''सच्ची बात है।''

हरेन्द्र कहने लगा, ''पर मुझे सबसे ज्यादा गुस्सा तब आता है जब वह सिर्फ हमारे आदर्श को ही नहीं बल्कि हमारे धर्म, इतिहास, ऋति, नैतिक अनुशासन आदि सबको मजाक में उड़ा देना चाहती है। मैं जानता हूँ कि उसके शरीर में उत्कट विदेशी खून है और मन में भी वैसी ही उग्रता के साथ पर-धर्म का भाव प्रवाहित है, फिर भी उसके मुँह के सामने खड़े हो कर जवाब नहीं दे पाता। उसके कहने में न मालूम कैसी एक दृढ़ निश्चय की दीप्ति फूट निकलती है कि मालूम होता है मानो उसने जीवन के तत्व को खोज लिया है। शिक्षा के जरिये नहीं और न अनुभव-उपलब्धि के जरिये ही, बल्कि ऐसा लगता है कि तत्व को जैसे वह आँखों से साफ-साफ प्रत्यक्ष देख रही हो।''

आशु बाबू खुश हो कर बोले, ''ठीक यही बात मेरे भी मन में अनेक बार आयी है। यही वजह है कि जैसी उसकी बातें हैं, वैसे ही उसके काम हैं। वह अगर असत्य भी समझी हो, तो वह असत्य भी गौरवपूर्ण हो उठा है।'' फिर जरा ठहर कर बोले, ''देखो हरेन्द्र, एक तरह से अच्छा ही हुआ जो वह पाखण्डी चला गया। उसको हमेशा ढँक कर रखने से न्याय की मर्यादा नहीं रहती। सूअर के गले में मोती की माला की तरह यह भी अपराध होता।''

हरेन्द्र ने कहा, ''और फिर, दूसरी तरफ ऐसी माया-ममता है कि सिर्फ एक भाभी को छोड़ कर मैं और किसी स्त्री को उस के समान नहीं पाता। सेवा में ऐसी समझिए जैसे लक्ष्मी। शायद पुरुषों से बहुत-सी बातों में बहुत बड़ी होने के कारण ही वह अपने को उनके सामने ऐसी साधारण बनाये रखती है कि आश्चर्य होता है।

मन लुढ़क कर मानो पैरों पर लोट जाना चाहता है।''

नीलिमा ने हँसते हुए कहा, ''लालाजी, तुम पहले जनम में शायद किसी राज-रानी के चारण थे इसी से इस जनम में भी वह संस्कार दूर नहीं हुआ। लड़के पढ़ाने का काम छोड़ कर अगर यह रोजगार करते तो इससे कहीं ज्यादा आराम पाते।''

हरेन्द्र हँस दिया, बोला, ''क्या करूँ भाभी, मैं सरल सीधा आदमी हूँ; जो मन में सोचता हूँ, वही कह डालता हूँ। लेकिन, आप इन अजित बाबू से पूछ देखिए जरा; अभी आस्तीन चढ़ा कर मरने-मारने को तैयार हो जायेंगे।—भले हो जायें, पर जिन्दा रहीं तो देख लीजिएगा किसी दिन—''

अजित क्रुद्ध कण्ठ से बोल उठा, ''आह, आप क्या कहते हैं हरेन्द्र बाबू, आपके आश्रम से तो मालूम होता है, अब चले ही जाना पड़ेगा किसी दिन।''

हरेन्द्र ने कहा, ''सो मैं जानता हूँ। पर जब तक गये नहीं हैं तब तक तो सहन करना पड़ेगा।''

''तो आप कहते जाइए जो तबीयत में आये, मैं जाता हूँ।''

नीलिमा ने कहा, ''लालाजी, तुम अपने ब्रह्मचर्याश्रम को उठा क्यों नहीं देते? तुम भी बच जाओ और लड़कों की भी जान बचे। ''

हरेन्द्र ने कहा, ''लड़के तो बच सकते हैं भाभी, पर मेरे बचने की कोई आशा नहीं; कम-से-कम अक्षय के जीते जी तो कतई नहीं। वह मुझे यमराज के हवाले किये बगैर पीछा नहीं छोड़ने का।''

आशु बाबू ने कहा, ''तब तो, मालूम होता है, अक्षय से तुम लोग डरते हो?''

''जी हाँ, डरते हैं। विष खाना सहज है, पर उसके कटाक्ष हजम करना असाध्य है। इन्फ्लुएंजा में इतने आदमी मर गये, पर वह नहीं मरा। ठीक वक्त पर भाग गया।''

सब हँस पड़े। नीलिमा ने कहा, ''अक्षय बाबू से मैं बोलती नहीं, पर अबकी बार बाहर निकल कर तुम्हारी तरफ से मैं क्षमा की भीख माँग लूँगी। भीतर-ही-भीतर जल-भुन कर खाक हुए जा रहे हो!''

हरेन्द्र ने कहा, ''हम लोग भी तो पकड़े जायेंगे भाभी, आप लोग तो सब जल-भुनने के परे पहुँच चुकी हैं। विधाता ने आग की सृष्टि सिर्फ हम ही लोगों को जलाने के लिए की थी, आप लोग उसके इलाके से बाहर हैं!''

नीलिमा मारे शर्म के सुर्ख हो उठी, बोली, ''और नहीं तो क्या!''

बेला ने कहा, ''ठीक तो है। बाहर तो हैं ही।''

क्षण भर सब चुप रहे। अजित ने कहा, ''उस दिन ठीक इसी विषय पर एक बड़ी सुन्दर कहानी पढ़ी थी।'' फिर आशु बाबू की तरफ देख कर पूछा, ''आपने नहीं पढ़ी क्या?''

"कौन-सी, याद तो नहीं पड़ता।"

"आपके जो मासिक पत्र विलायत से आते हैं, उन्हीं में से किसी में है। किसी फ्रांसीसी लेखिका की कहानी का अंग्रेजी अनुवाद है। लेडी डॉक्टर अपने परिचय में कहती है, 'मैने यौवन पार करके प्रौढ़त्व में कदम रखा है।'—वह है न सामने के शेल्फ पर—" कहता हुआ व पत्रिका उठा लाया।

आशु बाबू ने पूछा, "कहानी का नाम क्या है?"

अजित ने कहा, "नाम जरा अजीब-सा है—'एक दिन : जिस दिन मैं नारी थी'।"

बेला ने कहा, "इसके मानी? लेखिका अब पुरुषों में शामिल हो गयी है क्या?"

अजित ने कहा, "लेखिका ने आप-बीती लिखी है और शायद डॉक्टर होने की वजह से नारी-देह के क्रमविकास का जो चित्र खींचा है वह कहीं-कहीं रुचि को चोट पहुँचाता है। जैसे—"

नीलिमा चट से बोल उठी, " 'जैसे' बताने की जरूरत नहीं अजित बाबू, रहने दीजिए।"

अजित ने कहा, "रहने दीजिए। मगर उन्होंने नारी के भीतर का, यानी उसके हृदय का जो चित्र खींचा है वह मधुर न होते हुए भी आश्चर्यजनक है।"

आशु बाबू को कुतूहल हुआ, बोले, " अच्छी बात है अजित, जरा-कुछ काट-छाँट करके संक्षेप में सुनाओ तो सुनें। मेह भी अभी रुका नहीं और रात भी ज्यादा नहीं हुई।"

अजित ने कहा, "कहानी बहुत बड़ी है, इसलिए काट-छाँट कर ही पढ़ी जा सकती है—आप चाहें तो पीछे पूरी पढ़ लीजिएगा।"

बेला ने कहा, "पढ़िए, जरा सुनें। कम-से-कम वक्त तो कटेगा।"

नीलिमा के मन में आया कि उठ कर चली जाये, पर जाने का कोई बहाना न मिलने के कारण वह संकोच के साथ वहीं बैठी रही।

बत्ती के सामने बैठ कर अजित किताब खोल कर कहने लगा, "शुरू-शुरू में जरा भूमिका-सी है, उसे संक्षेप में कह देना जरूरी है। जिसकी यह आत्म-कथा है, वह सुन्दरी है, सुशिक्षिता है और बड़े घर की लड़की है। चरित्र निष्कलंक था या नहीं, इसका कहानी में स्पष्ट उल्लेख नहीं है, पर इतना निःसन्देह समझ में आ जाता है कि अगर उसके कोई दाग किसी दिन किसी कारण से लगा भी हो तो वह यौवन के प्रारम्भ में—बहुत दिन पहले लगा होगा।

"उस दिन उसको बहुतों ने चाहा था—एक ने तो समस्या का कोई हल न

पा कर आत्म-हत्या कर ली और एक चला गया समुद्र के उस पार कनाडा में। चला तो गया, पर आशा न छोड़ सका। दूर से कृपा-भिक्षा माँगते हुए उसने इतनी चिट्ठियाँ लिखीं कि उन्हें अगर इकट्ठा किया जाता तो एक समूचा जहाज भर जाता लेकिन जवाब की आशा उसने नहीं की, और न जवाब पाया ही। उसके बाद एक दिन दोनों में मुलाकात हुई। देखते ही सहसा मानों वह चौंक पड़ा। इस बीच पन्द्रह वर्ष बीत गये थे, और इसकी उसे धारणा ही नहीं थी कि जिसे वह पच्चीस साल की युवती देख कर विदेश चला गया था, उसकी उमर अब चालीस साल की हो गयी है। कुशल-प्रश्न अनेक हुए, उलाहने भी कम पेश नहीं किये गये, लेकिन पहले आँखें चार होते ही उसकी आँखों के कोनों से जो चिनगारियाँ निकलने लगती थीं और उन्मत्त कामना का जो झंझावात समस्त इन्द्रियों के बन्द दरवाजों को तोड़ कर बाहर निकलना चाहता था—आज उसका कोई चिह्न तक कहीं दिखाई नहीं दिया। अब वह न जाने कब का स्वप्न-सा मालूम देने लगा। स्त्रियों को और सब विषयों में धोखा दिया जा सकता है, पर इस विषय में नहीं।—यहीं से कहानी शुरू होती है।'' कह कर अजित आगे पढ़ने के विचार से किताब के पन्ने पर झुक पड़ा।

आशु बाबू ने टोकते हुए कहा, ''नहीं-नहीं, अंग्रेजी नहीं अजित, अंग्रेजी नहीं। तुम्हारे मुँह से हिन्दी में कहानी का सहज भाव बहुत मीठा लग रहा है, तुम बाकी का हिस्सा भी इसी तरह कहते जाओ।''

''मुझसे बनेगा कैसे ?''

''बनेगा, बनेगा। जैसे अभी कह रहे थे, वैसे ही कहते जाओ।''

अजित ने कहा, ''हरेन्द्र बाबू की तरह मुझे भाषा का ज्ञान नहीं; भाषा के दोष से अगर सारा-का-सारा कड़वा हो जाये तो उसमें मेरी ही असमर्थता समझिएगा।'' इसके बाद वह कभी किताब के पन्ने की तरफ देख कर और कभी बगैर देखे ही कहने लगा।

''फिर वह घर पहुँची। उस आदमी को उसने कभी प्यार नहीं किया था और न करना चाहा था; बल्कि, हृदय से उसने हमेशा यही प्रार्थना की थी कि भगवान किसी दिन उसे मोह-मुक्त कर दें—उसे इस निष्फल प्रणय के दाह से छुटकारा दे दें—असम्भव वस्तु के लुब्ध आश्वासन से वह अब तकलीफ न पाये। देखा गया, कि भगवान ने इतने दिनों बाद उसकी वही प्रार्थना मंजूर की है। कोई बात नहीं हुई, मगर फिर भी इतना तो निःसन्देह समझ में आ गया कि वह कनाडा वापस जाये या न जाये, पर दीनता से प्रणय की भीख माँग कर न अब वह खुद ही निरन्तर दुख पायेगा और न उसे ही दुख देगा। दुःसाध्य समस्या की आज मानो अन्तिम मीमांसा हो गयी। हमेशा से 'नहीं' कह कर बराबर वह स्त्री अस्वीकार ही करती आयी है,

और आज भी उस में व्यतिक्रम नहीं हुआ, लेकिन वह अन्तिम 'नहीं' आज आयी उलटी तरफ से। उस स्त्री ने इसकी स्वप्न में भी कल्पना नहीं की थी कि दोनों 'नहीं' में इतना जबरदस्त प्रभेद होगा। पुरुषों की लोलुप दृष्टि ने हमेशा उसे परेशान ही किया है, लज्जा से पीड़ित ही किया है—आज ठीक उसी दिशा से अगर उसे मुक्ति मिली हो, और शरीर धर्म के कारण उसके अस्तप्राय यौवन ने अगर पुरुषों की उद्दीप्त कामना, उन्माद और आसक्ति का रास्ता रोक दिया हो, तो इसमें शिकायत की कौन-सी बात है? मगर फिर भी, घर लौटते समय, रास्ते में, मानो आज सारा विश्व-संसार उसे बिलकुल अपरिचित मूर्ति धारण करके दिखाई देने लगा। प्रेम नहीं, हृदय में एकान्त मिलन की व्याकुलता नहीं—ये सब तो दूसरी बातें हैं, बड़ी बातें हैं। लेकिन आज के पहले उसे इसकी क्या खबर थी कि जो बड़ी नहीं, जो रूपज हैं, अशुभ हैं, असुन्दर हैं, अत्यन्त क्षणस्थायी हैं—उन सब कुत्सित बातों के लिए भी उस नारी के अविज्ञात चित्त के नीचे इतना बड़ा आसन बिछा हुआ था! और उनके कारण पुरुष की विमुखता उसे ऐसे निर्मम अपमान से आहत कर सकती है!"

हरेन्द्र ने कहा, "अजित कहते तो बड़े अच्छे ढंग से हैं। कहानी को खूब ध्यान से पढ़ा है।"

स्त्रियाँ चुपचाप बैठीं सिर्फ देखती रहीं, उन्होंने कुछ राय जाहिर नहीं की।

आशु बाबू ने कहा, "हाँ। उसके बाद, अजित?"

अजित कहने लगा, "फिर उस महिला को अचानक खयाल आया कि सिर्फ एक ही पुरुष तो उसे नहीं चाहता था, बहुत-से लोग बहुत दिनों से उससे प्रेम करते आ रहे थे, प्रार्थना करते आ रहे थे—उस दिन उसकी जरा-सी मुसकान और उसके मुँह से केवल एक शब्द सुनने के लिए उनकी व्याकुलता की हद न थी। रोजाना कदम-कदम पर वे न जाने कहाँ से और किस जमीन को फोड़ कर बाहर निकल आते थे; पर वे सब भी आज कहाँ गये? कहीं भी तो नहीं गये, अब भी तो कभी-कभी दिखाई दे जाते हैं। तो क्या उसके अपने कण्ठ का स्वर बिगड़ गया है? उसकी हँसी का रूप बदल गया है? अभी-अभी उस दिन की बात ही तो है—दस-पन्द्रह वर्ष, सो ऐसे कितने दिन हो गये?—इतने में क्या उसका सब कुछ बीत गया, सब कुछ खो गया?"

आशु बाबू सहसा बोल उठे, "गया कुछ भी नहीं अजित, गया हो तो शायद उसका यौवन—उसकी माँ होने की शक्ति खो गयी होगी।"

अजित उनकी तरफ देख कर बोला, "यही बात है। कहानी आपने पढ़ी थी?"

"नहीं।"

"नहीं तो ठीक यही बात आपने कैसे जान ली?"

आशु बाबू उत्तर में सिर्फ जरा हँस दिये, बोले, "तुम आगे पढ़ो।"

अजित कहने लगा, "घर लौट कर वह अपने शयनागार में खूब बड़े आईने के सामने बत्ती जला कर खड़ी हो गयी। बाहर जाने की पोशाक उतार कर रात के सोने के कपड़े पहनते-पहनते अपनी छाया पर आज पहले-पहल उसकी नजर पड़ी और पड़ते ही एकाएक मानो उसकी दृष्टि ही बदल गयी। इस तरह धक्का खाये बगैर शायद अब भी उसे दिखाई न देता कि नारी की जो सबसे बड़ी सम्पदा है—आप जिसे बता रहे थे कि उसकी माँ होने की शक्ति—वह शक्ति आज बिलकुल निस्तेज और म्लान हो चुकी है; यह आज सुनिश्चित मृत्यु के मार्ग पर कदम बढ़ाये खड़ी है; इस जीवन में अब उसे वापस नहीं लाया जा सकता। उसकी निश्तेचन देह के ऊपर से अविन्छिन्न जल धारा की तरह बह कर वह सम्पदा प्रतिदिन की व्यर्थता में क्षय हो चुकी है। यह बात उसे आज इस शेष समय में मालूम हुई कि इतना बड़ा ऐश्वर्य इतना स्वल्पायु है।"

आशु बाबू ने एक गहरी उसाँस ली और कहा, "ऐसा ही होता है अजित, ऐसा ही होता है। जीवन की बहुत-सी बड़ी चीज़ों को हम तभी पहचान पाते हैं जब उन्हें खो देते हैं। हाँ, फिर?"

अजित कहने लगा, "फिर उस आईने के सामने खड़ी-खड़ी वह अपने यौवनान्त शरीर का सूक्ष्मातिसूक्ष्म विश्लेषण करती है। एक दिन क्या थी और अब क्या होने जा रही है? मगर उस वर्णन को न मैं कह सकता हूँ और न पढ़ ही सकता हूँ।"

नीलिमा पहले की भाँति ही व्यस्त हो कर बोल उठी, "न-न-न, अजित बाबू, उसे रहने दीजिए। उसे छोड़ कर आगे कहिए।"

अजित कहने लगा, "उस महिला ने विश्लेषण के अन्त में कहा है कि जिस तरह नारी के दैहिक सौन्दर्य के समान सुन्दर वस्तु इस संसार में नहीं है, उसी तरह इसकी विकृति के समान असुन्दर वस्तु भी शायद ही पृथ्वी पर कोई हो।"

आशु बाबू ने कहा, "यह जरा कुछ ज्यादती है अजित।"

नीलिमा ने सिर हिलाते हुए प्रतिवाद किया, "नहीं, जरा भी ज्यादती नहीं इसमें। बिलकुल सच है।"

आशु बाबू ने कहा, "मगर उसकी जो उमर है, उसे तो विकृति की उमर नहीं कहा जा सकता, नीलिमा।"

नीलिमा ने कहा, "कहा जा सकता है। कारण, वह तो कोई सालों की गिनती से स्त्रियों के जीने का हिसाब नहीं है; इस बात को और चाहे जो भूल जाये, पर स्त्रियों के भूलने से काम नहीं चलेगा कि यौवन का आयुष्काल बहुत कम है।"

अजित सिर हिला कर और खुश होता हुआ बोला, "ठीक यही उत्तर उसने खुद दिया है। कहा है, 'आज से समाप्ति की शेष प्रतीक्षा करते रहना ही होगा अवशिष्ट जीवन का एकमात्र सत्य। मैं जानती हूँ कि इसमें कोई सान्त्वना नहीं, आनन्द नहीं, आशा नहीं—फिर भी उपहास की लज्जा से तो बच ही जाऊँगी। ऐश्वर्य का भग्न स्तूप आज भी शायद किसी अभागे का मन हरण कर सके, लेकिन वह मुग्धता जैसे उसके लिए विडम्बना के सिवा कुछ नहीं, वैसे ही मेरे लिए भी वह मिथ्या है, झूठ है। यह मुझसे नहीं होगा कि जिस रूप का सचमुच का प्रयोजन खत्म हो चुका है, उसी को नाना प्रकार से, नाना वेश-भूषा से सजा कर कहूँ कि खत्म नहीं हुआ और अपने को और दूसरों को भी धोखा दे कर ठगती फिरूँ'।"

इस पर और किसी ने कुछ नहीं कहा, सिर्फ नीलिमा बोल उठी, "बहुत सुन्दर है। ये शब्द उसके मुझे बहुत ही सुन्दर लगे अजित बाबू।"

और सबों की तरह हरेन्द्र भी खूब ध्यान से सुन रहा था; वह इस मन्तव्य से खुश न हुआ, बोला, "यह आपका भावावेश का उफान है भाभी, खूब सोच-विचार के नहीं कहा आपने। ऊँची डाल पर सेमल का फूल भी सहसा सुन्दर दीख पड़ता है, फिर भी फूलों के दरबार में उसकी कोई कदर नहीं। रमणी की देह क्या ऐसी तुच्छ चीज़ है कि इसके सिवा उसका और कोई उपयोग ही न हो?"

नीलिमा ने कहा, "नहीं है, सो तो लेखिका ने कहा नहीं। यह आशंका उसे खुद भी थी कि अभागे आदमियों की आवश्यकता आसानी से नहीं मिटती।" फिर जरा हँस कर कहा, "और उफान की जो बात कह रहे थे छोटे बाबू, सो अक्षय बाबू मौजूद नहीं, वे होते तो समझ जाते कि उफान की ज्यादती किस ओर है।"

हरेन्द्र ने जवाब दिया, "आप गाली-गलौज करती रहेंगी तो मैं ऊब जाऊँगा, सो नहीं होगा भाभी।"

सुन कर आशु बाबू खुद भी जरा हँस दिये, बोले, "वास्तव में हरेन्द्र, मुझे भी ऐसा लगता है कि इस कहानी में लेखिका ने स्त्रियों के रूप के वास्तविक प्रयोजन की तरफ ही इशारा किया है।"

"मगर, क्या यही ठीक है?"

"ठीक नहीं, यह बात दुनिया की तरफ देखते हुए सोचना कठिन है।"

हरेन्द्र उत्तेजित हो उठा, कहने लगा, "दुनिया की तरफ देख कर आप चाहे कुछ भी खयाल करें, मनुष्य की तरफ देख कर इसे स्वीकार करना मेरे लिए भी कठिन है। मनुष्य का प्रयोजन जगत के साधारण प्रयोजन को पार करके बहुत दूर चला गया है; इसी से तो उसकी समस्या ऐसी विचित्र—ऐसी दुरूह होती जा रही है। इसी में तो उसकी मर्यादा है आशु बाबू, कि छलनी से छान कर उसे अलग नहीं

किया जा सकता।''

''सो हो सकता है। कहानी का बाकी हिस्सा क्या है, सुनाओ तो अजित।''

हरेन्द्र खीझ गया, बाधा देते हुए बोला, ''सो नहीं होगा आशु बाबू। यह मैं नहीं होने दूँगा कि इस बात को तुच्छ समझ कर आप जवाब देने से बच जायें। या तो मेरी बात स्वीकार कीजिए या फिर मेरी गलती दिखा दीजिए। आपने बहुत कुछ देखा है, बहुत पढ़ा है—बहुत बड़े विद्वान हैं आप—यह मुझ से नहीं सहा जायेगा कि इस अनिर्दिष्ट ढीली-ढाली बात की सेंध में से भाभी जीत जायें। कहिए?''

आशु बाबू हँसते हुए बोले, ''तुम ब्रह्मचारी आदमी ठहरे—रूप के विवेचन में हार भी जाओ तो इसमें तुम्हारे लिए लज्जा की कोई बात नहीं हरेन्द्र।''

''नहीं, सो मैं नहीं सुनूँगा।''

आशु बाबू क्षण-भर चुप रहे, फिर धीरे-धीरे बोले, ''तुम्हारी बात को अप्रमाणित ठहराने के लिए कमर बाँध कर बहस करने में मुझे शर्म आती है। वास्तव में यही अच्छा है कि नारी के रूप का निगूढ़ अर्थ छिपा ही रहे।'' फिर जरा चुप रह कर बोले, ''अजित की कहानी सुनते-सुनते मुझे बहुत दिन पहले की एक दुख की कहानी याद आ रही थी। बचपन में मेरे एक अंग्रेज मित्र थे; वे एक पोलिश स्त्री को प्यार करते थे। लड़की बहुत ही सुन्दर थी; छात्राओं को पियानो सिखा कर जीविका चलाती थी। सिर्फ रूप ही नहीं, अनेक गुण भी थे उसमें। हम सभी उनकी शुभकामना करते थे और निश्चित जानते थे कि उनके विवाह में कहीं भी कोई विघ्न न आयेगा।''

अजित ने पूछा, ''विघ्न कैसे आया?''

आशु बाबू ने कहा, ''सिर्फ उमर की बात पर। देश से एक दिन उसकी माँ आ पहुँची। उसी के मुँह से बातों-ही-बातों में अचानक पता लगा कि उसकी उमर पैंतीस पार कर चुकी है।''

सुन कर सब चौंक पड़े। अजित ने पूछा, ''उस महिला ने क्या आप लोगों से अपनी उमर छिपाई थी?''

आशु बाबू ने कहा, ''नहीं। मेरा विश्वास है कि पूछने पर वह छिपाती नहीं—उसकी ऐसी प्रकृति ही नहीं थी—मगर पूछने की बात किसी के ध्यान में ही न आयी। उसकी देह की गठन ऐसी थी, चेहरा इतना सुकुमार था और ऐसा मधुर कण्ठस्वर था कि कभी किसी को आशंका ही न हुई कि उसकी उमर तीस से ज्यादा हो सकती है।''

बेला ने कहा, ''आश्चर्य है! आप लोगों में से किसी के क्या आँखें ही न थीं?''

''थीं क्यों नहीं। मगर दुनिया के सभी आश्चर्य आँखों से नहीं पकड़े जा सकते। इसे उसी का एक दृष्टान्त समझो।''

"और उस आदमी की उमर क्या थी?"

"वह मेरी ही उमर का था—तब शायद अट्ठाइस-उन्तीस से ज्यादा न होगी।"

"फिर?"

आशु बाबू ने कहा, "फिर की घटना अत्यन्त संक्षिप्त है। उस युवक का सारा हृदय एक ही क्षण में उस प्रौढ़ रमणी के विरुद्ध मानो पाषाण बन गया। उस बात को जमाना बीत गया, पर आज भी खयाल करता हूँ तो मन में एक तरह की टीस उठती है। कितने आँसू, कितनी हाय-हाय, कितना जाना-आना, कितना मनाना-रिझाना होता रहा; पर उसके मन से उस नफरत को जरा भी हिलाया-डुलाया नहीं जा सका। इस बात के आगे वह और कुछ सोच ही न सका कि यह ब्याह असम्भव है।"

क्षण भर सभी चुप रहे। नीलिमा ने पूछा, "मगर बात इससे ठीक उलटी होती तो शायद असम्भव न होता?"

"शायद न होता।"

"पर ऐसा ब्याह क्या उस देश में एक भी नहीं होता? ऐसे पुरुष क्या वहाँ हैं ही नहीं?"

आशु बाबू ने हँसते हुए जवाब दिया, "हैं क्यों नहीं। इस कहानी की लेखिका ने शायद खास तौर से ऐसे ही पुरुषों को लक्ष्य करके 'अभागे' विशेषण का प्रयोग किया है। लेकिन अब रात तो बहुत हो गयी अजित, इसका अन्त क्या है?"

अजित ने चौंक कर उनकी ओर देखा, और कहा, "मैं आपकी ही कहानी की बात सोच रहा था। इतना प्रेम होते हुए क्यों वह उसे ग्रहण नहीं कर सका? इतनी बड़ी सत्य वस्तु किधर से कैसे एक क्षण में झूठी हो गयी?—जिन्दगी-भर शायद वह महिला यही सोचती रही होगी, 'एक दिन, जिस दिन मैं नारी थी।' इसके पहले शायद उस विगत यौवना नारी ने कभी इस बात की चिन्ता भी न की होगी कि नारीत्व नारी के बिना जाने ही कब और कैसे सचमुच खत्म हो जाता है।"

"लेकिन तुम्हारी कहानी का शेष?"

अजित शान्त भाव से बोला, "रहने दीजिए। यौवन का यह शेष अभी तक निश्शेष नहीं हुआ—अपने और दूसरों के आगे स्त्रियों की इस प्रतारणा की करुण कहानी के साथ कहानी खत्म होती है। अब आज रहने दीजिए, फिर किसी दिन सुनाऊँगा।"

नीलिमा ने सिर हिलाते हुए कहा, "नहीं-नहीं, इससे तो बल्कि उसे असमाप्त ही रहने दीजिए।"

आशु बाबू ने भी हाँ में हाँ मिला दी, वेदना के साथ बोले, "वास्तव में स्त्रियों

के लिए यही समय निसंग जीवन होने के कारण सबसे बुरा होता है। इसी से शायद असहिष्णु, कपटी, पर-छिन्द्रान्वेषी—यहाँ तक कि निष्ठुर हो कर सब देश के पुरुष इन अविवाहिता प्रौढ़ा स्त्रियों से बच कर चलना चाहते हैं नीलिमा।''

नीलिमा ने हँस कर कहा, ''ऐसा कहना ठीक नहीं आशु बाबू, बल्कि यों कहिए कि तुम जैसी पति-पुत्रहीना अभागी स्त्रियों से बच कर चलना चाहते हैं।''

आशु बाबू ने इसका कोई जवाब नहीं दिया, पर इशारे को स्वीकार कर लिया। बोले, ''पर मजा तो यह है कि जो पति-पुत्र से सौभाग्वती हैं, वे स्नेह-प्रेम और सौन्दर्य-माधुर्य से ऐसी परिपूर्ण हो उठती हैं कि उन्हें पता भी नहीं लग पाता कि जीवन का इतना बड़ा संकट-काल कब और किस रास्ते से निकल गया।''

नीलिमा ने कहा, ''उन भाग्यवतियों से मैं डाह नहीं करती आशु बाबू, ऐसी प्रेरणा आज तक मन में कभी नहीं आयी पर भाग्य के दोष से जो हमारी तरह भविष्य की सारी आशाओं को जलांजलि दे चुकी हैं, बता सकते हैं कि उनके मार्ग का निर्देश किस तरफ है?''

आशु बाबू कुछ देर तक तो स्तब्ध हुए बैठे रहे, फिर बोले, ''इसके जवाब में मैं सिर्फ बड़ों की बात ही दोहरा सकता हूँ नीलिमा, उससे ज्यादा मुझ में शक्ति नहीं। वे कह गये हैं कि दूसरों के लिए अपने को उत्सर्ग कर देना चाहिए। संसार में न तो दुख का ही अभाव है और न आत्म-निवेदन के दृष्टान्तों का असद्भाव है। यह सब मैं भी जानता हूँ—लेकिन इसे मैं आज तक नि:संशय हो कर नहीं जान पाया कि इसके भीतर नारी का सचमुच का निर्बाध कल्याणमय आनन्द है या नहीं।''

हरेन्द्र ने पूछा, ''यह सन्देह क्या आपको शुरू से ही था?''

आशु बाबू मन ही मन कुण्ठित से हुए, जरा ठहर कर बोले, ''ठीक याद नहीं पड़ता हरेन्द्र। मनोरमा को गये तब दो-तीन दिन हुए होंगे। मन बोझिल था और शरीर विवश। इसी कुर्सी पर चुपचाप पड़ा था, अचानक देखा कि कमल आ पहुँची है। आदर से बुला कर उसे पास बिठाया। मेरी व्यथा की जगह को सावधानी से बचाते हुए उसने निकल भी जाना चाहा, पर वह निकल नहीं सकी। बातों-ही-बातों में कुछ ऐसा प्रसंग उठ खड़ा हुआ कि फिर उसे कुछ होश ही न रहा। तुम लोग तो उसे जानते ही हो, जो भी कुछ प्राचीन है, उस पर उसे कैसी प्रबल वितृष्णा है! उसे झकझोर कर तोड़ डालना ही मानो उसका पैशन है। मन गवाही नहीं देना चाहता, हमेशा का संस्कार मारे डर के सिकुड़ जाता है। फिर भी जवाब ढूँढे नहीं मिलता और हार माननी पड़ती है। याद है, उस दिन भी मैंने उसके सामने स्त्रियों के आत्मोत्सर्ग का उल्लेख किया था, मगर उसने उसे मंजूर ही नहीं किया। कहने लगी, 'स्त्रियों की बात मैं आपसे ज्यादा जानती हूँ। वह प्रवृत्ति उनमें है तो, पर वह उनके भीतर पूर्णता से नहीं

आती, आती है सिर्फ शून्यता से, और उठती है हृदय खाली करके। वह तो स्वभाव नहीं अभाव है और अभाव के आत्मोत्सर्ग पर मैं कानी-कौड़ी का भी विश्वास नहीं करती।' मेरी तो समझ में ही न आया कि इसका क्या जवाब दूँ, फिर भी मैंने कहा, 'कमल, हिन्दू सभ्यता की मूल वस्तु से तुम्हारा परिचय होता तो आज शायद तुम्हें मैं समझा देता कि त्याग और विसर्जन की दीक्षा में सिद्धि प्राप्त करना ही हमारी सबसे बड़ी सफलता है और इसी मार्ग का अवलम्बन कर हमारी कितनी ही विधवा स्त्रियाँ जीवन की सर्वोत्तम सार्थकता अनुभव कर गयी हैं।' इस पर कमल हँस कर बोली, 'करते हुए देखा है आपने? एक-आध नाम तो बताइए?' मुझे नहीं मालूम था कि वह ऐसा प्रश्न कर बैठेगी, बल्कि मैंने तो यह सोचा था कि शायद वह बात को मान लेगी। मैं बड़े चक्कर में पड़ गया—"

नीलिमा बोल उठी, "खूब! आपने मेरा नाम क्यों नहीं बता दिया? याद नहीं आयी होगी शायद?"

कैसा कठोर परिहास है! हरेन्द्र और अजित ने सिर झुका लिया, और बेला ने दूसरी तरफ मुँह फेर लिया।

आशु बाबू कुछ अप्रतिभ-से तो हुए, पर, उन्होंने यह जाहिर नहीं होने दिया, बोले, "नहीं, याद ही नहीं आयी। आँखों के सामने की चीज़ पर जैसे कभी-कभी नजर नहीं पड़ती, वैसे ही। तुम्हारा नाम ले देने से सचमुच ही उसका माकूल जवाब हो जाता, लेकिन तब वह याद ही नहीं आया।"

"तब कमल ने कहा, 'मुझे जिस शिक्षा का आपने उलाहना दिया है, खुद आप लोगों के सम्बन्ध में भी क्या वह सोलहो आने सच नहीं है? सार्थकता का जो आइडिया बचपन से ही लड़कियों के दिमाग में आप लोग भरते आये हैं, उसकी रटी हुई बातों को ही तो वे दर्प के साथ दुहरा कर सोचा करती हैं कि शायद वही सत्य है। नतीजा यह होता है कि आप लोग भी धोखा खाते हैं और आत्म-प्रसाद के व्यर्थ अभिमान से वे खुद भी मर मिटती हैं।'

"इतना कह कर वह फिर बोली, 'सहमरण की बात तो आपके ध्यान में आनी चाहिए। जो स्त्रियाँ जल कर मरती थीं और जो उन्हें प्रेरणा दिया करते थे: दोनों ही पक्षों का दम्भ उस दिन यह सोच कर आकाश से जा छूता था कि वैधव्य जीवन के इतने बड़े आदर्श का दृष्टान्त संसार में और है कहाँ!'

"इसका मैं क्या उत्तर देता, कुछ समझ में ही न आया। मगर उसने उत्तर की अपेक्षा भी नहीं की, खुद ही कहने लगी, 'उत्तर है ही नहीं, देंगे क्या?" फिर जरा ठहर कर मेरे मुँह की तरफ देख कर बोली, 'लगभग सभी देशों में आत्मोत्सर्ग शब्द से एक तरह का बहुव्याप्त और बहुप्राचीन पारमार्थिक मोह है। उस मोह का नशा

जिसे चढ़ता है, उसकी दृष्टि में परलोक की असाधारण अवस्तु भी इस लोक की संकीर्ण साधारण वस्तु को ढँक देती है—वह उसे सोचने ही नहीं देती कि उसमें नर और नारी इन दोनों में से किसी के संस्कार उससे मानो कान पकड़वा के मनवा लेते हैं—उसी तरह जिस तरह कि लगभग सहमरण को उन्होंने मनवा लिया था। बस अब और नहीं, मैं जाती हूँ।' कह कर उसे सचमुच ही चले जाते देख कर मैंने व्यस्त हो कर कहा, 'कमल, प्रचलित नीति और समस्त प्रतिष्ठित सत्य को अवज्ञा से चूर-चूर कर देना ही मानो तुम्हारा व्रत है। यह शिक्षा जिसने तुम्हें दी है, उसने जगत का कल्याण नहीं किया है'।

''कमल ने कहा, 'मेरे पिता ने दी है।'

''मैंने कहा, 'तुम्हारे ही मुँह से सुना है कि वे ज्ञानी और विद्वान आदमी थे। यह बात क्या उन्होंने कभी तुम्हें सिखाई ही नहीं कि अन्त तक सर्वस्व दान करके ही आदमी सत्य रूप में अपने को पाता है? स्वेच्छा से दुख स्वीकार करने में ही आत्मा की यथार्थ प्रतिष्ठा है।'

''कमल ने कहा, 'वे तो यही कहा करते थे कि आदमी का सर्वस्व चूस लेने का जिन्होंने षड्यंत्र रच रखा है—जिन्हें दुख का अनुभव नहीं, वे ही दुख स्वीकार करने की महिमा गाने में पंचमुख हो जाया करते हैं। वह दुख संसार के दुर्लंघ्य शासन का नहीं है—वह तो मानो उसे स्वेच्छा से जान-बूझ कर बुला लाना है—अर्थहीन शोक की चीज़ की तरह महज एक लड़कों का खेल है वह। उससे बड़ा नहीं।'

''मैं तो मारे आश्चर्य के हतबुद्धि-सा हो गया। बोला, 'कमल, तुम्हारे पिता क्या तुम्हें शुद्ध भोग का मंत्र ही दे गये हैं, और जगत में जो कुछ महान है, उस पर अश्रद्धा से अवज्ञा करने को ही कह गये हैं?'

''कमल ने इस तरह के दोषारोप की शायद मुझसे आशा नहीं की थी। उसने क्षुब्ध हो कर उत्तर दिया, 'यह आपकी असहिष्णुता की बात है आशु बाबू। आप निश्चित रूप से जानते हैं कि कोई भी पिता अपनी कन्या को ऐसा मंत्र नहीं दे सकता। मेरे पिता के प्रति आप अविचार कर रहे हैं। वे साधु पुरुष थे।'

''मैंने कहा, 'जैसा तुम कह रही हो, यदि वास्तव में यह शिक्षा वे तुम्हें दे गये हैं तो उनके प्रति सुविचार करना भी कठिन है। पत्नी की मृत्यु के बाद अन्य किसी स्त्री को जो मैं प्यार न कर सका इसे सुन कर तुमने कहा था कि यह चित्त की कमजोरी है, और कमजोरी को ले कर गर्व नहीं किया जा सकता। मृत पत्नी की स्मृति के सम्मान को तुमने निष्फल आत्म-निग्रह कह के उपेक्षा की दृष्टि से देखा था। संयम के कोई मानी ही उस दिन तुम्हारे ध्यान में नहीं आये थे।'

''कमल ने कहा, 'आज भी नहीं आते आशु बाबू। जो संयम उद्धत आस्फालन

से जीवन के आनन्द को म्लान कर देता है वह तो कोई चीज़ ही नहीं—महज मन की एक लीला है—उसे बाँधने की जरूरत है। सीमा मान कर चलना ही तो संयम है।—शक्ति की स्पर्द्धा में भी संयम की सीमा को लाँघ जाना सम्भव है। तब फिर उसे उतनी इज्जत नहीं दी जा सकती। यह बात क्या आपने कभी विचार करके नहीं देखी कि अति-संयम भी एक तरह का असंयम है?'

"विचार करके नहीं देखी, यह सच था। इसी से विचार देखने की बात चट से याद आ गयी। मैंने कहा, 'यह तो सिर्फ तुम्हारी बातों की जादूगरी है—उसी भोग की वकालत से भरी हुई। पर आदमी जितना ही ज्यादा जकड़-पकड़ कर भोग को लील जाना चाहता है, उतना ही उसे खो बैठता है। उसकी भोग की भूख तो मिटती नहीं—बल्कि निरन्तर अतृप्ति ही बढ़ती चलती है। इसी से हमारे शास्त्रकार कह गये हैं कि उस मार्ग में शान्ति नहीं है, तृप्ति नहीं है, उससे मुक्ति की आशा व्यर्थ है। उनका कहना है कि 'न जातु कामः कामानामुपभोगेन शाम्यति, हविषा कृष्णवर्त्मेव भूय एवाभिवर्द्धते।' आग में घी देने से जैसे वह और भी जोर से जलने लगती है, वैसे ही भोग-उपभोगों के द्वारा कामना बढ़ती ही जाती है, कभी घटती नहीं।"

हरेन्द्र उद्विग्न हो कर बोल उठा, "उसके सामने शास्त्र-वाक्य आप क्यों कहने गये? हाँ, फिर?"

आशु बाबू ने कहा, "तुमने ठीक कहा। सुन कर वह हँस पड़ी और बोली, 'शास्त्र में ऐसी बात है क्या? सो तो होगी ही। उन्हें यह भी तो मालूम था कि ज्ञान की चर्चा से ज्ञान की इच्छा बढ़ती है, धर्म की साधना से धर्म की प्यास भी उत्तरोत्तर बढ़ती जाती है, पुण्य के अनुशीलन से पुण्य का लोभ भी क्रमशः उग्र होता जाता है—मालूम होता है मानो अभी बहुत बाकी है। इसकी भी ठीक वही हालत है। यह कामना भी शान्त नहीं होती। इसलिए, इस क्षेत्र में भी वे लोग क्यों यही आक्षेप नहीं कर गये?—उनमें विवेक था, शायद इसलिए'?"

हरेन्द्र, अजित, बेला और नीलिमा—चारों-के-चारों हँस पड़े।

आशु बाबू बोले, "हँसने की बात नहीं। लड़की के उपहास और व्यंग से मानों मैं हतवाक हो गया, अपने को सँभाल कर बोला, 'नहीं, उनका यह अभिप्राय नहीं, वे तो यही निर्देश कर गये हैं कि भोग से तृप्ति नहीं हो सकती, कामना से निवृत्ति नहीं हो सकती।'

"कमल जरा रुक कर बोली, 'मालूम नहीं, ऐसे बाहुल्य का इंगित वे क्यों कर गये? यह क्या बाजार में बैठ कर 'यात्रा' के गान सुनना है या पड़ोसी के घर का ग्रामोफोन है जो बीच ही में मालूम हो जायेगा कि जाने दो, काफी तृप्ति हो चुकी, अब जरूरत नहीं। इस तृप्ति-अतृप्ति की असल सत्ता तो बाहर के भोग में है नहीं,

उसका स्रोत तो है जीवन के मूल में। वहीं से वह हमेशा, जीवन की आशा, आनन्द और रस जुटाया करती है और शास्त्र का धिक्कार व्यर्थ हो कर दरवाजे पर पड़ा रह जाता है—उसे छू तक नहीं पाता।'

''मैंने कहा, 'सो हो सकता है, मगर है तो आखिरकार वह शत्रु ही, हमें उसे जीतना तो चाहिए ही?'

''कमल ने कहा, 'मगर शत्रु कह के गाली देने से ही तो वह छोटा न हो जायेगा। प्रकृति के लिखे पक्के पट्टे के अनुसार वह दखलदार है—उसके किस स्वत्व को कब कौन सिर्फ विद्रोह करके ही उड़ा सका है? दुख से घबरा कर आत्महत्या करना तो दुख को जीतना नहीं है? फिर भी मजा यह कि ऐसी ही युक्तियों के बल पर आदमी अकल्याण के सिंह द्वार पर शान्ति का रास्ता टटोलता फिरता है। इससे शान्ति तो मिलती नहीं, स्वास्थ्य भी चला जाता है।'

''सुन कर मुझे ऐसा लगा कि शायद वह सिर्फ मुझ ही को कोंच रही है।'' इतना कह कर आशू बाबू क्षण भर चुप रहे, फिर कहने लगे, ''और न जाने मेरा कैसा जी हो गया कि मुँह से चट से निकल पड़ा, 'कमल, तुम अपने जीवन पर तो एक बार विचार कर देखो।' बात मुँह से निकल जाने के बाद खुद मुझे ही अपने कानों को खटकी। कारण, कटाक्ष करने लायक उसके पास कुछ था ही नहीं—कमल को खुद भी आश्चर्य हुआ, पर वह न तो गुस्सा हुई, न रूठी; शान्त चेहरे से मेरी तरफ देखती हुई बोली, 'मैं प्रतिदिन ही विचार करती हूँ आशु बाबू। दुख नहीं पाती हूँ सो मैं नहीं कहती, पर मैंने उस दुख को ही जीवन का चरम नहीं मान लिया है। शिवनाथ को जो कुछ देना था वे दे चुके, मुझे जो मिलना था सो मिल गया—आनन्द के वे छोटे-छोटे क्षण ही मेरे मन में मणि-माणिक्य की तरह संचित हैं। न तो निष्फल मानसिक दाह से मैंने उन्हें जला कर खाक किया और न सूखे झरने के नीचे रीते हाथ पसार कर भीख माँगने के लिए ही खड़ी हुई। उनके प्रेम की आयु जब खत्म हो चुकी, तो शान्त मन से मैंने उन्हें विदा दे दी; पछतावे और शिकायत के धुएँ से आकाश काला करने की मेरी प्रवृत्ति ही नहीं हुई। इसी से उनके सम्बन्ध में मेरा उस दिन का आचरण आप लोगों को अद्‌भुत-सा लगा। आप लोगों ने सोचा कि इतने बड़े अपराध को कमल ने माफ कैसे कर दिया? मगर मेरे मन में उस दिन उनके अपराध से बढ़ कर अपने ही दुर्भाग्य की बात ज्यादा आयी थी!'

''सुनते-सुनते मुझे ऐसा लगा कि मानो उसकी आँखों में आँसू झलक आये हैं। हो सकता है कि सच हो, या शायद मेरी भूल हो। उस वक्त मेरा हृदय मानो वेदना से ऐंठ गया—उसमें और मुझ में प्रभेद ही कितना-सा था! मैंने कहा, 'कमल, ऐसे मणि-माणिक्यों का संचय मैंने भी अपने मन में किया है, वही तो मेरे

लिए सात राज्यों का धन है—अब हम लोग किस के वास्ते लोभ करने जायें बतलाओ?'

"कमल चुपचाप देखती रह गयी। मैंने पूछा, 'इस जीवन में क्या अब तुम और किसी को प्यार कर सकती हो कमल? इस तरह समस्त देह-मन से अंगीकार कर सकती हो और किसी को?'

"कमल ने अविचलित कण्ठ से जवाब दिया, 'कम-से-कम जिन्दा तो इसी आशा के साथ रहना पड़ेगा आशु बाबू। असमय में बादलों की ओट में आज अगर सूर्य अस्त हो गया-सा मालूम दे, तो क्या वह अन्धकार ही सत्य हो जायेगा और कल प्रभात में अरुण प्रकाश से अगर आकाश छा जाये तो क्या अपनी आँखों को बन्द करके यह कह दूँगी कि यह प्रकाश नहीं है, अन्धकार है? जीवन को क्या ऐसे ही बच्चों के खेल-खेल में खत्म कर दूँगी?'

"मैंने कहा, 'रात तो सिर्फ एक ही नहीं होती कमल, प्रभात का प्रकाश खत्म करके वह तो दुबारा भी आ सकती है?'

"उसने कहा, 'आया करे। तब भी प्रभात पर विश्वास करके ही फिर रात बिता दूँगी।'

"मैं तो मारे आश्चर्य के सन्न हो कर बैठा रहा—कमल चली गयी।"

"बच्चों का खेल! सोचा था, शोक में से गुजर कर हम दोनों की चिन्ता-धारा शायद एक ही स्रोत में मिल गयी है। लेकिन देखा कि नहीं, सो बात नहीं है। जमीन-आसमान का फर्क है। उसके दृष्टिकोण से तो जीवन का अर्थ ही अलग है—हम लोगों के साथ उसका कोई मेल ही नहीं। वह न तो अदृष्ट को ही मानती है और न अतीत की स्मृति उसके आगे का रास्ता ही रोकती है; उसके लिए अनागत ही सब कुछ है—जो आज तक आया नहीं है। इसी से उसकी आशा भी जितनी दुर्निवार है, आनन्द भी उतना ही अपराजेय है। सिर्फ इसी वजह से कि किसी गैर ने उसके जीवन को धोखा दिया है, वह अपने जीवन को धोखा देने या वंचित रखने के लिए किसी तरह तैयार नहीं।"

सुन कर सब-के-सब चुप रहे।

उठते हुए दीर्घ निःश्वास को दबा कर आशु बाबू फिर कहने लगे, "विलक्षण लड़की है! उस दिन नफरत और पछतावे का ठिकाना न रहा, पर साथ ही यह बात भी मन ही मन स्वीकार किये बिना न रहा गया कि यह सिर्फ बाप से सीख कर रटी हुई भाषा नहीं है। जो कुछ उसने सीखा है, बिलकुल निःसंशय हो कर पूरी तरह खुद ही सीखा है। ऐसी विशेष उमर भी नहीं, पर फिर भी मालूम होता है कि अपनी आत्मा को उसने इसी उमर में पूरी तरह उपलब्ध कर लिया है।"

फिर जरा ठहर कर कहने लगे, "वैसे बात है भी सच। वास्तव में जीवन कोई बच्चों का खेल तो है नहीं। भगवान का इतना बड़ा दान इसलिए नहीं आया। ऐसी बात भी भला मैं कैसे कह सकता था कि कोई एक आदमी किसी दूसरे के जीवन में विफल हो गया तो उसी शून्यता की जय-जयकार जिन्दगी भर करता रहे?"

बेला ने आहिस्ता से कहा, "बात तो बड़ी सुन्दर है।"

हरेन्द्र चुपके से उठ के खड़ा हो गया, बोला, "रात काफी हो गयी, पानी भी कम हो गया—आज इजाजत मिले।"

अजित भी उठ खड़ा हुआ, कुछ बोला नहीं। और दोनों नमस्कार करके बाहर हो गये।

बेला सोने चली गयी। नीलिमा को छोटे-मोटे दो-एक काम करने बाकी थे, पर आज वे यों ही अधूरे पड़े रहे और अन्यमनस्क की तरह वह भी चुपचाप चल दी।

नौकर की प्रतीक्षा में आशु बाबू आँखों पर हाथ धरे पड़े रहे।

बड़ा भारी मकान था। बेला और नीलिमा के सोने के कमरे आमने-सामने थे। दोनों कमरों में बत्ती जल रही थी; इतनी सारी बातें और आलोचनाएँ सूने निःसंग कमरों में पहुँचने के बाद मानो धुँधली-सी हो गयीं; फिर भी परम आश्चर्य की बात यह है कि कपड़े बदलने के पहले दर्पण के सामने जा कर खड़े होने पर दोनों नारियों के मन में, एक ही समय में, ठीक एक ही प्रश्न उठ खड़ा हुआ, 'एक दिन : जिस दिन मैं नारी थी!'

24

दस-बारह दिन हुए कमल आगरा छोड़ कर कहीं बाहर चली गयी है; और इधर आशु बाबू को उसकी सख्त जरूरत है। थोड़ी बहुत चिन्ता तो सभी को हुई थी, पर उद्वेग के काले बादल सबसे ज्यादा हरेन्द्र के ब्रह्मचर्य-आश्रम के माथे पर मँडराये। ब्रह्मचारी हरेन्द्र और अजित व्याकुलता की प्रतिस्पर्धा में ऐसे सूखने लगे कि शायद उनका 'ब्रह्म' भी खो जाता तो ऐसे परेशान न होते। अन्त में उन्होंने एक दिन उसे ढूँढ ही निकाला। घटना अत्यन्त साधारण थी। कमल का चाय-बगान का एक घनिष्ठ परिचित फिरंगी साहब वहाँ का काम छोड़ कर टूँडला में रेलवे की नौकरी करने आया है; उसके स्त्री नहीं है, दो-ढाई साल की एक छोटी लड़की है। बड़ी परेशानी में पड़ कर वह कमल को टूँडला ले गया है। उसकी घर-गृहस्थी ठीक करने में

कमल को इतनी देर लग गयी। आज सवेरे वह घर लौटी है और तीसरे पहर उसके लिए मोटर भेज कर आशु बाबू बाट देख रहे हैं।

सिलाई करते-करते नीलिमा सहसा बोल उठी, "उस आदमी के घर में स्त्री नहीं, एक नन्हीं सी लड़की के सिवा और कोई औरत भी नहीं—फिर भी उसके घर कमल ने आसानी से दस-बारह दिन बिता दिये।"

आशु बाबू ने बड़ी मुश्किल से सिर घुमा कर उसकी तरफ देखा; पर वे न समझ सके कि इस बात का तात्पर्य क्या है।

नीलिमा मानो अपने से कहने लगी, "वह तो, मालूम होता है, नदी की मछली है जिसके पानी में भीगने-न-भीगने का कोई प्रश्न ही नहीं उठता, खाने-पहनने की उसे चिन्ता नहीं—बिलकुल स्वाधीन है।"

आशु बाबू ने सिर हिलाते हुए मृदु कण्ठ से कहा, "बात तो करीब-करीब ऐसी ही है।"

"उसके रूप-यौवन की सीमा नहीं, बुद्धि भी वैसी ही अनन्त है। उस राजेन्द्र के साथ उसकी कै दिन की जान-पहचान थी, मगर उपद्रव के डर से जब कहीं उसे जगह नहीं मिली, तो उसे भी उसने बिना किसी संकोच के अपने घर बुला लिया। किसी के मतामत की परवाह ने उसके कर्तव्य में विघ्न नहीं डाला। जो किसी से नहीं बना, उसे वह बड़ी आसानी से कर गुजरी। सुन कर ऐसा लगा जैसे सब उससे छोटे हो गये हैं—इसके लिए दूसरी औरतों को न जाने कितनी-कितनी बातों का खयाल रखना पड़ता है!"

आशु बाबू ने कहा, "खयाल तो रखना ही चाहिए नीलिमा?

बेला ने कहा, "हम भी चाहें तो वैसी ही बेपरवाह और स्वाधीन बन सकती हैं।"

नीलिमा ने कहा, "नहीं, नहीं बन सकतीं। मैं भी नहीं बन सकती, और आप भी नहीं। कारण, दुनिया हम पर जो स्याही उँड़ेल देगी उसे धो-पोंछ कर साफ कर डालने की शक्ति हम लोगों में नहीं है।"

जरा ठहर कर नीलिमा कहने लगी, "वैसी इच्छा एक दिन मेरी भी हुई थी, इससे सब ओर से मैंने इस बात को सोच देखा है। पुरुषों के बने हुए समाज के अविचार और अत्याचार से हम जल-जल मरी हैं और कितनी जली हैं यह कह नहीं सकती—सिर्फ जलना ही सार हुआ है।—पर समाज के इस अत्याचार का असली रूप कमल को देखने के पहले हमें कभी नहीं दिखाई दिया। स्त्रियों की मुक्ति, स्त्रियों की स्वाधीनता तो आजकल हर एक स्त्री-पुरुष की जबान पर है, पर वह जबान के आगे एक कदम भी आगे नहीं बढ़ती। सो क्यों? जानती हैं? अब मालूम हुआ है कि स्वाधीनता तत्व-विचार से नहीं मिलती, न्याय और धर्म की दुहाई देने से भी

नहीं मिल सकती, सभा में खड़े हो कर पुरुषों के साथ कलह करने से भी नहीं मिलती—असल में स्वाधीनता जैसी चीज़ कोई किसी को दे ही नहीं सकता—लेने-देने की वह चीज़ ही नहीं। कमल को देखते ही पता चल जाता है कि वह स्वाधीनता हमारी अपनी पूर्णता से, आत्मा के अपने विस्तार से, अपने आप आती है। बाहर से अंडे का छिलका तोड़ कर भीतर के जीव को मुक्ति देने से वह मुक्ति नहीं पाता—बल्कि मर जाता है। हम से वह यहीं अलग है।''

फिर बेला से बोली, ''अभी जो वह दस-बारह दिन के लिए न जाने कहाँ चली गयी, सबों के डर का ठिकाना न रहा, पर यह आशंका किसी को स्वप्न में भी न हुई कि ऐसा कोई काम वह कर सकती है जिससे उसकी इज्जत पर बट्टा लगे। बताइए, हम होतीं तो आदमी के दिलों में इतना जबरदस्त विश्वास का जोर कहाँ पातीं? यह गौरव हमें कौन देता? न पुरुष ही देते, न औरतें ही।''

आशु बाबू आश्चर्य के साथ उसके मुँह की तरफ क्षण भर देखते रहे, फिर बोले, ''वास्तव में यह सच है नीलिमा।''

बेला ने पूछा, ''लेकिन उसका पति होता तो वह क्या करती?''

नीलिमा ने कहा, ''उसकी सेवा करती, रसोई बनाती-खिलाती, घर-द्वार झाड़ती-बुहारती, बच्चे होते तो उनकी परवरिश करती, और क्या करती? अभी तो वह अकेली है और रुपये-पैसे से भी तंग है, नहीं तो वैसी हालत में, मैं तो समझती हूँ, समय के अभाव में वह हम लोगों से मिलने-जुलने तक न आ सकती।''

बेला ने कहा, ''तब फिर?''

नीलिमा, 'तब फिर क्या?' कह कर हँस दी और बोली, ''घर का काम-काज नहीं करें, तंगी या शिकायत कुछ रहे नहीं, हरदम सैर-सपाटा करती फिरें—क्या यही स्त्रियों की स्वाधीनता का मान-दण्ड है? स्वयं विधाता के भी काम-काज का अन्त नहीं, लेकिन कोई क्या इस कारण उन्हें पराधीन सोचता है? इस संसार में हमारी खुद की मेहनत-मशक्कत भी क्या कुछ कम है?''

आशु बाबू गहरे आश्चर्य के साथ मुग्ध दृष्टि से उसकी तरफ देखते रहे। असल में इस ढंग की कोई बात अब तक उन्होंने नीलिमा के मुँह से नहीं सुनी थी।

नीलिमा कहने लगी, ''कमल बैठी रहना तो जानती ही नहीं, तब वह पति-पुत्र और घर-गृहस्थी के काम में तल्लीन हो जाती—आनन्द की जल धारा की तरह घर-गृहस्थी उसके माथे पर से बही चली जाती, उसे पता भी न चल पाता। मगर जिस दिन समझती कि पति का काम बोझ बन कर उसके सिर पर सवार हो गया है, उस दिन मैं सौगन्ध खा कर कह सकती हूँ कि उसे संसार में कोई एक दिन के लिए भी पकड़ कर न रख पाता।''

आशु बाबू आहिस्ता से बोले, "सो ही ठीक है। ऐसा ही मालूम होता है।"

इतने में परिचित मोटर का हॉर्न सुनाई दिया। बेला ने खिड़की से झाँक कर देखा और कहा, "अपनी ही गाड़ी है।"

थोड़ी देर बाद नौकर बत्ती रखने आया और कमल के आने की खबर दे गया।

कई दिन से आशु बाबू उसी की प्रतीक्षा कर रहे थे, मगर फिर भी खबर पाते ही उनका चेहरा अत्यन्त म्लान और गम्भीर हो गया । अभी-अभी वे आराम कुर्सी पर सीधे हो कर बैठे थे, अब फिर पीठ टेक कर लेट गये।

भीतर आ कर कमल ने सबको नमस्कार किया, और आशु बाबू के पास की कुर्सी पर जा कर बैठ गयी। बोली, "मैंने सुना कि आप मेरे लिए बड़े परेशान हैं, किसे मालूम था कि आप लोग मुझे इतना चाहते हैं—नहीं तो जाने के पहले अवश्य ही आपको खबर दे जाती।" कहते हुए उसने आशु बाबू का शिथिल हाथ बड़े स्नेह के साथ खींच कर अपने हाथ में ले लिया।

आशु बाबू का मुँह दूसरी ओर था, और अब भी वह उधर ही रहा। उसकी बात का वे कुछ भी उत्तर न दे सके।

कमल ने पहले तो समझा कि उनके सम्पूर्ण स्वस्थ होने के पहले ही वह चली गयी थी और अब तक कोई खबर-सुध नहीं ली, इसी से उनका यह अभिमान है। फिर उसने उनकी मोटी उँगलियों में अपनी चम्पा की कली-सी उँगलियाँ उलझाते हुए कान के पास मुँह ले जा कर चुपके से कहा, "मेरी गलती हुई है, मैं माफी माँगती हूँ।" मगर इसका भी जब कोई जवाब नहीं मिला, तब उसे सचमुच ही बड़ा अश्चर्य हुआ और साथ ही डर भी लगा।

बेला जाने के लिए कदम बढ़ा चुकी थी, खड़े हो कर उसने विनय के साथ कहा, "अगर मालूम होता आप आयेंगी, तो आज मालिनी का निमंत्रण मैं हर्गिज स्वीकार न करती, लेकिन अब तो न जाने से उन लोगों को बड़ी निराशा होगी।"

कमल ने पूछा, "मालिनी कौन?"

नीलिमा ने जवाब दिया, "यहाँ के मजिस्ट्रेट साहब की स्त्री—नाम शायद तुम्हें याद नहीं रहा।" फिर बेला की तरफ मुखातिब हो कर कहा, "सचमुच ही आपका जाना जरूरी है। नहीं जाने से उनकी गाने की सारी महफिल बिलकुल मिट्टी हो जायेगी।"

"नहीं-नहीं, मिट्टी नहीं होगी—मगर हाँ, रंज जरूर होगा। सुना है कि उन्होंने और भी दो-चार सज्जनों को आमंत्रित किया है। अच्छा, आज तो वहीं जाती हूँ, फिर किसी दिन बातचीत होगी। नमस्कार।" कह कर वह जरा कुछ व्यग्रता के साथ बाहर चली गयी।

नीलिमा ने कहा, ''अच्छा ही हुआ जो आज उनका बाहर निमंत्रण था, नहीं तो सब बातें खुल कर कहने में हिचकिचाहट होती। अच्छा कमल, तुम्हें मैं 'आप' कहती थी या 'तुम' कहके पुकारती थी?''

कमल ने कहा, '' 'तुम' कह कर। मगर मैं तो कोई ऐसे निर्वासन में नहीं गयी थी जो इस बीच में ही भूल जातीं?''

''नहीं, भूल नहीं, सिर्फ जरा खटका हो गया था। और होने की बात भी है। खैर, इसे जाने दो। सात-आठ दिन से तुम्हें हम लोग ढूँढ रहे थे। हमारा यह सिर्फ खोजना ही नहीं था, बल्कि मेरी तो यह तुम्हें पाने के लिए मन ही मन तपस्या थी।''

लेकिन तपस्या का शुष्क गाम्भीर्य उसके चेहरे पर न था, इसलिए अकृत्रिम स्नेह के मीठे परिहास की कल्पना करके कमल हँसती हुई बोली, ''इस सौभाग्य का कारण? मैं तो सबकी परित्यक्ता हूँ जीजी, शिष्ट समाज का तो कोई मुझे चाहता तक नहीं।''

उसका यह 'जीजी' का सम्बोधन बिलकुल नया था। नीलिमा की आँखें सहसा भर आयीं, पर वह चुप रही।

आशु बाबू से न रहा गया, उसकी तरफ मुँह करके बोले, ''शिष्ट-समाज को जरूरत होगी तो इसका जवाब वही देगा; लेकिन मैं जानता हूँ जीवन में किसी ने अगर वास्तव में तुम्हें चाहा है तो नीलिमा ने ही चाहा है। इतना प्रेम तुमने शायद किसी का भी न पाया होगा कमल।''

कमल ने कहा, ''सो मैं जानती हूँ।''

नीलिमा चंचल पैरों से उठ खड़ी हुई। कहीं जाने के लिए नहीं, बल्कि इसलिए कि इस ढंग की चर्चा में व्यक्तिगत इशारे से वह हमेशा कुछ अस्थिर-सी हो जाया करती है; बहुत-से मौकों पर प्रियजनों को इससे गलतफहमी हुई है, फिर भी ऐसा ही उसका स्वभाव है। बात को झटपट दबा कर उसने कहा, ''कमल, तुम्हें आज दो खबरें सुनानी हैं।''

कमल उसके मन का भाव समझ गयी, हँस के बोली, ''अच्छी बात है, सुनाइए।''

नीलिमा ने आशु बाबू की तरफ इशारा करके कहा, ''ये शरम के मारे तुम से मुँह छिपाये हुए हैं, इससे मैंने ही भार लिया है सुनाने का। मनोरमा के साथ शिवनाथ का ब्याह होना स्थिर हो गया है—पिता और भावी श्वसुर की अनुमति और आशीर्वाद पाने के लिए दोनों ने पत्र दिये हैं।''

सुनते ही कमल का चेहरा फक पड़ गया; पर उसी क्षण अपने को सँभालते हुए उसने कहा, ''इसमें इनके लिए लज्जा की क्या बात है?''

नीलिमा ने कहा, "इनकी लड़की है इसलिए। और चिट्ठी पाने के बाद से इन कई दिनों में इनके मुँह से सिर्फ एक ही बात बार-बार निकली है कि आगरा में इतने आदमी मर गये, भगवान ने मुझ पर दया क्यों नहीं की? अपनी जान में किसी दिन कोई अनुचित काम नहीं किया, इसी से इनका अनन्य विश्वास था कि ईश्वर की कृपा इन पर भी है। और यह अभिमान ही मानो इनकी सारी वेदनाओं से बढ़ कर तकलीफ दे रहा है। मेरे सिवा और किसी से कुछ कह नहीं सके हैं, रात-दिन मन-ही-मन सिर्फ तुम्हीं को पुकार रहे हैं। शायद, इनकी धारणा है कि सिर्फ तुम ही इससे परित्राण का रास्ता बता सकती हो।"

कमल ने झुक कर देखा कि आशु बाबू की बन्द आँखों के कोनों से आँसू ढलक रहे हैं, हाथ से उन आँसुओं को चुपचाप पोंछ कर वह खुद भी स्तब्ध हो रही।

बहुत देर बाद बोली, "एक खबर तो यह हुई और दूसरी?"

नीलिमा ने कुछ परिहास के ढंग पर बात कहनी चाही, पर ठीक से कहते नहीं बना, बोली, "मामला जरा अचिन्तित जरूर है, पर ऐसा कुछ भयंकर नहीं। हमारे मुखर्जी महाशय के स्वास्थ्य के विषय में सब कोई बहुत चिन्तित थे, सो वे स्वस्थ हो गये हैं और उसके बाद उनके भाई और भाभी ने मिल कर उनकी इच्छा के सर्वथा विरुद्ध जबरन उनका ब्याह कर दिया है। और बड़ी शर्म के साथ उन्होंने यह संवाद आशु बाबू को अपने पत्र में लिखा है—बस।" इतना कह कर अबकी बार वह खुद ही हँसने लगी।

उसकी इस हँसी में न तो सुख ही था और न कौतुक ही। कमल उसके मुँह की तरफ देख कर बोली, "दोनों ही ब्याह की खबरें हैं। एक हो गया है और एक का होना तय हो गया है।—लेकिन मेरी पुकार क्यों हुई? इनमें से किसी को भी तो मैं रोक नहीं सकती?"

नीलिमा ने कहा, "पर रुकवाने की कल्पना करके ही शायद ये तुम्हें ढूँढ रहे थे। लेकिन मैंने तुम्हें नही ढूँढा बहन, मैं तो तन-मन से भगवान से यही चाह रही थी कि भेंट होने पर तुम्हारी प्रसन्न दृष्टि प्राप्त कर सकूँ। इस देश में स्त्री के रूप में जन्म ले कर भाग्य को दोष देने चलूँ तो उसका किनारा न खोज पाऊँगी; अपनी बुद्धि के दोष से मायका और ससुराल दोनों ही खो दिये हैं—उस पर ऊपरी नुकसान जो हुआ है उसका विवरण नहीं दे सकूँगी।—अब बहनोई का आश्रय भी जाता रहा। फिर आशु बाबू की तरफ इशारा करके कहा, "इनके तो दया-दाक्षिण्य की हद ही नहीं, जितने दिन ये यहाँ हैं, किसी तरह दिन कट ही जायेंगे; मगर उसके बाद मुझे अन्धकार के सिवा अपनी आँखों के आगे और कुछ नहीं सूझ रहा है। सोचा है, अबकी बार तुम्हीं से जगह देने को कहूँगी और न मिली तो मर जाऊँगी। अब पुरुषों से कृपा

की भिक्षा माँगती हुई नदी के कूड़े की तरह घाट-घाट टकराती हुई आयु के अन्त तक परीक्षा न दे सकूँगी।" कहते-कहते उसका स्वर भारी हो आया, पर आँखों का पानी उसने किसी तरह जबरदस्ती दबा लिया।

कमल उसके मुँह की तरफ देख कर सिर्फ जरा हँस दी।

"हँसी क्यों?"

"इसलिए कि हँसना जवाब देने की अपेक्षा सहज है।"

नीलिमा ने कहा, "सो जानती हूँ, पर आजकल बीच-बीच में न जाने कहाँ अदृश्य हो जाया करती हो?—डर तो इस बात का है।"

कमल ने कहा, "होती रहूँ अदृश्य, लेकिन जरूरत पड़ने पर मुझे ढूँढने नहीं जाना पड़ेगा जीजी, मैं ही आपको देश भर में ढूँढने निकल पड़ूँगी। इस विषय में आप निश्चिन्त रहें।"

आशु बाबू ने कहा, "अब इसी तरह मुझे भी अभय दो कमल, जिससे मैं भी इनकी तरह निश्चिन्त हो सकूँ।"

"आदेश दीजिए, मैं आपके लिए क्या कर सकती हूँ?"

"तुम्हें और कुछ नहीं करना होगा कमल, जो करना होगा मैं खुद ही करूँगा। मुझे सिर्फ इतना उपदेश दो कि पिता के कर्तव्य के खिलाफ मैं कोई अपराध न कर बैठूँ। इतना ही नहीं कि इस ब्याह में मैं सिर्फ राय ही नहीं दे सकता, बल्कि मैं उसे होने भी नहीं दे सकता।"

कमल ने कहा, "राय आपकी है, सो आप नहीं भी दें। पर ब्याह नहीं होने देंगे, सो कैसे? लड़की तो आपकी बड़ी हो चुकी है।"

आशु बाबू अपनी उत्तेजना को दबा न सके। कारण, यह बात उनके मन में भी दिन-रात चक्कर काटती रही है कि अस्वीकार करने का कोई उपाय नहीं। बोले, "सो मैं जानता हूँ। लेकिन लड़की को भी मालूम होना चाहिए कि बाप से बड़ा नहीं हुआ जा सकता। सिर्फ मतामत ही मेरी अपनी चीज़ नहीं कमल, सम्पत्ति भी मेरी अपनी है। आशु वैद्य की कमजोरी का ही परिचय लोगों को मिला है, पर उसका एक दूसरा पहलू भी है—उसे लोग भूल गये हैं।"

कमल ने उनके मुँह की तरफ देख कर स्निग्ध कण्ठ से कहा, "आपके उस पहलू को लोग भूले ही रहें तो अच्छा, आशु बाबू। लेकिन अगर ऐसा न हो, तो क्या उसका परिचय सबसे पहले अपनी लड़की को ही देना होगा?"

"हाँ, अबाध्य लड़की को।" वे क्षण भर चुप रह कर बोले, "वह मेरी मातृहीन एकमात्र सन्तान है, किस तरह मैंने उसे आदमी बनाया है, इसे वे ही जानते हैं जिन्होंने पितृ-हृदय की सृष्टि की है। इसकी मार्मिक व्यथा कितनी बड़ी है, उसे अगर मुँह

से व्यक्त किया जाये तो उसकी विकृति सिर्फ मेरा ही नहीं, बल्कि सबके पिता के जो पिता हैं उन तक का उपहास करने लगेगी। इसके सिवा इसे तुम समझ भी कैसे सकती हो? लेकिन पिता के प्रति स्नेह ही नहीं है, कमल, उसका कर्तव्य भी तो है? शिवनाथ को मैं पहचान गया हूँ। उसके सत्यानाशी ग्रास से लड़की को बचाने का इसके सिवा और कोई रास्ता ही मुझे नज़र नहीं आता। उन लोगों को चिट्ठी में लिख दूँगा कि इसके बाद मणि मुझ से एक कौड़ी की भी आशा न रखे।''

''पर उस चिट्ठी पर अगर वे विश्वास न करें? अगर सोच लें कि यह गुस्सा ज्यादा दिन न रहेगा—एक दिन आप अपनी गलती को खुद ही सुधार लेंगे—तब?''

''तब वे उसका फल भोगेंगे। लिखने की जिम्मेदारी मेरी है, विश्वास करने का दायित्व उन पर है।''

''यही क्या आपने वास्तव में तय किया है?''

''हाँ।''

कमल चुप बैठी रही और प्रतीक्षा में सिर ऊपर उठाए आशु बाबू खुद भी कुछ देर तक चुप रह कर मन ही मन व्याकुल हो उठे। बोले, ''चुप हो रही कमल, जवाब नहीं दिया?''

''कहाँ, आपने तो कोई प्रश्न नहीं किया? संसार में यह व्यवस्था तो प्राचीन काल से ही चली आ रही है कि एक के साथ जब दूसरे के मत का मेल नहीं खाता, तो जो शक्तिशाली होता है वह कमजोर को दण्ड देता है। इसमें कहने की क्या बात है?''

आशु बाबू के क्षोभ की सीमा न रही, बोले, ''यह तुम्हारी कैसी बात है कमल? सन्तान के साथ पिता का शक्ति-परीक्षा का सम्बन्ध तो है नहीं जो उसके कमजोर होने के कारण ही मैं उसे दण्ड देना चाहता होऊँ? कठोर होना कितना कठिन है, सो सिर्फ पिता ही जानता है; फिर भी मैंने जो इतना बड़ा कठोर संकल्प किया है, वह सिर्फ इसीलिए तो कि उसे गलती से बचा लूँ। सचमुच ही क्या तुम इसे समझ नहीं सकी हो?''

कमल ने सिर हिलाते हुए कहा, ''समझ तो सकी हूँ, पर अगर आपकी बात न मान कर वह भूल ही कर बैठे, तो उसका दुख भी तो वही पायेगी। अगर उस दुख को दूर न कर सकें तो इसीलिए क्या आप गुस्से में आ कर उसके दुख के बोझ को और भी हजार गुना बढ़ा देना चाहेंगे?''

फिर जरा ठहर कर कहा, ''आप उसके सब आत्मीयों से बढ़ कर परमात्मीय हैं। जिस आदमी को आपने बहुत ही बुरा समझ लिया है, क्या उसी के हाथ अपनी लड़की को हमेशा के लिए निःस्व निरुपाय करके विसर्जित कर देंगे?—किसी दिन

लौटने का कोई रास्ता ही किसी तरफ से खुला न रहने देंगे?''

आशु बाबू विह्वल दृष्टि से सिर्फ देखते रह गये, एक शब्द भी उनके मुँह से न निकला—सिर्फ देखते-देखते उनकी दोनों आँखों से आँसुओं की बड़ी-बड़ी बूँदें ढुलक पड़ीं।

इसी तरह कुछ समय बीत जाने पर उन्होंने अपनी आस्तीन से आँखें पोंछीं और रुके हुए कण्ठ को साफ करके धीरे-धीरे सिर हिला कर कहा, ''लौटने का रास्ता अभी ही है, बाद में नहीं। पति को त्याग कर जो लौटना है, जगदीश्वर करें कि वह मुझे अपनी आँखों से न देखना पड़े।''

कमल ने कहा, ''यह अनुचित है। बल्कि मैं तो यह कामना करती हूँ कि भूल अगर उसे कभी अपनी आँखों से दिखाई दे जाये, तो उस दिन उसके संशोधन का मार्ग किसी भी तरफ से बन्द न रहे। इसी तरह तो मनुष्य अपने को सुधारते-सुधारते आज मनुष्य हो सका है। भूल से तो कोई डर नहीं आशु बाबू, जब तक कि दूसरी तरफ का मार्ग खुला है। वह मार्ग आँखों के सामने बन्द दिखाई देता है, तभी तो आज आपकी आशंका की सीमा नहीं है।''

मनोरमा उनकी कन्या न हो कर अगर और कोई होती तो यह सीधी-सी बात सहज ही उनकी समझ में आ जाती; लेकिन एकमात्र सन्तान के भयंकर भविष्य की निस्सन्दिग्ध दुर्गति की कल्पना ने कमल के सम्पूर्ण आवेदन को विफल कर दिया।

उन्होंने अनुनय के स्वर में कहा, ''नहीं कमल, इस ब्याह को रोकने के सिवा और कोई रास्ता मुझे नहीं सुझाई देता। इसका कोई भी उपाय क्या तुम नहीं बता सकतीं?''

''मैं?'' उनका इशारा इतनी देर बाद कमल की समझ में आया, और उसी को स्पष्ट करने में उसका स्निग्ध कण्ठ क्षण-भर के लिए गम्भीर हो उठा, पर वह सिर्फ एक ही क्षण के लिए। नीलिमा की तरफ नजर जाते ही उसने अपने को सँभालते हुए कहा, ''नहीं, मैं इस विषय में आपकी कोई भी सहायता न कर सकूँगी। नहीं जानती कि उत्तराधिकार से वंचित करने का डर दिखाने से वह डरेगी या नहीं। पर अगर डर जाये तो मैं कहूँगी कि आपने खिला-पिला कर और स्कूल-कालेज की किताबें रटा कर लड़की को बड़ा भले ही किया हो पर उसे मनुष्य नहीं बनाया। उस अभाव को दूर करने का सुयोग दैव ने आज ला ही दिया हो तो मैं उसके बीच में रुकावट बनने क्यों जाऊँ?''

बात आशु बाबू को अच्छी नहीं लगी, उन्होंने कहा, ''तो क्या तुम यह कहना चाहती हो कि रोकना मेरा कर्तव्य नहीं?''

कमल ने कहा, ''कम-से-कम डर दिखा कर रोकना तो नहीं। फिर भी मैं

इतना कह सकती हूँ कि अगर मैं आपकी लड़की होती और शायद बाधा पाती, तो इस जीवन में फिर कभी आप पर श्रद्धा नहीं कर सकती। मेरे पिता मुझे इसी तरह से गढ़ गये हैं।''

आशु बाबू ने कहा, ''इसमें कोई असम्भव बात नहीं कमल, तुम्हारे कल्याण का मार्ग उन्होंने इधर ही देखा होगा, पर मुझे नहीं दीखता। फिर भी, मैं पिता हूँ कमल, मैं स्पष्ट देख रहा हूँ कि शिवनाथ से वह यथार्थ प्रेम नहीं कर सकती—यह उसका मोह है। यह मिथ्या है और जिस दिन इस क्षणस्थायी नशे की खुमारी दूर होगी उस दिन मणि के दुख का अन्त नहीं रहेगा। मगर तब उसे बचाओगी कैसे?''

कमल ने कहा, ''नशे में ही चिन्ता की बात है, पर जब नशा दूर हो जायेगा और वह स्वस्थ हो जायेगी, तब तो फिर डर की कोई बात रह नहीं जायेगी। तब तो वह स्वस्थता ही उनकी रक्षा करेगी।

आशु बाबू ने अस्वीकार करते हुए कहा, ''यह सब बातचीत का दाँव-पेच है। युक्ति नहीं। सत्य इससे बहुत दूर है। भूल का दण्ड उसे बड़े रूप में पाना ही होगा—वकालत के जोर से उससे उसे छुटकारा नहीं मिल सकता।''

कमल ने कहा, ''छुटकारे की बात मैंने नहीं कही आशु बाबू। मैं जानती हूँ कि भूल का दण्ड पाना ही पड़ता है। पर उस दण्ड पाने में दुख है, लज्जा नहीं, क्योंकि मणि ने किसी को ठगना नहीं चाहा। यही भरोसा आपको मैंने दिलाना चाहा था कि भूल मालूम होने पर वह अगर जहाँ-की-तहाँ लौट आना चाहे, तो उसे सिर नीचा करके न आना पड़े।''

''फिर भी तो भरोसा नहीं हो रहा कमल। मैं जानता हूँ, उसे भूल मालूम पड़े बिना न रहेगी—लेकिन उसके बाद भी तो उसे लम्बे समय तक जिन्दा रहना है, तब जियेगी क्या लेकर? किस आधार पर दिन काटेगी?''

''ऐसी बात न कहिए। मनुष्य का दुख ही अगर दुख पाने का अन्तिम परिणाम होता, तो उसका कोई मूल्य नहीं था। एक तरफ का नुकसान दूसरी तरफ के भारी लाभ से पूरा हो जाता है; नहीं तो, मैं ही भला आज कैसे जी सकती? बल्कि आप तो यह आशीर्वाद दीजिए कि किसी दिन भूल अगर मालूम पड़े तो वह अपने को मुक्त कर सके, तब उसे कोई लोभ, कोई भय राहु-ग्रस्त न कर रखे।''

आशु बाबू चुप हो रहे। जवाब देने में उन्हें हिचकिचाहट-सी हुई; पर स्वीकार करने में वे और भी ज्यादा हिचकिचाये। बहुत देर बाद बोले, ''पिता की दृष्टि से मैं मणि का भविष्य-जीवन अन्धकारमय देख रहा हूँ। इस पर भी तुम क्या यही कहोगी कि वास्तव में मुझे रुकावट न डालना चाहिए, और चुपचाप मान लेना ही मेरा कर्तव्य है?''

"मैं माँ होती तो अवश्य मान लेती। उसके भविष्य की आशंका से शायद आप जैसी ही व्यथा पाती, फिर भी इस तरीके से रुकावट डालने को तैयार न होती। और यह भी मुझे स्वीकार करना होगा कि मैं तब मन ही मन कहती कि इस जीवन में जिस रहस्य के सामने आ कर आज वह खड़ी हुई है वह मेरी समस्त दुश्चिन्ताओं से बढ़ कर है।"

आशु बाबू फिर कुछ देर मौन रहे, और बोले, "फिर भी मैं न समझ सका कमल। शिवनाथ का चरित्र और उसकी सभी दुष्कृतियों का हाल मणि जानती है—एक दिन इस घर में उसके आने पर भी उसे आपत्ति थी; मगर आज जिस सम्मोहन से उसका हिताहित-ज्ञान—उसकी सारी-की-सारी नैतिक बुद्धि ढँक गयी है वह यथार्थ प्रेम नहीं है, वह जादू है, वह मोह है—यह असत्य, चाहे जैसे भी हो, दूर करना ही पिता का कर्तव्य है।"

अबकी बार कमल एकदम स्तब्ध हो रही। इतनी देर में जा कर दोनों की चिन्ता-धारा के मौलिक भेद पर उसकी दृष्टि पड़ी। इन दोनों चिन्ता-धाराओं की जाति ही अलग-अलग है, और चूँकि यह भेद तर्क की चीज़ नहीं है, इस कारण अब तर्क की इतनी आलोचना और बातचीत बिलकुल विफल सिद्ध हुई। कमल इस बात को समझ गयी कि जिस तरफ उनकी दृष्टि लगी हुई है, उधर हजारों वर्ष देखते रहने पर भी इस सत्य का साक्षात्कार नहीं हो सकता, और समझ गयी कि इसमें वही बुद्धि की जाँच, वही हिताहित-बोध, वही भले-बुरे और सुख-दुख का अति-सतर्क हिसाब, वही मजबूत नींव डालने के लिए इंजीनियर बुलाना है—इसके सिवा और कुछ नहीं। गणित फैला कर ये लोग प्रेम का फल या नतीजा निकालना चाहते हैं। अपने जीवन में आशु बाबू ने अपनी पत्नी को अत्यन्त एकान्त भाव से प्रेम किया था। उनकी स्त्री को मरे जमाना बीत गया, फिर भी आज तक शायद उस प्रेम की जड़ें उनके हृदय में शिथिल नहीं हुईं।—संसार में इसकी तुलना बहुत कम मिलती है।—फिर भी यह सब कुछ सत्य होते हुए भी, यह मानना पड़ता है कि ये हैं दोनों भिन्न जातीय।

इन दोनों धाराओं की भलाई-बुराई का प्रश्न उठा कर बहस करना बेकार है। अपने दाम्पत्य जीवन में एक दिन के लिए भी पत्नी के साथ आशु बाबू का मतभेद नहीं हुआ—हृदय में मालिन्य तक ने स्पर्श नहीं किया। निर्विघ्न शान्ति और अविच्छिन्न सुख-चैन के साथ जिनका दीर्घ विवाहित जीवन बीता है, उनके गौरव और माहात्म्य को भला कौन खर्च कर सकता है? संसार ने मुग्धचित्त से उनकी प्रशंसा की है, उनकी दुर्लभ कहानियाँ लिख कर कवि अमर हो गये हैं, और अपने जीवन में इसी को प्राप्त करने की व्याकुलतापूर्ण वासना से मनुष्य के लोभ की सीमा नहीं रही है।

जिसकी असन्दिग्ध महिमा स्वत:सिद्ध प्रतिष्ठा से चिरकाल अविचलित है, उसे कमल तुच्छ करेगी किस बिरते पर? लेकिन मनोरमा? जिस दु:शील अभागे के हाथ अपने को वह विसर्जन करने को तैयार है, उसका सब कुछ जानते हुए भी सम्पूर्ण जानने के बाहर कदम बढ़ाते हुए उसे डर नहीं मालूम होता। दुखमय परिणाम की चिन्ता से पिता शंकित हैं, इष्ट-मित्र दुखी हैं—सिर्फ वह अकेली नि:शंक है। आशु बाबू जानते हैं कि इस विवाह में सम्मान नहीं है, यह शुभ भी नहीं है—वंचना पर इसकी नींव है। यह स्वल्पकाल-व्यापी मोह जिस दिन दूर हो जायेगा, उस दिन आजीवन लज्जा और दुख रखने को जगह न रहेगी। हो सकता है कि आशु बाबू की यह चिन्ता सत्य हो, लेकिन यह बात आशु बाबू को वह कैसे समझाये कि सब कुछ खोने के बाद भी इस प्रवंचित लड़की के पास जो वस्तु बाकी बचेगी वह पिता के शान्ति-सुखमय दीर्घ-स्थायी दाम्पत्य जीवन की अपेक्षा बड़ी है। परिणाम ही जिसकी दृष्टि में मूल्य-निर्णय का एकमात्र मान-दण्ड है, उसके साथ तर्क कैसे चल सकता है? कमल के मन में एक बार आया कि कहे, आशु बाबू, मोह भी मिथ्या नहीं है। हो सकता है कि कन्या के चित्ताकाश में क्षण भर के लिए भी चमक जाने वाली बिजली की रेखा दीप्ति की तुलना में आपके हृदय में प्रतिष्ठित अनिर्वाषित दीप शिखा को भी लाँघ जाये। पर उससे यह कहते नहीं बना और वह चुप बैठी रही।

पिता के कर्तव्य के सम्बन्ध में अपना अत्यन्त स्पष्ट अभिमत प्रकट करके आशु बाबू उत्तर की प्रतीक्षा में अधीर हो रहे थे, लेकिन कमल को वैसे ही निरुत्तर और सिर झुकाये बैठे देख उनकी समझ में आ गया कि वह वाद-विवाद नहीं करना चाहती। इसलिए नहीं कि उसके पास शब्द नहीं, बल्कि इसलिए कि अब इसकी जरूरत नहीं। पर इस तरह एक के चुप हो जाने से तो दूसरे के मन में शान्ति नहीं आती। वास्तव में इस प्रौढ़ आदमी के गहरे अन्त:करण में सत्य के प्रति एक वास्तविक निष्ठा है। एकमात्र सन्तान के भावी बुरे दिनों की आशंका से लज्जित और उदभ्रान्त-चित्त वे मुँह से चाहे कुछ भी क्यों न कहें, पर वास्तव में बल-प्रयोग को वे घृणा की दृष्टि से ही देखते हैं। कमल को उन्होंने जितना देखा है, उतना ही उनका आश्चर्य और श्रद्धा बढ़ती गयी है। लोक दृष्टि में वह हेय है, निन्दित है; शिष्ट-समाज द्वारा परित्यक्ता है, सभाओं में शरीक होने का उसे निमन्त्रण नहीं मिलता; फिर भी इस लड़की की नीरव अवज्ञा का उन्हें सबसे ज्यादा डर है, उसी के सामने उनका संकोच नहीं मिटता।

आशु बाबू ने कहा, "कमल, तुम्हारे पिता यूरोपियन थे, फिर भी तुम कभी उस देश में नहीं गयी हो। मगर मैंने उन लोगों में बहुत दिन बिताये हैं? उनका बहुत कुछ देखा है। बहुत-से प्रेम के विवाहोत्सवों में भी जब कभी निमन्त्रण मिला है,

आनन्द के साथ शामिल हुआ हूँ, और जब वह सम्बन्ध अनादर और अनाचार से टूटा है, तब भी मैंने आँसू पोंछे हैं। वहाँ जातीं तो तुम भी ऐसा ही देखतीं।''

कमल ने उनकी तरफ मुँह उठा कर कहा, ''बगैर गये भी देखा करती हूँ आशु बाबू। सम्बन्ध-विच्छेद की नजीरें उस देश में रोज नजर आती हैं—और होने की बात भी है—मगर जैसे यह सच है, वैसे ही उन नजीरों के द्वारा वहाँ के समाज के स्वरूप को समझने की कोशिश भी भूल है। विचार की यह पद्धति ही नहीं आशु बाबू।''

आशु बाबू अपनी गलती को समझ कर जरा अप्रतिभ हुए। इस तरह इसके साथ तर्क नहीं चल सकता बोले, ''उसे जाने दो, पर हमारे अपने देश की तरफ भी तो जरा गौर से आँख पसार कर एक बार देखो। जो प्रथा चिरकाल से चली आ रही है उसके सृष्टिकर्ताओं की दूरदर्शिता को भी जरा देखो। यहाँ वर-कन्या पर दायित्व नहीं होता, दायित्व होता है माँ-बाप और गुरुजनों पर। इसी कारण विचार-बुद्धि यहाँ आकुल-असंयम से भ्रष्ट नहीं हो जाती, बड़े-बूढ़ों की एक शान्त और अविचलित मंगल-भावना जीवन-भर सदा उनके साथ बनी रहती है।''

कमल ने कहा, ''मगर मणि तो मंगल का हिसाब लगाने नहीं बैठी आशु बाबू, उसने चाहा है प्रेम; एक का हिसाब बुजुर्गों की युक्तियों से मिल जाता है, पर दूसरे का हिसाब हृदय के देवता के सिवा और कोई नहीं जानता। लेकिन मैं बहस करके व्यर्थ में आपको परेशान कर रही हूँ।—जिसके घर में पश्चिम की खिड़की के सिवा और सब खिड़कियाँ बन्द हैं, वह प्रभात में सूर्य का आविर्भाव नहीं देख पाता, देख पाता है सिर्फ सन्ध्या का अवसान। लेकिन संध्या के उस चेहरे और रंग का सादृश्य मिला कर अगर वह प्रभात पर तर्क करता रहे तो सिर्फ बात ही बढ़ेगी, मीमांसा नहीं हो सकती। मुझे लेकिन रात हुई जा रही है, अब जाती हूँ।''

नीलिमा अब तक चुप थी इतनी देर तक इतनी बातें हुई, पर किसी भी बात में उसने योग नहीं दिया; अब बोली, ''मैं भी सब बातें तुम्हारी साफ-साफ नहीं समझ पायी कमल, पर इतना महसूस कर रही हूँ कि घर की और खिड़कियाँ भी खोल देना चाहिए। पर यह तो आँखों का दोष नहीं—दोष है बंद खिड़कियों का। नहीं तो, जिधर खुला है उधर मृत्युकालपर्यन्त खड़े-खड़े देखते रहने पर भी, जो दिखाई दे रहा है, उसको छोड़ कर कभी कोई चीज़ दिखाई नहीं देगी।''

कमल उठ के खड़ी हो गयी तो आशु बाबू व्याकुल कण्ठ से कह उठे, ''जाओ मत कमल, और जरा बैठो। मुँह में अन्न नहीं जाता, आँखों में नींद नहीं—लगातार छाती के भीतर ऐसा हो रहा है कि तुम्हें मैं समझा नहीं सकता। तो भी, और एक बार कोशिश कर देखूँ, तुम्हारी बातें अगर सचमुच ही समझ सकूँ। तुम क्या यथार्थ

ही कह रही हो कि मैं चुप रहूँ, और यह भद्दी घटना हो जाने दी जाये?''

कमल ने कहा, ''मनोरमा अगर सचमुच उनसे प्रेम करती है तो मैं उसे भद्दा नहीं कह सकती।''

''मगर यही तो मैं तुम्हें सौ-सौ बार समझाना चाहता हूँ कमल, कि यह मोह है, यह प्रेम नहीं—यह गलती उसकी दूर होगी ही होगी।''

कमल ने कहा, ''सिर्फ गलती—सिर्फ मोह—ही दूर होता है सो नहीं आशु बाबू, सचमुच का प्रेम भी संसार में नष्ट हो जाया करता है। इसी से अधिकांश प्रेम के विवाह क्षणस्थायी हो जाते हैं। इसीलिए उस देश की इतनी बदनामी है और इतने विवाह-विच्छेद के मामले वहाँ चला करते हैं।''

सुन कर आशु बाबू को सहसा मानो एक प्रकाश दिखाई दिया, उच्छवास-भरे आग्रह के साथ वे कह उठे, ''यही कहो, यही कहो। यह तो मैं अपनी आँखों से देख आया हूँ।''

नीलिमा अवाक हो कर उनकी तरफ देखती रही।

आशु बाबू ने कहा, ''मगर हमारे देश की विवाह-प्रथा? उसे तुम क्या कहोगी? हमारे यहाँ का विवाह तो सारी जिन्दगी नहीं टूटता?''

कमल ने कहा, ''टूटने की वजह भी नहीं आशु बाबू। वह तो अनभिज्ञ यौवन का पागलपन नहीं, बहुदर्शी बड़े-बूढ़ों का हिसाब से किया गया कारोबार है। स्वप्न का मूलधन नहीं—आँखों देखी पक्के आदमी की जाँच-पड़ताल की हुई खालिस चीज़ है। गणित करने में कोई सांघातिक गलती जब तक न हो गयी हो तब तक उसमें दरार नहीं पड़ती। क्या इस देश में और क्या उस देश में—सभी जगह वह बड़ी मजबूत चीज़ होती है—जिन्दगी भर वज्र की तरह टिकी रहती है।''

आशु बाबू एक उसाँस ले कर स्थिर हो रहे, कोई उत्तर उनकी जबान पर न आया।

नीलिमा चुपचाप देख रही थी; अब उसने धीरे से पूछा, ''कमल, तुम्हारी बात ही अगर सच हो, सचमुच का प्रेम भी अगर भूल के प्रेम के समान ही टूट जाता हो, तो मनुष्य खड़ा काहे पर होगा? उसके पास आशा करने के लिए फिर बाकी क्या रह जायेगा?''

कमल ने कहा, ''जिस स्वर्गवास की मीयाद निबट चुकी है, रह जायेगी उसी की एकान्त मधुर स्मृति और रह जायेगा उसी के बगल में व्यथा का समुद्र। आशु बाबू के सुख और शान्ति की सीमा नहीं थी, लेकिन उससे अधिक उनकी और पूँजी नहीं है। भाग्य ने जिन्हें इतनी-सी पूँजी दे कर विदा कर दिया है, उनके लिए हम सिवा क्षमा करने के और कर ही क्या सकती हैं जीजी?''

फिर जरा ठहर कर बोली, ''लोग बाहर से सहसा ऐसा समझ लेते हैं कि गया, अब सब गया और इष्ट-मित्रों के डर का ठिकाना नहीं रहता। फिर तो वे दोनों हाथों से उसका रास्ता रोकना चाहते हैं; और यह पक्का समझ लेते हैं कि उनके हिसाब के बाहर सिवा शून्य के और कुछ है ही नहीं। पर शून्य नहीं होता जीजी। सब चला जाने पर जो बच जाता है, वह मणि-माणिक्य की तरह मुट्ठी में ही आ जाता है। मगर हाँ, दर्शकों का दल जब देखता है कि चीज़ों की भरमार से रास्ता भर कर जुलूस तो निकाला नहीं जा सकता तब वे उसे धिक्कारते हुए अपने-अपने घर लौट जाते हैं और कहते हैं, यही तो सर्वनाश है।''

नीलिमा ने कहा, ''कहने का कारण है कमल, असल में मणि-माणिक्य सबके लिए नहीं होता, और न वह सर्व साधारण के लिए है। पाँव से ले कर चोटी तक सोने-चाँदी के गहने मिले बिना जिनका मन ही नहीं भरता, वे तुम्हारे उस मुट्ठी भर मणि-माणिक्य की कदर नहीं समझेंगी। जिन्हें बहुत चाहिए, वे गाँठ पर बहुत-सी गाँठें लगा कर निश्चिन्त हो सकते हैं। उनके लिए बहुत-सा बोझ, बहुत-सा आयोजन, बहुत-सी जगह घिरनी चाहिए, तब कहीं वे चीज़ की कीमत का अन्दाजा लगा सकते हैं। पश्चिम का दरवाजा खोल कर सूर्योदय दिखाने की कोशिश व्यर्थ होगी कमल, बन्द करो यह चर्चा।''

आशु बाबू के मुँह से फिर एक दीर्घ निःश्वास निकल पड़ा, धीरे-धीरे बोले, ''व्यर्थ क्यों होगी नीलिमा, व्यर्थ नहीं होगी। अच्छी बात है—न हो तो मैं चुप ही रहूँगा।''

नीलिमा ने कहा, ''नहीं, सो आप मत कीजिएगा। सत्य क्या सिर्फ कमल के विचारों में ही है, पिता की शुभ-बुद्धि में नहीं है? ऐसा हो ही नहीं सकता। कमल के लिए जो सत्य है, मणि के लिए वह सत्य नहीं भी हो सकता है। स्त्री के दुश्चरित्र पति को त्याग देने में चाहे जितना भी सत्य हो, यह मैं जोर के साथ कह सकती हूँ कि बेला के पति-परित्याग में रत्ती भर भी सत्य नहीं। सत्य न तो पति के त्यागने में है, और न पति की दासी-वृत्ति करने में—ये दोनों ही सिर्फ दायें-बायें के रास्ते हैं; गन्तव्य स्थान तो अपने आप ढूँढ लेना पड़ता है, तर्क करके उसका पता नहीं लगाया जा सकता।''

कमल चुपचाप उसकी ओर देखती रही।

नीलिमा कहने लगी, ''सूर्य का उदय होना ही उसका सब कुछ नहीं है, उसका अन्त होना भी उतना ही महत्व रखता हैं। रूप और यौवन का आकर्षण ही अगर प्रेम का सर्वस्व होता, तो लड़की के सम्बन्ध में बाप की दुश्चिन्ता की कोई जरूरत ही न थी—मगर ऐसा नहीं है। मैंने किताबें नही पढ़ीं, ज्ञान-बुद्धि भी कम है, तर्क

से मैं तुम्हें समझा नहीं सकती; लेकिन मुझे मालूम होता है कि असल चीज़ का पता तुम्हें अभी तक मिला ही नहीं। श्रद्धा, भक्ति, स्नेह, विश्वास—इन्हें कड़ाई करके नहीं पाया जा सकता; बड़े दुख से और बहुत देर में ये दिखाई देते हैं। मगर जब दिखाई देते हैं कमल, तब रूप-यौवन का प्रश्न जाने कहाँ मुँह छिपा कर दुबक जाता है, कुछ पता ही नहीं चलता।"

तीक्ष्ण-बुद्धि कमल एक क्षण में यह समझ गयी कि उपस्थित आलोचना में उसका यह कथन अग्राह्य है। यह न तो प्रतिवाद ही है और न समर्थन ही, ये सब नीलिमा की अपनी बातें हैं। उसने देखा कि उज्ज्वल दीपालोक में नीलिमा के बिखरे हुए घने काले बालों की श्यामल छाया ने उसके चेहरे पर एक अकल्पित सुन्दरता ला दी है और उसकी प्रशान्त आँखों की सजल दृष्टि सकरुण स्निग्धता से ऊपर तक लबालब भर उठी है। कमल ने मन-ही-मन कहा, यह पूछना व्यर्थ है कि यह नवीन सूर्योदय है या थके हुए सूर्य का अन्त-गमन, रक्तिम आभा से आकाश की जो दिशा आज रंगीन हो उठी है—पूर्व-पश्चिम दिशा का निर्णय किये बिना ही उसके लिए मेरा श्रद्धा के साथ नमस्कार है।

दो-तीन मिनट बाद आशु बाबू सहसा चौंक कर बोले, "कमल, तुम्हारी बातें मैं फिर एक बार अच्छी तरह विचार कर देखूँगा, पर हमारी बातों की भी तुम इस तरह अवज्ञा मत करना। अनेकानेक मानवों ने इसे सत्य मान कर स्वीकार किया है, असत्य के द्वारा कभी इतने आदमियों को नहीं बहकाया जा सकता।"

कमल ने अन्यमनस्क की तरह जरा हँस कर सिर हिला दिया; लेकिन जवाब दिया उसने नीलिमा को। बोली, "जिस चीज़ से एक बच्चे को बहकाया जा सकता है, उसी से लाख बच्चों को भी बहकाया जा सकता है। संख्या का बढ़ जाना ही बुद्धि बढ़ने का प्रमाण नहीं, जीजी। एक दिन जिन लोगों ने कहा था कि नर-नारी के प्रेम का इतिहास ही मानव-सभ्यता का सबसे सत्य इतिहास है, उन्हीं ने सबसे बढ़ कर सत्य का पता पाया था; लेकिन जिन लोगों ने यह घोषणा की कि पुत्र के लिए ही भार्या की आवश्यकता है, वे स्त्रियों का सिर्फ अपमान ही करके शान्त नहीं हुए, बल्कि अपने बड़े होने का रास्ता भी वे चिरकाल के लिए बन्द कर गये। और चूँकि उस असत्य पर ही उन्होंने सारी भीत उठाई थी, इसलिए आज तक उनकी सन्तान को दुख का कोई किनारा नहीं मिला।"

"पर यह बात मुझे क्यों कह रही हो कमल?"

"क्योंकि, आज मुझे आपको ही जताने की सबसे ज्यादा जरूरत है। हमें मीठी-मीठी, मन के रुचने वाली बातों के नाना अलंकार पहना कर लोगों ने समस्त नारी-जाति को धोखा दिया था। जीवन में किसी भी अवस्था में क्यों न पड़ना पड़े जीजी,

पर इस मिथ्या नीति को हर्गिज न मानना। यही मेरा अन्तिम अनुरोध है। —पर अब नहीं, मैं जाती हूँ।''

आशु बाबू ने थके हुए स्वर में कहा, ''अच्छा जाओ। नीचे तुम्हारे लिए गाड़ी खड़ी है, पहुँचा आयेगी।''

कमल ने व्यथा के साथ कहा, ''आप मुझ से स्नेह करते हैं—पर हम दोनों में कहीं भी तो मेल नहीं।''

नीलिमा ने कहा, ''है क्यों नहीं कमल। पर वह मालिक की फरमाइश के माफिक काँट-छाँट कर बनाया हुआ मेल नहीं, विधाता की सृष्टि का मेल है। चेहरा अलग-अलग है, पर खून एक ही है—आँखों की ओझल नसों में बहा करता है वह। इसी से तो बाहर का मतभेद चाहे कितनी ही गड़बड़ी क्यों न पैदा करे, भीतर का प्रचण्ड आकर्षण हर्गिज नहीं छूटता।''

कमल ने पास आ कर आशु बाबू के कन्धे पर हाथ रख के धीरे-धीरे कहा, ''लड़की के बदले आप मेरे ऊपर गुस्सा नहीं हो सकेंगे, मैं कहे देती हूँ।'' आशु बाबू कुछ बोले नहीं, सिर्फ स्तब्ध हो कर बैठे रहे।

कमल ने कहा, ''अंग्रेजी में एक शब्द है 'इमैन्सिपेशन'—मुक्ति—आप तो जानते हैं, प्राचीन काल में पिता की कठोर अधीनता से सन्तान का मुक्त किया जाना भी उसका एक बड़ा अर्थ था। उस जमाने के लड़के-लड़कियों ने मिल कर इस शब्द का आविष्कार नहीं किया था, आविष्कार किया था जो आप जैसे महान पिता थे उन्होंने—अपनी बन्धन की रस्सी ढीली करके जिन्होंने अपनी कन्याओं को मुक्ति दी थी, उन्होंने। आज भी इमैन्सिपेशन के लिए चाहे कितनी ही स्त्रियाँ मिल कर झगड़ा क्यों न करती रहें, देने वाले असल मालिक पुरुष ही हैं, हम स्त्रियाँ नहीं। जगत-व्यवस्था के इस सत्य को मैं एक दिन के लिए भी नहीं भूलती। मेरे पिता अक्सर कहा करते थे कि संसार के क्रीत दासों को उनके मालिकों ने ही एक दिन स्वाधीनता दी थी, और उस दिन उनकी तरफ से लड़े भी थे वे ही जो उनके मालिकों की जाति के थे—दासों ने युद्ध के बल पर या युक्तियों के बल पर स्वाधीनता नहीं पायी। ऐसा ही होता है। विश्व का नियम ही यह है; शक्तिमान ही शक्ति के बन्धन से दुर्बलों को परित्राण देते हैं। उसी तरह नारियों को भी पुरुष ही मुक्ति दे सकते हैं। दायित्व तो उन्हीं का है। मनोरमा को मुक्ति देने का भार आपके हाथ में है। मणि विद्रोह कर सकती है, पर पिता के अभिशाप में तो सन्तान की मुक्ति नहीं रहती, उसकी मुक्ति तो उनके आशीर्वाद में ही निहित है।''

आशु बाबू अब भी कुछ न बोल सके। इस उच्छृंखल प्रकृति की लड़की ने संसार में असम्मान और अमर्यादा के बीच में ही जन्म-लाभ किया है; लेकिन जन्म

की उस लज्जाजनक दुर्गति को हृदय से सम्पूर्ण विलुप्त करके अपने लोकान्तरित पिता के प्रति उसने जो भक्ति और स्नेह का भाव संचित कर रखा है उसकी सीमा नहीं है!

कमल के पिता को उन्होंने देखा नहीं, और अपने संस्कार और प्रकृति के अनुसार उस आदमी पर श्रद्धा करना भी कठिन है, फिर भी उस व्यक्ति के लिए उनकी आँखों में पानी भर आया। अपनी लड़की का विच्छेद और विरुद्धाचरण उनके हृदय में शूल की तरह चुभा हुआ है, मगर फिर भी, इस परायी लड़की के मुँह की तरफ देख कर मानो उन्हें इस बात का आभास-सा मिला कि सब बन्धन तोड़ कर भी आदमी को कैसे हमेशा के लिए बाँध के रखा जा सकता है, और वे अपने कंधे पर रखा उसका हाथ खींच कर क्षण भर चुपचाप बैठे रहे।

कमल ने कहा, "अब मैं जाऊँ?"

आशु बाबू ने हाथ छोड़ दिया, कहा, "जाओ।"

इससे ज्यादा उनके मुँह से और कुछ नहीं निकला।

25

जाड़े का सूर्य अस्त हो गया है। सन्ध्या की छाया ने घर के भीतर का हिस्सा धुँधला-सा कर दिया है सिलाई का एक जरूरी काम थोड़ा-सा बचा है, जिसे कमल दिया-बत्ती के पहले ही पूरा कर लेना चाहती है। पास ही कुर्सी पर अजित बैठा है। उसकी मुद्रा से मालूम होता है कि कोई बात कहते-कहते अचानक रुक गया है और व्याकुल आग्रह के साथ उत्तर की प्रतीक्षा कर रहा है।

मनोरमा और शिवनाथ का मामला मालूम हो चुका है। आज का प्रसंग उसी विषय को ले कर शुरू हुआ है। अजित ने शुरू-शुरू में कहा था कि उसने आगरा में आते ही सन्देह किया था कि अन्त में जा कर ऐसी ही बात होगी।

पर सन्देह के कारण के सम्बन्ध में कमल ने कोई उत्सुकता नहीं दिखाई!

उसके बाद अजित अनर्गल बकते-बकते अन्त में ऐसी जगह आ कर रुका जहाँ दूसरी तरफ उत्तर पाये बिना नहीं बढ़ा जा सकता।

कमल अत्यन्त तल्लीनता के साथ सिलाई करने में ही लगी रही, मानो उसे सिर उठाने की भी फुरसत नहीं।

दो-तीन मिनट सन्नाटे में बीते। आगे न जाने और कितनी देर लगे, इसलिए अजित को फिर कोशिश करनी पड़ी, बोला, "आश्चर्य तो यह है कि शिवनाथ का

आचरण तुम्हारी निगाह में पकड़ाई नहीं दिया।''

कमल ने मुँह नहीं उठाया, लेकिन सिर हिला कर कहा, ''नहीं।''

''तुम ऐसी भोली-भाली हो कि तुम्हें कुछ सन्देह नहीं हुआ, इस पर क्या कोई विश्वास कर सकता है?''

''और कोई कर सकता है या नहीं, मुझे नहीं मालूम। पर क्या आप भी नहीं कर सकते?''

अजित ने कहा, ''शायद कर सकता हूँ, लेकिन तुम्हारे मुँह की ओर देख कर, ऐसे ही नहीं।''

अबकी बार कमल ने मुँह ऊपर किया और हँस कर कहा, ''तो देखिए, और कहिए, कर सकते हैं या नहीं?''

अजित की आँखें चमक उठीं; बोला, ''तुम्हारी ही बात सच है। उस पर अविश्वास नहीं किया, उसी का यह नतीजा हुआ। ''

''हुआ है सो मैं मानती हूँ, पर यह भी तो स्पष्ट करके बताइए कि आपने अपने सन्देह का अच्छा नतीजा किस परिणाम में पाया?'' कह कर वह फिर जरा हँसी और काम में लग गयी।

इसके बाद अजित संबद्ध और असंबद्ध बहुत-सी बातें दस-पन्द्रह मिनट तक लगातार कहता रहा। अन्त में थक कर बोला, ''कभी हाँ, कभी ना—पहेली बुझाने के सिवा क्या तुम सीधी बात करना जानती ही नहीं?''

कमल ने सिलाई का काम सीधा करते हुए कहा, ''स्त्रियाँ पहेली बुझाना ही पसन्द करती हैं—उनका यह स्वभाव है।''

''तो उस स्वभाव की मैं तारीफ नहीं कर सकता। स्पष्ट कहना भी जरा सीखो, उसके बिना संसार में काम नहीं चलता।''

''आप भी पहेली समझना जरा सीखिए, अन्यथा दूसरे पक्ष को भी ऐसी ही असुविधा होती है।'' कमल ने हाथ की चीज़ तह करके टोकरी में रखते हुए कहा, ''स्पष्ट कहने का लोभ जिन्हें बहुत ज्यादा होता है, वे अगर वक्ता हुए तो अखबार में वक्तृता छपाते हैं, लेखक हुए तो अपने ग्रन्थ की भूमिका लिखते हैं, और अगर नाट्यकार हुए तो खुद ही अपने नाटक के नायक बन कर अभिनय करते हैं!—सोचते हैं; शब्दों से जो व्यक्त नहीं हो सका उसे हाथ-पैर हिला कर व्यक्त कर देना चाहिए।—पर सिर्फ यही मैं नहीं जानती कि अगर वे प्रेम करते हैं तो क्या करते हैं? लेकिन जरा बैठिए आप, मैं बत्ती जला लाऊँ।'' कह कर वह जल्दी से दूसरे कमरे में चली गयी।

पाँच-छह मिनट बाद वह लौट आयी और मेज पर बत्ती रख कर जमीन पर बैठ गयी।

अजित ने कहा, ''वक्ता या लेखक या नाट्यकार; इनमें से मैं कोई भी नहीं, लिहाजा उनकी तरफ से मैं कैफियत नहीं दे सकता, लेकिन अगर वे प्रेम करते हैं तो क्या करते हैं, सो मैं जानता हूँ। वे शैव विवाह का कूट-कौशल नहीं रचते; बल्कि साफ और जानी हुई राह पर कदम रख कर चलते हैं। वे इस बात का खयाल रखते हैं कि उनके पीछे कहीं घर वालों को खाने-पहनने की तकलीफ न उठानी पड़े, आश्रय के लिए किसी मकान-मालिक का मुँह न ताकना पड़े, असम्मान की चोट—''

कमल बीच ही में रोक कर बोल उठी, ''बस-बस, हो गया।''और फिर हँसते हुए कहा, ''यानी वे शुरू से आखिर तक इमारत को ऐसे भयंकर रूप से ठोस और मजबूत बना देते हैं कि कब्र के मुरदे के सिवा उसमें जिन्दा आदमी के लिए दम लेने की भी सन्ध नहीं रहती। वे साधु पुरुष हैं—''

सहसा दरवाजे के बाहर से अनुरोध आया, ''हम लोग भीतर आ सकते हैं?''

हरेन्द्र की आवाज थी। पर 'हम लोग' कौन?

''आइए, आइए।'' कहती हुई कमल अभ्यर्थना के लिए दरवाजे के पास जा खड़ी हुई।

हरेन्द्र था और साथ में एक और युवक। हरेन्द्र ने कहा, ''सतीश को हमारे आश्रम में तुमने सिर्फ एक दिन देखा था, फिर भी आशा है कि भूली न होगी।''

कमल ने मुसकराते हुए जवाब दिया, ''नहीं। फर्क सिर्फ इतना है कि उस दिन कपड़े सफेद थे, आज हैं पीले।''

हरेन्द्र ने कहा, ''यह तो उच्चतर भूमि पर आरोहण की बाह्य-घोषणा मात्र है और कुछ नहीं। काशीधाम से अभी-अभी आये हैं—दो घण्टे से ज्यादा नहीं हुए। एक तो थके हुए हैं, और दूसरे तुम्हारे प्रति प्रसन्न नहीं, फिर भी मुझे यहाँ आता देख आवेग का संवरण न कर सके। यह हम ब्रह्मचारी लोगों के मत का औदार्य है और कुछ नहीं।'' कहते हुए उसने भीतर की तरफ झाँका, और वह कहने लगा, ''अरे आप हैं! यहाँ तो और भी एक नैष्ठिक ब्रह्मचारी पूर्वाह्न में ही समुपस्थित हैं। खैर, अब कोई आशंका का कारण नहीं। मेरा आश्रम तो टूट रहा है, लेकिन दूसरा नया पैदा हुआ ही समझो।'' यह कह कर वह भीतर घुसा, दूसरी कुर्सी सतीश को दिखाता हुआ बोला, ''बैठो'' और आप खाट पर जा डटा। यह देख कर कि कमल खड़ी है और तीसरा आसन है नहीं, सतीश बैठने में दुविधा कर रहा था; हरेन्द्र इस बात को न समझा हो सो बात नहीं, फिर भी वह हँस कर बोला, ''बैठो जी सतीश, जाति न जायेगी। काशी हो आने के कारण तुम चाहे जितने भी ऊँचे चढ़ गये हो, पर इस बात को न भूलो कि संसार में उससे भी ऊँची कोई जगह है।''

''नहीं, इसलिए नहीं?'' कह कर सतीश अप्रतिभ-सा हो कर बैठ गया।

उसका मुँह देख कर कमल हँसी, उसने कहा, ''किसी पर व्यंग करना आपके मुँह से शोभा नहीं देता हरेन्द्र बाबू। आश्रम के प्रतिष्ठाता भी आप हैं और महन्त-महाराज भी आप ही हैं। ये लोग उमर में भी छोटे हैं और पण्डागीरी में भी पीछे हैं। इनका काम तो सिर्फ आपके उपदेश और आदेश के अनुसार चलना है। इसलिए—''

हरेन्द्र ने कहा, ''आपका यह 'इसलिए' तो बिलकुल ही अनावश्यक है। आश्रम का प्रतिष्ठाता शायद मैं ही हूँ, पर महन्त और महाराज हैं दोनों मित्र सतीश और राजेन्द्र। एक का काम है मुझे उपदेश देना और दूसरे का काम था यथासाध्य मेरी न मान कर चलना। एक का तो पता ही नहीं और दूसरे लौटे हैं बहुत ज्यादा तत्व-संचय करके। मुझे डर है कि इनके साथ कदम मिला कर शायद ही मैं चल सकूँगा। अब सिर्फ उन आधे उपासे लड़कों की चिन्ता है जिन्हें काशी-कांची-भ्रमण करा कर ये वापस ले आये हैं। मैंने उनकी तरफ देखते ही समझ लिया कि इस बीच में उनकी आचार-निष्ठा में रंच-मात्र भी त्रुटि नहीं हुई। क्षोभ सिर्फ इतना ही है कि और जरा जोर से तपस्या करा दी जाती तो वापस आने का रेल-किराया मेरा नहीं लगता।''

कमल ने हार्दिक-वेदना के साथ पूछा, ''लड़के बहुत दुबले हो गये होंगे?''

हरेन्द्र ने कहा, ''दुबले?—आश्रम की परिभाषा में शायद उसके लिए एक अच्छा सा शब्द है—सतीश को मालूम होगा—आधुनिक काल में अंकित किया हुआ 'शुक्राचार्य के तपोवन में कच का चित्र' क्या तुमने देखा है?—नहीं देखा?—तो तुम मेरी बात नहीं समझ सकोगी।—मैंने जब ऊपर के बरामदे से देखा तो मालूम हुआ कि कचों का एक झुण्ड सहसा पंक्तिवार स्वर्ग से उतर कर आश्रम में प्रवेश कर रहा है। मुझे आशा बँध गयी कि आश्रम जब टूट जायेगा तब, खाना-पीना न मिलने पर भी वे न मरेंगे, देश के किसी भी चित्रकारी के स्कूल में जा कर चित्र के लिए मॉडल के काम आ सकेंगे।''

कमल ने कहा, ''लोग कहते हैं कि आप आश्रम उठा दे रहे हैं। यह क्या सच है?''

''सच है। तुम्हारे वाक्यों के बाण मुझसे सहे नहीं जाते। सतीश के यहाँ आने का यह भी एक कारण है। इसकी धारणा है कि तुम असल में भारतीय रमणी नहीं हो, इसलिए भारत की निगूढ़ सत्य वस्तु को तुम पहचान ही नहीं सकती। तुम्हें यह यही बात समझा देना चाहता है। समझोगी या नहीं, सो तो तुम्हीं जानो, पर इसे मैंने आश्वासन दे दिया है कि मैं कुछ भी क्यों न करूँ, उन लोगों के लिए डर की कोई बात नहीं। कारण, मालूम नहीं, चतुर्विध आश्रमों में से अजित कुमार स्वयं कौन-सा आश्रम ग्रहण करेंगे; पर फिर भी, परम्परा से इतनी खबर मुझे मिल गयी है कि

वे बहुत-सा अर्थ-व्यय करके ऐसे और भी दस-बीस आश्रम जगह-जगह खोल देना चाहते हैं। उनके पास अर्थ भी है। और देने का सामर्थ्य भी। सो उनमें से एक का नायकत्व तो सतीश को मिल ही जायेगा।''

कमल भीतर-ही-भीतर मुसकराती हुई बोली, ''दानशीलता जैसी दुष्कृति को ढँकने के लिए इससे अच्छा आच्छादन और नहीं हो सकता। पर भारत की सत्यवस्तु को मुझे समझाने से सतीश बाबू को क्या फायदा होगा? हरेन्द्र बाबू से मैंने आश्रम उठा देने के लिए भी नहीं कहा, और रुपयों के बल पर भारत-भर में आश्रम खोलने के लिए भी अजित बाबू को मैं मना नहीं करूँगी। मेरी आपत्ति तो सिर्फ उसी को सत्य मान लेने में है। उसमें किसी का क्या नुकसान?''

सतीश विनीत स्वर में बोला, ''नुकसान का परिणाम बाहर से नहीं दिखाई देता।—बहस के लिए नहीं, बल्कि शिक्षार्थी के तौर पर मैं आपसे अगर कुछ प्रश्न करूँ तो क्या आप उनका उत्तर देंगी?''

''मगर आज तो मैं बहुत थकी हुई हूँ सतीश बाबू।''

सतीश ने उसकी बात पर कुछ ध्यान ही नहीं दिया, बोला, ''हरेन्द्र भइया ने अभी-अभी हँसी के तौर पर कहा था कि मैं काशी जा कर चाहे जितना भी ऊँचा चढ़ गया होऊँ, संसार में उससे भी ऊँचा और स्थान है; सो, वह यही घर है। मैं जानता हूँ कि आपके प्रति इनकी श्रद्धा असीम है। आश्रम टूट जाने से हानि नहीं, लेकिन आपकी बातों से इनका अगर मन टूट गया, तो नुकसान की पूर्ति होना कठिन है।''

कमल चुप रही। सतीश कहने लगा, ''राजेन्द्र को आप अच्छी तरह जानती होंगी, वह मेरा मित्र है। मूल विषय पर मत का मेल न होता तो हम दोनों की मित्रता होती ही नहीं। उसी की तरह मैं भी चाहता हूँ कि भारत की सर्वांगीण मुक्ति में से स्वजाति का परम कल्याण हो। उसी आशा से हम लड़कों को संघबद्ध करके गढ़ना चाहते हैं। हमें मृत्यु के बाद कल्पकाल तक बैकुण्ठवास करने का लोभ नहीं, लेकिन नियम के कठोर बन्धन के बिना संघ की सृष्टि हरगिज नहीं हो सकती। और सिर्फ लड़कों के लिए ही नहीं, उस बन्धन को हम लोगों ने स्वयं अपने ऊपर भी लागू किया है। कष्ट वहाँ जरूर है—और रहेगा ही; क्योंकि बहुत 'श्रम' करके महान वस्तु को प्राप्त करने के स्थान को ही तो 'आश्रम' कहते हैं। इसमें उपहास की तो कोई बात नहीं।''

कोई जवाब न पा कर सतीश फिर कहने लगा, ''हरेन्द्र भैया का आश्रम चाहे जैसा भी हो, उसके विषय में मैं आलोचना नहीं करूँगा; कारण, तब उसके व्यक्तिगत हो जाने का डर है। लेकिन इसे तो अस्वीकार नहीं किया जा सकता कि भारतीय

आश्रमों में भारत के अतीत के प्रति ही निष्ठा और परम श्रद्धा निहित होनी चाहिए। त्याग, ब्रह्मचर्य, संयम—ये सब शक्तिहीन असमर्थों के धर्म नहीं हैं। जाति-गठन के प्राण और उपादान उस समय इन्हीं में निहित थे और आज इस युग में भी वे उपेक्षा की सामग्री नहीं। मरणोन्मुख भारत को सिर्फ एक इसी मार्ग से पुनर्जीवित किया जा सकता है। आश्रम के आचार और अनुष्ठान द्वारा हम अपने इसी विश्वास और इसी श्रद्धा को जगाये रखना चाहते हैं। एक दिन इस मंत्र मुखरित, होमाग्नि-प्रज्ज्वलित, तपस्या-कठोर भारत में जो आश्रमों की प्रतिष्ठा हुई थी, वह जाति-जीवन के एक मौलिक कल्याण को सफल करने के उद्देश्य से ही हुई थी और इस सत्य को कौन ऐसा मूर्ख होगा जो स्वीकार नहीं करेगा कि वह प्रयोजन आज भी मिटा नहीं है?''

सतीश की वक्तृता में हार्दिकता का जोर था। उसकी बातें अच्छी थीं और निरन्तर कहते रहने के कारण कण्ठस्थ हो गयी थीं। आखिर में उसका मुलायम स्वर तेज हो गया और मारे उत्तेजना के काला चेहरा बैंगनी हो उठा। उसी की तरफ चुपचाप और निष्पलक दृष्टि से देखते रहने के कारण एक प्रकार के धार्मिक जोश से अजित का आपाद-मस्तक रोमांचित हो उठा; और साथ ही हरेन्द्र भी, यद्यपि इसके पहले वह अपने आश्रम के विरुद्ध कितनी ही बातें कर चुका है, आश्रम के विगत गौरव के वर्णन से विश्वास और अविश्वास के बीच आँधी के वेग से झूलने लगा। उसी के मुँह की तरफ तीक्ष्ण दृष्टि रख कर सतीश कहने लगा, ''हरेन्द्र भैया, हम भले ही मर जायें, पर इस सत्य को कि इस तरह के आश्रमों में ही हमारे नव-जन्म-लाभ का विज्ञान है, आप भूले जा रहे हैं; किस युक्ति पर? आप तोड़ना चाहते हैं, पर तोड़ना ही क्या बड़ी बात है? आप ही बताइए कि बनाना क्या उससे बहुत बड़ी बात नहीं है?''

फिर कमल के मुँह की तरफ देख कर उसने पूछा, ''जीवन में कितने आश्रम आपने अपनी आँखों देखे हैं? और कितनों के साथ आपका यथार्थ गूढ़ परिचय हुआ है?''

''कठिन प्रश्न है,'' कमल ने कहा, ''वास्तव में एक भी नहीं देखा और आप लोगों के आश्रम के सिवा और किसी के साथ मेरा कोई परिचय भी नहीं हुआ।''

''तब बताइए?''

कमल ने हँसते चेहरे से कहा, ''आँखों से क्या सभी कुछ देखा जा सकता है? आप लोगों के आश्रम का 'श्रम' ही आँखों से देख आयी थी, मगर उससे किसी महान वस्तु के प्राप्त करने की बात तो ओट ही में रह गयी।''

सतीश ने कहा, ''आप फिर हँसी उड़ा रही हैं।''

उसका क्रुद्ध चेहरा देख कर हरेन्द्र स्निग्ध स्वर में बोल उठा, ''नहीं नहीं सतीश, हँसी नहीं उड़ा रहीं, यों ही सिर्फ विनोद कर रही हैं। यह तो इनका स्वभाव है।''

सतीश बोला, ''स्वभाव है? पर स्वभाव कहने से ही कैफियत नहीं हो जाती हरेन्द्र भैया। यह तो भारत के अतीत काल का जो भी कुछ नित्य पूजनीय और नित्य-आचरणीय तत्व है, उसी का अपमान उसी के प्रति अश्रद्धा दिखाना है। उसकी तो उपेक्षा नहीं की जा सकती।''

हरेन्द्र ने कमल की तरफ इशारा करके कहा, ''इस बात पर इनसे बहुत दफा बहस हो चुकी है। इनका कहना है कि अतीत का इसमें कोई महत्व नहीं। वस्तु अतीत होती है। काल के धर्म से, मगर अच्छी होती है अपने गुण से। सिर्फ प्राचीन होने से ही वह पूज्य नहीं हो जाती। जो बरबर जाति किसी जमाने में अपने बूढ़े माँ-बाप को जिन्दा गाड़ देती थी, वह आज भी अगर उस प्राचीन अनुष्ठान की दुहाई दे कर मनुष्य के कर्तव्य का निर्देश करना चाहे, तो उसे भी तो रोका नहीं जा सकता सतीश।''

सतीश क्रोध में आ कर ऊँचे स्वर में कह उठा, ''प्राचीन भारत के साथ बरबरों की तुलना नहीं हो सकती हरेन्द्र दादा।''

हरेन्द्र ने कहा, ''सो मैं जानता हूँ। पर यह तो युक्ति नहीं सतीश, यह तो गले के जोर की बात है।''

सतीश और भी उत्तेजित हो उठा, बोला, ''यह हम लोगों ने स्वप्न में भी न सोचा था हरेन्द्र दादा, कि आपको भी एक दिन इस नास्तिकता के चक्कर में पड़ना पड़ेगा।''

हरेन्द्र ने कहा, ''तुम जानते हो कि मैं नास्तिक नहीं हूँ। लेकिन यह गाली दे कर सिर्फ अपमान ही किया जा सकता है सतीश, मत की प्रतिष्ठा नहीं की जा सकती। कठोर बात ही दुनिया में सबसे ज्यादा कमजोर होती है।''

सतीश शर्मिन्दा हो गया। उसने झुक कर हरेन्द्र के पाँव छू लिये और कहा, ''अपमान मैंने नहीं किया हरेन्द्र भइया। आप तो जानते हैं, हम लोग आपकी कितनी भक्ति करते हैं; मगर हमें दुख होता है जब सुनते हैं कि भारत की शाश्वत तपस्या पर भी आप अविश्वास करने लगे हैं! एक दिन जिन उपादानों और जिस साधना से उन तपस्वियों ने भारत की इस विशाल जाति और विराट सभ्यता का निर्माण किया था, वह सत्य कभी विलुप्त नहीं हुआ। सुनहरे अक्षरों में लिखा हुआ मैं स्पष्ट देख रहा हूँ कि वही भारत का मज्जागत धर्म है, वही हमारी अपनी चीज़ है। इस ध्वंसोन्मुख विराट जाति को फिर उन्हीं उपादानों से जिलाया जा सकता है, हरेन्द्र भइया; और कोई मार्ग नहीं।''

हरेन्द्र ने कहा, "न भी जिलाया जा सके, सतीश। यह तुम्हारा विश्वास है—और इसकी कीमत सिर्फ तुम्हीं तक सीमित है। एक दिन ठीक इसी ढंग की बात के जवाब में कमल ने कहा था, 'जगत के आदिम युग में एक दिन विराट अस्थि, विराट देह और विराट क्षुधा वाले एक विराट जीव की सृष्टि हुई थी; उसी देह और क्षुधा से वह संसार को जय करता फिरा था, और उस दिन वे थे उसके सत्य उपादान। लेकिन, फिर एक दिन ऐसा आया कि उसी देह और उसी क्षुधा ने उसकी मृत्यु ला दी। एक दिन के सत्य के उपादानों ने दूसरे दिन के मिथ्या उपादान बन कर उसे संसार से निश्चित कर दिया—जरा भी दुविधा नहीं की। उसकी अस्थि आज पत्थर में परिणत हो गयी है, और अब वह सिर्फ पुरातत्व की गवेषणा की चीज़ रह गयी है।"

सतीश को सहसा जवाब ढूँढे न मिला, और वह कहने लगा, "तो क्या हमारे पूर्व-पुरुषों का आदर्श भ्रान्त था? उनके तत्व-विरूपण में सत्य नहीं था?"

हरेन्द्र ने कहा, "हो सकता है कि उस दिन उसमें सत्य रहा हो, पर आज उस सत्य के न रहने में कोई बाधा नहीं! उस दिन जो पथ स्वर्ण का पथ था अगर आज वही हमें यमराज के दक्षिण द्वार पर पहुँचा दे, तो मुँह फुलाने का मैं तो कोई कारण नहीं देखता, सतीश।"

सतीश अपने गूढ़ क्रोध को जी जान से दबा कर बोला, "हरेन्द्र भइया, यह सब सिर्फ आप लोगों की आधुनिक शिक्षा का फल है; और कुछ नहीं।"

हरेन्द्र ने कहा, "असम्भव नहीं। लेकिन आधुनिक शिक्षा अगर आधुनिक काल में कल्याण का मार्ग दिखा सके तो मैं उसमें लज्जा की कोई बात नहीं देखता सतीश।"

सतीश बहुत देर तक निर्वाक हो कर स्तब्ध बैठा रहा, फिर धीरे-धीरे बोला, "मगर मैं तो लज्जा का ही नहीं, बल्कि महालज्जा का कारण देखता हूँ, हरेन्द्र भइया। भारत का ज्ञान और भारत का प्राचीन तत्व इस भारत का ही वैशिष्ट्य और प्राण है। उस तत्व को तिलांजलि दे कर अगर देश को स्वाधीनता प्राप्त करना हो, तो वह स्वाधीनता भारत की जय न होगी, बल्कि उससे तो सिर्फ पाश्चात्य नीति और पाश्चात्य सभ्यता की ही जय होगी। वह तो पराजय का ही नामांतर है। उससे तो मृत्यु अच्छी।"

सतीश की वेदना हार्दिक है। उस व्यवस्था का परिणाम अनुभव करके हरेन्द्र मौन हो रहा, और अबकी बार जवाब दिया कमल ने। उसके मुँह पर सुपरिचित परिहास का चिह्न तक न था, और कंठ स्वर संयत, शांत और मृदु था। उसने कहा, "सतीश बाबू, आपने अपने जीवन में जैसे अपने आपको समर्पित कर दिया है, अपने संस्कारों को भी वैसे ही अगर समर्पित कर सकते, तो आज यह बात भी अनुभव

करने में आपको कठिनाई न होती कि किसी विशेष भाव के लिए या किसी वैशिष्ट्य के लिए आदमी नहीं है, बल्कि आदमी के लिए ही उस वैशिष्ट्य का आदर है, मूल्य है। पर मानव ही अगर नष्ट हो जाये, तो उस तत्व की महिमा से लाभ ही क्या होगा? भारत के मत की जय न भी हो तो क्या हुआ, मनुष्य की जय तो होगी। तब मुक्ति पा कर इतने नर-नारी धन्य हो जायेंगे। जरा नवीन तुर्की की तरफ तो देखिए। जब तक वह अपनी प्राचीन रीति-नीति, आचार-विचार और परम्परागत पुराने अनुष्ठान-मार्ग को सत्य जान कर पकड़े रहा, तब तक उसकी बार-बार पराजय ही होती रही। आज उसने क्रांति में से सत्य को पाया है—उसका सारा-का-सारा, कूड़ा-करकट बह गया है—किस की ताकत है कि आज उसका उपहास करे? और मजा यह कि किसी दिन उसके उस प्राचीन मत और मार्ग ने ही उसे विजय दी थी, ऐश्वर्य दिया था, कल्याण दिया था, मनुष्यत्व दिया था। पहले उसने सोचा था कि यही शायद चिरन्तन सत्य है। सोचा था कि उसी को जी-जान से पकड़े रहने से विगत गौरव को आज भी वापस पाया जा सकता है। उसे इस बात का खयाल भी न था कि उसका भी विवर्तन है। आज उसका वह मोह तो मर गया, पर आदमी जी उठा। ऐसे दृष्टान्त और भी हैं, और भी होंगे। सतीश बाबू, आत्म-विश्वास और आत्म-अहंकार दोनों एक चीज़ नहीं हैं।''

सतीश ने कहा, ''जानता हूँ। मगर ऐसा भी तो हो सकता है कि पश्चिम के लोगों ने मनुष्य के प्रश्न का जो उत्तर दिया है वह शेष उत्तर न हो? ऐसा भी तो हो सकता है कि उनकी सभ्यता का भी किसी दिन ध्वंस हो जाये?''

कमल ने सिर हिला कर कहा, ''हाँ, हो सकता है। और मेरी धारणा है कि ध्वंस होगा भी।''

''तब फिर?''

कमल ने कहा, ''उसमें धिक्कार की कोई बात नहीं होगी सतीश बाबू। बुरा तो अच्छे का दुश्मन नहीं हुआ करता, अच्छे का दुश्मन तो वह है जो उससे और भी अच्छा है। वह 'और भी अच्छा' जिस दिन अच्छे के सामने उपस्थित हो कर प्रश्न का जवाब चाहता है उस दिन उसी के हाथ में राजदण्ड सौंप कर उसे अलग हो जाना पड़ता है। एक दिन शक, हूण और तातारों ने आ कर भारत को शारीरिक बल पर जीत लिया, मगर यहाँ की सभ्यता को वे नहीं बाँध सके, वे खुद ही बँध गये। जानते हैं इसका कारण क्या था? असल कारण यह था कि वे खुद ही छोटे थे। पर मुगल पठानों की परीक्षा बाकी ही रह गयी, क्योंकि इसी बीच फ्रांसीसी और अंग्रेज आ धमके। लेकिन उनकी मियाद आज भी खत्म नहीं हुई है। भारत को इसका जवाब उन्हें एक दिन देना ही होगा। खैर, उस प्रश्न को जाने दीजिए—लेकिन पश्चिम

के ज्ञान-विज्ञान और सभ्यता के सामने भारतवर्ष को आज अगर नीचा देखना पड़े तो उससे उसके दम्भ को चोट जरूर पहुँचेगी, लेकिन यह मैं निश्चय से कह सकती हूँ कि उससे उसके कल्याण को चोट न पहुँचेगी।''

सतीश ने जोर से सिर हिलाते हुए कहा, 'नहीं, नहीं, नहीं। जिनके आस्था नहीं, श्रद्धा नहीं, विश्वास की नींव जिनकी बालू पर है, उनके सामने यह कहना तो सर्वनाश को निमंत्रण देना होगा।'' कह कर उसने कनखियों से हरेन्द्र को देखा और कहा, ''ठीक इसी तरह एक दिन बंगाल में—अभी ज्यादा दिन नहीं हुए—विदेश के विज्ञान, विदेश के दर्शन और विदेश की सभ्यता को बड़ा मान कर कुछ सत्य भ्रष्ट और आदर्शभ्रष्ट लोगों ने अपनी अधूरी शिक्षा के विजातीय दम्भ से स्वदेश का जो कुछ अपना था उसी को तुच्छ करके देश के मन को विक्षिप्त और कदाचारी बना डाला था। मगर इतना बड़ा अकल्याण विधाता से सहा न गया, उसकी प्रतिक्रिया, हुई और विवेक लौट आया। भूल दिखाई दे गयी। उन विषम दिनों में जो मनस्वी अपनी जाति के केन्द्र -विमुख उद्‌भ्रान्त चित्त को अपने घर की ओर फिर से वापस ले आये थे, वे सिर्फ बंगाल ही नहीं, समग्र भारत के वन्दनीय हैं।'' यह कहते हुए उसने दोनों हाथ जोड़ कर माथे से लगा लिये।

बात सच थी, और सभी जानते थे। लिहाजा हरेन्द्र और अजित दोनों ने जो उसका अनुकरण करके वन्दनीयों के लिए नमस्कार किया, उसमें आश्चर्य की कोई बात नहीं थी। अजित ने मृदु स्वर में कहा, ''नहीं तो शायद बहुत से लोग उस समय ईसाई हो जाते। सिर्फ उन्हीं के कारण ऐसा न हो सका।'' बात कहने के बाद ही उसने कमल के मुँह की तरफ देखा—उसकी आँखों में इसका अनुमोदन नहीं था, सिर्फ तिरस्कार का भाव ही दिखाई दिया। फिर भी वह चुप ही रही। शायद, जवाब देने की इच्छा भी नहीं थी। अजित को वह जानती थी—पर हरेन्द्र ने जब इसी की अस्फुट प्रतिध्वनि-सी की, तब उसकी कुछ देर पहले कही हुई बातों के साथ यह संकोच जड़ता ऐसी भद्दी दीख पड़ी कि वह चुप न रह सकी। बोली, ''हरेन्द्र बाबू, कुछ ऐसे आदमी होते हैं जो भूत तो नहीं मानते, पर भूत से डरते जरूर हैं। आप उन्हीं में से एक हैं और इसी का नाम है भाव के घर चोरी। इतना अनुचित और कुछ हो ही नहीं सकता। इस देश में आश्रम जैसी संस्थाओं के लिए न कभी रुपयों की कमी होगी और न लड़कों का अकाल पड़ेगा; इसलिए, आपके बिना भी सतीश बाबू का काम चल जायेगा, मगर इन्हें त्याग देने का मिथ्याचार आप को हमेशा खलता रहेगा।''

फिर जरा ठहर कर बोली, ''मेरे पिता ईसाई थे; पर मैं कौन हूँ, इस बात की खोज न तो कभी उन्होंने की और न मैंने ही। उन्हें इसकी कोई जरूरत नहीं थी, और मुझे कुछ याद न था। मैं तो यही कामना करती हूँ कि धर्म को आमरण इसी तरह

भूली रह सकूँ। लेकिन अभी-अभी उच्छृंखल और अनाचारी कह कर आपने जिनका तिरस्कार किया और वन्दनीय कह कर जिन्हें नमस्कार किया, उनमें से स्वदेश के सर्वनाश में किनका दान भारी है, इस प्रश्न का जवाब लोग किसी-न-किसी दिन अवश्य चाहेंगे।"

सतीश की देह पर मानो किसी ने कस कर चाबुक मार दिया । तीव्र वेदना से वह अकस्मात उठ कर खड़ा हो गया और बोला, "आप जानती हैं उनके नाम? कभी सुने हैं किसी के मुँह से?"

कमल ने सिर हिला कर कहा, "नहीं।"

"तो, पहले जान लीजिए।"

कमल ने हँसते हुए कहा, "अच्छा। पर नाम का मोह मुझे नहीं है। नाम जानने को ही मैं जानने का शेष नहीं मान सकती।"

प्रत्युत्तर में सतीश अपनी आँखों से सिर्फ अवज्ञा और घृणा बरसाता हुआ तेज कदमों से बाहर चला गया।

वह गुस्से में चला गया है, इसमें कोई सन्देह नहीं रहा। इस अप्रीतिकर घटना को कुछ हलका करने के खयाल से कुछ देर बाद, हरेन्द्र ने हँसने की कोशिश करते हुए, कहा, "कमल की आकृति तो प्राच्य की है पर प्रकृति बिलकुल प्रतीच्य की। एक तो दिखाई देती है और दूसरी बिलकुल आँखों के ओझल रह जाती है। यहीं आदमी को गलतफहमी होती है। इनकी परोसी हुई चीज़ खाई तो जा सकती है, पर हजम करते वक्त पेट की बत्तीसों नाड़ियों में मानो मरोड़ा उठने लगता है। हमारी किसी भी प्राचीन चीज़ पर न तो उन्हें विश्वास है और न सहानुभूति। बेकाम कह कर रद्द कर देने में इन्हें जैसे कुछ दर्द ही नहीं मालूम होता। लेकिन, इस बात को ये समझ ही नहीं सकतीं कि सूक्ष्म तराजू हाथ आ जाने से ही सूक्ष्म वजन करना नहीं आ जाता।"

कमल ने कहा, "समझ तो सकती हूँ; लेकिन सिर्फ दाम देते वक्त एक के बदले दूसरी चीज़ नहीं ले सकती। मेरी आपत्ति वहीं है।"

हरेन्द्र ने कहा, "मैंने तय कर लिया है कि आश्रम जरूर उठा दूँगा। मुझे सन्देह हो गया है कि उस शिक्षा से लड़के आदमी बन कर देश की मुक्ति और परम कल्याण को पुनः प्राप्त कर सकेंगे या नहीं। लेकिन समझ में नहीं आता कि दीन-हीन घरों के जिन लड़कों को सतीश घर छुड़ा कर ले आया है उनका क्या करूँ? सतीश के हाथ सौंप देना भी मुझ से नहीं हो सकता।"

कमल ने कहा, "सौंपने की कोई जरूरत नहीं। जरूरत सिर्फ इस बात की है कि उनके द्वारा कोई असाधारण या अलौकिक बात करवा डालने की ख्वाहिश

न रखी जाये। दीन-दुखी घरों के लड़के सभी देशों में हैं। वहाँ वाले जैसे उन्हें बड़ा करते हैं वैसे ही आप भी इन्हें आदमी बनाने की कोशिश करते रहें।''

हरेन्द्र ने कहा, ''इस विषय में भी अभी तक मैं निःसंशय नहीं हो सका हूँ कमल। शिक्षक लगा कर मैं उन्हें पढ़ा-लिखा सकता हूँ, पर इसका मुझे भय है कि जिस संयम और त्याग की शिक्षा उन्हें दी जा रही थी, उससे दूर करके भी उन्हें आदमी बनाया जा सकता है या नहीं।''

कमल ने कहा, ''हरेन्द्र बाबू, सभी बातों को जो आप लोग इस तरह एकान्त रूप से सोचा करते हैं, इसी से किसी प्रश्न का सीधा उत्तर आप लोगों को नहीं मिल सकता। आपका खयाल है कि लड़के या तो देवता बनेंगे, या फिर बिलकुल ही उच्छृंखल पशु बन जायेंगे। जगत का सहज सरल स्वाभाविक सौन्दर्य आपकी दृष्टि के सामने आता ही नहीं। आप लोग दूसरों के हाथ के मनगढ़न्त अन्याय की अनुभूति से अपने सम्पूर्ण चित्त को शंका से त्रस्त और मलिन रखा करते हैं। उस दिन मैं आश्रम में जो कुछ देख आयी हूँ वह क्या संयम और त्याग की शिक्षा है? उन लोगों को ही मिला क्या है? सिर्फ दूसरों का दिया हुआ दुख का बोझ ही तो मिला है, अधिकार से वंचित होना मिला है, और मिली है प्रवंचित की क्षुधा। चीन देश में लड़कियों के पाँव जन्म से छोटे बनाये जाते हैं। मेरे लिए यह सह्य है कि पुरुष वर्ग उन्हें सुन्दर बताये, पर वहाँ की स्त्रियाँ ही जब अपने उन पंगु और विकृत पैरों की सुन्दरता पर खुद मोहित हो जाती हैं, तब फिर सुधार की कोई आशा शेष नहीं रह जाती। इस समय आप लोग अपने कृतित्व पर खुद ही मुग्ध हो रहे हैं। मैंने उन लोगों से पूछा, 'बच्चो, कैसे रहते हो तुम लोग, बताओ?' लड़कों ने एक साथ जवाब दिया, 'बहुत अच्छी तरह।' उन्होंने एक बार भी नहीं सोचा कि 'अच्छी तरह' किसे कहते हैं। सोचने-विचारने की शक्ति भी उनकी जाती रही है—ऐसा जबर्दस्त शासन है उन पर। नीलिमा जीजी ने मेरी तरफ देख कर शायद इसका उत्तर चाहा था, पर छाती पीट कर रोने के सिवा मुझे इस बात का कोई जवाब ही ढूँढे न मिला। मन-ही-मन सोचने लगी, यही लोग क्या भविष्य में देश की स्वाधीनता अर्जन करेंगे?''

हरेन्द्र ने कहा, ''लड़कों की बात जाने दो, लेकिन राजेन्द्र, सतीश वगैरह तो युवक हैं? ये भी तो सर्व-त्यागी हैं?''

कमल ने कहा, ''राजेन्द्र को आप लोग पहचानते नहीं, लिहाजा उसकी चर्चा छोड़िए। बात असल में यह है कि वैराग्य यौवन के सर पर ही ज्यादा सवार होता है। वह जहाँ शक्ति बन कर बैठा हुआ है, वहाँ विरुद्ध शक्ति के बिना उसे वश कौन करेगा?''

हरेन्द्र ने कहा, ''गुस्सा मत होना कमल—तुम्हारे खून में तो वैराग्य है ही नहीं। तुम्हारे पिता यूरोपियन थे, और उन्हीं के हाथ से तुम्हारा शिशु-जीवन गढ़ा गया है। माँ इस देश की थीं, पर उनका जिक्र न करना ही अच्छा है। देह के रूप के सिवा शायद उनकी तरफ से और कोई चीज़ तुम्हें नहीं मिली। इसी से, पश्चिम की शिक्षा से तुमने भोग को ही जीवन की सबसे बड़ी चीज़ समझ लिया है।''

कमल ने कहा, ''गुस्सा मैं नहीं करती, हरेन्द्र बाबू। पर ऐसी बात आप न कहें। सिर्फ भोग को ही जीवन की सबसे बड़ी चीज़ समझ कर संसार में कोई भी जाति बड़ी नहीं हो सकती। मुसलमानों ने जिस दिन ऐसी गलती की, उस दिन उनका त्याग भी गया और भोग भी छूट गया। ऐसी ही गलती अगर पश्चिम वालों ने की तो वे भी मरेंगे। पश्चिम भी तो कोई दुनिया से अलग नहीं है। अगर वे इस विधान की उपेक्षा करके चलेंगे तो उनके भी जीने का फिर कोई रास्ता नहीं रह जायेगा।''

थोड़ी देर मौन रह कर फिर कहने लगी, ''लेकिन तब मन-ही-मन मुसकरा कर आप लोग कहेंगे, ''क्यों, कहा था न! हम तो पहले से ही जानते थे कि यह थोड़े ही दिन की उछल-कूद है इनकी, सो किसी-न-किसी दिन खत्म हो जायेगी। लेकिन, इधर देखो, हम लोग शुरू से आखिर तक वैसे ही टिके हुए हैं!'' और कहते-कहते सुनिर्मल हँसी से उसका सारा-का-सारा चेहरा विकसित हो उठा।

हरेन्द्र बोला, ''ऐसा ही हो, वही दिन आये।''

कमल ने कहा, ''ऐसी बात नहीं कहना चाहिए हरेन्द्र बाबू। इतनी बड़ी जाति अगर नीचे गिर जाये, तो उसकी धूल से ही संसार के बहुत से प्रकाश स्तम्भ म्लान हो जायेंगे। मनुष्य जाति के लिए वे बहुत ही बुरे दिन साबित होंगे।''

हरेन्द्र उठ खड़ा हुआ। बोला, ''उसे अभी देर है; पर अपने बुरे दिनों का आभास मैं अभी से ही पा रहा हूँ। बहुत-से प्रकाश स्तम्भ बुझते दिखाई दे रहे हैं। अपने पिता से तुमने उन्हें बुझाने का ही कौशल सीखा है कमल, जलाने की विद्या नहीं सीखी। अच्छा, अब चल दिया। अजित बाबू को अभी देर होगी शायद?''

अजित उठने के लिए जरा हिला-डुला, पर उठा नहीं।

कमल ने कहा, ''हरेन्द्र बाबू, प्रकाश-स्तंभ का प्रकाश रास्ते पर न पड़ कर अगर आँखों पर पड़े, तो ठोकर खा कर नाली में गिरना पड़ता है। उस प्रकाश को जो बुझा देता है उसे हितैषी मित्र ही समझिएगा।''

हरेन्द्र ने एक गहरी साँस ली, और कहा, ''बहुत बार खयाल आता है कि तुम्हारे साथ बुरे क्षण में परिचय हुआ था। विश्वास का इतना जोर तो मुझमें नहीं है जितना कि तुम में है, फिर भी मैं कह सकता हूँ कि वे विद्या, बुद्धि, ज्ञान और पौरुष की चाहे जितनी चकाचौंध दिखलायें, भारत के सामने वह सब कुछ भी नहीं—

सब अकिंचन है।''

कमल ने कहा, ''यह तो ऐसी बात हुई जैसे क्लास में प्रमोशन न पाने वाले विद्यार्थी का एम० ए० पास करने वालों को धिक्कारना। हरेन्द्र बाबू, 'आत्म-सम्मान-ज्ञान' जैसे एक शब्द है, वैसे ही, 'बड़ाई करना' भी एक शब्द है।''

हरेन्द्र को क्रोध आ गया, कहने लगा, ''शब्द तो बहुत हैं । लेकिन यह भारत ही एक दिन सारे जगत का गुरु था। बहुतों के पुरखे तो तब शायद पेड़ों की डालियों पर उछला करते थे। और, फिर एक दिन ऐसा आयेगा जब भारतवर्ष ही जगत के शिक्षक का आसन ग्रहण करेगा।—करेगा, अवश्य ही करेगा।''

कमल को गुस्सा नहीं आया, वह हँस दी। बोली, ''आज तो वे लोग डालियों पर से नीचे उतर आये हैं। पर अगर इसी आलोचना का आनन्द उठाना हो कि कौन से महा-अतीत काल में किसके पूर्व पुरुष जगत के गुरु थे और कौन से महा-भविष्य काल में उनके वंशधर फिर पैतृक पेशा अख्तियार कर लेंगे, तो अजित बाबू को जा कर पकड़िए। मुझे बहुत काम करना है।''

हरेन्द्र कहा, ''अच्छा, नमस्कार।''

और वह विषण्ण गम्भीर चेहरा लिये घर से निकल गया।

26

आठ दिन बाद कमल आशु बाबू के घर मिलने गयी। जिन लोगों को ले कर यह कहानी है, उनके जीवन में इधर कई दिनों में एक उलट-फेर हो गया है। लेकिन उसे न तो आकस्मिक कहा जा सकता है और न अप्रत्याशित ही। इधर कुछ दिनों से जो आकाश में इधर-उधर से हवा में उड़ते हुए बादलों के टुकड़े जमा हो रहे थे, उनके परिणाम के बारे में विशेष संशय न था—और हुआ भी वही।

फाटक पर दरबान हाजिर नहीं है। नीचे के बरामदे में आम तौर पर कोई बैठता न था, फिर भी वहाँ कुछ मेजें और कुर्सियाँ पड़ी रहती थीं, दीवार पर बड़े आदमियों की कई एक तसवीरें भी थीं—लेकिन आज वे सब नदारद हैं। सिर्फ छत से एक काली-कलूटी लालटेन लटक रही है। जगह-जगह कूड़ा-करकट जमा हो रहा है, उसे साफ करने की अब शायद आवश्यकता नहीं रह गयी है। न जाने कैसा एक श्रीहीन वातावरण है, जिसे देख कर सहज ही अनुमान किया जा सकता है कि मकान मालिक अब यहाँ से पलायन कर रहे हैं।

कमल ऊपर जा कर आशु बाबू की बैठक में पहुँची। दिन ढल रहा था। आशु

बाबू आराम-कुर्सी पर पैर फैलाये पड़े थे। कमरे में और कोई न था। पर्दा हटने की आवाज से उन्होंने आँखें खोलीं और उठ कर बैठ गये। कमल के आने की शायद उन्होंने आशा नहीं की थी; इससे कुछ ज्यादा खुश हो कर उन्होंने उसका स्वागत किया, बोले, "कमल हो! आओ बेटा, आओ।"

उनके चेहरे की तरफ देख कर कमल के हृदय में चोट पहुँची। उसने कहा, "यह क्या? आप तो बूढ़े-से दिखाई देने लगे हैं, चाचाजी?"

आशु बाबू हँस दिये, बोले, "बूढ़ा? यह तो भगवान का आशीर्वाद है कमल। भीतर-ही-भीतर जब उमर बढ़ती है तब मनुष्य के लिए इससे बढ़ कर दुर्भाग्य और नहीं हो सकता कि बाहर से बूढ़ा न दिखाई दे। यह अवस्था बचपन में ही गंजे हो जाने जैसी करुण है।"

"लेकिन तबीयत भी तो अच्छी नहीं दीख रही है?"

"नहीं।"

लेकिन इसके बाद, फिर उन्होंने आगे प्रश्न करने का मौका नहीं दिया, बोले, "तुम कैसी हो, सो तो बताओ?"

"अच्छी हूँ। मैं तो कभी बीमार पड़ती नहीं, चाचाजी।"

"सो तो मालूम है। न देह और न मन, तुम्हारे यहाँ दोनों ही बीमार नहीं होते। कारण इसका यह है कि तुम्हें लोभ नहीं। तुम कुछ भी चाहती नहीं, इसी से भगवान ने तुम्हें दोनों हाथों से सब कुछ उँडेल कर दे दिया है।"

"मुझे? क्या देते देखा आपने, बताइए तो?"

आशु बाबू ने कहा, "यह डिप्टी साहब की अदालत नहीं जो धमकी दे कर मामला जीत जाओगी। खैर, कुछ भी हो, पर मैं मानता हूँ कि दुनिया के विचार में मैंने खुद भी कुछ कम नहीं पाया। यही तो मैं आज सवेरे से थैली झाड़ कर और फर्द मिला-मिला कर देख रहा था। देखा कि शून्य के अंकों ने ही इतने दिनों से तहवील फुला रखी थी—अन्तः सारहीन थैली के भारी-भरकम आकार ने आदमियों की आँखों को महज धोखा ही दिया—भीतर कोई चीज़ उसमें थी ही नहीं। लोग सिर्फ गलती से ही सोचा करते हैं बेटी, कि गणितशास्त्र के अनुसार शून्यों की भी कीमत है। मैंने तो देखा कि उनकी कोई भी कीमत नहीं। एक के अंक की दाहिनी तरफ वे अगर पंक्तिवार खड़े हो जायें तो उस एक को ही एक करोड़ बना देते हैं, पर अगर सिर्फ शून्य ही अपनी संख्या के जोर से चाहें कि करोड़ हो जायें तो नहीं हो सकते। जहाँ कोई और अंक नहीं, वहाँ तो वे सिर्फ माया ही हैं। मेरा पाना भी ठीक इन शून्यों को पाना जैसा है।"

कमल ने बहस नहीं की, वह उनके पास कुर्सी खींच कर बैठ गयी। आशु

बाबू ने अपना दाहिना हाथ कमल के हाथ पर रखते हुए कहा, ''बेटी, अबकी बार तो सचमुच ही मेरे जाने की बारी आ गयी, कल-परसों तक चला जाऊँगा। बूढ़ा हो गया—न जाने अब फिर कब भेंट होगी। पर इतना तुम भरोसा दो कि मुझे कभी भूलोगी नहीं।''

कमल ने कहा, ''नहीं, भूलूँगी नहीं। और भेंट भी होगी फिर कभी। आपको अपनी थैली सूनी मालूम पड़ रही है, पर मैंने अपनी थैली शून्यों से नहीं भर रखी है चाचाजी, उसमें सचमुच की चीज़ है—माया नहीं।''

आशु बाबू ने इस बात का कुछ जवाब नहीं दिया, पर मन में समझ लिया कि लड़की ने रंचमात्र भी झूठ नहीं कहा।

कमल ने कहा, ''मैं घर में घुसते ही समझ गयी कि आप यहाँ हैं जरूर, पर आपका मन यहाँ से विदा हो गया है। इसलिए अब आपको पकड़ कर नहीं रखा जा सकता। कहाँ जायेंगे?—कलकत्ता?''

आशु बाबू धीरे से सिर हिलाते हुए बोले, ''नहीं, वहाँ नहीं। अबकी बार जरा दूर जाने की सोची है। पुराने मित्रों को वचन दिया था कि अगर जिन्दा रहा तो फिर एक बार मिल जाऊँगा। यहाँ तुम्हें तो कोई काम नहीं कमल, चलोगी बिटिया, मेरे साथ विलायत? अगर वहाँ से मैं न लौट सका, तो तुम्हारे मुँह से कोई खबर तो सुन ही लेगा।''

यह अस्पष्ट-सा सर्वनाम 'कोई' किसकी तरफ इशारा करके कहा गया है, सो कमल को समझने में देर न लगी; लेकिन इस अस्पष्टता को सुस्पष्ट करके उन्हें दुख देना भी उसने अनावश्यक समझा।

आशु बाबू कहने लगे, ''डर की कोई बात नहीं बेटी, इस बूढ़े की तुम्हें सेवा न करनी होगी। इस अकर्मण्य देह की कीमत ही क्या है?—इसे ढोते रहने के लिए मैं अपने ऊपर किसी का ऋण नहीं बढ़ाना चाहता। पर कौन जानता था कमल, कि इस मांस-पिण्ड को ले कर भी प्रश्न जटिल हो सकता है? ऐसा लगता है कि मारे लज्जा के जमीन में गड़ा जा रहा हूँ। इस दुनिया में इतनी बड़ी आश्चर्य की बात भी होती है, सो भला कब कौन सोच सका है, बताओ?''

कमल सन्देह से चौंक पड़ी, बोली, ''नीलिमा जीजी को नहीं देख रही हूँ चाचा जी, वे कहाँ हैं?''

आशु बाबू ने कहा, ''शायद अपने कमरे में होगी—कल सवेरे से ही नहीं दिखाई दे रही है। सुना है कि हरेन्द्र आ कर उसे अपने घर ले जायेगा।''

''अपने आश्रम में?''

''आश्रम अब नहीं रहा। सतीश चला गया है, कुछ लड़कों को भी अपने साथ

ले गया है। सिर्फ चार-पाँच लड़कों को हरेन्द्र ने नहीं जाने दिया है, वे यहीं है। उनके माँ-बाप, नाते-रिश्तेदार कोई भी नहीं है, वह चाहता है कि उन्हें वह अपने आइडिया के अनुसार नये ढंग से तैयार करे। तुमने सुना नहीं शायद?—सुनतीं भी किससे?''

जरा ठहर कर फिर कहने लगे, ''परसों शाम को लोगों के चले जाने पर अधूरी चिट्ठी पूरी करके नीलिमा को सुनाने लगा। कई दिनों से वह बराबर कुछ अन्यमनस्क-सी रहती थी, इधर उसे देख भी कम पाता था। चिट्ठी थी कलकत्ते के अपने कर्मचारी के नाम, मेरे विलायत जाने का सारा आयोजन जल्दी पूरा करने के लिए। एक नये वसीयतनामे का मसविदा भी भेजा था—शायद यही मेरा आखिरी वसीयतनामा—अटर्नी को दिखा कर पक्का करके दस्तखत के लिए वापस भेजने को लिखा था। और भी बहुत-सी आज्ञाएँ थीं। नीलिमा कुछ सी रही थी। उसकी तरफ से भला-बुरा कुछ भी उत्तर न पा कर मैं मुँह उठा कर उसकी तरफ देखने लगा तो देखा, उसके हाथ का सिलाई का कपड़ा जमीन पर पड़ा है, सिर चौकी के एक किनारे लुढ़क गया है, आँखें मिची हैं और चेहरा बिलकुल सफेद फक है। मेरी कुछ समझ ही में न आया कि अचानक क्या हो गया। झटपट उठ कर जमीन पर लिटाया। गिलास में पानी था। उसके छींटे मुँह और आँखों पर मारे। पंखा था नहीं, सो अखबार उठा कर उससे हवा करने लगा—नौकर को पुकारना चाहा, पर मुँह से आवाज ही न निकली। शायद दो-तीन मिनट ही यह अवस्था रही, ज्यादा नहीं, इसके बाद उसने आँखें खोलीं और झिझक के साथ उठ कर बैठ गयी। एक बार सारा शरीर काँप उठा और फिर वह औंधी हो कर मेरी गोद में मुँह छिपा कर जोर से रोने लगी! ऐसी रोई कि कुछ पूछो मत। मालूम हुआ जैसे उसकी छाती ही फट जायेगी। बहुत देर बाद मैंने उसे उठा कर बिठाया—कितने दिनों की कितनी ही बातें और कितनी ही घटनाएँ याद आ गयीं, फिर मुझे समझने में कुछ भी बाकी न रह गया।''

कमल चुपचाप उनके मुँह की तरफ देखती रही।

आशु बाबू ने क्षण-भर अपने को सँभालने में लगाया और फिर कहा, ''मैं समझता हूँ, इस तरह दो-तीन मिनट बीते होंगे। मेरे यह सोचने के पहले ही कि ऐसी हालत में मुझे क्या कहना चाहिए, वह तीर की तरह उठ खड़ी हुई—मेरी ओर एक बार देखा तक नहीं—और कमरे से बाहर निकल गयी। न तो उसने कोई बात कही और न मैं ही कुछ बोल सका। उसके बाद फिर मुलाकात नहीं हुई!''

कमल ने कहा, ''यह क्या आप पहले समझ नहीं पाये थे?''

आशु बाबू ने कहा, ''नहीं। कभी स्वप्न में भी न सोचा था। और कोई होता तो सन्देह करता कि यह महज छल है, स्वार्थ है। पर उसके विषय में ऐसी बात सोचना

भी अपराध है।—स्त्रियों का मन कितनी आश्चर्यजनक चीज़ है! इससे बढ़ कर संसार में और क्या आश्चर्य की बात होगी कि यह रोगातुर शरीर, ऐसा अक्षम और अवसन्न मन, जीवन की यह संध्या बेला जिसमें जीवन की कानी-कौड़ी भी कीमत नहीं—इस पर भी किसी सुन्दर युवती का मन आकृष्ट हो? फिर भी, यह सच है, जरा भी झूठ नहीं।''

इतना कह कर वह सदाचारी प्रौढ़ आदमी क्षोभ, वेदना और निष्कपट लज्जा से एक साँस ले कर चुप हो रहा। आशु बाबू कुछ देर इसी तरह रह कर फिर कहने लगे, ''मगर मैं यह निश्चित जानता हूँ कि यह बुद्धिमती नारी मुझसे कुछ भी प्रत्याशा नहीं करती। वह सिर्फ चाहती है मेरी सेवा करना, और वह भी इसलिए कि सेवा के अभाव में मेरे जीवन के बाकी दिन कहीं दुख में न बीतें। केवल दया और अकृत्रिम करुणा, बस।''

कमल को चुप देख वे कहने लगे, ''बेला ने विवाह-विच्छेद का जब मामला चलाया था तब मैंने उसमें अपनी सम्मति दी थी। बातों-ही-बातों में उस दिन जब प्रसंग उठ पड़ा, तो नीलिमा बहुत नाराज हुई और उसके बाद से तो बेला उसके लिए असह्य हो गयी। अपने पति को इस तरह सर्वसाधारण के सामने लज्जित और बेइज्जत करने की प्रतिहिंसा को नीलिमा हृदय से पसन्द न कर सकी। उसने कहा कि 'पति को त्याग देना कोई बड़ी बात नहीं, उसे फिर से पाने की साधना ही स्त्री के लिए परम सार्थकता है। अपमान का बदला लेने में ही स्त्री की वास्तविक मर्यादा नष्ट होती है, अन्यथा, वह तो कसौटी है जिस पर जाँच कर प्रेम की कीमत आँकी जाती है। और फिर यह कैसा आत्म-सम्मान का भाव कि जिसे असम्मान के साथ अलग कर दिया, उसी से अपने खाने-पहरने का खर्च हाथ पसार कर लिया जाये? क्या गले में फाँसी डालने के लिए रस्सी भी नहीं जुटी?' सुन कर मैंने सोचा था कि नीलिमा की यह बात बेजा है—ज्यादती है। पर आज सोचता हूँ कि प्रेम क्या नहीं कर सकता। रूप, यौवन, सम्मान, सम्पदा—यह सब कुछ नहीं बेटी, क्षमा ही उसकी वास्तविक आत्मा है। जहाँ क्षमा नहीं, वहाँ प्रेम सिर्फ विडम्बना है—वहाँ पर रूप-यौवन का विचार-वितर्क उठता है और वहीं पर आता है आत्म-सम्मान और ज्ञान का टग ऑफ वार, रस्सा-कशी।''

कमल उनके मुँह की तरफ देखती हुई चुप हो रही।

आशु बाबू कहने लगे, ''कमल, तुम ही उसकी आदर्श हो—पर चाँद की चाँदनी मानो सूर्य किरणों से भी बढ़ गई है। तुमसे जो कुछ उसने पाया है, अपने हृदय के रस में भिगो कर स्निग्ध माधुर्य के साथ उसने उसे न जाने कितनी तरफ बिखेर दिया है। मैंने इन दो दिनों में दो सौ वर्ष की चिन्ता की है, कमल। स्त्री का

प्रेम मैंने पाया था, उसका स्वाद मैं पहचानता हूँ, स्वरूप जानता हूँ; लेकिन इस नवीन तत्व ने, कि नारी के प्रेम का वह सिर्फ एक ही पहलू था, सहसा आज मुझे आच्छन्न कर दिया है। इसमें न जाने कितनी बाधा है, न जाने कितनी व्यथा है। अपने को विसर्जन करने की न जाने कितनी अनजानी तैयारियाँ हैं। यद्यपि मैं उसे हाथ पसार कर ले नहीं सका, पर क्या कह कर उसे नमस्कार करूँ सो भी मेरी समझ में नहीं आ रहा है कमल।''

कमल समझ गयी कि पत्नी-प्रेम की सुदीर्घ छाया ने इतने दिन जिन दिशाओं में अँधेरा कर रखा था, आज वे ही दिशाएँ धीरे-धीरे उज्ज्वल होती जा रही हैं।

आशु बाबू ने कहा, ''ठीक है; मणि को मैंने क्षमा कर दिया है। बाप के अभिमान को मैं अब उसके आगे लाल आँखें न करने दूँगा। मैं जानता हूँ कि वह दुख पायेगी, जगत का विधिबद्ध शासन उसे छुटकारा नहीं देगा। अनुमति तो नहीं दे सकूँगा, पर जाते समय यह आशीर्वाद छोड़ जाऊँगा कि दुख में से वह फिर अपने को किसी दिन खोज कर पा ले। उसकी भूल-भ्रान्ति और प्रेम—भगवान उन लोगों का सुविचार करें।'' कहते-कहते उनका गला भारी हो आया।

इसी तरह खामोशी में बहुत क्षण कट गये। उनके मोटे हाथ पर कमल धीरे-धीरे हाथ फेर रही थी, बहुत देर बाद उसने मृदु कण्ठ से कहा, ''चाचाजी, नीलिमा जीजी के विषय में आपने क्या निर्णय किया?''

आशु बाबू अकस्मात सीधे हो कर बैठ गये—जैसे किसी ने उन्हें ठेल कर उठा दिया हो, ''देखो बेटी, तुम्हें मैं पहले भी नहीं समझा सका हूँ और अब भी न समझा सकूँगा और शायद अब सामर्थ्य भी नहीं है। पर ऐसा संशय मेरे मन में कभी नहीं आया कि एकनिष्ठ प्रेम का आदर्श मनुष्य का सच्चा आदर्श नहीं। नीलिमा के प्रेम पर मैं सन्देह नहीं करता; पर जैसे वह सत्य है, वैसे ही उसे अस्वीकार करना भी मेरे लिए वैसा ही सत्य है। किसी तरह भी मैं इसे निष्फल आत्म-वंचना नहीं कर सकता। तर्क से इसका मेल नहीं खायेगा, पर यह सच है कि इसी निष्फलता में से हो कर मनुष्य आगे बढ़ेगा। मैं नहीं मानता कि कहाँ जायेगा, पर जायेगा जरूर। यद्यपि वह मेरी कल्पना से परे है, पर मैं यह पक्के तौर पर जानता हूँ कि इतनी बड़ी व्यथा का प्रतिफल मनुष्य किसी-न-किसी दिन पायेगा अवश्य। नहीं तो संसार असत्य, सृष्टि असत्य हो जायेगी।''

वे कहने लगे, ''इसी नीलिमा को ले लो, किसी भी आदमी के लिए जो नारी अमूल्य सम्पदा हो सकती है—उसके लिए कहीं भी खड़े होने की जगह नहीं। उसकी व्यर्थता मेरे बाकी दिनों को शूल की तरह चुभती रहेगी। इसी से सोचता हूँ, अगर वह और किसी से प्रेम करती। यह उसकी कैसी भूल है!''

कमल ने कहा, "भूल-सुधार के दिन तो अभी उसके खत्म नहीं हो गये चाचाजी!"

"कैसे ? तुम समझती हो, अब क्या वह फिर किसी से प्रेम कर सकती है?"

"कम-से-कम, असम्भव तो नहीं है। इसे भी क्या आपने कभी सम्भव समझा था कि आपके अपने जीवन में कभी ऐसी घटना हो सकती है?"

"लेकिन नीलिमा? उसके जैसी स्त्री?"

कमल ने कहा, "सो नहीं जानती। पर उसके लिए क्या आप यही प्रार्थना करेंगे कि जिसे उसने पाया नहीं, और पा सकती नहीं, उसी की याद में सारा जीवन व्यर्थ निराशा में काट दे?"

आशु बाबू के चेहरे की दीप्ति बहुत कुछ मलिन हो गयी। बोले, "नहीं, ऐसी प्रार्थना नहीं करूँगा।" फिर क्षण भर चुप रह कर कहने लगे, "मगर मेरी बात भी तुम नहीं समझोगी, कमल। मैं जो कर सकता हूँ, वह तुम नहीं कर सकतीं। सत्य का मूलगत संस्कार तुम्हारे और मेरे जीवन का एक नहीं है—बिलकुल भिन्न है। इस जीवन को ही जिन लोगों ने मानव-आत्मा की परम प्राप्ति समझा है, उनके लिए प्रतीक्षा करना मुश्किल है, वे तो आजन्म-भोग की अंतिम बूँद तक इसी जीवन में पी लेना चाहेंगे; लेकिन हम जन्मान्तर मानते हैं, प्रतीक्षा करने का समय हमारे लिए अनन्त है—उसमें औंधे लेट कर पीने की जरूरत नहीं पड़ती।"

कमल ने शान्त कण्ठ से कहा, "यह बात मैं आपकी मानती हूँ चाचाजी। लेकिन, सिर्फ इसी कारण तो आपके संस्कार को युक्ति के रूप में स्वीकार नहीं किया जा सकता; और आकाश-कुसुम की आशा से विधाता के दरवाजे पर हाथ पसारे जन्मान्तर-काल तक प्रतीक्षा करने लायक धैर्य भी मुझ में नहीं है। जिस जीवन को सबके बीच सहज बुद्धि से पाया है, वही मेरे लिए सत्य है, वही महान है। फूल-फल और शोभा-सम्पदा से मेरा यह जीवन भर उठे, परलोक के विशाल लाभ की आशा से मैं इस जीवन की उपेक्षा, अवज्ञा और अपमान न करूँ—इतना ही मैं ठीक समझती हूँ। चाचाजी, इसी तरह आप लोग आनन्द से और सौभाग्य से स्वेच्छापूर्वक वंचित रहा करते हैं। आप लोग इहलोक को तुच्छ समझते हैं, इसी से इहलोक ने भी आप लोगों को सारे जगत के सामने तुच्छ बना रखा है। नीलिमा जीजी से भेंट होगी या नहीं, सो नहीं मालूम, अगर होगी तो मैं उनसे यही बात कह जाऊँगी।"

कमल उठ कर खड़ी हो गयी। आशु बाबू ने सहसा जोर से उसका हाथ पकड़ लिया, बोले, "जा रही हो बेटी? पर यह सोचते ही कि 'तुम जा रही हो' मेरी छाती के भीतर हाहाकार-सा मच जाता है।

कमल बैठ गयी, बोली, "पर आपको तो मैं किसी भी तरफ से तसल्ली दे नहीं पाती चाचाजी, देह और मन से जब आप अत्यन्त अस्वस्थ हैं; और सान्त्वना देना ही जब सबसे जरूरी वस्तु है, तब मैं सब तरफ से मानो आपको चोट ही पहुँचाया करती हूँ। फिर भी, यह सच है कि मैं आपको किसी से भी कम प्यार नहीं करती चाचाजी।"

आशु बाबू ने इसे मन-ही-मन स्वीकार करते हुए कहा, "इसके सिवा नीलिमा—वह भी क्या साधारण आश्चर्य है! पर जानती हो इसका कारण क्या है कमल?"

कमल ने मुस्कराते हुए कहा, "शायद आपके अन्दर दलदल नहीं है—इसी से दलदल अपने शरीर का भी बोझ नहीं ढो सकता—पाँवों के नीचे से अपने को हटा कर अपने आपको डुबा देता है। लेकिन ठोस मिट्टी लोहे और पत्थर का भी बोझ झेल लेती है—इमारत उसी पर बनाई जा सकती है नीलिमा जीजी को सब स्त्रियाँ नहीं समझ सकतीं; हाँ जिनके अपने को ले कर खेल खेलने के दिन बीत चुके हैं और सिर का बोझ उतार कर जो सहज निःश्वास लेती हुई जीना चाहती हैं, वे उन्हें समझ सकेंगी।"

"हाँ।" कह कर आशु बाबू ने एक गहरी साँस ली, और कहा, "और शिवनाथ?"

कमल ने कहा, "जिस दिन से मैंने उन्हें सचमुच समझा है, उस दिन से क्षोभ और अभिमान मेरे मन से बिलकुल धुल-पुँछ गया है—ज्वाला बुझ गयी है। शिवनाथ गुणी आदमी हैं, कलाकार हैं—कवि हैं। चिरस्थायी प्रेम कलाकारों के मार्ग का विघ्न है, उनकी सृष्टि के लिए रुकावट है, उनके स्वभाव का विरोधी है। यही बात उस दिन ताज के सामने खड़ी हो कर मैं कहना चाहती थी। स्त्रियाँ तो एक उपलक्ष-मात्र हैं—नहीं तो, असल में वे प्रेम करते हैं सिर्फ अपने आपसे। अपने मन को दो भागों में विभक्त करके उनकी दो दिन की लीला चलती है,—उसके बाद वह खत्म हो जाती है। इसीलिए उनके गले का स्वर ऐसा विचित्र हो कर बजता है—अन्यथा वह बजता नहीं, सूख कर जम जाता। मैं तो समझती हूँ, शिवनाथ ने उसे नहीं ठगा, मनोरमा ने अपने आप ही भूल की है। सूर्यास्त के समय बादलों पर जो रंग खिलने लगता है चाचाजी, वह न तो स्थायी होता है और न उसका वह स्वाभाविक रंग ही है। लेकिन फिर भी उसे झूठ कौन कह सकता है?"

आशु बाबू ने कहा, "सो मालूम है, पर केवल रंग से ही तो आदमी के दिन नहीं कटते बेटी, और न उपमा से उसकी व्यथा ही मिटती है। बताओ बेटी, इसका क्या उपाय है?"

कमल का चेहरा क्लान्ति से मलिन हो गया, उसने कहा, "इसी से घूम-फिर

कर एक ही प्रश्न बार-बार सामने आ जाया करता है चाचाजी, वह जैसे शेष ही नहीं होता। बल्कि यही ठीक है कि जाते समय आप अपना यही आशीर्वाद छोड़ जायें कि मणि दुख के दिनों में अपने आपको ढूँढ निकाले, जो झड़ने वाला है उसके झड़ जाने के बाद वह बिना किसी संशय के अपने को पहचान सके। और आपसे भी मैं कहूँगी कि संसार में होने वाली अनेक घटनाओं में से विवाह भी एक घटना है, उससे ज्यादा कुछ नहीं। उसी को जिस दिन से नारी का सर्वस्व मान लिया गया है उसी दिन से स्त्रियों के जीवन की सबसे बड़ी ट्रैजेडी शुरू हो गयी है। विदेश जाने के पहले अपने मन की असत्य की जंजीर से अपनी लड़की को मुक्त कर जाइए, चाचाजी, यही आपसे मेरी अन्तिम प्रार्थना है।''

सहसा दरवाजे के पास किसी के पैरों की आहट सुन कर दोनों उधर देखने लगे। हरेन्द्र ने भीतर आ कर कहा, ''भाभी जी को मैं लिवाने आया हूँ, आशु बाबू, वे भी तैयार हैं,—ताँगा लाने के लिए आदमी भेज दिया है।''

आशु बाबू का चेहरा फक पड़ गया, बोले ''अभी? लेकिन दिन तो अब नहीं रहा?''

हरेन्द्र ने कहा, ''दस-बीस कोस नहीं है, पाँचेक मिनट में पहुँच जायेंगी।''

उसका चेहरा जैसा गम्भीर था, बातें भी उसकी वैसी ही नीरस थीं।

आशु बाबू ने आहिस्ता से कहा, ''सो तो ठीक है। पर शाम का वक्त है—आज जाये बगैर नहीं चलेगा?''

हरेन्द्र ने जेब में से कागज का एक टुकड़ा निकाल कर आगे बढ़ाते हुए कहा, ''आप ही विचार कीजिए।''

उसमें लिखा था, ''लालाजी, यहाँ से मुझे ले जाने का उपाय अगर तुम न कर सको, तो मुझे खबर दे देना। पर कल मत कहना कि मुझसे कहा क्यों नहीं?—नीलिमा।''

आशु बाबू सन्न रहे गये।

हरेन्द्र ने कहा, ''निकट आत्मीय के रूप में तो मैं दावा नहीं कर सकता, पर उन्हें तो आप जानते हैं, उनकी इस चिट्ठी के पाने के बाद देर करने की भी हिम्मत नहीं पड़ती।''

''तुम्हारे ही घर पर तो रहेगी?''

''हाँ, कम-से-कम उससे अच्छी व्यवस्था जब तक न हो सके तब तक। सोचा कि इस घर में उनके इतने दिन बीत गये तो उस घर में भी कुछ अनुचित न होगा।''

आशु बाबू चुप रहे। इतना भी न कहा कि यह सुबुद्धि अब तक कहाँ रही?

इतने में नौकर आया और बोला, ''मेम साहब का सामान लेने मजिस्ट्रेट साहब

के यहाँ से आदमी आया है।''

आशु बाबू ने कहा, ''उनका जो कुछ सामान है सब बता दो।''

कमल की आँखों से आँखें मिलते ही उन्होंने कहा, ''कल सवेरे बेला यहाँ से चली गयी है। मजिस्ट्रेट की स्त्री उनकी सहेली है।—तुम्हें एक सुसंवाद देना तो भूल ही गया कमल—बेला के पति आये हैं उसे लेने के लिए—मालूम होता है शायद आपस में उनका रीकन्सिलिएशन, फिर से मेल-मिलाप हो गया है।''

कमल ने जरा भी आश्चर्य प्रकट न करते हुए कहा, ''लेकिन यहाँ क्यों नहीं आये?''

आशु बाबू ने कहा, ''शायद आत्म-गौरव पर आँच आती। जब विवाह बन्धन तोड़ने का मामला चला था तब बेला के पिता की चिट्ठी के उत्तर में मैंने अपनी तरफ से सम्मति दी थी। उसके पति शायद इस बात को क्षमा न कर सके होंगे।''

''आप ने सम्मति दी थी?''

आशु बाबू ने कहा, ''इसमें आश्चर्य की बात क्या है कमल? जो पति चरित्र-दोष का अपराधी है उसे त्यागने में मैं अन्याय नहीं देखता। मैं नहीं मान सकता कि यह अधिकार सिर्फ पति को ही है, स्त्री को नहीं।''

कमल चुप हो रही। उसे फिर एक बार स्मरण हो आया कि इस आदमी की विचार-धारा में किसी तरह का कपट नहीं—मन और वचन एक ही स्वर में बँधे हुए हैं।

नीलिमा दरवाजे के पास से नमस्कार करके चली गयी। न तो भीतर आयी, और न उसने किसी की तरफ आँख उठा कर देखा ही।

बहुत देर तक कमल उसी तरह आशु बाबू के हाथ पर हाथ फेरती रही, कुछ बोली-चाली नहीं। अन्त में, जाने के पहले, उसने धीरे से कहा, ''एक जदू के सिवा इस घर में पुराना और कोई नहीं रह गया।''

''जदू?''

''हाँ, आपका पुराना नौकर।''

''पर वह तो यहाँ है नहीं, बिटिया। उसका लड़का बीमार है, तो चार-पाँच दिन हुए छुट्टी ले कर देश गया है।''

फिर बहुत देर तक कोई बातचीत नहीं हुई। आशु बाबू अकस्मात पूछ बैठे, ''अच्छा, वह राजेन्द्र लड़का कहाँ है, कुछ मालूम है तुम्हें, कमल?''

''नहीं, चाचाजी।''

जाने के पहले उसे एक बार देखने की इच्छा हो रही है। तुम दोनों मानो बहन-भाई हो, एक ही पेड़ के दो फूल जैसे लगते हो।'' इतना कह कर वे चुप होना चाहते थे कि सहसा एक बात याद आ गयी, बोले ''तुम लोगों की दरिद्रता ऐसी लगती है

जैसे महादेव की दरिद्रता। तुम्हारे धन-ऐश्वर्य काफी है, पर अन्यमनस्क-से हो कर जैसे उसे कहीं भूल आये हो। ऐसी उदासीनता कि उसे ढूँढने की भी कोई गरज नहीं।''

कमल ने हँसते हुए कहा, ''ऐसा क्यों कहते हैं चाचाजी? राजेन्द्र की बात मैं नहीं जानती, पर मैं तो पैसे-पैसे के लिए दिन-रात मेहनत किया करती हूँ।''

आशु बाबू ने कहा, ''सो मैंने सुना है। यही तो बैठा सोचा करता हूँ।''

उस दिन कमल को घर लौटने में काफी देर हो गयी। आते समय आशु बाबू ने कहा, ''डरने की कोई बात नहीं बेटी, जो आज तक कभी मुझे छोड़ कर नहीं रही, आज भी वह मुझे छोड़ कर न जायेगी। निरुपाय का उपाय वही करेंगी।'' कहते हुए उन्होंने हाथ उठा कर सामने की दीवार पर टँगी हुई अपनी स्वर्गीया धर्म पत्नी की तस्वीर दिखा दी और चुप हो रहे।

कमल ने घर पहुँच कर देखा कि ऊपर जाने का रास्ता ही बन्द है, बक्सों का ढेर सीढी के सामने अड़ा पड़ा है। एकाएक उसकी छाती के भीतर छौंक-सा लग गया। किसी तरह रास्ता निकाल कर वह ऊपर पहुँची। रसोईघर में शोर-गुल सुन कर उसने झाँक कर देखा कि अजित ने नौकरानी की मदद से 'स्टोव' जला कर चाय के लिए पानी चढ़ा दिया है, और चाय-चीनी आदि की तलाश में घर-भर की तमाम चीज़ें उथल-पुथल कर डाली हैं।

''यह क्या कर रखा है?''

अजित चौंक कर कमल की ओर देखने लगा, बोला, ''चाय-चीनी वगैरह क्या तुम लोहे की तिजोरी में बन्द रखा करती हो? पानी कब से खौल कर मिट्टी हुआ जा रहा है।''

''लेकिन मेरे घर की चीज़ आपको मिलेगी कैसे, सो तो बताइए? चलिए, इधर आइए, मैं तैयार किये देती हूँ।''

अजित हट कर अलग खड़ा हो गया।

कमल ने कहा, ''पर आज बात क्या है? बक्स-ट्रंक, गठरी-पोटली—यह सब किसका सामान है?''

''मेरा। हरेन्द्र बाबू ने नोटिस दे दिया है।''

''नोटिस दिया है तो वहाँ से चले जाने का दिया होगा। पर यहाँ आने की बुद्धि किसने दी?''

''वह मेरी अपनी है। इतने दिनों से परायी बुद्धि पर ही चलता आ रहा हूँ— अब मैंने अपनी बुद्धि ढूँढ निकाली है।''

कमल ने कहा, "अच्छा किया है। पर सामान क्या सब नीचे ही पड़ा रहेगा? कोई चुरा नहीं ले जायेगा वहाँ से?"

सुनते ही अजित चंचल हो उठा, बोला, "चुरा तो नहीं ले गया कोई कुछ? एक चमड़े के सूट-केस में बहुत-से रुपये रखे हैं।"

कमल ने सिर हिला कर कहा, "बहुत अच्छा किया है! एक खास जाति के आदमी होते हैं जो अस्सी वर्ष की उमर तक भी बालिग नहीं हुआ करते; उनके सर पर एक-न-एक अभिभावक होना ही चाहिए। पर इसकी व्यवस्था भगवान स्वयं कृपा करके कर देते हैं। चाय रहने दीजिए, चलिए, नीचे चलिए पहले—किसी तरह पकड़-थाम कर सामान ऊपर लाने की कोशिश की जाये।"

27

मकान वाला अभी-अभी पूरे महीने का किराया ले कर गया है। इधर-उधर बिखरे हुए सामान के बीच, विश्रृंखल कमरे के लिए किनारे, कैनवस की आराम-कुर्सी पर अजित आँखें मींचे पड़ा है। मुँह सूखा हुआ है, देखते ही पता चल जाता है कि उसके चिन्ताग्रस्त मन में सुख का लेश भी नहीं है। कमल सिलसिलेवार बँधी-सँधी चीज़ों को फर्द से मिला कर एक कागज पर लिख रही है। स्थान छोड़ने का समय सन्निकट है, इस कारण उसके काम में किसी तरह की चंचलता नहीं आयी है।—ऐसा लगता है मानो यह उसका रोजमर्रा का काम हो। सिर्फ नीरवता कुछ अधिक है।

इतने में हरेन्द्र के यहाँ से शाम के भोजन का निमंत्रण आया। किसी आदमी की मार्फत नहीं—डाक से। अजित ने चिट्ठी खोल कर पढ़ी। आशु बाबू की विदा के उपलक्ष में यह आयोजन है। बहुत-से परिचित लोगों को आमंत्रित किया गया है। नीचे के एक कोने में छोटे हुरूफ में लिखा है, 'कमल, जरूर आना बहन।—नीलिमा।'

अजित ने उसे दिखाते हुए पूछा, "जाओगी क्या?"

"जाऊँगी क्यों नहीं। मेरी कदर इतनी थोड़े ही बढ़ गयी है कि निमंत्रण जैसी चीज़ की उपेक्षा कर सकूँ। मगर तुम?"

अजित ने दुविधा के स्वर में कहा, "यही सोच रहा हूँ। आज तबीयत कुछ..."

"तो जरूरत नहीं जाने की।"

अजित की निगाह अब तक चिट्ठी पर ही थी। नहीं तो वह कमल के होंटों

पर आयी हुई कौतुकपूर्ण मुसकुराहट जरूर देख लेता।

चाहे जैसे भी हो, बंगाली-समाज में यह खबर सबको लग गयी है कि ये दोनों आगरा छोड़ कर कहीं जा रहे हैं। पर किस तरह और कहाँ, इस विषय में लोगों का कुतूहल अभी तक सुनिश्चत उत्तर नहीं पा सका है। असमय के बादलों की तरह वह अन्दाज और अनुमान की हवा में ही उड़-उड़ कर भटक रहा है और मजा यह कि जानना कोई कठिन बात नहीं थी—कमल से पूछने से ही मालूम हो सकता था कि फिलहाल उनका गन्तव्य स्थान अमृतसर है।—पर पूछने का किसी को साहस न हुआ।

अजित के पिता गुरु गोविन्द सिंह के परम भक्त थे। इसी से सिखों के महातीर्थ अमृतसर में उन्होंने खालसा कालेज के पास खुले मैदान में एक बँगला बनवाया था। समय और सुविधानुसार वे वहाँ जा कर रहा करते थे। उनकी मृत्यु के बाद बँगला किराये पर उठा दिया गया था; पर अब वह खाली है। दोनों वहीं जा कर कुछ दिन रहेंगे। असबाब सब लॉरी में जायेगा और शेष-रात्रि में पौ फटते-फटते ये दोनों मोटर से रवाना होंगे उसी प्रथम दिन की स्मृति में—यही कमल की अभिलाषा है।

अजित ने कहा, "हरेन्द्र के यहाँ क्या तुम अकेली ही जाओगी?"

"जाऊँगी नहीं? आश्रम का दरवाजा तो तुम्हारे लिए हमेशा ही खुला रहेगा, जब चाहो तब भेंट कर आ सकते हो। पर मेरे लिए तो उसके खुलने की आगे कोई आशा नहीं—अंतिम बार जा कर मिल आऊँ—क्यों, क्या कहते हो?"

अजित चुप रहा। उसे स्पष्ट ही दिखाई देने लगा कि वहाँ तरह-तरह के छल-भरे और व्यक्त-अव्यक्त इशारों से तीखे और कड़वे वाक्य-बाण आज सिर्फ उसी को लक्ष्य करके छूटेंगे और उन हमलों के सामने इस अकेली रमणी को छोड़ देना कितनी बड़ी कायरता है! पर उसमें साथ देने की भी हिम्मत नहीं थी और मना करना भी उतना ही कठिन था।

नयी मोटर खरीदी गयी है; शाम होने के कुछ देर बाद शोफर कमल को ले कर चला गया।

हरेन्द्र के घर, दूसरी मंजिल पर लम्बा हॉल था; उसी में, नया कीमती कार्पेट बिछा कर अतिथियों के लिए इन्तज़ाम किया गया है। बहुत-सी बत्तियाँ जल रहीं हैं, कोलाहल भी कम नही हो रहा है। बीच में आशु बाबू हैं, और उन्हें घेरे हुए कुछ सज्जन बैठे हैं। बेला आयी है और उनके साथ एक और महिला—मजिस्ट्रेट की स्त्री मालिनी भी आयी हैं। एक सज्जन इधर की ओर पीठ किये हुए उनसे बातें कर रहे हैं। नीलिमा नहीं है, शायद अन्यत्र कहीं काम में फँसी होगी।

हरेन्द्र भीतर पहुँचा और पहुँचते ही उसने देखा कि दरवाजे के पास कमल

खड़ी है। आश्चर्य के साथ उसने मीठे स्वर में उसका स्वागत किया, "ओ हो, कमल आ गयीं! कब आयीं? अजित कहाँ हैं?"

सबकी दृष्टि एकाग्र हो कर उसी तरफ मुड़ गयी। कमल ने देखा कि जो व्यक्ति महिलाओं के साथ बातचीत कर रहा था वह और कोई नहीं, स्वयं अक्षय है। कुछ दुबला हो गया है। इन्फ्लुएंजा से तो बच गया, पर बंगाल के मलेरिया से न बच सका। अच्छा ही हुआ जो वह लौट आया, नहीं तो अन्तिम बार उससे भेंट न हो पाती, मन में पछतावा रह जाता।

कमल ने कहा, "अजित बाबू नहीं आये—तबीयत जरा ठीक नहीं है। मैं तो बहुत देर की आ गयी हूँ।"

"बहुत देर की? कहाँ थीं?"

"नीचे। लड़कों की कोठरियाँ घूम-घूम कर देख रही थी। देख रही थी कि धर्म को तो धोखा दिया है, साथ ही कर्म को भी धोखा दिया या नहीं।" कह कर वह हँसती हुई कमरे के भीतर जा कर बैठ गयी।

मानो वह वर्षा ऋतु की वन्य-लता हो जो दूसरों की आवश्यकता के लिए नहीं, बल्कि अपनी ही आवश्यकता के लिए आत्मरक्षा का सम्पूर्ण संचय ले कर मिट्टी फोड़ कर ऊपर सिर उठाती आ रही हो। परिवेश के विरोध का उसे न तो जरा डर है, और न चिन्ता है—काँटों का घिराव बना कर उसकी रक्षा की कोशिश ही मानो ज्यादती है। आखिर वह ऐसी क्या थी!—लेकिन फिर भी जब भीतर जा कर बैठी तब ऐसा मालूम हुआ जैसे रूप, रस और गौरव से उसने अपनी महिमा का एक स्वच्छन्द प्रकाश सब चीज़ों पर बिखेर दिया है।

ठीक यही भाव हरेन्द्र की बात से भी प्रकट हुआ। अन्य दो नारियों के सामने शालीनता में भले ही कुछ त्रुटि हो गयी हो, पर वह आवेग में आ कर कह ही बैठा, "अब जा कर हमारी मिलन-सभा पूर्णता को प्राप्त हुई।" कमल के सिवा शायद वह और किसी के लिए ऐसी बात नहीं कह सकता था।

अक्षय ने कहा, "क्यों? इससे दर्शनशास्त्र का ऐसा कौन-सा सूक्ष्म तत्व प्रकट हो गया, जरा कहो तो सही?"

कमल ने हरेन्द्र से हँसते हुए कहा, "अब बताइए? दीजिए इसका जवाब?"

हरेन्द्र और औरों ने भी मुँह फेर कर अपनी-अपनी हँसी छिपाने की कोशिश की।

अक्षय ने नीरस-कण्ठ से पूछा, "क्यों कमल, मुझे पहचाना कि नहीं?"

आशु बाबू मन-ही-मन असन्तुष्ट हुए, बोले, "तुम पहचान लो इतना ही काफी है। तुमने तो पहचान लिया न?"

कमल ने कहा, "यह प्रश्न आपका बेजा है आशु बाबू। आदमी पहचानना तो इनका खास पेशा है। इसमें भी सन्देह करना इनके पेशे पर चोट पहुँचाना है।"

बात उसने इस ढंग से कही कि अबकी बार किसी से हँसी दबाये नहीं दबी; मगर साथ ही इस डर से कि यह दु:शासन आदमी कहीं कुछ कुत्सित न कह बैठे, सब शंकित हो उठे। आज के दिन अक्षय को बुलाने की हरेन्द्र की इच्छा नहीं थी; पर यही सोच कर निमंत्रण दे दिया गया था कि वह बहुत दिन बाद घर से आया है, न देने से बहुत ही भद्दा दीखेगा। हरेन्द्र ने डरते हुए और विनय के साथ कहा, "हमारे इस शहर से—अथवा यों कहिए कि इस देश से ही आशु बाबू चले जा रहे हैं। इनके साथ परिचित होना किसी भी आदमी के लिए सौभाग्य की बात है और वह सौभाग्य हम लोगों को प्राप्त हुआ है। आज आपकी तबीयत ठीक नहीं है, मन भी अवसन्न है, इसलिए हमें आशा करनी चाहिए कि आज हम आपको सहज-सौजन्य के साथ विदा कर सकेंगे।"

बातें साधारण सी थीं; पर उस शान्त सहृदय प्रौढ़ व्यक्ति के चेहरे की तरफ देखते ही वे सबके हृदय में पैठ गयीं।

आशु बाबू को संकोच मालूम हुआ। इस आशंका से कि बातचीत का सिलसिला कहीं उन्हीं के विषय में न चल पड़े, उन्होंने चट से दूसरी बात छेड़ दी; बोले, "अक्षय, शायद तुम्हें मालूम हो गया होगा कि हरेन्द्र का ब्रह्मचर्याश्रम अब नहीं रहा। राजेन्द्र तो पहले से ही लापता है और सतीश भी उस दिन चलता बना। जो दो-चार लड़के रह गये हैं, हरेन्द्र की इच्छा है कि उन्हें संसार के सीधे रास्ते से ही आदमी बनाया जाये। तुम सब लोग बहुत दिनों तक बहुत-सी बातें करते रहे, पर नतीजा कुछ नहीं हुआ। अब तुम लोगों का कर्तव्य है कि कमल को धन्यवाद दो!"

अक्षय भीतर से जल गया और सूखी हँसी हँसता हुआ बोला, "अन्त में फल फला शायद इनकी बातों से? लेकिन कुछ भी कहिए आशु बाबू, मुझे जरा भी आश्चर्य नहीं हुआ। यह अनुमान तो मैंने बहुत पहले से ही कर रखा था?"

हरेन्द्र ने कहा, "सो तो करते ही, क्योंकि आदमी पहचानना आपका पेशा ठहरा!"

आशु बाबू बोले, "फिर भी, मैं समझता हूँ, तोड़ने की कोई जरूरत नहीं थी। सभी धर्म या मत मूलत: एक ही हैं—सिद्धि प्राप्त करने के अर्थ में वे सिर्फ कुछ प्राचीन आचार-अनुष्ठान ही तो हैं? जो उन्हें मानते नहीं या पालते नहीं, वे न मानें या न पालें; पर जिनमें मानने या पालने का अध्यवसाय है, उन्हें निरुत्साह करने से क्या लाभ? क्या कहते हो अक्षय?"

अक्षय ने कहा, "जरूर।"

आशु बाबू ने कमल की तरफ देखा। उनके देखते ही वह जोर से सिर हिला कर बोल उठी, "आपका यह दृढ़ विश्वास तो नहीं हुआ आशु बाबू, बल्कि यह तो अविश्वास-उपेक्षा की बात हुई। इस तरह सोच सकती तो मैं आश्रम के विरुद्ध एक शब्द भी न कहती। मगर बात ऐसी नहीं है। यह कहना कि आचार-अनुष्ठान मनुष्य के लिए धर्म से भी बड़ी वस्तु हैं, वैसा ही है जैसा कि राजा से बढ़ कर राजा के कर्मचारियों को बड़ा बताना।"

आशु बाबू ने हँसते हुए कहा, "माना कि यह ठीक है, पर इससे क्या तुम्हारी उपमा को ही युक्ति मान लूँ?"

यह बात कमल के चेहरे से ही जाहिर थी कि उसने परिहास नहीं किया। उसने कहा, "क्या सिर्फ उपमा ही है आशु बाबू, उससे ज्यादा कुछ नहीं? यह मैं मानती हूँ कि सभी धर्म असल में एक हैं, सभी युगों और सभी देशों में वे उसी एक अज्ञेय वस्तु की असाध्य साधना है। उन्हें मुट्ठी के अन्दर तो पाया जा नहीं सकता। प्रकाश और हवा को ले कर मनुष्य का विवाद नहीं होता, विवाद होता है अन्न के बँटवारे के लिए—जिसे कि अपने अधिकार में लिया जा सकता है या दखल करके अपने वंशधरों के लिए इकट्ठा किया जा सकता है। इसी से तो जीवन की आवश्यकताओं में वह इतना बड़ा सत्य हो रहा है। यह तो सभी जानते हैं कि विवाह का मूल उद्देश्य सभी क्षेत्रों में एक ही है, पर इससे क्या सब उसे मान सकते हैं? आप ही बताइए न अक्षय बाबू, ठीक है कि नहीं?" यह कह कर वह हँसी और फिर उसने मुँह फेर लिया।

इसका भीतरी अर्थ सभी समझ गये। क्रुद्ध अक्षय ने इसके जवाब में कोई कड़ी बात कहनी चाही, पर वह उसे ढूँढे न मिली।

आशु बाबू ने कहा, "पर मुश्किल तो यह है कमल कि तुम कुछ भी मानना नहीं चाहतीं। सभी आचार-अनुष्ठानों के प्रति तुम्हारे अन्दर अवज्ञा का भाव है। इसी से तो तुम्हें समझाना कठिन है।"

कमल ने कहा, "कुछ भी कठिन नहीं। एक बार सामने का पर्दा हटा दीजिए और फिर कोई समझे या न समझे, आपको समझने में देर न लगेगी। यह नहीं होता तो आपका स्नेह मैं कैसे पा सकती? बीच में कोहरे की ओट न हो, सो बात नहीं, मगर फिर भी वह प्रेम मुझे मिला है। मैं जानती हूँ, आपको चोट पहुँचती है, लेकिन आचार-अनुष्ठान को मैं झूठा बता कर उड़ा देना नहीं चाहती, मैं करना चाहती हूँ सिर्फ उसमें परिवर्तन। समय के धर्मानुसार आज जो अचल हो रहा है, चोट पहुँचा कर मैं उसी को सचल कर देना चाहती हूँ। यह जो मेरी अवज्ञा है, वह इसीलिए है कि उसका मूल्य मैं समझती हूँ। झूठ समझती होती तो झूठ के साथ स्वर मिला

कर झूठी श्रद्धा से सब के साथ मेल मिला कर ही जीवन बिता देती—जरा भी विद्रोह न करती।''

जरा ठहर कर वह फिर कहने लगी, ''यूरोप के रिनेसाँ के, पुनर्जागरण के उन दिनों की तो जरा याद कीजिए। उन लोगों ने नयी सृष्टि करनी चाही, पर आचार-अनुष्ठान को हाथ भी न लगाया। पुराने की देह पर ही ताजा रंग चढ़ा कर भीतर-ही-भीतर करने लगे उसकी पूजा। भीतर जड़ पहुँची नहीं, और यह फैशन दो ही दिन में बिला गया। डर था हमारे हरेन्द्र बाबू को कि कहीं उच्च अभिलाषा इसी तरह बिला न जाये। पर अब कोई डर नहीं, वे सँभल गये हैं।'' और वह हँसने लगी।

इस हँसी में हरेन्द्र शरीक न हो सका, गम्भीर हो रहा। उसने काम तो कर डाला है, पर भीतर से अब भी उसे समर्थन नहीं मिल रहा है, और अब भी मन रह-रह कर भारी हो उठता है। वह बोला, ''मुश्किल तो यह है कि तुम भगवान को नहीं मानतीं और मुक्ति पर भी तुम्हारा विश्वास नहीं। मगर जो लोग तुम्हारी उस 'अज्ञेय वस्तु' की साधना में लगे हुए हैं और उस तत्व निरूपण में व्यग्र हैं, उनके लिए कठोर आचार-पालन के सिवा और कोई मार्ग भी तो नहीं है। आश्रम बन्द करके मैं अहंकार नहीं करता; उस दिन जब लड़कों को ले कर सतीश चला गया तब मैंने अपनी कमजोरी ही महसूस की है।''

कमल ने कहा, ''तब तो आपने अच्छा नहीं किया हरेन्द्र बाबू। मेरे पिता कहा करते थे कि जिन लोगों का भगवान जितना ही अधिक सूक्ष्म और अधिक जटिल है, वे लोग उतने ही ज्यादा उलझ कर मरते हैं और जिन लोगों के भगवान जितने ही अधिक स्थूल और सहज हैं, वे लोग उलझनों से उतनी ही दूर, किनारे के निकट हैं। ईश्वर को मानना असल में नुकसान का कारोबार है। कारोबार जितना ही विस्तृत और व्यापक होगा, नुकसान भी उतना ही बढ़ जायेगा। उसे समेट कर छोटा कर डालने से यद्यपि लाभ ज्यादा नहीं होता, लेकिन नुकसान की मात्रा जरूर घट जाती है। हरेन्द्र बाबू, आपके सतीश से मैंने बातचीत कर देखी है। आश्रम में उन्होंने अनेक प्रकार के प्राचीन नियमों का प्रवर्तन किया था—उनके मन की कामना थी कि उसी प्राचीन युग में लौटा जाये। उन्होंने सोचा था कि दुनिया की उमर में से दो हजार वर्ष पोंछ डालने से ही परम लाभ अपने आप आ पहुँचेगा। यूरोप में भी एक दिन ऐसे ही झूठे लाभ की स्कीम बाँधी थी प्युरीटनों—शुद्धतावादियों—के एक दल ने। सोचा था कि भाग कर अमरीका चले जायेंगे और पिछली सत्रह शताब्दियाँ मिटा कर बिना किसी झंझट के आनन्द के साथ बाइबल का सत-युग कायम कर लेंगे। लेकिन उनके लाभ का हिसाब आज बहुतों को मालूम हो गया है; नहीं मालूम है तो सिर्फ मठाधीशों के दल को। पिछले जमाने के दर्शन-शास्त्र से जब वर्तमान विधि-

विधानों का समर्थन किया जाने लगता है, तभी उन विधि-विधानों के वास्तव में टूटने का दिन आ जाता है। हरेन्द्र बाबू, आपके आश्रम को शायद नुकसान पहुँचाया हो मैंने, पर उस टूटे हुए आश्रम से जो बाकी बच रहे हैं, उनका मैंने नुकसान नहीं किया।"

प्युरीटनों का इतिहास अक्षय को मालूम था, क्योंकि वह इतिहास का प्रोफेसर था। इस बार और सब चुप रहे, सिर्फ उसी ने सिर हिला कर इसका समर्थन किया।

आशु बाबू कहने लगे, "पर उस युग के इतिहास का जो उज्ज्वल चित्र है..."

कमल बीच में बोल उठी, "चाहे जितना उज्ज्वल हो वह चित्र, पर है तो चित्र ही—उससे ज्यादा कुछ नहीं। ऐसी पुस्तक आज तक संसार में लिखी ही नहीं गयी आशु बाबू, जिससे समाज के यथार्थ प्राणों का परिचय प्राप्त किया जा सकता हो। आलोचना करके हम गर्व अनुभव कर सकते हैं, पर पुस्तक से मिला-मिला कर समाज नहीं गढ़ सकते। श्रीरामचन्द्र के युग का भी नहीं, युधिष्ठिर के युग का भी नहीं। 'रामायण' और 'महाभारत' में चाहे जितनी ही बातें लिखीं हों, पर उनके श्लोकों को टटोलने से उस जमाने के साधारण मनुष्य के दर्शन नहीं मिल सकते; और माँ की कोख चाहे जितनी ही निरापद क्यों न हो, बड़े होने पर उसमें वापस नहीं जाया जा सकता। संसार की सम्पूर्ण मानव-जाति को मिला कर ही तो मनुष्य का अस्तित्व है, वह तो आपके चारों तरफ है। कम्बल ओढ़ कर क्या हवा के दबाव को रोका जा सकता है?"

बेला और मालिनी चुपचाप बैठी सुन रही थीं। इस स्त्री के सम्बन्ध में बहुत-सी बातें उन लोगों ने सुन रखी थीं, पर आज आमने-सामने बैठ कर इस परित्यक्ता और निराश्रया महिला के वाक्यों की निःसंशय निर्भयता देख कर उनके आश्चर्य का ठिकाना न रहा।

दूसरे ही क्षण ठीक यही भाव आशु बाबू के मुँह से प्रकट हुआ। उन्होंने कहा, "बहस में हम चाहे जो भी कहा करें कमल, पर तुम्हारी बहुत-सी बातें हम मानते हैं। जिसे हम नहीं कर सकते, हृदय से उसकी अवज्ञा भी नहीं करते। इसी घर में किसी दिन स्त्रियों का दरवाजा बन्द था, और सुना है, एक दिन तुम्हारे आ जाने से सतीश ने इस जगह को कलुषित समझ लिया था। मगर, आज हम सभी यहाँ आमंत्रित हो कर आये हैं, किसी के आने की रोक-टोक नहीं—"

इतने में एक लड़का दरवाजे के पास आ कर खड़ा हो गया। साफ-सुथरी पोशाक पहने था, चेहरे पर आनन्द और सन्तोष का भाव झलक रहा था; बोला, "बहन जी ने कहा है, रसोई तैयार है, आसन बिछाये जायें?"

अक्षय ने कहा, "हाँ-हाँ, बिछाये जायें। कहो जाकर, रात भी तो हो रही है।"

लड़का चला गया। हरेन्द्र ने कहा, "जब से भाभी जी आयी हैं, खाने-पीने की चिन्ता किसी को नहीं करनी पड़ती। उनके लिए तो कहीं जगह न रह गयी थी—पर सतीश गुस्सा हो कर चला गया।"

आशु बाबू का चेहरा क्षण भर के लिए सुर्ख हो उठा।

हरेन्द्र कहने लगा, "और मजा यह कि सतीश के लिए भी और कोई उपाय नहीं था। वह त्यागी ब्रह्मचारी आदमी ठहरा—उसकी साधना में यह सम्पर्क विघ्न था। पर मुश्किल तो यह है कि मेरी कुछ समझ ही में नहीं आ रहा है कि वास्तव में कौन-सा काम ठीक हुआ।"

कमल ने तुरन्त निःसंकोच स्वर में कहा, "यही काम हरेन्द्र बाबू, यही काम ठीक हुआ है। संयम जब सहज स्वाभाविक न रह कर दूसरे पर आघात करने लगता है, तब वह दुर्वह हो उठता है।" कहते-कहते उसने लमहे-भर के लिए आशु बाबू की तरफ देखा—शायद कोई एक गुप्त इशारा था—पर फिर उसने हरेन्द्र से ही कहा, "भगवान के रूप में वे अपने आपको ही बढ़ा कर देखते हैं, अपने आपको ही खींच-खाँच के वे अपने भगवान की सृष्टि करते हैं। इसी से उनकी भगवान की पूजा, बार-बार सिर झुकाकर, अपनी ही पूजा पर उतर आती है। इनके सिवा उनके लिए और कोई रास्ता भी नहीं। मनुष्य न तो सिर्फ पुरुष ही है और न सिर्फ स्त्री ही; दोनों मिल कर ही एक होते हैं। आधे को बाद दे कर शेष आधा जब सिर्फ अपने को ही विशाल रूप में पाना चाहता है, तब वह अपने को भी नहीं पाता और भगवान को भी खो बैठता है। सतीश बाबू के लिए दुश्चिन्ता मत रखिए हरेन्द्र बाबू, उनकी सिद्धि स्वयं भगवान के जिम्मे है।"

सतीश को लगभग कोई भी देख न पाता था; इसी से अन्तिम बात पर सब-के-सब हँस पड़े। आशु बाबू भी हँसे, लेकिन बोले, "हमारे हिन्दू-शास्त्रों में जो सबसे बड़ी बात है कमल, वह है आत्म-दर्शन। अर्थात अपने को गम्भीरता के साथ जान लेना। ऋषियों का कहना है कि इसकी खोज में ही विश्व की सम्पूर्ण जानकारी—सम्पूर्ण ज्ञान भरा पड़ा है। भगवान को पाने का यही एक मार्ग है और इसी के लिए ध्यान का उपदेश है। तुम ईश्वर को नहीं मानतीं—पर जो मानते हैं, विश्वास करते हैं, उन्हें चाहते हैं—वे अगर संसार के अनेक विषयों से अपने को वंचित न रखें तो एकाग्रचित्त हो कर ध्यान में सफल नहीं हो सकते। सतीश की बात मैं नहीं कहता—पर कमल, यह तो हिन्दुओं का अविच्छिन्न-परम्परा से प्राप्त संस्कार है, और यही तो योग है। समुद्र से ले कर हिमालय तक सम्पूर्ण भारत अविचल श्रद्धा से इसी तत्व पर विश्वास करता है।"

भक्ति, विश्वास और भाव के आवेग से उनकी दोनों आँखें छलछला आयी।

सब तरह के बाहरी साहबी ठाठ के नीचे उनका जो दृढ़निष्ठ विश्वास-परायण हिन्दू-चित्त निर्वात दीप-शिखा की तरह जल रहा था, कमल ने क्षण-भर के लिए उसका अनुभव किया। वह कुछ कहना चाहती थी, पर संकोच के मारे कह न सकी। संकोच और किसी बात का नहीं, सिर्फ इसी बात का कि इस सत्यव्रती संयतेन्द्रिय वृद्ध पुरुष को व्यथा पहुँचाना ठीक नहीं। लेकिन उत्तर न पा कर जब वे खुद ही पूछने लगे, ''क्यों कमल, क्या यह सत्य नहीं?'' तब उसने सिर हिलाते हुए कहा, ''नहीं, आशु बाबू, यह सच नहीं। सिर्फ हिन्दू धर्म में ही नहीं, यह विश्वास सभी धर्मों में है। मगर सिर्फ विश्वास के जोर से ही तो कोई बात कभी सत्य नहीं हो जाती। न त्याग के जोर से ही वह सच हो सकती है और न मृत्यु-वरण करने के जोर से ही। संसार में अत्यन्त छोटे-छोटे मतभेदों के कारण बहुत से प्राणों का बहुत बार लेना-देना हो चुका है। उससे जिद का जोर ही प्रमाणित हुआ है, विचारों की सत्यता प्रमाणित नहीं हुई। योग किसे कहते हैं सो मैं नहीं जानती, लेकिन, अगर वह निर्जन स्थान में बैठ कर केवल आत्म-विश्लेषण और आत्म-चिन्तन करना ही है तो मैं यही बात जोर देकर कहूँगी कि इन दो सिंह-द्वारों से संसार में जितने भ्रम और जितने मोह ने प्रवेश किया है, उतना और कहीं से नहीं। और ये दोनों अज्ञान के ही सहचर हैं।''

सुन कर, सिर्फ आशु बाबू ही नहीं, हरेन्द्र भी मारे आश्चर्य और दुख के चुप हो रहा।

इतने में उस लड़के ने फिर आ कर कहा, ''सब तैयार है, चलिए।''

सब नीचे चले गये।

28

भोजन हो चुकने के बाद कमल को क्षण-भर के लिए एकान्त में पा कर अक्षय ने चुपके से कहा, ''सुना है कि आप यहाँ से चली जा रही हैं। लगभग सभी परिचितों के घर आप एक आध बार हो आयी हैं, सिर्फ मेरे ही—''

'आप!' कमल के आश्चर्य का ठिकाना न रहा। सिर्फ स्वर में ही परिवर्तन हो, सो बात नहीं, सम्बोधन में भी 'आप!' क्यों सब लोग उससे 'तुम' कह कर बोलते हैं, इस बात पर उसे न तो कोई शिकायत थी और न किसी से वह नाराज ही होती थी। परन्तु अक्षय की बात ही और थी। वह इस स्त्री के लिए 'आप' कहना ज्यादती समझता था; बल्कि उसकी तो यहाँ तक धारणा थी कि ऐसा करना शिष्टता का दुरुपयोग है। कमल को यह बात मालूम थी, पर इस अति तुच्छ ओछेपन की तरफ

देखने में भी उसे शर्म आती थी। उसे डर था कि कहीं इसी विषय को ले कर कोई बहस न छिड़ जाये।

कमल ने हँसते हुए कहा, "आपने तो कभी मुझे बुलाया नहीं?"

"नहीं। यह मेरा कुसूर है। जाने के पहले क्या अब आपको वक्त न मिलेगा?"

"कैसे मिल सकता है बताइए, हम लोग कल तड़के ही रवाना हो रहे हैं।"

"तड़के ही?" फिर जरा ठहर कर कहा, "भविष्य में इधर अगर फिर कभी आना हो तो मेरे घर आपका निमंत्रण रहा।"

कमल ने हँसते हुए कहा, "क्या एक बात आपसे पूछ सकती हूँ अक्षय बाबू? अचानक मेरे विषय में आपकी राय कैसे बदल गयी? बल्कि अब तो आपको और भी कठोर होना चाहिए था?"

अक्षय ने कहा, "साधारण तौर से वैसा ही होता। लेकिन अब की बार देश से कुछ अनुभव इकट्ठा कर लाया हूँ। आपने जो प्युरिटनों का दृष्टान्त दिया न, सो मेरे हृदय में जा कर बिंध गया है। और किसी ने समझा या नहीं, मैं नहीं कह सकता—और न समझना कोई आश्चर्य की बात भी नहीं—मगर मैं तो उस सम्बन्ध में बहुत कुछ जानता हूँ। एक बात और है। हमारे गाँव में लगभग चौदह-आने मुसलमान हैं—वे आज भी अपने डेढ़ हजार वर्ष के पुराने सत्य पर दृढ़ हैं—वही सब विधि-निषेध, कायदे-कानून, आचार-अनुष्ठान हैं—कुछ भी नहीं बदला है।"

कमल ने कहा, "उनके सम्बन्ध में मुझे लगभग कुछ भी नहीं मालूम—जानने का मौका भी कभी नहीं मिला। पर अगर आपकी बात सच हो, तो मैं सिर्फ यही कह सकती हूँ कि उनके लिए भी अब सोचने-समझने के दिन आ पहुँचे हैं। यह सत्य की सीमा किसी एक बीते-दिन में ही सुनिर्दिष्ट नहीं हो गयी है, उन्हें भी किसी-न-किसी दिन मानना ही पड़ेगा। लेकिन—ऊपर चलिए।"

"नहीं, मैं यहीं से विदा लूँगा। मेरी स्त्री बीमार है। इतने आदमियों से भेंट की है आपने, एक बार उससे भी भेंट न कीजिएगा?"

कमल कुतूहलवश पूछ बैठी, "कैसी हैं वे देखने में?"

अक्षय ने कहा, "ठीक नहीं मालूम। हमारे परिवारों में ऐसा प्रश्न कोई नहीं करता। पिताजी नौ साल की उमर में उसे पुत्रवधू बना कर घर ले आये थे। पढ़ने-लिखने का न तो समय ही मिला, न जरूरत ही समझी गयी। रसोई बनाना, घर के काम-धन्धे, व्रत-उपवास, पूजा-पाठ— इसी में लगी रहती है—मुझको ही इहलोक-परलोक का देवता समझती है, बीमार होने पर दवा नहीं खाना चाहती; कहती है, पति के पादोदक से ही सब बीमारियाँ अच्छी हो जाती हैं। अगर न अच्छी हों तो समझना चाहिए कि स्त्री की आयु खत्म हो चुकी!"

कमल को, इसका थोड़ा-बहुत आभास हरेन्द्र से मिल चुका था; उसने कहा—"तब तो आप भाग्यवान हैं—कम-से-कम स्त्री के भाग्य से। इतना जबरदस्त विश्वास इस युग में दुर्लभ है।"

अक्षय ने कहा, "शायद ऐसा ही हो, ठीक नहीं जानता। संभव है, इसी को स्त्री-भाग्य कहते हों। पर कभी-कभी ऐसा मालूम होता है कि संसार में मेरा कोई नहीं, मैं अकेला हूँ—बिलकुल निःसंग अकेला।—अच्छा, नमस्कार।"

कमल ने हाथ उठा कर प्रति-नमस्कार किया।

अक्षय एक कदम बढ़ा कर फिर मुड़ पड़ा, बोला, "एक अनुरोध करूँ?"

"कहिए"

"अगर कभी समय मिले, और मेरी याद रहे, तो एक पत्र लिखिएगा? आप खुद कैसी हैं, अजित बाबू कैसे हैं—यही सब आप लोगों की बात मैं अकसर सोचा करूँगा। अच्छा अब जाता हूँ, नमस्कार।" इतना कह कर अक्षय जल्दी से चला गया और कमल वहीं स्तब्ध हो कर खड़ी रही। भले-बुरे का विचार करके नहीं, उसे सिर्फ इसी बात का खयाल हुआ कि यह वही अक्षय है! और मनुष्य की जानकारी के बाहर इस भाग्यवान का दाम्पत्य-जीवन निर्विघ्न शान्ति के साथ इस तरह बहा चला जा रहा है। एक चिट्ठी के लिए उसे इतना कुतूहल और ऐसी विनीत और सच्ची प्रार्थना!

ऊपर जा कर देखा कि नीलिमा के सिवा और सब यथास्थान बैठे हैं। यह नीलिमा का स्वभाव है—इस पर कोई कुछ खयाल भी नहीं करता। आशु बाबू ने कहा, "हरेन्द्र ने एक बड़े मजे की बात कही थी कमल, सुनने से पहले तो सहसा वह एक पहेली-सी मालूम होती है, पर बात असल में सच है। कह रहे थे, लोग इतना भी नहीं समझ सकते कि समाज के प्रचलित विधि-विधानों के उल्लंघन करने का दुख सिर्फ चरित्र-बल और विवेक-बुद्धि के बल पर ही सहन किया जा सकता है। मनुष्य बाहर के अन्याय को ही देखता है, अन्तःकरण की प्रेरणा की कुछ खबर ही नहीं रखता। और यहीं पर समस्त द्वन्द्व और विरोधों की सृष्टि होती है।"

कमल ने समझा कि इसका लक्ष्य वह खुद और अजित है, इसलिए वह चुप रही। उसने यह बात नहीं कही कि उच्छृंखलता के जोर से भी समाज के विधि-विधानों का उल्लंघन किया जा सकता है। दुर्बुद्धि और विवेक-बुद्धि दोनों एक चीज़ नहीं हैं।

बेला और मालिनी उठ खड़ी हुईं, उनके जाने का समय हो गया। कमल की बिलकुल उपेक्षा करके उन्होंने हरेन्द्र और आशु बाबू को नमस्कार किया। इस स्त्री के सामने उन्होंने हमेशा अपने को छोटा समझा है, इसलिए अन्त में उसका बदला

चुकाया उपेक्षा दिखा कर। उनके जाने पर आशु बाबू ने स्नेह के साथ कहा, "कुछ खयाल मत करना बेटी, इसके सिवा उनके पास और कुछ है ही नहीं। मैं भी तो उसी दल का आदमी हूँ। सब जानता हूँ।"

आशु बाबू ने हरेन्द्र के सामने आज पहली बार उसे 'बेटी' कह के पुकारा। कहा, "दैवयोग से वे अधिकारी वर्ग की स्त्रियाँ हैं, हाई सर्किल की महिलाएँ ठहरीं। अंग्रेजी बातचीत में, चाल-चलन और पहनाव-उढ़ाव में अप-टू-डेट हैं। यह भूल जाने से तो उनकी मूल पूँजी पर ही चोट पड़ती है, कमल। उन पर गुस्सा होना भी अन्याय है।"

कमल ने हँसते हुए कहा, "गुस्सा तो मैं नहीं हुई।"

आशु बाबू ने कहा, "सो मैं जानता हूँ। गुस्सा मुझे भी नहीं आया, सिर्फ हँसी आयी। पर घर कैसे जाओगी बेटी, मैं उतारता जाऊँ तुम्हें?"

"वाह, नहीं तो मैं जाऊँगी कैसे?"

कहीं लोगों की निगाह न पड़ जाये; इस डर से उसने अपनी मोटर लौटा दी थी।

"अच्छी बात है। पर अब देर करना भी शायद ठीक न हो—क्यों ठीक है न?"

सबको खयाल हो आया कि अभी वे सम्पूर्ण नीरोग नहीं हुए हैं।

इतने में जीने में जूते की आवाज सुनाई दी, और दूसरे ही क्षण सब ने अत्यन्त आश्चर्य के साथ देखा कि दरवाजे के बाहर अजित आ खड़ा हुआ है।

हरेन्द्र ने मीठे स्वर से स्वागत किया, "हेलो! बेटर लेट देन नेवर। देर आयद, दुरुस्त आयद। ब्रह्मचर्याश्रम का कैसा सौभाग्य है!"

अजित अप्रतिभ हो कर बोला, "लेने आया हूँ।" और पलक मारते ही एक अनचीती दु:साहसिकता ने उसके भीतर की बात को जोर से धक्का दे कर बाहर निकाल दिया, बोला, "नहीं तो फिर मुलाकात न होती। हम लोग तड़के ही चले जा रहे हैं।"

"तड़के ही? आज की रात बीते?"

"हाँ। सब तैयारियाँ हो चुकी हैं। यहीं से हम लोगों की यात्रा शुरू होगी।"

बात किसी से छिपी हुई नहीं थी, फिर भी सब-के-सब मानो लज्जा से म्लान हो उठे।

इतने में दबे-पाँव चुपके से नीलिमा आ पहुँची और एक तरफ बैठ गयी। संकोच दूर करके आशु बाबू ने आँख उठा कर देखा। जो बात वे कहना चाहते थे वह एक बार उनके गले में अटकी, फिर धीरे-धीरे वे बोले, "हो सकता है कि हम लोगों की अब फिर कभी भेंट न हो, तुम दोनों मेरे स्नेह के पात्र हो, अगर तुम

लोगों का ब्याह हो जाता तो मैं देख जाता।''

अजित को सहसा मानो किनारा नजर आ गया, वह व्यग्र कण्ठ से बोल उठा, ''यह चीज़ मैं नहीं चाहता आशु बाबू, यह तो मेरे लिए कल्पना के बाहर की बात है। विवाह के लिए मैंने बार-बार कहा है और बार-बार सिर हिला कर कमल ने अस्वीकार कर दिया है। अपनी सारी सम्पत्ति—जो कुछ मेरे पास है सब—उसके नाम लिख कर मैं मजबूती से पकड़ाई देने को तैयार था, पर कमल राजी नहीं हुई। आज इन सबके सामने मैं फिर प्रार्थना करता हूँ कमल, तुम राजी हो जाओ। मैं अपना सर्वस्व तुम्हें दे कर जी जाऊँ। धोखे के कलंक से छुटकारा पा जाऊँ ?''

नीलिमा अवाक हो कर देखती रह गयी। अजित स्वभावतः झेंपू प्रकृति का आदमी था, सबके सामने उसकी ऐसी असीम व्याकुलता देख सब-के-सब मारे आश्चर्य के दंग रह गये। आज वह अपने को बिलकुल निःसत्व कर देना चाहता है। अपनी कहने को कोई चीज़ अपने हाथ में रखने की आज उसे कोई आवश्यकता ही नहीं मालूम हो रही है।

कमल ने उसके मुँह की तरफ देख कर कहा, ''क्यों, तुम्हें इतना डर किस बात का हो रहा है?''

''डर आज न सही, पर—''

'''पर' का दिन पहले आये तो सही।''

''आने पर तो फिर तुम हर्गिज कुछ लोगी नहीं, मैं जानता हूँ।''

कमल ने हँसते हुए कहा, ''जानते हो? तो वही होगा तुम्हारे लिए सबसे बड़ा और मजबूत बन्धन।''

जरा ठहर कर फिर कहने लगी, ''तुम्हें याद नहीं, मैंने एक दिन कहा था कि बहुत ज्यादा मजबूत बनाने के लोभ से बिलकुल ठोस और निच्छिद्र मकान बनाने की कोशिश मत करो। उससे मुरदे की कब्र भले ही बन जाये, पर जीवित मनुष्य का शयनागार नहीं बन सकता।''

अजित ने कहा, ''कहा था, मुझे याद है। जानता हूँ, तुम मुझे बाँधना नहीं चाहतीं—पर मैं जो बँधना चाहता हूँ। नहीं तो फिर मैं तुम्हें किस चीज़ से बाँध रखूँगा कमल? मुझ में कहाँ है इतना जोर?''

कमल ने कहा, ''जोर की जरूरत नहीं। बल्कि तुम अपनी कमजोरी से ही मुझे बाँध रखना। मैं इतनी निष्ठुर नहीं कि तुम जैसे आदमी को दुनिया में यों ही बहा कर चली जाऊँ।'' फिर पल भर को आशु बाबू की तरफ देख कर बोली, ''भगवान को तो मैं मानती नहीं, नहीं तो उनसे प्रार्थना करती कि तुम्हें संसार के समस्त आघातों की ओट में रख कर ही मैं एक दिन मर सकूँ।''

नीलिमा की आँखों में आँसू भर आये। आशु बाबू ने भी अपनी आँसुओं से व्याकुल आँखों को पोंछते हुए रूँधे हुए कण्ठ से कहा, ''तुम्हें भगवान मानने की भी जरूरत नहीं कमल। सब एक ही बात है बेटी। यह आत्म-समर्पण ही तुम्हें एक दिन गौरव के साथ उनके पास पहुँचा देगा।''

कमल हँस दी, बोली, ''वह तो मेरी ऊपरी प्राप्ति होगी। हक की प्राप्ति से भी उसकी ज्यादा इज्जत है।''

''सो ठीक है, बेटी। पर यह जान रखना कि मेरा आशीर्वाद निष्फल नहीं होने का।''

हरेन्द्र ने कहा, ''अजित, खा के तो आये नहीं होंगे, चलो नीचे।''

आशु बाबू हँसते हुए बोले, ''तुम्हारी अक्ल भी खूब है। ऐसा भी कभी हो सकता है कि अजित बिना खाये-पीये ही चला आये और कमल यहाँ खा-पी कर निश्चिन्त हो जाये।''

अजित ने लज्जा के साथ स्वीकार किया कि बात दरअसल ऐसी ही है। वह बिना खाये नहीं आया।

इस बात का स्मरण आते ही कि यही शेष रात्रि है, किसी का जी नहीं चाहता था कि सभा भंग हो; लेकिन आशु बाबू के स्वास्थ्य का खयाल करके आखिर उठने की तैयारी करनी ही पड़ी। हरेन्द्र ने कमल के पास आ कर धीमे स्वर में कहा, ''इतने दिनों बाद अब असल चीज़ पायी कमल, मेरा अभिनन्दन ग्रहण करो।''

कमल ने उसी तरह चुपके से जवाब दिया, ''पायी है? कम-से-कम यही आशीर्वाद दीजिए।''

हरेन्द्र ने आगे और कुछ न कहा। लेकिन कमल के कण्ठ से जैसा चाहिए, वैसा दुविधाहीन परम निःसंशय स्वर झंकृत नहीं हुआ और यह बात उसके कानों को खटकी। मगर फिर भी ऐसा ही हुआ करता है। विश्व का विधान ही ऐसा है।

कमल को दरवाजे की ओट में बुला कर नीलिमा ने अपनी आँखें पोंछते हुए कहा, ''कमल, मुझे भूल न जाना कहीं।'' इससे ज्यादा उससे कहते नहीं बना।

कमल ने उसे झुक कर नमस्कार किया और कहा, ''जीजी, मैं फिर आऊँगी, पर जाने के पहले मैं आपके पास एक प्रार्थना रख जाऊँगी कि जीवन में कल्याण को कभी अस्वीकार न करना। उसका सत्य रूप आनन्द का रूप है। उसी रूप में वह दिखाई देता है—वह और किसी तरह भी पहचाना नहीं जा सकता। तुम और चाहे जो भी करो जीजी, पर अविनाश बाबू के घर की बेगार करने को अब राजी न होना।''

नीलिमा ने कहा, ''ऐसा ही होगा कमल।''

आशु बाबू गाड़ी में जा कर बैठे तो कमल ने हिन्दू-रीति से उनके पाँव छू

कर प्रणाम किया। आशु बाबू ने उसके माथे पर हाथ रख कर आशीर्वाद दिया। कहा, "तुम से मुझे एक वास्तविक तत्व का पता लगा कमल। अनुकरण से मुक्ति नहीं मिलती, मुक्ति मिलती है ज्ञान से। इसी से डर लगता है कि तुम्हें जिसने मुक्ति दिला दी है; कहीं अजित को वही असम्मान में न डुबो दे। उससे इसकी रक्षा करना बेटी। आज से इसका भार तुम्हीं पर है।"

कमल ने इशारा समझ लिया ।

आशु बाबू फिर कहने लगे, "तुम्हारी ही बात मैं तुम्हें याद दिलाये देता हूँ कमल! उस दिन से मैंने इस बात पर बार-बार विचार किया है कि प्रेम की पवित्रता का इतिहास ही मनुष्य की सभ्यता का इतिहास है—उसका जीवन है। यही उसके महान होने का धारावाहिक वर्णन है। फिर भी शुचिता की संज्ञा या व्याख्या को ले कर मैं चलते वक्त तर्क नहीं करूँगा। अपने क्षोभ के निःश्वास से तुम लोगों की विदा की घड़ियों को मैं मलिन नहीं करना चाहता। मगर इस बूढ़े की इतनी-सी बात याद रखना कमल, कि आदर्श या आइडिया सिर्फ दो-चार आदमियों के लिए ही है—इसी से उसकी कीमत है। उसे साधारण के बीच खींच लाने से फिर वह पागलपन हो जाता है, उसका शुभ मिट जाता है और बोझ दु:सह हो उठता है। बौद्ध युग से ले कर वैष्णव युग तक इसकी बहुत सी दुखद नजीरें संसार में फैली पड़ी हैं। क्या तुम फिर से वही दुख का विप्लव संसार में खींच लाना चाहती हो बेटी?"

कमल ने मृदु कण्ठ से उत्तर दिया, "यह तो मेरा धर्म है चाचाजी!"

"धर्म? तुम्हारा यह धर्म है?"

कमल ने कहा, "हाँ। जिस दुख से आप डर रहे हैं चाचाजी, उसी में से फिर उससे भी बड़ा आदर्श पैदा होगा। और उसका भी काम जिस दिन खत्म हो जायेगा, उस दिन उसके मृत शरीर के सार में से उससे भी महान आदर्श की सृष्टि होगी। इसी तरह संसार में आज का शुभ, कल के और भी शुभ के चरणों में आत्म-विसर्जन करके अपना ऋण चुकाता रहता है। यही तो मनुष्य की मुक्ति का मार्ग है। देखते नहीं चाचाजी, सती-दाह का बाहरी चेहरा राजशासन से बदल गया है, पर उसके भीतर की आग आज भी ज्यों-की-त्यों धधक रही है और उसी तरह भस्म किये जा रही है। यह बुझेगी किस चीज़ से?"

आशु बाबू से कुछ बोला न गया, वे एक गहरी साँस ले कर रह गये। लेकिन दूसरे ही क्षण बोल उठे, "कमल, मणि की माँ का बन्धन मैं आज तक नहीं तोड़ सका, सो इसे तुम कहा करती हो कि मोह है, कमजोरी है—मालूम नहीं वह क्या है, पर यह मोह जिस दिन जाता रहेगा उस दिन उसके साथ-साथ मनुष्य का बहुत-कुछ चला जायेगा, बेटी। मनुष्य की यह बहुत तपस्या की पूँजी है कमल!—अच्छा,

अब जायें। चलो वासुदेव।''

इतने में टेलिग्राफ चपरासी सामने आ कर सायकिल से उतरा! अर्जेण्ट तार है।

हरेन्द्र ने गाड़ी की बत्ती के सामने जा कर तार खोल कर पढ़ा। लम्बा टेलिग्राम है, मथुरा जिले के एक छोटे सरकारी अस्पताल के डाक्टर ने भेजा है। उसमें लिखा है, ''गाँव के एक मन्दिर में आग लग गयी थी। बहुत दिनों की बहुजन पूजित प्रतिमा ध्वंस होने को थी। रक्षा का कोई भी उपाय न रह गया था कि इतने में उस जलते हुए मन्दिर के अन्दर राजेन्द्र घुस पड़ा और मूर्ति को बाहर ले आया। देवता की रक्षा हो गयी, पर उनके रक्षा-कर्ता की रक्षा न हो सकी। दो दिन तक चुपचाप अव्यक्त यातना सहता हुआ आज सवेरे वह वैकुण्ठ चला गया। दस हजार जनता ने मिल कर कीर्तन-भजनादि के साथ जुलूस निकाल कर यमुना तट पर उसकी अन्त्येष्टि-क्रिया सम्पन्न की है। मरते समय राजेन्द्र आपको समाचार देने के लिए कह गया है।''

स्वच्छ नील आकाश से मानो वज्र गिरा।

रुलाई से हरेन्द्र का गला रुक गया, और स्वच्छ चाँदनी रात मुहूर्त भर में अन्धकार में एकाकार हो गयी।

आशु बाबू रो पड़े, बोले, ''दो दिन—अड़तालीस घण्टे—इतने नजदीक, फिर भी जरा खबर तक नहीं दी?''

हरेन्द्र आँखें पोंछता हुआ बोला, ''जरूरत नहीं समझी। कुछ किया तो जा नहीं सकता था, इसी से शायद उसने किसी को दुख नहीं देना चाहा।''

आशु बाबू ने अपने दोनों हाथ माथे से लगा कर कहा, ''इसके मानी यह है कि सिवा देश के किसी आदमी को उसने अपना आत्मीय नहीं माना। सिर्फ देश—समग्र भारतवर्ष। फिर भी, भगवान, तुम अपने चरणों में उसे स्थान देना। तुम और चाहे जो भी करो, पर इस राजेन्द्र की जाति को संसार से न मिटाना।—वासुदेव, चलो।''

इस शोक की मार्मिक चोट कमल से बढ़ कर शायद और किसी को न पहुँची होगी, लेकिन वेदना की भाप से उसने अपने कण्ठ को रूँधने नहीं दिया। उसकी आँखों से चिनगारियाँ-सी निकलने लगीं, बोली, ''दुख किस बात का? वह वैकुण्ठ गया है।'' फिर हरेन्द्र से बोली, ''रोइए मत हरेन्द्र बाबू, अज्ञान की बलि हमेशा इसी तरह अदा होती है।''

कमल के स्वच्छ कठोर स्वर ने पैने छुरे की तरह सब के कलेजे को छेद दिया।

आशु बाबू चले गये।

और उस शोकाच्छन्न स्तब्ध-नीरवता के बीच कमल अजित के साथ गाड़ी में जा बैठी। बोली, ''रामदीन, चलो।''

□□□

रवीन्द्रनाथ टैगोर का चर्चित उपन्यास

चोखेर बाली

रवीन्द्रनाथ टैगोर

रवीन्द्रनाथ टैगोर का उपन्यास चोखेर बाली हिन्दी में *आँख की किरकिरी* के नाम से प्रचलित है। प्रेम, वासना, दोस्ती और दाम्पत्य-जीवन की भावनाओं के भंवर में डूबते-उतराते चोखेर बाली के पात्रों–बिनोदिनी, आशालता, महेन्द्र और बिहारी–की यह मार्मिक कहानी है। 1902 में लिखा गुरुदेव रवीन्द्रनाथ टैगोर का यह उपन्यास मानवीय भावनाओं और उस समय के बंगाल के समाज का जीता-जागता चित्रण प्रस्तुत करता है और इसलिए उनका सबसे उत्कृष्ट उपन्यास माना जाता है। जिस पर इसी नाम से फिल्म भी बन चुकी है।

ISBN: 9789350643600
पृष्ठ: 192

प्रमुख स्थानीय व ऑनलाइन पुस्तक विक्रेताओं के यहाँ उपलब्ध या
इस वेबसाइट से मँगवाएँ
www.rajpalpublishing.com

रवीन्द्रनाथ टैगोर का चर्चित उपन्यास

गोरा

रवीन्द्रनाथ टैगोर

रवीन्द्रनाथ टैगोर का यह उपन्यास बीसवीं सदी के प्रारम्भिक वर्षों के बंगाल पर केन्द्रित है और उस समय के समाज, राजनीति और धर्म की वास्तविक तस्वीर प्रस्तुत करता है। जहाँ एक तरफ राष्ट्रीयता की भावना प्रबल हो रही थी वहीं प्राचीन आध्यात्मिक मूल्यों का पुनरुत्थान हो रहा था। एक तरफ प्रगतिवादी राष्ट्रवादी थे जिनका सपना था कि देश की प्रगति में सभी का समावेश हो वहीं कट्टरपंथी सत्ता के पुराने ढाँचे को कायम रखना चाहते थे। इन दोनों पक्षों को उपन्यास के नायक गोरा और उसके दोस्त के माध्यम से बड़ी कुशलता से प्रस्तुत किया गया है। इन दोनों से जुड़े अलग-अलग पात्रों के माध्यम से और भी कई कहानियाँ, मुख्य कहानी के साथ, बुनी गई हैं और उनके ज़रिये उस समय के अनेक प्रासंगिक विषयों पर रोशनी डालने का प्रयास है जिसमें शामिल है समाज से औरतों का बहिष्कार, विभिन्न जातियों का आपसी टकराव–इन सब मुद्दों के भंवर से गुज़रते उपन्यास के पात्र स्वयं को ढूंढने का प्रयास करते हैं।

ISBN: 9789350643594
पृष्ठ: 432